浙江省哲学社会科学规划课题成果
浙江工业大学专著与研究生教材出版基金资助
（基金编号20110102）

外國文學研究叢書

A Study of the Yale School in China

本土化视野下的“耶鲁学派”研究

罗杰鹦　著

Luo Jieying

ZHEJIANG UNIVERSITY PRESS
浙江大学出版社

目 录

Contents

“耶鲁学派”专著索引

Abbreviations of Works by J. Hillis Miller

AT *Ariadne's Thread: Story Lines* (New Haven: Yale University Press, 1992)
BH *Black Holes* (Stanford: Standford University Press, 1999)
CD *Charles Dickens: The World of His Novels* (Bloomington: Indiana University Press, 1958)
DG *The Disappearance of God: Five Nineteenth-Century Writers* (Cambridge: Harvard University Press, 1963)
DSI *Dickens' Symbolic Imagery: A Study of Six Novels* (A PhD thesis presented at Harvard University on March 31, 1952)
ER *The Ethics of Reading* (New York: Columbia University Press, 1987)
FR *Fiction and Repetition: Seven English Novels* (Cambridge: Harvard University Press, 1982)
FVF *The Form of Victorian Fiction* (Notre Dame: Notre Dame University Press, 1968)
HH *Hawthorne and History: Defacing It* (Oxford: Basil Blackwell, 1991)
IL *Illustration* (Cambridge: Harvard University Press, 1992)
LC *Literature as Conduct: Speech Acts in Henry James* (New York: Fordham University Press, 2005)
LM *The Linguistic Moment: From Wordsworth to Stevens* (Princeton: Princeton University Press, 1985)
MM *The Medium Is the Marker: Browning, Freud, Derrida and the New Telepathic Ecotechnologies* (Brighton: Sussex Academic Press, 2009)
O *Others* (Princeton: Princeton University Press, 2001)
OL *On Literature* (London: Routledge, 2002)
PR *Poets of Reality: Six Twentieth-Century Writers* (Cambridge: Harvard University Press, 1966)
RN *Reading Narrative* (Norman: University of Oklahoma Press, 1999)
SA *Speech Acts in Literature* (Stanford: Stanford University Press, 2001)
T *Topographies* (Stanford: Stanford University Press, 1995)
TH *Thomas Hardy: Distance and Desire* (Cambridge: Cambridge University Press, 1970)
TNT *Theory Now and Then* (London: Harvester Wheatsheaf, 1991)
TPP *Tropes, Parables, Performatives* (London: Harvester Wheatsheaf, 1991)

VP	*Versions of Pygmalion* (Cambridge: Harvard University Press, 1990)
VS	*Victorian Subjects* (London: Harvester Wheatsheaf, 1990)
Z	*Zero plus One* (Valencia: Universitat de Valencia, 2003)

Abbreviations of Works by Harold Bloom

Agon	*Agon: Towards a Theory of Revisionism* (New York: Oxford University Press, 1982)
AI1	*The Anxiety Influence* (Oxford: Oxford University Press, 1997)
AI2	*The Anatomy of Influence* (New Haven: Yale University Press, 2011)
BF	The Breaking of Form. In: Bloom H, et al. *Deconstruction and Criticism* (New York: Seabury Press, 1980)
BJ	*The Book of J.* (New York: Grove Press, 1990)
BV	*The Breaking of the Vessels* (Chicago: University Of Chicago Press, 1982)
DC	*Deconstruction and Criticism* (New York: Seabury Press, 1979)
FCI	*Figures of Capable Imagination* (New York: Seabury Press, 1976)
G	*Genius: A Mosaic of One Hundred Exemplary Creative Minds* (New York: Warner Books, 2003)
H	*Hamlet: Poem Unlimited* (New York: Riverhead Books, 2003)
HRW	*How to Read and Why* (New York: Fourth Estate, 2000)
KC	*Kabbalah and Criticism* (New York: Seabury Press, 1975)
MM	*A Map of Misreading* (New York: Oxford University Press, 1975)
OM	*Omens of Millennium: The Gnosis of Angels, Dreams, and Resurrection* (New York: Riverhead Books, 1996)
PR	*Poetry and Repression: Revisionism from Blake to Stevens* (New Haven: Yale University Press, 1976)
RST	*Ruin the Sacred Truths: Poetry and Belief from the Bible to the Present* (Cambridge: Harvard University Press, 1989)
RT	*The Ringers in the Tower: Studies in Romantic Tradition* (Chicago: University of Chicago Press, 1971)
S	*Shakespeare: The Invention of the Human* (New York: Riverhead Books, 1998)
SM	*Shelley's Mythmaking* (New Haven: Yale University Press, 1959)
VC	*The Visionary Company: A Reading of English Romantic Poetry* (Garden City: Doubleday, 1961)
WC	*The Western Canon: The Books and School of the Ages* (New York: Harcourt Brace, 1994)
WS	*Wallace Stevens: The Poems of Our Climate* (Ithaca: Cornell University, 1977)
Yeats	*Yeats* (New York: Oxford University Press, 1970)

Abbreviations of Works by Paul de Man

AR	*Allegories of Reading: French Language in Rousseau, Nietzsche, Rilke, and Proust* (New Haven: Yale University Press, 1979)

BI *Blindness and Insight: Essays in the Rhetoric of Contemporary Criticism*, 2nd ed. (Minneapolis: University of Minnesota Press, 1983)

CR Critical Response: Reply to Raymond Geuss. *Critical Inquiry*, 1983(10): 383-90

FCJ Foreword to Carol Jacobs. In: Jacobs C. *The Dissimulating Harmony: The Image of Interpretation in Nietzsche, Rilke, Artaud, and Benjamin* (Baltimore: Johns Hopkins University Press, 1978, vii-xiii)

HS Hegel on the Sublime. In: Krupnick M, ed. *Displacement: Derrida and After* (Bloomington: Indiana University Press, 1983, 139-53)

PAP Pascal's Allegory of Persuasion. In: Greenblatt S, ed. *Allegory and Representation*. (Baltimore: Johns Hopkins University Press, 1981, 1-25)

PMK Phenomenality and Materiality in Kant. In: Shapiro G, Sica A, eds. *Hermeneutics: Questions and Prospects*. (Amherst: University of Massachusetts, 1984, 121-44)

RR *The Rhetoric of Romanticism* (New York: Columbia University Press, 1984)

RT *The Resistance to Theory* (*Theory and History of Literature*, Vol. 33) (Minneapolis: University of Minnesota Press, 1986)

SSHA Sign and Symbol in Hegel's Aesthetics. *Critical Inquiry*, 1982(8): 761-75

Abbreviations of Works by Geoffrey Hartman

ACE *Akiba's Children, Emory* (VA: Iron Mountain Press, 1978)

BF *Beyond Formalism: Literary Essays 1958-1970* (New Haven: Yale University Press, 1970)

BI Blindness and Insight: Paul de Man, Fascism, and Deconstruction. *The New Republic*, 1988(3), 26-31.

BMPP *Bitburg in Moral and Political Perspective* (Bloomington: Indiana University Press, 1986)

CW *Criticism in the Wilderness: The Study of Literature Today* (New Haven: Yale University Press, 1980)

EP *Easy Pieces* (New York: Columbia University Press, 1985)

FROE *The Fate of Reading & Other Essays* (Chicago: University of Chicago Press, 1975)

HR *Holocaust Remembrance: The Shapes of Memory* (Cambridge: Blackwell, 1993)

LS *The Longest Shadow: In the Aftermath of the Holocaust* (Bloomington: Indiana University Press, 1996)

MP *Minor Prophecies: The Literary Essay in the Culture Wars* (Cambridge: Harvard University Press, 1991)

MSMELT *Malraux, Studies in Modern European Literature and Thought* (New York: Hillary House, 1960)

OJI On the Jewish Imagination. *Prooftexts 5* (1985): 201-20.

PQT Psychoanalysis and the Question of the Text. Hartman, ed. *Selected Papers from the English Institute, 1976-77* (Baltimore: Johns Hopkins University Press, 1978)

SAC *The State of the Art of Criticism* (Jerusalem: Academia Scientarum Israelitica, 1987)

SS *Scars of the Spirit: The Struggle against Inauthenticity* (New York: Palgrave/Macmillan, 2002)

ST *A Scholar's Tale: Intellectual Journey of a Displaced Child of Europe* (New York: Fordham University Press, 2007)

ST *Saving the Text: Literature/Derrida/Philosophy* (Baltimore: Johns Hopkins University Press, 1981)

TP *The Third Pillar: Essays in Judaic Studies* (Pennsylvania: University of Pennsylvania Press, 2011)

TT Tea and Totality: The Demand of Theory on Critical Style. In: Gregory S, ed. *After Strange Texts: The Role of Theory in the Study of Literature* (Tuscaloosa: University of Alabama Press, 1985)

UV *The Unmediated Vision: An Interpretation of Wordsworth* (New York: Harcourt, Brace and World, 1966)

UW *The Unremarkable Wordsworth (Theory and History of Literature 34)* (Minneapolis: University of Minnesota Press, 1987)

WP *Wordsworth's Poetry 1787-1814* (New Haven: Yale University Press, 1971)

本书作者与 Geoffrey Hartman 合影

本书作者与 Harold Bloom 合影

绪 论

本书书名中的“耶鲁学派”（以下简称“耶”），即德里达解构哲学思想影响下，一群由文学批评界颇具影响力、旗帜鲜明、备受瞩目的文学批评家、理论家和文学哲学家组成的松散的团体的名字。保罗·德曼（Paul de Man，1919—1983）、哈罗德·布鲁姆（Harold Bloom，1930— ）、杰弗里·哈特曼（Geoffrey Hartman，1929— ）和约瑟夫·希利斯·米勒（Joseph Hillis Miller，1928— ）是该学术组织的主要成员。他们与 20 世纪七八十年代后期的耶鲁大学有着亲缘关系，都曾任教于耶鲁大学英语系。作为一个思想流派，“耶”与解构领域的后结构主义思想息息相关，而与现象学范畴南辕北辙。与其说“耶”与 20 世纪 90 年代关注政治与伦理问题的解构观念殊途同归，倒不如说与 20 世纪 70 年代尼采所谓“能指”的自由游戏不谋而合。与雅克·德里达携手，耶鲁的四位学者为其“宣言书”共同撰写思想文集《解构与批评》（*Deconstruction and Criticism*，1979）。不过布鲁姆的学术立场始终与该团体的其余学者相去甚远，他的后期思想甚至与解构批评背道而驰。

本书书名中的本土化（localization）视野，即“在地化”，指中国学者的批评研究视角。它相对全球化的中国学者“主体意识”下的研究。叶维廉曾说过，所谓本土化，“指的是摆脱依赖情结，对自己已经不假思索地内在化的外来思想的反思，认识到外来思想体系里根源性的问题和困境，以及自己传统中根源性的解困能力”[1]。那么，耶鲁学派的本土化研究，就不仅仅是要发挥探索的主体意识，向本土文学理论求索的单向过程，还需要我们反向观照，探索西方解构理论模式、内涵及其精神实质，以此意识到中西文化的根本差异与中国学者研究的思路。首先，要正确认识“东方”与“西方”的关系。1985年被称为方法论年，来自西方的各种方法论如系统论、信息论等革新了中国文学的研究方法，同时也带来了文论“失语症”的焦虑。人们一边享受西方方法带来的便利，一边对中国本土话语的缺失焦虑不安。主体意识下的研究有利于整体把握对西方文艺理论的认识，有利于本土理论的建设。强调“西方”可以使我们清醒地认识到我们与“西方”的距离，从而认识到任何一种来自异域的理论，都需要一个内化的过程。只有与本土融合在一起，“西方”的理论才会真正与“东方”气质相

1 叶维廉. 被迫承受文化的错位[J]. 创世纪，1969(1):18-22.

契合，才能成为本土理论。其次，“耶”本土化研究的前提，是对西方“耶”的尊重和理解。尊重它，我们才能充分认识它、了解它；理解它，才能辨析它。也只有尊重和理解，我们才能与西方解构批评理论界平等对话。再次，要有强烈的主体意识。表现在三个方面，其一要有距离感。西方解构批评毕竟是在西方的文化土壤和文学实践中生长出来的，与我国的文化气质和文学实践天差地别，不能照搬西方解构理论和模式，套用到我国的文学实践。它只能作为观照、借鉴和启发，促使我们整理我国已有的批评理论，创建中国特色的解构批评。其二要有中西比较意识。对距离的清晰判断可以使我们辨别两种文化的异质性，强调我国文化的特性。其三要有历史意识。“耶”的理论处在动态的历史发展过程中。学者要以历史发展的眼光看待“耶”，才能在整体上把握其理论、方法和模式。研究其与中国理论发展的动因关系是中国耶鲁学派本土化研究的突破口。

本书所指研究，即一种批评思想。“批评”的含义出自布鲁姆的导师艾布拉姆斯（M. H. Abrams，1912—　）所著《文学术语汇编》第七版（*A Glossary of Literary Terms*，1999），批评（criticism）含有“理论批评”（theoretical criticism）的意思。理论批评的任务则是“提出明确的文学理论，即能够被用来鉴定并分析文学作品的一般原则，包括一套术语及其含义的区分和适用范围，还包括可用于评价作品及其作者的标准”[1]。本书所谓的“批评”亦是该含义。在此，我们借鉴中国著名散文家及英语教育家颜元叔（1933—　）有关文学批评的对象的定义：“文学批评的对象有四，即作家、作品、读者、时空。文学批评处理这四个对象的个别本身，也处理其间相互的关系。”[2] 贯穿全书的便是耶鲁四位学者各自的批评理论、理论的异同以及其理论指导下的文学作品的阐释，作家与读者、作品与读者，以及其作品当下社会和文化等相互之间的关系。换言之，拿中国语言学家、文学家、文学批评史家郭绍虞（1893—1984）的话便是批评理论。他曾说：“为批评的批评，可以指导批评，同时也可以指导作家，发挥了批评的力量，文学批评的意义和价值亦在于此。”[3]

长期以来，在西方文学批评领域中，人们比较容易忽视批评流派的介绍和研究。改革开放以来，“布拉格学派”和“法兰克福学派”是中国学界比较追捧的研究对象。前者是盛行于20世纪20年代末和30年代的结构主义语言学的主要流派之一。该学派借鉴了德国和捷克的美学与现象学、索绪尔的符号学和俄国形式主义等思想，形成了自己鲜明的结构主义和功能主义理论。一方面，国内学界主要研究该学派的戏剧研究的专著和文章，阐述他们的理论对戏剧翻译发展的贡献，揭示戏剧的重要特征；另一方面，学界研究布拉格学派的“功能”这一方法论范畴从语言学成功地引入文学性研究。后者始于1923年，主要以德国法兰克福大学的“社会研究中心”为基地的一群社会

1 M. H. Abrams. *A Glossary of Literary Terms*. Fort Worth: Harcourt Brace College Publishers, 1999, p. 50.
2 威姆塞特. 西洋文学批评史[M]. 颜元叔译. 北京：中国人民出版社，1987，第 1 页.
3 郭绍虞. 中国文学批评史[M]. 上海：中华书局，1961，第 1 页.

科学学者、哲学家、文化批评家所组成的学术社群。由法兰克福社会研究所的领导成员在20世纪30~40年代初发展起来，其社会政治观点集中反映在霍克海默（Max Horkheimer，1885—1973）、阿多诺（Theodor Ludwig Wiesengrund Adorno，1903—1969）、马尔库塞（Herbert Marcuse，1898—1979）、哈贝马斯（Jürgen Habermas，1929— ）等人的著作中。国内较早从事该学派研究的有欧力同、张伟的《法兰克福学派研究》（1990）、陈爱华的《法兰克福学派科学伦理思想的历史逻辑》（2007）、叶晓璐的《法兰克福学派的意识形态批判及其存在论视域》（2009）。值得关注的是，法兰克福大学汉学教授阿梅龙、狄安涅等合编的《法兰克福学派在中国》（2011）一书。它探讨了法兰克福学派在中国的接受历程以及当代中国科学主义与科学传播在文化和艺术理论的实践。布拉格学派是从功能语言学视角转而对文学的批评影响，法兰克福学派则是从社会批判理论中的科学伦理观角度诠释对文学、文化批评的借鉴和作用。虽然与马克思主义批判传统一脉相承的法兰克福学派对垄断资本主义社会文化工业的批判作出了重大贡献，但它还是属于社会学、人类学的范畴。国内对西方纯文学批评的学院流派的系统研究很少涉及。

笔者于1998年有机会前往英国曼彻斯特大学学习，恰逢本人硕士论文撰写，从此开始了对“耶”的研究。至今天成书，已历时十四年之久。时至2010年，耶鲁大学哈特曼教授在送给笔者的其个人专著《荒野中的批评》一书扉页赠言“赠给勇敢的中国学者”才深刻体会其中的含义。做好“耶”研究并非是件易事。主要原因有二。

其一，“耶鲁学派”作为学派的名称本身在国内有不同的声音，虽然国外早在20世纪80年代Robert Moynihan的耶鲁四学者采访论著中已经将这个学术团体的主要成员紧密地联系在一起。[1] 国内从最早的张隆溪在20世纪80年代初对于哈罗德·布鲁姆的提名引介算起，布氏进入中国已有二十余年。笔者认为，“耶鲁学派”能否称为学派，并非本书的关注焦点。纠缠于学派名称的论证毫无意义，即便布鲁姆教授本人也并不认同自己属于“耶鲁学派”。笔者2011年6月多次与布鲁姆交谈，他一再强调，并希望笔者能写出专著，介绍和研究布氏在莎士比亚研究方面的成果。他认为自己在81岁高龄出版的被其称为“最后的天鹅之歌”的《影响的解剖》（*The Anatomy of Influence*，2011）是他莎士比亚研究专家的明证。根据上海辞书出版社2003年版《辞海》，“学派”词条解为：“一门学问中由于学说师承不同而形成的派别。”英文“学派”（school)一词来自希腊语，其意为“闲暇”。本书所理解的“耶”便是在耶鲁大学的四位学者，虽有着各自的研究经历、学术观点不同，但由于他们都重视文本的细读、都对“浪漫主义”文学兴趣浓厚，1975年四位批评家都发表或出版了以文本阅读为中心的文章或著述，如德曼的《盲点与洞见》和《阅读的寓言》，米勒的《小说与重复：七部英国小说》（以下简称为《小说与重复》）和《阅读的伦理》，布鲁姆的《误读图示》、《影

1 Robert Moynihan. *A Recent Imagining: Interviews with Harold Bloom, Geoffrey Hartman, J. Hillis Miller, Paul de Man*[M]. Hamden: Archon Books, 1986.

响的焦虑》和《什么是阅读，为何阅读》，以及哈特曼的《荒野中的批评》与《阅读的命运》。因此，把他们作为一个松散的学术团体研究，以便把握其理论体系的复杂性。注重四位学者学术差异性、影响性、方法性，以及理论的文本实践性研究是本书所要突出的重点。全球化语境下，今天解构阅读与解构原则早已渗入到人文学科研究的各个领域，对包括文学和文化批评在内的整个人文科学研究都产生了重要的影响。我们今天在研究文学批评的这段历史时，确实无法绕过解构主义，更无法忽略为美国的解构批评的兴盛曾经立下汗马功劳的这几位耶鲁大学的教授。

其二，耶鲁四位学者的理论著书卷帙浩繁、晦涩难解。且四位学者中，除保罗·德曼于20世纪80年代初去世外，另外三位虽已高龄，但仍然笔耕不辍，均还在教学第一线辛勤播种，评述文学经典，引领耶鲁英语系和人文学院本科生和研究生探索文学之路。从已有的研究成果来看，在四位研究对象中，对德曼和米勒的研究比较多，而对布鲁姆和哈特曼的研究则相对较少，尤其是哈特曼，学界对其研究还十分稀少和零星。国内学界尚未出现对这四位学者进行贯通式、横向研究的研究成果。鉴于此，笔者以国内学者研究较多的耶鲁学派的文学“阅读观”为切入口，强调其文学阅读与研究的共同点，即从文本中来，走向文本；同时，比较四位学者之间“阅读观”的差异性。“耶鲁学派”主张阅读的修辞性，对文本的修辞性阅读便成为贯穿“耶”理论的一条基本线索：德曼的阅读即寓言、哈罗德的一切即误读、米勒的解构，即恰当阅读（good reading）以及哈特曼的批评即阅读等观点无不渗透在其著作的字里行间。国内有学者撰文认为耶鲁学派“解构有余而建设不足，一味强调世界的差异性而将统一性置之一旁弃若弊履，从怀疑、破坏、反抗一切权威、中心、传统的怀疑主义出发，彻底否定、颠倒、消解一切现有的秩序、界限、传统和框框，最终不可避免地走向相对主义和虚无主义，走向充满自相矛盾的谬误。”笔者认为这种言辞激烈的观点有失偏颇。耶鲁学者“立足文本”的精神值得中国西方文学研究的学者学习。本书的目的在于通过笔者对“耶”的理解，希望中国学者在引介和论述西方文学时多点阅读，少点结论。德曼所谓的语言的两面性本质——即语言的修辞性或比喻性——特质决定了文本的存在方式以及最终的阅读方式。“耶”在综合了古典文论的语言修辞观、新批评的文本自足论与读者批评理论关于读者经验下文本意义的开放性和多样性三个视角之后，以德曼为首的“耶”从语言的修辞性本质出发，探究文本和阅读的实质，形成了独特的文本阐释理论。

值得一提的是，“耶”面对形式主义批评式微的状况提出的“一切阅读都是误读”的富有解构特征的新理论观点在中国本土却出现了有趣的现象。中国学界存在着对这一理论的误用现象。虽然“耶”的“误读”思想背景可以追溯到20世纪60年代以伽达默尔为代表的当代西方阐释学，它从哲学本体论的层面为“误读”说提供了理论渊源，但是，误读一词的直接来源出自布鲁姆的代表作《影响的焦虑》。此书中，布鲁姆从文学史的角度考察，认为“诗的历史是无法和诗的影响截然区分的。因为，一部诗的历史就是诗人中的强者为了廓清自己的想象空间而相互‘误读’对方的诗的历史”[1]。布氏的“一切阅读皆是误读”的理论得到了耶鲁学派的其他学者的呼应，如米勒和德曼，但他们并非如布鲁姆关注的是创作和接受的主体，而是将眼光集中到作为客体文学的语言自身对误读的决定作用上。“耶”的“误读可说是一种把文学意义的产生联系于解读者自己的解读方式，与正读崇尚对文本意义的复原不同，误读视阅读为读者对文本的修正、突破和创造”[2]。“‘解构’实在不是一种将西方思想传统作为自己对立面的哲学，而是一种坚持思想自由、不断探索意义的新的可能性的激进姿态。”[3] 在我国文学批评领域，“误读”多指错误读解，绝大多数学者是为了证明他人对作家作品、文学现象等的阐释和评判存在误差而使用“误读”一词，它被赋予了浓厚的价值判断意味。就此而言，“误读”一词的使用有悖于“耶”的“误读”论。

我国比较文学领域，误读主要指在跨文化交流和对话过程中出现的理解误差，学者们论证在文化交往中误读现象的存在及其必然性，并积极地肯定误读在文化发展中起到了激发活力的作用。如乐黛云《文化差异与文化误读》（《中国文化研究》1994年第2期）一文早在20世纪90年代初期就已专门讨论了这一问题。在文论领域，学界有影响的理论是将“误读”分为正解和误解，当“读者的‘前理解’与作者的创作动机、作品的意蕴以及作品的艺术价值之间构成的对话相应时”，就是正解，反之则是误解，误解中又区分出正误和反误。鉴于此，本书在第一至第四章“耶”四位学者，中国语境下的异同比较之后，专辟两章对布鲁姆视域内的文学经典作品，运用“耶”的批评思想，作出文本阐释的实践性尝试。

文本开放性、互文性、影响性贯穿着“耶”学派的整体批评理论思想与实践。德曼在吸收了海德格尔关于对文本意义的完整的、总体性理解永远不可能达到，因而文本意义不可能是确定不变的解释学思想的基础上，提出了其解构主义文本观。德曼强调语言在本质上是修辞性的、隐喻的。语言的修辞是一套符号代替另一套符号，具有隐喻的性质。布鲁姆倡言与克里斯蒂娃相似的文本观，从而为描述文学发展做了很好的铺垫。布鲁姆对新批评的文本自足观深恶痛绝，他一再强调“我们应该放弃那种试图把一首诗作为一个独立个体去‘理解’的做法”[4]，布鲁姆对互文性范畴作了严格的限定，认为它是“一个文本与另一个文本、与整个文学传统以及广泛的话语域之间的关系”[5]。布氏以互文性为工具超越了新批评的一元论，超越了解构主义的意义空缺和文学史空缺等虚无主义倾向。米勒在承继日内瓦学派现象学的代表人物布莱（Georges Poulet）思想，提出小说重复理论，即影响论，把诸如狄更斯之类的作家的作

1 哈罗德·布鲁姆. 影响的焦虑[M]. 徐文博译. 北京：生活·读书·新知三联书店，1989，第4页.
2 闫永利. 论文学解读中的误读[J]. 名作欣赏，2003(10):105-110.
3 盛宁. “理论热”的消退与文学理论研究的出路[J]. 南京大学学报，2007(1):57-71.
4 Harold Bloom. *The Anxiety of Influence: A Theory of Poetry*[M]. Oxford: Oxford University Press, 1973, p.43.
5 John Frow. *Marxism and Literary History*[M]. Cambridge: Harvard University Press, 1986, p.128.

品视为一个整体，认为“有上千路径从此整体中辐射而出”[1]。在四学者之中，哈特曼的思想与布鲁姆最为接近，前者提出文本意义之不确定性（indeterminacy），认为它是“一个带有糟糕的‘直觉的感应’（vibes）的词语，它唤起了批评家作为哈姆雷特的意象”[2]。

总之，该学派研究的理论意义在于：“耶”关于文学、语言和文本和文学批评的本质的探讨以及形成的一套相关理论话语无疑极大地丰富了西方当代文学研究，其关于修辞性阅读的独特理论对文学研究中一些古老的命题如语言、文学、修辞、阅读等赋予新的内涵和特质，从而使它们在新的语境下衍生出新的概念意义，形成独特的理论特色；其研究的实践意义在于：“耶”在阐发自己理论的同时，更致力于将思想与方法应用到文学批评的实践中，并在运用中又各显神通，从不同方面、层次、角度丰富和发展其思想。“耶”的批评实践及关于文本解读的独到见解无疑丰富了文本意义阐释的策略和方法，为读者进行文学研究提供更了广阔的视角和更有力的理论工具，对文学批评实践产生了积极的指导意义。

本书所呈现的是一个十分初疏的关于耶鲁学派思想的基本轮廓，其中难免有这样或那样的漏洞和疏忽。倘若本书能起到引介、梳理的作用，笔者亦就心满意足了。

* * * * * * * * * * * * * * *

《本土化视野下“耶鲁学派”研究》为浙江省哲学社会科学规划项目。在成书过程中，不少友人曾鼎力相助——或慷慨地提供文献资料，或中肯地提出宝贵意见。他们包括我的硕士导师殷企平教授、博士生导师曹意强教授、博士后导师耶鲁兰普森教授 Paul H. Fry 等。特别要感谢耶鲁大学英语系系主任 Michael Warner 教授，由于他的盛情邀请，促成了我的耶鲁博士后项目研究。这使得我能多次登门拜访 Harold 教授，得到 Bloom 教授的指点，同时，参与了 Geoffrey Hartman 教授耶鲁研究生高级 Seminar 课程，讨论了有关弗洛伊德心理学理论对他本人和 Bloom 教授阅读理论的影响，谨在此一并鸣谢。

1 米勒. 小说与重复[M]. 王宏图译. 天津：天津人民出版社，2008，第 2 页.
2 Geoffrey Hartman. *Criticism in the Wilderness*. London: Yale University Press, 1980, p. 265.

第一章
“耶鲁学派”成因研究

所谓“耶鲁学派”（The Yale School），指的是包括保罗·德曼（Paul de Man，1919—1983）、哈罗德·布鲁姆（Harold Bloom，1930— ）、杰弗里·哈特曼（Geoffrey Hartman，1929— ）和约瑟夫·希利斯·米勒（Joseph Hillis Miller，1928— ）在内的，20世纪70年代至80年代初，在美国耶鲁大学任教并活跃在文学批评领域的四位有影响的教授。他们的批评实践在很大程度上反映了美国乃至整个英语文学批评界在20世纪七八十年代的一种批评倾向，也即所谓的“解构”倾向。同时，也直接或间接地影响了兴起于20世纪90年代的中国后现代文学批评。中国后现代文学批评既建构了一个叙述话语的乌托邦，又亲手摧毁了这个乌托邦。西方后结构主义“差延”（différance）、“补充”（supplement）、“空缺”（absence）和“重复”（repetition）“隐喻”（metaphor）、“复义”（ambiguity）、“反讽”（irony）、“张力”（tension）、“悖论”（paradox）等诸如此类的关键词不断出现在中国文学的批评话语中。鉴于此，考察解构主义的主要代表“耶鲁学派”意义重大。

“耶鲁学派”异军突起于20世纪70年代。他们通过对文本的解读来证实自己的学说。他们认为：应该对文本放任自流，予以充分的符号自主权；文本不应该被置入任何等级制度中，尤其是长期以来被我们所惯用的能指/所指等级制度；文本并非像海德格尔所说的那样能够敞开一个世界——它根本就没有敞开过，而只是在内部通过符号的相互追逐嬉戏而自行其乐。意义被耶鲁学派从文本中驱逐了。神、理念、逻格斯（Logos）和本质也从哲学中被驱赶走了。[1] 耶鲁学派为何提出上述论点？要了解耶鲁学派的后结构主义成因，就必须考察它和新批评与社会历史批评之争的关系；它跟雅克·德里达解构思想落户美国对其的影响，探讨了耶鲁学派文学批评理论的由来，并指出了耶鲁学派各成员之间的异同之处。

---

1 Paul de Man. *The Resistance to Theory*[M]. Reprinted in Yale French Studies, 1986, p. 121.

第一节　耶鲁学派和新批评与社会历史批评之争

20世纪40年代末，美国南方新批评干将C.布鲁克斯和R.P.沃伦入主耶鲁大学英文系和比较文学系，努力发掘形式主义文化优势，决心同社会历史批评较量一番。所谓“新批评”（The New Criticism）原指以J.C.兰色姆和A.泰特为首的一群南方文论家。兰色姆和泰特分别创刊《肯庸评论》和《西瓦尼评论》，发展了T.S.艾略特与I.A.端恰慈所开创的文学“本体论”（ontology）。从其对文本批评的角度看，新批评过于保守，不合时宜。然而，这些新批评家从内部开拓文学荒地，揭示了社会历史批评的局限性。社会历史批评过分强调文学的社会功能和人为价值判断，视作品为现实的直接模仿或简单反映。它常常忽略文学之所以成为文学的内在逻辑和语言技巧。与此相反，新批评专门从事文本细读的研究与“文本肌质”的分析。纳博科夫的一个比喻颇能说明新批评的文学思想：一个孩子从尼安德特峡谷跑出来，他边跑边叫“狼来了”。如果他背后果然紧跟着一只大灰狼，那么这不是文学；如果孩子大叫“狼来了”，而背后并没有狼，这才是文学。事实上，学者们对英美现代文学批评中最有影响的流派之一——新批评——众说纷纭。作为新批评的重要成员和著名批评史家，韦勒克甚至提出要摒弃这一概念。[1]

“二战”结束以后，左翼活动退缩，社会历史批评失去了政治运动的后盾，使新批评昂首挺胸一举北进，占领了学术重镇耶鲁。20世纪50年代，新批评家们继承了S.马拉美所谓“诗不是用思想而是用语言塑成”的观点，陷入了对文本的盲目崇拜。正因为他们的思想和理论走向了极端，与其对抗的新理论也就应运而生。以布鲁克斯为代表的新批评派倡导对文本的“细读法”，它强调的是：“诗歌所共有的精髓必须被阐明，但这不是从我们通常所说的‘内容’或者‘主旨’，而是从结构上来阐明。”[2] “细读法”首先预设文本本身是独立的、非历史的，是一个封闭自主的空间；其次，它还认为，文学是隐喻的、象征的，所以文本是由语言的冲突（反讽和悖论）构成的张力结构；内在的意义只是文本结构的因素之一；阅读不是寻找主题意义，而是分析诗歌的语言结构，分析的方法和手段就是细读法。但是，以德曼为代表的结构主义者虽然承认“细读法”准确地把握住了语言的修辞性本质，认同新批评倡导运用“细读法”去深入到文本内部，但是新批评的理论假设和批评实践之间存在着一个奇特的矛盾现象。既然语言是多义、朦胧的，文本又是一个隐喻、反讽的张力结构，那么文本就不可能是一个有机体。新批评发现的是意义的矛盾和多元性，其批评结果不但没有揭示出同自然有机世界一致的连续性，反而使我们的阅读进入到一个充满反讽和复义的非

1 燕卜荪. 朦胧的七种类型[M]. 周邦宪，王作虹，邓鹏译. 杭州：中国美术学院出版社，1996.
2 Cleanth Brooks. *The Well Wrought Urn: Studies in the Structure of Poetry*[M]. New York: Harcourt-Brace, 1947, p. 193.

连续性的世界，新批评对诗歌语言和有机世界关系的分析最终被自己所推翻了。德曼说：“这种一元论批评最终成为复义批评，成为对其假定的整体性的缺失的反讽。”[1] 新批评的“细读法”准确把握了语言修辞性本质，但是又在自己的理论假设和批评实践之间存在矛盾，成为解构主义者攻击的靶子。新批评突出的特点是，它侧重于分析和考察文学文本的语义问题，主要从语义学角度来分析文学语言的基本特征。

继新批评与社会历史批评之后的美国文论发展恰似一场循环马拉松赛，形成了一个“主流更迭”的文论时代。“是历史还是文学的问题成了文坛的中心和历史性焦点。以耶鲁大学教授布鲁姆、哈特曼、德曼和米勒为核心的后结构主义或解构主义批评家们也积极投身于这场争论。他们提出：割裂历史与文学去追溯文学进步是不可能的，文学是历史的一部分。

耶鲁学派的形成，主要得益于法国后结构主义。1970年，法国后结构主义先驱罗兰·巴特著名的《S/Z》首先向结构主义文论挑战，耻笑那种只见树木、不见森林的见解，强调文学互文性和符号游动特征，从而否定作品只有一个恒定结构及终极意义，并为此提供批评工具。巴特早在《风格与其意象》一文中扬言，文学作品（或任何写作）就像洋葱头，一层层剥去“无数的包皮”之后，并无内蕴核心可得。同时，德曼促成了德里达对耶鲁大学一年一度的访问与讲学。德里达打开了逻格斯中心之锁——解构一个对立命题，乃是取消对立，转移它的位置，置之于不同环境和背景之中。

由于米勒和德曼等人在比较文学方面的特长，又加之四位教授对形式结构的共同反感，耶鲁批评家们在20世纪70年代决意以一个学术团体的名义，掀起美国文论的大论战。他们的合作造就了解构主义的声势和力量。他们无拘无束地沉浸在语言游戏之中，吸引了大批学术模仿者，尤其是女权批评家、心理分析学家、建筑学家、同性恋批评家和性批评家，以活跃学术气氛。米勒曾经炫耀：一旦掌握解构方法，即能有效地“破坏西方行而上学机制”——后来成了解构主义者们的中心任务。[2] 德曼声斥新批评寻求诗的有机形式的幻想（《美国新批评的形式与意图》）。布鲁姆则声称莎士比亚以来的整个文学史是“一幅误读图”（《影响的焦虑》）。耶鲁同仁们的文学批评可谓在20世纪70年代美国的文论上独树一帜。

我们可以发现，耶鲁学派批评的重中之重在于它空前突出地体现了当代文论的神圣性和神秘性，以及伟大批评家驱赶或呼唤伟大诗人的权力意志。耶鲁学派对文本虚无之后的价值追求本身已超越了形式主义（beyond formalism，哈特曼），进入高度发达的语言哲学和论证阶段。虽然耶鲁批评家至今仍然未能把自然科学溶于当代文论，但是他们加深了人们对文学研究的必要性的认识。他们拒绝听任文学故步自封，拒绝放弃使文学超越意识形态的主张。有些社会历史批评家们也不得不承认，没有解构主义，就没有现存西方社会的一些进步。事实上，自从20世纪80年代以来出现的文化批

1 Paul de Man. *Blindness and Insight*[M]. Minneapolis: Minnesota University Press, 1983, p. 28.
2 Ross Murfin. *The Bedford Glossary of Criticism and Literature Terms*[M]. Boston: Bedford Books, 1997, p. 22.

评都是解构主义的延续。[1]

本书认为，德曼等四位教授开始实践文学批评活动时，并没有意识到所谓的解构主义运动。直至20世纪70年代，他们也只是对他们周围的学术氛围作出本能的反映。1965年春天的耶鲁文学批评学术会议使雅克·德里达和拉康首次踏入了美国文坛。产生于耶鲁学术会议以及1966年召开的霍普金斯大学学术会上的论文便成了标志欧洲大陆批评代替美国本土新批评的一个决定性的社会事件。耶鲁批评的实践源出于美国新批评。耶鲁学派理论只注重延展“终结性”的解释，而不是像某些人所说的那样，试图把歧义极端化。美国解构主义的主要切入点在于提供一个更为辩证的观点来证明文本的开放性。哈特曼认为耶鲁批评家们发动了一场文学运动，此运动早在德里达理论登场前已开始。[2] 相反，E.兰特里夏却把耶鲁学派描述为“改变哲学时尚的校园之花”[3]。然而，我们应承认耶鲁学派的实践奠定了解构主义的“前期”活动。解构主义于20世纪50年代中期就在美国有了雏形。哈特曼1954年著的《未经调节的视象》(*The Unmediated Vision*)，在D.阿金斯看来就是解构主义的原型。

耶鲁学派是活跃在当代文坛上的批评家，至今在国内外仍有相当大的影响。德曼虽然已于1983年逝世，但其影响仍在，而且其后由他的夫人编辑出版了《美学意识》(*The Ideology of the Aesthetic*)。[4] 尽管如此，“耶鲁学派”这一名称本身却有可商榷之处。诚然，曾经编辑和出版了德曼大量学术论著的美国学者林塞·沃特斯（Lindsay Waters）指出：真有一个“耶鲁派”存在吗？如果这样一个学派确实存在，是否会影响我们对德曼的评价？德曼和他的同事们之间的联系确实很紧密。他很可能把他们都推向一个特定的发展方向……但是，除此以外，耶鲁学派并不是一个统一战线，而且如果我们那样看待这些学者们，只会给我们理解他们的学术成就造成更大的困难。[5] 虽然沃特斯的批评话语只能代表一种声音，国外对该学派的存在仍有不同的看法。但是，它在美国，乃至批评界的影响不可低估。

除了同在一个校园之外，哈特曼、布鲁姆、米勒和德曼这四人被相提并论还可能跟著名批评家诺里斯（C. Norris）把他们统称为“校园之花”有关。[6] 然而，这种归类容易使读者误以为这四位耶鲁学者完全一致地倡导同一文学批评主张。其实不然，这些批评理论家分别代表了当代理论界的主要思想。德曼代表修辞批评；米勒代表美国解构主义；布鲁姆代表美国成文性对照批评理论；哈特曼代表文本意义的不确定性（indeterminacy）理论。笔者认为：哈特曼和布鲁姆应被冠以温和解构批评家的称号。就在那部被认为是耶鲁批评家宣言的《解构与批评》(*Deconstruction and Criticism*)的前言中，哈特曼就实事求是地说过，德曼和米勒是解构主义的魁首（boa-orproto

1 J. H. Miller. *Theory Now & Then*[M]. London: Harvester Wheatsheaf, 1991, p. 4.
2 G. D. Atkins. *Criticism as Answerable Style*[M]. London: Metheun, 1985, p. 124.
3 Ibid., p. 127.
4 Paul de Man. *The Ideology of the Aesthetic*. Minnesota: Regents University Press, 1996.
5 沃特斯. 美学权威主义批判[M]. 北京：北京大学出版社，2000，第 122 页.
6 C. Norris. *The American Connection*[M]. London: Routledge, 1991, p. 96.

deconstruction），而他本人和布鲁姆则只能勉强称得上解构主义者。后面这两位在某些场合甚至还撰写反对解构主义的文章。[1]

当然，这四位学者还是有不少共同之处的。例如，他们对文学批评的重要性有着共同的认识，即除了学术和教学的功能以及阐释文学文本的服务功能之外，文学批评还有使哲学和文学相结合、使反思和修辞相结合的力量。米勒和哈特曼都曾经指出，文学批评理论具有社会功能，文学理论与文学作品具有同等地位，而不是传统认识中的隶属关系（《理论的现在和过去》，米勒；《荒野中的批评》，哈特曼）。

还须一提的是，四位学者在早年的批评活动中共享历代文学大家的文本，如弥尔顿、华兹华斯、斯蒂芬、雪莱和布莱克等人的文本。他们在不同程度上受到了法国理论家的影响，如德里达、克里斯蒂瓦、拉康、福柯和巴特的影响。他们还共同享有一些文学批评原则，如“互文性”、“不确定性”和“误读性”（笔者将在下节中就“耶鲁学派”对此的共同观点作出诠释），从而使自己与法国结构主义、俄国形式主义或美国新批评迥然有异。后者把文本当做客观模式，把批评看成人文科学，而耶鲁学派则认为文学批评本身是一种文学形式。他们还撰文互相批评或辩护。例如，德曼以《盲视与洞视》评论布鲁姆的《影响的焦虑》，而布鲁姆则以其《历时性修辞》一文阐述了他本人与德曼和哈特曼之间的异同；布鲁姆的《误读论》为德曼而著；哈特曼在《荒野中的批评》中有一节评述布鲁姆，称之为《神圣丛林》；米勒撰写《理论的现在与过去》捍卫德曼，反驳了一些批评家对其战时作品所作的攻击与指责。

这耶鲁四学者中，德曼是当代美国最重要的文学理论家之一。他曾经被认为是第一个明确地把理论观念引入文学批评的人，是美国文学批评思想史上的关键人物，而且在未来的文学批评论争中也将占有重要的地位。德里达认为，德曼在当代文学批评中的贡献就在于，他充当了文学理论领域里的一个中转站，从而“使得大学内外、美国和欧洲之间的一切通道都重新畅通起来”[2]。哈特曼把德曼的去世视为美国文坛的大“悲剧”[3]，他对德曼的崇敬难以言表。而米勒曾经断言：“假如所有的男人和女人都变成德曼所期望的那种读者，人类公正、和平的千年……就会到来。”[4] 不过，德曼确实是一个有争议的人物，他的文论作品既引发赞誉，也招惹责难——而且，两者的比例基本相当。他的理论作品被描述为“不可理解”、“反人类的”，或者是“非政治的”。

四位耶鲁学者被划入同一学派也是一种巧合。众所周知，他们在同一年（1975年）发表了一系列关于同一主题的论文。例如，德曼发表了两篇重要论文，一篇论及尼采，刊登在《耶鲁研究》杂志上，另一篇论及卢梭，刊登在《佐治亚评论》上；哈特曼撰

1 Imre Aslusinsjky. *Criticism in Society*[M]. New York: Methuen, 1987, p. 81.

2 Geoffrey Hartman. *"Looking Back on Paul de Man" in Read de Man Reading*[M]. Minneapolis: Minnesota University Press, 1989, p. 4.

3 Ibid., p. 4.

4 J. Hillis Miller. *The Ethics of Reading: Kant, de Man, Eliot, Trollope, James, and Benjamin*[M]. New York: Columbia University Press, 1987, p. 58.

写了《阅读的命运》，其中的许多篇幅被用来评论德曼的《丧钟》；布鲁姆同年产出两本著作，即《误读论》和《卡布拉和批评》，表明了他是所谓“解构学派”的影子，并显示了他在当代用英文写作的理论批评家中所具有的创造力和召唤力；米勒则发表了重要评论，如《论W.史蒂文斯》，提出“解构主义”是“一种基本的阅读行为”，还断言文本自行其是、独立自主，文本总表达出自己的“不可解结”（aporia），等等。

最后需要强调的是，耶鲁学派提出的解构主义文学批评方法并不像有些批评家认为的那样提倡虚无主义。恰恰相反，解构主义是对纵横交错的语言、意义经纬织成的历史文化潜意识网络的清醒认识。而且，他们的理论在不断地发展并完善。其中布鲁姆提出阅读行为中人文主义的一面即为例证。不过，我们必须承认耶鲁学派的著作非常艰涩。由于他们刻意追求复杂的“理论节奏感”，过分追求德国式的逻辑严密性，他们的学说反而不够系统化，前后缺乏连贯性。因此，耶鲁学派并没有被奉为系统理论家。不管怎么样，我们必须承认，他们的理论是从对形式主义和新批评理论的挑战发展而来。因此，只有将耶鲁学派放入整个文学理论批评史中去认识分析，才能对它有一个客观、辩证的理解。

笔者认为，当年，这四位批评家曾被人们笼统地称为耶鲁“四人帮”或“耶鲁学派”，其原因不外乎如下三点：第一，他们四人都著述甚丰，而且在20世纪七八十年代的美国文学理论批评界起着举足轻重的影响。米勒、布鲁姆、哈特曼至今还笔耕不辍。2007年哈特曼出版了个人学术自传，2009年米勒出版新书：*The Medium Is the Marker: Browning, Freud, Derrida and the New Telepathic Ecotechnologies*，时至今日布鲁姆还在为英美文学的经典撰写有关主题分类的前言。曾经有人把耶鲁大学上述四位最有名气的批评家称为“阐释学黑手党”（Hermeneutical Mafia）。[1] 同时，这种提法也说明了他们不仅不为公众所欢迎，而且从一开始就遭到了敌视与误解。随后，弗兰克·兰特里夏（Frank Lentricchia）又嘲讽说，如果确实有一个黑手党，那么就应该有一个教父，这个教父可能是保罗·德曼。因为，在这个后来又被称为“耶鲁四人帮”的批评家们当中，德曼是公认的带头人，其他三个人都在不同程度上受到他的影响。兰特里夏还特别指出，其他三位批评家无论是在谈话中，还是在文章里，每每提起德曼时，语气都非常恭敬甚至带有崇拜的意味。此外，德曼之所以被封为教父，还因为他总是给人一种真理在握的感觉，总是用一种很“酷”、很直截了当的方式说话：他从来都是三言两语、非常简单地提出自己的观点，从不费心去细致解释和论证，就好像黑社会里一贯存在的现象：头领不说话则罢，一旦说话，句句都是权威性的，只要求被执行，从不需要解释。[2] 讽刺和挖苦的意味在这里显而易见。换言之，这个所谓的“学派”其实并不是什么“学派”，而仅仅是文人之间诽谤和攻击的靶子而已。那

1 William H. Pritchard. The Hermeneutical Mafiaor, After Strange Gods at Yale. *Hudson Review*, 1975(28): 601-610.

2 Frank Lentricchia. Paul de Man: The Rhetoric of Authority. In: *After the New Criticism*[M]. Chicago: Chicago University Press, 1980, pp. 283-284.

么，究竟是否应该把德曼划归“耶鲁学派”，这在美国文坛上也是一个颇有争议的问题。真正严肃认真地研究德曼文学理论思想的学者，大多认为这样一种提法根本不利于人们理解德曼。

第二，四位学者都或多或少地受到解构主义的鼻祖雅克·德里达（Jacques Derrida）的影响，在其批评实践中都有着不同程度的反传统和解构倾向，因而学术界常把德里达与耶鲁学派一起称为解构主义。1979年，德里达与耶鲁学派论文集《解构与批评》的出版更是干脆笼而统之把德里达与美国耶鲁学派相提并论。不可否认，德里达与耶鲁学派有很多共同点。在他们论文集的前言中，哈特曼就曾指出了德里达与耶鲁学派之间两个突出的共同点：批评即文学；语言高于意义。前者趋向一种元批评，后者趋向一种断裂诗学（poetics of fracture）；他们均（Paul de Man除外）强调互文性（文本间相互影响、相互渗透的关系）及意义的不稳定性；二者都致力于发现文本中不可调和的矛盾，从而推翻文本的传统意义，由此导致他们的批评模式的一致性：先重复后颠覆，即先指出并肯定文本声称的意义，然后利用文本自身来推翻它；最后，二者对传统的二元对立都持敌视态度，并给予消解，以此动摇传统权威与真理赖以成立的基础。对二者共同点的归纳有助于对解构主义的整体把握，但却不能说明在当时美法两国迥异的政治、经济文化背景中何以会产生同样的运动，也不能说明解构在美国的传播较之在其发源地的传播为何要快得多，同样也使我们无法对他们作出公允的评价与吸收。因此就德里达与耶鲁学派的差异性以及各成员之间的异同性，本书将在后面的章节作出进一步的阐释，并对差异的原因作出归纳。

第三，他们四人都曾在耶鲁大学英文系和比较文学系任教，哈特曼和布鲁姆2010年的秋季学期还在人文学院每周开设两次有关浪漫主义诗歌、莎士比亚戏剧人物的研讨课。当时本书作者在耶鲁英语系访学，聆听、参与了哈特曼教授一学期的讨论课。四学者还经常出没于学术会议及沙龙，在一起切磋甚至争论，无疑他们属于那种学者型的理论批评家。因此把他们放在一起统称为“耶鲁学派”是一个十分便当的办法，从今天的视角来仔细阅读这四位作者的专著，不难发现，所谓“耶鲁学派”并不是一个有着相同批评原则或倾向的批评流派，而是一个松散的、各自为政的但却有着大体一致的解构倾向的批评群体。他们确实都曾经在耶鲁大学任教，并且彼此之间时常进行批评性的讨论和切磋，甚至争论，但是他们并没有自觉地组成一个学派，甚至在多个场合下否认别人给他们冠上的“学派”之名。这种组合在相当大的程度上与德里达进入美国批评界有着直接的关系，就此意义而言，亦可把德里达算做“耶鲁学派”的“编内成员”，自有其理。因此，研究四位学者的批评实践，从理解德里达的解构理论入手，亦在情理之中。

如果说耶鲁学派是解构主义基于自身的一种反拨，是其语言学逻辑起点的合理展开的话，那么在美国则还有新批评奠定的正反两方面的基础，有了这基础，解构主义在美国的流行就有了一种内在的动力。事实上，正是新批评让结构主义在美国化的过程中发生了变异，其侧重点鲜明地转向了读者阅读。盛宁先生认为：“结构主义思潮在北美登陆不久，其理论侧重点即已发生了转折。形成这种局面，一方面固然是因为德里达的解构哲学当时已经借势登场，而更主要的是，因为在美国批评界内部，由‘新批评’传统所培养起来的着眼于文本的细读和内在分析、探究语词的修辞性的习惯，其本身也已成为一个与解构批评一拍即合的内因。”[1] 鉴于此，解构主义风行美国自然就不足为怪了。新批评不仅为解构主义在美国的传播创造了条件，而且还成为促发其美国本土化的诱因，为美国式解构主义文论提供了成长的温床。

第二节　耶鲁学派之于“误读”的历史阐释

受到德里达思想的直接影响，耶鲁学派四学者发表了一系列的论著，将解构主义方法应用于文学批评领域，“误读”观念就是其中影响广泛的重要思想之一。误读理论的正式出场是20世纪六七十年代美国解构主义思想风起云涌之时，他们面对形式主义批评式微的状况提出了“一切阅读都是误读”的富有解构特征的新的理论观点。

这一思想出现的背景可以追溯到20世纪60年代以伽达默尔为代表的当代西方阐释学，它从哲学本体论的层面为“误读”说提供了理论渊源。伽达默尔改造了海德格尔关于理解的前结构的观念，提出了偏见一说。偏见是一种积极的因素，它是在历史和传统中形成的，没有偏见，理解就不可能发生。在此基础上，伽达默尔认为：“解释者常常能够而且必须比作者理解得更多些……本文的意义超越了它的作者，这并不只是暂时的，而是永远如此。因此，理解就不只是一种复制的行为，而是一种创造性的行为。”[2] 他批判了把理解视为某种“还原”的传统历史主义观念，指出“对一个文本或一部艺术作品里的真正意义的汲舀是永无止境的，它实际上是一种无限的过程”而“理解按其本性乃是一种效果历史事件”[3]。在这种效果历史事件中，伽达默尔视理解的对象“本文”为“流传物”，在对流传物的阐释——即提问和理解——的过程中，真理的可能性总是处于一种“悬而未决之中”，这也就是“提问的特有的和原始的本质”，“理解其实总已经是在提问”[4]。伽达默尔关于阐释的本质的观点，改变了传统美学力求寻找作品原意的倾向，从历史性的读者角度建立了新的审美理解和作品真义之间的关系，为阐释空间的扩展提供了理论基础，也为误读理论提供了哲学依据。

德里达的解构主义哲学观催生了“误读”理论。德里达反对形而上学的思维方式，批判逻格斯语音中心主义。对于文学批评而言，“德里达无疑提供了否定作品恒定结

---

1 盛宁. 重读《论解构》[J]. 中华读书报 2003 年 3 月 19 日，第 19 版.
2 伽达默尔. 真理与方法[M]. 洪汉鼎译. 上海：上海译文出版社，2005，第 383 页.
3 同上，第 385 页.
4 同上，第 486 页.

构、瓦解固定意义的拆解工具。他的哲学工作常常以文学文本为道具，清理其中隐而不显的形而上学前提，对陷入绝境的思想方式实施解构，这也给解构批评以极大鼓舞。而美国众多批评家因厌倦形式结构，又迫于文学批评的危机，终于与解构思想合流。所以，解构批评，或解构作为一种批评，是已经发生在欧美文学批评世界的事实”[1]。然而，“误读”一词的直接来源出自布鲁姆，他的代表作就是关于“诗的误读”的四部专著，其中《影响的焦虑》一书在20世纪80年代末译介入中国，产生较大反响。布鲁姆从文学史的角度考察，认为“诗的历史是无法和诗的影响截然区分的。因为，一部诗的历史就是诗人中的强者为了廓清自己的想象空间而相互‘误读’对方的诗的历史”[2]。后来的诗人在前辈诗人的笼罩下感到影响的焦虑，为了冲出这种焦虑，后来者只能自我拯救，于是故意地歪曲和误解前人，没有这种随心所欲的修正，现代诗歌也不能生存。《误读图示》承继了《影响的焦虑》提出的诗歌理论，更明确地提出，阅读“是一种延迟的、几乎不可能的行为，如果更强调一下的话，那么，阅读总是一种误读”[3]。

布鲁姆的“一切阅读皆是误读”的理论得到了耶鲁学派的其他学者的呼应，如米勒和德曼，但他们并非如布鲁姆所关注的是创作和接受的主体，而是将目光集中到作为客体文学的语言自身对误读的决定作用上。他们认为语言的修辞性阅读造成了文本内部的多重意义效果，文本因而具备了内在的张力，它们互相补充甚至彼此颠覆，形成意义的生长空间，从这个角度看，误读既是合理的也是必然的。“修辞”来源于古希腊的演讲术，本来指语言的装饰效果和说服功能。德曼和米勒干脆认为一切语言都具有修辞性，尤其是文学语言的修辞性效果更为突出。米勒认为语言在本质上具有修辞性，都是隐喻：“与其说修辞手段从正确使用语言中产生或转化而来，毋宁说一切语言开始就有修辞手段的性质；语言的实义或指称作用的概念，只不过是从忘记语言的隐喻‘根源’中产生的一种幻想。”[4] 而“解构是具有悠久传统的修辞研究在当今的变体”[5]。在《阅读的寓言》中，德曼指出：“修辞手段不是语言的派生的、边缘的或反常的形式，而是典型的语义学范例。比喻结构不是其中的一种语言模式，而是它就照这样来体现语言的特征。”[6] 德曼倡导文学阅读应当是比喻性的阅读，在文学语言中，比喻义高于字面义，因为字面义只能指涉与现实关联的浅层意义，只有透过字面义挖掘文本更深层面的意义，才能使文本内蕴的丰富性乃至矛盾性显现出来，产生多重阐释，误读也就自然出现了。

---

1 胡继华. 延异[J]. 外国文学，2004(4):53-60.
2 布鲁姆. 影响的焦虑[M]. 徐文博译. 北京：生活·读书·新知三联书店，1989，第3页.
3 布鲁姆. 误读图示[M]. 朱立元，陈克明译. 天津：天津人民出版社，2008，第1页.
4 米勒. 重申解构主义[M]. 方杰等译. 北京：中国社会科学出版社，1998，第3页.
5 同上，第272页.
6 德曼. 阅读的寓言——卢梭、尼采、里尔克和普鲁斯特的比喻语言[M]. 沈勇译. 天津：天津人民出版社，2008，第111页.

综观耶鲁学派的误读理论，可以看出，这一理论首先有着鲜明的解构主义特征，力图推翻文学史树立的作家的权威身份，认为文学的意义具有不确定性；其次，他们分别从不同的角度：创作和接受主体角度、文学语言角度，多方位说明了误读的必然性和合理性；另外，误读理论激起了巨大的反响，在产生影响的同时也饱受争议，如布鲁姆的观点就被某些西方学者称为"过去二十年来最大胆最有创见的一套文学理论"[1]。"误读"一词已经成为中国学界的后现代文学语境的关键词。在继西方学者M.H.艾布拉姆斯在《镜与灯》中以作品为中心，从作品与世界、作品与作者、作品与读者，以及作品本身之间的关系阐释文学批评的发展态势，维姆塞特（W. K. Wimsatt）和比尔兹利（Beardsley）在《意图谬论》（*The Intentional Fallacy*）中强调，作者的意图不足以成为读者判断理解文本的依据，沃尔夫冈·伊瑟尔（Wolfgang Iser）进一步从文本中存在的缝隙或裂缝的层面指出，读者应该也可以积极参与文本理解，因为没有一个文本可以明释一切，这一切都在于证明"误读"的可能性。冯寿农教授在《文本语言主题——寻找批评的途径》中梳理了人们对语言的认知过程，旨在说明"误读"的可能。事实上，中国学界对"误读"概念的使用与理解亦颇有不同。在比较文学领域，误读主要指在跨文化交流和对话过程中出现的理解误差，学者们论证在文化交往中误读现象的存在及其必然性，并积极地肯定误读在文化发展中起到了激发活力的作用。如乐黛云早在20世纪90年代初期就已专门讨论了这一问题。[2] "误读"的使用虽然和西方学者阐释的误读理论有一定语意的相似性，但它已经丧失了误读所面对的阐释对象的广泛性，只是被当做起点和手段，以此论证不同文化间的先天差异性及其产生的历史、社会、文化后果，在特定的领域显现出宏观的文化比较研究特征。如果我们以《当代外国文学》杂志为例，从2005年至2009年，该刊共刊发10篇关于多丽丝·莱辛的论文，分别由王丽丽、蒋花、史志康、程心、舒伟、卢婧、朱振武、李正栓、赵晶辉、孙燕等人撰写。这些文章从不同方面、不同切入点分析莱辛作品的艺术风格和主题思想，让读者比较全面地了解和把握莱辛的创作轨迹，印证了布鲁姆关于"误读"可能性的见解。这样的现象至少可以说明在20世纪80年代，美国掀起了浩浩荡荡的重读经典和重写文学史的浪潮，超越原先的文本内部因素，跨越学科界限，把文学批评与历史、哲学、政治、心理、宗教和社会等学科相互交叉，从文化研究、新历史主义、后殖民主义、心理分析、女权主义等视角出发，重新分析经典作品，生动地演绎"误读"的可能性。我国批评界亦紧跟潮流，积极互动。

在文学批评领域，"误读"专门针对文学中的误读现象作出理论阐述，较早在国内产生影响的"误读"理论当属童庆炳先生主编的教材《文学理论教程》，该教材在论及文学接受时，将理解分为正解和误解，当"读者的'前理解'与作者的创作动机、作品的意蕴以及作品的艺术价值之间构成的对话相应时"，就是正解，反之则是误解，

1 布鲁姆. 影响的焦虑[M]. 徐文博译. 北京：生活·读书·新知三联书店，1989，第 1 页.
2 乐黛云. 文化差异与文化误读[J]. 中国文化研究，1994(2):17-20.

误解中又区分出正误和反误。正误指"读者的理解虽与作者的创作本意有所抵牾，但作品本身却客观上显示了读者理解的内涵，从而使得这种'误解'看上去又切合作品实际，令人信服"；反误则是对作品的"穿凿附会的认知和评价，包括对作品非艺术视角的歪曲"[1]。

从以上国内学界主要是在接受美学的理论资源上吸收和改造了"误读"思想看出，误读虽然具有普遍性特征，学者对"误读"理论诠释不一，但是有一点我们必须明确：读者的接受只是根据作品的意向，按照作品留下的"空白"来驰骋自己的想象力，使其具体化和感性化。如果超过了这个范围，接受和阐释就会成为杜撰，不是对作品的真正误读。接受美学所谓"一千个读者就有一千个哈姆雷特"的说法承认了读者多种理解的合理性，已经推翻了作者和文本的权威地位，在这一点上接受美学显现出一定的解构特征，但与此同时它又树立起读者的中心位置，突出读者的主体性作用在文学阐释中的发挥，以读者为核心建立起一个新的整体的文学系统。伊瑟尔进一步讨论意义是文本与读者的交流和相互作用的结果。不论是姚斯还是伊瑟尔，都把本文"放逐出文学研究的中心"，认为"本文只存在于读者与读者的介入史中"[2]。

在接受的开放性和面向未来的姿态中，没有凌驾于众人之上的权威的声音，读者的阅读活动是一直"在途中"的。阅读是一种历史实践，使读者在文本不断翻新的生产中感受到创造的快乐，这也是文学的价值所在吧。在批评实践上，罗兰·巴特的《文之悦》、《恋人絮语》，德里达的《明信片》等都为人们提供了成功的范例。"这是我们一直在努力寻求的、探究语言和文学奥秘的最好方法和智慧源泉，我们应该不断地去开发它，而不是回避它。"[3] 总之，我们在对误读概念的使用时，避免两种极端的误区，即乐此不疲地将别人的理解视作错误的，自己的才是正确的观点与限定误读的内涵，维护文本自身或读者的中心地位的一元论。

第三节 德里达之于"耶鲁学派"的影响与差异

自从德里达于1966年在约翰·霍普金斯国际研讨会上发表《结构、符号与人文学科话语中的嬉戏》，以后的二十年中，解构主义逐渐成了批评时尚。解构主义理论的身影不仅在《亚姿态》（*Sub-stance*）和《辩证批评家》（*Diacritics*）这样的先锋和理论性的期刊上频频亮相，连《现代语言学会会刊》（*PMLA*）在内的主流学报也对解构主义这一新兴理论表现出了罕见的兴趣和热情。解构主义潮流汹涌，以"拒斥阐释的

1 童庆炳. 文学理论教程[M]. 北京：高等教育出版社，2004，第345页.
2 姚斯，霍拉勃. 接受美学与接受理论[M]. 周宁，金元浦译. 沈阳：辽宁人民出版社，1987，第439页.
3 卡勒. 为"过度阐释"一辩[M]. 王宇根译. 北京：生活·读书·新知三联书店，1997，第150页.

客观标准”为标志的“耶”文学批评应运而生、风行一时。紧接着，以解构主义为对象的阐释性、批评性研究和实际应用甚嚣尘上。诚如前面所提，德里达与“耶”的共性在于认同批评的文学性与普遍存在性使得文学自身具有了无限性。但是通过比较与分析，可以从以下主要方面指出二者的差异，文化背景的差异是其导致差异的原因。

一、对“解构观”的理解不同

德里达以为：“解构不是批评操作。批评是解构的行动对象。解构所瞄准的靶心永远是倾注在批评或批评理论过程中的自信。”[1] 对德里达而言，解构不是要建立一种哲学或文学批评系统，而是要拆毁它，否则解构就会搬起石头砸自己的脚，因而解构并不向人们提供一套行之有效的规则或步骤，其每一事件都是独特的，具有不可归纳性。

耶鲁学派则反其道而行之，大都提供了一套解构操作规则及系统。他们虽然也宣称文本性之类的东西，但其文本采用的却是清晰明了的传统风格，特别是德曼，以论证缜密、结构严谨著称。这与其服务于当时的美国社会，力图超越新批评以建立自己的批评权威有着密切的关系。德曼根据自己的阅读经验，推出了修辞阅读理论，认为修辞的语言导致阅读是误读。文学文本的标志在于其给予误读以空间，在这个误读过程中，认知与行为相互交织，修辞与语法相互抵触与依赖。而批评写作正是对这种误读经验的叙述。因此，误读是文学批评的一个基本特征，盲点与洞见都产生于此。文学史就是对误读的系统描述。德曼写道：“解构的目标永远是揭示假想为单一性的总体中存在有隐藏的连贯和碎裂。”[2]

解构主义在德曼看来就是一种修辞学阅读理论，这种理论认为我们不应再从整体性和系统性的认识角度出发去寻求一种确定的意义表达，因为文学符号与文学意义之间并非一种固定的搭配，任何有文学符号解读经验的人都可体会到两者间的不一致性，那种凭借语言来表现世界、来反映心灵的传统主张显然只是研究者一厢情愿的美梦，不符合语言符号的修辞性特点。用德曼的话说，“解构主义的目标，总是要在所谓一元性总体的内部揭示出潜藏的种种组合与断裂。”[3] 消解总体，颠覆既定的意义界说，开发文本意义的多种可能性，正是解构的要义。解构阅读不应仅仅认可语言的指涉功能和字面意义，因为这简化了文学符号的复杂性。事实上，德曼的语言修辞性解构思想的一个来源是尼采。西方传统的语言观认为语言指称现实事物，表达真理，尼采却认为语言是修辞性的，其意义是转换的，它并不是表达真理的可靠工具。其实，认为语言在根本上是隐喻性的见解，在西方历史上还有更早的先例。德国浪漫主义者就已萌生了这种观念，后经英国的柯勒律治传给该国的现代文学批评家瑞恰兹，后者

1 Vincent B. Leitch. *Deconstructive Criticism: An Advanced Introduction*[M]. New York: Columbia University Press, 1983, p. 261.
2 Paul de Man. *Allegories of Reading*[M]. New Haven: Yale University Press, 1979, p. 249.
3 卡勒. 论解构[M]. 北京：中国社会科学出版社，1998，第 199、206、231-232 页.

又影响美国的新批评派成员。瑞恰兹就宣称“思维是隐喻性的，语言的隐喻就来自那里”[1]。德曼在把文本的修辞性、形象性等同文学本身时，他能够指出许多把文学等同修辞手段的先例，而最近的例子就是新批评派。新批评派就是德曼修辞性解构思想的另一路来源。新批评派的“张力”论，就认为文本的字面意义与暗示意义之间存在着张力。新批评派成员艾伦·塔特在《诗的张力》一文说，张力“即我们能在诗中发现的所有外延和内涵构成的那个完整结构”[2]。

米勒认为文学研究不应当只包含思想、主题及各种人类心理，而应当成为语文学、修辞学和对修辞认识论的研究。米勒说：“实际上，鉴于‘解构批评’是用修辞的、词源的或喻象的分析来解除文学和哲学语言的神秘性，这种批评就不是外部的，而是内部的。它与它的分析对象具有同样的性质。它非但不把文本再还原为支离破碎的片断，反而不可避免地将以另一种方式建构它所解构的东西。它在破坏的同时又在建造。”[3] 对文本解构的同时又在建构，这是米勒解构主义批评观的核心思想。米勒着重论述了文学文本自身所体现的寄生物与寄主的关系，即既解构，同时又建构的关系。米勒的解构批评思想是通过对雪莱《生命的凯旋》等作品的解构批评实践来体现的。他认为“修辞分析、喻象分析，甚至词源的探讨，对于非常理想主义地解读雪莱提出质疑是必需的”[4]。米勒认为雪莱的《生命的凯旋》一诗对一长串早先的文本有呼应和指涉，“在这些先前的文本中，这首诗所使用的象征性战车或其他喻象都曾经出现过，如《以西结书》、《启示录》、维吉尔、但丁、斯宾塞、弥尔顿、卢梭、华兹华斯。反之，雪莱的诗又被哈代、叶芝以及其他许多人所模仿。”[5] 这种承认心象投射在人类生活上的作用，因而又对此产生疑问，这一点可归结为雪莱的‘怀疑论’。这种新的怀疑论与形而上学的双重性冲突所留下的东西，又会成为新的解构批评的起点。解构批评因而是没有终结的。

总之，通过对修辞方法及小说中重复现象的研究，米勒建立了重复修辞理论。他认为任何一部小说都有功能各异、大小不同的重复。小说的阐释部分地依赖于对这些重复现象的观察。柏拉图式与尼采式的重复之间相互依赖与抵触的关系使小说的意义具有复义性（ambiguity）。[6] 布鲁姆在其《误读图示》开篇说：“此书旨在根据诗歌理论提供关于诗歌实践批评的指导，即如何阅读一首诗。”[7] 而这本书也正是给出了一些怎样确定意义的心理学式的阐释规则。布鲁姆认为诗歌的创造要经过六个心理阶段：入选、达成协议、对抗、体现、阐释与修正。诗人在最后一个阶段确立了自己的天才地位。当代诗人对前人的修正主要有六种方式，分别对应于六种修辞格：（1）纠

1 Christopher Norris. *Deconstruction: Theory and Practice*[M]. Methuen Co., Ltd., 1982, pp. 57-60.
2 史亮编. 新批评[M]. 成都：四川文艺出版社，1989，第 119 页.
3 米勒. 作为寄主的批评家[M]//王逢振. 最新西方文论选. 桂林：漓江出版社，1991，第 184 页.
4 同上，第 182 页.
5 同上，第 169 页.
6 葛林. 20 世纪文学评论[M]. 上海：上海译文出版社，1987，早先赵毅衡先生也用此翻译.
7 Harold Bloom. *A Map of Misreading*[M]. London: Oxford University Press, 1975, p. 3.

偏法（反讽）；（2）镶嵌法（借代）；（3）神性放弃法（转喻）；（4）魔鬼化（夸张）；（5）苦行法（隐喻）；（6）逆反法（再喻）。阐释一首诗就是要找出作者为对抗或回避前人的作品所用的策略及自卫性修辞方法。可以说布鲁姆较完整地建立了自己的逆反式批评理论。

哈特曼文学批评的范围很广泛。他曾与布鲁姆等批评家一起，重新评价被艾略特和新批评派所否定的浪漫主义诗歌，恢复后者的名誉。他的《超越形式主义》、《阅读的命运》和《荒野中的批评》三部论文集反映其批评文本与原始文本区分上的见解与对解构理论的贡献。哈特曼认为文本的不确定性原则使文本具有开放性。批评性文本也如此，它是一个开放性的解释网络；它并不像传统批评论所认为的那样，对于原始文本来说只是处于次要地位的东西，而是自身具有创造的性质，也是一种文学类别。哈特曼在强调文本的不确定性和开放性时，没有忽视读者和批评家的主体性，这便是与德里达的解构主义的不同之处。

笔者认为，德里达与耶鲁学派的解构观虽然不同，但有一点是一致的，即解构与阅读有关，解构在具体的阅读行为中运行，解构既是一种阅读行为，又是阅读行为的结果。德里达也相信：“离开阅读就不可能产生可抽象出来或可资利用的论点、概念或方法。”[1] 解构主义与哲学传统针锋相对的焦点亦与此相关：哲学建立在普遍的抽象原则之上，试图企及某种超验的意义、真理或工具性，它与具体的语言行为或对于语言的回应相脱离；而解构主义却正好反其道而行之。乔纳森·卡勒承认“解构主义”在学者们的笔下是三个侧面的统一体，既是一种哲学立场，又是一种政治或学术策略，此外还是一种阅读模式。[2]

二、对“语言观”的不同理解

德里达认为西方语言是“他者”（other）的居所，正是“他者”阻碍了存在的完全在场，打破了西方形而上学的封闭性。他把自柏拉图以降的哲学统统归属于逻格斯中心主义。他认为既在结构之内又在结构之外的中心是不可能存在的；其次是因为每个语言符号由于“延异”、“撒播”与“踪迹”的作用均不能实现完全的在场，只能是在场与不在场的统一，对其意义的追寻只能是文字游戏。在解构对象上，德里达主要解构以胡塞尔为代表的现象学及以索绪尔、列维·斯特劳斯为代表的结构主义兼及当代哲学。

德里达更多地侧重于哲学领域特别是本体论，致力于探讨是否存在一个赋予一切事物以恒定意义的中心结构或起源：“在我的文本所称的解构当中岌岌可危的主要事件之一就是对本体论的限定……”[3]

---

1 Jacques Derrida. *Acts of Literature*[M]. London: Routlege, p. 14.

2 Jonathan Culler. *On Deconstruction: Theory and Criticism after Structuralism*[M]. London: Routledege & Kegan Paul, 1981, p. 85.

3 Jacques Derrida. Letter to a Japanese Friend[M]//David Wood, Robert Bernasconil. *Derrida and Difference*. Warwick: Parousia Press, 1983, p. 7.

与此相反，耶鲁学派对本体论论及甚少，他们关注较多的是认识论问题，即语言是指涉性的还是修辞性的。他们不像德里达那样过多地进行理论思辨，而是在解构的实践中进行少量的理论归纳。他们把语言当做差异符号的游戏场所，认为语言在本质上是修辞性的。耶鲁学派倾向于认为文学语言优于其他语言。他们的活动局限于文学领域特别是浪漫主义文学，因此耶鲁解构主义从根本上说就是文学解构主义，与德里达的哲学解构主义有着对象上的区别。

贯穿于德曼批评著作的字眼就是语言和修辞。在语言观上，他认为语言把认知与行为分开造成了直言义与比喻义之间关系的模糊不清。他与米勒追随尼采，认为修辞不是语言中可以任意增减的东西，而是其真正本质。修辞性的存在破坏了语言的逻辑和语法。德曼在《阅读的语言》的结论中曾说，“最终的语言困境不是本体论或阐释学的，而是语言的困境”，正是在这种意义上而言。语言的修辞性导致了批评上的盲点与洞见，二者“与文学语言的修辞性密不可分”[1]。德曼通过对普鲁斯特的著名小说《追忆似水年华》的一个片段的读解探讨了他认为“修辞的语法化”的文本解读方式。针对普鲁斯特的小说《追忆似水年华》中的一大段描写，德曼说：“这一段话是关于隐喻对转喻的优越性的问题。”[2] 德曼独创性的特点在于他把情感与修辞统一起来。他写道：“卢梭称为激情的东西之表达，其实是一种修辞结构的表达。”[3] 米勒认为：“各种修辞手法并不是从语言的正确用法中派生或转化而来。所有的语言一开始就是修辞性的。关于语言直言义和指涉义的概念只是忘记了语言隐喻之根的幻想。”[4] 在实践上，米勒仅限于19世纪到20世纪的英美文学作品。对《呼啸山庄》等七部小说的研究使米勒创立了自己的重复修辞理论。他认为所有的重复单位均可划分为柏拉图式的重复和尼采式的重复。布鲁姆把文学当做一个独立的研究领域，很少论及文学以外的事件。他糅合修辞理论、弗洛伊德的心理学以及犹太教神秘主义对浪漫主义文学进行剖析。修辞在他的文学批评中起着举足轻重的作用。1740年以来英美浪漫主义大诗人都生活在弥尔顿的强大影响下，后来诗人为摆脱影响、标新立异，采取各种修辞手法超越前人。布鲁姆认为一部诗歌文本是各种权威力量争夺胜利的心理战场，而不是符号的集散地。这种心理先于诗歌语言而存在。哈特曼则认为文学批评因其创造性应成为文学的一部分，成为散文史的一部分，有着自己独特的风格。他还主张修辞无所不在，因此，哲学只是文学的另一种形式。

中国学者对德里达与耶鲁学派的“语言观”作出不同的阐释。有学者认为解构主义的是一种“语言的游戏”，“有一种否定一切的虚无主义倾向，在阅读时逃避到享乐主义的快感中去”[5]。事实上，“德里达的解构活动非但不是一种无意义的文字游戏式

---

1 Paul de Man. *Blindness and Insight*[M]. Minneapolis: Minnesota University Press, 1983, p. 141.
2 张玉能主编. 西方文论[M]. 武汉：华中师范大学出版社，2002，第 334 页.
3 李增. 论保罗·德曼情感理论和修辞理论的统一[J]. 东北师范大学学报，2002(6):82-87.
4 J. Hillis Miller. Tradition and Difference[J]. *Diacritics*, 1972(2):11-18.
5 张隆溪. 20 世纪西方文论述评[M]. 北京：生活·读书·新知三联书店，1986，第 168 页.

活动，相反却将思想中心完全放在了反思和解构西方传统的思想文化建构活动上，是一种极为严肃、意义重大、影响深远的活动。它不仅不是一种只破不立的否定性活动，相反却完全以拆解旧观念旧思想体系旧结构、重构新观念新思想新体系新结构为出发点，它不断地反思过去、开辟未来，是一种伟大的创造性活动。”[1] 郑敏先生也认为解构主义及其语言观体现了“一种开放的多元的、变化不息的宇宙观”，“反映了人类自20世纪初走向世纪下半叶之后，在思维模式上的转变和对宇宙的新认识，对人类历史教训的反思的新发展”[2]。唯持有这种认识，我们才能对解构主义革故鼎新的创造性品质有所把握。

三、对文本阐释的文学批评观的不同认识

德里达曾经提出，解构思想的目的是打破基本概念之间隐含的等级秩序，推翻基础关系和概念的统治关系，颠覆经典的优先性，如含义之于符号的优先性，声音之于书写的优先性，直观给定和直接呈现之于再现和延迟的优先性，逻辑之于修辞的优先性。就逻辑与修辞而言，从亚里士多德开始，人们就强调逻辑学优先于修辞学，但德里达却提出了修辞优先于逻辑学，其基础在于：任何一个文本和一种文类在出现之前，都已经失去了对包容一切的语境以及无法控制的文本发生事件的自主性，故修辞学涉及的是文本的品质，而逻辑学是一种规则系统，只能用来指导论证的话语系统。因此，他力图把修辞学的主权扩展到逻辑领域，这意味着修辞学对无所不包的文本语境的一般性质承担全部的责任，文本中遭到压抑的修辞学意义被凸显出来。这种修辞的优先性观点被“耶鲁学派”承接了过来，并被加以本土化。

“耶鲁学派”在吸纳德里达关于修辞性优先于逻辑性这一解构哲学观的基础上，结合美国文学批评自身的传统和特点，批判性地借鉴古典论的语言修辞观、新批评的文本自足论以及读者批评关于读者经验对于文本意义的建构理论，最后以修辞性为切入点，探究语言、文本、文学批评和阅读的修辞性实质，赋予语言、文学、修辞、阅读等古老词汇以新的内涵和特质，从而使它们在新的语境下衍生出新的概念意义，并形成了一套独特的本土化的文本阐释理论。

20世纪七八十年代以德里达为代表的文学批评解构思想吸引耶鲁学者，多半是因为其新颖的角度，它预告了一个解读新时代的到来。它对于文本的语言学的，甚至语法的处理让人充满了新的设想，但是这种打开文本“秘密”的尝试使很多人文的内涵被转换成语法的术语，令人顿失审美的愉悦。耶鲁学派的评论显然和德里达的立论不同，德氏说：只有当符号死亡时语言才真的诞生。这思路与耶鲁学派的实践，不能共存，所谓修辞术语的象征使用，非但没有打开新的时空，反而给读者一种食物中添加剂过多的印象。当德里达沉醉在“总”书写的力和无穷的创造运动，以及“踪迹”的

---

1 肖锦龙. 德里达的解构理论思想性质论[M]. 北京：中国社会科学出版社，2004，第14-15页.
2 郑敏. 结构—解构视角：语言·文化·评论[M]. 北京：清华大学出版社，1998，第146页.

不可见的迅速变幻时，后者却追求将一切文本中的生命力的呼吸都框以没有生命的符号或语法术语，他们津津乐道的语言剖析如一把外科手术刀，剖析过处只剩下标有学名的尸体标本。诚然，任何文本都应当有多元的解读，甚至是无定解的，但未必是为了颠覆文本的和谐与美。如果和谐和美是真实的存在，多元多变幻的存在，评论者有职责去欣赏和丰富它，文学批评无权肢解文本，而只能研究其中所包含的内涵。这种文学评论领域内无限满足文本解读的趣味的结果，只能是违反文学艺术的人文本质。

德里达提出“文学性不是一种自然本质，不是文学的内在物。它是对于文本的一种意向关系的相关物，这种意向关系作为一种成分或意向的层面而自成一体，是对于传统的或制度的——总之是对于社会性法则比较含蓄的意识”[1]的时候，文学性也与阅读意识融为了一体。这意味着，与其说文学“存在”于文本之中，毋宁说它“产生”于阅读之中。有了“意向关系”的加入，文学成为各种对立范畴相互影响和感应的场地。所以，德里达说，“对‘文学’与‘文学批评’作出严格的区别或将两者混为一谈”都会是一件“不妥当”的事。

德氏与耶鲁学派在对待文本的态度上也大不相同。德氏对世界的文本化，使作者失去了往昔的意义权威，沦为一个或一组文本的开头或结尾的一个符号，成为文字游戏中的一员。耶鲁学派们专门研究文学文本，把它当做人类智慧与创造性的高级的神圣表现形式，从而恢复了作者的地位，使其与文本能永世长存。德曼认为作者虽然不能任意控制语法的任意性和修辞的游戏性，但却意识到了这一点。卢梭利用语言的不稳定性说出了自己想要说的东西。米勒曾声称：“伟大的文学作品可能先于它们的批评家，它们已经在那儿，早已明确预示到批评家所能达到的解构。批评家尽最大努力并在不可或缺的作者本人的帮助下，就有希望把自己提高到与乔叟、斯宾塞、莎士比亚、弥尔顿……已有的语言高度。”[2] 在此，我们可以看出要达到对文本的正确理解与把握，批评家应得到作者的帮助，这便是强调了作者的作用。布鲁姆认为伟大的诗人拥有一定的自治或自由度，能为自己的想象力开创一个在场的活动空间。被德氏视为维护西方形而上学的弗罗伊德被布氏看成是心理阐释的杰出代表。尽管布氏也赞成互文性，但他与哈特曼一样都保留了主体性和意向性，即作者的意向性。

在耶鲁学派看来，批评应当是具有知识性的元话语，这种元话语是在某种真理性目标的引导下获取的，因此，他们认为文学越是被认为是异质的，人们对于批评解释和分析文学的力量越缺乏信念。由此，他们提出了“批评之死”（《后现代文学理论：导论》）。还有一部分批评家恰恰相反，他们异常乐观；立足于批评的衰落，他们提出以“阅读”取代之，主张“一切阅读都是误读”，“一切阐释都是误释”，而且“文学语言的特性就栖居在误读和误释的可能性之中”。德曼在《抵制理论》一文中的话最具代表性：“当我们提出文学文本的研究必然要依赖阅读行为时，意思是说……首先，

1 Jacques Derrida. *Acts of Literature*[M]. London: Routlege, p. 44.
2 J. Hillis Miller. *Thomas Hardy: Distance and Desire*[M]. Cambridge: Harvard University Press, 1970, p. 31.

它暗示文学不是透明的信息——不能想当然地以为信息和交流方式是明晰地确立了的；其次，而且更有争议的是，它暗示对文本进行语法上的解码会留下一块不可确定的残余地带，其不可确定性不得不，但又不可能为语法手段所解决——不管此语法手段是经过多么广泛地思虑。[1] 在他们看来，从来就没有“客观”的阐释，只有重要或不那么重要的误读。因为“文学”总是在语境中阅读的，而语境又并非“外在的”东西，因此文学总是由不同方式解读，而且任何阅读或阐释都不能表达穷尽任何文本的意义。

国内有学者基于耶鲁学派对文本性的认识提出：文学概念置换为“文本性”，是解构思维渗入文学的国度、引发两个解构步骤的结果：一、文学/哲学、文学/批评、现实/虚构等形而上二元对立范畴被消解，文学概念中原本具有的本质属性、特殊含义被“抽空”；二、文学不再是一种特定文类（批评、哲学亦如此），文学领域得到扩展。[2]

总之，德里达与耶鲁学者虽然存在种种差异，但是其相互之间的影响与共识却使得他们成为我们研究的基础与意义。德里达认为，德曼在当代文学批评中的贡献就在于，他充当了文学理论领域里的一种媒介，从而“使得大学内外、美国和欧洲之间的一切通道都重新畅通起来”[3]。哈特曼把德曼的去世视为美国文坛的大“悲剧”[4]，他对德曼的崇敬难以言表[5]。而米勒曾经断言：“假如所有的男人和女人都变成德曼所期望的那种读者，人类公正、和平的千年……就会到来。”[6]

耶鲁学派的解构思想是一种对某种概念独特使用，超越哲学和文学界线的，对传统的“非此即彼”的二值逻辑的某种阅读方式。在我们总结耶鲁思想的时刻，不能忘记当年解构阅读这一局面的奠基者，美国著名文学理论家韦勒克（René Wellek，1903—1995）和20世纪德国著名的罗曼语语文学学者奥尔巴赫（Erich Auerbach，1892—1957）。后者所创立的文学批评界所说的“文体研究”（stylistics）深深地影响了其学生。他们的学生哈特曼与后继者布鲁姆发展了耶鲁传统，并与德曼、米勒一起将“耶鲁学派”的思想发扬光大，倡导精读。

四、结　语

早在1997年罗选民与杨小宾对G.哈特曼的一次采访中，就谈到了哲学对于解构主义的意义。当后者被问起解构主义对于“耶鲁学派”意味着什么时，哈特曼坦言，只有把德里达同以往那些批评家相联系时，哲学才被视为解构的一个因素，否则也不可

1 Paul de Man. *The Resistance to Theory*[M]. Manchester: Manchester University Press, 1986, p. 15.

2 萧莎. 德里达的文学论与耶鲁学派的解构批评[J]. 外国文学评论，2002(4):135-147.

3 Jacques Derrida. *Memoirs for Paul de Man*[M]. Rev. ed. New York: Columbia University Press, 1989, p. vxii.

4 Geoffrey Hartman. *Read de Man Reading*[M]. Minneapolis: Minnesota University Press, 1989, p. 4.

5 Geoffrey Hartman. *A Scholar's Tale: Intellectual Journey of A Displaced Child of Europe*[M]. New York: Fordham University Press, 2007.

6 J. Hillis Miller. *The Ethics of Reading: Kant, de Man, Eliot, Trollope, James, and Benjamin*[M]. New York: Columbia University Press, 1987, p. 58.

能把“耶鲁四人帮”同解构主义联系起来。《解构与批评》（*Deconstruction and Criticism*）一书的原意是要揭示出我们之间的差异。由于出于商业原因，出版商要为书做一个护封简介，结果该书成了耶鲁学派成立的宣言书。尽管如此，哈特曼明确表示他们之间的共同性，使得他们成为一个团体，成为后来学者研究、追捧、攻击的对象。他们共同研究的问题可以概括为三点：

（1）对浪漫主义的研究。在20世纪50年代晚期以及60年代，布鲁姆写过一本关于叶芝和雪莱诗歌的重要著作，但他更希望的是以对待华莱士·史蒂文森的方式，主要通过爱默生或是美国诗歌来获取文艺批评中富有生命力的物质，重建文艺批评。布鲁姆与哈特曼最明显的相似处表现为对浪漫主义的深切关注。德曼研究的核心文本来自于德国和法国的浪漫主义运动；米勒以乔治·柏雷（George Plouet）为基础，同时博取众家之长，广纳雷蒙德和艾伯特·毕盖思的观点，前者为比利时人，也是人们通常所说的意识批评家，其思想核心是浪漫主义；那些伟大的浪漫派诗人的作品在耶鲁学派革命性理论的流行与展示中起了重要作用。也正是浪漫主义的诗人把四学者联系在了一起。布鲁姆著有《济慈：浪漫主义的修正》[1]，哈特曼著有《华兹华斯：浪漫主义的自然与否定之法》（*Wordsworth: The Romance of Nature and the Negative Way*），德曼著有《济慈：否定之路》（*Keats: The Negative Road*）。他们首先都从自然到自然，认为浪漫主义运动从自然出发到想象的自由，而且这种想象的自由常常是救赎的、炼狱式的；其次，认为浪漫主义诗歌一贯彰显对主体性的诉求，以及对自我意识的呼唤。“耶鲁学派”虽然内部存在着复杂的多元性，“却创造了这样的一种浪漫主义，它再不能被视为仅仅鼓吹和象征明智的被动（wise passiveness）、与自然的交融，以及为备受折磨的现代个体带来宁静”[2]。

（2）“误读”理论的阐释。米勒说，“一切阅读都是误读”；哈罗德·布鲁姆强调，“读者能够获得的最好的东西，就是一种出色的误读”。读者反应批评的代表性人物费希畅言，“意义即事件”，认为阅读作为一种个人的观念性活动，其最终的结果就是意义或理解，而文本只是提供进行活动的一个条件而已。哈特曼认为，“误读产生洞见，洞见生出创意”。

（3）文本“细读”。这与美国20世纪40年代新批评派极力倡导的“细读”并不相同，而是“后新批评细读”（post-new-critical reading），即仔细的研读。

在下面的章节中，笔者将对耶鲁四位学者的各自有影响性的解构理论，以文本阅读理论为核心，以解构思想为方法论上的指导，展开四位学者之间横向的比较，同时对近二十年来国内耶鲁学派的研究作出比较客观的述评，最后笔者以李维斯的《伟大的传统》中所界定的四位英国文学家的作品为例，尝试实践性的经典阐释。

1 Harold Bloom. *Keats: Romance Revised, in John Keats*[M]. New York: Chelsea House Publishers, 1985.

2 M. H. Abrams. *The Norton Anthology of English Literature* (Vol. 2). New York: Norton, 1986, pp. 17-18.

第二章 耶鲁四学者的阅读理论

解构主义文学阅读与批评理念以独特的文本阅读观颠覆人们对语言与表达、书写与阅读、语言与文化、文学与社会等方面的观念。美国“耶鲁学派”的阅读观在很大程度上就是德里达的文学观和文本观在阅读经验层面的具体运作。他们共同的解构阅读观念，在一定程度上开拓了文学批评和文学作品阐释的新天地。诚如阅读文学作品时，读者会发现不同作品之间的互相联系以及概念的混用现象。这是一种“影响”或“误读”的痕迹，也就是说作品不可避免地通过典故、原型、引述、文体特征甚至修正等手段，与别的文本产生共同的指涉关系。这种在西方结构主义和后结构主义思潮中产生的互文性文体理论，强调作者个人文体性和他对文本权威的消失，作者的作用只为文本间的相互游戏（interplay）提供地点和时空。同时，每一个文本都向其他文本开放，这一文本从而与其他文本都互为文本。当代美国文学理论批评家布鲁姆说：“文本并不存在，只有文本之间的关系。”（There are no texts, only relationship between texts.）[1]

第一节　哈罗德·布鲁姆与互文性阅读

哈罗德·布鲁姆（Harold Bloom 1930—　）先后就读于康奈尔大学和耶鲁大学，1955年获博士学位，之后一直执教于耶鲁大学，并成为耶鲁人文学院教授、文学批评家，耶鲁学派的重要代表。关于布鲁姆的传说甚多，有人说他会说话之前就能读英文，米勒说他对诗有天生的悟性，8到12岁之间就读完了哈特·克兰和瓦尔特·惠特曼。他具有惊人的记忆力，传说他能从头到尾背诵弥尔顿的《失乐园》。他的理论发轫的作品《影响的焦虑》让理论界认识了他独特的文学误读理论。他以其独特的理论建构

1 Harold Bloom. *A Map of Misreading*[M]. New York: Oxford University Press, 1975, p. 3.

和批评实践被誉为“西方传统中最有天赋、最有原创性和最有煽动性的”文学批评家。

布鲁姆的著作甚丰，文学批评生涯分为四阶段。从早期浪漫主义诗歌批评，到四部有关“误读”理论书籍的发表，到犹太神秘主义有关传统与批评的理论的提出，到《西方正典》的发表，始终围绕文学经典阐释。其早期著作主要批判现代主义和新批评对浪漫主义诗歌的贬抑，对浪漫主义诗歌作了重新评价。《影响的焦虑》（1973）是他个人的里程碑之作，这部著作标志着他上升到了理论阶段，并与其他学者一起创造了20世纪的理论话语。他认为在创作上，“迟来的”后辈面对前辈已有的辉煌成就，只有通过有意无意地“误读”前人的行为，发挥创造力才能完成自己的创新，散发出修正的光芒。值得一提的是，布鲁姆的《影响的焦虑》极大地受到美国文学批评家巴尔特（W. J. Bate，1918—1999）的影响。后者强调作家面对过去文学传统的时候，要加深自我意识，积累焦虑。他深信现代艺术家面临着一个严峻的问题，“即还有什么可做？”[1] 布鲁姆在该书中进行了巴尔特式、弗洛伊德式，甚至是达尔文式的阐释，介绍典型的晦涩难懂的术语，并坚持认为强者诗人在探索文学新领域时，互相误读，以便清理想象的空间……强者诗人欲想实现的是他自己未能创造的自我。[2]

在《影响的焦虑》中，布鲁姆通过厚今薄古的“修正”策略，发展了一种“对抗式”（antithetical criticism）的批评。这种批评模式的特征体现在他创造性地将弗洛伊德的“弑父娶母”的俄狄浦斯情结说运用于文学批评之中。也即前辈诗人犹如一个巨大的父亲般的传统，这一传统无时无刻不给后人带来无法超越的巨大阴影，使后来者始终有一种“迟到”的感觉，因为当代人的每一个创造性活动似乎都已经被前人做过了，因而为了超越这种传统的阴影，当代的强者诗人唯一可采取的策略就是对前人的成果进行某种“修正”或创造性“误读”。当然，这种创造性误读是建立在对前辈有着充分理解之基础上的，因而其结果便导致某种程度的创新。布氏颇有创意地提出了六种“修正比”：（1）“克里纳门”（clinamen），即真正的对诗的误读或有意的误读；（2）“苔瑟拉”（tessera），即“续完和对偶”；（3）“克诺西斯”（kenosis），即一种旨在打碎与前驱的连续的运动；（4）“魔鬼化”（daemonization），即朝向个人化了的“逆崇高”的运动；（5）“阿斯克西斯”（askesis），即一种旨在达到孤独状态的自我净化运动；（6）“阿波弗里达斯”（apophrades），或“死者的回归”。“这六种“修正比”的提出为他后来的系统性反传统“修正式”批评实践奠定了理论基础。如，布鲁姆曾在论述中特别说明卡莱尔（Thomas Carlyle，1795—1881）的英雄崇拜对劳伦斯的影响及劳伦斯的学术发展可以列为第二类，是克莱尔的延续，是一种“完成与对偶”，前辈被看成过于理想的人物。[3] 又如，布鲁姆把劳伦斯小说《白孔雀》对艾略特《弗洛斯河上的磨坊》结尾处离别与死亡的模仿，归为第一类影响，即“克里纳门”，与其

1 Walter Jackson Bate. *The Burden of the Past and English Poet*[M]. Cambridge: Chatto & Windus Ltd., 1970, p. 3.
2 Harold Bloom. *The Anxiety of Influence*[M]. New York: Oxford University Press, 1973, p. 5.
3 Ibid., p. 69.

辈的关系是执行转变。尽管如此，布鲁姆还是把劳伦斯列入“否定影响的伟大作家之列”（great deniers of influence）（p.56），因为D.H.劳伦斯始终不相信文学前辈，认为他们会迫使人们用眼睛而不是用自己的心灵去看待自然世界。若真如此的话，他的视野就会让异化的语言蒙上面纱，而变得晦涩难懂。事实上，布鲁姆所指谓的影响应该从更高层面去看待，而不仅仅是文学碎片的物物交换，应该是一种从抑制到鼓励灵感的转变，又如Aeolian竖琴中浪漫主义式的神话所预示的那样。[1] 布鲁姆在《影响的焦虑》中声称乔治·艾略特是劳伦斯“误读”的前辈，还认为误读是开放式的。布鲁姆认为劳伦斯的第一部作品《白孔雀》是对艾略特小说《弗洛斯河上磨坊》的再创作。在视觉艺术上，劳伦斯受到布莱克的影响；在社会政治意识上，劳伦斯受卡莱尔的影响；在美学、图像描述上，劳伦斯承继拉斯金、哈代的影响。在劳伦斯的《哈代研究》一书中，劳伦斯称哈代是自己的导师，其诗歌创作受美国诗人惠特曼的影响，就哲学思想而言，受尼采的影响，难怪李维斯（R. F. Levis）将劳伦斯列入英国文学伟大传统之中。就此而言，影响是一种由来已久，植根于英国文学中的传统。由此证明，布鲁姆的“影响论”绝非空穴来风，绝非个人的任意创造。

期间布鲁姆还著述《误读的地图》（1975）、《诗与压制》（1976），他们共同建构成为布氏的三部曲，也是他最重要的三部作品。在后者中，布鲁姆进一步发展了他的理论，将维科、尼采和弗洛伊德通过这种夺取式的修辞融合在一起。《卡巴拉与批评》（*Kabbalah and Criticism*，1975）更是将文学中传统与批评结合在一起。20世纪80年代初，是布鲁姆的批评生涯进入高峰之际，他创作了《论争：走向一种修正主义的理论》（1982）与《容器的破坏》（1982），两书都是基于前三部曲基础上的修正、扩充和发展。一方面，“布鲁姆的著作被人们贪婪地阅读，并经常受到热烈的评论。诸如肯尼斯·伯克、爱德华·赛义德、海伦·凡德勒（Helen Vendler）这些颇具洞见的评论家，布鲁姆在耶鲁的同事德曼和米勒也都高度赞扬他的著述是对当代思想史的极为卓越和重要的贡献。”[2] 20世纪90年代当他历数传统名家、描述“西方正典”时，整个文学研究界都为其革命性的传统观所侧目；另一方面，在文学观上，布鲁姆算不上是个创新者，而是传统文化的守成者，一个“审美自主性”的卫道士。只是他捍卫的不是道德之“道”，而是审美之“道”。布鲁姆写道：“近来我在维护审美自主性时颇觉孤单，但最好的维护还是阅读并观看随后的精彩演出的经验。《李尔王》并非出自某个哲学危机，它的魅力也不是某种程度上由资产阶级体制促生的神秘化所能解释的。如果某人坚持不依赖哲学，或审美无关于意识形态和形而上学，那他就会被看成一个怪人：这种情形标志着文学研究的堕落。审美批评让我们回到想象性的自主性上去，回到孤独的心灵中去，于是读者不再是社会的一员，而是作为深层的自我，作为

1 D. H. Lawrence. *Song of a Man Who Has Come Through, The Complete Poems*[M]. New York: Cumberland House, 1971, p. 250.

2 Alan Rawes. *Reading, Writing and the influence of Harold Bloom*[M]. Manchester: Manchester University Press, 2010, p. 2.

我们终极的内在性。”[1] 他对西方文学批评的现状非常不满，《西方正典》到处分布着作者对时髦的政治化文学批评的抨击。

2010—2011年，本人在耶鲁大学做“浪漫主义思潮下的绘画与英国文学”的博士后研究项目，借此完成此书。在耶鲁大学图书馆查阅资料时，发现布鲁姆不仅写有二十多部学术著作，而且还编撰了大量学术丛书。他编辑的著作至少在400部以上；就他为这些著作写的前言，就足以合编成好几本书，而且他还在继续编撰出版题为《布鲁姆的主题》(*Harold Bloom's Themes*)的系列论文。但是，就其60年来的文学生涯而言，“影响”一词始终是他研究的焦点。本人在此探讨的“影响”主要指文本之间的相互关系。“影响”不是从前辈到年轻人的交接继承，而是后来的诗人努力把自己的后来性（belatedness）转变成先来性（earliness），从而颠覆了按时间顺序构成的传统观念。这里布鲁姆的“影响”已经被理想化为一种秩序，它包容一切而不是排斥一切，其吸纳和包容的能力没有受到丝毫限制，换言之，即“互文性”。

一、“互文性”概念的由来

互文性理论是在西方结构主义和后结构主义思潮中产生的一种文本理论。认同这一观点的研究者认为语言是作为存在的基础，世界就作为一种无限的文本而出现。这一理论中，文本的作者——过去的创造者和天才——的作用大大衰减，作者个人的主体性和他对文本的权威消失了，其作用降至仅仅为文本间的相互游戏（interplay）提供场所或空间。创造性和生产力从作者转移至文本，或者说文本间的相互游戏。

互文性（intertexuality），也有人译作“文本间性”。它是一个重要的批评概念，出现于20世纪60年代，随即成为后现代、后结构批评的标识性术语。互文性通常被用来指示两个或者两个以上文本间所发生的互文关系，包括：两个具体或特殊文本之间的关系（一般称为transtexuality）与某一文本通过记忆、重复、修正，向其他文本产生的扩散性影响（一般称为intertexuality）。概言之，即传统的文学研究以作品和作者为中心，注重文本/前文本作者的作用。互文性理论则注重读者/批评家的作用，并且与传统的文学研究相比，互文性理论十分注重文学与非文学的其他种种文化因素的关系。所谓互文性批评，就是放弃那种只关注作者与作品关系的传统批评方法，转向一种宽泛语境下的跨文本文化研究。这种研究强调多学科话语分析，偏重以符号系统的共时结构去取代文学史的进化模式，体现研究者对当下文化的整体关怀，把文学文本从心理、社会或历史决定论中解放出来，投入到一种与各类文本自由对话的批评语境当中。

对互文性理论作出贡献的第一位先行者是艾略特（T. S. Eliot）。艾略特在他的博士论文《布雷德利的研究》（*A Study of Bradley*）中提出了文本“内部关系”

1 Harold Bloom. *The Western Canon, The Books and School of the Ages*[M]. New York: Harcourt Brace & Company, 1994, pp. 7-8.

（internal-relations）的理论，将体系与革新一对显然矛盾的范畴联系起来。[1] 艾略特认为作者的个性不在于创新，而在于他善于调和无数先前文本和其个人文本，即善于调和传统与个人创造，这样过去与现在的话语就同时存在。

艾略特在他的《传统与个人才能》（*Tradition and Individual Talent*，1907）一文中指出：即便是一位成熟的诗人，我们常会发现，他的作品，不仅最好的部分，就是具有个性的部分，也是他的前辈诗人最有力地表明他们的不朽之处（We shall often find that not only the best, but the most individual parts of his work may be those in which the dead poets, his ancestors, assert their immorality most vigorously）。[2]

也就是说，后世诗人的作品鲜明地体现了前辈诗人最为不朽的地方，而这里所谓的前辈诗人最有力之处也即文学的传统，也即无数前辈文坛巨擘以其最为不朽的创造汇集而成的文学传统，这种文学传统对后世文人的影响是深远而巨大的。

法国女权主义运动先驱朱莉娅·克里斯蒂娃（Julia Kristeva，1941— ）以其符号学理论向传统的影响概念挑战，创造了广义“互文性”定义，即把任何文本看成是较大范畴的文学话语结构的一部分，或是其他文学和非文学文本的转换。她在《符号学》（*Semiotics*，1969）一书中指出：“任何作品的文本都是像许多行文的镶嵌品那样构成的，任何文本都是其他文本的吸收和转化。”[3] 任何一个文本从生产直至被观照都是以他文本为参照体的，因此，不存在任何的元文本。每一个文本都同其他文本处于相互参照、彼此关联的关系中，形成一个包容着过去、现在、将来的无限开放的动态网络体系。

1966—1968 年间，克里斯蒂娃先后在《巴赫金，词语、对话和小说》、《封闭的文本》和《文本的结构化问题》这三篇论文中使用了一个由她自己根据几个最常用的法语词缀和词根拼合而成的新词“互文性”。它不仅包括有意识的借用和典故，而且包括每种想得出的无意识的引用。她认为“互文性”属于心理学理论，这种理论向主题的稳定性进行了责难，并认为互文性实质是一个或几个符号系统向另一个符号系统转换，而不只是简单意义上的“元语言研究。”[4] 如果我们在一文中找到有意识互文信息，该文本的作者准是有意采用了其他文本思维观念来解说或论证该作者的。按照托多罗夫的说法，“互文性”一词其实就是巴赫金“对话主义”的法文翻版。后来她自己也承认，这样做不仅是要介绍巴赫金，更是要创造一个新词以符合法国当前理论的“尖端研究”。于是，1966 年从保加利亚移居法国之后，她迅速地在《整体理论》一书中推出“互文性”概念。该书中所表达的符号批判思想和主体批判思想构成了“互

1 Edward Young. *Conjectures on Original Composition, in a Letter to the Author of Sir Charles Grandison*[M]. Gale ECCO Print, 2010, pp. 9-12.

2 T. S. Eliot. *Tradition & the Individual Talent*[M]. 2nd ed. London: Faber &Feber, 1934, p. 14.

3 克里斯蒂娃. 符号学：意义分析研究[J]. 引自朱立元. 现代西方美学史[M].上海：上海文艺出版社，1993，第 947 页.

4 Julia Kristeva. *The Revolution in Poetic Language* [M]. New York: Columbia University Press, 1984, pp. 59-60.

文性”的直接理论语境。在罗兰·巴特的《文本理论》一文中，“互文性”正式获得合法地位。书中强调：“在一个文本之中，不同程度地以各种多少能够辨认的形式存在着其他的文本，譬如，先时文化的文本和周围文化的关系。”以后“互文性”一词便越来越获得文论界的青睐。

二、布鲁姆论“互文性”

西方互文性是一个不稳定的概念，它在被用于文学批评话语过程中，经历了各种定义。一般我们认为西方互文性概念分流成两部分：一种是广义互文，以克里斯蒂娃、巴特、里法特尔为代表；另外一种则是狭义互文，以热奈特、安东尼·孔帕尼翁、洛朗·坚尼、米歇尔·施奈德为代表。

在美国，进入20世纪70年代之后，互文性理论被广泛地接受。理论界普遍认为，文化的各个领域之间存在着中心领域，还认为可以把人类的一切话语都联系起来。布鲁姆根据结构主义和弗洛伊德心理学理论提出了富有个性的诗歌阅读理论——误读论，即“影响的焦虑”。这一反诗歌传统的独创性理论，把弗洛伊德心理学理论、比喻理论跟犹太神秘主义传统一并归入诗歌史。[1] 此书奠定了布鲁姆诗歌“修正”理论的基石。

布鲁姆在《诗歌与压抑》（*Poetry and Repression*，1976）中彻底地摧毁了那种自足、自主文本的理想主义观念。书中指出：没有比“常识性”观念更难于除掉的观念了，那种“常识性”观念认为诗歌文本是自足的，它有一种可以确定的意义或者不涉及其他诗歌文本的种种意义…… 不幸的是，诗歌不是物品，而只是指涉及其他词语的词语，而那些词语又进一步指涉别的词语，如此下去，诗歌处于文学语言的“人口过密的”世界之中。他还说，任何一首诗都是一首互指诗（inter-poem），并且对一首诗的任何解读都是一种互指性解读（inter-reading）。[2] 他声称“强者诗人”与前辈之间存在着复杂而又迷人的张力，并认为所有诗人的写作都涉及对早期诗人的再写作。他从弗洛伊德家庭罗曼史中发现，诗人对前辈的控制欲存在强烈愤恨。事实上，布鲁姆的理论极大地发展了由W.J.贝特在他的《过去的负担和英国诗人》（*The Burden of the Past & the English Poet*，1970）中提出的思想。贝特提出：诗人不可避免地会感觉到前辈已完成了一切。然而布鲁姆则阐释道：诗人会压抑自己的恐惧或忧虑试图战胜前辈；并认为所有诗人的写作都涉及对早期诗人的再写作；这种重写总是，而且必然会产生误读，这种误读将导致后来作家创造性思想的显现。他认为：事实上自弥尔顿以来的诗人都受前辈诗人的影响；强诗人对强诗人的影响大都表现为毁灭性的（destructive），诗人们开始对影响产生一种忧虑，影响的重压令后来者（belated poet or ephehe）透不过气来，后来者必须奋力推翻它。正是这种对影响的忧虑，成为后来者

1 Raman Selden。 *The Theory of Criticism, from Plato to the Present: A Reader*[M]. New York: Longman, 1988, p. 406.

2 Harold Bloom. *Poetry & Repression*[M]. New Haven: Yale University Press, 1976, p. 2.

不断对文学传统进行再审视的内在动力。他还认为强诗人有勇气识别自己的前辈，勇敢地面对自己所承袭的传统，并通过对前辈的转义克制恐惧。布鲁姆以弗洛伊德的“恋父情结”（Odeipus Complex）心理将其前辈看成竞争者，尊敬、学习其父，但也羡慕、忌妒，甚至憎恨前辈的显赫，为了战胜忧虑，保持个人创作的独立意识，后辈通过“修正率”（revisionary ratios）对其前辈作品进行再审视，最终超越前辈。

布鲁姆主张“诗歌影响”不仅涵盖意义、意象、声音系统模式，从早期诗人转换到后辈诗人，也不只是诗人间言语的类似，而且涵盖对先前诗歌的强烈误读。布鲁姆认为：无论如何，任何一部文学作品都是以一种互文形式存在，任何一部作品的基础都是另一部分作品。布鲁姆通过研究诗人之间的亲属关系，在1973年至1976年间发表了三部曲著作（*Tethralogy, Poetic Influence, A Map of Misreading, Poetry and Repression*），书中阐述的观点清楚地表明了在文学创作和阅读活动中互文性问题的普遍性和重要性。文学是通过文学之外的话语（extra-literary discourse）来进行思考的。这样的主张大大拓宽了文学研究的范围，这无疑是有积极作用的。在这种开放性观点的影响下，互文性研究不仅扩展到文学与其他艺术门类关系的研究，而且还扩展到非文学的艺术门类之间的关系研究。极为突出的是，20世纪90年代后，西方学院派文本细读的研究者，从跨学科视野，研究视觉艺术与诗歌、小说、戏剧的关系。如：美国资深英语教授James A. W. Heffernan在文学研究中专门讨论艺格敷词的代表性，著有*Museum of Words: The Poetics of Ekphrasis from Homer to Ashbery*（1993），其中特别讨论了浪漫主义诗人华兹华斯、济慈、雪莱、拜伦诗歌中视觉图像对诗歌创作的唤起；又如2008年入选美国社会科学院，耶鲁教授伊瑟尔（Ruth Bernasrd Yeazell，Chance family professor）所著的《日常艺术》（*Art of the Everyday: Dutch Painting and the Realist Novel*，2007）从艺术史学与文学的关系入手，探索了荷兰绘画对英国19世纪维多利亚小说创作的影响。

但布鲁姆的互文性不同于解构主义魁首——德里达、米勒和德曼的。他不完全同意把一首诗仅仅看成脱离作家的纯文字符号。他认为一首诗歌更好比是一个心理战场，这个战场云集了多种力量，它们为了各自的突显而拼搏。布鲁姆承认：他自己所取得的解构批评成果是建立在对德里达和德曼的某种程度的误读上。文本的意义不是任何解读者主观上能控制的、臆想的。在这一点上布鲁姆与耶鲁解构者们走上了同一轨迹，特别是德曼。然而也正是他在诗歌阅读理论中强调心理因素及人文性的一面，使解构理论得以推进一步，使人们用辩证的观点去看待解构主义，批驳了有些批评家指责解构主义是虚无的那种说法。

在1975年出版的《误读论》（*A Map of Misreading*）中，布鲁姆将“misprision”进一步区分为三种，即后来者对前辈诗人的误读；批评家或读者对诗歌文本的误解以及诗人对自己作品的误释。下文将以奥斯丁的《曼斯菲尔德公园》（以下简称《曼》）为例，具体分析文本的互文性特征，以挖掘文本内在的巨大艺术性，以及这种手段对文本所产生的独特效果，从而进一步说明互文性存在的必然性。

三、“互文性”理论的实践阐释

首先，让我们看一下《曼斯菲尔德公园》一书受前人影响的一面。奥斯丁从塞缪尔·理查逊（Samuel Richardson）那里学到的最多。从《曼》中女主人公芬尼身上，我们看到了理查逊的创作原型——帕米拉和克拉丽莎；奥斯丁最赞赏的爱德华也是葛兰底逊式的人物（理查逊小说中的典型人物）。小说《曼》在叙事结构上与《帕米拉》似有异曲同工之处，即爱情故事所包含的欲望实现的延异性。这种延异使女主人公生活在压抑下，因而产生伤感，即情感的焦虑反应。帕米拉坚守自己的节操，在小说结尾从社会底层发展成为女主人，而芬尼通过美德从一个寄养女儿乎成了曼斯菲尔德庄园的女主人。

另一方面，奥斯丁小说也受到另一作家——菲尔丁（Henry Fielding）的影响。《曼》小说中显示出一种菲尔丁式作品的女性化，它呈现的不是波澜壮阔的激流，而是由零星琐事构成的世界，一个起居室的世界，一个禁止汤姆·琼斯入内的淑女们的世界。在芬尼身上又能辨认出与苏菲亚相近似的风采。奥斯丁还以自己的方式，在作品中采纳并进一步发展了菲尔丁那种通过一连串对话来表现情节的戏剧性手法。尽管有议论，但她更多的还是求助于对话。并且像菲尔丁一样，她的议论就包含在句子的措辞中。她的小说恰似菲尔丁的小说，在语言和场景描写方式上都浸透了讽刺。

但丁给喜剧下的定义是纷繁混乱之后得到的一个皆大欢喜的结局，而《曼》正代表了这样的结局。特别是描述索色顿荒野中男男女女欢乐的景象，使人想起莎翁《皆大欢喜》中的阿登森林。小说结尾芬尼与爱德华结为夫妻，诺里斯太太名誉扫地，托马斯对他作为一个父亲的不当行为有所认识，他的长子成为改过自新的人，正义得到张扬。

小说中上演的科策布（Kotzebue）的《恋人的誓约》，讲的是一对男女的私通及其私生子的故事。在戏中，玛丽亚和亨利·克劳福德当众表演调情是对于戏剧扮演的传统近乎原始的反应，这自柏拉图以来就存在。这一看似荒唐的情节实际上是受浪漫主义的影响。美国哲学家乔治·米德（George Herbert Mead，1863—1931）曾说过，“扮演角色”是浪漫主义最重要的手法之一。他认为扮演角色是一种新的思维方式，它和浪漫主义关于自我的新观念是完全一致的，是自我界定的一种新方法。[1] 透过芬尼这一人物，我们还看到了玛丽·沃尔斯顿克拉夫特（Mary Wolfstonecraft），一个女权主义者，道德家，《女权辩护》[2]的作者。这是因为：一方面奥斯丁小说创作正处于维多利亚时期，妇女解放问题已提到议事日程；另一方面，她有五年在巴斯度过，那儿有大型的书店，有藏书丰富的流动图书馆，奥斯丁饱览了 M.沃尔斯顿克拉夫的有关书籍，并受到了她的影响。书中不仅隐含了她与 M.沃尔斯顿克拉夫一致的观点，而且借用了不少词汇和典故。《曼》中所体现的主题也与 M.沃斯顿克拉夫特一样，反

1 Lionel Trilling. *The Opposing Self*[M]. New York: Viking Press, 1955, p. 192.
2 Mary Wolfstonecraft. *Vindication of the Rights of Women*[M]. New York: W. W. Norton, 2009, p. 3.

对卢梭所谓软弱无力是女性的本质。奥斯丁不断学习、模仿前人的表现手段，巧妙地将其运用到自己的小说中，并显示了独特性。

布鲁姆在《误读论》等系列专著中谈到批评家/读者对诗歌文本的误释。我们认为这种以读者为中心，对文本的解读方法实质为寻求文本中无意识的互文性。从迈尔的《倔强的心》[1]中，我们了解到奥斯丁的生父很早就已去世，她失去了支柱，生活变得拮据，写作给她带来的仍是清贫。那么追求温暖的家在其小说《曼》中显现也就不足为奇。社会环境使奥斯丁感到如此为难，因此解决矛盾的办法有时竟连她本人都意识不到。主要例子是在《曼》中对灰姑娘主题的迷恋。芬尼，"一个公主"，被不太相称的父母养大，但并没有失去天生的那种纤细的感情。芬尼的优秀品质与她朴次茅斯家中的肮脏、嘈杂相对照正是这一主题最明显的说明。

此外，作者本人先前成功的作品也会对其后来的作品产生影响。奥斯丁的小说《理智与情感》发表于1811年11月，同年2月她开始创作《曼》。因此，在芬尼与玛丽这一对具有强烈对比的人物实则可在前著中的爱丽诺尔（Elinor）和玛丽安（Marianne）身上显现原型。同样在《傲慢与偏见》中，吉英班纳特与伊丽莎白身上也闪耀着对待爱情问题的冷静与炽热的火花。在《曼》中，玛丽是与伊丽莎白相似的人物。对话中，讽刺是玛丽惯常的表达方式；她的声音、语调像伊丽莎白一样，令人似聆作者本人的声音、语调。玛丽侃侃而谈的体态使我们联想到迈尔在《倔强的心》中对奥斯丁的描述。她的幽默有时是黑色的，常常开令人震惊的玩笑，却永远谈吐优雅。

让主人公获得自知之明经常是奥斯丁文本中的主题。在《曼》第三卷第七章结束时，芬尼对父母家庭现实情况的了解促使她进一步有了自知之明。芬尼离家十余年之后重返朴次茅斯她父母家中探望，表现了芬尼对现实的辨识力，而当她回到梦寐以求的家，发现自己置身于一片无生气的贫穷、污秽之中。这整整一段堪称是现实主义的精品：

> 在曼斯菲尔德听不到一点争执和提高的噪音，听不到丝毫粗鲁的咆哮和猛烈的脚步声，一切都是按照令人愉快的常规秩序进行……而在自己的家房门砰砰作响，楼梯上脚步声不断，没有一件事不是在混乱之中完成，没有一个人端坐不动，没有一个人能集中精力地听他们讲话。
>
> At Mansfield, no sounds of contention, no raised voice, no abrupt burst, no thread of violence was ever heard; all proceeded in a regular course of cheerful orderliness. The doors were in constant banging, the stairs were never at rest, nothing was done without a clatter, nobody sat still, and nobody could command attention when they spoke.

对照《爱玛》，我们看到小说整的个主题就是女主人公痛苦地认识自身并逐渐抛

1 Valerie G. Myer. *Obstinate Heart: Jane Austen—A Biography*[M]. London: Michael O'Mara Books Ltd., 1997.

开幻想的过程。奥斯丁在小说的开头几段就使爱玛呈现在我们眼前：

> 爱玛·伍德豪斯漂亮、聪明、富裕，家庭舒适，性情快乐，似乎把生活中的几种最大的福气都集中于一身，她在世上已经活了近二十一个年头，很少遇到不顺心的事……造成爱玛处境的真正祸根就在于她追求为所欲为的权利和自视过高的性情。这是预示她的许多快乐会受到损害的两个不利因素。
>
> Emma Woodhouse, handsome, clever, and rich with a comfortable home and happy disposition, seemed to unite some of the best blessings of existence; and had lived nearly twenty-one years in the world with very little to distress or vex her… The real evils indeed of Emma's situation were the power of having rather too much for her own way, and a disposition to think a little too well of herself. These were the disadvantages which threatened allow to her many enjoyments.

爱玛总是过分相信自己正确，可她实际上总是犯使她难堪的错误。她主观臆想认为匡正世道是她的责任，但事与愿违。整部小说可谓在嘲弄中孕育，爱玛在自我认识中成长。

我们应该看到：从作者的角度，互文性的产生首先是根据自己的创作意图，对前文本社会的、历史的、文化的及文学等各种方面进行选择。其次作者通过把选择内容——互文本与作者自己的虚构和想象相结合，纳入到新产生的文本之中。英国当代女作家V.迈尔撰写了奥斯丁的传记——《倔强的心》，其中她写到奥斯丁是个出身清贫、地位卑微并到过伦敦两次的乡村女作家，有时甚至为因参加舞会却没有漂亮的裙子而犯愁。她在《曼》中所涉及的面绝不宏伟，内容无非是三户绅士大户人家的一些生活侧面，几对青年男女的感情纠葛或婚姻嫁娶。奥斯丁在死前给她侄女的信中有一句话："独身女子对贫困时时有一种可怕的畏惧。"这是人们赞成婚姻最有力的理由，充分说明了奥斯丁本人对贫困的恐惧，也构成了她的六部代表力作始终围绕中青年女子对婚姻的态度与追求的主题。可见这些关于年轻人男婚女嫁以及他们的感情思想的问题，在她的头脑中占有多么重要的地位。奥斯丁 41 岁就离开了人世，终身未嫁；因为她所追寻的高雅智慧、风流倜傥式的男人太少，即便有，也未必能与她结合。作为单身女子，她是被社会所忽略的。这些均决定了她的人生态度并反映在她的作品里。

总而言之，《曼》的结构、主题、表现手段都具有互文性和女性作家的独特性。这位被司哥特誉为能在二寸象牙上雕刻的女作家的成功，一方面也是通过一系列互文的运用而获得的。可以说，文本的魅力植根于文本的互文性中，因而互文的运用是不可避免的。互文性在文学文本中有其普遍性和重要的地位，它突出了文化与文学、社会与文学、艺术与文本之间的关系。研究互文性有益于拓宽文学批评理论的视野，这是人们对传统与创新关系的反思。

第二节　约瑟夫·希利斯·米勒与小说重复、叙述理论

美国解构主义批评家、耶鲁学派重要代表人物之一约瑟夫·希利斯·米勒在1982年发表的《小说与重复》中精辟地阐明在小说这样的长篇作品中，各种类型的重复方式如何产生，以及存在的意义。首先，本节从小说重复理论存在的文化渊源与哲学根源这一角度出发，介绍米勒对此理论的认识，以说明重复理论存在的历史必然性；其次，分别评介米勒对尼采与柏拉图式重复模式的理解，以及这两种重复模式的相互关系，进而说明充分理解作品中重复形式的内外框架与作者创作时的心理因素是理解小说整体意义的关键；再次，指出国外米勒研究中多为忽视的问题："重复"意义如何产生及产生怎样的模式。

在当今欧美文学批评理论界，米勒（1928—　）堪称一位大师级的学者型批评家，这不仅为他在早年的现象学"日内瓦学派"中所起的重要作用所证实，更为他在70年代以"耶鲁学派"的重要代表身份在北美批评界产生的重大影响所证实。米勒出生于美国东部弗吉尼亚州，1952年在哈佛大学获得博士学位。曾先后在约翰·霍普金斯大学和耶鲁大学任教，为美国大学培养了一批优秀的文学教师和研究者。虽然米勒在《阿里阿德涅的线》（*Ariadne's Thread: Story Lines*，1992）中指出，"阅读是一种行为，是使用语言的实践。它的发生带动了其他事物的发生，虽然之前任何事物都无法命名、预料或预见。"[1] 但是，他的阅读理论已经产生增值的效应，中西方者不断阐释运用其理论，2010年新出版的《J.H.米勒与阅读的可能性》便是例证。[2]

20世纪50年代，米勒阅读了I.A.理查兹、威廉·燕卜孙、威尔逊·奈特（G. Wilson Knight）、布莱克默尔（R. P. Blackmur），还有"新批评"、埃兹拉·庞德的批评著作，特别是康尼斯·柏克（Kenneth Burke）。他对比利时文学批评家乔治·普莱（Georges Poulet）的研究成为现象学批评家的一种美国版本，《查尔斯·狄更斯：他的小说世界》，《上帝的消失：五位19世纪作家》与《现实的诗人：六位20世纪作家》是其思想的集中反映。米勒自20世纪60年代在欧美批评界崭露头角以来，一直是美国批评理论界的风云人物。

米勒被公认为解构主义耶鲁学派的代言人，他也是解构主义在美国最有影响的倡导者之一。自20世纪70年代以来，他发表了大量演讲、论文和专著阐述解构主义的理论和主张，同时运用解构主义的批评模式来分析文学作品。在70和80年代，解构主义之所以能够产生巨大的影响，在美国批评理论界占据举足轻重的地位，是同米勒的大力倡导和身体力行分不开的。米勒的学术思想是发展变化的，并非始终是解构主义的

1 J. H. Miller. *Ariadnes's Thread: Story Lines*[M]. New Haven: Yale University Press, 1992, p. 225.
2 Eamonn Dunne. *J. H. Miller and the Possibilities of Reading, Literature after Deconstruction*[M]. London: Continuum, 2010.

批评。他的思想发展大致可以分为两个阶段："1970年以前主要为现象学批评阶段，1970年以后主要为解构主义批评阶段。其第二阶段又可细分为：小说阅读理论研究、解构主义叙述学研究、文学终结论研究。20世纪80年代初期，受到阿里阿德涅、忒修斯、狄奥尼索斯以及希腊神话中的人身牛头怪物的故事以及克里特岛的迷宫的影响，产生撰写叙事理论书籍的构想，最终完成了《阿里阿德涅的线》、《插图》、《地形学》与《解读叙事》等独特的解构叙述理论专著。90年代后，世界进入图像转向时代，学术界为文学的尽头担忧，米勒开始从文化整体性角度研究电子时代文学的命运。2000后，他多次在中国的重要大学演讲，与中国学界结下深厚友谊，他的理论也不断得到中国学者的研究与阐释，甚至误读与争论。

他的主要著作包括《小说与重复》、《阅读的道德》、《皮格马利翁的诸种变体》、《霍桑和历史》、《维多利亚时期的主体》、《地志学》、《阅读叙事》等。这些著述基本上反映了他漫长却复杂多变的批评道路和学术生涯。米勒和大多数解构批评家一样，早年曾迷恋新批评派的那套形式主义成规，后逐渐转向哲学思辨性的现象学批评，并一度充当"日内瓦学派"的主要成员，最终走上了解构批评之路。米勒的解构主义文学理论集中表现在他的小说理论中。

由于米勒具有鲜有人能与之相比的对英美文学与欧洲文学知识的储备力、一般人所望尘莫及的感悟力，以及对文本解读超常的想象力与创造力，他对文本拥有如天马行空、腾云驾雾般的解读能力，创作了一本颇具影响力的专著《小说与重复》，成为中国学者频频阐释的研究对象。下面笔者就米勒的小说重复理论作出述评，也为第六章有关重复理论对小说文本的实践阐释作些铺陈。

一、米勒的重复观与其哲学渊源

米勒不仅著述颇丰而且视角多变。其《小说与重复》广为国内学界所知并研究，是他解构主义第一阶段的代表力作。该书的主体是米勒对七部英语小说的解读。国外有学者评论该书，认为："这本书的成功之处在于它阐明了这些小说中为其他批评家所忽视的方方面面。"[1] 言下之意，该书缺乏理论性，只是一般的文本解读与评论而已。而国内的研究者则认为："《小说与重复》是米勒运用解构主义批评理论进行小说批评的一个范例……米勒在对作品进行分析的同时，常常也提出一些解构主义的理论见解。"[2] 也就是说，米勒在该书中提出的是不成体系的零散观点而已。与以上两种观点不同，本节以为米勒的这本著作不仅不缺乏理论性，而且还提出了一套自成体系的理论：作为"重复"的阅读理论。从该书的题目以及各章的标题来看，"重复"是全书的中心概念。虽然每个章节的研究对象不同，但它却像一根"阿里阿德涅"的红线串起了各个章节。所以，米勒对每部小说的研究其实都是为"重复"这个理论主题所

1 Michael Ryan. Review of Repetition and Fiction[J]. *Comparative Literature*, 1982(5):1242-1243.
2 程锡麟，王晓路. 当代美国小说理论[M]. 北京：外语教学与研究出版社，2001，第 145 页.

服务的。米勒自己也坦承在对这些小说进行解读时他其实不关心它们各自的主题意义"是什么"，而关注"如何"获得意义的："我的阅读关注意义是'如何'产生的而不是意义是'什么'，不关注'意思是什么'，而关注'意思是怎样从读者与书页上的字词相遇而产生的'。"[1] 这种"读者与书页上的字词相遇"恰恰就是阅读活动最根本的现象所在。既然"重复"是全书的中心，米勒的关注点又是阅读活动，那么"重复"就应该是米勒对阅读活动的高度浓缩与概括。也就是说，米勒借着对小说的具体分析，以"重复"为中心"概念"提出了一套阅读理论。下文笔者将就上述问题作出比较全面的探讨。

在《小说与重复》一书中，米勒选取了康拉德的《吉姆爷》、艾米丽·勃朗特的《呼啸山庄》、萨克雷的《亨利·艾斯芒德的历史》、哈代的《德伯家的苔丝》和《意中人》、伍尔芙的《达罗卫夫人》和《幕间》这七部在英国文学史上享有盛誉的小说予以分析阐释。依照解构批评的策略，米勒从细微处入手，识别这些作品中一系列重复出现的现象。这些重复现象可分为三类：一是细微处的重复，如语词、修辞格、外观、内心情态之类；二是作品中事件和场景的重复；三是这部作品与其他作品在主题、动机、人物、事件上的重复。这些重复现象及其纷繁复杂的活动方式能衍生出极其丰富的意义，是通向作品内核的通道。米勒在分析中力图从这些现象背后挖掘出深藏不露的东西，从而将那些貌似完整的、具有明确意义的文学作品的有机体分解成碎片。米勒通过对该书七部重要著作的分析，旨在说明在解构主义者看来，作品文本的意义不是聚焦于某个恒定的阐释的中心点，它存在于各个相异、但相互间又有联系的因素间的相互作用中。只有在这一动态的阐释过程中，意义才得以存在。他最后得出的结论是，虽然七部小说各自提出问题，但是没有给予明确的回答。它们包含着的各种自我阐释的因素并不能使其变得容易为人理解。但对作品的解释并不能由此而随心所欲，它们受到作品文本的制约。七部小说最为深层的不确定性在于它提供了大量互不相容的潜在的解释，但阐释者无法找到证据显示这种解释要优于另一种解释。该书从根本上反对西方文化绵延数千年之久的思维传统和模式逻格斯中心主义、两元对立论，因而具有一种振聋发聩的效应，蕴含着颠覆现存文化秩序的革命性的力量。这与耶鲁学派共同倡导的思想完全一致。

"重复"历来被认为是文本创作中的一种修辞手段。它可以是一个单词、一个短语的重复；有时为了起到强调的作用，甚至可以是同一种思想的重复。爱伦·坡（Edger Allen Poe）的长篇小说《南塔科特的阿瑟·高簦·皮姆历险记》是一个有着明显的重复现象的典型文本。[2] 惠特曼为避免惯用的诗歌长度与节奏重复的写诗方法，创造出动词与语法结构的重复手段。[3] 然而此时，我们要讨论的是美国耶鲁学派

1 J. Hillis Miller. *Fiction and Repetition: Seven English Novels*[M]. Cambridge: Harvard University Press, 1982, p. 5.
2 金衡山. 重复的含义[J]. 国外文学，2001(1):82-86.
3 C. Hugh Holman. *A Handbook to Literature*[M]. Indianapolis: Odyssey Press, 1976, p. 446.

代表人物之一米勒教授运用“解构主义阅读”的方法解读文本中存在的现象，对理解小说整体意义的作用。这是一种以揭示语言的别异性为己任的阅读方法。[1] 掌握这种阅读方法，无疑对理解文本叙事结构有着积极的作用，尤其对把握文本的主题思想更是必不可少。米勒于1976年发表了《史蒂文斯的岩石和作为疗法的批评》(*Stevens' Rock & Criticism as Cure*，1976)，对叙事小说中不断透露的重复意象产生了浓厚的兴趣。此后，米勒一直关注着小说叙事中的重复现象，比如在《小说与重复》中，精辟地阐明在小说这样的长篇作品中，各种类型的重复方式如何产生与存在的意义。[2] 依米勒之见，叙事中重复意象贯穿小说的始终。在米勒看来，两类不同形态的重复建构了小说作品：纵向的重复将外在现实和作家的大脑意识转换成书本上的各类词语形象，横向的重复将这些词语形象连接为一体。小说等文学作品是由上述两类不同形态的重复的交互运动组构成的。

将米勒的小说重复理论做一个比较全面的述评，既能使读者对他的重复观有个清晰的了解，又能使读者从新的视角去解读文本。笔者希望能把代表美国小说理论研究的方法作为研究的一种借鉴。虽然许多学者曾经先后撰文、著书，从修辞角度、文体学角度、叙事学角度提出过重复的理论与模式。如，洛奇力图阐明如何通过对故事材料的选择和建构来昭示文本意义。他的重复模式将分析对象扩展到了作品所提供的各种事件这一层次。洛奇提出：“重复是察觉阐释语言在像小说这样的长篇文学作品中所起作用的第一步。”为此，他分别对海明威（E. Hemingway）与伍尔夫（V. Woolf）的小说重复言语特征进行了分析。[3] 他还认为，属于文本宏观层面的这种重复能在微观层面充当变化的角色。[4] 我国学者程锡麟、王晓路从解构主义的角度对米勒的重复观点做了介绍。申丹女士从文体学的侧面比较了洛奇与米勒的重复观对理解小说结构的意义。本文意在对米勒的重复阅读理论建构做一番梳理，力求科学地认识文学研究中的理论与概念，使理论能科学地、理性地为我们欣赏与评论小说服务。

米勒在《小说与重复》中试图证明重复是小说的一种普遍现象。在书的开篇他就指出：“不管是怎样的读者，对小说这样的长篇作品的理解，在某种程度上是通过对重复以及因重复而产生意义的识别来达到理解的。”[5] 他进一步提出：“任何小说都是由重复和重复中的重复，或以链接的方式与其他重复相连的重复构成一个复杂的组织。在任何一种形式中，都会有构成作品本身结构的各种重复，以及决定其与作品外的各种联系的重复：作者的思想或生活；同一作者的其他作品；心理的、社会的或历

1 米勒，金惠敏. 永远的修辞性阅读[J]. 外国文学评论，2001(1):136-142.

2 J. Hillis Miller. *Fiction and Repetition: Seven English Novels*[M]. Cambridge: Harvard University Press, 1982, p. 2.

3 David Lodge. *The Language of Fiction*[M]. London: Routledge and Kegan Paul, 1966, pp. 85-86.

4 洛奇. 小说的艺术[M]. 王峻岩等译. 北京：作家出版社，1998，第103页.

5 J. Hillis Miller. *Fiction and Repetition: Seven English Novels*[M]. Cambridge: Harvard University Press, 1982, p. 3.

史现实的；他作者的其他作品；以及以前那些神奇且优美无比的主题……”[1]

由此可以看出，辨别与理解小说中的重复现象是理解小说的一个重要途径。米勒所提出的重复并非简单的故事内容的重复，而是通过重复表现一种深层意义。具体说，小说的深层结构经历了一种“圈”的形式，一个主体与回归的循环往复。其关键是透露出的一种为生存而抗争的动力。霍夫曼曾指出：“这些主题大多数都以一种梦的形式被重复和再重复。它们好像有一种魔力。”[2] 我们可以列举许多优秀作家的作品以说明主体与回归主题的线性重复。然而，是什么控制着这些因重复而产生的意义呢？

米勒在《小说与重复》中集中精力研究小说中各种形式的重复对表达意思的贡献。在米勒眼里，那些事事相连的故事有利于引起人们强烈的反应。而这正被认为是小说的重复意图。米勒认为反映小说意图的形式是多样的，彼此间不同的，但是它们都包含一种情景：当它出现后，又以某一种形式出现于另一个场合。这一系列情景可以被认为是重复。米勒详尽探讨了哈代的《德伯家的苔丝》、伍尔夫的《达罗卫夫人》等七部现实主义小说中重复现象存在的必然性，以及对故事发展的作用，提出通过重复手段使故事情节叙述变得“复杂”——盘根错节的、重复的、复制的、打断的、幻影般的——来颠覆自身。[3] 米勒认为，解读“重复”就是在一既定的作品中寻求那些看似琐碎的反常和怪异。如在伍尔夫的小说《达罗卫夫人》中彼得与克拉丽莎交谈时，每当感到紧张总不停地摆弄那把小刀。达罗卫夫人多次说过莎士比亚的一句诗“不再害怕阳光的酷热”，“不要死，活着多好，阳光多温暖”。我们要找出这些怪异究竟意味着什么，并结合对整个作品的解读，说明这些怪异何以会出现，但最终目的则是要在这些怪异的相互关联中尽可能地彰显出更多的该作品的特色。

米勒在《小说与重复》中全面地探索小说中的重复现象，认为小说有很多方法把表现社会现实作为一种重复的方式。在书中七个章节中，他列出了这些方法。但他同时强调，《小说与重复》不是一部理论著作，而是一系列关于19、20世纪重要的英语小说的阅读材料。它是一部关于阐释形式对含义的影响的著作。米勒要说明的是含义“怎样”通过读者与小说中的语句产生共鸣被表现出来。因此米勒试着仔细考虑小说整体语篇中的细微部分，而不只是简单地考虑小说所描绘的情景。米勒认为阅读绝非孤立的过程，因而要注意每本小说中的语言细节。同一位作家所写的两本小说之间必然存在某种联系，为了阐明与此有关的重复方式，米勒分别阐释了哈代与伍尔夫两位作家的各两部作品。这使我们想到解构主义者们或更确切地说耶鲁学派四人小组所共同主张的关于文本的互文性特征。然而，《小说与重复》的七个章节只能从一个侧面详尽说明各种重复手段在19、20世纪英国小说创作中的运用，米勒认为选用这些文本

---

1 J. Hillis Miller. *Fiction and Repetition: Seven English Novels*[M]. Cambridge: Harvard University Press, 1982, p. 3.

2 Daniel Hoffman. *Poe Poe Poe*[M]. New York: Dubleday and Company, Inc, 1972, p. 284.

3 J. Hillis Miller. *Fiction and Repetition: Seven English Novels*[M]. Cambridge: Harvard University Press, 1982, p. 3.

至少能作为研究重复现象的切入口，因为它们最大限度地代表了一种可能性。将这种真实放入它的重复范畴内，所有的现实主义小说从某种程度上来说都是一种反讽。

米勒证明所有重复模式可视为两种互相矛盾且又互相交织的重复模式，虽然如此，但笔者认为还有待花大量时间去对这种假说进行论证。诸如这种阅读小说的方法是否将为作者的其他作品做典范，或为同一时期的其他小说、其他作者，或为不同时期或国家的作者做典范。这有待做更多的阅读来肯定，但对七篇读物来说，不同形式的重复表明了读者能更好地期待着去发现先前小说存在的相似点和不同点，甚至有些是同一作家发表比较早的一些作品。

在《小说与重复》中，米勒进一步探索了小说重复形式产生的文化根源。他认为，西方重复理念的历史大致上就像西方文化一样久远，一边是《圣经》，另一边是《荷马》；一边起源于苏格拉底，另一边起源于柏拉图。长久以来，在《圣经》阐释学中，《新约全书》被认为是以某种手法对《旧约》的重述。而19世纪的小说《亨利·埃斯蒙德》和《亚当·比德》仍是《圣经》体裁的沿用。现代史关于重复理论的发展经历了从维柯到黑格尔和德国浪漫主义、再到克尔凯郭尔的重复观点的转变，经历了马克思在《18世纪雾月革命》中对重复理解的转变，到尼采的永久的回归概念，再到弗洛伊德的强制重复的观点的转变，与到乔依斯的《芬尼根的醒来》，直到当代理论家们各种各样的重复理论的变化，诸如拉康、底律斯或德里达等提出的重复观点。

米勒还进一步考察了重复理论的哲学渊源。20世纪60年代法国最重要的哲学家之一底律斯（Gilles Deleuze，1925—1995）在《逻辑的意识》一文中清楚地将两种重复的理论对立起来。底律斯把尼采的重复理论和柏拉图的重复理论相对照，认为“只有与自身相似的才能显出不同”；“只有差异才能使彼此相似”。这是看待世界的两种方法。第一种要求我们以假定相似或一致为基础来思考差异，而第二种要求我们相反地把相似或一致当做本质差异产生的结果。第一种方法（观点）精确地定义了复制和描摹出来的世界，把这个被模仿的世界定为圣像。而第二种观点认为作为假象的世界，它意味着世界本身是模仿物——被底律斯称作“柏拉图式”的重复，它是以一个原始模型为基础，这个原始模型是重复所无法企及的。所有其他的实例都是这个模型的复制。底律斯意识到，类似的假设成为文学中模仿概念的基础。通过与模仿对象的一致性产生的真实确定了该模仿的合理性。因此，这成了19世纪和20世纪英国现实主义小说以及相关批评的主要假设。这种理论笔者认为还是合理的。美国文化批评家威廉姆·凡·奥康纳在他的《小说与对美国的“真实再现”》这篇论文中注意到，将小说的描写等同于真实生活的再现，这种幼稚的做法往往难于让作者本人接受。他认为应该肯定的千古名言是，小说中的“真实”或“现实”，都不可避免地服从于作者个人创作意境的需要，而这种批评态度也最符合作家的创作初衷。[1]

1 Joseph J. Kwait, Mary C. Turpie. *Studies in American Culture*[M]. Minneapolis: Minnesota University Press, 1986, p. 82.

另一方面，尼采的重复理论认为假设世界是以相互区别为基础的。每一件东西被假设为是独一无二的，与别的东西有本质上的差别，并且同样以“差异”为产生的基础，这个世界不是复制，而是底律斯所谓的“假象”或“幻影”。看起来似乎是X重复了Y，但事实上并非如此，或至少不是第一类重复的完全相同的形式。米勒举了哈代小说《卡斯特桥市长》中的例子证明完全重复相似的不可能性。迈克尔晚年闲逛时想到他又回到那个卖掉他妻子的地方，而事实上，迈克尔并没有正确识别那个地方。正如小说叙述者告诉读者的，这是哈代特有的漫不经心的讥讽和冷酷。

米勒在对重复理论追根溯源之后，又引用《普鲁斯特的意象》[1] 一文，深入明确说明两类重复间的差别与相似。差别在于一种是有意志的、有意图的、对白天的记忆，而另一种是无意识的记忆，被本雅明称之为忘记。第一类记忆构建了“生活”对已经消失的事物清晰的描述，而第二类记忆构建了想象的生活是“活生生的生活”。梦使我们产生了一种奇怪而强烈的对事物的有效记忆。本雅明理解的独到之处是他对普鲁斯特的无意识有效记忆中的推断想象，这种记忆为那些曾经经历过的人创造了广大的、复杂的、谎言的网络，从未有过的世界的记忆，这个世界是以忘记来界定的。读者对此引起了极大的注意，普鲁斯特并没有像生活实际的那个样子去描述它，但是生活永远被曾经生活过的那些人所牢记。因为重要的东西并不在于他经历了什么，而是他记忆的编织。普鲁斯特的无意识的备忘录更接近于忘记。记忆是正常的，而遗忘则是反常的。白天可以弄清晚上编织的东西，白天的记忆很有逻辑地发生作用，通过相似的方式，记忆被看成是本体事物的（另一个）重复。在此基础上我们可以理解它们的相似之处。这相当于底律斯的第一个柏拉图式的重复形式。

米勒认为重复形式若脱离了语言形式的使用是无法进行分析的。这与洛奇（D. Lodge）1966年发表的颇具影响的《小说的语言》一书开头所言可谓不谋而合。他认为：“小说家使用的媒介是语言，作为小说家，无论做什么，均需在语言中或通过语言来做。”[2] 他还认为语言在小说中起着至关重要的作用。还特意选用传统现实小说，如W.M.萨克雷的《名利场》、C.勃朗特的《维列特》和《简·爱》、J.奥斯丁的《曼斯菲尔德公园》、T.哈代的《一双蓝眼睛》与康拉德所著《黑暗之心》等作为分析素材，以证明语言在作品中依然起着举足轻重的作用。当然，在此笔者并不对洛奇的“结构性”重复模式作出评价。笔者要讨论的是，任何记忆之网的形成都是在重现基础上编织而成的。但这两种重复的再现形式是不同的。第二种记忆的无言语形式（本雅明称之为忘却），也是源自相似，但这里本雅明称之为“隐约的相似”。这些相似与梦相联系，在梦中通过回放来历经与实际相差甚远的事物。米勒举了个普鲁斯特小说中真实有趣的例子：在梦中出现一只袜子也是母亲，这种再现无根据可言，它源于“隐约的相似感”的互相作用，谜一般的模糊不清。母亲怎么会像袜子？他认为这与底律斯的

1 本雅明. 普鲁斯特的意象[M]. 上海：文汇出版社，1999，第94-95页.
2 D. Lodge. *Language of Fiction*[M]. New York: Columbia University Press, 1966, p. 1.

第二点相似，即尼采的重复观点。

至此我们讨论了米勒《小说与重复》中关于重复的文化及哲学根源，即回答了小说重复现象存在的历史根源与必然性。

二、两种重复模式的关系

本雅明认为梦的霸权与领导力量并没有成为真实标志。在梦中令人惊奇地揭露一种东西与另一种东西之间的相似之处，而那些相似之处只能含糊地反映每样东西与另一样东西相似，但不是以完全相同的方式发生。我们发现第二种重复的存在要依赖第一种重复，第二种重复的形式是对第一种重复不可避免的推进，第二种不是对第一种的否定或反对，而是第一种重复的“对应物”。然后，第二种重复对第一种具有破坏作用。它已作为一种可能性在自生内部展现。如果事物的发展要遵从一个先于它的个性的规律这是符合逻辑的话，即便正确也是建立在不同事物的不同点上，是本雅明所说的“意力”。意力存在于第一种与第二种重复形式的共鸣中，它既不属于第一种重复，也不属于第二种，而是处于两者模糊相似的交叉处。[1]

早期弗洛伊德对于创伤的发现就是一个很好的例子。孩子在遭受第一次这种病痛时得到了经验，但往往不懂得它内涵中的迷人之处。那随之而来的事物的某些细节重复把这种经验带回到人们的精神世界之中，精神创伤既不在最先的事物中，也不随后来的事物产生，它是中立于两者之间，存在于模糊相似的事物之中。本雅明创造出这种关系的绝妙象征，这就好像是一只空袜，但与此同时又是一份用来填充这只袜子的礼物，可它仍旧是一只袜子。本雅明的令人难懂的关于意象的概念，在他的讽刺性寓言的理论中更完整地表现出来。他用一句话点明了其中的原委：“寓言在思想中一如废墟在物体之中。”[2] 通过寓言，本雅明把个体意识和潜意识的结构投射到普遍和历史中去，这无疑是他的美学的思想法则。

米勒认为哈代的文本提供了两种重复形式的相互作用的例子。笔者认为《苔丝》与哈代随后发表的《意中人》在主题和形式上都有相似、重复之处。然而一段来自《意中人》的文章描述能很好说明两种重复形式的相互作用。在“投石者之岛”中的英雄彼特兰德·比尔，总是习惯地将罗马看成他祖国半岛的一种复制。一种对于许多人来说都很普遍的无意识的习惯，即在不同事物中寻找类似之物，引导主人公在罗马的环境中，在那种情况下，他的眼睛总是会静止在石头上——在永恒不变的城市中对风化的石块的捕捉使他想起家乡。在哈代眼里，每块岩石、每棵树、每个人、每件事或是每个故事都不同于其他。他认为在自然界中，没有什么东西会重复。对于一个人来说，在他的一生中，没有一件事会多于一次地发生，也不存在从一个人到另一个人的重复，也没有从一代到另一代的重复。尽管如此，哈代关于在不同事物中寻找类似人物的观

1 本雅明. 文集（一）[M]. [出版地不详]：费尔格拉出版社，1955，第 302 页.
2 同上，第 289 页.

点可以说明人类存在着一种牢固的间接的重复手段。旧事物可在新事物中出现，这种习惯是无意识的、自动的、合理的，不是被刻意设计出来的东西，而是存在于考察自身的行动中。

这种普遍的无意识重复的习惯导致的结果有两个：一方面，哈代的叙述者们用比喻的眼光来看待事物。他们强调在非相似中寻找相似。比如《意中人》的叙述者，把乔思琳的爱情看成是另一个人爱情的复制。这种洞察力透过了事物的隐含面，或者可以说用隐喻来修饰事物，将故事中相同的一部分章节或者事件用另一部分来代替。另一方面，哈代的主人公——乔思琳因其叙述者的无意识的习惯而导致的语言错误，被说成是从前另一个人生活的重现。之所以称为语言错误是因为他在看待人或事的时候，不是从实质价值的唯一性出发，而是从先前事物或人的相似迹象来代替他们。同时，这也导致叙述者们把故事解释成一系列重复的结果。而事实上，什么都不会重复。每一个人、每一件事，或每一个东西都保持着自己原有的状态。笔者认为，对哈代作品的这种双重解释是错误的，这种理解并不是由读者外在引起的，而是由叙述者犯下的错误，这在小说主人公临死前表现得淋漓尽致。

读小说《意中人》，读者可以发现人类的习惯之一：看不相似的人或物的相似性。这就像叙述者所说，他以冷冷的独立的讽刺语调揭露了“不同物中的相似性”——这已告诉读者罗马和“投石者之岛”事实上是不相同的，而且该相似的欺骗性的迹象并不存于可见的事物中，即不存在于对客观事物的表面认识，而是存在于一个隐喻。这种转移产生了一些具有比喻意义上的相似的事物。作者在最后一句指明了这种具有区别的相同。事实是罗马和“投石者之岛”大部分是多石地带，当叙述者将其称之为“原始石头”时，读者便也明白了其更进一步的讽刺意义。反反复复的颠倒，令这个或那个重复现象理清主次或顺序显得困难重重。但无论如何，重复是通过书中人物及叙述者的话语得以体现。具体表现在书中人物的生活和思想中，是数千年来人类的本能，这种方式则将相似性变成“相同”，小说的历史就得以推进。尼采在《悲剧的诞生》中有趣地提出小说的定义，柏拉图被认为是小说的创始人。的确，柏拉图给了我们后人提供了新的艺术形式的模型，一个小说的模型。他开启了小说的神秘性，同时又保留了它。在小说《意中人》中，作为讲故事的叙述者的前辈保留并记录了乔思琳的幻觉，同时他证明了那些记录是幻觉，并归入第一种重复形式中，同时又肯定第二种形式。不同之处在于它们以不同模式交互使用。哈代小说的叙述手法恰好说明两种形式共存的必要性。

至此，笔者认为，米勒在《小说与重复》中通过对具体文本的分析，试图证明两种重复形式同时存在的可能性，尽管一种或另一种形式肯定在特定作者中占主导地位。但同时也表明重复链条一定是要么有基础，要么无基础。米勒的《小说与重复》是为那些在当前有争论的小说的阅读需要而尝试着去阐释这些文本的结果。这些文本的独特性存在于这个事实中，即两种重复形式都被呈现出来，且互相依赖，互为作用。这种独特的假说在文学和哲学文本中是一种有效的批评原则，被称之为“解构”。米勒不但在《小说与重复》中提出独到的重复模式，而且在别的创作中积极尝试这种批评模式，确立两种重复模式的关系。米勒的重复批评理论是一种全面解释作品的方法。他的批评不是简单构成的形式，而是从新批评主义传承下来的。米勒的重复模式打破自我封闭的文本本身的界限，更重视不同文本之间的关系。从寻找文本相似性立足点，从阐释具体文本出发来说明两种重复式并存的可能性与必然性。这与耶鲁学者哈特曼、布鲁姆所共同主张的"互文性"可谓殊途同归。笔者认为米勒的重复理论是一种比较合理且合乎逻辑的阅读文本的方法。但米勒的重复模式毕竟是以解读19世纪和20世纪七部英国经典小说为理论基础。它具有多大的科学性和实用性，是否适合其他体裁的文本阅读还有待作进一步的探讨与论证。

简言之，《小说与重复》可以代表性地说明米勒的小说批评理论形成于他积极主动的文学批评实践中，蕴藏在他纷繁复杂的批评著述中。他既追根溯源综述理论的来龙去脉，又对文本进行具体分析和抽象升华，更有自己的小说创作实践。可以说他的文学批评理论是理论与实践的统一，是感性认识与理性思想的完美结合。这使我们油然想起耶鲁学派四位学者的共同之处——实践与理论的结合，这也在一定程度上从一个侧面反驳了某些批评理论家对耶鲁解构学者的攻击，认为他们的批评理论有些虚无性与艰涩性。

三、米勒重复意义的意义与产生模式

为什么符号不可能抵达意义的本源呢？米勒研究了哈代的小说《意中人》。米勒认为这部小说提出了这样一个问题：为什么人们总是一遍又一遍地重复恋爱中的错误，好像梦游一样，给自己和他人造成痛苦？为什么无法停止重复的链条？米勒试图通过解释主人公乔瑟林的恋爱经历来回答该问题："乔瑟林的一系列重复性的恋爱在其感情生活中体现了哈代写作中预设的所谓的'符号理论'。"[1] 那这是怎样的符号理论呢？米勒认为，在乔瑟林的性爱梦中有一种柏拉图主义，即认为世间的女子皆为女神的具体化身，都是按照女神这个原型而存在。即这是柏拉图式的符号理论：女神进入每个普通女人的身体中就好像一个意义进入一个词语或符号中一般，因此普通女人可以代表女神就好比符号都可以指向终极的原始意义。

令人遗憾的是，乔瑟林却一次一次地经历着失望，因为当他真正地接近这些他所爱女子时，她们身上所蕴含的女神的意义就消失了，每一次都好像只留下一具空洞肉体。这就像一个词语重复的次数太多而变成空洞的声音毫无意义一样。此时的乔瑟林不得不面对这样的悖论：一方面，恋爱是为了寻找到失去的某物，为了获得完满，为了填补自己与真正自我之间的差距。所以，乔瑟林的恋爱就是为了成为真正的自我而需要获得他所缺乏的内容；另一方面，他的真正自我属性，就是这种空缺。他无法达

1 J. Hillis Miller. *Fiction and Repetition: Seven English Novels*[M]. Cambridge: Harvard University Press, 1982, p. 7.

到完满状态，而一旦达到这种状态，这种空缺被填补了，他就不是他自己了，他面临的就是自我的死亡。所以，米勒认为问题还不在于符号本身是我们回到最原始的统一意义中去的阻碍，更重要的问题在于：作为意义的本源，这种统一性是一个虚幻，并不存在。根本没有可以主宰整个意义序列而又未分裂的意义本源。真要有的话，那就是死亡，可它又无法被探知而毫无意义。

如果符号是自我分裂而无法指涉最后的真理，而意义的本源又空缺，那么我们是如何在阅读中获得意义的呢？米勒在第五章讨论哈代的《德伯家的苔丝》中的重复时，提出小说中的性行为、暴力行为和书写都是一种悖论的行为，因为它们在造成断裂的同时又建立连续性的先于逻辑的非逻辑。在这种非逻辑力量驱使下产生的重复就是哈代所称的"内在设计"。它的表现形式就是：小说中的情节前后相续，一个接一个，而构成一个设计图案。在这个图案中，每一个事件都脱离自身，而卷入到整个图案中。这种图案的构成会给人造成一种错觉，即它有一中心，而且这个中心就在作品文本之外并可以解释这个图案。但事实上，米勒认为："对于哈代来说，这个设计没有源头。它发生了……却没有'原始版本'，有的只是无尽的序列。"[1] 而且这些文本因素之间的重复实际上是出自差异："这些重复产生的相似性出自差异，并没有为重复链条之外的什么中心、源头和结尾所控制。"[2] 所以，米勒的结论是："所有的阐释都是通过某种方式将一个符号与它前后的相互交叉连接而设置的模式。任何阐释都是赋予事件真实顺序的人为形式。在此过程中的意义来自于一种阐释者与被阐释者相互作用的行为，它们都对制造或发现一个意义模式起作用。"[3] 所以，在米勒看来，由于本源意义的缺然，所有的阅读活动获得意义的过程都是强行赋予文本意义的过程。

在第八章中，米勒进一步对这种强行施加模式的意义产生过程进行讨论。米勒谈论了三种不同的观点。第一种是德国文艺学者伍尔夫冈·伊瑟尔（Wolfgang Iser，1926—2007）的"不确定论"（indetermination）。伊瑟尔认为，无论小说家如何努力来连接小说中的各个片段都无济于事，最后小说仍然是无法呈现固定的意义。因为，文本为读者提供的信息太少了，需要读者用自己的创造活动来填补空白，这样便允许存在不同的有效阐释。第二种是当代英国最博学、最有特色的文艺批评家弗兰克·克默德（Frank Kermode，1919—2010）所持的"武断论"。在他看来，小说解读的问题在于所给出的信息太多而不是太少，而且所给出的信息之间又有很多是相互矛盾的，读者在作出某个解释的时候必须将一些信息弃而不用，导致不同的读者便会利用不同的信息材料得出不同的结论。第三种观点是哈特曼（Geoffrey Hartman）的"插入论"。根据这个观点，阅读就是在两个已知点之间形成的空白处填入某样东西，意义便自然会浮现。米勒当然不同意这三种观点，因为他认为这三种观点都预设了作品是由固定的

---

1 J. Hillis Miller. *Fiction and Repetition: Seven English Novels*[M]. Cambridge: Harvard University Press, 1982, p. 10.
2 Ibid., p. 4.
3 Ibid.

成分构成的，可以像七巧板一样拼凑出一定的图案来。而米勒认为，文本不是七巧板，因为它是由词语构成，而不是空间上相互可联的物体构成。它也不是由一些静止的点构成，我们可以用线条连接这些点而构成像兔子和鸭子这样的图形来。世上最短小的文本也同时是既“武断的”，又难以决定。而人脑意识也不是可以填补文本中空白的统一者。它只不过是其符号建构过程中的功能而已。文本中语词之间的空白只能由语词自身来填补。但是，这种空白越填补，空白就越多，所需的语词也就越多。究其根本的原因在于，所谓的空白不是在语词之间而是在于词语自身内部。

至此，我们可以这样来概括米勒在《小说与重复》中作为重复的阅读理论：由于文本中语言符号的自我分裂，文本本源意义又先天空缺，所以，任何阅读活动都是强行赋予文本某种意义的行为。但是，一方面，这种强行赋义的行为就其最终的本源意义而言，本身是毫无道理的；另一方面，这种强行赋义的行为就其局部意义而言又是合情合理的。这两种现象的“辩证”关系，就是米勒作为“重复”的阅读理论的核心所在。

第三节 保罗·德曼与修辞阅读

本节旨在介绍和研究保罗·德曼关于修辞阅读策略的解构思想。文中将追溯解构思想的产生、发展以及解构历史上两个著名人物——德里达和保罗·德曼的异同之处以凸显后者的独特性，并在主体部分详细阐述德曼的修辞阅读理论，最后评述德曼修辞阅读的重要性。保罗·德曼应该被视为与德里达并驾齐驱的独特的批评家，并以其独特的理论建树得到理解。其一，从语言学的角度追溯德曼修辞阅读策略的产生和应用，几个重要的概念，如符号、隐喻、寓言将得以阐释，以便更好地理解德曼是怎样理解并使用这些概念的；其二，通过示例阐述修辞阅读的含义以及德曼通过揭示语法和修辞之间横亘的横沟怎样在文本阅读中产生歧义，从而使文本的意义处于一种“悬置”状态；其三，以前面论述为基础，认为德曼发展其修辞解构思想并以此解构了所有叙述的确切意义，每一次阅读都成为一个阅读的寓言，每一次阅读都是误读，从否定语言指涉性出发，德曼的修辞解构思想既包含文学文本，也包含哲学文本，以此说明德曼理论对文学、哲学理论发展的重要贡献，即他的思想有其历史合理性以及现实实用性，强调文学社会内容的现代批评。

保罗·德曼无疑就是美国解构主义的第一人。作为“耶鲁学派”的核心人物，德曼并没有把自己的解构主义修辞理论简单地皈依于欧洲当代批评理论，他的批评具有一种独特的个性。德里达认为是德曼“使得大学内外、美国和欧洲之间的一切通道都重新畅通起来"[1]。米勒断言:"假如所有的男人和女人都变成德曼所期望的那种读者,人类公正、和平的千年……就会到来。"[2]

作为美国解构主义文学批评理论的代言人,德曼发表的作品共有八部,其中包括他去世后出版的几部作品,以及结集出版的"二战"期间他发表在纳粹报刊上的文章,如《盲视与洞见》(*Blindness and Insight*,1971)、《阅读的寓言》(*Allegories of Reading*,1979)、《对理论的抵制》(*The Resistance to Theory*,1986)等。然而,欧美研究德曼的文章及专著却不胜枚举。研究德曼的观点大致有三方面,其一,把德曼的作品奉为阅读理论的圭臬;其二,对德曼与纳粹的关系大张征讨,以此攻击美国的解构主义;其三,客观地评述德曼的理论创作。其中最有影响的两部是雅克·德里达的《多义的记忆——为保罗·德曼而作》(1988年)与克里斯托弗·诺里斯的《保罗·德曼》(1988年)。他们对德曼的过去采取了宽容的态度。

德曼的理论创作分为三个时期,早期以1960年在哈佛大学以论文《马拉美、叶芝与后浪漫主义的困境》获得博士学位为代表。德曼在大学期间读过土木工程、化学、社会科学等三个专业,后加入左翼自由派学生组织,该时期的文学批评涉及自然科学、社会科学及文学等内容;中期,德曼的关注点由象征主义转向了后浪漫主义文学研究。该时期的研究代表作是奥特温·德·格雷夫的《巨人之光》,它研究的是保罗·德曼在创作的第二个时期由象征主义向浪漫主义的某种历史转变。这一转变的起点即法国象征主义被置于一个较宽泛的欧洲语境之中,可以阐释为起源于浪漫主义的结束:马拉美、乔治和叶芝成为卢梭、荷尔德林与华兹华斯的继承人。这就是说,德曼的这个转变在20世纪50年代已经开始,后浪漫主义决定象征主义以及现代思潮的产生已经成为他经常涉及的中心话题。[3] 后期,即为解构主义时期。德曼突破结构主义的局限,推出了一系列颇有影响的解构主义理论力作。马丁·麦奎兰(Martin McQuillan)的《保罗·德曼》(*Paul de Man*,2001)是一本研究德曼解构主义理论的入门读物。它总结了德曼的著书《盲点与洞见》(1971),认为诗歌文本发挥的功能是虚无的隐喻,因而非指涉性是其终极的指涉;《阅读的寓言》(1979)从语言修辞的新维度解构文学作品,对语言学、哲学等问题富有启发,是对新批评观点的逆转;是《抵制理论》、《浪漫主义修辞》和《美学意识形态》中的主要观点。

德曼的解构主义批评观立足于:对文本中某些情节和语言进行剥洋葱似的阅读,解构文本具有确定意义的神话,说明语言的修辞性不再从属于语法,而是语言的本质特征,"文学语言的决定性特征事实上是比喻性的,即广义的修辞学"[4]。德曼对文本

1 Jacques Derrida. *Memoirs for Paul de Man*[M]. Rev. ed. New York: Columbia University Press, 1989, p. 52.

2 J. H. Miller. *The Ethics of Reading*[M]. New York: Columbia University Press, 1987, p. 4.

3 Paul de Man. The Double Aspect of Symbolism[M]//*Romanticism and Contemporary Criticism*. Baltimore: Johns Hopkins University Press, 1996, pp. 147-163. 该文写于 1955 年,首次发表于 1988 年的 *Yale French Studies* 第 74 卷.

4 Paul De Man. *Blindness and Insight*[M]. Minneapolis: Minnesota University Press, 1983, p. 185.

寓言的关注，解构了传统只追求自然和现实、文本和世界一致性的阅读观，转而追求寓言式阅读，即一种修辞性的阅读。德曼的寓言式阅读就是要解构认为文本言义一致性的观点，重视对字面义第二层、第三层……的阅读，强调阅读永远是一个没有终点的过程。

一、修辞阅读策略：符号、隐喻、寓言

德曼的文学修辞理论中既有德里达的解构主义思想的影响，也有奥斯汀的言语行为理论的影响。德曼认为，所有话语（包括说话、写作甚至思考）都是述行，都是以言行事，但另一方面，由于语言的修辞特性，话语又不可能是预期的言语行为。文学话语正是由于它对表述和述行、语法与修辞等双重特性的彰显而成为所有话语的基础。

德曼认为阅读过程，实际上是个意义不断建构、生成的过程，德曼在自己的批评实践中，吸收了德里达的解构哲学思想，把文学写作、文学批评与其他文本一样都看成是一种解构活动，并对普鲁斯特的小说、里尔克的诗歌、尼采的论著、卢梭的小说、自传和宗教等著作进行了解构性的阅读，在此过程中进一步深化、发展了德里达的思想，提出了自己的解构文艺理论——修辞阅读理论。

德曼的两部论文集《洞视与盲视》与《阅读的寓言》可以成为诠释解构主义阅读理论的基石。前者受现象学和存在主义的影响，德曼注重探求自我、主体性、时间性、内在性等问题。后者更是关注语言的修辞性问题，注意力也转向了语言学和修辞学，从而更多地思考和论及了“语言”、“修辞”和“寓言”等术语。德曼的“修辞”是以作为辞格体系（system of trope）的修辞与作为劝说修辞（rhetorical of space）之间的间隙而存在。在德曼的研究中，“修辞阅读是一种方法的名称——旨在拆解指称主义与形式主义、现实主义以及以文学形式的自我反射为中心的批评、主题批评与审美批评之间的严格对立”[1]。修辞阅读以探讨语法以及传统修辞的结构为出发点，通过研究修辞在文本中的运作方式推翻使文本意义达到单一性或整体性的效果，由此完成其文学解构的任务。在《阅读的寓言》一书中德曼提出了修辞阅读策略，期望读者及批评者能够对文本中语言的修辞维度给予充分的重视。符号、隐喻、寓言这些术语对于理解德曼的修辞阅读策略会产生重要影响，因此有必要加以梳理。

德曼在吸收了海德格尔关于对文本意义的完整的、总体性理解永远不可能达到，因而文本意义不可能是确定不变的解释学思想的基础上，提出了其解构主义的文本观。德曼认为：“如果我们不再认为一篇文学文本可以理所当然地被认为具有一个明确的意义或一整套含义，而是将阅读行为看成是一个真理与谬误无法摆脱的纠缠在一起的无止境过程，那么，在文学史上经常运用的一些流行的方法就不再适合了。”[2] 这

1 Radolph Gasche. *The Wild Card of Reading: On Paul de Man*[M]. Cambridge: Harvard University Press, 1998, p. 29.
2 Paul de Man. *Blindness and Insight*[M]. Minneapolis: Minnesota University Press, 1983, p. vii.

实际上表明了文本的不可阅读性，因为文本不可能有确定不变的一套完整意义，对文学文本的理解，是文本与阅读交互作用的无止境的过程，是一个真理与谬误相交织的过程，永远不可能有正确的阅读。所以，阅读的可能性永远不能被认为是理所当然的。[1]

首先，德曼以施莱格尔（Friedrich Schlegel，1772—1829）及其真人真事隐名小说《卢琴德》（*Lucinde*）为例，说明在该小说中同时存在两种符码：一种是哲学符码，另一种是描写性爱的符码，它们相互捣乱、相互瓦解，同时也相互验证。他声称，之所以这样，是因为“能指的自由嬉戏”。语言通常说一些你根本不想说的东西，“你在探讨一个精彩的、连贯的哲学论题时，但是你瞧，你却在描写性交。或者你在写一些美辞来恭维别人，由于语言具有行事的能力，不知不觉地，你真正说出来的却又成了侮辱甚至猥亵。”[2] 因此，任何话语总是在表述话语和述行话语之间摇摆，它们互为条件、互相补充，甚至互为因果：一个话语要成功述行首先离不开表述；同样，声称表征世界的、透明的、有真值的表述话语本身就是述行话语。

德曼强调语言在本质上是修辞性的、隐喻的。语言的修辞是一套符号代替另一套符号，具有隐喻的性质。“修辞从根本上悬置逻辑，展示有关变化的令人目眩的可能性。”[3] 所有语言，包括文学的、哲学的、法律的语言等，都是修辞性的，都具有表达意图同时又解构意图的功能，只是文学语言的这种自我解构功能最明显。“把语言修辞的、形象的潜在性等同文学本身。”[4] 文学性，即那些把修辞功能突出于语法和逻辑功能之上的语言运用，是一种决定性的而动摇不定的因素。它以各种方式，从诸多方面破坏这种模式的内部手段，从而破坏其向外的朝非语言世界的延伸。[5] 文本因其修辞本性而在表达意见的同时又否定这一意思。

其次，德曼受以德里达为代表的解构主义思想影响而建立了自己的文学修辞理论。他是德里达思想的最早中介人。《盲视与洞视》和《阅读的寓言》全面论述了基于浪漫主义文学研究的一种独特的解构批评理论。其中虽然受德里达的影响明显，但德曼对他的接受从来就不是被动消极的，而是带有自己的发展和创造性转化的成分。虽然他和德里达都承认文学是一个特殊的、具有权威性的认识论现象，但德曼却将“文学的”这一范畴运用到所有的语言上去了，包括哲学的、历史学的、批评的、精神分析学的以及诗歌的语言，德曼认为，文学特殊性的标准并不取决于模式的大、小的散乱性，而取决于语言“修辞”的同一性之程度。德里达阅读的大多为哲学作品，并通过消解哲学与诗的对立来引申出一套新的文本理论，使解构主义由哲学思辨向批评实践的过渡成为可能。德里达批评的是解构的对象，而非批判性的操作。德曼认为“解

1 朱立元主编：当代西方文艺理论[M]. 上海：华东师范大学出版社，1997，第 313 页.
2 Paul de Man. *Romanticism and Contemporary Criticism*[M]. Baltimore: Johns Hopkins University Press，1996, p. 181.
3 塔拉哈斯. 1965 年以来的批评理论[M]. [出版地不详]：佛罗里达大学出版社，1992，第 226 页.
4 同上.
5 王逢振等主编. 最新西方文论选[M]. 桂林：漓江出版社，1991，第 221 页.

构总得为自己的目标揭示出隐含在假想的一元整体内部的结合和断裂的存在”。由此可见，德曼关注的是纯粹的文本分析和“内部”研究，而德里达关注的是批评的“外部”影响。在德里达所说的“言语对书写的压制”和“种族中心论”里，明显地使用了道德术语、政治术语，因此与游戏观念格格不入。他曾明确表示“中心消解”的思想是承续尼采、弗洛伊德，尤其是海德格尔对于形而上学、本体神学的批判而来的。就此而言，德曼的解构阅读理论与德里达的研究根基一脉相传。[1]

再次，德曼受以奥斯汀为代表的语言哲学的影响而形成文学修辞观。在德曼眼里，话语的目的既不是纯粹的指涉，也不是空洞的形式，所有说话、思考和写作都是“泛述行行为”[2]，都是行事（pan-performative act）；而且，德曼又将其文学述行观与修辞理论紧密联系起来。“述行”（performative）范畴是英国语言哲学家奥斯汀（John Langshaw Austin，1911—1960）于20世纪50年代末提出。他指责传统上普遍存在的假设，即认为“陈述句的任务就是‘描述’事物的状态，或‘陈述事实’，其结果非真即假”[3] 的观念——为“描述谬误”或“真/假崇拜”。奥斯汀所提出的言语行为理论及其述行范畴的最终目的是要改变语言现象中指涉的本体论地位，提起注意日常话语的复杂性。话语不是（至少不只是）对超语言的现实或事物的表征，指涉物并不先于话语而存在，而是话语述行的结果。德曼的文学修辞理论也是要解构在语言与世界之间所建立的必然关系上。他批判了那种将艺术视为再现，视为“符号对此时不在现场的一种记忆功能，将那些确实在别处，在其他时间，或者以其他方式存在的事物恢复原貌”[4]。他指出语言不是指涉，而是述行，是一种“对我们来说应该是真实世界的锚定”[5]。德曼甚至将语言的这一定量估测能力——以言行事能力——视为一切实体或存在的基础。在分析黑格尔引用《圣经》中“上帝说，‘要有光’，便有了光”来说明上帝作为创造者、作为创造本身的崇高地位时，他说：“创造是纯语言性的，是语词具有命令、瞄准和定量估测的力量。语词一经说出，世界成为话语的及物宾语。”[6] 他把那种“将语言现实与自然现实，指涉与现象相混淆”的幻想称为“审美意识形态”[7]。德里达在《心灵：他者的发明》（*Psyche: Invention of the Other*）这篇纪念德曼的论文中，通过分析一首寓言诗是怎样“描述并实现自身产生”这一“诗歌述行”从而总结德曼的观点：“述行话语和表述话语之间、语言和元语言之间、虚构与非虚构之间、自动指涉（auto-reference）与异质指涉（hetero-reference）之间的无限迅速摇摆，不只是生产了一种本质上的不稳定状态。这种不稳定建构了那一事件本身。”[8] 德曼

1 王逢振等主编. 最新西方文论选[M]. 桂林：漓江出版社，1991，第 135 页.
2 J. Hillis Miller. *Speech Acts in Literature*[M]. Stanford: Stanford University Press, 2001, p. 142.
3 J. L. Austin. *How to Do Things with Words*[M]. Cambridge: Harvard University Press, 1975, p. 1.
4 Paul de Man. *Blindness and Insight*[M]. Minneapolis: Minnesota University Press, 1983, p. 123.
5 Paul de Man. *Allegories of Reading*[M]. New Haven: Yale University Press, 1979, p. 120.
6 Paul de Man. *Aesthetic Ideology*[M]. Minneapolis: Minnesota University Press, 1996, p. 112.
7 Paul de Man. *The Resistance to Theory*[J]. Yale French Studies, 1982(63), pp. 3-20.
8 Jacques Derrida. *Acts of Literature*[M]. New York: Routledge, 1992, p. 326.

清楚地认识到：“解构主义阅读在指出指涉谬误的时候必然使用指涉的方法。”[1] 因此，解构势必与语言使用同延（coextensive）。我们用“语言是一种行为”来暂时置换“语言是建立在同一性原则基础之上的知识”并不表明，前者就是终极结论。

复次，德曼深受新批评的影响，重视对文本的“细读”和对文本语言修辞特性的密切关注，他甚至被认为“不是新批评的刽子手，而是最后一个忠实的守护者。不是一个既定理论的激进破坏者，而是其重要的支持者”[2]。德曼的文学修辞观的最高体现是他的“阅读的寓言”观。传统的模仿说中，寓言（allegory）将抽象的东西具体化、形象化，它自身只是一面镜子：映照他物，而自身没有意义。传统中的文学地位与寓言非常相似：神一样的能力使得作者能够准确地捕捉到现实的一切，使得被再现的现实——即文本现实——能够反映生活并启迪生活。德曼认为，寓言通过破除转义的迷惑而揭示话语与指涉物之间的断裂关系。德曼将自己的文学阅读与文学批评命名为“阅读的寓言”也同样建立在对寓言的这种定义上。由于寓言所设定的符号与寓意（亦即语言与意义）之间的对等关系是人为的、武断的、暂时的，“这种对等关系只是通过规约记忆才稳定下来”[3]，那么通过发掘语言的修辞性而对文学作品进行寓言式阅读，就可发现符号与意义、原意与衍生义之间的分离与断裂，揭露文学作品具有的既常常通过修辞与意识形态合谋，又自我解构并破除文本意义神话的双重功能。

德曼还受到德国哲学家本雅明最重要的文本《德国悲剧的起源》（*Ursprung des Deutschen Trauerspiels*，1974），这本关于17世纪悲剧著作的影响，并通过“寓言”这个术语反映出来。[4] 本雅明批判了象征追求物质和现实的一致性，缺乏时间性，认为寓言能够表达自然和现实之间的断裂，在断续的现象中反映历史的真实。德曼继承和发展了本雅明的寓言理论，进一步从德国文学史、英美文学史和法国文学史中考察寓言和象征地位的变化，在二者的差异研究中，说明寓言事实一直是文学作品中的重要修辞格、表现形式和阐释方法。德曼指出，温克尔曼把“寓言”和“象征”作为同义语。歌德在“从一般到特殊”和“从特殊到一般”的区别中把寓言和象征对立起来。海德格尔的学生，德国当代哲学家、美学家、现代哲学解释学和解释学美学的创始人和主要代表之一，伽达默尔（Hans-Georg Gadamer，1900—2002）注意到要恢复寓言应有的地位，但没有给予寓言和象征同等重要的地位。他得出这样的结论：“这些象征最终指向一个整体的、单一的和普遍的意义。这种观点诉诸一种无穷大的整体性，它建构了作为寓言的对立物的象征之魅力所在，因为寓言作为一种指称一个特定意义的符号、它（被认为）一旦被译解就不再具有其他可能的意义。”[5] 德曼考察到卢梭的描写有意以中世纪文学为背景，他运用了现成的风景描写，一个是情爱的，出自《罗

1 Paul de Man. *Allegories of Reading*[M]. New Haven: Yale University Press, 1979, p. 125.
2 Paul de Man. *Blindness and Insight*[M]. Minneapolis: Minnesota University Press, 1983, p. vi.
3 Geoffrey Hartman. *Reading De M an Reading*[M]. Minneapolis: Minnesota University Press, 1989, p. 8.
4 沃斯特. 美学权威主义批判[M]. 北京：北京大学出版社，2000，第127-128页.
5 Paul de Man. *Blindness and Insight*[M]. Minneapolis: Minnesota University Press, 1983, p. 188.

马的玫瑰》；另一个是清教徒式的，出自笛福的《鲁宾逊漂流记》。人物和花园之间是语言的构造物之间的关系，说明卢梭语言的修辞性，只有寓言式地阅读才能真正了解作品的内涵。“没有两种隐喻（指寓言和象征方式）的同时出现，小说就不能存在，如果没有对一个优于另一个的选择，小说也不会达到最后的结论。”[1] 从德曼的寓言概念的历史性分析中可以看出：他和本雅明一样把时间性引入到寓言和象征的区分中，本雅明强调在自然和历史的联系中，寓言能够在衰败的自然现象中闪烁着拯救历史的光辉。经过分析，德曼颠覆了许多浪漫主义文学家和批判家心中至高无上的“象征”地位，表明在寓言和象征这两种修辞格中占优势的是前者而不是后者。因为寓言从不讳言自己的时间性、修辞性和建构性，是动态的时间和阅读过程，“在寓言的世界里，时间是最早的组成类别”[2]，并再现了寓言内在的分离本质对物质世界和真实之间断裂的反映。德曼推崇寓言，并在具体的文本阅读中重视了文学的寓言性特征。因为寓言所清晰表达的并不是为任何被表现的东西服务。[3] 寓言从一开始就具有一种和指涉意义之间的分裂性特征，它“意味着意义和客体之间的假想的一致性受到了质疑”[4]。在阅读文本的过程中，寓言符号的指涉却要指向前一个阅读时刻，是同时涉及两个时刻的阅读。德曼的寓言观与其对语言修辞性特征分析的指导思想一致，重视内部的差异性、异质性，质疑同一性，赞同多义性。

德曼认为，语言的本性是修辞性即不稳定性，它从根本上悬置了逻辑并对语法起到一定的破坏作用，从而使构成语言科学的语法、逻辑和修辞三者一直处于矛盾的张力关系之中。语言不再纯粹而明晰，一切有语言构成的文本便不再有传统意义的凝聚，而是意义的消散。德曼的修辞语言观作为一种解构思想方式，与启蒙时代的批判思想相似，它虽然有过分强调了修辞性对语言的控制，但也具有一定的历史合理性和现实实用性。

二、修辞阅读的含义：语法和修辞的关系

如前文所述，德曼的解构方法深受德里达的影响。但他的关注点、研究方法以及切入角度与德里达截然不同。德曼拒绝提供一套完整的、行之有效的理论体系，而宁愿以细读的批评策略潜入具体的哲学文本与文学文本。德曼关注的焦点始终是：浪漫主义和后浪漫主义的重新评价、当代批评理论的状况、传统美学意识形态与修辞学。1979 年《阅读的寓言》发表可以视为其学术生涯的转变，即从关注主体转为关注语言的修辞，它涉及方法论和语言观的转变。这一转变也成为他从现象学批评家变为解构批评家的标志。

德曼认为所有语言，包括文学的、哲学的、法律的语言等，都是修辞性的，都具

1 Paul de Man. *Blindness and Insight*[M]. Minneapolis: Minnesota University Press, 1983, p. 204.
2 Ibid., p. 207.
3 Paul de Man. *Aesthetics of Ideology*[M]. Minneapolis: Minnesota University Press, 1996, p. 51.
4 Paul de Man. *Blindness and Insight*[M]. Minneapolis: Minnesota University Press, 1983, p. 174.

有表达意图同时又有解构意图的功能，只是文学语言的这种自我解构功能最明显。"把语言修辞的、形象的潜在性等同文学本身。"[1] 文学性，即那些把修辞功能突出于语法和逻辑功能之上的语言运用，是一种决定性的而动摇不定的因素。为了说明"语法"与"修辞"之间的这种张力，德曼举了这样一个例子：当阿琪·班克的妻子问他愿意把球鞋带系在上面还是下面时，他用一句问话回答道："那有什么不同？"（What's the difference?）他的妻子就耐心地解释两者的区别，却不知道他的意思只是说"我毫不在乎有什么不同"，因而惹得班克很恼怒。[2] 德曼在分析这句话有语法阅读模式和修辞阅读模式这两种不同的解读后指出："这一问题的语法模式变成修辞化，并不是我们一方面拥有字面义，另一方面拥有修辞义，而是不可能以语法或其他语言学手段来确定在（可能完全不相容的）两种意义中，哪一种占据主宰地位。"[3] 德曼在后面又说："看起来似乎我们在说批评就是对文学的解构，就是将修辞的神秘性还原到语法的严谨性……批评与文学可能围绕着区分语法与修辞的认识论之轴相分离。"[4] 显然，在此德曼想要表达的意义为：否认语法与修辞、文学批评与文学的差异。德曼最后做结论说：同一语法模式产生了两种相互排斥的意思：字面意思要求概念，而它的存在却被修辞意思所否定。[5]

在《阅读的寓言》中的《符号学与修辞》一文中出现的"语法修辞化"（rhetorization of grammar）与"修辞语法化"（grammatization of rhetoric）这两个术语是德曼对"语法"与"修辞"关系的论述关键词。中国学者对"语法"与"修辞"的理解有三种看法：其一，认为德曼"提出了语法的修辞化和修辞的语法化这一对概念，其实质是用修辞的概念去统一语法的概念"[6]。我们称这种观点为"统一论"，普遍认同作为确定性规则的语法能产生较为固定的语法意义，而修辞则产生不确定的修辞意义。对于以反逻格斯中心主义和主张意义不确定为特征的解构主义理论来说，以修辞统一语法似乎是符合逻辑的结论。其二，认为德曼把语法/修辞视为对立双方，并完全同时显现，因为，"在符号学中出现修辞语法化的情况下，我们便像在……语法修辞化那种情形一样，在同一种被搁置的无知状态中结束。"德曼的"不可阅读"指的是文本中语法/修辞二元对抗给读者造成的无知、无解，其学说自然也是二元对抗思维的成果。[7] 我们称这种观点为"二元对抗论"。这是一个颠覆德曼理论的结论，它暗示德曼这位以"解构"形而上学为己任的解构主义大师倒成了自己批判对象最隐秘的盟友。其三，德曼由此提出两种阅读模式：语法的修辞化和修辞的语法化。前者针对语法吞没修辞

1 塔拉哈斯. 1965 年以来的批评理论[M]. [出版地不详]：佛罗里达大学出版社，1992，第 226 页.
2 陈本益等. 西方现代文论与哲学[M]. 重庆：重庆大学出版社，1999，第 182-183 页.
3 Paul de Man. *Allegories of Reading*[M]. New Haven: Yale University Press, 1979, p. 110.
4 Ibid., p. 17.
5 塔拉哈斯. 1965 年以来的批评理论[M]. [出版地不详]：佛罗里达大学出版社，1992，第 225 页.
6 泓骏. 从语法分析到修辞阐释——结构主义文论向解构主义文论转换的实质[J]. 中州大学学报，2004(1):35-38.
7 萧莎. 德里达的文学论与耶鲁学派的解构批评[J]. 外国文学评论，2002(4):135-147.

从而使语法的功能简化为描述现实的做法；后者旨在批判用隐喻来整合思想与现实的思路。当批评家在语法与修辞间建立完美的连续性，并将修辞纳入语法范畴时，德曼建议将这种无所不包的语法修辞化。当有机诗学指望靠隐喻的相似性在行为与思想、自然与主体之间建立某种本质的联系时，德曼又将天马行空的隐喻意象带回严谨的、非个人化的语法模式。[1] 我们称这种观点为比较客观的“相互消解论”。有一点可以肯定，三种观点都将德曼的“语法”与“修辞”预设为相互独立的形而上学的“二元”。德曼在《符号学与修辞》中最后的结论是以修辞为特征的文学与以语法为特征的文学批评之间界限的模糊性，这只能证明“语法修辞化”和“修辞语法化”所表明的是“语法”与“修辞”之间差异关系的不确定性。这与德曼一贯的意义不确定的解构主义思想相一致。

在德曼眼里，修辞与语法之间并非是包含和被包含的关系。修辞是语言结构的另一个维度，它的存在恰好打破了语法模式寻求意义与符号相同一致的梦想。书中这样写道：径直断定语言的聚合结构是修辞性的而不是表征性的，不是对某种指涉关系的表达……这标志着对已确立的先后次序的彻底颠覆，传统的做法是从外在于语言的指称对象，或意义而非内在于语言的修辞资源中寻找语言的权威。[2] 德曼还断言，语法/修辞这一对要素不是一种二元对立关系，绝不互相排斥，相反，它们之间相互依赖，共生于语言结构中。由于修辞的介入，一个句法清晰的语句可能产生至少两种截然不同的含义：字面意义和修辞意义。语言由此陷入一种无法选择的困境：语法模式具有修辞性，这并不是说我们一方面拥有了非修辞的字面意义，另一方面拥有了修辞性意义，而是说不可能通过语法或其他语言学手段来决定两种意义（可能是完全矛盾的）哪一种更具优势。修辞在本质上悬置了逻辑，并展示出指涉发生畸变的令人晕眩的可能性。[3] 修辞富有个人化和创造性特征；语法却是程式化，由习俗决定并具有可重复性。两者之间既具有张力，又相互依赖。德曼由此提出两种阅读模式：语法的修辞化和修辞语法化，前者针对语法吞没修辞从而使语法的功能简化为描述现实的做法，后者旨在批判用隐喻来整合思想与现实的思路。从前述德曼在文中所举的例子可说明德曼本人抗拒将文学语言与现实混为一谈的批评理路。

在德曼眼里，两者也非对立的关系。他声称：“语法/修辞这一对要素，当然不是一种二元对立关系，因为它们绝不排斥对方……”[4] 这和他一贯主张意义不确定论是一回事。意义不确定性不承认有“二元对抗”，而承认有变化、运动着的差异；意义不确定性永远体现于表意因素或此在或缺场的每一分每一秒的转换之中，不可能冻结成二元对抗时相持的静态，因此，“不可阅读”强调多元，与不确定性相一致。“不可阅读”，米勒也有过类似的说法。在《史蒂文斯的岩石和作为疗法的批评》一文中，

1 周颖. 保罗·德曼：从主体性到修辞性[J]. 外国文学，2001(2):44-50.

2 Paul de Man. *Allegories of Reading*[M]. New Haven: Yale University Press, 1979, p. 106.

3 Ibid., p. 10.

4 Ibid., p. 12.

他认为批评阅读的过程是一个生产失败的过程。读者总是试图把自己的阐释建立在文本内的因素上，然而，他会发现自己的立论依据将在修辞的自由嬉戏中。其阅读的结果是读者的失败也好，是文本的自我崩溃也好，两者之间产生一种张力。可见，米勒和德曼的批评思路殊途同归。

德曼眼里两者的特殊功能，使得他们具有特殊的两难关系。德曼得出论断：被看成劝说时，修辞具有施为性，被看成转义系统时，它解构了自己的行动。修辞是一个文本，它允许存在两个互不相容，相互自我摧毁的视角。因此，对任何阅读或理解造成了难以逾越的障碍。施为语和描述语言之间的两难关系仅仅是转义与劝说之间两难关系的一个翻版……[1] 语法/修辞无法被割裂地使用。在解构主义形而上学意义上的语法活动（语法阅读模式）和修辞活动（修辞阅读模式）也由于内部的这个trope/persuasion结构而自行解构。自然解构主义形而上学排除"修辞"两种功能中的一种，以使得"语法"控制"修辞"的操作，就无法成立而被"解构"。德曼的阐释告诉我们：出于意义总体化的要求，解构主义形而上学用"语法"来统一"修辞"，这种做法不只是忽视了修辞内部两难的结构关系，而且还忽视了语言自身呈现为转义/劝说两难结构关系这个基本事实。转义/劝说结构在根本上决定了"语法"与"修辞"并不能形成形而上学意义上自我统一的"二元"。那么，德曼的这种修辞语言观对文学、哲学文本理论的发展具有怎样的现实意义呢？

三、修辞阅读对文学、哲学理论发展的重要贡献

德曼的修辞阅读语言观实际上是一种"审美化的阅读语言观"。"文学性"理论是理解其解构主义文论的关键。德曼认为所谓的"文学性"不是文学的审美属性，而是语言的修辞功能，而修辞性正是语言的本质所在。因此，文学既不能从美学，也不应从意识形态的角度来加以界定，而是应当根据语言科学，尤其是语言科学中的修辞学来重新理解。德曼揭示了语言文本中存在的意识形态模式，看到了文本中霸权和反霸权的策略，用语言把文本和政治中介起来。他选择卢梭的文本为解构的对象便是明证。

德曼的修辞阅读论对解构主义理论的文学性问题发展作出了重要贡献。如果没有德曼，解构主义很可能会是另一番图景，就如理查德·罗蒂所说："如果德里达根本没有存在过，或者对美国人来说根本没有存在过，德曼的学生还是会形成一个非常重要的学派，虽然这个学派也许不是'解构'，而是别的什么东西。"[2]

德曼的阅读修辞性问题使其同"语言学转向"以来的文学理论之间有了内在的连续性，这是一种新的研究范式。值得注意的是，德曼所强调的语言学已经同结构主义对语言的理解有了实质上的差别，如果说结构主义文学理论由于过于迷恋语言学的模式而属于语法和逻辑两门学科的话，那么，德曼所说的语言学其实是第三种语言科学

1 Paul de Man. *Allegories of Reading*[M]. New Haven: Yale University Press, 1979, p. 131.
2 罗蒂. 后哲学文化[M]. 黄勇编译. 上海：上海译文出版社，2004，第 109 页.

——修辞学。而在这种修辞性阅读看来，文学文本并不是如其自身所宣扬的那样具有稳定的意义结构。相反，其中存在着难以弥合的矛盾和对立，而且这种矛盾和对立并非人为，而是其自身内在的一种断裂，这种断裂的根本原因在于语言的修辞本性。理解了这一基本理论取向，也就不难理解为何后来德曼会提出“对理论的抵制”。这给予我们一种警示：文学理论不得不面对理论对自身的不断挑战。这也正是文学理论存在的基础和充满生命力的原因，因为任何理论都把明晰性、真理性和科学性作为自己的目标，这恰恰又是语言自身所具有的自我抵制的悖论性。

德曼在《阅读的寓言》中指出应重视阅读的不确定性。这种阅读的新定义，就文本而言，阅读意味着对比喻性语言的解释。既然修辞性是所有语言的特点，那么它就应该在我们的生活中处处显现，它影响、决定并且构成了我们谈话的方式和思考的方式。在此意义上，阅读也是对我们周围世界的解读。阅读也是一种挑战，因为它拒绝接受一个稳定的意义。对德曼而言，阅读的无止境表现出了人类生存的语言学困境。德曼通过把黑格尔、康德、本雅明的哲学思想——世界充满差异、矛盾和否定与上述语言学家关于符号任意性及纯修辞的观点相融合，德曼把解构的思想引入到文学文本的研究中。如，在德曼那里，寓言和象征的区分截然分离了语言和现实。寓言是语言内部的符号转换，象征是符号（意象）与事物（实体）的交换。这使得德曼眼里的文学，从任何与现实相关的因素中分离开来。阅读文学作品只应注意文本之间的互涉关系，不应掺入任何“非文学的素材”（non-literary sources）。所以，当德曼看到《新爱洛绮丝》的评注者丹尼尔·莫奈认为卢梭笔下的乐园在外观上与英式花园——这种花园在当时比采用抽象几何图案的法式花园更受青睐——有雷同之处，便批评他沉迷于“外在的历史”[1]。因为在他看来，卢梭的花园完全具有文学渊源，于是他追溯到笛福的《鲁宾逊漂流记》和广泛传诵于卢梭时代的《玫瑰传奇》。笔者承认，这种解读有一定的新意，然而，如果它的目的不是提供另一种有效的解读，而是要建立一种权威的解读模式，就不能不引起人们的警觉。但是，这种解读至少给我们打开了理解文本的新维度。

德曼的研究对象始终是文学、哲学文本，不是语言规则、孤立符号。这给曾任法国斯特拉斯堡大学（Strasbourg）教授，法国当代最重要的哲学家、阐释学家之一，保罗·利科（1919—2005）以启示，他曾明确指出：“文本是一个复杂的话语实体，它的特征不能被简化为话语单位或语句的特征。”利科认为，一旦涉及文本（尤其是文学文本），我们的研究就不再局限于语义学，因为语义学的研究对象主要是语句，而是转变为阐释学的问题。从而使文本研究包括语用的范畴、文体的划分和风格的研究。语用指涉语言的使用维度，牵涉文本创造和撰写过程。文体关系到采用各种语言工具对文学、哲学语篇进行的研究，其典型方法是将语言科学的分析方法及范畴化系统应用于诗歌、小说及散文等体裁的研究。风格则是让作品独一无二，使其文本显得重要

1 Paul de Man. *Blindness and Insight*[M]. Minneapolis: Minnesota University Press, 1983, p. 202.

的东西，因为正是它将"实践范畴与理论范畴明白无误地区分开来"[1]。从德曼为代表的解构主义者那里我们认识到，当我们面对文本，就不再限于以符号为基点的符号学理论，甚至也不限于以"语句"为中心的语义学范畴，而进入了以"话语"为研究对象的解释学领域。从保罗·德曼那里，我们得知文本意义的无限延宕，至于如何延宕，无论是德里达与德曼却都把这个棘手的问题交给了未来。

第四节　杰弗里·哈特曼与文化批评

杰弗里·哈特曼（Geoffrey Harman，1929—　）是久负盛名的"耶鲁学派"四学者中重要的一位，是最早在美国把法国解构思想发扬光大的学者之一。综观哈特曼主要创作时期的思想流变，其学术生涯可大致分为三个阶段：早期浪漫主义诗歌研究，中期解构主义批评理论，以及后期大屠杀研究和犹太文化研究。哈特曼的个人学术历程，在他两本专著——《批评家的旅行：文学反思1958—1998》（*A Critic's Journey: Literary Reflections, 1958-1998*, 1999）;《一位学者的故事》（*A Scholar's Tale: Intellectual Journey of a Displaced Child of Europe*, 2007）——中作出了详尽论述。

哈特曼的学术历程，虽然有时三个阶段不可避免地相互重叠，但是这三个方面亦是哈特曼倾其一生最关心的问题。第一阶段，1950年至1960年，此间，哈特曼着重关注浪漫主义诗歌价值的重新评估。他对浪漫主义诗歌（尤其是威廉·华兹华斯的作品）有着持久特殊的感情。时至本人2010年在耶鲁访学期间，哈特曼还在为研究生开设华兹华斯的诗歌阅读研讨课。事实上，哈特曼的文学思想根植于浪漫主义时期，该时期的作家都怀着一个共同的梦想，即通过文学想象来治愈文化带给人天性的创伤。期间著作有《未经调节的视像》（1954年）、《安德烈·马尔罗》（1960年）和《华兹华斯1787至1814年的诗歌作品集》（1964年）。在此期间，哈特曼发表的第一篇学术文章是刊登在《英国文学史》杂志上的《论弥尔顿的对抗策略》（*Milton's Counterplot*）。第二阶段，主要从20世纪70至80年代，持续到90年代，作为"耶鲁学派"或"耶鲁四人帮"的一员，哈特曼主要从事研究解构主义批评。该时期著作有《超越形式主义：论1958—1970年的文学散文》（1970年），《论读书的未来及其他散文》（1975），《荒野中的批评：对当代文学的研究》（1980年），《拯救文本：文学、德里达和哲学》（1981），《散文节选》（1985年），《批评家的旅行：文学反思1958—1998》（1999年）。第三阶段从20世纪90年代至今，他开始致力于纳粹大屠杀和犹太历史文化的研究。耶鲁大学建立了大屠杀证词的录像档案，哈特曼是首要负责人和共同发起人之一。该档案记录了个

1 Paul Ricoeur. *The Rule of Metaphor: Multidisciplinary Studies of the Creation of Meaning in Language*[M]. London: Routledge & Kegan Paul, 1978, p. 219.

人，包括犹太幸存者和目击证人，自愿提供的“二战”期间有关纳粹迫害犹太人的第一手资料。该档案的建立标志着耶鲁成为美国第一所收藏大屠杀幸存者录像资料的大学。哈特曼成为诠释和教授大屠杀文学的先驱。其代表作有《纪念大屠杀：记忆的形状》(1994)、《最长久的阴影：大屠杀的创伤》(1996)、《灵魂的伤疤：与谎言的斗争》(2002)。时至今日，哈特曼仍笔耕不辍，一直活跃在耶鲁大学的讲台上。2006年哈特曼重返爱荷华州立大学接受美国作家俱乐部颁发的“文学批评奖”；2007年还出版了他的个人学者回忆录：《流浪的欧洲之子的智识旅程》。

本节将以第二阶段为重点，探讨哈特曼与众不同的解构思想及其文化批评的要旨。一方面，分析哈特曼关于“批评与文学同一性”观念。哈特曼认为，文学与批评是一致的，在其随笔中尤其明显地表现了这点。他不仅竭力反对把文学批评和文学创作绝对割裂的错误观念，而且开拓了文学与批评的范畴，推进了德里达不确定性原则的深入进程，反映了哈特曼的解构思想彻底性的一面。不仅文学语言、文学文本的含义可以转换、变动不居，而且不同的文体也可以转换，互相包容；另一方面，阐述他始终如一的人文主义观念。他强调人的主体性，倡导文学从来就是人写的、写人的、为人而写；如果解构了人的主体性，文本的阐释会失去人文的根基。他重视对历史与古文化遗产的研究，并严厉指正解构思想中否定或回避历史的做法。总体而言，相对于其他三位耶鲁学者，对哈特曼的研究还没有形成完整的系统。在此，笔者试图深入而客观地阐述哈特曼三个独特的思想观念，旨在说明哈特曼的人文主义信念与文化观。由此，其解构思想与众不同：他兼备解构以及传统的人文性，他是“超越解构的解构者”。哈特曼开拓了解构的思想范畴，并在文本阅读实践中加以完美体现，在一定程度上消除了人们对解构思想虚无性的疑虑。哈特曼被认为是解构主义的独特代表之一，并以其独特的阐释方式获得理论界的认同。

一、哈特曼超越解构的基础与其文学批评观点

源于19世纪60年代法国的解构主义是德里达的心血结晶，但却通过“耶”的努力，在美国得到了广泛传播与迅速发展。以下的三方面因素促使哈特曼接受了解构思想。

首先，美国文学批评界急切地想要一睹远从巴黎而来的解构思想，有它深刻的内在原因。当时，批评界里洋溢着文本阅读、深入分析和探讨语言转义的风气，这也是新批判为使民众更易于接受解构主义所创造的良好氛围。但新批判的有关阅读方式却是大受排挤：它不仅割裂了文本与作者、社会的联系，而且还割裂了文本间的联系。因此，包括哈特曼在内的美国批评家联合其他的一大批异派，竭力要求抛弃新批判长期珍视的形式主义。另外，哈特曼已经清楚地意识到胡塞尔和海德格尔以反历史为特征的现象学的影响。然而，形式主义和机能主义（organism）仍占据着美国学术界的大半壁江山，而结构主义也还未登上美国的学术舞台。所有的这些，使得19世纪六七十年代的美国学术界成为了一潭急需变革的死水。此外，德里达反权威、反传统、反理智的魅力理论以及他对耶鲁大学每年的频繁造访，极大地迎合了美国学者们一贯的

反抗精神和仇视标准的热情。

其次是源于20世纪60年代至70年代美国动荡不安的社会局势。就像美国在20年代至30年代所经历的经济大萧条一样，美国的学术界在60年代至70年代也遭受了一次“精神大萧条”。“二战”以后，整个美国每况愈下。传统的权威被颠覆，传统的习俗被忽略，悲观主义弥漫在每一个角落。年轻的一代失去了社会导向、进取心和坚定的信念。美国学者阿莱·特拉亨伯格描述了战后学术界的精神状态，他认为整个50年代是一个“绝对服从的年代”[1]。这种气息导致了很多人有自我流放和远离中心思想体系的倾向。20世纪60年代见证了反叛、暴动和自由思想。由此看来，人们对新体系的强烈需求也就很容易被理解了。

此外，当人文科学被严重忽视的时候，资本主义经济的繁荣兴盛却引起了人们对自然科学更大的重视。如此强烈的反差，令美国批评家们很不满，于是，他们便利用解构主义作为武器来反对等级制度，要求平等。就哈特曼而言，他在表达钦佩之情的同时，对于德里达和其他解构主义中概念性的形式又有所保留。让我们看看他对此的看法：

> 批判家必须令人心悦诚服地把这本书所涉及的关于文学和文学理论的大分歧结合起来。尽管只是沉浸于自我方式中一遍遍的揭露文字的“无底洞”，德里达、德曼、米勒仍然是毫无疑问的优秀的解构者，他们有着无情又只追求结果的特性。但是布鲁姆和哈特曼却不能算是解构主义者。他们有时甚至会写一些反对解构主义的文章。[2]

哈特曼关于作为文学的批判的独创观点，他对于人文主义坚定的信念以及他对于批判心理的长期关注和担心，都充分揭示了他高超的创造力和个性。他认为文学批判是一种我们与生俱来的意识。它不仅仅只是记录或出版在论文上的结合，而是精神上的一种意愿，一种想要讨论、评价关于文学世界发生的一切。这样的文学批判就立刻成为了好战和冥思的混合，并且他注定就不仅仅是与文学相关。但立刻实质性的问题就出现在我们面前：文学和批判的正确关系是怎样的呢？或者说原始和二手文本的正确关系是怎样的呢？作为 20 世纪批判的主声音，哈特曼对一些人关于想象文学和批判文学间的主仆关系的假设提出了质疑。在《一个最近的想象》一书中，哈特曼充分阐明了他的观点：

> 我把评论文学看成一个很大的流派。正如你们提出的那样，我允许评论或批判作为一个“高调的声音”，但是这并不意味着我就要把它和文学放在一个竞争的关系上。我想要打破之前关于用论文和评论来衡量文学的先验的评价体系。我不知道我们为什么一定要用一个价值更高的东西去替代另一个价

1 盛宁. 人文困惑与反思[M]. 北京：生活·读书·新知三联书店，1997，第 4 页.
2 Harold Bloom. *Deconstruction and Criticism*[M]. New York: Continuum, 1999, p. ix.

值稍低的东西呢。我们也许能够发现事实上我们已经能够清楚地理解文学和批判的合作关系。[1]

哈特曼并不赞成马修·阿诺德的观点：将批评归类于截然不同于富有创造力方面的一个特殊的、划定的范围，还将批评家限定在一个特殊的缺乏创造力的角色。这个被称之为批判精神和创造精神的防御性隔膜可以认可富有创造力作家的聪慧，但是却不承认关于富有批判性的作家可能也有创造性力量的正面论点，在别处也被命名为"阿诺德协定"。由于阿诺德的等级倾向性，他认为批评是种附属的、依赖的和缺乏创造力的角色，使这个协定隐喻为一个缩影。批评，忽视其地位或其自有的潜在创新力，转移其在文学作品上的专门聚焦，然而它本身的自主性和独立性的品质也被剥夺。

以艾略特为代表的有影响力的新批评家，十分重视艺术批评，但不干预艺术之外的东西。新批评强调这些看起来批判和创新元素并存的作品，但是将评论文章的能力范围限定在对艺术特定的、正式的、可评价的评论。艾略特在批评方面的观点也存在矛盾。他认同艺术作品意义深刻、富有智性，但是否认其具有生动性的一面，批判精神应该受到监督。他批评马修·阿诺德过于直率地区别批判性和创造性，因而忽视创新工作中批评的头等重要性。他始终探索研究者批判性思考：如果大部分创作真的是评论，那么大部分所谓的"文艺批评"真的就富有创造性。果真如此的话，一般意义上也存在富有创造力的批评。秘密泄露之后，艾略特开始担心文艺批判中的"创造性"的潜力，害怕现在"阐释性"文本占主导地位。继而他马上试着去采取控制措施，像阿诺德那样，批评可以找到自己的理由，并变得富有创造力或独立性：

> 答案看起来是，但不等于相同。不言自明，我认为一种创作，一件艺术作品，是有目的的；批评，就其定义而言，是关于一些不同于它自身的东西。因此你不能将创作与批评连在一起。但是，你可以将批评与创作连在一起。批判性的行为可以在一种与艺术工作者的劳动创造有关的聚合中找到其最高、真正的满足。[2]

"批判就像呼吸一样无法避免。"[3] 艾略特在其第一篇主要论文中写道。他并非想要强调某种行为必须受到特殊关注：相反，与其说他把它看成一项专业化用途，倒不如说他将它看成自然而然的事情。哈特曼试图通过引用一个有趣例子，如点一份火腿三明治，将这种方式明晰化。当人们点一份火腿三明治的时候，他们只想着得到那份三明治，也即他们只要准确获得他们所点的东西，而排除种种复杂性和语言的不确定性。因此对于这群人来说，扰人的是这些批评家不仅需富有"创造性"，还应该渴望获得除普通语言、纯功能以外的东西，即使它的目的是为了使文艺作品更容易理解。他们对文学和文学批评话语，或者文学和评论有着近乎绝对的分隔线。他们声称"如

1 Robert Moynihan. *A Recent Imagining: Interviews with Harold Bloom, Geoffrey Hartman, J. Hillis Miller, Paul de Man*[M]. Hamden: Archon Books, 1986, p. 89.

2 Geoffrey Hartman. *Criticism in the Wilderness*[M]. New Haven: Yale University Press, 1980, p. 189.

3 Ibid., p. 4.

果批评是独立分开的和纯理论抽象的那该多好：小说这样，评论那样，诸如此类的。”

原创文本和批判评论之间的界限总是不稳定，或者说并不是像那些保守的学者所认为的相互区别且分离。这种批判创造性的融合总是发生在同一时代的批判中。跨越文学和批判的界限或是拒绝承认两者之间的不同。哈特曼的批判写作中很多尝试去界定文学和文学批判中的合作或是复杂的关系，如《荒野中的批判》等。哈特曼认为我们应该坚持文学的重要性，但是也不应该存在这样一个态度，把批判或评论的作者认为是没有文学性，只是拥有一个服务功能。这种态度是不正确的，把批判文学放在这样一个位置也是不应该的。将批判从文学中分离出来对两方都是无益的。创造和批判的关系必须经常重新考虑；当修正主义者推翻或这或那的传统和固定的典范时，当他们明确揭露阿诺德和很多新批判思想中对浪漫主义起源的曲解甚至压抑时，他们的反叛却不能确定创造和批判的关系。这种多变和不确定的关系已经彻底结束。接下来的是一种新的尝试：将哈特曼的批评作品和他的文学作品相结合去了解批判，事实上，我们应该“在文学中看批判，而不是独立在文学外看批判”[1]。

由此哈特曼提出文学批评中创造性本质的观点。他拓展批评的范畴，直接面临了一个问题：传统上归于第二位和次要的批评相对于文学的地位如何？或许哈德曼最具争议性的正是关于创造性批评的观点。哈特曼把阿德诺和盎格鲁美国人批评主义的“朴素风格”，作为他解构分析理论的真正目标。通常情况下会有两种类型的批判。第一种是朴素批评主义风格，寻求一个具有想象力的答案。第二种类型是系统的构建者，他们的批判就是尝试去树立批评的规则。哈特曼倾向于后者。从哈特曼内心来说，这仍然不是一个完美的批评类型。他试图超越他们去发现一种新的批评。那是一种解释模型，有时候是任性的行为和那些具有诗人般的想象。哈特曼认为想象的经历对于一个创造性的作者来说是“净化”文学学习的必要条件，通过比喻、悖论、歧义和省略产生了重要的风格。

《荒野中的批评》的风格不是朴素主义的风格，却是他所提到的批判的最具代表性的风格。他声称批判应该是一个创造性的行为。他对诗歌的鉴赏性的阅读和他对于卡莱尔、艾略特、布鲁姆、本杰明、弗莱、伯克等作品创造性的思考，[2] 正绝妙地说明了哈特曼消解批评和创造性文学界限的决心。甚至《荒野中的批评》的标题也是“正好”来自阿诺德写的一个片段，叫做“当前批评的功用”[3]。

面对来自传统人文主义者反对创造性优先于批评写作的攻击，哈特曼从不后悔。维持创造优先于批评是一个文学流派的陈旧的理论。他认为，批评可能成为阿诺德追求的“文学理性的想象”。不管是否会发生，哈特曼坚持应该注意以下几点：

---

1 Geoffrey Hartman. *Criticism in the Wilderness*[M]. New Haven: Yale University Press, 1980, p. 1.
2 G. Douglas Atkins. *Geoffrey Hartman: Criticism as Answerable Style*[M]. New York: Routledge. 1990.
3 Ibid., p. 5.

在未来的几代人里，是不会认为一些来自于阿诺德年代的批评和学者的散文比诗歌和小说有意思的。创造性的精神也不会再类似于黑格尔的《艺术演说》、斯金的《空气的桂冠》、帕特的《复兴》、埃利希·奥巴赫斯的《模仿论》，或者在巴菲尔、卢卡斯、本杰明、德里达等人的作品里出现。更甚者，尽管批评不是小说，而是属于一个自己的流派，但是这个流派改变自己的形式和占用更多的智力和创造性的空间，也是不可能的。[1]

文学批评除了创造性本质外，还具备情感特性。哈特曼认为，解构和批评主义相对于宣言而言，更像是一本由保留了“每个作者的风格和特点”[2]，提出了“一系列共有的问题”的书。他的特点是强调人类感情的召唤，与伤感联系起来，被描述成在任何文章中蕴含着批评，标志着他与其他“耶鲁批评家”的一个重要的区别。因此似乎他时常受到那些来自于德曼、德里达和米勒的尖锐评论的威胁，并把他称之为“蟒蛇般的解构”，这些“无情的墙头草般的”人，[3] 从文字中碾碎了生活和伤感，并且不停地重复这种行为。

文学文本在于运用激烈的情感表达，来诱发读者的共鸣。然而，文学批评情感上的本质却得不到文本的那种理所当然的普及和重要性。解构是一种在文章本身和解构性活动之间交互性的无止境的过程，并把所有关于政治、道德、伤感、哲学等传统的东西放到解构的目标上。哈特曼无法抑制的趣味观点使得他与德里达接近，却又有不同点：哈特曼保持着对伤感的罗曼蒂克式灵感的忠诚。在哈特曼的文章《理查德与交流的梦想》的开场句中他说：“美学很久以来就跟对情感艺术的研究联系在一起。”[4] 它实际上应该被称为心理美学，因为它研究的是艺术与思想的关系，尤其是情感。这里，哈特曼预演了弗里德里希·席勒在《美育书简》中的美学主张：美学情感是各种各样心理和生理活动能够和谐组合的条件。对哈特曼来说，文学批评情感特质与小说相似。而解构主义的文学伤感性却令人头疼，因为“文学的风气与它的伤感不可分离，反之对于解构家来说文学批评准确的来说是用语言消除感伤，同时显示其比喻、讽刺、美的特征”[5]。

哈特曼不断强调文学批评能唤起人类感情的特点，挑选 T.S.艾略特最早的作品集《圣林》（*The Sacred Wood*，1920）作为典型的例子。书中，艾略特充满激情地说明了一个影响他并贯穿他整个事业的问题：文学批评和诗歌的宗教范围的关系。这些争论与艾略特的个人经历有很大的联系，它们热情洋溢，影响着自身，并引领读者跟随着艾略特的讨论。

更重要的是，文学批评还应具有困惑的特点。批评家的思想失去方向，困惑于一

1 Geoffrey Hartman. *Criticism in the Wilderness*[M]. New Haven: Yale University Press, 1980, pp. 256-257.
2 Harold Bloom. *Deconstruction and Criticism*[M]. New York: Continuum, 1999, p. 7.
3 Ibid., p. 9.
4 Geoffery Hartman. *The Fate of Reading and Other Essays*[M]. Chicago: Chicago University Press, 1975, p. 21.
5 Harold Bloom. *Deconstruction and Criticism*[M]. New York: Continuum, 1999, p. 9.

些关于文章的"开放性推测"，批评家应该让我们认知小说令人困惑的特点。事实上，批评性文本跟文学作品拥有相似的情感本质和功能，而这些文学作品也让情感的本质和功能没什么太大的差别。艾略特说："你可以把批评与创作融合在一起，却不能融合创作与批评。"[1] 但是这种创作与批评的融合却出现在当代一些评论家的作品中，那些作品是为了显现自己是创作者，其作品是创造性作品罢了。基于此，哈特曼提出文学与批评联合的主张。传统的批评形式是论文，而围绕着创造性的批评则存在着批判性的论文的问题，即"既是一种艺术作品，又属于艺术流派"[2]。他说："在批评作品中，主要讨论的不是语言，也不是语言哲学，而是书籍和阅读习惯是如何贯穿我们的生活的。"[3] 通过对卢卡奇写的《关于论文》细致的解读，哈特曼重申了卢卡奇"所有的反思、自我批判性论文的内在趋向都犹疑不决"[4]。他认为：文中所有内容，包括结尾都是任意的或反讽的——一个问题会衍生出许多问题，甚至有别于内部深意的外层叙述结构都会把事情公开。论文的偶然性使其难于得出合适的结尾。

卢卡斯对批评所持有的观点里，反讽和渴望最为重要。佩特（Walter Pater）把辩证法从哲学家们的手里解救出来，然后把它归于一种迂回思考的形式。卢卡斯则更明确地把批评归于反讽和欲望。反讽是批评内容的基础，具有不定性，它把批评与所有其他的艺术形式区分开来。对于这点，哈特曼作了重要的总结：这封写给利奥波普尔的信，正式地标注了"1910 年 10 月于佛罗伦斯"。它不仅仅是用信的形式写的一本批评集序言，甚至更超越了一篇文章。这是一首智慧的诗，正如同施莱格尔称赫姆斯特赫斯的论文一样。它把自己定位于智者的生活，但同时又概括包容了活着的思想。因此，批评狭隘的判断功能扩展成诗的形式。

批评是"智慧的诗歌"，它融审美功能和文学性为一体。通过"智慧的诗歌"，哈特曼提出了"严谨的智慧的诗歌"的概念，其中涉及洞察力和有个性的自我主张，还有一些严格严谨的东西。批判性文章，如弗洛伊德的或海德格尔的或列奥纳多达•芬奇的作品，都是结构严谨的智慧的诗歌。哈特曼非常强调"严谨"，他把批判性文章和个人/熟知的文章做了比较。批判性文章是批判性的、智性的、哲学的、辩证的、严谨的、生涩难懂的；然而，个人的或熟知的文章是没有系统性的，是脑海中的自然流露，这样的文章因为要扩大读者群，所以很易懂。通过对这些要点的整合，批判性作家和评论家的区别就显现出来了。

哈特曼在对批评性文章做进一步说明时，再三思考了文章中固有的讽刺和意愿。哈特曼超越了卢卡奇，事实上和卢卡奇持完全相反的看法。卢卡奇认为讽刺是一篇文章的基本元素：

1 Geoffrey Hartman. *Criticism in the Wilderness*[M]. New Haven: Yale University Press, 1980, p. 189.
2 Ibid., p. 191.
3 Ibid., pp. 202-203.
4 Ibid., p. 192.

批判性文章是具有讽刺意味的这一说法只是个常识，但最终与其说它是正确，不如说是保守。[……]卢卡奇作为评论家，正辩证地，潜移地转向对现实的把握，这时，理想、愿望还有讽刺都只起次要作用。在展现与个人特性违背的事物时，我们会超越一定的价值观，比如：乐趣、品味、文明、讽刺、调和。这种超越以后也可能成就他的文学作品的领域，而他的目标也将更加紧迫和严峻。[1]

批判性文章首先是文章：一种文艺和实验工作而不是一个教条宣言。文学研究中，我们经常会问这个作品是什么类型的。当读者遇到一个新的或令人费解的形式时，特别是当我们在阅读《玻璃》时，经常会提这样的问题。《格拉斯》是一本有趣的书，它分为两个专栏，并同时列出两个评论：一个关于黑格尔和一名犯过罪的法国作家吉纳。这两个专栏往往变成三列，之间会有很多的印刷间距。它可以像任何一本书一样垂直读，但同时它也可以一栏一栏地跳看，从中你可以找到明显的对等关系。很难判定《玻璃》是哪种类型，或"批评"或"哲学"或"文学"。它是艺术的哲学著作，也就是，艺术精神中的哲学。但现时期，哲学思想和艺术思想相互对立，风格和思想完全相反。

它让我们意识到，文学批评已成为新古典主义最后的避难所，它反对混杂的风格或模糊的界限，这个界限也就是批评和文学之间或批评和别的如哲学、宗教、社会科学的界限。有些作品偏离了轨道，而且偏得离谱，它们竟然是单独风格或分层风格。约翰·伦纳德在描述米兰·昆德拉那本《笑声和遗忘》时，说"它自称为小说，虽然部分是童话故事，部分是文学批评，部分是政治，部分是音乐学及自传"[2]。当哈特曼阅读到这时，他产生一种矛盾的情绪：鼓励和劝阻。但前者比较强烈。这是因为伦纳德认识到，问题所在不是小说的死亡，而是各种批评的涌现。哈特曼的批评实践使他的文章具有实用性和技巧性，风格复杂多变，语言丰富恰当。就像罗兰·巴特、沃特·本杰明和德里达混合了哲学和实用的著作给予文学更具创造性的形式一样，哈特曼的文章向文学注入了一些新内容。

哈特曼往返于两种传统的批判中。一种是欧陆批判主义，又称哲学批评主义，注重意识；另一种是英美批判主义，又称实用批判主义，注重文学形式。后者形成了哈特曼的批判风格：不是那种简单的混合，而是有健谈、熟悉、友好的感觉，和后结构主义式的充满神谕、预言、像神职人员的方式，完全不同于平常的风格。他不规范的风格并不是令人疑惑的陈述或缺少严谨。相反，这种故意的不规范标志着成熟，特别是对阅读哈特曼的文章却没有意识到这点的人，就像阅读根据事先决定好的概要写的更有系统的评论。哈特曼认为"混合"不仅仅指开放，还有对平常风格的抵抗，与非哲学上的不让步的马斯夫英国式社会评判主义相对。我们现在认为的实用太狭窄了，

1 Geoffrey Hartman. *Criticism in the Wilderness*[M]. New Haven: Yale University Press, 1980, p. 199.

2 Geoffery Hartman. *Easy Pieces*[M]. New York: Columbia University Press, 1985, p. 200.

割裂了对理论、历史、哲学、法律、精神分析学、宗教、包括社会的评论。哈特曼的文章明确地提出了“一种成熟的批判主义，既不畏惧理论也不高估它本身”[1]。

在哈特曼的文学生涯中，探索了德里达式的深入阅读英美文学的功用，确定了相关的欧洲和英美之间批判方法上的分歧。就像大卫·休谟（David Hume），哈特曼对文学的理解“很久之前就被对文学的热情所俘获”，也“对除哲学和学习的追求外的其他事物有一种难以克服的嫌恶感”[2]。解构主义不是总针对普通阅读者，但哈特曼希望能够有沟通。他说“这些转瞬即逝的文章是为了应对特殊的情况和帮助非大学读者”[3]。

哈特曼的另一力作《简单片段》（*Easy Pieces*），也许就标题而言是读者理解哈特曼的第一选择。虽然书里段落绝大部分比较简单，带着不确定的微笑，充满了防备和反抗，但是含义绝不简单，阅读理解这些简单片段需要大量的文化背景和广阔的知识系统。他们很难找到一个中间点能平衡难以理解的专业知识和隐含内容，以及需要相当的努力来使它变得亲切生动。虽然，哈特曼的书籍证实他令人印象深刻的广阔兴趣和热情的生活承诺，但是有些合在一起的文章缺乏一致性，一系列的主题看上去毫无目标：如威廉·布莱克的插图、D.H.劳伦斯的第一个剧本、乔格·鲁斯·博格、阿尔弗雷德·希区柯克和六位女性诗人。

哈特曼提出的创造性批评史无前例。理想的欧洲模式：过去的欧洲，批评家与艺术家很可能是同一个人。创造性批评的概念是在艾略特时代传播开来的。之前王尔德使用了大量犀利的语言，在把艺术作品作为创作起点方面，他的观点却远不如哈特曼敏锐而均衡。德里达和其他耶鲁学派的批评家也支持把文学与批评结合起来。德里达指出，像阅读文学作品一样阅读哲学并不妨碍我们像阅读哲学一样阅读文学作品。德曼呼吁批评回归于文学本身。米勒也持上述观点。只有布鲁姆仍旧将文学批评作为一个特殊的学术领域。但同时哈特曼对此问题深入研究的意义以及他对文学批评领域的贡献绝对不容忽视。

首先，不同于以往狭义的认识，哈特曼从广义定义了“文学”，即：“从广义上来说，文学包含我们的法律、杂志、政论、诗歌、批评等表现出的特点。”[4] 哈特曼还认为，“我们已经屈服于内心的单纯与复杂”，我们这样将批评从历史、哲学、法律、精神分析、宗教乃至社会中生硬地分离出来的实践过于狭隘。他在自己的作品中详细阐述了将批评奴役化的必要性。我们既不应该惧怕也不应高估这一理论。[5] 他在《荒野中的批评》一书中阐述的“个人和掺杂外来词语的步骤”，在其作品中得以充分应用：他徘徊于批评理论的观点和个人诗歌的分析之间。哈特曼对批评范畴的扩展着实丰富了新时期的文学评论。

1 Geoffrey Hartman. *Criticism in the Wilderness*[M]. New Haven: Yale University Press, 1980, p. 4.
2 Geoffery Hartman. *Easy Pieces*[M]. New York: Columbia University Press, 1985, p. ix.
3 Ibid.
4 Geoffrey Hartman. *Criticism in the Wilderness*[M]. New Haven: Yale University Press, 1980, p. 203.
5 Ibid., p. 4.

其次，哈特曼将文学批评和文学创作并列对待的行为，揭示了他批评原则上透彻而新颖的立场。不仅仅是文本意义与语言的复义和不确定，甚至不同题材也可以相互交叉；这些都在很大程度上推进了复义这一关键概念的清晰表达。在“新的哲学批评文本”中“将创造和批评结合起来”是“创造性的测试限制”显得尤为必要。这类限制即黑格尔所谓的“绝对知识”和杜威的“对确定的质疑”[1]。

第三，哈特曼的批评与文学一体性的观点把批评带入了细读的范畴内。对于文学作品，人们总是提倡细读。但是，去除文学领域中的批评会使人们对评论的细读变得毫无意义。哈特曼指出我们用于细读的技巧太过于单一化，“这些技巧只是用于创作而不是应用于评论或纪实文学类的散文。接着我就尝试着把评论阅读与文学阅读结合起来”[2] 来看待批评。哈特曼总是实践着自己所提倡的理论。甚至在他职业生涯刚刚开始的时候他就已经实践了复杂的细读策略。对评论进行细读的需要以及他在文章上相应的实践（如对卢卡奇文章的细读）都属于哈特曼的论述的主题。

哈特曼竭尽全力去更正批评所处的受到过分压制的地位时他就做得有点冒进了。此外，哈特曼无视批评文本与文学文本的基本区别，并用文学文本的构思方法来构思评论性文章。这使得人们对他的评价产生了偏见。文学作品与批评文本的重要区别在于：有一类文学作品它们承认自己的无能为力，承认自己无法使文章完全结束。然而，批评文本总是努力掩盖自己的无能并声称自己提供的是一个正确的描述。

二、哈特曼文学批评中的人文性

就哈特曼而言，文学批评中的风格意味着人文主义生存的文学空间以及这个主题保持可恢复性和生命力的领域。人文主义的传统可以追溯到亚里士多德时期。诗学上，他把悲剧定义成一种能够激起遗憾和害怕情绪的剧种。他甚至把观众在欣赏悲剧时产生的“遗憾与害怕的悲剧乐趣”看成是评价一部悲剧的关键准则。19 世纪，人文主义传统以浪漫主义为标志，达到顶峰。在浪漫主义中，作者主观意志上升到了最高的位置。由此，我们是否可以认为人文主义深刻扎根于肥沃的传统土壤中。但解构主义对它造成了一种根本威胁，使人文主义退回到文艺复兴时期。哈特曼意识到这种情形后，决意修复长期破裂的人文主义传统。就此而言，哈特曼是一位传统的或者是智性的解构者。

首先，对人类主观性的怀疑。对主观性的否定是后现代主义的主要思潮。米歇尔·福柯关于“人类之死”的宣言在不同时期都极大地扰乱了思想界。本质上来说，对于全部西方哲学传统的颠覆实际上是对理性文化的解构，理性文化的中心便是主观性。结构主义在 20 世纪迅速崛起，它把“人”看成是无数文字文本的集合。而后结构主义更是将文本确定性的逻辑推到了一个极端，他完全割裂了“能指”和“所指”

1 Geoffrey Hartman. *Criticism in the Wilderness*[M]. New Haven: Yale University Press, 1980, p. 202.
2 Ibid., p. 1.

之间的关系。这表明了“人”已经失去了根并因此变成了一种没有终极表示符号的替代品。[1] 尼采哲学最好地呈现了那个时代的不确定和怀疑的普遍情绪。其惊人言论“上帝已死”使许多人陷入了信仰危机。德里达在接受尼采的宣言后，将矛头直接指向了西方传统文化的核心价值理念和基本原则。他质疑了自柏拉图以来的西方哲学的基本的形而上学假定。德里达清除了理性中心论，那是一种追求一个中心并且寻求一种超自然实物的学说。由此，他使作家失去了对意义的权威，成为了文字游戏的一员。因此可以说德里达和福柯彻底否定了作者和读者的主观性。罗兰·巴特，另一位这个群体的领导人物，通过吸收潜在意识和深层结构的概念，否定了作家的主观性，惊呼“作家之死”。对于他来说，作家已经仅仅是写手，没有激情、没有幽默感、没有爱心，也没有感官能力，就如同中世纪时抄写经书的和尚。事实上，作家有他们自己的反应，同时他们也反映了掩藏的冲击力和语言的结构，反映了文化和心理学。他们是独立的，也有能力以一种有意识的方式作出清醒的抉择。[2]

尽管解构思想在一些美国的学术圈非常流行，它仍然被传统人文主义学家强烈抨击。解构主义者和人文主义批评家争论不休。多数人可能认为 H.M.阿布拉姆斯首先是一位极好的浪漫主义的历史学家。其著作《镜子与灯》探讨了浪漫主义，受到了极大的欢迎。作为一名足智多谋并且雄辩的人文主义批评家代言人，他写了一系列作品来批驳解构主义学家。他出色的对于“用文字来做事”的介绍：《论批判主义和批判理论》为将阿布拉姆斯同样视作重要的文学理论家提供了充分的证明。阿布拉姆斯作品总是期望通过质疑孤立的文学作品和想象中的客观读者的无私欲性来超越新批判形式主义。[3] 阿布拉姆斯站在修正主义之后的人文主义传统的位置，揭露了解构主义的两难：一方面尝试着逃避和破坏传统，不希望他再次恢复；另一方面又不可避免的陷入到传统中。因此，解构主义可以看成是阿布拉姆斯那些传统批评家们的人文主义的意想不到的灾难。

哈特曼指出：“我们现在的问题在于随着著书量的增加，读书的质量也要提高，才能保留那些伟大的作品。”[4] 显然，哈特曼已经把阅读的地位提得如此之高，他非常重视读者的地位。即使是作为最粗略的阅读意见，哈特曼的作品和大众的兴趣紧密相连，在决定创作文本含义时，读者能回到应得的重要地位。文学理解是双方的，它包含两个部分：批评和可延伸的经典文章。批评有助于形成经典并帮助理解，至少使我们对文学表达的复杂性有所准备。这样，理解的范围包含了文本和读者，他们之间有共生关系。可以肯定的是，相当大的压力已经转移到了读者身上，因此他们必须识别、接受以及对这个著成伟大文学作品的特殊语言活动作出反应。问题是怎样对文本的

1 盛宁. 人文困惑与反思[M]. 北京：生活·读书·新知三联书店，1997，第 94 页.

2 奥顿奈尔. 黄昏后的契机：后现代主义[M]. 王萍丽译. 北京：北京大学出版社，2004，第 47 页.

3 M. H. Abrams. *Theories of Criticism: Essays in Literature and Art*[M]. Washington, D. C.: Library of Congress, 1984, p. 52.

4 Geoffrey Hartman. *Criticism in the Wilderness*[M]. New Haven: Yale University Press, 1980, p. 165.

“呼唤”作出反应。批评家曾经试着找出一个“可答复的方式”，但是他们的努力白费了。[1]

其次，哈特曼对创作和批评之间主次关系的颠覆，他对文学的批评，他关于“批评是文学范畴的，而不是从外界的角度看进去”的宣告，都解释了他对读者的创造力和责任感的认识：阅读的行为倾向于和读者内心深处的思想一致。问题是阅读揭示出的内容引起了重名的双重文本：译者参照的文本和批评家通过参照所创造的文章中的文本。[2]

哈特曼强调读者的参与、个人投入、亲眼目睹和阅读有关的责任与重要性。对他而言，文本的力量通过读者反应来衡量，所以“如果某些作品已经十分权威，那是因为它们和读者相互支持”[3]。文本的命运掌握在读者手里，他们可以使文本起死回生，被精心保存。那么，哈特曼所说的读者和译者身上到底承担多大的责任呢？“读者的责任不是那么容易界定……对读者的责任心而言，没有人能完全免除读者的责任。”[4]哈特曼的内心深处，“读者”已经不是普通意义上的读者。每位读者，从作家的意义来说，都是作者，是能帮助完成工作，也能毁了它的推理家。“既是文章的译者又是其他文章的翻译制作者”[5]，“是使诗作出反应，又掩盖了它内心声音的人”[6]。“读者批评家”可以很好地概括所有哈特曼读者的责任和特点。这种读者的存在保证了批评新颖而富有感情本质的存在，他是保证批评与文学的处境相同的基本元素。总之，哈特曼坚持认为，对文本敏感又有思想性的读者批评家其实释放了他隐藏的力量，“质疑作者的权威，并在由此引起的问题中苦思冥想”[7]。“只要反驳一个被动或受约束角色的借口，他马上既是读者又是作者了——或者完全领悟它。”[8]

耶鲁其他批评家也承认作者的主观性。作家可能永远在荣誉殿堂有其位置，并与其文章一起陈列在那。德里达否认人的主观意图，剥夺作者的绝对权威，并把他成为文字游戏中的一颗棋子。德曼轻视作家，但又在一定程度上保留他的地位和作用。米勒是德曼和德里达最亲密的盟友，重申了作家的作用。布鲁姆强调读者和批评家的主观性，重新评估浪漫主义诗歌。较之其他三人，哈特曼在这一点上与布鲁姆有着更多的相似之处。他在公开场合批评那些资深的解构学家试图忽略读者批评家的主观性。此外，他完全肯定作者的主观性。与布鲁姆一样，他极力强调率直的读者与含蓄的作

---

1 Geoffery Hartman. Crossing Over: Literary Commentary as Literature[J]. *Comparative Literature*, 1976(28):257-258.

2 Geoffrey Hartman. *Criticism in the Wilderness*[M]. New Haven: Yale University Press, 1980, p. 167.

3 Ibid., 170.

4 Geoffery Hartman. *The Unremarkable Wordsworth*[M]. London: Methuen, 1987, p. 1.

5 Geoffrey Hartman. *Criticism in the Wilderness*[M]. New Haven: Yale University Press, 1980, p. 162.

6 Geoffery Hartman. *The Fate of Reading and Other Essays*[M]. Chicago: Chicago University Press, 1975, p. 291.

7 Geoffrey Hartman. *Criticism in the Wilderness*[M]. New Haven: Yale University Press, 1980, p. 162.

8 Ibid.

者的重要性，其主要是受其浪漫主义诗歌研究的驱使。这正是他与德里达和其他正统解构学家的不同之处。哈特曼深切关心读者批评家，他们既是文章的译者，又是更深入文本的作者。这种关心反映在他对弗洛伊德和心理学的持久兴趣上。20 世纪七八十年代，人文心理分析以批评调查面目出现，弗洛伊德关于潜意识力量的观点有助于阐述作家、读者和文章呈现他们各自生活的方式之间的神秘关系。

再次，哈特曼评判否认或避开历史反作用的现象。由此可见，他是人文主义思想的信仰者和捍卫者。早在 1920 年，艾略特收藏在作品集《圣林》里最著名的作品《传统与个人才能》中，提出了他关于传统文学必须靠诗人来传承的理论。根据他的理论，传统并不是对新近作品的重复。传统包含了从荷马到现代的所有欧洲文化，包含了所有诗人个体到所谓传统的关系。因此，当诗人在创作诗歌时会融合各时代各种语言的作品资料，来创造出属于自己的风格。他的这个观点鼓励了读者去接受新的作品，包括那些多种文字对照的读本和那些认真模仿其他诗人写作风格的作品。

哈特曼曾举过这样的例子——本杰明曾评论过卡夫卡的寓言作品《审判》：“当父亲扔掉了毛毯的负担，也就扔掉了凡世间的负担。他得让浩瀚的时空转动才能将自古以来的父子关系转化为生活及相应事情。这会有什么结果！”[1] 继承与传统的问题由此产生。许多历史学家持有“进步哲学”的观点，盲目地认为历史进程是向着未来单维度发展，而从未返回去看问题。确实，死者或和失败者已经死亡，他们永远成为过去，永远无法重登历史舞台。本杰明称那些历史学家“点燃了过去的希望之光”[2]，该话带有反讽的感情色彩，他不赞同对进步的肤浅理解，他倡导“历史哲学”。其核心主题是：过去的事物依然保留辩证力量，死去的人和逝去事物的作用不应该被忽视，我们应该转移我们的注意力去挖掘历史更深层次的东西。本杰明反对把希望完全寄托于未来，同时也反对把灾难说成由过去引起，他甚至颠倒了两者的位置。正如波德莱尔的“帕扎尔”中一样，本杰明在自己的寓言中提到，即使过去有神秘地存在，灾难依旧成为预期的那样摧毁一切时间和障碍。过去有一种“被击败的可能性”或是一种“可追溯力量”[3]，这让历史唯物主义者倾向于研究那些死者和失败者。事实上，后者无须同情，因为从另一角度来看，他们是至高无上的赢家，是力大无穷的强者。由此可见，本杰明颠覆了“胜者为王，败者为寇”[4] 的传统观点。如果某人成为赢家，那么他将面对无数人的挑战，他将得不到片刻安稳。所以，本杰明认为任何对历史作出真实可靠反映的都是以一种死亡景象终结。对保尔 • 科力的天使画像的诠释中，显示了本杰明对历史进步与过去、将来的关系持有辩证观点。他的思想行为颠覆了过去的灾难与将来希望之间的单纯关系，推翻了胜利能够提供通向真理的捷径的观点，所谓的真理是历史进程，是关于过去、现在和将来的紧密结合。

1 Geoffrey Hartman. *Criticism in the Wilderness*[M]. New Haven: Yale University Press, 1980, p. 81.
2 Ibid., p. 85.
3 Ibid., p. 77.
4 Ibid., p. 78.

哈特曼表面上与德里达站在统一战线上，但实际上与德里达还是有差异的：世界对于他充实丰富，而对于德里达却是空洞乏味。尽管在《挽救文本》一书中充满了哈特曼对德里达的著作《丧钟》的关心热爱，但他在最后一章“文字与伤痕”中，[1] 对德里达进行了反驳。哈特曼对德里达的怀疑来自于哲学家对福楼拜式的科学的理想文体的拥护。[2] 这一理想文体非常独立，实际上已没有文体、没有鲜明特色、没有本质、没有主题。哈特曼对这一问题的发现，含蓄地批评了福楼拜，不过是通过一种奇特方式。描述福楼拜的理想文体为毫无文体的同时，哈特曼创造了对美学客体的独特定义：“写作没有文体，不被看见的写作立刻减小可见性与脆弱性，或者变成无目的的目的性。”[3] 此外，哈特曼的对人本主义的拯救解释了他心怀已久的关于解构主义理论的看法。解构主义者对揣测与解构任何事物都充满兴趣。通过将文字游戏突出为语言的基本属性，解构主义者们完全否定并取消了语义的相对决定、稳定性与客观性的本质。不顾作者的本意，解构批判者们一劳永逸地提出了“人”，拒绝所有判断对错的标准。被扔进批评的荒野，人们总是容易失去方向，因为那里一切都不确定，哈特曼呼唤精神世界。一篇文学文本首先是一份人类文档——对有思想、能活动和有感情的类似我们的人类虚拟呈现，将我们带入其中。它是用人类作家组织语言，以感动和取悦读者的方式描述。价值判断先于人类阅读过程。对人类主观性的解构导致阅读所有文章的人性基础的丧失，由此道德判断标准也不复存在。因而，主观性的回归毫无疑问会带回价值判断。

哈特曼是耶鲁大学英国文学与比较文学方面一位名誉退休的教授，他通过四十年的不懈努力，成就了自己作为一名文学批评与阐释者的权威形象。他所呈现的诸多精辟论断凸显的不仅是理论与实践上的批评，而且还有在美国大学中人文学科时下的弱势现态。其实，把这些荣誉联系起来，就是哈特曼不断献身于阅读和阐释文学作品的精神。更加清晰的是，哈特曼与解构主义的联系仅仅是一张越扩大越有趣的图片。图片展现了这样一幅场景：一位和蔼友善却偶尔性情无常的解构主义者在一些志同道合朋友的见证下，接过象征性的斗篷。

通过哈曼特对于解构主义学说的理论性探索以及哈特曼和其他耶鲁评论家的比较性研究，论点主要集中于以下两个方面：哈特曼对于文学批评的观点，他对人文主义的信念。之所以叫超越，是因为这些表面上看起来没有关联的点实际相互重叠，可以归结到同一个主题——人文性。它反映了哈特曼解构理论的二重性：既解构又传统。哈特曼的解构理论的传统性扩大了其本身的含义，某种程度上，克服了解构主义中的虚无倾向，成为一个超越解构主义的解构主义者。哈特曼抵制了简单的程式化批评，发展了一种复杂的哲学批评学，一种当下与新批评、阐释学、读者反应、精神分析、解构主义截然不同的具有人文主义精神的批评。

1 Geoffery Hartman. *Saving the Text*[M]. Baltimore: Johns Hopkins University Press, 1981, p. 121.
2 Eugene Goodheart. The Creativity of Criticism[J]. Rev. of *Criticism in the Wilderness: The Study of Literature Today*, by Geoffrey Hartman, *ADE Bulletin*, 1981(67):39-41.
3 Geoffery Hartman. *Saving the Text*[M]. Baltimore: Johns Hopkins University Press, 1981, p. 156.

第三章 国内学界"耶鲁学派"研究

第一节 "耶鲁学派"在中国的种种解读

"耶鲁学派"的理论虽然纷繁复杂如谜般难解，却从20世纪80年代后期起一直受到国内外学术界的广泛关注。从最初的学派成因研究、批评家各自理论阐发研究，到学派内部各批评家之间的比较与归纳研究、该学派研究与中国文论的动因关系，种种解读说明成长在20世纪70年代"机器人宰割莎士比亚"阴冷时期的"耶鲁批评家"是现代派文论的领头羊。

一、"耶鲁学派"是否可称为"学派"的讨论

我国学者从未间断过对耶鲁学派能否称为学派的探索。中国理论界并不完全认同所谓的"耶鲁学派"的提法。他们的认同是基于四位学者都在耶鲁大学任教，且又共同发表了《解构与批评》（1979年）一书的事实。当年曾经在哈佛就读的赵一凡在自己的《美国文化批评集》中写道：适值风靡于欧美大陆的"耶鲁学派"是高年级同学用来嘲讽他闹不清种种"主义"的一个话题。美国有学者把四位最有名气的耶鲁批评家称为"阐释学黑手党"[1]，又把德曼称为"耶鲁四人帮"当中的带头人。而见诸国内文坛的关于"耶鲁学派"的研究性文章，也几乎都异口同声地称所谓的耶鲁学派为"学派"，这也许是受了1979年德曼和他的同事们合作出版了《解构与批评》这一事件的影响。事实上，耶鲁学派的成员各自的理论原点不同，分歧不少。布鲁姆在他和德里达等人的论文集的序言中甚至有这样的描述："德曼和米勒无疑是蛇一样的解构者……尽管他们每人都对自己那反复冲破词语的深渊方式颇为欣赏。但是布鲁姆和哈

1 William H. Pritchard. The Hermeneutical Mafia or, After Strange Gods at Yale[J]. *Hudson Review*, 1975(28):601-610.

特曼则仅仅是解构主义者。他们有时候甚至写东西反对解构主义本身。”[1]“蛇一样的解构者”，这样的修饰语让我们觉得不寒而栗。

有学者指出：“也就是说，他（布鲁姆）本人和哈特曼只是曾一度信奉过德里达的某些教义，而实际上并非真正的解构者……耶鲁学派本身在批评观念上也并非一个整体。”[2]此言指出了所谓的耶鲁学派在理论基础上的不一致。其后又对耶鲁学派对德里达解构思想的非一致性传承做了一番评价：德曼“主要从德里达的悖论概念中吸取灵感用于对浪漫主义修辞进行解构，和对意义的终极性的怀疑，他的重点是阅读过程中所产生的不确定意义来重新发现其中的修辞性张力”；哈特曼“更加看中解构主义与现象学之间的传承关系，并认为这是超越新批评的‘文本中心意识走向文化批评的一个重要策略’”；米勒“更乐意将解构当做一种文本阅读的策略和阐释的方法”；而布鲁姆则潜心于从“误读”的角度对既定的文学经典进行解构。文章认为四人对德里达的接受在更多的层面上加上了自己各取所需的色彩。由此可见，耶鲁学派只不过是国外批评界为方便而将四人归入了一“派”。

这样的归类基于既不提倡对“主义”和“流派”的大肆渲染，也绝不放弃对他们的关注与研究，虽然四位学者的学术一致性还尚未达到可以称之为“学派”的地步。“学派”一词在《现代汉语词典》中的解释是：“立场、见解或作风、习气相同的一些人。”最初人们是因为认为他们四人继承和发展了德里达的解构主义而把他们归为一派的。事实上，耶鲁学派由于其颠覆传统价值观和现有理论的特性，它的存在并不被一些人接受，“阐释学黑手党”（Hermeneutical Mafia）的提法说明他们不仅不为公众所欢迎，而且从一开始就遭到了敌视与误解。笔者认为，这种误解应该包含两层含义：（1）由于对耶鲁学派缺乏了解，公众对他们带有强烈颠覆色彩的理论是心怀鄙夷和畏惧的。（2）这种“误解”还应该包括将他们四人归入一学派仅仅是因为他们恰好都在耶鲁大学。在这种情况下，学术层面的意见不同往往导致学术争论，甚至是赤裸裸的人身攻击。据此，耶鲁学派的提法只是为了迎合某些对他们四人持不同意见的学者。他们希望有一个省力的途径对其作出批评、讽刺和挖苦。“耶鲁学派并不是一个统一战线，如果我们那样看待这些学者们，只会给我们理解他们的学术成就造成更大的困难。”[3]

事实上，我国自20世纪80年代左右开展对解构主义的研究以来，对德里达的研究最为详尽，米勒和德曼也吸引了不少人的关注，而多少冷落了哈特曼和布鲁姆。比如，人们常把布鲁姆简单地归入耶鲁学派而不去详加考察布鲁姆理论和其他成员之间的异同。其实，“‘耶鲁学派’中，布鲁姆受德里达的影响最少，他自己也力图划清和解构主义的界限。”[4]既然，耶鲁学派是以解构主义阵营的标准来归类的，而这个“学派”

1 Harold Bloom. *Deconstruction and Criticism*[M]. New York: Seabury Press, 1979, p. xi.
2 王宁. 文学理论前沿（第2辑）[M]. 北京：北京大学出版社，2005，第198页.
3 沃特斯. 美学权威主义批判[M]. 北京：北京大学出版社，2000，第122页.
4 张跃军，古克平. 布鲁姆早期浪漫主义诗歌理论初探[J]. 外国文学研究，2004(11):81-85.

中的成员（布鲁姆）却希望与解构主义划清界限，我们是否还要硬在布鲁姆的头上套入“耶鲁学派”的“光环”呢？布鲁姆本人也曾这样谈到：“不，我不属于任何一个流派，既不是解构主义、读者反映论……我属于我自己。”[1]

我国对解构主义、耶鲁学派的研究相对于国外学者而言要晚些。笔者认为，之所以国内学者异口同声称耶鲁四学者为耶鲁学派的重要原因之一是受国外学者对他们四人所做的既成研究的影响——连美国自己的学者自己都称他们四人为学派，那么，以逸待劳，姑且延用之。其二，我国学者对他们的研究不甚深入和系统，现有的理论基础也基本上来源于国外已有的研究。对他们四人著作中文译本的匮乏便是佐证。缺乏对他们四人原著第一手资料的研读和对他们四人理论的深入理解，则必定是对国外的既有研究认可有加，更不可能提出什么异议。由此，所谓的“耶鲁学派”在国内刊物上屡见不鲜也就不足为奇了。

二、耶鲁学派理论之共识：不确定性

虽然耶鲁学派有共同理论基础的观点很少，且各自的理论方向都非常鲜明，但是，还是可以找到他们在解构理论上的共识：误读理论。

作为耶鲁学派的主将和“德里达在美国的代言人”[2]，德曼较多地吸引了国内学者的注意力，而国内学者也对其作了比较多的研究。德曼的解构主义研究主要将重点放在修辞性阅读上。可以说，抽离了修辞性，德曼的研究也就平庸无奇了。

在德曼的解构批评中，他认为修辞学是其知识的来源并接受了尼采的视修辞性为语言的真实性质，是语言本身的观点。认为语言中存在着语法不能完全统领的领域。这个领域就是修辞的维度。修辞是对语法模式中符号和意义达成一致性关系的某种辩证的破坏，修辞总是像一个好事者一样干扰意义的生成。语言中无处不在的修辞，划定了文学批评无法逾越的语言迷宫。“修辞对意义的指涉对于渴望从文本抽象出某个确定所指的一元批评来说，无疑是一种釜底抽薪的打击，在他（德曼）看来，文学批评的合法性应该建立在对文本的修辞性阅读上，修辞阅读是对目的论批评的解构。”[3]德曼修辞性阅读的意义远大于人们的想象，认为在面对语言修辞性带来的意义危机，人们没有必要重复哲学家幻想用语法控制修辞的行为，明智的选择应该是：承认人对语言的被动性和不确定性。这样，读者面对涌来的文本的多意性，放弃对终极理解的求索。

具体来说，德曼的理论运用于分析具体的文本，比如在分析卢梭的《忏悔录》时发现，“卢梭通过隐喻的方式以达到其自我辩解的目的”。所以，既然自传体不能融入邻近的或者与作者的真实意图相吻合的文本，那么，自传就不是一种特定的文类或者一种文学方式，而是解读或者理解的一种修辞格。又如在用德曼的理论分析叶芝的诗

---

1 张龙海. 哈罗德·布鲁姆教授访谈录[J]. 外国文学，2004(4):103-106.
2 昂智慧. 保罗·德曼、“耶鲁学派”与“解构主义”[J]. 外国文学，2003(6):90-95.
3 邱运华. 文学批评方法与案例[M]. 北京：北京大学出版社，2005，第127页.

中，笔者又发现了字面意义与隐喻之间的矛盾，比喻意义读解所建立的整个结构完全可能被按字面意义的读解暗中破坏和解构。“因此，阅读总是面临一种意义悬置不定的困境。”[1] 这就说明，由于文学文本这种突出的修辞特性，造成了文学阅读中可能存在的无法调和甚至相互消解的阅读。

由此可见，“解构文本的宗旨是展现不可被穷尽的意义与终极判断的不可能性。”[2] 文本批评是把文本自身的差异作为解构对象，运用不同的读解方式，对文本自身的各种意旨加以辨析，这些阐释的印记和矛盾又将构成新的起点。

无限制的修辞是否会带来虚无主义的诞生呢？耶鲁学派不这么认为。在德曼看来，这并不一定会导致虚无主义的诞生，相反，它试图尽可能准确地阐释由不可克服的语言之象征所产生意义上的摆动。在更大的意义上，它可以让我们避免因为深度模式而造成的意义阐释上的极权主义。“解构主义的价值不在于给我们提供一个最终的答案，而在于为我们进一步理解文本扫清障碍。”[3] 这就意味着德曼和他的朋友们颠覆了人类几千年以来的阅读习惯。面对汹涌而来的文本，我们将学会放弃对终极理解的求索，而从截然不同的角度对其重新理解和阐释。在更高层次上说，这成为了创造与求新不竭的动力和源泉。这也正是德曼所渴望与追求的。

事实上，耶鲁学派认为语言本身就具有解构的颠覆性力量，而“文字游戏”（修辞性）只是为了充分释放语言本身的内在解构力量，而不是把某种外在力量强加于语言，并且语言本身的颠覆力量也只有在修辞性中才能充分地解放出来。“后现代思想家在语言生产领域实践着自己的‘能指的解放的理论’（德曼语），这种能指解放实践反抗着制度化语言的‘恐怖裁决’。”[4] 此言将“人云亦云”的传统范式视同为“恐怖的裁决”，并且是阻碍文学创新与批评发展的罪魁。而德曼这种基于修辞性阅读基础之上的摧毁与重新建构，又成为抵制裁决的有力武器。这意味着耶鲁学派的解构理论是反传统反制度化的，而这种反传统与反制度化又是创新的源泉，因此具有极大的破坏性和销蚀性。然而，德曼的修辞性阅读理论局限性也是存在的。其源于一个基本的常识：文本和言语必然是并且首先是特定社会和历史条件下的附属品。离开了社会和历史的养分缘木求鱼，文学批评也就必定流于形式。

作为耶鲁学派中最活跃的成员，特别是在德曼逝世后，米勒成为了耶鲁学派的一面旗帜。他注重文本的阅读，认为“既然一切文本都是语言的，那最佳的方式当然是修辞的阅读”[5]。就此而言，米勒的思想理论与德曼的不谋而合。

根据《小说与重复》的解构修辞的原则，米勒则进一步把他的修辞批评扩展到文本间的关系，提出文本中有一种“寄生”与“寄主”的关系不断发生作用。这种观点

1 凌晨光. 当代文学批评学[M]. 济南：山东大学出版社，2001，第 230 页.
2 王先霈，胡亚敏主编. 文学批评导引[M]. 北京：高等教育出版社，2002，第 191 页.
3 徐岱. 批评美学：艺术诠释的范式与逻辑[M]. 上海：学林出版社，2003，第 426 页.
4 周泉等. “后现代于学术规范”笔谈[J]. 外国文学研究，2000(3):1-11.
5 邱运华. 文学批评方法与案例[M]. 北京：北京大学出版社，2005，第 218 页.

的提出也成为他的修辞阅读理论与德曼的最大区别。无论是文本，还是图像和其他媒介文化，米勒都试图以“阅读”的概念予以海纳。他“总是将此‘文学理论的任务’说成是阅读的，在阅读中培养我们对传统的记忆，在阅读中构成对于所谓‘意识形态’的批判距离。”[1]

在《作为寄主的批评家》（*The Critic as Host*，1976）一文里，他以雪莱的最后一首长诗《生命的旋律》（*The Triumph of Life*，1824）为例，对这种关系做了详细的说明。米勒认为“每一部作品都有一系列的寄生的东西。”[2] 不论文学作品还是文学批评，一切文本都是关于话语的，如果说对于米勒而言“文学理论”就是“解构论”，就是一种修辞性阅读，那么文学理论的前景也同样是属于“阅读”的。米勒该文中所阐述的文本的自我颠覆性却给张首映一些灵感。他认为：“解构批评就是误读这种文本，对其自我分解性、自我颠覆性进行再度分解和颠覆，成为误解、分解、颠覆的游戏。”[3]

在弗洛伊德精神分析著作的影响下，布鲁姆进一步提出了影响的焦虑这个概念，认为任何作家都会受到前辈文学名家和经典著作的影响。这种影响会使后人产生受到约束的焦虑。

布鲁姆吸收“误读”思想，并借用精神分析学说中有关父与子冲突的思想，把诗歌史上前人对后人的影响关系看成一种不是单纯的后人继承前人，而是对前人进行误读、修正和改造的关系。这种误读论运用到文学阅读中，便彻底否定了文本意义的终极存在的可能性。如果说文本意义是在于创造意义，一切阅读都是在误读的观念下进行的，那么，对文本的理解便成为误读的特殊例子。“布鲁姆以误读的普遍存在和创造特性为解构的阅读和批评争得了合法地位。”[4] 其实不仅是布鲁姆，耶鲁四人帮最响亮的口号是：阅读即误解，误读即写作，写作即误读。他们的阅读理论主要表现在语言修辞的欺骗性、影响误读、误读作为分解、误读即创造四个方面。布鲁姆的误读理论首先是从诗学误读入手的，这和他早期对浪漫主义诗学的研究不无关系。布鲁姆关于诗的影响研究即“误读不仅是对历史的叛逆和超越，而且误解产生效益……产生新诗、新文学、新批评的一种必然的有效的行为”。显然，误读效益论成了误读理论和创新的源头活水。然而，当这种误读效益论成为反传统和解构批评阅读强有力的武器时，这种理解也就有根有据，不足为奇了。

误读必须与阐释学联系在一起。在与赵一凡等人一起主编的《西方文论关键词》一书中，张中载认为：“误读与阐释共生，也就离不开阐释学。”传统的阅读观念认为正读无论如何比它的对立面误读要来的正确。与此相对照的则认为，对于自然科学的实验报告和会计账本来说，模糊是一个大缺点和错误，但是对文学作品来说，他却是一大优点。“一首诗的意义是什么，完全由不同的、敏感的读者决定，只要阐释看来

1 杜书瀛. 文艺学向何处去[J]. 文艺争鸣，2004(6):13.
2 邱运华. 文学批评方法与案例[M]. 北京：北京大学出版社，2005，第 217 页.
3 张首映. 西方 20 世纪文论史[M]. 北京：北京大学出版社，1999，第 449.
4 凌晨光. 当代文学批评学[M]. 济南：山东大学出版社，2001，第 223 页.

可信，并能使人有所感。”[1] 由此可见，误读与阐释是相辅相成、不可或缺的。

而对布鲁姆在《影响的焦虑》中所探讨的六种误读的方式，陶东风做此评价：“这六种修正比是新人误读和偏离前驱的基本策略，通过这样的策略，新人才能最终从影响的抑制和焦虑中解脱出来成为强者诗人……单独的诗和诗人并不存在，真正的诗的存在是互涉诗。”[2] 他提出的“互涉诗”概念和布鲁姆“诗的影响”的概念异曲同工。首先，前辈诗人的创作对后辈诗人产生了积极的影响，后辈诗人继承前辈的题材、形式和风格，并加以创新和发展写出新作品，从而构成了对传统的连贯性。当后辈诗人享受前辈的积极的影响达到和前辈持平或者超越的程度，“影响的焦虑”就应运而生，而且成为一种负担和压抑。该书全面阐述了这种观点，并引用弗洛伊德的家庭罗曼史理论来比喻迟到者诗人对前驱诗人的欲爱又恨的关系。

作为耶鲁学派的一员，哈特曼给笔者的印象是低调的，比起其他三人显得有些沉默，其解构理论仅限于“不确定性”，但可以说，他的地位在耶鲁学派中不可或缺。哈特曼对语言有一种很深的信奉和一股强烈的热情。就像有些人迷恋言语却又被语言中的隐喻折磨一样，哈特曼也受尽了语言的不确定性所带来的挫败感。因为语言的不确定性使他不知该不该相信文字。语言就像是一座迷宫，复杂多义，并且充满了不确定性和虚构性。它总是不断自我解构。文字的意思总是不能确定，并且总是有例外发生。文学语言强调了语言本身并不规约于它的含义。它引发和终止了符号与思想，字形与含义之间的差异。基于语言的不确定性、比喻性和虚构性，哈特曼将目光转移到了文本意义的探索，因此促进了文本意义的不确定性和开放性的发展。文本意义的不确定性和开放性指的就是不存在正确的意思。这个问题成为了解释学新的困惑。

> 符号语言理论和解构主义理论都表明当然有许多东西眼睛是看不到的，有许多话耳朵是听不到的。意思不是正电荷的堆积，而是一个连载的负电荷，是对被断定的不同范围的不同的意识。[3]

哈特曼也认同误读的存在。他认为，误读作为一种分解行为，它应该也必须包括两个方面：文本的自我解构与作者对文本的解构。“误读产生洞见，洞见生出创意”，张首映给其高度评价：“哈特曼推翻解构主义的种种合法性……建立误读的合法性，将误读提高到‘创造的层次’。”他认为，正是基于这种创造性，耶鲁学派的误读理论才有了立世的基础。误读越多，创造越多；误读越深，创造越强。然而误读理论自身也有自己的局限，误读的宿命是一个修正、改造、重组的过程，这是误读理论用于文学创作的必由之路，也是其作为一种解构利器所必须经历与尝试的。

综上所述，耶鲁四位学者各自的理论方向都非常的鲜明。然而，他们还是有共同的批评思想：语言的修辞性或曰不确定性。不论是米勒的寄生、寄主和德曼的修辞性

---

1 张中载等. 西方文论关键词[M]. 北京：外语教学与研究出版社，2006，第 622 页.

2 陶东风. 文学理论基本问题[M]. 北京：北京大学出版社，2004，第 318 页.

3 Geoffrey Hartman. *Criticism in the Wilderness*[M]. New Haven: Yale University Press, 1980, p. 186.

阅读，还是布鲁姆“影响的焦虑”，甚至哈特曼的“不确定性”理论，可以说是文本“互文性”或“未决定性”在批评理论上的衍生形式。不管形式如何变换，内容不离其宗，且都是读者在接受了前人文本的基础上对新文本的不同阐释。这似乎可以为那些坚定不移坚持此耶鲁四人可以称为学派观点的学者提供一些理论依据。耶鲁学派还强调，文学不应当去追求表现那些虚无缥缈的海市蜃楼，这样做是幼稚和可笑的。要维持文学持久的生命，首先就得斩断这类梦幻，解构这些天方夜谭。耶鲁学派所做的研究就是对文学价值更负责任的一种思考与探索，将一切表象彻底销蚀，还其文学的本来面目。

事实上，在耶鲁学派的功用问题上，我国学术界一直存在着两种观点：其一，耶鲁学派的特征是破坏、摧毁、否定，其功用就是消解现存社会的理论，摧毁现存文明；其二，摧毁、解构和否定性仅是后现代主义的表象，而其深处真正蕴涵的则是延续、肯定、改造、建设和创新。这种建设性和创造性的功用主要表现在：重视对传统文明的探究，善于发现传统文明现存的种种隐藏甚久的问题却不悲观绝望，积极、乐观、大胆地否定传统封闭的思维定势，大胆创新，力图发现和发掘出传统文明中最有价值的精神——多元的、民主的、长远的精神。否定、颠覆只是一种手段而已，俗话说，不破不立，误读的意义也就在于此。可以说，这两种观点表明了一个事实：成也误读，败也误读。

诚然，我们对耶鲁学派的研究还处在一个不甚系统的阶段，但从中我们已经能发现其与传统、现代主义精神上的血缘关系，在人类文明发展的长链上，耶鲁学派正清醒地铸造自己的历史地位。再回到中国文学理论的现状上来，中国文学理论已从政治性范式中走了出来，正处在一个融合西方近代范式（人学、审美、意识形态）、现代范式（文本、解构、完形）、后现代范式（话语、媒介、个案）之中，同时又处在西方近代、现代、后现代范式的张力和冲撞之中。在现阶段，拿来主义似乎还是我们吸取外国优秀思想的指导方针，但我们必须带着批判和借鉴的眼光。比如耶鲁学派的修辞性理论，用好了是一种生产力，反之则容易滋长极权和文本的虚无性。

三、耶鲁学派研究热与中国文论的动因关系

要阐述“耶鲁学派”与中国文学理论发展思潮的动因关系，就不得不提到文艺全球化的概念。众所周知，科技的发达对各国文化的交流起了推波助澜的作用，这种作用也体现在随之而来的文艺全球化上。比如在中国对耶鲁学派的接受问题上，我们不可避免地要受到西方后结构/解构主义思潮在中国本土化的影响；而国内文艺界对耶鲁学派的接受也有其内在的要求和主张。文艺全球化和本土化的双重基调交相辉映，成全了耶鲁学派研究在国内迅猛的发展态势。

就中国本土来说，长期的思想禁锢，已经使中国的文人缺乏了创新的意识。中国人向来是崇尚拿来主义的，习惯了在被动中接受西方理论思潮——国外在研究什么我们就研究什么，哪怕研究的东西在国外早已经成为嚼之无味、弃之可惜的“鸡肋”。

可以说，这既是打开国门，兼容并包的必由之路，也从另一方面反映出国内文论自主意识与创新意识的匮乏。这是一种无奈，也是一种坚忍。

从改革开放以来国内文艺界梳理西方文艺相关流派，吸收亚里士多德的诗学理论开始，中国就几乎没有“错过”任何国外的理论与潮流：修辞理论、含混与多义理论、文学性与陌生化理论、能指所指理论、意义与阐释、结构主义、后结构主义，而对本土理论的生产，众多学者却并不十分热衷。可以说，中国文论缺乏自主生长的空间与土壤。在文学理论的天空下，中国文论营养匮乏，先天不足。大量翻译西方现成的文艺理论著作与积极引用、研究西方学者及其观点，既是国内文艺界充分“打开门户，拥抱国外理论”的风向标，又是国内缺乏本土原创理论的生成的最好佐证。既然如此，就势必要最大化地利用拿来主义。这也是中国文论与国外文论基本保持一致脉动的关键原因。

事实上，“理论科学在其走向成熟的过程中，一般总要经历积累、整理和掌握材料三个阶段”[1]。按照这一认识审视当今中国理论发展的现状，王元骧认为我们基本上还只能说是处于材料积累的阶段。诚然，对国外文艺理论的批判性接受也好，囫囵吞枣也罢，都回避不了一个终极目标：建设本土文学理论。这或许也可以说是中国文艺理论批评界接受包括“耶鲁学派”在内的等等“主义”与“学派”，并不遗余力地进行研究的主要原因之一。在某种意义上，对耶鲁学派的接受、追捧、研究正是国人基于对本土理论现状深刻的反思与无奈的诉诸。而在文艺理论全球化的浪潮下，这种反思与诉诸又多少带有悲壮的色彩。耶鲁学派在中国的接受过程并不唐突，也并非一朝一夕，它与20世纪90年代以来中国文化的转型密切相关。与抗战以来中国文艺的主流现实主义不同，耶鲁学派，或者说解构主义的理论更侧重于对人性的内在解析，更关注人在日常生活的空间中的细腻感受。而这种人文关怀，无论在中国文艺界还是在世界文艺舞台上，都是主旋律。

耶鲁解构的观念在西方是对整个“形而上学”传统以及其思维方式的挑战，它是很激进的，与中国传统比较温和的性格似乎格格不入。但中国思变史上并非没有与之可相抗衡的思想革命。五四运动对传统的攻击可看成一种激进的解构运动，所不同的是它是以“文本”分析的方式来进行——从作品、文本理路内在逻辑的自我矛盾，二元对立的偏向取值拆解传统价值的建构。又如，中国思变史上道家对抗攻击先秦其他学派的思考方式、道家对语言的看法与用途等，也与解构论者有着不谋而合之处，尽管它的最终取向是回归形而上的领域，这与耶鲁解构者的目的是背道而驰的。这便是值得我们深思的地方。当我们试图寻找“耶鲁学派”理论与中国文论切合点的时候，却每每到中国古代思想中去探寻，找不到当代中国文艺理论中与之抗衡的思想。但是，耶鲁学派的主张和中国“有破有立”的时代背景相吻合。由此，国内对于耶鲁学派的欣然接受也就有根有据，顺理成章。

1 王元骧. 文学理论与当今时代[M]. 杭州：浙江大学出版社，2002，第230页.

第二节 哈罗德·布鲁姆在中国——我国近20年的布鲁姆理论研究

本节从译介出版、总体介绍研究、理论的比较与实践中的运用三个方面比较全面地回顾我国学术界近二十年来的布鲁姆研究成果，可以看出无论在布氏本人理论著书数量还是我国国内学者对其理论研究的力度上，布氏理论研究都将成为我国研究的显学之一。我国学者已从“浪漫主义诗歌理论”、“诗学误读”、“对抗式批评”与“正典论”等多个方面对布氏的理论思想的源与流进行了深入的研究和解读。然而，综述之后，我们发现在今后的研究中我们应该重视三个方面的问题：（1）加强对布氏著作及国外研究成果的翻译和引进；（2）确立理论研究的本土意识和主体意识；（3）进一步拓宽理论研究的视野和范围。最后，我们还将探究“布鲁姆热”在中国的文化动因。

近二十年来，随着我国总体建设进程的加快和对外交流与合作的深入，中国学术界对外国文学，特别是对 20 世纪的西方文论的重视与关注也急剧升温。耶鲁学派的一员虎将、布鲁姆的理论研究在我国从无到有成为学界关注的焦点，并取得了一定的成绩，它在三个维度上呈现出明显的变化：（1）从最初布氏中期理论——“误读和影响的焦虑”理论散见于学术期刊，到对他的理论评述日趋全面；（2）对布氏本人的思想嬗变开始进入较好的总体把握。事实上，布氏理论体系庞大、来源广泛，而且作为一位著作等身的大师（共有 25 部专著，编校并撰写序言的文学作品和其他书籍多达 500 余部），[1] 他至今仍有新的作品不断面世。（3）对布氏理论研究方法呈现多元化的趋势，这不仅表现在我国学者对其理论做了共时性与历时性比较，而且也做了利用其理论解读文本的实践与探索。然而，全面而客观地回顾、审视和反思近二十年来布氏理论研究，我们发现其中也存在一些不足之处，要使其研究真正成为一门显学，还有相当大的差距，有待我国学者的共同努力。令人鼓舞的是曾经在美国耶鲁大学做博士后研究的张龙海博士，获得 2005 年国家社科青年课题“哈罗德·布鲁姆的文学观（05CWW005）”6 万元资助基金项目。笔者在 2010 年访学耶鲁之时，布鲁姆教授谈到当年与张龙海的交流。以下分三个方面对近二十年我国哈罗德·布鲁姆理论研究加以评述。

一、布鲁姆理论作品及其译介出版

改革开放新时期，中国各界对西方国家文化及艺术的翻译引进与研究利用，波澜壮阔，绵延不绝，在以往任何历史时期都未曾有过。特别是近 15 年来，由中国社会科学出版社出版发行的知识分子图书馆丛书系列先后翻译引进了《文学行动》（雅克·德里达著，赵兴国译）等 21 本有关西方文论的作品；广西师范大学出版社组织编译了《批评意识》（乔治·布莱著，郭宏安译）等 21 本雅典娜思想译丛；北京大学出版

1 王宁. 哈罗德·布鲁姆和他的“修正式”批评理论[J]. 南方文坛，2002(3):13-15.

社组织出版了《解读叙事》（米勒著，申丹译）等14本文学理论与文学研究系列丛书；四川人民出版社牵头出版了川籍学者张隆溪著书的《道与逻格斯》等系列8部有关当代西方文论“有分量著作”，旨在架起了解当代西方文学理论的作者与读者之间的桥梁；在这样的背景下，像布鲁姆这样具有“怪才”之称[1] 和卷帙浩繁的当代文学批评家自然成为中国学术界关注的重点对象。虽然早在1988年5月米勒来华参加学术会议，王逢振曾提议编译一批理论家的“自选集，但是，真正开始落实还是1993年米勒再次造访之后。然而，也许是因为布氏著作本身语言晦涩难懂，加之著作的版权问题，正如王逢振在知识分子图书馆丛书总序中所提到的：翻译的工程直至1996年签订合同才最后得以快速推进。因此，自20世纪80年代末到现在，我国已经出版的布鲁姆的主要作品的中译本有三部：《影响的焦虑》[2]、《批评、正典结构与预言》[3]、《西方正典》。[4] 其中第二部译作只是布氏的一个自选集。它收录的14篇论文分别选自布氏的七部著作，按照书中收录的先后次序分别为：《美国的宗教：后基督教民族的出现》（1992）、《影响的焦虑》（1973）、《西方正典》（1994）、《千禧年的预兆：诺斯替主义的天使、梦和复活》、《幻象集成——英国浪漫主义诗歌读解》（1961）《塔铃——浪漫主义传统研究》（1971）、《对抗：走向一种修正理论》（1982）。虽然，它们基本上都能够独立成篇，而且大体反映了布鲁姆的批评风格和理论特色。但是，与布鲁姆著作目录相对照，可以说在近10年的时间里，布氏21部文论专著的翻译只是刚刚开始。[5]

在以翻译为手段向国内读者与学界介绍和反馈布氏作品的同时，国内学术期刊和图书报刊等媒体也做了一些布氏新著的介绍引进工作，以推学界最新动态，以广学界研究视野。1994年布氏新作《西方正典》的发表，就引起了美国国内文坛的激烈争论，1995年第二期《外国文学评论》就刊登介绍1994年《时代》周刊上布氏本人著作中的观点和美国学术界对其的反讽。前者称《西方文学典律》（《西方典律》）为“对西方文明之终结的一个可怕的预言”，后者讽刺前者在书中提出莎士比亚为“精英中的精英”，应追溯到他最初成名时提出的一个理论观点。此后，2000年布氏发表新作《如何阅读和为什么》时，我国《国外文学》当即在2001年第二期发表了刘锋撰写的《伊格尔顿评布鲁姆的新著》述评，此文在介绍了伊格尔顿对布氏新作的看法之后，认为此书为沉迷于文化多元主义的学界开了一帖解毒剂，同时又得出结论说，照布氏书中所言，阅读的目的是为了排解孤独感。接着讽刺他是一个擅长自我疗法的心理医生，还是一个美国式电视福音传道者。在2005年5月《读书》杂志记者为《西方正典》

1 王逢振. 怪才布鲁姆[J]. 外国文学，2000(6):38-41.

2 布鲁姆. 影响的焦虑[M]. 徐文博译. 北京：生活·读书·新知三联书店，1989.

3 布鲁姆. 批评、正典结构与预言[M]. 吴琼译. 北京：中国社会科学出版社，2000.

4 布鲁姆. 西方正典[M]. 江宁康译. 南京：译林出版社，2005.

5 Alan Rawes. *Reading, Writing and influence of Harold Bloom*[M]. Manchester: Manchester University Press, 2010, p. xi.

出版之际越洋专程采访作者，以取得作者本人对此书最直接的看法。[1]

值得我们注意的是，中国学术界以积极而主动的姿态展开了与布鲁姆本人的直接交流与对话。曾作为美国耶鲁大学福特杰出学者进行讲座访问的王宁教授与布鲁姆本人有过直接的交流，这有助于在引进介绍布氏理论时的准确性把握。以布氏著作翻译为例，笔者认为王宁的《塔中的鸣钟人》（*The Ringers in the Tower: Studies in Romantic Tradition*）的译法要比吴琼的《塔铃》更能让人领悟些书中所含要旨。类似的例子还有许多。张龙海受国家留学基金的资助在2001至2002年美国耶鲁大学从事比较文学研究期间，从师并当面与布鲁姆进行过对话，使我国读者在这些问题上，诸如：布氏著书立论的四个阶段、布氏批评理论学派归属问题、布氏对西方正典的形成认识、莎士比亚在正典中的地位与影响等等，有了一个全面清晰的界定。2005年5月27日新京报的越洋采访，更使我们茅塞顿开。原以为《解构与批评》是耶鲁学派的宣言书，而按布氏自己的解说是“德曼等其他三人在解构，我在批评”[2]。与布氏本人25部著作、编校并撰写序言的文学作品和其他500多部书籍的庞大成果形成鲜明对比的是我国目前对其原著的翻译与国外研究资料的翻译和引进的匮乏。这在一定程度上抑制了我国对其理论的全方位认识，同时也滞后了布氏理论研究的深入和拓宽。

二、布鲁姆思想和理论著作的总体介绍研究

我国学术界对布鲁姆的思想和批评的研究主要围绕着布鲁姆早期浪漫主义诗歌阅读理论、布鲁姆诗学误读、布鲁姆对抗式阅读批评理论和布鲁姆关于精英文学的西方典律四个方面展开，国内各大人文社科类、外国文学评论核心刊物所刊登的研究论文数量呈明显的上升趋势。1994年至2010年总共为43篇。其中2003年比2002年增长了100%，2004年比2003年增长了300%，2010年比2009年增长300%。这说明了中国布鲁姆研究的热情正在逐渐高涨，尤其是布鲁姆的《西方正典》的中译本出版后。四个部分之间的论文数多集中在布鲁姆的诗学误读，占文章总数的30%。

对布氏理论研究是以介绍耶鲁学派开始的。国内学者对布氏的认识最初也是从解构主义的鼻祖德里达入门的。如果没有德氏的西方传统逻格斯中心主义的解构，就没有布氏关于“诗歌权利意志”、“是人在写诗，是人在思考”[3]为核心的诗歌误读理论的建构。国内盛宁是最早对布氏作出总体介绍和评述的专家。1994年，他选择了索绪尔的语言学、拉康后结构主义话语理论为切入点专门开辟一个章节作了题为“后结构主义的批评与‘文本’的解构：德曼、米勒、哈特曼、布鲁姆等”解构主义在美国的总体介绍，并汇集在他的专著《20世纪美国文论》中。[4]该章节采用述评的方法，首先从三方面对解构主义思潮的源——结构主义，与它的理论基础和演化——索绪尔的

1 www.yilin.com/book.qq.com, 2005-5-27.
2 Ibid.
3 Harold Bloom. *A Map of Misreading*[M]. London: Oxford University Press, 1980, p. 60.
4 盛宁. 20世纪美国文论[M]. 北京：北京大学出版社，1994，第180-209页.

语言学中关于“所指”和“能指”、“差异”、“扩散”、“延宕”等概念的概括理解和阐述，以及拉康语言学理论对弗洛伊德精神分析学重新阐释的梳理，然后归纳了耶鲁四学者的批评方法。其中对布氏的理论总结中提到“布鲁姆的批评大致可以划分为两个阶段，20 世纪 50 年代末至 60 年代侧重于对浪漫主义文学传统的再认识，70 年代以后侧重于他所谓的‘再审视’的诗论（the theory of revisionism）”。我们发现两点变化：一是布氏批评划分为四阶段——早期浪漫主义诗歌批评、70 年代的对抗诗学影响理论、80 年代的宗教研究和 90 年代以来的正典捍卫；[1] 二是“再审视”诗论的提法变化——“修正式批评”。最后从认识论和方法论两个层面归纳了解构主义批评在当代美国文论中的地位和影响；[2] 文章引用批评家杰拉尔德·格拉夫的话，郑重指出它是“延续了整整一个世纪的西方现代主义思潮的最后一次表现，它提倡一种与客观性、现实主义、政治、工业社会格格不入的反人文主义、反模仿的艺术论”。同年赵一凡在一篇题为《耶鲁批评家及其学术天地》的文章中对此学派的来龙去脉做了研究，最后引用布鲁姆对报界的宣称——耶鲁英文系堪称美国当代文论的圣地麦加——再次确立了耶鲁学派在其本国的地位。[3] 盛宁的著述发表后，对布氏理论研究产生了较大影响。2000 年，罗杰鹦、殷企平在盛宁与赵一凡阐述的基础上，考察了耶鲁学派跟新批评与新历史批评之争的关系，探讨了耶鲁学派文学批评理论的由来，指出了耶鲁学派各成员之间的异同之处，并强调耶鲁学派的文学批评方法绝不像有些批评家认为的那样提倡虚无主义。[4] 2000 年 11 月，王逢振的《怪才布鲁姆》对现任耶鲁大学斯特林人文学院讲座教授的布鲁姆不仅做了生平、创作、思想的总体研究，而且对其代表 20 世纪 70 年代“误读诗学”批评理论的三部主要作品——《影响的焦虑》、《误读图示》、《诗歌与压抑：从布莱克到史蒂文斯的修正》进行了研究意义的肯定。指出：“介绍和研究布鲁姆及其著作不仅有助于了解西方文学研究的过去，而且有助于了解它的现状和未来……这在某种意义上也许可以纠正某种片面的看法——当代文论并非全都脱离文学文本。”[5]

可以说，我国对布鲁姆批评理论研究度过了全面述评的阶段，拉开了细致解读其具体理论的序幕。就此而言，国内学者对布氏理论研究的空间大大拓宽了。

正如上文提到：国内对布氏 70 年代理论的研究主要集中在曾被伊格尔顿誉为 20 世纪 70 年代“最大胆、最有创见的文学理论‘误读诗学’”[6]。胡宝平一连发表了题为《论布鲁姆“诗学误读”》、《布鲁姆“诗学误读”理论与互文性的误读》等四篇文章对布氏误读之说进行了全面而深刻的阐述。前文用“影响、焦虑、误读和诗史”四

1 张龙海. 哈罗德·布鲁姆教授访谈录[J]. 外国文学，2004，第 103 页.
2 王宁. 哈罗德·布鲁姆和他的“修正式”批评理论[J]. 南方文坛，2002，第 14 页.
3 赵一凡. 美国文化批评集[M]. 北京：生活·读书·新知三联书店，2004，第 210 页.
4 罗杰鹦，骏远. 耶鲁学派成因初探[J]. 浙江大学学报，2000(6):153.
5 王逢振. 怪才布鲁姆[J]. 外国文学，2000(6):41.
6 Terry Eagleton. *Literary Theory: An Introduction*[M]. Minneapolis: Minnesota University Press, 1983, p. 186.

个词来概括布氏理论，认为布鲁姆深受尼采“权利意志”说及弗洛伊德精神分析学说的影响，突破了形式主义的樊篱，采用六种修正比——“克里纳门”、“德塞拉”、“克诺西斯”、“魔鬼化”、“阿斯克西斯”及“阿波弗瑞底斯”而独辟蹊径；[1] 后文在分析了布氏的文本观后，指出互文性理论在其文学史中的关键作用与“误读诗学”理论突破了新批评的形式主义一元论，同时使它摆脱了解构主义的意义空缺和文学史空缺等虚无主义倾向。更为独到的是文中分析了布氏心理分析模式存在的不足之处——否定了文学发展特征和文本生成原因的多重性，从而使理论陷入“语言的牢笼”[2]。在胡宝平的行文中，我们注意到文学史是互文、争斗、影响的观点并非布氏独有，其实俄国形式主义者迪尼亚诺夫早就说过，“……文学上的一切延续首先是一场斗争，也就是摧毁已经存在的一切，并且从旧的因素开始进行新的建设”[3]。从而使我们进一步认清布氏理论实质是形式主义的传承，他是站在历史的高度，踏着巨人的臂膀评头论足。此外，王敏琴和赵亚珉也曾有撰文。而前者的一文《〈影响的焦虑〉之误读》标新立异地概括了她对布氏理论的误读，认为其“误读”论存在三个缺点：试图采用醒目、华丽的语汇独树一帜而取胜；论证时经常采用循环论证的方法；静态地、历时地考察文学影响。最后得出结论认为布氏的《影响的焦虑》一书并没有达到所标榜的“具有矫正作用”的目的。[4] 如果说上文所提到的学者的文章通过对布氏 20 世纪 70 年代的著书中关于“诗学误读”论做了文本的细读，那么张中载的《误读》一文从“背景解说”、“误读面面观”与“误读反对者”[5] 三方面对此概念做了清晰梳理，有过往而矫正之功能，对研习文论的学者们起到穿针引线的作用。

对布鲁姆 20 世纪 60 年代浪漫主义诗歌理论的研究主要集中在 1959 年到 1973 年期间布氏的论著中。关注的焦点也主要围绕其对浪漫主义诗歌传统所进行的深入细致的研究。张跃军与古克平的《布鲁姆早期浪漫主义诗歌理论初探》一文，寻找了布氏浪漫主义诗歌理论与新批评、宗教批评以及弗洛伊德理论的关系，认为布鲁姆逆艾略特“非个人化”的诗歌理论之流而上，身体力行地对浪漫主义诗人黑兹利特、布莱克、早期华兹华斯、雪莱和济慈等进行批评实践，讨论了浪漫主义诗歌产生的宗教背景及其中心主旨，并最后得出布氏坚持浪漫主义幻想性诗歌“自在自为”与强调阅读中的“主体性意识”的结论。[6] 论文还指出：布鲁姆早期理论是他重建西方文学正典理论的重要组成部分。张龙海博士在 2004 年与布鲁姆面对面的对话后发表文章，提到布氏对浪漫主义的认识：它并不体现诗人与自然的和谐，而是运用想象与自然对抗。虽然，到目前为止，关于布氏浪漫主义诗歌理论研究的论文不多，但是该文使我们认识

---

1 胡宝平. 论布鲁姆“诗学误读”[J]. 国外文学，1999(4):21-24.

2 胡宝平. 布鲁姆“诗学误读”理论与互文性的误读[J]. 外语教学，2005(2)91-94.

3 Quoted from Bois Eirhenbaum's "*The Theory of the 'Formal Method'*", in Hazard Adams, *Critical Theory Since Plat* [M]. New York: Harcourt Brace Jovanovich, Inc., 1971, pp. 800-816.

4 王敏琴. 影响的焦虑之误读[J]. 湖南大学学报，2005(1):8-83.

5 张中载. 误读[J]. 外国文学，2004(1):51-56.

6 张跃军，古克平. 布鲁姆早期浪漫主义诗歌理论初探[J]. 山东外语教学，2004(3):81-85.

到他任何一个阶段的理论都与其本人的“诺斯替”宗教背景有关。然而，对于 80 年代布鲁姆所撰写的代表他第三创作阶段著书的研究更是稀少，只有两句让人不太明白的总结性话语，认为布氏《冲破：迈向修正主义的理论》等文探讨了诺斯替主义，它的信仰和虚构的诗歌是可以相互转换的知识模式。[1] 因此，这方面的研究还有待我们去开拓和深入，才能了解布氏的宗教背景在多大程度上影响他的创作；他本人能否打破他自己的断言：“经典无法打破和超越。”

从发表的论文来看，20 世纪 90 年代下旬到 21 世纪初，国内兴起了一股小小的布鲁姆研究中的文学“经典”热潮，这与 1994 年布氏《西方正典》发表与美国呼吁“多元文化批评”呼声有一定的关系。早在布鲁姆通过对自己第一本专著《雪莱的神话创造》（1959）和 20 世纪六七十年代《虚构导读：阅读浪漫主义诗歌》等四部著作的细读，已经让我们感到布氏在后文化复兴的英国文学中试图将浪漫主义树立为经典中心的雄心壮志，因此他也一跃成为批评界的新星。最后，在 1994 年《西方正典》的发表又一次成为文学批评界和思想界令人瞩目的人物。他和西方经典同样成为我国学者关注的焦点。这方面的论述最早的当数 1994 年陈旋波的文章。它从“典律”概念入手，分析美国斯坦福大学自 20 世纪 30 年代开始设置“西方文明”必修课，其学生必须在头三个学期精读包括《圣经》在内的至少 15 种西方典律的原因——文化殖民主义者扩张的策略；而后分析德里达的解构主义成为瓦解西方经典的强有力武器的原因——西方进入了后工业社会，文化领域出现排斥西方文化的历史性和绝对性。[2] 在这样的背景下，华裔文学成为美国文坛一支颇为引人注目的新生力量，出现了以汤婷婷《女勇士》、谭恩美《喜福会》为代表的冲击欧洲中心的“第一次浪潮”。对此，奥维尔·谢尔在 1989 年的《纽约时报》做了相当中肯的评价[3] ——“……正是出于这种生活在两个国家两个文化之间的经历使汤婷婷以及现在的谭恩美开始创作实际上成为美国小说中一个新流派的作品。”此后，我国学界展开了“文学与文化”、“多元文化主义”的探讨。特别是布氏的《西方正典》先后促使王宁和张中载的论文发表。前者主要从比较文学的角度阐述搞清什么是经典、如何形成经典、有哪些经典等问题的必要性，以及介绍布氏经典之说：从传统派立场阐发经典的美学价值和文学价值，[4] 同时主张拿布氏“误读”理论之矛，攻其“经典”之盾，提出走向“修正式”的重构经典[5] 的观点；后者在博古通今、引经据典的基础上提出“百家争鸣，百花齐放”挑战经典的必然趋势。[6]

至此，我们对布鲁姆 20 世纪 60 年代以来国内对其四个阶段主要文学理论的阐释

1 张龙海. 哈罗德·布鲁姆与对抗式批评[J]. 国外理论动态，2005(1):40-44.
2 陈旋波. 西方典律的瓦解与海外华人文学[J]. 华侨大学学报，1994(3):25-28.
3 谢尔. 纽约时报，1989 年 6 月 18 日。
4 王宁. 文学经典的构成和重铸[J]. 当代外国文学，2002(3):123-130.
5 王宁. 文学的文化阐释与经典的形成[J]. 天津社会科学，2003(1):96-102.
6 张中载. 挑战经典[J]. 舞蹈——名家专栏，2004(10):16-20.

作了综述。可喜的是，国内学者对布氏的浪漫主义诗歌理论、诗学误读、西方正典之说表现出积极的“误读”精神，这与布鲁姆的理论思想的精髓一脉相承。但是笔者在综述中也发现：国内学者对布鲁姆的生平、思想、创作的深入研究论文不多，更不用说专著。也许从他本人早年战胜疾病的事实中能找到他人生观与其思想、创作的切合点。但是，无论如何，目前的这些有关他理论的评论性文章已经为我们打开了了解西方现代文学思潮的窗口。

三、布鲁姆理论的比较与实践

布鲁姆是理论的鼓手、实践的旗手。而这方面近二十年来国内学者把布鲁姆的理论与其解构和耶鲁同仁的理论比较、我国学者对其理论的运用方面所做的不懈努力也是有目共睹的。迄今为止，有十三篇论文发表在国内重要学术刊物上，占论及布鲁姆的全部论文的30%左右。

在布鲁姆的批评理论中，布氏的“互文性”理论比较与运用是国内学者研究最为集中的方面。20世纪90年代以来，研究互文性理论的论文数比研究布氏其他批评理论的论文数多。对其研究主要集中在“互文”一词的发生、发展、阐释运用几个方面。

在黄念然[1]的论述中，首先对互文的来龙去脉进行梳理，之后指出德里达的互文理论旨在彻底消解了文学与非文学、小说语言与推论语言之间的界限，使得一切文本因语言的修辞性而呈现出互文性特征。德曼的互文性取消了文学与批评之间的区别。从而得出结论：“从以修辞模式为基础的作品类型理论的观点看，两个文本之间不可能有区别。”[2] 接着分析比较了布鲁姆的互文性与传统的来源影响研究有着质的区别。布氏绝对化的“误读”修正了传统影响即模仿、继承与吸收的理论格局，强调了创新的一面，但是它又同时走向了相对主义。原因在于布鲁姆在其著名的“影响即误读”理论中指出：“影响意味着压根不存在文本；只存在文本之间的关系，这些关系取决于一种批评行为，即取决于误读或误解……”[3]

张新军[4] 在分析、介绍Graham Allen《互文性》时，一方面强调这是一部深入浅出的批评理论教材，另一方面比较了布鲁姆的互文性理论、女权主义和后殖民地主义。文中指出：布鲁姆版本的互文性是所谓“影响的焦虑”的产品，这种心理防御机制的结果就是对前辈诗人进行误读。女性批评（Gynocriticism）意欲恢复被忽视、被压抑的女性文学传统，隐含着一种女性作家之间的互文性关系。后殖民批评家关注边缘、他异群体的话语与写作的互文性本质，诉诸巴赫金的对话性以在西方文化传统中争取自己的主体地位。通过以上阐发比较，笔者认识到当代西方文论异彩纷呈的格局，就像我们生活在互文性的巨大网络之中一样，任何对“互文性”的讨论也必然是互文性

1 黄念然. 当代西方文论中的互文性理论[J]. 外国文学研究，1999(1):15-21.
2 德曼. 阅读的寓言[M]//朱立元编. 现代西方美学史. 上海：上海文艺出版社，1993，第964页.
3 布鲁姆. 误读图视[M]//朱立元编. 现代西方美学史. 上海：上海文艺出版社，1993，第970页.
4 张新军. 互文性：从索绪尔到万维网[J]. 山东师范大学外国语学院学报，2001(3):75-77.

的，应该说这也是当代文论的特征。

秦海鹰[1] 的论文除了探讨上文所涉及的方面，还进一步指出“互文”这个已呈约定俗成之势的译名恰恰与我国汉代就已存在的修辞学术语“互文”存在字面上的巧合，阐释者可以在中国的“互文”和西方的“互文”之间展开某种跨语言、超时空的“能指的游戏”。这样中国和西方关于“互文”的修辞层面的研究空间就大大拓宽了。

至于互文理论对文本的解读，近年来更是风起云涌，呈潮水之势。根据国内重要刊物发表的文章来看，2000 年前有关互文理论解读文本的文章不多，有的也是从理论介绍的角度阐释理论，而 2000 年后，运用互文理论分析文本，呈明显增加的趋势，出现了以李玉平、龙靖遥、王丽莉、刘萍、邵锦娣、储诚意等为代表的接受群体。他们纷纷撰文解读西方文学作品中的“互文”现象。钟鸣的《英国后现代现实主义小说探析》中通过格雷厄姆·斯威夫特的《水域》、马丁·艾米斯的《金钱》《伦敦场》等作家作品中存在的主题、场景、创作手法上的互文现象，从而论证英国后现代现实主义小说“具有本体论主导因素的模仿”观点。[2] 但是，直接把布氏的互文理论与小说文本细读联系在一起的见拙文。[3] 文章深入分析《曼斯菲尔德公园》小说的互文特征后，指出文本的魅力植根于文本的互文性中，以及它在文学文本中存在的普遍性和重要地位；研究互文性有益于拓宽文学批评理论的视野，有利于展开人们对传统与创新的反思的观点。李明建[4] 更是站在比较文学高度，从互文性的角度重新审视 20 世纪中外文学的关系，成为开启中外小说比较研究的一把钥匙。在此，有一点要说明的是：虽然国内学者在运用理论解读文本时，没有一定明确表明布鲁姆的“互文”理论，但是从中也足以说明理论本身的“包容性”[5]。

张龙海[6] 的论文集中从舒伟、王丽丽、李正栓、卢婧、蒋花、史志康、程心等学者对 2007 年获得诺贝尔文学奖的莱辛小说《金色笔记》的生命哲学观、戏仿、原型阅读等全方位的解读，意在通过分析“误读”的可能性、阅读方式、意思的产生过程以及“误读“的必要性，阐述布鲁姆诗学影响理论中的一个关键术语“误读”。误读是有意偏离，是诗学影响，是后辈诗人在影响的焦虑下通过各种比喻，在阅读过程中产生新的意思，从而创造出具有原创性的、可以和前辈作品相抗衡的作品。这是一种立足本体，放眼西方文艺理论的以西格西的研究方法。

四、“布鲁姆热”在中国的文化动因

1994 年吴元迈先生在中国外国文学学会第五届年会上作了题为“面向 21 世纪的

1 秦海鹰. 互文性理论的缘起与流变[J]. 外国文学评论，2004(3):19-30.
2 钟鸣. 英国后现代现实主义小说探析[J]. 外国文学研究，1999(1):38-43.
3 罗杰鹦. 布鲁姆的“互文性”与《曼斯菲尔德公园》[J]. 浙江师范大学学报，2000(1):53-56.
4 查明建. 从互文性角度重新审视 20 世纪中外文学关系[J]. 中国比较文学，2000(2):34-49.
5 黄念然. 当代西方文论中的互文性理论[J]. 外国文学研究，1999(1):15-21.
6 张龙海. 哈罗德·布鲁姆论“误读”[J]. 当代外国文学，2010(2):57-67.

外国文学”发言，从五个方面总结了我们文学研究的现状与展望，说明中国学界确立理论研究本土意识和主体意识的迫切性。1993年《世界文学》第一期刊登了《文艺的衰亡》的文章，介绍了德国文学界对当代西方文艺衰落的一些看法和忧虑，同年《文艺报》刊登了《我们已不再有文化——汉斯·迈耶访问记》的译文指出西方文化正在经历着一场危机。在多元文化主义、文化唯物主义等各种“主义”引领风骚之际，布鲁姆逆流而立，重申智识与审美标准的不可或缺。1994年《西方正典》的问鼎世界是布氏对美国大学中的文学研究正日益被所谓“文化批评”的“垃圾”所取代的现状所做的回应。而在中国90年代对红色经典的改编、金庸武侠小说进入教科书、中国四大名著的“变脸”无不与西方文学经典的重铸形成呼应，特别是近年来对“经典”诠释之风越刮越烈，“布鲁姆热”尽在情理之中。这既是一种巧合也是文学史发展的必然结果。

布鲁姆以莎士比亚为西方经典的中心，考察了从但丁、乔叟、塞万提斯一直到乔伊斯、卡夫卡、贝克特等二十六位西方一流作家，揭示出文学经典的奥秘所在：经典作品都源于传统与原创的巧妙融合。布鲁姆的很多观点深刻而富有洞见，展示其深厚的文学功底、精准的审美体验和阅读经典的高度热情。他甚至在探讨构成经典的标准，书中这样论述道：“从传统内部着手绝非意识形态之举或让传统为任何社会目的服务，即使这种目的在道德上令人赞赏。只有审美的力量才能投入经典，而这力量又主要是一种混合力：娴熟的形象语言、原创性、认知能力、知识以及丰富的词汇。”[1] 他在这部充满刺激力和雄辩力的著作中一方面为我们开出一张阅读西方经典的书目，另一方面提出了关于经典的唯一真正问题：“在历史的此一时刻，那些仍然渴望阅读的人将会去读些什么？”（斯坦福·平斯克）它将引领我们重拾西方文学传统所给予的阅读之乐。下文笔者将对“经典”在中国的诠释和命运作一个述评。

布鲁姆认为，“我们一旦把经典看成为单个读者和作者与所写下的作品中留存下来的那部分的关系，并忘记了它只是应该研究的一些书目，那么经典就会被看成与作为记忆的文学艺术相等同，而非与经典的宗教意义相等同。”[2] 王宁透过这段文字，一方面认同构成经典的历史性和人为性，另一方面认为经典作品的确定取决于三种选择：文字机构的学术权威、有着很大影响力的批评家和受制于市场机制的广大读者大众。这与佛克马就经典的影响把它们分成三类[3] 不无重合之处，但是王宁似乎更侧重经典构成的人为性，这与布氏的观点，即文学经典是由历代作家写下的作品中最优秀部分组成，因而具有广泛的代表性、权威性和不可超越性相违背。刘意青认为文学经典从来就没有，也不可能有一个清楚的范围，有些被入选的经典的作家和作品不但要受到时代发展的挑战，甚至有可能销声匿迹。她从作品在大众作家、文化群体、学校教育中的引用率来界定经典形成的介入因素。最后以辩证唯物主义的观点提出打开经

1 布鲁姆. 西方正典：伟大作家和不朽作品[M]. 南京：译林出版社，2005，第1页.
2 Douwe Fokkemma. *Issues in General and Comparative Literature*[M]. Calcutta: [s.n.], 1987, p. 1.
3 刘意青. 经典[J]. 外国文学，2004(2):45-53.

典大门的合理性，以及"百家争鸣，百花齐放"挑战经典的必然趋势。刘意青拿布氏"误读"理论之矛，攻其"经典"之盾，主张走向"修正式"的重构经典。笔者以为"经典"应该既是超越时空，又反映特定时代的具有代表性的文化典律，是超时间性与历史性相结合的产物。

那么"经典"论在中国又是怎样的境遇呢？陶东风[1] 在《"大话文化"与文学经典的命运》一文中，从中国新文化时期的文化激进主义者颠覆经典的反传统、"离经叛道"的行为成就康有为、鲁迅等经典作家的现象，来论证"大话文化"或"无厘头"文化的生存、流行、进入经典的行列的可能性，提出经典是各种社会力量和社会因素介入其中的复杂建构，随着社会文化语境的变化在不断地被建构、解构与重构。张淳从图像世界娱乐性、便捷性、逼真性说明文字中心地位的边缘化，中国四大名著只有"变脸"了，文学经典才能重新获得关注。消费文化语境中通俗文学、大众文化经典的观点无非是揭示时下金庸、罗大佑等现象的出现，机器作品的经典化的深刻背景与复杂原因，以及这种现象的出现对中国文学、文化未来发展的启示。必须指出的是，无论"经典"论在中国得到怎样的待遇，与布氏在《西方正典》中为经典辩护的语境是不同的。布氏经典内涵意旨经过历史积淀并有着审美价值的精英文化产品，为一定学识之人提供的阅读文本，尽管其目标是使文学经典走向普通大众，提高读者大众的文学修养。在中国，经典不断增损，它的形象也与时俱进，改变、增删、颠覆与再现等多种手段、多种形式的采用，"戏说"或是"大话"对宏大叙事的取代是在后现代语境下的传统演变。"布鲁姆研究热"存在着中国语境与文化动因，是中国与西方文论的一次对话。

四、结　语

综上所述，从国内学者对这位"因一本小小的书"而在美国掀起轩然大波的布鲁姆产生的热情，足以印证 A.W.利兹的看法，在 20 世纪 70 年代以来的"理论热"涌现出的文论中，最可能被纳入经典的当数哈罗德·布鲁姆。布氏理论在中国的传播、接受和批评呈现摆锤状运动，即先是其 70 年代的误读诗学、60 年代的浪漫主义诗学、90 年代的正典之说，但是这些摆动始终是围绕他的"影响的焦虑"在进行"对抗式"的运动。综观近二十年的研究成果，特别是近十年来，对他的研究节节攀升，中国社会科学院外文所在这方面的研究力量和力度也是众所周知。秦海鹰教授、张龙海博士等都取得了这方面的国家社科基金。我们的研究目标虽然比较地集中在"诗学误读"与"正典之说"，但研究的视角日益多元，研究的基调开始从认同走向争议，研究手段也不断多样化，由资料的引进到直接的对话，我们对布鲁姆的认识也在逐渐深入与成熟。布氏研究一定会成为国内当代英美文学研究中的显学之一。

但是，在欢欣鼓舞之余，笔者发现国内的研究的确还有许多方面值得思考。例如，

---

1 陶东风等. "消费文化北京下的经典命运"笔谈[J]. 中州学刊，2005(4):234-236.

我们需要考虑文学研究的本土意识问题。盛宁在《20世纪美国文论》的关于布鲁姆的一个章节中坦言，布氏的文学批评，尤其是对浪漫主义诗歌和当代诗歌的批评，非常实用。对此廖学新做过布鲁姆诗论与江西诗派诗论的比较，从中窥探两者在深层的理论思维模式、理论意蕴以及诗评实践中的相似之处。秦海鹰也探讨了布氏"互文"与中国古代汉乐府中所指的"互文"的差异。虽然这些仅仅是理论研究本土化的开端，然而却使我们意识到学者们对这个问题的关注。显然，在国内学者的批评意识中，开始有了"两个主体的存在"[1]。又如，我们还必须考虑研究中的视野和范围问题。布鲁姆的批评理论研究，与其他所有外国文论家在中国的研究一样，在研究选题和视角上出现雷同趋势，其结果是，我们的研究切入点往往出现重复问题，这不仅表现在不同学者之间，而且表现在同一位学者身上，其文章有重复出版的现象。如，笔者在研究中发现：胡宝平1999年的两篇论文《论布鲁姆"诗学误读"》与《论哈·布鲁姆"诗学误读"》几乎雷同，2004年、2005年的《布鲁姆"诗学误读"理论与互文性误读》与《诗学误读·互文性·文学史》完全相同。还有布氏理论与其耶鲁同仁的理论比较缺乏。不过，值得鼓舞的是，我国从1989年翻译出版布鲁姆的第一本书开始到现在，只用了15年时间就迈出了坚实的一步，国内学界一定会努力取得更大的成绩。

第三节　约瑟夫·希利斯·米勒在中国

——20世纪90年代以来国内米勒研究述评

米勒正越来越受到我国文学研究、文化研究、翻译理论研究专家和学者的关注与重视。米勒研究不但有利于感受文学理论在美国的一些发展脉络，而且也有利于清晰地看到米勒批评思想的发生、发展与变化。本节重点从译介出版、理论总体研究、理论运用三方面全面综述我国学术界20世纪90年代以来的米勒研究成果。国内学者已从其阅读观、解构叙事理论、小说重复理论等多方面对米勒理论思想的源与流进行了深入的研究和解读。在今后的研究中应该重视几方面的问题：加强对米勒著作及国外研究成果的深刻理解和翻译，确立文类本位、人文本位意识，拓宽学术范围。

20世纪90年代以来，随着现代化建设进程的加快和对外文化交流与合作的深入，中国学术界对西方文论的重视与关注随即不断升温，米勒与中国学术界的交流与对话颇为频繁，米勒研究逐渐成为美国文学理论与文化研究领域关注度最高的焦点之一，这一点不仅为国内学术界有关他的学术课题得到国家社会科学基金的资助所证实（如王逢振、易晓明等），更为他在近十几年来以"耶鲁学派"解构批评理论的代表之身

---

1 王志耕. 外国文学研究中的主体意识[J]. 外国文学研究，1987(1):67-73.

份在中国文学、文化研究学术界产生重大影响所证实。中国学界对米勒学术理论的研究深度与广度取得了显著的成绩。它呈现出三个显著特点：（1）时代性：米勒的理论著书及论文的译介出版日趋及时。（2）主体性：对米勒理论思想发展研究不再是一味地阐述，而是更突出主体意识，从认同走向争议。（3）实践性：米勒解构批评理论在文学文本的解读中呈多元化趋势，这不仅表现在我国学者对其理论做了共时性与历时性比较，而且米勒的关于“文学研究终结论”在中国学界引起的争论也是前所未有的。然而，全面而客观地审视、反思20世纪90年代来米勒研究的得失，笔者发现也存在一些不尽如人意之处，有待于在今后的研究道路上继续努力，与国际“显学”缩小差距。以下分三方面加以综述。

一、米勒思想理论著作及论文研究的译介

早在1988年米勒就首次来中国出席美国科学院与中国社会科学院联合举办的学术活动，并且作为文学方面的唯一代表作了发言，随后至今共10次有余，[1] 当时王逢振曾提议编译一批当代“走红”理论家的“自选集”的想法。但是，真正开始落实还是1993年米勒再次造访之后。对他的著书和研究的翻译主要是从20世纪90年代开展起来的。1995年《外国文学评论》第二期率先刊登了盛宁翻译的《美国的文学研究新动向》。此文是米勒1994年年底为纪念加拿大蒙特利尔大学杰出青年理论家和文学批评家威廉·李玎斯而作，翻译此作旨在了解当今西方研究性大学是如何一步步发展起来的，同时译者希望通过这一献词能够引起学界对李玎斯生前著作的关注。该译

1 米勒1988年5月来华第一次参加中国社会科学院主办的学术会议，期间王逢振与米勒谈起出版编译旨在介绍反映当代杰出西方批评理论家思想发展或基本理论观点的知识分子丛书一事；1993年来华与中国社会科学院文学研究所商定出版事宜；1994年12月9日米勒来中国社会科学院外国文学研究所讲学和接受北京大学名誉教授；1997年4月9~11日应邀在北京大学英语系、中国社会科学院外国文学研究所作了题为《论全球化对文学研究的影响》等学术报告；2000年秋分别在北京语言文化大学、北京师范大学作了报告；2001年在北京参加了比较文学双边讨论会；2003年9月10日在浙江大学演讲，题为《鬼魂效应：现实主义小说中的互文性》（*The Ghost Effect: Intertextuality in Realistic Fiction*）；2003年9月12日在苏州大学比较文学研究中心作了题为《比较文学的（语言）危机》的报告；同时在北京祝贺清华大学英语语言文学专业博士点建立之时作了演讲，主要探讨全球化过程中比较文学的语言危机问题；2004年在北京作了学术演讲，题为《为什么我要选择文学》，刊登在2004年7月1日的《社会科学报》上；2005年6月26日，由华中师范大学文学院主办的“文学批评与文化批判”国际学术研讨会在武汉隆重举行，米勒应邀作了题为《文学与理论中的后现代共同体》的重要发言；2005年8月13日，中国比较文学学会第八届年会暨国际学术研讨会在深圳大学国际会议厅开幕，希利斯·米勒到会并作了《论比较文学中理论的地位》的演讲。

文被收录在易晓明编著的《土著与数码冲浪者——米勒中国演讲集》[1] 第一编中。

至今，我国已经出版的米勒主要作品的中译本专著只有两部：《重申解构主义》（中国社会科学出版社，1998）和《解读叙事》（北京大学出版社，2002）。前者是米勒的一本自选集。它收录的 13 篇论文分别发表在美国具有一定声望的学术刊物中，如《批评探索》、《佐治亚评论》等。虽然它们没有严格按照论文出版的先后顺序编排，各自还能够独立成篇，但是总体上反映了米勒批评思想风格的发生、发展和理论特色。不过，与他迄今出版的 25 部专著、[2] 7 部编校作品、227 篇论文目录相对照，可以说，国内米勒研究的翻译只是刚刚开始。后者的中译本不仅填补了我国迄今为止尚未涉足的"新叙事理论"的空白，而且在国内叙述学界引发了一场关于小说叙述的某些问题的小小争论。该书的逻辑架构由一系列理论问题构成，涉及叙事线条的结尾、开端和中部。

在以翻译为手段向国内读者与学界介绍和反馈米勒作品的同时，中国社会科学院外国文学研究所、北京大学、浙江大学、苏州大学等多次邀请米勒前来国内作"全球化语境下文学研究的未来"的演讲，与此同时，郭英剑[3]、方杰[4]、国荣[5]、张一凡[6]、黄德先[7] 等为米勒演讲稿的翻译做了大量工作，及时刊登在国内重大学术机构的刊物上，以推学界最新动态，以广学界研究视野。综观米勒在中国的多数演讲，我们发现他是一位与时俱进，有着社会责任感的理论批评家和人文学者，从不回避重大学术问题。[8] 例如，郭译文就是一篇基于 1995 年荷兰乌德勒支大学举行的题为"美国的文化帝国主义或全球化"专题讨论会后的报告，米勒文中深刻分析了全球化所带来的"单一民族国家完整性与权利的下降"等三个巨大影响和由此而产生的"民族国家的衰落"等三个令人不安的结果，最后郑重提出即便处在多么令人眼花缭乱、流动性大的情景中，文学研究依然存在三种必不可少的价值。在张一凡译文中，米勒非常认同詹姆逊的观点：应该把现代英国文学作品放到它直接的历史语境中去解读。他通过对康拉德的小说《诺斯特罗莫》文本细读，说明当前美国全球经济抱负的发展趋势及其给世界各个民族和本土文化所带来的后果，使读者看到了伊拉克有人不得不虐待萨达姆 • 侯赛因、乔治•W.布什进攻伊拉克、全球资本主义入侵等现象在康拉德时代就已经如此。今天依然继续着，由此证明它是了解当今世界全球化局势的最好途径之一。

1 米勒. 土著与数码冲浪者——米勒中国演讲集[M]. 长春：吉林人民出版社，2004.
2 Eamonn Dunne. *J. H. Miller and the Possibilities of Reading, Literature after Deconstruction*[M]. London: Continuum, 2010.
3 米勒. 论全球化对文学研究的影响[J]. 当代外国文学，1998(1):154-161.
4 米勒. 大地 • 岩石 • 深渊 • 治疗——一个解构主义批评的文本[J]. 当代外国文学，1999(2):166-174.
5 米勒. 全球化时代文学研究还会继续存在吗？[J]. 文学评论，2001(1):131-139.
6 米勒. 物质利益：现代英国文学对全球资本主义的批评[J]. 郑州大学学报，2004(5):127-130.
7 米勒. 中美文学研究比较[J]. 外国文学，2010(4):83-89.
8 王宁. 希利斯 • 米勒和他的解构批评[J]. 南方文坛，2001(1):11-12.

值得我们注意的是，中国学术界以积极而主动的姿态展开了与米勒本人的直接交流与对话。最早是 1994 年，《国外文学》[1] 编辑部借米勒来北大接受名誉教授之际，对米勒进行了采访，期间谈到其本人对“解构主义”的理解及其前景和他为何对海德格尔情有独钟等问题。米勒认为“解构主义”既不是一种思想方法，也不是一种研究问题的方法，它是有关人的著作，因人而异而且前途无量，对现代建筑、女权主义、法学理论、神学等都有强大影响；他还认为阅读解构主义者的著作比谈论体系或主义更重要。即便如此，这个堪称当今最具国际性的学术文化话题，遭到了最坚决的抵制和最猛烈的抨击。为此，2000 年金惠敏对米勒的再次访谈[2] 对消除人们的误解无不起到推波助澜的作用。对话中米勒对解构主义进行了经典性的辩解，称之为“修辞性阅读”。金访谈中就米勒在《理论今昔》的序言中断言：“解构论在其所有的多样性中实现了对‘逻格斯中心主义’的解放性批判……”，请后者作了具体阐述。笔者从中认识到：（1）解构论在拆除和批判的前提下，致力“前瞻性肯定”；拆除和破坏不是唯一目的。解构也是一种新的生成和增殖。（2）解构是一种话语行为，是追寻文字意义的生成过程。王逢振和谢少波也在 2003 年对米勒作过访谈，并以书面形式向他提出了 33 个惊人的“采访问题”。对此米勒作了“对雄辩有力的问题进行的有限答复”，他旁征博引，引经据典，让我们一睹米勒博学、严谨的风采。曾于 1998－1999 年从米勒教授访学一年的易晓明怀着对这位被其称之为“天才”式理论研究与文学研究“双子星座”的导师的尊敬，弥补国内学者对米勒的接受大打折扣的情况，将米勒在中国的大多数能找到的演讲稿以及学者的一些回应编辑成册，并且约请米勒为本书写了一篇自述——“我与半个世纪以来的美国文学”[3]，编者译成了中文收录其中，使我们对米勒有一个整体的了解。

与目前我国学术界对米勒最新文学与文化研究动态翻译的迅疾形成对照的是国外研究资料的翻译和引进的匮乏。这在一定程度上抑制了我国对其理论的全方位认识，同时也滞后了布氏理论研究的深入和拓宽。阿布拉姆斯撰写的《解构主义的天使》[4] 是仅有的一篇国外米勒研究资料的翻译。文中作者坦言与米勒就语言学问题上的分歧。时隔八年之后，萧莎的文章《解构主义之后：语言观与文学批评》[5] 是对阿文的“洞视”和“盲视”。米勒卷帙浩繁的专著和论文被译成中文的虽然不多，但是有许多被译成其他十多种文字，这促使他对文学理论的翻译进行思考，并促成了他的著作《跨越边界：关于理论的翻译》的出版。宁一中《米勒论文学理论的翻译》[6] 一文不失为对此

1 李淑言. 解构主义者谈解构——希利斯·米勒访谈录[J]. 国外文学，1995(3):9-12.
2 米勒，金惠敏. 永远的修辞性阅读——关于解构主义与文化研究的访谈——对话[J]. 外国文学评论，2001(1):136-142.
3 米勒. 土著与数码冲浪者——米勒中国演讲集[M]. 长春：吉林人民出版社，2004.
4 阿布拉姆斯. 解构主义的天使[J]. 文艺理论研究，1995(2):85-91.
5 萧莎. 解构主义之后：语言观与文学批评[J]. 外国文学，2003(6):41-46.
6 宁一中. 米勒论文学理论的翻译[J]. 外语与外语教学，1999(5):37-39.

论述精妙、意关宏旨的翻译论著的肯定，更是为我国学者在今后国外理论引进与翻译中要注意的问题的强醒剂——文学理论翻译的不可能性和创新性，以及理论在新的国度里所遭遇的无法预料的新用途和“误译”。而早在 1997 年郑敏[1] 的《解构思维与文化传统》就已经指出 90 年代以来，由于解构理论经典著作的翻译比较困难，“理解不够，猜测不少”，因而产生种种误解。

二、米勒思想和理论著作的总体介绍和研究

学术界对米勒理论思想和实践的总体研究主要集中在米勒文学观、修辞阅读理论、解构叙事理论、小说重复理论研究四个方面，所发表的研究论文约占全部论文的 80%。而四部分之间的论文数比例“米勒论文学”占这部分论文的 50%。

对米勒解构理论的研究是从以德里达为首，耶鲁四人小组开始的。国内盛宁是最早对米勒作出总体介绍和评述的专家。1994 年出版的《20 世纪美国文论》第四章第六节选择了索绪尔的语言学、拉康后结构主义话语理论为切入点作了题为“后结构主义的批评与‘文本’的解构：德曼、米勒、哈特曼、布鲁姆等”解构主义在美国的总体介绍；而程锡麟《J.H.米勒的解构主义小说批评理论》[2] 一文以及与王晓路合著的《当代美国小说理论》[3] 更是对米勒思想理论从现象学批评——“意识批评”到自成体系的解构主义小说理论——“修辞性阅读”、“小说的重复观”的发生、发展、变化做了较为详尽的阐述。前者指出米勒的观点与传统的人文主义批评观针锋相对，他否定作者的权威，认为文本的意义自我解构、小说的故事模式并不是“原创性的”，它是自古以来各种题材相似的文本不断重复。此文发表后，对米勒思想理论研究产生较大影响。当然，“米勒研究”的这股热情与他本人多次来中国有关，使得国内学者有更多机会与他进行直接的对话与沟通，这对正确把握其思想起到重要作用。毛崇杰的《解构主义再循迹》[4] 阐述了米勒为反驳“解构主义已经过时”论，而提出的“解构主义永不过时”的观点，因为“修辞性阅读”是解构主义永不会过时的方法。这种阅读在于“对该文本进行最极端阐释的时候，即把作品提供的条件运用到极限”。随后，拿米勒对雪莱《生命的凯旋》的阅读与“本源性的阐释”为米勒的“惊人之举”辩护。张旭[5] 的论文更是一面从相关概念的梳理、个案文本的解读向我们述评米勒的阅读伦理观的含义，一面告诫我们米勒的阅读伦理观是立足文本的、行之有效的、富有启发的解构阅读法。可以说，我们对米勒思想理论的研究正在从全面的述评走向细致的专题研究，从其专著的解读和归纳步入深入的理论质疑与争论的过程。总体而言，我们的批评主体意识加强了，研究空间开阔了。

1 郑敏. 解构思维与文化传统[J]. 文学评论，1997(2):4-8.
2 程锡麟. J. H.米勒的解构主义小说批评理论[J]. 当代外国文学，2000(4):115-123.
3 程锡麟，王晓路. 当代美国小说理论[M]. 北京：外语教学与研究出版社，2001.
4 毛崇杰. 解构主义再循迹[J]. 杭州师范学院学报，2001(6):5-10.
5 张旭. 希利斯 • 米勒的阅读伦理观述评[J]. 西南交通大学学报，2003(2):72-75.

此外，学术界认真探讨了米勒的解构叙事理论与经典叙事学的异同。一方面指出两者的差异，另一方面又为后者“正本清源”，提出后者永远不会过时，而且两者在叙述学内是互为促进、互为补充的共存关系。就此申丹的贡献是有目共睹、不可磨灭的。她的《叙述学与小说文体学研究》，[1] 针对一些被批评理论界迄今忽略的问题填空补缺、投以重墨以及对一些迄今模糊不清的概念予以澄清的双重目的，独立成章从叙述学的角度把米勒的《小说与重复》与劳治（D. Lodge）的《小说的语言》给予阐述与比较，旨在说明作为解构者的米勒与文体学家们在阐释立场和目的上存在着一些根本差异与后者的局限性，而作者认为这些分析范围与对象的差异很可能有值得文体学借鉴之处。申丹的《解构主义在美国——评 J.H.米勒的“线条意象”》[2] 认为“后结构主义叙述学者”[3] 米勒以“线条意象”为框架的理论与实践是对欧洲解构主义批评的发展和补充。她大胆地提出米勒的解构主义叙述理论与经典传统结构主义叙述理论实际是以文本疆界为基础的宏观与微观的观察视角的关系。但是，此文的发表与申丹《解读叙事》中译文的出版引来了一次争论。申屠云峰撰文《对〈解读叙事〉的另一种解读》，[4] 拿詹姆斯·费伦在其专著《作为修辞的叙述：技巧、读者、伦理、意识形态》中的观点来阐述两种叙事理论互补关系的实质——虚构的和谐关系，两者是从存在与存在物的不同层面谈论叙事学中的某些概念，在理论和实践上都有存在的可能性，以试图纠正申文对该书的一些“误读”。紧接着，申丹发表《〈解读叙事〉的本质究竟是什么？》[5] 及时纠正申屠文对其文章的“盲视”，避免被这一“误读”所误导。申丹重申米勒身上“解构主义和形式主义”共存的内在双重性，再次揭示《解读叙事》一书丰富的双重意义，行文中多次重复“宏观”与“微观”以示自己的坚定观点——《解读叙事》绝不是彻头彻尾的解构主义著作，对米勒这位时隐时现的、内在丰富、双重性的学者是很难预料在新的论文中究竟会采取哪种立场。从这次相互争论中笔者发现：一方面青年学者不再一味接受理论，而是开始勇于表达自己的不同看法，另一方面它至少给我们两点启示：其一，作为外国文学研究工作者应尽量阅读原著，坚持严谨的治学态度；其二，青年学者在阅读理论著作时，培养自身开放的视野，把握理论的层次性与宽泛性。

从已发表的论文来看，在米勒的两篇论“全球化时代文学研究”的论文发表和 2001 年中美比较文学双边讨论会在京举行后，国内学者们开始关注、思考、探讨、批评“全球化语境中文学与文论如何定位、发展”的问题。学术界兴起了一股米勒研究中有关“文学未来”的热潮。米勒从雅克·德里达的名作《明信片》谈起，然后论述了印刷

1 申丹. 叙述学与小说文体学研究[[M]. 北京：北京大学出版社，1998.

2 申丹. 解构主义在美国——评 J.H.米勒的“线条意象”[J]. 外国文学评论，2001(2):5-13.

3 转引申丹. 经典叙述学究竟是否过时？[J]. 外国文学评论，2003(2):92-102.

4 申屠云峰. 对《解读叙事》的另一种解读——兼与申丹教授商榷[J]. 外国文学评论，2004(1): 83-92.

5 申丹.《解读叙事》的本质究竟是什么？——答申屠云峰的《另一种解读》[J]. 外国文学评论，2004(2):51-59.

术、电影、电视、电话和国际互联网对文学、哲学、精神分析学甚至情书写作的影响。自认为“研究了一辈子文学”的米勒坚持认为：“文学研究从来就没有正当时的时候，无论是在过去、现在，还是将来。”[1] 米勒的文章如一石激起千重浪，出现了像童庆炳、李衍柱、余虹、姚文放、陶东风等反对群体和盛宁、王宁、王一川、王逢振、赖大仁、金惠敏、吴泽泉等接受群体，他们纷纷著文回应。童庆炳等人的争辩是基于三种“误读”。其一：文学观的不同——对于媒介算不算是文学本身的本质特点和内容有着不同的看法。书写的媒介改变了，是否就意味着文学的实质就改变了？米勒这样说：“媒介就是意识形态。”其二：“终结”的含义在这场论辩中的界定不太清楚——在此，米勒无条件地接受了德里达的观点，认为文学时代在特定的电信技术王国中将终结。无论是米勒还是德里达，他们所说的“终结”是“不复存在”和“在劫难逃”。但是，国内学者都没有对“终结”这一关键词作出界定。就是作出了界定的，其内蕴也多不一致。比如，余虹将“终结”理解为“边缘化”。其三：具体语境——中西方学者所处的不同社会历史状况及文学自身发展的背景。任何一种理论主张的提出，都有它的特定依据和原因。米勒提出“文学终结论”是因为他深感“一生从事的职业日益失去其重要性”。童庆炳认为“文学人口永远是存在着的，成长着的”[2] 是基于我国具体现状的判定。然而，金惠敏[3]、赖大仁[4] 等人的接受又是基于如下三点认识，其一：米勒是对新形态文学及新的文学研究走向给予了宽容而积极的理解。其二：他试图沟通传统意义上的文学研究与当今文化研究；引入社会、意识、政治等功能于既有的文学研究方式。其三：米勒扩展了“阅读”概念，传达了它对于语言和文学的坚定信念。在“全球化”的语境下，李珺平[5] 提出了中国文学走向世界的三种对策：提倡一种进取精神，克服自负与自卑的两种心态。从这场争辩中我们看到了国内学者的主体性意识与日俱增。

国内学者对米勒小说重复的理论研究论文数量不多，主要有三篇：先是程锡麟《J.H.米勒的解构主义小说批评理论》中首先通过米勒对七部小说分析的介绍，归纳性地阐述了重复所涉及的众多方面（叙述者/叙事、虚构/真实、小说/语言）、重复的两大类型及其关系（柏拉图式和尼采式）；接着用米勒的话提出：“小说是用语言来再现人类现实的定义”，旨在说明重复是小说存在的一个重要现象以及与后解构主义的互文性理论的相似性。殷企平的《重复》一文更是从重复产生的背景到米勒的“重复

---

1 米勒. 全球化时代文学研究还会继续存在吗？[J]. 文学评论，2001(1):131-139.

2 童庆炳. 全球化时代的文学和文学批评会消失吗？——与米勒先生对话[J]. 社会科学，2002(1):131-133.

3 金惠敏. 趋零距离与文学的当前危机——“第二媒介时代”的文学和文学研究[J]. 文学评论，2004(2):54-63.

4 赖大仁. 我们今天应该如何研究文学？——关于米勒近期的“文学研究”观念[J]. 文学理论研究，2004(5):65-72.

5 李珺平. 影响中国文学“送出去”的三种心态及对策[J]. 湛江师范学院学报，2001(4):13-15.

假说”——“异质性假说”本质内容，[1] 到重复与“怪异”、“互文”、“类象”之不解之缘的原因与意义，全面地对“重复”的概念进行了源与流的梳理，认为“重复”概念的含义仍然在不断增殖，对其中的复杂原因及其变数的研究仍然有待于进一步的深入。[2] 肖锦龙[3] 的一文转换研究视角，从分析《小说和重复》中的关键词“重复”入手阐述解构主义批评的基本理路方法及其洞见和盲区，阐述米勒对《德伯家的苔丝》的解构主义解读，指出它的显著成就和严重缺陷，以此引入一种解解构主义批评的解读，借之批评了解构主义的批评方法。这也是一种“以西格西”的批评方法，无疑拓宽了对文学体裁中的“重复”现象的研究。

三、米勒理论对文学文本的解读

用米勒的解构阅读分析和研究文学作品主要集中在小说“重复”理论和“叙事线条”的意义。从论文的数量上看，两者研究基本相同。20 世纪 90 年代以来有六篇论文在国内重要学术刊物上发表。

2001 年，金衡山在《国外文学》上发表了“重复的含义——《南塔科特的阿瑟·高登·皮姆历险记》的一种解读”，是首次运用米勒的重复理论评析该小说。论文认为《皮姆》无论在主题上还是在形式上，甚至在作品目的上都出现很多重复，指出这种现象背后的市场因素——阅读的猎奇心理和小说的深层结构——“生—死—生—(死)再生意象，以及给读者的心灵所带来的振荡，从而说明“理解小说中的重复是达到理解小说整体内容的一个重要途径”。殷企平[4] 更是在洞视米勒“重复”与“互文”的内在联系与本质一致的基础上，通过“鬼魂章节”的细致分析，一方面肯定米勒撰写的《鬼魂效果：现实主义小说中的互文性》是开启研究艾略特研究新领域的一种尝试，另一方面对多萝西娅的选择背后的丰富含义作出更为充分的诠释。由此解剖卡莱尔笔下世界与《米德尔马契》之间的互文关系，使我们瞥见多萝西娅所作选择的深刻含义——抨击“现金哲学”，批判和摒弃“旧福音”，提倡和拥抱“新福音”。

米勒的“解构叙事理论”用于文本的阐释主要是“叙事线条”对小说“开头”、“中间”、“结尾”的解构后，文学批评的意义何在问题上的阐发。2004 年《甘肃社会科学》的“文学研究”栏目刊登袁新芳、付鹏程和张丹的三篇系列文章，将传统的与后现代的两种思路进行辨析、整合。首先，从空间的维度讨论了传统经典叙事学的观点：文学开头、结尾是组成叙事线条的有机部分，前者无他物相承而又自然引起下文，后者上承他事，下无他事可继，是叙事线条的“打结”，而一系列因果相接的事件构成了

---

1 J. Hillis Miller. *Fiction and Repetition: Seven English Novels*[M]. Cambridge: Harvard University Press, 1982.

2 殷企平. 重复[J]. 外国文学，2003(2):60-65.

3 肖锦龙. 解构主义批评之批评——从希利斯·米勒的《小说和重复》谈起[J]. 文艺理论研究，2009(5):74-80.

4 殷企平. 互文和“鬼魂”：多萝西娅的选择[J]. 外国文学评论，2004(1):130-136.

叙事文本中间一根笔直的叙事线条，它从开始到中部再到结尾，作简单的线性运动；然后，从时间存在的维度论述解构主义者米勒对此的质疑，认为：根本不存在叙事文学的“开头”，而且文本“中间”的线条不是自足单一的，而是显示出迷宫般的关系，任何“结尾”都可能在阅读中成为新的故事情节的起点，从而将已经打成的“结”再度打开，于是阅读成为“解结”；最后，通过综合个案，分析福克纳的《纪念》、大江健三郎的《聪明的“雨树”》、列夫·托尔斯泰的《舞会以后》小说中开头、中间和结尾，来论证在操作层面上两种整合后的理论对文学批评的意义，即：两者皆立足文本，将叙述层与故事层内外紧密结合，是揭示隐藏在文本背后的真正叙事策略和叙事价值和意义的有效途径。另外，朱贺琴的《解构〈雪国〉的线条意象》也不失为运用米勒理论对文本解读的又一尝试。

在米勒思想的庞大体系中，对他的意识批评、诗学理论、修辞阅读、小说与历史的关系、作为“寄主”的批评理论问题的实践运用研究论文的数量相当少。唯有对“修辞阅读”有少数的研究论文，比如淳于永琦以斯蒂文斯的诗作《星期天早晨》为例，简要尝试了解构阅读的乐趣，认为读者可以通过文本解读寻找自己的体念：从“宗教与人性的沉思”到“灵与肉的升华”。学者们对米勒研究的论文大都发表在近五年，这与近几年米勒多次与学术界的交流和对话形成一种有趣的关照。笔者的研究内容虽然较多地集中在米勒的叙事理论与实践、全球化与中国文学、重复理论与实践三个方面，但研究的视野在日益开阔，研究的手段在不断丰富，研究的观念在逐渐改变，从认同走向争议。

但是，我们还必须在回顾之余，展望我们的前景。比如，我们需要考虑文学研究中视角的宽泛性和观点的原创性，正如申丹所提出的：要把握论著的本质，我们必须打破某种标签或框架的束缚，保持清醒的头脑和开放的视野。殷企平教授在这方面身体力行，是我们中青年学者的楷模。他对理论从来不是“拿来主义”，而是在探讨一种理论的产生、发展、变化和另一种理论的比较与关系之后，总要生发理论的可拓展之处。比如，我们还需加强文类本位、人文本位意识。主张文学研究的学者继续做好文学研究的工作，认同文化研究的学者去开拓新的疆域，因为只要是真正具有学术价值的文化研究都不会反对文本的细致解读，回归、立足文学文本，文学的未来命运取决于我们是否能合理、正确地处理这一问题。今天，令人欣慰的是我们已经在这么短的时间里取得了那么大的成绩。叶舒宪《文学与人类学》是国内外第一部系统地专门研讨文学与人类学的跨学科关系的理论专题著述，为中国的文学研究提供了具有国际高度的前瞻性见解与操作性方略。

第四节　保罗·德曼在中国

——20 世纪 90 年代以来国内德曼研究综述

保罗·德曼既是杰出的文学批评大师，又是哲学语言史研究领域的渊博学者，同时还是颇有建树的比较文学专家。客观而言，作为解构主义批评文论的领军者、耶鲁学派的鼻祖，他的诸种著述及其文学研究思想在中国学界正在经历着不断被阅读、阐释与重新评价的复杂过程，正广泛被接受与肯定，最终赢得了“尼采”式人物的殊荣。对于当下的相关研究而言，德曼的诸种文学研究思想在中国学界的传播与接受历程及其所产生的影响等问题，无疑都具有极大的借鉴价值与启示意义。本节试图从三方面——比较研究、理论阐释、实践阐释——对其研究成果作出述评。

德曼研究与其他三位学者显然存在差异。德曼的名字伴随着德里达来到中国，他是唯一的一位没有受到中国学者面对面采访的学者，他是国内学者对其著书翻译、研究专著最少的一位。由于德曼以阅读文学的方式阅读哲学作品，因而将文学创作与文学批评视为一致地位。他从 20 世纪 90 年代起随着“解构”一词在中国出现，受到我国哲学研究、文化研究、文学理论研究专家和学者的关注与重视。当研究活动委员会要求德曼介绍学术成就，写一篇有关理论的文章时，他坦言“文学理论的主要理论兴趣存在于其定义的不可能中。[1] 从这种意义上来说，理论的用法不能套入一个单独的体系中，这是肯定的事实。然而，要理解这一点同样应认识到，一个词使用时有着某种准确，而且要认识这样的事实尾随理论的批评充满隐秘而极度的思想和费解的表达，似乎不足以将定义的努力绝望地弃于一边。理论定义的最主要的困难，正如我这里试图提示的，可能主要是“屈从……理论”[2]。众所周知，美国当代批评家 M.H.艾布拉姆斯认为艺术有四个重要因素，即作品、艺术家、宇宙、观众。围绕这四个要素形成了四种不同的文学本质论和四种不同的理论倾向。艾布拉姆斯的分析是有见地的，然而，正如德曼所指出的，“洞察”总是与一定的“盲目”相伴随。四要素理论在广泛探讨文学活动的同时，也在一定程度上忽略了文学作品的两个最重要的因素：语言和形象。然而稍加回顾便可知道，这两个问题一直是文艺理论的核心。从这个角度出发，文艺理论实际上可以分为两大派，一派认为文学的本质在形象，一派认为文学的本质是语言，由此形成不同的理论走向。就此而言，德曼研究既有利于认识文学理论的真正核心，也有利于清晰地看到德曼阅读批评思想的来源、发展与成熟，直至最后的变化。本节着重从比较研究、阅读阐释研究、实践阐释研究三方面有重点地综

---

1 德曼. 抵制理论[M]//大卫·洛奇编. 现代批评与理论：一种读者. 伦敦：朗曼，1982，第 355 页.

2 斯莫尔伍. 批评及理论的含义[J]. 川东学刊（社会科学版），1998(3):117-120.

述我国学术界自其思想引入中国后的研究现状。国内学者已溯其理论之源，探其阅读之观，究其理论发展之未来意义。述评之余，本节还将提出国内研究与国外研究之差异，努力搭起中西思想交流、对话的平台。

一、比较研究

自20世纪90年代起，"解构"一词频频出现于国内理论文章中，然有的人把以耶鲁德曼为代表的美国解构批评与法国哲学家德里达的解构主义混为一谈，认为以德曼为代表的解构批评与德里达的解构主义一样，也是在提倡一种消解哲学，即对结构主义的消解，是一种纯粹的文本分析和"内部"研究，[1] 这种看法是对德曼解构主义批评思想的误解。但是，这种"误解"究其根源，有其复杂的历史背景。德曼较早去世使得有些问题无法当面澄清。自今中国已有两本德曼译著。一本是李自修的《解构之图》（1998）就其理论的译著，另一本是沈勇的《阅读的寓言》（2007）。雅克·德里达所著的《多义的记忆——为保罗·德曼而作》是介绍德曼思想的另一译著。中国学者有关德曼的专著还没有见诸正式的出版物。对于德曼的论述只是出现于某些专著的有关章节之中。在1997年出版的《修辞学与文学阅读》中，加拿大华裔学者高辛勇总结并阐释了德曼的解构修辞理论，探讨了德曼的修辞理论对于中国文学批评的适用性问题。他认为直接将德曼的方法套用在中国文本上并非行之有效，因为中文的修辞形式和结构与欧美语言差距甚大，他提出在概念上引用德曼的解构理论或许有其锐利性与有效性。高辛勇的论述颇具开创性，对中国文学研究有一定的指导意义。但是，我们应该看到，语言生成的共性能够为德曼的解构修辞阅读理论提供足够的适用空间。然而，翻译的滞后是对其理论研究有失偏颇、误释的主要原因，更不用说其理论以中格西式的研究。本节将从比较的视野，看中国学者如何将德曼与德里达、海德格尔的理论进行异同阐释。

林秋云的一文[2] 阐释了德曼与德里达批评思想异同与受人误释的原因。林文从三方面厘清德里达的思想。首先，从"中心消解"的本质对传统文化的消解，说明德里达的形而上学作为一种根深蒂固的思维方式，其根本特征是惯于为世界设立一个本源或曰"终极能指"，这个本源可以是"理念、始基、目的、现实、实体、真理、先验性、意识、上帝、人，等等"[3]。以此对当时正风靡欧陆的结构主义思潮提出了重大质疑，得出西方逐步形成了"逻格斯中心主义"、"声音中心主义"、"男性中心主义"等。其次，德里达认为，"从柏拉图到卢梭，从笛卡尔到胡塞尔，所有的形而上学家都这样进行思想，因此，这并不是形而上学态度中的一种，它是形而上学的要求，是

1 科恩主编. 文学理论的未来[M]. 北京：中国社会科学出版社，1983，第 121 页.

2 林秋云. 德里达的解构主义理论：外界的误解与自身的不足[J]. 外国文学评论，1998(4): 108-112.

3 Jacques Derrida. *Writing and Difference*[M]. Chicago: Chicago University Press, 1978, p. 292. 中文采自盛宁译文.

最持久深广的潜在程序。”[1] 德里达所对准的作为文化的形而上学具有反传统、反意识形态的民主特色。这一思想之维源于其在《写作与差异》中曾仔细分析的法国哲学家勒维纳斯关于人的理论。德曼虽然受德里达的影响颇深，但是由于其于“新批评”的深刻反思，也即对文本“细读”的情有独钟，创造性地转化其理论，在承认文学是一个特殊的、具有权威性的同时，将“文学的”这一范畴运用到所有的语言上去了，包括哲学的、历史学的、批评的、精神分析学的以及诗歌的语言，认为文学特殊性的标准取决于语言“修辞”的同一性之程度。再次，德里达解读的多为哲学文本，而德曼阅读的主要是小说和诗歌。因而前者认为文学文本中的批评性取决于文章中使用修辞时所隐含的压制力量；后者认为通过消解哲学与诗的对立来引申出一套新的文本理论，使解构主义由哲学思辨向批评实践的过渡成为可能。

萧莎的一文[2] 从德里达的“文学论”解读与耶鲁学派主将德曼之间的差异。萧文从德里达论马拉美的文章中看到：“文学以自身的无限性取消了自身。如果说该文学手册有意说些什么的话，它将首先宣布文学根本不——或者几乎不——存在；无论如何，不存在文学的本质，没有文学的真理，不存在文学性存在，也不存在文学的文学性。[3] 以此认为，德里达始终如一地坚持：没有什么文本完全在哲学概念和对立观念的控制之下，任何文本都可以被读解为“文学的”文本。以此，完全“文学的”文本也是不存在的，因为一切语言行为或阐释行为的实施均须依赖哲学范畴和哲学设想。对于德里达而言，“文学文本”和“非文学文本”的阅读并没有显著差别。萧文还从德里达对莎剧《罗密欧与朱丽叶》的阅读中，认识到德里达依据其解构主义语言观建立的文学观，熔化了传统文学批评观念中的（也即体现在艾布拉姆斯坐标体系中的）作品、作者、读者和世界的分野。与之相对，萧文比较了德曼的文学观。德曼在解读卢卡契、布朗肖、普莱乃至德里达等人的著作时就不遗余力地证明：“每个批评家总不知不觉地在其公开的文学理论和实际阐释之间表现出不相符。”[4] 他似乎胜利超越了有明显中心倾向和超验价值标准的批评，创造了一种开明的阅读方式。经过比较萧文得出结论：德曼的批评实践与德里达的解构主义宣言立场并非一致。前者热衷于通过解读“文学”或“批评”文本，论证文本因自相矛盾、自我解构而不可读（unreadable），或者证明文本是早已解体的碎片。在德曼的字典里，批评家是一名创造者，是文本解体过程的参与者和旁观者。[5] 至于德曼“解构语言观，或曰解构文学观，是解构批评实践”。后者从语言论到其文学论，对语言、文学作为“此在”（presence）以及两者在“此在”层面所生发的确定意义作出了质疑。认为这种宏观的思维构想与具体的文

1 转引自卡勒《论解构》[M]. 北京：中国社会科学出版社，1998，第 114 页.
2 萧莎. 德里达的文学论与耶鲁学派的解构批评[J]. 外国文学评论，2002(4):135-147.
3 Jacques Derrida. *Acts of Literature*[M]. London: Routlege, p. 14.
4 Vincent B. Leitch. *Deconstructive Criticism: An Advanced Introduction*[M]. New York: Columbia University Press, 1983, p. 186.
5 J. Hillis Miller. Stevens' Rock and Criticism as Cure[M]//Robert Con Davis, ed. *Contemporary Literary Criticism*. New York: Longman, 1989, pp. 416-427.

本讨论不同。萧文评述旨在说明解构主义语言论与解构主义批评并不是连贯、一致的整体；解构主义作为一种具有乌托邦色彩的反形而上学假说，注定要与实证性的批评实践脱节；后殖民主义、女性主义等批评实践正是因为与解构主义哲学保持着既连续又断裂的关系，才得以以解构的姿态屹立于批评领域。

总之，国内学者多从“解构”一词的含义出发，认为“解构”从一般的哲学术语发展成一种“主义”论述，这期间经历了复杂的语义流变。解构主义基本上经历了这么几个重要的阶段：解构主义的精神发源至少可以追溯到德国的尼采，然后经海德格尔过渡到法国的德里达和罗兰·巴特。德里达一直被人们推为解构主义的宗师，但是值得注意的是，解构主义最后能发展成影响广泛的批评理论，美国耶鲁大学的批评家们的推波助澜功不可没，德曼当数魁首。这样使得我们清楚地认识到他们之间的家族谱系及必然联系和差异。在德里达眼里“解构不是一种批评活动，批评是它的对象，解构在这个契机或那个契机上，总是影响到批评，或批评—理论过程中的信心，这是说，影响到决断行为，及作出决断的最终可能性。”[1] 在德曼的视野里，“解构”是以自己的阅读体验，说“荷尔德林所言，同海德格尔让他说的截然相反”[2]。德曼坚信：“技术上正确无误的修辞阅读，也许是叫人厌倦、单调、可预见、兴趣索然的，但却是无法辩驳的。”[3] 解构的价值不在于给我们提供一个最终的答案，而在于为我们进一步理解文本扫清障碍。

《尼采在都灵》中这样写道：不可否认尼采是近代一位伟大的哲学家和思想家，其学说影响极其深远。没有他，很难想象从海德格尔到保罗·德曼、从弗洛伊德到拉康、从托马斯·曼到米兰·昆德拉的20世纪的文学与哲学究竟是何种图景。那么海德格尔与德曼之间关系究竟如何？我们试从国内学者就前者对后者的影响比较其异同。

周颖一文[4] 抓住关键的概念，如“存在、法则、阐释循环、时间性”等，认为德曼的前期著作充分体现了其重要思想来源于德国哲学家海德格尔，认为“存在作为分裂（being as division）的思想始终贯穿于海德格尔的作品中”[5]。首先论述了两者的共同点：如，两人都近乎痴狂地喜爱德国诗人荷尔德林。德曼曾这样说过：“荷尔德林是海德格尔唯一像信徒援引圣经那样援引的人。”[6] 德曼是运用海德格尔的前期思想来批判海德格尔后期的神秘化倾向。[7] 德曼把存在于法则的区分很大程度上归因于海德格尔的存在于存在物的区分。又如，20世纪60年代德曼开始有意识地从海德格尔那

1 卡勒. 论解构[M]. 北京：中国社会科学出版社，1998，第 224-225 页.
2 德里达. 多义的记忆[M]. 北京：中央编译出版社，1999，第 20 页.
3 德曼. 解构之图[M]. 北京：中国社会科学出版社，1998，第 114 页.
4 周颖. 从批驳之靶到他山之玉——浅论海德格尔对于保罗·德曼的影响[J]. 外国文学评论，2003(4):5-17.
5 Lindsay Waters. Heidegger Reconsidered[M]//Paul de Man. *Critical Writings, 1953-1978*. Minneapolis: Minnesota University Press, 1989, p. 34.
6 Paul de Man. *Blindness and Insight*[M]. Minneapolis: Minnesota University Press, 1983, p. 250.
7 Suzanne Gearhart. Philosophy before Literature: Deconstruction, Historicity, and the Work of Paul de Man. *Diacritics*, 1983(13):63-81.

里汲取理论的资源。《美国新批评的形式与意向》（1966）和《布朗肖批评中的非个人化》（1966）两篇论文都借鉴了“阐释循环”的概念，来反驳新批评的“有机统一”的文本观念，探讨历史与虚构的关系。再如，德曼的“时间性”概念来源于海德格尔的《存在与时间》。在后者眼里，时间用来界定存在，并坚持区分本真与非本真。本真是存在的源始状态，非本真则是“此在”能够把握的状态。比如本真的将来，它被界定为“源始的向死存在”，总是“先行于”此在的。[1] 而德曼在《论海德格尔释荷尔德林》中坚持区分“存在”与“法则”，强调存在是始源的直接性、法则是严格的“间接性”时，认为“间接性的痛苦根源于（此在的）有限性，只有借助死亡的形式我们才能想象这种痛苦。”[2] 在《重思海德格尔》中，德曼提醒读者死亡的提出是为了唤起“与某一具体经验密切相关的直接情感”。

正是两人的共同兴趣，德曼对海德格尔就如何解读荷尔德林的问题，提出了严肃的质疑。第一，德曼批评海氏乌托邦式的救赎观点，即他力图从荷尔德林那里寻求诗歌、思想与政治的渊源，寻求普通大众所匮乏的语言和神圣性，从而找到能够凝聚德意志民族的精神力量。海氏希望诉诸诗歌的审美力量达到终极的永恒与统一，认为诗人是大地的守护者和世界的拯救者。诗歌成为弥合距离的桥梁。“诗意地栖居”是荷尔德林的两行诗：“voll Verdienst, doch dichterisch, wohnet / Der Mensch auf dieser Erde.”[3] 德曼与海德格尔对荷尔德林两句诗行有不同的解释。德曼看来，诗人并不进行整合的工作，而是始终处于反抗与斗争之中。诗歌行为不是桥梁，而总是昭示冲突与差异——处于语言和时间中的对立或差异。德曼总是以细读的方式梳理海德格尔对荷尔德林的解读，从中找出与之对抗的突破口。第二，海德格尔那里，“阐释循环”是与其作为人类生存基本规定的本体论条件相联系的，它体现了人对存在的理解和人对自我的理解之间的相互制约关系。但就德曼而言，它是“我们只能理解那些在某种意义上已经给予我们并且已经为我们知晓的东西”[4]。这里的先结构也就是伽达默尔称之为“偏见”的那种东西。由于接受不同的教育，身处不同的社会和文化环境，每个人据以理解的先结构也就有着不同程度的差异。所以同一个文本或同一个现象，会有形式各异的理解方式。在周文看来，海德格尔的阐释循环论，在伽达默尔和德曼的手里得到了不同的发挥。伽达默尔更加贴近海德格尔，因为他注重挖掘循环中所包藏的“最原始认识的一种积极的可能性”，先结构虽然不能达至被理解的事物本身，但我们的理解总在开放的过程中不断充实起来。德曼则紧紧抓住理解的历史性结构，有意误读海德格尔的“先结构”，殊不知这种误读已经预示其理论的危机，使之沉醉于历史性的过程，而忽略了解释或批评作为一种个体行为，是需要获得一定的完整性的。第三，海

1 Martin Heidegger. *Being and Time*[M]. New York: Harper & Row, 1962, p. 387.
2 Paul de Man. *Blindness and Insight*[M]. Minneapolis: Minnesota University Press, 1983, p. 262.
3 Lindsay Waters. Heidegger Reconsidered[M]//Paul de Man. *Critical Writings, 1953-1978*. Minneapolis: Minnesota University Press, 1989, p. 36.
4 Paul de Man. *Blindness and Insight*[M]. Minneapolis: Minnesota University Press, 1983, pp. 29-30.

德格尔所区分的两种死亡的时间观，虽然影响了德曼对浪漫主义诗人的批评活动。但是，他不满足于这种解读。他在《华兹华斯的时间与历史》中为我们提供了另一种阐释，把我们的目光从自然转移到了对时间的体验。对《有一个男孩》的解读便是一个很好的例证。周文明锐细腻地解读德曼的《盲视与洞视》，深刻领会德曼与海德格尔的关系，精当翔实地论证德曼之于整个解构思潮的重要性与海德格尔之于德曼理论资源的无可替代性。

二、理论阐释研究

德曼那段与德国纳粹交往的文字记载，使得他成为四学者中颇受争议的人物。有关他作为一位纯粹的文本主义者，恣意割裂文本与历史、语境的关系，以及诸如“非历史”、“非政治”的倾向之类的批评话语，也因此不绝于耳。因此要梳理德曼复杂的思想，客观评述其理论贡献也并非容易，好在如上文所言，德曼的研究是从对德里达的认识开始。那么我们顺藤摸瓜，发现研究者多借助德曼理论的文本解读，主要从修辞理论、语言意识形态论、“语法”与“修辞”的关系、浪漫主义诗学四个方面，围绕解构主义的语言观进行研究。

所谓的“修辞批评”就是将修辞置于核心地位，对文本的话语进行有力的阐释和分析，“不是听众/读者/批评家对他们的势能与意义的解释，就是听众/读者/批评家对自己的解读行为的理性说明”[1]。“保罗·德曼修辞批评理论简论”[2] 一文从德曼的一对研究术语“语法修辞化”和“修辞语法化”的关系，指出修辞与语法之间所存在的巨大张力，以及修辞不是对主体的压制，而是另一种意义上的呈现。法国文学符号学是德曼修辞批评理论的另一重要来源。该文从德曼文中的“破除了符号和符指之间在语义学上一致的神话”，摆脱“释义的苍白无力的重负”引文得出，[3] 还从德曼的举例“这有什么不同吗？”（来自美国20世纪70年代的一部电视剧《家事》），“舞者和舞蹈怎能分别？”（选自叶芝的诗《在学童们中间》），说明德曼符号和意义两者之间的巧妙契合，两者似乎不存在任何差异，语法和修辞“混用”。该文还借助德曼著作得到英国著名学者特里·伊格尔顿（Terry Eagleton，1943—　）的首肯，认为德曼在自己的研究“转变”之后，通过强调修辞性而将主体性压制，并通过弗洛伊德式的冲动而实现多主体的“复现”。这是文本不确定性或多义性的原因所在，与詹明信（Fredric Jameson，1934—　）“文本寓言”的著名命题异曲同工。

伊格尔顿曾借“审美意识形态”这一概念，对德曼的批评理论有过褒扬。他认为德曼对美学观念作了“令人振奋又相当复杂的解神秘化”，因为他“从一开始就是一位彻底的政治批评家”，“他的著作图解的一切，都基于他对政治解放实践的不息的敌

1 麦杰. 当代西方修辞学[A]. 演讲与话语批评[C]. 常昌富等译. 北京：中国社会科学出版社，1998，第 269 页.

2 赖勤芳. 保罗·德曼修辞批评理论简论[J]，兰州学刊，2006(10):88-90.

3 德曼. 解构之图[M]. 李自修等译. 北京：中国社会科学出版社，1998，第 52-53 页.

意”[1]。就此，国内对“语言意识形态”问题，罗良清的文章[2]作出了比较清楚的阐释。罗文从“文本到政治”，指出人生活在意识形态之中，同时又通过语言的隐喻力量把自我意识强加于整个人类社会；再从“语言和意识形态”，指出德曼和马克思一样，看到了语言的意识形态及其永久性。罗文认为德曼的语言意识形态，把隐喻看成意识形态的范式，而概念隐喻压抑差异，生产出关于自治主体、平等、一致性和总体化的神话，隐喻的运用始终是错误或有害的行为，也印证了阿尔都塞所认为的意识形态是现实生活关系的想象性表达。德曼从语言文本分析意识形态，与马克思从资本主义社会商品拜物教分析意识形态的结论有相似之处，即德曼对卢梭《论不平等》解读中总结出的三个概括性结论：政治思想的经济基础，没有认识论权威的政治制度，“这是导致政治固有的不稳定性，因而屈从于永久动荡的一个事实”，最后，强加在真实世界之上的虚构的一贯性。[3] 德曼有关“文本和阅读的意识形态”旨在揭露独特的寓言式阅读。它必然是意识形态的寓言，因为表面上完全不同的语言学和政治的领域，通过概念化的性质接合起来了，文本和政治之间的符码转换，在德曼这里通过语言实现，这在对意识形态的批评中也有所体现。

国内德曼研究多从宏观的角度，德曼的解构主义思想承继德里达的入手，落实到《阅读的寓言》具体著述的解读，而《保罗·德曼的“语法”与“修辞”》一文[4]却从微观的角度，在比较“泓骏、周颖、萧莎”关于德曼“语法”与“修辞”概念理解的基础上，重新细读德曼《阅读的寓言》，描述德曼对传统“语法”与“修辞”认识，提出自己的观点：具体地从形而上学语言内部的结构入手才是德曼解构理论的题中之意，并将德曼对形而上学“语法”与“修辞”的使用所做的揭示，从两个方面加以概括：“语法”控制“修辞”的等级关系与“语法”与“修辞”之间的界限在形式和功能上的模糊性。就前者而言，认为西方形而上学客观上要求建立语法控制修辞、修辞辅助语法这样的等级关系。形而上学的观念中语法调控语句内部关系的规则，起到对语句的控制作用，被认为与逻辑彼此契合，表现为“语法服务于逻辑，而逻辑又反过来打开通向世界知识的道路”[5]。而修辞被认为是劝说的艺术，与虚假相关，若不归附和受控于逻辑与语法，就会成为求真传统打击的对象。就后者而言，认为无论从语言形式的角度，还是语言功能的角度，德曼指出语法与修辞的语言形式存在着不确定的关系与模糊界限。申文最后试图“解构”德曼对传统“语法”与“修辞”这对关系，从德曼自身对两者的理解，富有逻辑思辨地提出，出于意义总体化的要求，形而上学用“语法”来统一“修辞”，这种做法不只是忽视了修辞内部两难的结构关系，更重

1 伊格尔顿. 审美意识形态[M]. 王杰等译. 桂林：广西师范大学出版社，2001，第10-11页.
2 罗良清. 保罗·德曼的语言意识形态论[J]. 新疆大学学报（社会科学版），2004(4):38-41.
3 Sprinker Michael. *Imaginary Relations: A esthetics and Ideology in the Theory of Historical Materialism*[M]. New York: Verso, 1987, p. 2, 56.
4 申屠云峰. 保罗·德曼的“语法”与“修辞”[J]. 外国文学评论，2004(4):124-133.
5 Paul de Man. *The Resistance to Theory*[M]. Minneapolis: Minnesota University Press, 1986, p. 114.

要的是，它忽视了语言自身呈现为转义/劝说两难结构关系这个基本事实。如果说“语法修辞化”给人以修辞阅读模式“解构”语法阅读模式这样的印象的话，那么，语法阅读模式被推翻的真正原因不是来自它外部的修辞阅读模式，而在于它出现的那一刻起，它赖以产生的转义/劝说结构已经将自己“解构”。

耶鲁四学者称为学派的各异共识是其对浪漫主义诗学的共同研究。张智义[1] 从有关德曼对华兹华斯的三篇浪漫主义专论中，看出德曼对华诗的研究过程继承了燕卜荪等英美老派的新批评方法，采用文本分析的策略，审视以华氏为代表的浪漫主义诗学，认为华氏研究并非颠覆的浪漫主义诗学，而是在一定程度上界定浪漫主义诗学中具有统一倾向的一些核心命题组，认为德曼的华诗研究凸现了华兹华斯诗歌创作的各个层面的内容，丰富了华兹华斯诗歌的哲学和美学内涵。张文认为，在德曼看来，华氏的诗歌创作有别于他同时代的浪漫主义作家荷尔德林等人。他的诗歌创作似乎在尝试在主体世界与客体世界之间求得一种平衡，如能找到主体与客体之间的平衡点，那他们之间就不是处于稳定的趋同或趋异，而是处于一种游移的状态。同时，该文引用克里斯托弗·诺里斯的《推理、修辞、理论——燕卜荪和德曼》文章，认为德曼与燕卜荪最大的区别在于前者的研究涵盖了逻辑、修辞和句法，因此已经上升到了语言哲学的层面；后者推行的新批评实际上还停留在实用的实践层面。[2] 从论述燕卜荪的新批评不缺哲学的洞见，在方法论上同德曼有契合之处，加之德曼与德里达以目的论为主的解构主义思想的差异，张文旨在指出德曼提出的作为主体存在的游移状态，实际上是摆正了创作主体与自然客体的关系。张文的最大特点是立足华兹华斯的诗歌文本，如《丁登寺旁》、《哀歌》、《有一个孩子》、《墓志铭》、《序曲》等，从德曼与燕卜荪研究的不同视点：前者注重寻求一种新型的自然与意识的关系，从主客体的二律背反来研究华兹华斯，梳理“主体与客体、时间与历史、寓言与象征”三对浪漫主义诗学的关键词。这是一种实证主义的批评模式，视为当代文论研究的方法之一。

三、实践阐释研究

德曼之所以被誉为“耶鲁学派”的旗手，主要在于他立足文本解读，以文学阅读的方法阅读哲学文本，又同样以哲学文本的视野看待文学作品。以下笔者将国内学者从德曼对几位卓越的文学家、哲学家——卢梭、罗兰巴特、普鲁斯特、尼采——的文本阐释，说明其批评理论的实践性。

卢梭自传《忏悔录》在中国学界家喻户晓。它以真实、坦率、纪实之自传文本特色，著称于中国学界。但是德曼却以隐喻、象征、替代等阅读小说本文的方式颠覆自传文本的符号真实性。他指出的是《忏悔录》中“卢梭诬赖玛丽永偷丝带事件”。德曼认为：“值得注意的是，这也是以真理的名义做出的，而且，初看上去，在忏悔和

1 张智义. 保罗·德曼的华兹华斯诗学研究[J]. 南京师范大学文学院学报，2005(1):96-102.

2 Christopher Norris. *Reason, Rhetoric, Theory: Empson and de Man*[M]. London: Chatto & Windus Ltd., 1978, p. 150.

辩解之间不应该存在任何冲突。然而，语言却揭示了害怕为自己辩解这一说法的张力。”由于卢梭的忏悔文本出现如此裂痕，所以德曼认为，卢梭的忏悔不是实际公正领域的一种补偿，“而仅只是一种言语上的言说”。德曼在《辩解——论〈忏悔录〉》一文中使出了浑身解数来认定卢梭《忏悔录》的“辩解”特征，而不是人们所公认的“忏悔”特征。保罗·德曼还发现，卢梭通过隐喻的方式以达到其自辩的目的。替代是隐喻的本质，于是卢梭叙述的“丝带”其实正是卢梭欲望的替代。王成军的文章[1]认为通过重新审视、解构德曼的卢梭《忏悔录》，有利于我们认清自传的内部因素，从而在更合理的层次上建构自传文本。德曼区分两种忏悔形式：为揭示出真理的忏悔形式与以辩解为旨归的忏悔形式。而辩解性忏悔的证据变成了言语上的证据，从而发现卢梭忏悔目的的陈述性，而非自辩性，进而解构卢梭式“忏悔录”的真实性。德曼最后得出结论：自传话语的主要修辞法就是虚构。德里达评论这段话时说：“德曼提醒我们，拟人化始终是一个虚构的声音，但我认为它事先就萦绕着任何所谓的真实的和在场的声音，此拟人化迁就于虚构，但是这是出于对他的爱，是以他的名义，以他的毫无修饰的名字为着纪念他而迁就于虚构的。”[2] 王文认为：就此而言，德曼与德里达的解构思想是一致的。德曼的卢梭《忏悔录》论在解构《忏悔录》文本的同时，事实上也在建构自传文本，或者说卢梭的《忏悔录》文本是对整个自传文本的丰富与变异，是颇值得研究的自传诗学课题。

相对于布鲁姆的互文性或曰影响性理论对中国文学阐释影响力的广泛深刻而言，德曼的修辞阅读理论运用文本解读的可以视为缺憾。探究原因并非我们的主旨，但是举例剖析可视为一种研究参考。如《在暴力和犬儒之间——从〈现实一种〉试析关于暴力的叙述》一文，认为不能忽视德曼的修辞性阅读中所提出的叙述形式对阅读的影响，解构了余华的小说《现实一种》试图以冷漠的叙述向我们展示一个暴力的故事，视为以西格中的一种尝试。作者在将瞬间无限放大的同时通过人物的语言使时间活动起来，将暴力纳入到一个延续的时间过程中去。作者关于暴力的叙述或有意或无意导致的多重解读，将暴力从一个空间性的隐喻转变为时间性的转喻，使之从相邻的过程中获得意义。又如，钟文的文章[3]把被誉为中国卢梭的巴金的《随想录》做了德曼解构式的分析。钟文认为卢梭的《忏悔录》从德曼的修辞阅读角度分析，实为一种辩解的功能，而德曼又利用弗洛伊德的精神分析的推演出忏悔的另一功能，即满足卢梭的自我暴露癖，并从忏悔中获得暴露的快感。文章从而得出巴金的《随想录》小说中从对自我出生的忏悔、20世纪五六十年代为自己的阶级忏悔、到80年代为自己的盲从于软

---

1 王成军. 自传文本的解构和建构——论保罗·德曼的《卢梭〈忏悔录〉论》[J]. 国外文学，2003(3): 11-15.

2 德里达. 多义的记忆——为保罗·德曼而作[M]. 蒋梓骅译. 北京：中央编译出版社，1999，第37页.

3 钟文. “忏悔”与“辩解”，兼论反思历史的方式——以巴金的《随想录》为例[J]. 文艺争鸣，2008(4):7-13.

弱忏悔，得出卢梭的《忏悔录》与巴金的《随想录》殊途同归，异曲同工，实属自传文本的变异，解构《随想录》是一种讨论历史反思的方式。

中国德曼研究本身是对德曼批评思想一定程度的重视与肯定。德曼身前挑战了占据美国文学研究界主导地位长达半个世纪的新批评方法，这是挑战美国学术体制技术化的一个关键步骤，因为这种批评方法截断文本与具体时空的关联，虽然它开启了文本“内部空间化”的思辨方向，其因依存体制而确定了经典地位对于日后批评理论发展趋势的影响。德曼的研究使得文本具有开放性，加强了文本域现实世界的脱离与从边缘进入现实时空的能力，突破话语的形式束缚，使主体更加成为一个可疑的词汇。

第四章

“耶鲁学派”理论的比较研究

美国文学批评素有注重文本形式分析的传统。但是，20世纪70年代由哲学的语言学转向引发的整个人文学科领域的语言学转向，以及由此而兴起的结构主义思潮在美国遭遇的不期冷遇，很大层面上“耶鲁学派”扮演了不可或缺的角色，促进了70年代和80年代解构思潮在美国校园一统天下的局面。“耶鲁学派”在吸纳德里达关于修辞性优先于逻辑性这一解构哲学观的基础上，结合美国文学批评自身的传统和特点，批判性地借鉴古典论的语言修辞观、新批评的文本自足论以及读者批评关于读者经验对于文本意义的建构理论。中国学界从90年代起开始“耶鲁学派”的研究，对该学派的理论思想亦已达成诸多方面的共识。天津人民出版社于2007年推出“耶鲁学派解构主义批评译丛”；同时，由朱立元教授主持的“耶鲁解构主义批评学派”学术研讨会也在上海召开。这一系列学术活动旨在让中国学界比较系统地接近该学派的立场和思想，深入地研究该学派的主张，体现了“耶鲁学派”的思想在激活本土理论话语中仍然占有一席之位。本质上，“耶鲁学派”各成员之间存在差异。本章就各学者之间的异同作比较研究，以期进一步探索中国文艺理论和批评界合理地内化这种异域理论，使之成为有效的本土理论资源的方法。

第一节　德曼与布鲁姆解构阅读法之比较

本节阐释以解构主义的鼻祖德曼为代表的解构阅读法——修辞阅读法——的特点，并考察德曼的阅读观点与布鲁姆提出的“误读理论”的异同。指出其同，点明布鲁姆属于耶鲁学派的理由所在；比较其异，说明耶鲁学派所倡导的解构主义理论并非告退或退缩，而是在不断地扩散和蔓延。德曼的解构阅读理论否定文学批评的人文层面，而布鲁姆则高度重视文学批评的人文品质，主张在误读论中融入人的主观心理因素，这是他们最大的不同点，但对文本意义不确定性的观点，则是耶鲁学派的共同特征。

耶鲁学派解构（主义）批评最显著的特点是它的阅读方法以及在阅读中对西方整个形而上学传统及其思维方式的挑战，是它对传统文学与哲学论述的解构。它以“文本”分析的方式揭示文本内在逻辑的自我矛盾和二元对立的偏向取值，进而拆解整个传统价值的基础。由20世纪六七十年代发起的“解构主义”理论随着1983年德曼（Paul de Man）的逝世而成为强弩之末。有人把“解构”运动比作滑铁卢战役，这有一定的道理，但也有失偏颇。笔者认为，解构理论魁首德曼年轻时（1941—1943年间）为纳粹服务的劣迹在诸如*Newsweek* 等杂志上的披露，可能是解构理论告退的直接原因。对此，米勒（J.H.Miller）曾在《理论的现在和过去》（*Theory Now and Then*）一书中为德曼作辩护。还有人认为，从德理达到德曼，从德曼再到布鲁姆（Harold Bloom），解构主义理论和实践的发展过程可以说是一种虎头蛇尾式的退缩。然而，盛宁先生在其《解构主义哲学理论》一文中却有另一个提法：如果换个角度看，解构又何尝不是一种理论的扩散和蔓延。[1] 无论如何，我们应该站在辩证的立场，从历史的角度去看待耶鲁解构阅读的进步意义：它改变了以往人们看待问题的角度和传统思维方法。通过对德曼与布鲁姆解构阅读法之比较有利于我们认清文本阅读的实质，从而在更合理的层次上建构文学文本的阅读。当然，它也有局限性：一方面耶鲁学者们幻想洞穿存在的深渊，另一方面又与结构主义截然对立，从而使我们对他们的理解变得复杂化。

德曼是耶鲁学派、解构理论的鼻祖，而布鲁姆则是耶鲁学派中的一名虎将。在此比较他们的异同，以说明解构理论仍在继续发展、完善。它终将从一支烛光发展成为燎原之火。解构主义批评理论正在跨越“文本”分析的藩篱，冲破语言的牢笼，转化为一种激进的泛文化批评。

一、德曼修辞阅读的两个层面

“耶鲁学派成因初探”一节已经提到，把德曼、米勒、布鲁姆和哈特曼归在耶鲁学派名下有许多原因，其中一条即为四位学者互相撰文，对同一问题分别提出各自不同的看法。例如，《评布鲁姆的〈影响的焦虑〉》一文（*A Review of Harold Bloom's Anxiety of Influence*）是德曼对布鲁姆为诗歌理论《影响的焦虑》所写的一篇评论。德曼的评述揭示了布鲁姆关于文学影响的人文主义观点，即文学影响作为传统范畴内的个人才能的多产整合，指出了布鲁姆对阅读技巧的提炼有助于更实用的批评。布鲁姆的影响丰富了文学史赖以依存的传统模式。与此同时，布鲁姆的《误读论》是为献给德曼而撰写的。文中所展现的观点与德曼的《修辞阅读》一书中提出的观点类同。布鲁姆称德曼为最强硬的概念性修辞学家。《误读论》向我们提供了诗歌实用性批评理论，即关于如何阅读诗歌的理论。布鲁姆认为：正如标题所示，阅读是一种带有延异性的活动，而且是完全不可能的活动。假如“个性强悍的诗人”总是误读，那么文本意义趋

1 盛宁. 解构主义哲学的理论告退[M]. 北京：生活·读书·新知三联书店，1997，第106页.

于不确定性（undecidebility）。这种文本意义不确定性的观点是耶鲁学派共同倡导的文学阅读理论。但无论如何，布鲁姆与德曼在各自书中的观点表明了他们分别从彻底不同的前提出发，最终得出了类似的结论。

德曼的修辞阅读/阐释理论与“解构”主义的思想走上同一轨迹。阐释理论本应属于“哲学”范畴的一个理论概念，然而今天“文学理论”成了一个远远超过传统文学理论概念的专门领域。时下“文学理论”既包括索绪尔、马克思、弗洛伊德、德里达、福柯和雅克·拉康等人的理论，又包括尼采、黑格尔、海德格尔、利奥塔和汉斯-乔治。伽德默尔、克默德等人的理论，成了有关上述这些人的讨论的同义词。

按照理查德·罗蒂（Richard Rorty）的看法，德曼是使“解构”阅读法在德国蔓延普及的一个很重要的动因。没有他的著作，“解构主义”就不能成为一个学派。解构主义批评的许多特征来自德曼，他的学生构成了解构主义运动的核心。[1] 就思想传统而言，德曼更多地受到了德国哲学，尤其是尼采、胡塞尔和海德格尔哲学的影响。自 20 世纪 60 年代初开始，他就针对新批评（New Criticism）的局限写了不少颇有理论新见解的论文。严格地说，德曼是沿着自己的思路迈入“解构”道路的。与布鲁姆不同，德曼研究领域更局限于有关文学语言性质的探讨。而且，德曼对美国新批评家们的批评阐释的某些断语往往比较绝对，有些提法甚至自相矛盾。例如，他认为，你若认定两个不同断语中的一个，就得把另一个藏起来，不予以考虑；反之亦然。因此，对德曼的修辞阅读法可以从两个层面去理解，即哲学阐释层面和修辞层面。对于修辞阅读法活动本身，德曼有自己的见地。德曼认为文学文本并不引向一种超验的领悟和直觉的感知，它只诉诸一种始终保持着内向性的理解，因为它只按自己的方式提出理解的问题。文学批评无非是这种阅读活动的隐喻，而这一活动本身是不能穷尽的。这样，德曼得出了如下观点：有关文学语言的意义是相互消解的，文学阅读活动是永远没有止境的。因此，文学批评阐释是可以永远持续否定前人的游戏。德曼把自己的结论局限于文学语言的范畴，而布鲁姆却模糊了文类之间的界线，这也许是他们之间一个相当重要的区别。可以说德曼是解构主义的鼻祖，人们最常引用的解构批评的范例都出自德曼之笔。从德曼那儿，人们了解了德里达，了解了美国文学批评界中的“解构”追随者。德曼的学生在美国形成了一个或许名称不叫解构的“解构学派”[2]。德曼式的“解构”显然更符合美国人的文学理论传统和思维习惯，它是对美国本土上的新批评的继承和超越。一直以来，新批评倡导“细读”，偏重文本和语言的基础，这些主张为解构主义思想奠定了基础。尽管德曼声称无意提出一套批评的理论，只希望通过自己的文学实践对文学语言的性质提出一些看法，然而“解构”思想自 20 世纪六七十年代提出以后，到了 90 年代再次流行开来，并一发不可收拾。它使美国的文学批评具备了两个新的特点：文学批评理论化和文学批评的政治化。哈特曼（耶鲁学

1 罗蒂. 后哲学文化[M]. 上海：上海译文出版社，1992，第 96 页.
2 同上，第 113 页.

派的另一名成员）在他的《荒野中的批评》中曾经提到，由于语言的隔阂和文化上的偏见，英美文学批评传统对于欧陆系统化的一套向来持怀疑态度。相比较而言，英美文学批评传统接受更多的实证主义和实用主义的影响。新批评自 40 年代以来长期盛行就是一个很好的证明。德曼则在他所著的《盲视与洞视》中表述，美国新批评之所以没有产生有分量的批评作品，原因之一就是对文学形式的意向结构的误解。更透彻地说，美国文学批评走上了一条非历史、非哲学的狭路。德曼声称，美国文论应借鉴欧洲文论。在这种认识的基础上兴起的解构思潮第一次从文学观念到批评方法与欧洲大接轨，可谓文学界的一大成果。在这一意义上，笔者认为，解构主义并非是虚无的，它是对先前新批评以及俄国形式主义理论的扬弃和发展，是文学批评理论界的一场革命。

另一方面，德曼修辞阅读法，即文本（Text）修辞成分的一种精读方法，是他对文本解读的最基本的批评方法。这种阅读暴露出正统文学批评阅读法在基础上的虚假性，指出我们平常有关文学的许多信仰、信念都是建立在错觉之上的，是一种自我欺骗、一种自我迷惑、一种谬见。德曼的理论初听起来是违反常识的。例如，他认为文本的修辞性不是思想所能完全控制的，语言的修辞性与文本所要表达的意义常常是互相抵触的。他还认为阅读在某种意义上是不可能的，而且所有的理解都具有歪曲性以及难以避免的错误。德曼的阅读与文学理论，基本上是对西方语言修辞性的审视与逼视，是一种诚实的反思。这种阅读法可以破解许多“迷思”（myths）。他的阅读方法其实是一种破除文章迷障，捣毁西方文论中某些一厢情愿的结论的有效手段。了解德曼的解谜与破惑性（demystifying）阅读方法之后，可以帮助我们对文章进行解构性阅读。

德曼认为语言是表达思想、逻辑、概念和范畴的工具。同时，他也承认语言里又有修辞成分。从以修辞（rhetoric）的角度看，语言以说服（persuasion）为主要目标，以事情的可能性（probability）为辨别原则，而不直接以真理的追求为目的。事实上，柏拉图、笛卡儿、康德这些哲学家的思想对德曼影响是较大的。德曼认为可以利用修辞的说服力来帮助传播真理，修辞格（figures）尤其具有迷人的创造力，它可以以一种类似顿悟的跳跃方式发现并把握真理。修辞可以与概念逻辑相辅相成。

德曼在自己的文学批评实践中受尼采的影响最大。他在《修辞阅读》一书中有三章论述尼采的修辞观。尼采认为，从柏拉图到康德乃至黑格尔的哲学，真理陈述（truth claims）都建立在修辞的运作上。根据尼采的解释，真理是由比喻、借代、拟人格等组成的修辞大军。也就是说，真理是经由诗与修辞提升、转换并美化了的人际关系的总合。[1] 德曼的解构批评可以说是这个理论的沿袭。他把尼采的观点发挥到高潮。他的理论与阅读实践一方面是要显示哲学论述的修辞性及其魅力，另一方面又强调修辞必须经过认识论的检验。换言之，我们必须重新考虑修辞与意义及其再现

1 Paul de Man. *Allegories of Reading*[M]. New Haven: Yale University Press, 1979, pp. 110-111.

（representation）的关系。

不过，德曼对尼采的观点提出了以下疑问：语言里的修辞成分是否能完全由文法来解释？语言是否能无保留地作为思想与现实的桥梁？语言是否改变了现实？这些问题牵涉到语言与文法之间的关系问题。德曼认为，只有将语言的修辞功能纳入文法的范畴，才能实现语言改变现实的理想。用德曼的原话说："修辞的文法化（grammatization of rhetoric）才能达到这种理想。"[1] 德曼用一个实例解释说，西方修辞格里有所谓的"设问"（rhetorical question）辞格，这种辞格并非真正地提出问题与寻求答案。例如，绑鞋带有平行和交叉两种方式，对这种区别有些人根本不在乎（反正鞋带能绑紧就行）。假如你向这种人请教鞋带的穿法，他很可能会反问："这有什么区别呢？"从辞格的（figural）角度看，有没有区别对说话者都一样，也就是没有区别。在这个例子中，我们可以看到同一个文法句式包含着两种意思，而且是互相排斥、互相冲突的意思。德曼把这种方法运用于小说的阅读，因而产生了修辞性阅读方面的震撼。

二、布鲁姆的误读理论的特点与德曼式阅读的异同

在被称为耶鲁学派宣言的《解构主义与批评》的前言中，布鲁姆声称他本人不属于耶鲁学派，而且蔑视解构主义的某些原则和提法。《误读论》可视作布鲁姆与德曼分歧的开端。我们知道，布鲁姆关于诗歌的阅读理论主张完全修辞性，可谓与德曼的修辞性阅读不谋而合。然而，布鲁姆的修正率（ratio）说明他的阅读理论中隐含着强烈的主观冲动。美国皇家大学著名学者 Peter de Bella 提出：布鲁姆坚持的主观综合感和与之相应的阅读理论时常被视作他反对解构主义的一个标志。我们知道，德曼等解构主义者主张文本阐释是中性的、随意的，因而他们反对主观陈述。他们不顾文学从来就是人写的、写人的这一事实，硬是把"人"从中抽走了；他们全然不顾作者的意图，否定语言有特定的指涉性，否定人的主体意识的回归和价值判断的回归。正是在这一点上布鲁姆与德曼形成了根本分歧：德曼否定文学批评的人文层面，而布鲁姆则高度重视文学批评的人文品味。

布鲁姆的阅读方法是清晰的，而德曼的阅读方法则是隐晦的。在那篇对布鲁姆《影响的焦虑》的评论中，德曼试图把布鲁姆纳入他的轨迹。德曼十分强调文本自主自律的特点，以反对布鲁姆偏重心理的批评。[2] 然而，布鲁姆并不接受德曼的意见，并在《误读论》中提出了针锋相对的看法。在《个性强悍诗人延异性》（*The Belatedness of Strong Poets*）一文中，布鲁姆声称隐喻先于文字。[3] 显然，布鲁姆试图拒绝意义的语

1 Paul de Man. *Allegories of Reading*[M]. New Haven: Yale University Press 1979, p. 11. "What is truth? A moving army of metaphors, metonymies, and anthropomohpisms, in short a summary of human relationships that are being poetically and rhetorically sublimated, transposed and beautified until, after long and repeated use, a people considers them as solid, canonical and unavoidable.

2 Harold Bloom. *The Breaking of Vessel, in Kabbalah and Criticism*[M]. New York: Seabury Press, 1975, p. 7.

3 Peter de Bella. *Trope*[M]. London: Routledge, 1988, p. 75.

言学模式。更确切地说，他企图放弃诗歌意义的语言学模式。对布鲁姆来说，隐喻（trope）产生于词之前，要想在语言中发现什么就必须求助于隐喻。布鲁姆接着强调，隐喻只是以修辞述语来表达的，这跟德曼以认识论的述语来措词的观点正好相反。[1]简而言之，布鲁姆把心理与修辞连接在一起，而德曼则企图废除前者，同时授予后者以特权。

布鲁姆根据影响的六种隐喻侧面，声称比喻的概念展示了我们如何以诗歌述语（而不是以认识论的述语）去理解修辞。他认为我们必须同时考虑隐喻和防卫，因为诗歌创作不仅来自文本与前文本的斗争，而且来自诗人与他的延异认知的妥协。后者的这种心理范畴正是德曼的解构修辞阅读所忽视的。然而，这也是导致布鲁姆和德曼观点不一致的关键所在。在《误读论》中（pp.76-77），布鲁姆阐述了他与德曼之间的距离。他断言“德曼坚持语言学模式篡夺心理模式，因为语言是对意志负责的替换系统，而非心理因素。但是，至于心理因素应受到多大程度的重视，布鲁姆本人还没有把握。不管怎么说，他的立场非常明确，即主张在阅读活动中保留人文主义的模式，并对德曼所持的解构主义阅读所缺乏的人文性品质这一点表示遗憾。

阅读与误读是耶鲁学派所倡导的解构主义阅读方式又一具有惯例含义的等级对立命题。布鲁姆提出“误解的必然性”理论使他的《误读图示》广为盛行。他的批评者争辩说：必然误读的理论，即声称所有的阅读都是误读，是自相矛盾的。因为误读的观念寓示正确阅读的可能性。一种阅读唯有当真正的阅读被它错过之时，才能成为误读。这似乎极有道理。然而，当人们划分阅读和误读之时，势必有赖于某种同一和差异的观念。一般说来，如果一个文本能被理解，它就能被不同的读者在不同的场合下重复理解。这时阅读的行为是各不相同的，它们涉及修正和差异。事实上，理解是误解的一个特殊例子，是误解之一特定的离格或确认。所谓所有阅读都是误读的说法是可以被批评和阐释实践中常见现象所证明的。德曼的阐释批评理论认为：文本是复杂的，比喻是可以逆转的，语境是可以延伸的，每一种阅读都是片面的。任何一个后来的读者（或阐释者）都可以发现一个文本中为早先的阅读者忽略或歪曲的特征或含义。后来者可以运用文本来表明早先的阅读事实上是误读，但是他们自己的阅读又被再后来的阅读者延异并证明其中有许多模糊言辞和盲目的阐释。据此，德曼得出了如下结论：阅读的历史乃是误读的历史。事实上，布思（Booth）、勃克（K. Burke）、克雷恩（R. S. Crane）和艾伯拉姆等曾经就误读问题提出了他们自己的观点。然而，布思试图采纳并扩展后三者的批评方法，并为阅读中的误读作出了精辟的说明。他说：“如果我们甚至不能证明一个批评家是不是完全理解了‘另外一个’，那么我们该如何理解多元论者的宣言，说他理解拥抱了不止一个批评家呢？”[2]笔者认为，德曼在《修辞阅读》中所阐述的解构批评方法在某些语境中是可以充分理解的，但它同样可

1 Harold Bloom. *A Map of Misreading*[M]. New York: Oxford University Press, 1975, pp. 76-77.

2 Wayne Booth. *Critical Understanding The Powers and Limits of Pluralism*[M]. Chicago: Chicago University Press, 1979, p. 200.

被攻击为误读。例如，德曼在其论文《转瞬而过的修辞》中，把象征描述为一种显现，把讽喻同对语言和时间性的一种“可靠的”理解联系起来，由此发动一个逆转，使讽喻成为原始指意模式之一。正如德曼本人断言，“作品可以被反复用来说明批评家哪里并怎样背离了他”[1]。我们从中再一次发现，德曼对误读的理解只局限于语言本身的层次。跟他们不同的是，布鲁姆的误读论中融入了人的主观心理因素。换言之，他认为在阅读中阅读者的心理起着决定性作用。

为了使富有个性的误读论引起人们的重视和推广，布鲁姆于 1973 至 1976 年间相继发表了四部曲《影响的焦虑》、《误读图示》、《诗歌与压抑》、《卡巴拉与批评》。这些著作清楚地表明了在文学创作和阅读活动中的互文关系，以及误读的普遍性和重要性。布鲁姆把弗洛伊德的心理学理论、比喻理论跟犹太神秘主义传统一并归入诗歌史。他在《诗歌与压抑》中彻底地摧毁了那种主张文本自足自主的理想主义观念。他说，任何一首诗歌都是一首互指诗（interpoem），对一首诗的任何解读都是一种互指性解读（inter-reading）。[2] 他声称“个性强悍的诗人”（strong poet）与前辈之间存在着复杂而又迷人的张力，并认为所有诗人的写作在某种意义上都是对前辈的诗作的改写。布鲁姆从弗洛伊德关于俄狄浦斯情结（又译为“恋父情结”）（Oedipus Complex）的研究中发现，诗人对前辈的控制欲十分愤怒。布鲁姆认为：诗人会压抑自己的恐惧或忧虑，以便战胜前辈。他还认为，互文关系控制着阅读，而阅读又控制着写作，因此阅读是一种误读，正如写作是一种误读那样。随着文学史的延伸与发展，所有诗歌必然成为诗体批评，正如所有批评会成为散文诗一样。因此，所有诗人的写作都必然会涉及对早期诗人的改写。这种重写总是会产生误读，而这种误读将激发后来作家的创造性思想和情感。后来的优秀诗人对先前优秀诗人的影响大都表现为毁灭性的力量：诗人开始对误读产生一种忧虑，而误读的重压令后来者透不过气来，因此后者必须奋力推翻它。正是这种对误读的忧虑成为后来者不断对文学传统进行再审视的内在动力。后来者为了战胜误读的忧虑，就必须保持个人创作的独立意识，通过“修正率”对其前辈作品进行再审视，最终超越前辈。

三、结　语

至此，我们领悟到布鲁姆“误读论”中主观心理因素对文本的阐释阅读过程起着举足轻重的作用。这也是上文提到的布鲁姆与德曼的不同之处。然而，布鲁姆自己承认他所取得的解构批评成果是建立在对德理达和德曼某种程度的误读的基础之上的。因此，我们可以把布鲁姆的“误读论”视作对解构阅读的继承和发展。文本的意义不是任何解读者主观上能控制的并臆想的。就这一点而论，布鲁姆与其他耶鲁学者之间存在着重要的契合关系。

---

1 Paul de Man. *Blindness & Insight*[M]. Minneapolis: Minnesota University Press, 1983, p. 109.
2 Harold Bloom. *Poetry & Repression*[M]. New Haven: Yale University Press, 1976, p. 2.

但是，笔者认为：虽然德曼的修辞阅读与布鲁姆的误读突破了语言的牢笼，却也切断了作品跟外在世界、历史以及作家自传等的联系，而将视点落在处于互动与关联网络中的文本上，把文本的生成置于后起作家与前驱的对抗关系而非单一的继承关系中去关照。这恰好又与解构主义所倡导的文本自足自律的观点背道而驰。

尽管如此，通过以上阐述，笔者希望说明应该用辩证的观点来看待耶鲁解构学派，而不应该对它持有过于偏激的看法。解构主义阅读法是科技发展的产物，自然科学领域出现诸如不确定性及矛盾现象（如统计学中的不确定范围、环境评估中的不确定性）给人文科学者强有力的武器，人文科学内也应该存在不确定的现象；它更是时代的必然。文艺理论研究的目的是文学的意义，正如耶鲁解构学派另一位代表米勒认为：“文学研究绝不能想当然地承认文学的模仿参照性。这样一种真正的文学学科，它将再次成为哲学、修辞学，以及对转义的认识论的研究。”[1] 实际上，米勒所说的修辞方法，提供了一条超越指称错误的道路，提供了一条打破逻格斯中心主义的封闭的方法。同时，笔者希望耶鲁解构阅读理论能为我国的文学研究提供借鉴作用。事实上，德曼的解构阅读方法，特别是对被中国人誉为“法国自传第一人”的卢梭的《忏悔录》所发起的，对自传的解构阅读的挑战，深深地影响了我国一些现代作家。如谢冰莹在小说《女兵自传》中自信地说：我站在纯客观的地位，来描写《女兵自传》的主人公所遭遇到的一切不幸的命运。在这里，没有故意的雕琢、粉饰，更没有丝毫的虚伪夸张，只是像卢梭的《忏悔录》一般忠实地把自己的遭遇和反映在各种不同时代、不同环境里的人物和事件叙述出来，任凭读者去欣赏，去批评。[2] 今天，在欧美领批评之风骚的女权主义、新历史主义，甚至是杰姆逊倡导的第三世界文化理论及萨义德关于东、西方文化的观点，无不受到解构主义批评理论的影响。

第二节　米勒的解构观与德曼的解构阅读之比较

中国自 20 世纪 80 年代中期以来，解构论一直是学界追捧的话题。它先是在文学批评领域，接着在哲学界，而今则渗透或风靡于文化生活和社会生活的方方面面。解构以其独有的批判性和冲击力，在其多样性的视角中，实现了对“逻格斯中心主义”的批判，并大大地解放了传统思维。但是，另一方面，解构主义也遭到了来自各个方面的抵制和猛烈抨击。人们不禁要问：难道解构论只是一种纯粹否定性的理论，唯专注于拆解理想的人、主体性、理性主义、再现、统一、秩序、真实性，以及其他诸如此类的东西？米勒在《理论今昔》的序文中断言：“解构论在其所有的多样性中实施

1 米勒. 自然和语言的时刻[A]//科诺普弗尔梅彻编. 自然和维多利亚时期的想象. 伯克莱：加州大学出版社，1977，第 450 页.

2 谢冰莹. 女兵自传[M]. 成都：四川文艺出版社，1985，第 10 页.

了对‘逻格斯中心主义’的解放性批判，其目的并不只是为了拆除和毁坏，而是一种意在指向新的体制形式和文化形式的肯定性吁求。这些‘预肯定’（prospective affirmation）就是话语行为。它们呼唤有待成形的学科研究、新型的民主、新型的义务和创造性责任。”他认为解构论的积极方面首先是它的纯粹的认识性。它追询一个既定的文本究竟说了什么、想说什么，追询意义怎样为文字所生成。德曼则认为解构是对文本多元阐释，无绝对权威，无永久中心，多元对话和多元间相互影响。

在20世纪的西方美学和文学批评中，阅读的问题如同一个司芬克斯之谜困扰着众多的美学家、文学理论家和批评家。四五十年代的美国新批评派处于发展的鼎盛时期，在此学术环境中，米勒与德曼的文学批评观受到新批评的影响亦是情理之中，在所难免。他们并没停滞不前，而是对新批评采取一种扬弃的策略。从德里达的解构主义思想盛行于欧洲后，米勒和德曼在解构主义的传播和发展中作出了不可磨灭的贡献。本节将对两位学者的解构观作出述评与异同比较。

一、米勒论解构：以《昏沉的睡意蒙蔽了我的心灵》为例

解构主义理论进入美国是一个“误读”的过程。米勒本人在《论边缘：当代批评的十字路口》（*On Edge: The Crossways of Contemporary Criticism*）一文认为耶鲁四人和德里达是各取所需，在“解构主义”理论上没有根本区别，并将“解构”定义如下：文学研究有这么一种形式，以关注文本修辞为主，把修辞视为探索文学中比喻性文字的角色，这种方法叫“解构”，而且这种形式，作为命名，至少能明确有别于结构主义的任何形式。它与法国的德里达有关的名字有着千丝万缕的联系，并且与耶鲁大学某些批评家密不可分。其实，德里达其实不太满意美国人的使用。[1] 我们能发现米勒、布鲁姆等美国的文学领域解构主义者更多地引用德里达诸如《哲学的边缘》、《明信片》、《文学行动》当中的文章，这些文章都是操作性较强、较实用的，集中于文学领域的文集和讲演集。

米勒将解构明确分为两类：一类包括所有的方法，就某种程度而言，它们的前提是其所谓的隐喻；另一类指那些方法，出于某种原因，是语言本身所固有的，假设文学中隐喻前提即肯定又颠覆。米勒所指的“隐喻”是指从柏拉图到亚里士多德以降统一我们文化的假设体系。这个体系包括因果关系、辩证过程、有机统一的合理开始、继续和结尾的概念，以“逻格斯”的形式存在于所有意义中。[2] 在米勒看来，“解构”并不是如人们常说的那样是虚无主义或是否认文学文本的意义。相反，它试图尽可能准确地阐释由不可克服的语言之象征性所产生的意义的摆动。”“解构”理论“介于纯理论与纯实践之间，为二者作准备的清理地基、挖掘地基的尝试”[3]。文学研究的隐

1 德里达. 德里达中国讲演录[M]. 周荣胜译. 北京：中央翻译出版社，2003，第232页.
2 Morris Eaves. *Romanticism and Contemporary Criticism*[M]. Ithaca: Cornell University Press, 1986, p. 101.
3 米勒. 重申解构主义[M]. 方杰译. 北京：中国社会科学出版社，1998，第66-70页.

喻方法认为，一方面文学在某种程度上既有指涉性又基于语言意外的某事物中。这事物可以是具体的东西，或者社会，或劳动、评价和交换的经济现实。它可以是意识，也可以是无意识，或者绝对精神、上帝。反隐喻或解构式的文学研究形式企图展示在给定的文学作品中，以不同的方式，隐喻假设即在场同时又被文本本身削弱、破坏。

“解构”是在康德的“批判哲学”的基础上进行的彻底的批判，是“批判的批判”，验证着理论与实践之间的桥梁，沟通着主观——意图和客观——意义之间的联系。“是对这一或那一特定文本中的语言基础的检验”。米勒认为，语言——逻格斯，是西方形而上学的根基，当然是尼采、海德格尔指出的“虚无主义”的自明基础。逻格斯不等同于口语的语音，而是始终表现为一种所谓客观性的言说形式。语言当然是最佳载体。把语言的表象能力提高到可以指涉“现实”，并通过表象来言说真理，这是“解构主义”，其实是整个西方现代哲学要批判的。“解构主义”坚持“de”的过程就是“construction”的过程。“解构”“本身不是阶段性的，是我们历史中任何阶段的一部分”[1]。

米勒曾以华兹华斯的一首诗歌《昏沉的睡意蒙蔽了我的心灵》（*A Slumber Did My Spirit Seal*）为例，详尽分析了两类不同的解构方法以及与德里达解构主义思想的差异。诗歌如下：

A slumber did my spirit seal;	昏沉的睡意蒙蔽了我的心灵；
I had no human fears:	我不必再有何担惊：
She seemed a thing that could not feel	她已对一切失了感觉，
The touch of earthly years.	又何惧岁月的侵凌。
No motion has she now, no force;	她已全无生息，一动不动，
She neither hears nor sees;	既不能看也不能动；
Rolled round in earth's diurnal course,	但她跟着大地在昼夜运转，
With rocks, and stones, and trees.	连同山岩，连同树林。

这首诗简短优美、深刻动人，仅两节八行，和华兹华斯所选第二首同属组诗中的一首。表现了主人公对爱人Lucy逝去的追忆情绪。两节诗间的区别还在于用了不同的时态来表现诗人对于这种伤感思绪的态度：第一节用一般过去式，是对过去往事的追忆，有爱人的存在，“我”的灵魂也是不朽的；第二节用了一般现在时，说明“我”现在的心情，对于死者的怀念，还是要回到现实生活中来，岁月如斯，把对爱人的思念看成与自然一样持久永恒。诗中说“她”已对一切失去了感觉，因此我不必惧怕“岁月的侵凌”，“她已全无生息，一动不动，既不能看也不能动；/但她跟着大地在昼夜运转，连同山岩，连同树林。“她”本来可能是平凡的，但“她”一旦与“地球”一起、与“太阳”及“月亮”一起运转的时候，其整体性的意象所能表达的思想与意义就不同寻常了，那个女性“露茜”生存的永恒性、美丽的永恒价值、人生的永恒意义，也

1 米勒. 重申解构主义[M]. 方杰译. 北京：中国社会科学出版社，1998，第66-70页.

就充分而完整地呈现出来了。华氏与其他诗人的不同之处，也许正是在于这种艺术构思与艺术表达中的整体性思维形式。

这诗写于诗人于1798—1799年的深秋或早冬，期间华兹华斯与其妹妹多萝西（Dorothy）寄人篱下地旅居在德国戈斯拉尔。诗歌起时有规整的内在联系的两对相反词语组成。这种系统相反就可以作出辩证的阐释，相反性具备相关的从属等级系统，这样便可作出“逻格斯”中心主义的阐释。这个逻格斯便是诗歌的起点与终点，即意义、词语和信息。诗歌中出现了大量对抗。如睡眠/惊醒，男人/女人，封闭/打开，似乎/存在，无知/知识，过去/现在，里面/外面，光明/黑暗，主体/意识，精神/物质，石头、树木的自然世界/触摸、感觉的情感世界，岁月/日月，听见/看见，运动/力量，自我动力/外在压力，母亲/儿女，乱伦欲望/合法性情感生存/死亡，等等。根据其对应，通过句法与形式结构完成对该诗的阐释。就句法而言，把词语和短语围绕结构并置于相对。例如，该诗第二行重复第一行，然后三四再次重复。这里“我不必再有何担惊”与“蒙蔽了我的心灵”相同。两者皆说话者错误的假设界定，露茜将青春永驻。她已对一切失了感觉，又何惧岁月的侵凌。就形式而言，第一诗节与第二诗节相对组合，即前一诗节与后一诗节相对，前两行与后两行相对；而且，第一对第三，第二对第四押韵，形成交错的押韵模式——*abab*，*cdcd*。页面两节诗歌的空白处构成诗歌主要形式的结构标准。从过去时转移到现在时，自然而然就从无知到有知，生命到死亡。说话者自然通过体验到露茜的死亡从无知到达智性。该诗雄辩地诠释了对死亡压抑与成熟智性所产生的悲伤和平静。

《昏沉》诗的结构是现世的，同时从修辞意义上说又是寓言式的，该术语本雅明和德曼曾经使用过。诗歌的意义产生于两组象征性的时间互动，通过相互干预并置。他们并非相同而是绝对差异而相互关联。两种层面上“事物”反讽性的碰撞是组成诗歌的整个现时隐喻的缩影。对词语“事物”的游戏在德国也存在。在马丁·海德格尔作品中两段有趣的文字也许有助于更好地理解华兹华斯的诗歌。一段是在《艺术作品的本源》中，其中海氏举例说明我们不把“东西”叫做“事物”的时刻。[1] 海德格尔也列出几乎与华兹华斯相同的事物。如年轻姑娘、石头、岩石、树木和大地本身，等等。年轻姑娘的事物是因为她失去了男子身上有的东西。这失去的东西使她太年轻无知、太轻灵孤独，因而不能承受生活的重任。

二、米勒与德曼解构思想之同

米勒与德曼都始终如一地运用了德里达这位当代解构主义的创立者的解构框架，并加以独创性的发展，建立了他们自己的一套独特完整的解构理论。1971年，德曼发表了他的重要批评文集《盲视与洞见》，被誉为20世纪最杰出的批评著作之一，奠定了他在西方文学批评界的重要地位。1979年，德曼发表了他的另一部重要批评论文集

1 Martin Heidegger. *Der Ursprung des Kunstwerkes*[M]. Stuttgart: P. Reclam, 1960, p. 19.

《阅读的寓言》，至此标志着他已经完整地建立了他的解构理论。米勒则从1963年《上帝的消失》（*The Disappearance of God*）的发表，开始他解构主义思想的探索旅程。到1987年，美国哥伦比亚大学出版社出版米勒的《阅读的伦理》，这是一部刻意将文学批评与伦理道德相结合，并为解构主义进行辩护的批评理论力作，更是米勒自身解构思想完善的表白。米勒给出了“我思故我在”的霍普金斯版本：“我品味自我，故我在。”米勒的自我旨趣，用霍普金斯的话来说，是“不可模仿的”，用米勒的话来说是“难以言说的”。

“终极孤独”（the ultima solitude of man）是米勒与德曼在个性上的共同点。2003年4月，德里达参加了在美国厄湾加州大学召开的一次学术会议。在研讨米勒其人与其学术的会议上，他作为米勒密友发言，题为“论正义”（*Justices*）。该演说后来发表在《批评探索》春之卷，又收入*Provocations to Reading*一书。[1] 他以其一贯天马行空、汪洋恣肆的演说风格，淋漓尽致地表达了对米勒的人格、学术的敬仰和钦佩之情，同时对米勒与他三十多年的真诚友谊进行了回顾，特别盛赞米勒人性中的孤独。他认为孤独是一种境界，是一种生存方式。孤独是智者的知性生活达到超出常人境界时的独特感受。在德里达的眼里，米勒便是这种具有哲思、享受孤独的人。在哈特曼2007年出版的名为《欧洲流亡孩子的学术历程》的个人回忆录中，追忆与德曼的友谊——尤其是在1970至1983年间，德里达来到耶鲁大学讲学的时候。哈特曼还特别提到1982年夏天德曼病情开始恶化，被确诊为胃癌，但是德曼始终保持沉默，自始至终像匹“老战马”给学生开设讨论课，直至1983年末逝世。也许是一种孤独使得德曼一直对其过去保持沉默，这种沉默也许是他对自身过去与反心理分析的立场产生的怀疑或不可决定的结果。

在米勒与德曼的批评思想中，几个至为重要的概念是：延异、文本性和互文性、隐喻、修辞性、异质性。其中，延异性、修辞性和异质性（heterogeneity）在两人的批评体系中表现非常鲜明。下面就米勒与德曼的文学异质性作出阐释。

米勒的解构主义文学批评的根本任务在于“以揭示语言的别异性为己任的阅读”，“它在一既定的作品中寻求那些看似琐屑的反常和怪异”，“其意在找出这些怪异究竟意味着什么，并结合着对整个作品的读解……最终之目的则是要在这些怪异的相互关联中尽可能地烛显出更多的该作品的特色”[2]。米勒认为异质性是文学的特征。这个怪异性，米勒常用的表述还有：无家性或异乎寻常性（unheimlich，uncanny）、异质性（heterogeneous）、奇特点（oddness）、放于深渊（miseen abyme）[3]、延异。unheimlich是德文，是海德格尔在《存在与时间》中的一个重要概念，其词根heim为“家”的意思。米勒在《作为寄主的批评家》中把unheimlich结合uncanny来讲，二词意近。另外，

1 Jacque Derrida. Critical Inquiry[M]//Barbara Cohen, Dragan Kujundzic, ed. *Provocations to Reading*. New York: Fordham University Press, 2005(31):689-721.

2 米勒. 土著与数码冲浪[M]. 金惠敏译. 长春：吉林人民出版社，2004，第 181 页.

3 米勒. 重申解构主义[M]. 方杰等译. 北京：中国社会科学出版社，1998，第 160 页.

该词也是弗洛伊德的一个术语，他曾写过“The uncanny”，这便使我们把它和“形式主义”的陌生化联系起来。米勒在介绍“异乎寻常性”时，联系了“虚无主义”(nihilism)。海德格尔在《尼采》中详尽地梳理了nihilism这个词，米勒也引用了海氏的话。此词的词根“nihi”来于德文的“nichts”，中文译为“无，虚无”。[1] 米勒梳理欧洲“虚无主义”的主线，这是一条重视“无”的思想路线。米勒认为“解构主义”处于形而上学与虚无主义之间。[2] 米勒的文本着眼点包括：(1) 悖论性。英文paradox中，前缀para-指近旁、对位，同中之异。(2) 物质性。这里可以联系我们前面介绍的解构主义的时间观和语言观。米勒曾用地图来比喻叙事的延展。[3] 米勒在《解读叙事》的第八章中点出了各种文本嫁接物。[4] 德里达和米勒一致认为文字是文本的最终物质基础。这明显区别于一些结构主义者和后结构主义者。国内学者曾分析指出结构主义、后结构主义者不重视媒介以及媒介先行。[5] 米勒认为“异质性”是把“生命（大地）从某种程度上看成是超语言的和由于指出了名称才使生命成为存在这两者之间的对立”[6]。米勒总说文本的自我阐释，但同时又强调阅读。他采纳德曼的“不可阅读性”(unreadability)[7]，看起来在反对读者参与，其实他指明阅读是在文本中作出一种理解，是一个述行过程。他采纳了德曼区分的“认知阅读”和“述行阅读”。以前者的态度来看文本，当然“不可能”，因为同时先验地设定了秩序，后者却以“不阅读”的方式阅读着，是一个有效的、接受修辞的过程。这里，米勒还是走在主观/客观、文本、意图/读者的界限上。

三、米勒与德曼解构思想之异

无论是德曼还是米勒，其解构主义思想都是从德里达发展而来。德里达的解构理论主要宗旨是攻破西方形而上学对人们几千年的心灵和思维的禁锢。他的切入点是语言学，20世纪70年代的语言学转向为德里达提供了解构思想发展的契机。他的语言哲学思想宗旨集中在开放人对万物、人间、人与自然等关系的认识，走出文艺复兴与启蒙运动后逐渐形成的人类中心论、理性至上论、人与自然万物的对抗观点，摆脱形而上的权威崇拜等宏观问题。米勒也承认解构并非仅是一种文学批评模式，它具有机构、政治、技术等方面的意义。这是他关于解构与理性关系的看法。他认为美国大学是美国政治生活的机构，并认为美国大学是理性原则的制高点。[8] 德曼的解构观是以语言

1 孙周兴. 尼采[M]. 北京：商务印书馆，2002，第 669 页.
2 米勒. 重申解构主义[M]. 方杰等译. 北京：中国社会科学出版社，1998，第 109 页.
3 米勒. 小说与重复[M]. 王宏图译. 天津：天津人民出版社，2008，第 90 页.
4 米勒. 解读叙事[M]. 申丹译. 北京：北京大学出版社，2002，第 106 页.
5 王一川. 文学理论[M]. 成都：四川人民出版社，2003，第 147 页、第 108 页.
6 米勒. 重申解构主义[M]. 方杰等译. 北京：中国社会科学出版社，1998，第 232 页.
7 J. H. Miller. *Narrative, Critical Terms for Literary Study*[M]. Mclaughlin: Chicago Press, 1990, p. 77.
8 郑敏. 解构主义在今天[J]，文学评论，2000(4):106-114.

学与文本的颠覆为主，而对解构哲学比较忽视。虽然，德曼认为任何作品都不能没有歧异和延宕这两个“关键词”的功能在其中运动，这使得任何作品都不能被一种权威解读所垄断。文本无定解是必然的，正因此，读者和文评家对文本的解读可以有所抉择而不是机械的。德曼对于文本中“修辞”与语法的矛盾作用有详尽的论证，但对这种矛盾或悖谬如何转换成对文本的丰富阐释，却似乎没有涉及，这不利于阐释美学的发展。这种脱离人文的倾向影响了德曼解构思想的深度。但是，米勒与德曼所代表的耶鲁解构主义都反对德氏所说的观点，即只有当符号死亡时语言才真的诞生。在前者看来，所谓修辞术语的象征使用，非但没有打开新的时空，反而给读者一种食物中防腐剂过多的印象。当德氏沉醉在“总”书写的力量和无穷的创造运动，以及“踪迹”不可见的迅速变幻时，德曼与米勒却追求将一切文本中的生命力的呼吸都框以没有生命的符号或语法术语，他们津津乐道的语言剖析如同一把外科手术刀，剖析过的地方只剩下标有学名的尸体标本。他们主张任何文本都应当有多元的解读，甚至是无定解的，但这不必然是为了颠覆文本的和谐与美，多元多变幻的存在，读者有职责去欣赏和丰富它，而不是毫无道理的拆解。

与德里达一样，德曼充分意识到语言的特性，即符号和意义之间的不一致。德曼指出：“能够将意义掩藏在一个令人误解的符号中，这是语言的独特权力，正如我们将愤怒或憎恨掩藏在微笑后面一样。”[1] 他认为，正是语言的这个特性决定了一切阅读都必然是误读，预示了阅读的不可能性。因此，在他看来，“阅读的可能性永远不能被认为是理所当然的”[2]。在德曼看来，批评家对本文的误读主要是由语言的根本特性决定的。除了上面所说的能指与所指符号和意义之间的不一致外，语言的另一个特性是它的修辞性。这就是说，语言的比喻性和隐喻性，表明了语言表达的不可靠性和含混性，从而决定了批评家对本文的误读是必然的。这里有两层意思：第一，就被阅读的本文而言，由于它是由语言构成，因而它一旦产生便预示了对它误读的必然性；第二，就进行阅读的批评家而言，由于他也必须运用语言，因而他不仅会误读本文，说一些作品没有说过的话，而且甚至说一些他自己并未打算说的话。这就是说，在德曼看来批评的话语不可能是科学的。不论是先前的批评家还是后来的批评家，对一部作品的解读永远偏离其原作，但正是在这种不断的偏离、盲视误读中，批评家最深刻的洞察力产生了。批评的洞见就是从这种否定的运动中获得的。德曼说“批评家对于他们自己的批评假设产生最大的盲视的时刻，也就是他们获得最大的洞见的时刻”[3]。

米勒却从德里达的“痕迹”出发，通过一系列前提排除了对含义的任何控制或限制，摒弃了参照词或词汇语境的方法。一个文本中的任何词语可能意味着它有史以来的众多意义中的一种意义。不仅局限于一种语言，如英语和法语还要追溯到其拉丁语和希腊语的词源，一直到可能有的印欧词根。无论什么人在什么地方，在什么语境中，

---

1 Paul de Man. *Blindness and Insight* [M]. Minneapolis: Minnesota University Press, 1983, p. 11.
2 Ibid., p. 124.
3 Ibid., p. 127.

如果使用一词，那么该词所能意味的东西只是解释者在历史和词源字典里所能找到的信息。这样一来，该词就被赋予了他出现以来所积累的全部意义，但是在摒弃了所有选择某些意义而拒绝某些意义的标准后，一个中心词就变成了“悬置的颤动”（suspens vibratoire），具有同样的可能性的颤动悬置，包括那些不相容或不一致或矛盾的意义。米勒由此得出了这样的结论：一个中心词，或语篇或文本，因为是不确定含义无休止的游戏，所以它是“不可解读的”。换句话说，“所有的阅读都是“误读”，“任何阅读都会被文本自身的证据证明是误读”[1]。但在误读文本中，解释者只是重复了他面前的文本所做过的事，因为，拿米勒的话来说，“任何具有或多或少清晰度的文学文本已经阅读或误读了自身”[2]。米勒的这个论断似乎显得自相矛盾：既然所有的解释都是误解，所有的批评都是批评家本人的误构，他还身体力行地去阐释和实践这种现象作何解释。米勒把文本比拟成“克里特迷宫”和“蜘蛛网”，把“阿里阿德涅的线”和“阿拉科涅的线”的神话带进比喻：阿里阿德涅的线并没有指明逃出迷宫的路，相反，这根线制造了迷宫，这根线就是迷宫。对文本网的迷惑的解释或解决只是增加了网上的丝。一个人绝不可能逃出迷宫，因为逃跑的行为本身就是制造了更多的迷宫，批评在现存的织物上又织上了更多的线。这条线像从作家笔下流出的墨水线，把它网在网中，悬在裂口之上，悬于隐藏着细线条的空白纸上。

德曼把自己的解构论称为“修辞性阅读”。一方面，它关注语言的修辞性维度，另一方面，它关注修辞格在文学作品中的功能。米勒有意扩大比喻的基本外延，使其不只包括了隐喻、转喻，而且还能包括反讽、误用（catachresis）、寓言、进喻（metalepsis），等等。笔者认为，这种“修辞性阅读”如同一个没有终极的探寻，在语言链条的迷宫中越走越深，它拒绝任何形式的标准和确定的意义，认为一切对文本的解读都是“误读”（misreading），而批评家们则会顺着修辞的迷宫的长廊一直误读下去。然而，标志德曼解构批评思想转变的《阅读的寓言》中首先通过对当代法国一批著名的结构主义和符号学者的批评开始自己的研究。一方面，德曼肯定了巴尔特、吉纳特、托多罗夫、格雷玛斯等一批符号学者，破除了符号与指称在语义上一致的神话，把研究的重点转到语言的文学方面，另一方面，德曼又坚决否定了他们关于语法结构和修辞结构不存在差异、具有完美的连贯性的主张，认为语言在其本身范围内存在着语法和修辞之间的张力。德曼的修辞性阅读思想是通过日常交际的会话与对普鲁斯特的小说、里尔克的诗歌、尼采的哲学著作、卢梭的政治、法律、宗教著作和自传、小说等详尽的剖析得以实现。总之，在德曼那里，修辞性阅读指的是语言的修辞性造成的阅读的“不可能性”，或称“不可读性”，具体讲，首先，它表明一种人们在阅读文本时所必然面临的无所适从的困境，其次，它指的是一切文本的自我解构的特征，再次，它指的是语言的虚构性和欺骗性。当文本不断地吁求对它的理解时，文本证明它自己是不可阅

1 卡勒. 论解构[M]. 陆扬译. 北京：中国社会科学出版社，1999，第 12 页.
2 米勒. 重申解构主义[M]. 方杰等译. 北京：中国社会科学出版社，1998，第 12 页.

读的，正如德曼在《阅读的寓言》的结尾中所概括的那样，“阅读的关键点已证明，最终的困境是语言的困境，而不是本体论的或解释学的困境”。因此可以这样说，正是语言本身导致了阅读的寓言。

德曼式的解构批评很有可能陷入两难境地。德曼借助隐喻等一系列的解构策略企图颠覆逻格斯中心的形而上学，其行动却证明，传统和历史终究是不可超越的。正如米勒所言，解构的反讽在于，它的文本既包含逻格斯中心的形而上学，又包含着对它的颠覆。然而解构对于形而上学来说，确是一股内部的颠覆力量。

米勒与德曼作为解构主义中举足轻重的人物，其批评思想观念、作品书籍在学界的批评家中被广泛运用解构主义进行分析。正如米勒、德曼曾指出，这样的分析必然会把文本解读为令人晕眩的深渊。至于深渊的底部，没有人见过，也没有人会见到。在文本的迷宫中，修辞性解读将会永远的进行下去，它是一种没有终极的探寻，但是人们还是孜孜不倦地探索。

第三节　布鲁姆与哈特曼的美学思想之比较

耶鲁四学者中布鲁姆与哈特曼关于浪漫主义的诗学观点最为一致。两人友谊最深，哈特曼在2007年出版的回忆录：《一个学者的故事：流浪的欧洲之子的智识旅程》中提到布鲁姆是他最初任教于耶鲁之时很好的伙伴；[1] 哈特曼把自己在1955年间耶鲁发表的两部著作中的思想转变归功于布鲁姆，[2] 他在耶鲁第一次遇见布鲁姆，就像初次约会，他们的交谈促成哈特曼把自己的阅读注意力转向了浪漫主义诗人布莱克，布莱克有关传统世界末日的意象使哈特曼架起了华兹华斯与布莱克之间幽灵般的对话桥梁。值得一提的是，两人曾共同阅读了马丁·布伯（Martin Buber，1878—1965）的著作《我和你》(*I and Thou*)，并把布伯的观点大量运用于后来成为其第一本书的论文中。布伯是一位奥地利-以色列-犹太人哲学家、翻译家、教育家，他的研究工作集中于宗教有神论。本人与2010年耶鲁访学时的秋季学期，二人同在耶鲁大学人文学院开课。哈特曼开设了“浪漫主义诗歌阅读”，布鲁姆开设“细读莎士比亚戏剧中的人物”(Shakespearian Character: Falstaff, Hamlet, Iago, Cleopatra)。两人2010学年均在耶鲁人文学院比较文学系任教，他们以解构主义批评主张和浪漫主义文学研究著称于国际批评界。两人都曾接受中国学者的采访，并道出他们之间的异同与从事文学研究所关注的诸多方面。后者认为：“在文学中寻找那些纯美学意义的东西，同时将文学视为一个被重新拓展的领域加以探寻。”[3]

---

1 Geoffrey Hartman. *A Scholar's Tale*[M]. New York: Fordham University Press, 2007, p. 28.
2 Ibid., p. 41.
3 罗选民. 超越批评的批评——杰弗里·哈特曼教授访谈录[J]. 中国比较文学，1997(3):99-110.

"美学意义"是哈特曼整个思想中的重要组成部分，是他作为解构主义批评家和作为浪漫主义专家开展文学批评研究活动时追寻的最终目标。对浪漫主义诗人华兹华斯的共同研究，同中有异的美学观点成为两人不断争论的起点。本节以此为出发点，从两位学者的对风格问题、想象问题以及艺术与心理/政治的关系问题的论述入手，探究哈特曼的美学批评的内涵和意义，以期勾勒出他们的美学思想异同。

一、基于方法论问题的风格：批判福楼拜

哈特曼声称：关于风格的问题同样是一种关于方法的问题。哈特曼的这种观点与被西方誉为最伟大的法国小说家居斯塔夫·福楼拜（Gustave Flaubert，1821—1880）的一脉相承。后者曾在1852年写给路易·格莱（Louis Colet，1810—1876）的信中，试图建构出一种理想的小说模式。值得注意的是，从此，这种理想模式一直影响着欧洲文学。

> "在我看来是美丽的东西，我应该写的是一本无任何内容的书，它不依靠任何外界事物，而且是靠它自身的风格力量凝聚在一起，就像地球一样，悬挂在真空之中，却不依靠任何外在事物支持；这本书几乎没有主体，或者至少在书中这个主体并不明显，如果这种情况可能的话。最精致的作品是那些包含最少主体的作品；表达方式越接近思想，语言越契合、融合思想，结果就越好。我相信将来的艺术的未来朝着这个方向发展……摆脱主体的束缚的情况随处可见：政府也经历了类似的演变，从那种东方式的专制主义转变为未来的社会主义。
>
> 基于这个原因，我们可以说不存在高尚的主体和卑贱的主体之分；从纯艺术的角度来看，人们可以几乎确立一个公理：那就是根本就没有主体这种东西，风格本身就是一种绝对的观察事物的方式。"[1]

然而，尼采指责这种想法为虚无主义（nihilism），但是佩特和亨利·詹姆斯却颂扬福楼拜这种艺术殉道精神。他们盛赞《包法利夫人》（*Madame Bovary*）和《情感教育》（*L'Education Sentimentale*）的创作便是基于这种严格的美学思想，并且对以后的小说产生了不可磨灭的影响。通过庞德（Ezra Pound，1885—1972）的文学创作和批评的传播，福楼拜的美学思想渗透到现代诗歌当中。当然，上述引文不仅仅阐述福楼拜完整的美学观，同时也触及了艺术的政治性问题。由于福楼拜直截了当地把艺术的历史和未来社会形式联系起来，显露出黑格尔影响的痕迹，这预示了现代派美学思想的一些特征，因而也使他成为现代美学的奠基人之一。福楼拜的"纯艺术"是韦伯（Max Weber，1864—1920）的"与价值观念无关的科学"的体现。在福楼拜心目中艺术家就如拉康所说的是一个超验主体；艺术的意识形态交织于整个现代社会的组织结构之中，其中像科学和艺术这样的社会实践学科是彼此相对独立的，完全不受个人或群体

1 Gustave Flaubert. *Selected Letters of Gustave Flaubert*[M]. New York: Farrar, Straus and Youong, 1953, pp. 127-128.

主体性的驱使。

风格之于哈特曼是一种文学空间，是主体依旧重获生气勃勃的统治地位的地方。而德里达是科学语言研究的先锋。曾有人开始便从阅读《拯救文本》（*Saving the Text*）中，惊讶地发现哈特曼的奉献精神：“为了主体”，导致认为哈特曼的计划过时而恋旧，并不断想去对抗科学方法和意识对文学美学的各种入侵，从而将艺术从各种关键的机器中“拯救”出来，否则似乎威胁到它的生存。虽然《拯救文本》对《格拉斯》最后一章滥用关心和热爱，“词语和伤口”造就了“对德里达的反驳”[1] 成为美学感知的敌人，最终成为文学的威胁，尽管哈特曼早前尝试过适合他的“温柔而非严厉……理论”[2]。事实上，哈特曼绝不会说得这么露骨，但人们可以总结出他深刻怀疑德里达起源于哲学家忠诚到福楼拜式科学的风格理想：这个理想如此绝对以至于它全然失去了风格（签名、自我、主体）。

哈特曼通过恢复主体，含蓄有趣地批判了福楼拜。为了将福楼拜理想定性为毫无风格，他制定了美学客体的特别定义，确立了自康德之后的美学基础——“无风格的写作与不可见的写作，立即减少了可见性和易损性，或是无目的的意识”[3]。在哈特曼那里，风格问题实际上是关于方法的问题：文学和哲学正是汇合在美学之处。

哈曼特的写作缜密地策划着风格问题，如同建构知识形成。人们往往把这种关注归因于哈曼特的老师，德国语言学家，比较文学批评家艾希里·奥尔巴赫（Erich Auerbach，1892—1957）的巨大影响。这在哈特曼的学术回忆录中的最后一节专有论述。他特别回忆这时刻，并分析维持《模仿》里的篇章。要是把师生结合阅读，读者的思绪顿时会被这两位评论家截然不同的风格与深刻的差异顿时吸引。前者清醒克己，明智谨慎，他那久历磨炼的学者传统，恰恰都如哈特曼在评论中所指的新古典主义风格，并通过马修·阿诺德和艾略特得以美化。尽管哈特曼推崇这一理想化模式，尽管他在环境所迫下也能以新古典主义的克制律己写作，但他几乎对艾略特和阿诺德的评论中理性的超脱和冷静的优越保持怀疑的态度。他自己的论文总转向肆无忌惮、不合礼节的意联，巴洛克式繁复的回旋卷绕，如同一场抵御，对抗着学者们冷淡客观的欲望。哈曼特的作品中，继其情有独钟的主题《未经调节的视像》（*Unmediated Vision*）之后，现代文学的戏剧性跃然纸上。如他在一篇有关《阅读的命运》的随笔中写道：“评论应当是它自身的投影，正如是它直接所指对象——艺术的映射。它应当深思其历史债务，即它可能不如所期望的那些从宗教诠释中直接得出，并思考一种可能性，它更多的是一种德里达《白色神话》（*Mythology Blanche*）中的艺术形式，而不是它所了解的。”[4] 哈特曼有关风格的问题出自理查兹的《文学评论的原则》，该书“以一种

1 Geoffrey Hartman. *Saving the Text*[M]. Baltimore: Johns Hopkins University Press, 1981, p. 121.
2 Ibid., p. 155.
3 Ibid., p. 156.
4 Geoffrey Hartman. *The Fate of Reading and Other Essays*[M]. Chicago: Chicago University Press, 1975, p. 271.

基本的哲学式英语表达。每个有一定文化层次的人都能理解这种形式和其说理。它重复着要素，直到隐藏在他们之后的思想通过反复和聚集浮出水面，而不是通过一方面完全合乎逻辑的策划，另一方面艺术性的创造力。……简言之，英语是基础，而上层建筑就是现在所谓的社会科学的管理命令。"[1]

虽然哈特曼崇敬理查兹的成就，正如他推崇阿诺德、艾略特及一些后期阿诺德的跟随者如利维斯、莱昂内尔·特里林、艾布拉姆斯和诺思罗普·弗莱，但是他也批评强力塑造英美文学研究的传统，因为它抑制带有怀疑的批评。哈特曼总想以他们的立场发言，一则提及肯尼斯·伯克的开创性文章，"弗洛伊德与诗歌分析，"这理清了对描述的心理分析理论的限制和对艺术作品的解析，规定了心理分析种类对翻译行为的重要性。同样，哈特曼亦吸收融合了语言、符号概念、心理分析、沟通理念，甚至间或马克思主义社会学等评判性论著，不带任何盛行的折中主义。他从自己的第一篇论文发展到一种文学理论，不断抵抗极权主义对理论的推动。[2] 他在论述理查兹的文章开头说："美学长期以来同艺术的传情性联系在一起。它应该确实被称为'心理审美学'（Psychoesthetics），因为它深入研究艺术与意识生活的关联，尤其是情感方面。"[3] 虽然，哈特曼此处没有提及他在其他篇章也察觉到了概念的历史和传承，这一理念重复了席勒《美育书简》（*Aesthetic Letters*）中的美学定义，此处艺术的影响变为所有精神能力和谐的必需条件。[4] 艺术提供华兹华斯所谓的"重大暗示"，出自"一种动作，一股精神，推动着所有思绪，所有思考的主体，穿透所有的诗篇"[5]，以及席勒"美学状态"的和谐。此处哈特曼的美学思想隐含着与华兹华斯如出一辙。

谈到哈特曼的风格，一定会提及瓦尔特·佩特。其"论风格"的文章试图发展一种关于批评性散文（prose）的美学，它是对散文文学中素材、媒介、形式的种类，以及使它们和谐相处的可能性进行的一种广泛思考和阐述。在维多利亚时代的批评领域，佩特与阿诺德经常被作为对立的两极。佩特式文学风格的特点是散漫而又冗长，阿诺德的风格却是井井有条、讲究平衡。在当代的批评家中，布鲁姆是一个坚定不移的佩特支持者，他在抨击阿诺德和艾略特的批评传统时没有意识到，恰恰是这两个人保存住了佩特的风格中包含道德内容的观点。哈特曼在《荒野中的批评》中曾反复强调过，这种两败俱伤的冲突，在很大程度上，是出于人们思想的狭隘。

---

1 Geoffrey Hartman. *The Fate of Reading and Other Essays*[M]. Chicago: Chicago University Press, 1975, p. 26.

2 Geoffrey Hartman. *Criticism in the Wildness*[M]. New Haven: Yale University Press, 1980, p. 12.

3 Geoffrey Hartman. *The Fate of Reading and Other Essays*[M]. Chicago: Chicago University Press, 1975, p. 20.

4 Friedrich Schiller. *On the Aesthetic Education of Man*[M]. Oxford: Clarendon Press, 1967, pp. 140-143.

5 William Wordsworth. *The Prelude: A Parallel Text.* New Haven: Yale University Press, 1981, p. 352.

二、基于激情与人性的想象

华兹华斯的《抒情歌谣》在西方被誉为里程碑式的作品。哈特曼的学术生涯恰是从读华氏的《丁登寺》开始。该诗人对哈特曼而言就好比"隆隆的瀑布"（sounding cataract），激情四射地萦绕在他的脑际。我们惊叹于哈特曼对华氏研究所作的贡献。布鲁姆亦曾发现自己完全被哈特曼的华氏研究所折服。这个具有人性化想象和天启思想的华兹华斯在今天依然是现代诗人中最重要，被同化得最少的一位诗人。

哈特曼在有关论华氏的书中，认为诗人在1807年之后丧失了想象的力量，如《远足》（*Excursion*），该诗"用自己的话说是不成功的"；又如，与《丁登寺》相比，达登河十四行诗减弱了其恢宏。[1] 但这本书的编写止于1814年，这实际重复着从塞缪尔·泰勒·柯勒律治到现在版本的华兹华斯的每一个读者都感觉到："诗歌后半部分缺乏诗性强度，诗人想象力实际上已经死去。哈特曼指责华兹华斯，因其与世隔绝状态的滋生，使他远远落于雪莱、济慈和拜伦之后。最终，其独特性背叛了他，出于他对前辈的爱戴，尤其对弥尔顿，（他）无法向任何人倾诉用人类想象力救赎自然的欲望。他是伟大的英文诗人中最为孤独的个体。"[2] 这是哈特曼对华氏生涯的权威解读。《序曲》的连续版本从1805年至诗人1850年的离世，诗集中最好的词句是后来添加的。如哈特曼近来认为，华兹华斯的隔绝感并不标志着虚弱，相反，体现了一种特殊的力量，标志着一种很难为现代读者所想象的自足：

> 华兹华斯的词句生命总是令人不安，而且仿佛在一些别的地方，依旧能够通过时间情节和未来读者的表达，清晰显露。人们可将华兹华斯对傻男孩所言用于他自己："你很难感知他的快乐。"华兹华斯处于文本体验，其生活与神同在。简言之，它与弥尔顿互文呼应，他是对华氏文本的内部张力，即重复他自己产生的内容。[3]

人们自然能够体会到对霍普金斯而言，诗人这样的经验虽美中不足，但却使得华兹华斯的成就更为辉煌。在某种意义上，哈特曼对《华兹华斯诗歌》的高度评论，华氏对启示的刻意回避，及其随后想象力的人性化，都成为后来论文的主题。如同该书拥有华氏最有辨别力的读者。虽然如此，哈特曼的判断缺乏关注特殊人格的古怪性，及对诗化特征的克制性。

华兹华斯曾写道：你以我诗歌中人类天性的感觉给予我赞美。我欣然希望我已经如此做了。但一个伟大的诗人要做的应当更多：在某种程度上，他应该修正人们的感觉，赋予他们全新的创作，给他们更理智、纯真、永恒的感觉，简言之，与自然更协调，与永恒的自然协调，与万物伟大的感人精神协调。他应当站在人们的立场，偶尔

---

1 Geoffrey Hartman. *Wordsworth's Poetry 1787-1814*[M]. New Haven: Yale University Press, 1971, pp. 290-291.

2 Ibid., p. 338.

3 Geoffrey Hartman. *Word, Wish, Worth: Wordsworth, in Deconstruction and Criticism*[M]. New York: Seabury, 1979, p. 213.

先于他们旅行。[1]

哈特曼就布鲁姆对华兹华斯的思考有过恭敬而激烈的辩论。布鲁姆不仅阅读华兹华斯，还逐渐形成了有关诗歌和影响的理论，这始于布鲁姆对济慈的大量研究。回顾《华兹华斯诗歌》，耶鲁博士、戏剧史专家安格斯·弗莱彻（Angus Fletcher）说：“哈特曼所写的这本书，其写诗人本人与写华氏先驱着墨相匹。”[2] 的确，我们从书里大部分辩论能够看出，布鲁姆表达了对启蒙运动后期英文诗歌的担忧与困惑，认为正是由于华兹华斯同他的先驱的关系，才使得弥尔顿、斯宾塞和文艺复兴诗人，还有科林斯、格雷和汤姆森的成就才能更加辉煌卓越，正是他对布莱克的强烈回应，才使读者感受到他诗歌中令人肃然起敬的例子。

哈特曼曾对华兹华斯早期疯狂描述性诗歌《列西达斯》（*Lycidas*）诗歌中的隐喻作出诠释。他认为弥尔顿的出席不是抽象的颂词。对华氏而言，他的风格是与以田园和史诗形式表达个人失去的超凡客观性相关联。弥尔顿的失明加强了他内心的光明。一位盲人的形象，一股于黑暗中滋养强大的精神，萦绕于“德温特（Esthwaite）山谷”，而且我们知道华氏在诗歌开头提及的个人失去，很难从可见的自然中提取令人愉悦的养分，掺杂着他日渐增长的自我觉醒与自主精神，诡异如浪潮起伏……弥尔顿是想象力，从自然隔离出来的精神力量，因此洞见了自然真实的超自然一面。有一种理论，是说莎士比亚和弥尔顿两股理论与济慈的灵魂斗争。这两股力量同样为华兹华斯的灵魂而斗争：让我们如此称呼他们，自然与弥尔顿。[3]

弥尔顿对于华兹华斯是诗人的特例。他的形象与诗歌一起持续萦绕于华兹华斯整个诗学生涯。但体现于弥尔顿/自然对立面的心理学的重负，仅仅是问题的一部分，因为它同样是弥尔顿风格。《失乐园》中那般蜿蜒曲折的无韵诗总萦绕着《序曲》，阻碍着华兹华斯通往诗意原创性的路途。对《华兹华斯诗歌》心理的争论也因此由一种形式主义促成，以至于华兹华斯日趋成熟的诗风成为他内心通灵戏剧的焦点。《序曲》事实上是华兹华斯心智成长和诗风成熟的宣言书。这不禁让我们想起了布鲁姆式的阅读体系。

对布鲁姆来说，华兹华斯屹立于“弥尔顿的阴影之中”，一种鲜有争议的观点，尽管它自身不是特别富有创造或启蒙。但布鲁姆的天赋展现了这位伟大先驱如何与其个人后期诗歌的关系。在《诗歌与抑制》中，布鲁姆把“丁登寺”作为华兹华斯式文本的中心和他称为记忆的综合隐喻，“一种对抗时间、衰落、预知力量的丧失的抵御，最终对抗着死亡，它的另一个名字是约翰·弥尔顿”[4]。记忆与遗忘相连，华兹华斯遗忘和在“丁登寺”里压抑的正是弥尔顿，尤其是在第三卷和第四卷的《失乐园》中的乞灵，其引起了对华兹华斯诗歌“极端修辞和强烈夸张”的定义。

---

1 Ernest de Selincourt. *The Early Letters of William and Dorothy Wordsworth (1787-1805)* [M]. Oxford: Clarendon Press, 1935, p. 195.
2 Angus Fletcher. The Great Wordsworth. *Yale Review*, 1965(54):595-598.
3 Geoffrey Hartman. *Wordsworth's Poetry 1787-1814*[M]. New Haven: Yale University Press, 1971, p. 99.
4 Harold Bloom. *Poetry and Repression*[M]. New Haven: Yale University Press, 1976, p. 53.

接着，布氏继续在文学共鸣的缺席和华兹华斯的暗指中引用哈特曼，布氏争议的观点，就像对他自己无意的预期：“哈特曼真实的观点是华兹华斯对隐喻的典型内在化。”[1] 布氏对“丁登寺”的阅读随着词句前进，剥离弥尔顿式角色，[2] 其隐藏在华兹华斯反启示的立场中。

布鲁姆在“隐士”节选第二卷作了如下评论，表明布鲁姆在“丁登寺”里发掘出压抑形式的华氏式的自我真实面：那是华氏，呈现耶和华与弥尔顿的结合体，仅在写《丁登寺》的几个月前。这股被约束宰在《丁登寺》中的力量，如此对立，以至于将诗人从自然里扯开，把他带入他自己的世界，以更崇高的隔绝令他归入自我隔绝的抵御中。华氏通过压抑对抗其自身力量，如同他所学得的所有伟大诗人般呼吁崇高的压抑。[3] 布鲁姆直觉弥尔顿在华氏诗歌中是永恒的幽灵，华兹华斯可能总把“丁登寺”中的隐士与弥尔顿联系在一起，因其伟大而孤独。值得一提的是，哈特曼通过《华兹华斯诗歌》的解读确认其权威地位。书中四百页大量精致的细节，不仅仅在“丁登寺”中有被压制的感觉，还在华氏诗歌的各处体现。哈特曼认为想象贯穿华氏诗歌创作，在长诗《序曲》的第六章中诗人将想象视为一种力量：

“想象——这里成为力量
通过人类言语悲哀的无力
那令人敬畏的力量从头脑的深渊中升起
像一个出处不明的水蒸气包裹着
一个孤独的旅行者。”

（II. pp.592-596）

这种想象力突然抑制了旅行者的感官，使他停下了脚步，对周围的一切视而不见。就哈特曼而言，这段描写极为关键，他反复地在《华兹华斯诗歌 1789—1802》中提到这一场景：

> 华氏在《序曲》中称之为想象、并且令苏格兰高地旅行者停下来的意识是一种升华到天启程度的自我意识。想象力的效果总是一样的：抑制时刻，通常状况下的连贯感知被打断；旅行者-诗人与熟悉的自然环境的背离；死亡或末日审判意识，自然秩序颠倒意识；孤独、迷惘、隔离感觉。其产生最重要的结果便是一首诗歌本身，而诗的发展性结构是对这种意识的反应……这个苏格兰高地上孤苦伶仃的姑娘（《孤独的割麦女》），震撼了华氏的灵魂，使他陷入一股超常强烈的自我意识当中，于是这首诗便自始至终充溢着阴郁的情愫。[4]

---

1 Harold Bloom. *Poetry and Repression*[M]. New Haven: Yale University Press, 1976, p. 58.

2 Jack Stillinger. *Romantic complexity: Keats, Coleridge, and Wordsworth*[M]. Urbana: Illinois University Press, 2006, pp. 321-322.

3 Harold Bloom. *Poetry and Repression*[M]. New Haven: Yale University Press, 1976, p. 76.

4 Geoffrey Hartman. *Wordsworth's Poetry 1787-1814*[M]. New Haven: Yale University Press, 1971, pp. 17-18.

正如布鲁姆所言，这无疑来自弥尔顿。自20世纪80年代起，哈特曼坚持认为它也可能来自他人影响。但是，综观华兹华斯的整部诗集，我们可以注意到想象总是通过各种隐匿的方式表现出来。例如《序曲》第六章中“不知源头的水蒸气”，《序曲》第五章中“天启般的洪流”，或是“一团熊熊燃烧的火焰”。哈特曼把火焰叫做“恶魔时刻”，暗指《失乐园》中堕落的撒旦和他光芒的消逝。

但布莱克想象力火焰的力量（“老虎！老虎！燃烧得更亮吧！在夜晚的森林”）显示了一种亲近感。这在后期诗歌中得以充分展示：“后期诗歌总是从我们这里获得一些东西，它接近于对创造力想象的抑制，如同“燃烧的光明”或充斥着闪光和交流的冲突。华氏撒旦式的风格，包括它的分离和保留，显现出撒旦的对立面。我们能说在它温和的微风中没有祝福吗？”[1] 从《抒情歌谣集》中露茜的角色隐约可见，这显现了一种留存于华兹华斯最好的诗歌与1807年后创造的被认为平凡诗歌之间的联系。

值得一提的是，哈特曼的修辞问题挑战了布鲁姆的断言，即华氏从弥尔顿处所作的改变，固然是损失，其“露茜”压过了“撒旦”风格。尽管弥尔顿对华氏影响深远，但也不是唯一的影响。1816年的一首诗“前进一点”为弥尔顿式存在于华兹华斯诗歌作出深入思考并提供了理由。正如哈特曼所示，诗句开始暗示了《大力士参孙》的开幕，并从弥尔顿到索福克勒斯的《俄狄浦斯在科洛诺斯》（*Oedipus at Colonus*）。

但这些词句间还有另一隐喻：“……记忆的诡计将什么带入我的声音/这悲恸的重复？”令人惊奇地，它是指莎士比亚，指《李尔王》第六幕中疯了的李尔与迷失的格洛斯特间痛苦的会面。人们可以回忆起《序曲》第五卷的两首诗间露骨的联系……“莎士比亚，弥尔顿，神赐的劳工！”（I，p.165）

哈特曼承认布鲁姆的主张，如此风格上的缩减是防御，但他抵制进一步宣称防御性揭示相对弱点。最终，哈特曼质疑弥尔顿在这首诗中作为先驱的优先性。因此他提议，对布鲁姆的弥尔顿，华氏起源绝不妥协，他再次挑战针对华氏诗风的质疑。哈特曼认为似乎华氏通过弥尔顿接近了莎士比亚。弥尔顿这隐藏的存在并不危险，但也许是真正的阻碍，或者诗人抵御的对象，因为用语言的力量，以无礼的双关语和壮丽舞台来描绘的正是莎士比亚。至少，1816年的诗，还有弥尔顿诗歌，耸立于华氏想象力之间。诗人在《序曲》第五版对“词汇神秘性”的颂词：那里黑暗筑起了巢穴，所有面容模糊的鬼怪在那里实现了改变。其间语调更像是莎士比亚，而非弥尔顿。可见诗歌传统，正如衰落的窘迫，却提供了持续的丰富。[2]

在华氏和莎氏之间，弥尔顿是否作为调解者？这表面系谱怪诞肤浅，因为没有理由为何莎氏不应像弥尔顿一样深刻影响华氏的无韵诗，也没有理由为何《李尔王》对经验形成，所起的作用比《失乐园》少。哈特曼与布鲁姆激励的争论可能背叛了比较文学学者每每看到联系的诱惑，但同时它暗示了一种比布鲁姆显示出的更为明显和冗

1 Geoffrey Hartman. *Beyond Formalism*[M]. New Haven: Yale University Press, 1970, p. 202.
2 Geoffrey Hartman. *Saving the Text*[M]. Baltimore: Johns Hopkins University Press, 1981, p. 122.

长的文学史观。身为奥尔巴赫和韦勒克的学生，哈特曼保留着德语语言学的传统遗产，即尊重独立文章复杂的修辞和美学结构，结构如此精美以至于没有任何支配思想或影响的焦虑能够侵犯它们。事实上，布鲁姆《影响的焦虑》中的修正率与肯尼斯·博克的戏剧五因分析（dramatistic pentad）一脉相承。他们认为美学批评中个人总是与一种稳定持久文化的联系，[1] 而哈特曼美学思想更接近于奥斯卡·王尔德、佩特有关美学诗人的理想模式。

佩特和阿诺德总是作为维多利亚时期批评和其他众多方面的对照，而被相提并论。佩特和阿诺德有着对19世纪美学同样基本的信仰：保存艺术生活的最高品质。这信仰以各种模式持续支配着当代批评。布鲁姆是佩特美学思想的继承者，他编了《沃尔特·佩特文选》（1982）。但他反对阿诺德风格，也反对艾略特风格，他讽刺批评阿诺德-艾略特-利维斯的坐标轴中部分晦涩的表达，保留了佩特关于风格的道德信念。哈特曼在《荒野中的批评》中，一再辩驳说这场两败俱伤的战争带来的问题，多半植根于布鲁姆的狭隘。

三、艺术与政治的关系问题

哈特曼关于美学思想的风格问题体现于《荒野中的批评》。该书开头这样写道："与其说这是对文学研究系统的抵御，不如说是一本经验之书。对评论（正如对文学）的最好回应便是实践它；而且，当前亲密地阅读……紧随其后的是把批判阅读与文学阅读相结合：对批判发表见解，事实上与文学一样，并非从外部观察。"[2]

《荒野中的批评》的最后几句："将人文主义视为灵化一切是错误的：相反，它将我们具体化，使我们意识到物质文化（包括文本），在那里，每个人都总是活着。只有灵化的时间段落，即挥发和灭绝……每个人都参与答案的形态，他们花时间来思考时间。"[3] 花时间像一项具体化的活动，一种实践的模式。当然，哈特曼在第一篇《格拉斯》的论文[4] 中引用了科尔里奇的笔记，将"思考"与"事物"联系起来："think, thank, tank = 汇集了一切构成的东西。"虽然这一论断一直遭受质疑，但却表明哈特曼在其美学思想中艺术与政治之关系的观点。

哈曼特一度要求建构一种新的批评理论，一种使批评融合于文化、使写作行为和意愿表达出政治含义的批评理论。"一种批判理论，不仅仅是关于田园生活的新视角：它是批判与文化的关系，是写作本身行为，就如带有政治暗示的讲道意愿。"[5] 他的伟大抱负令人钦佩，然而连他自己也没有决心去实现。过去他很少触及审美活动中的政治问题。通常情况下，他让政治服从于审美来消解艺术中的政治性。在关于马尔罗

1 Geoffrey Hartman. *Fate of Reading and Other Essays*[M]. Chicago: University Press, 1975, p. 56.
2 Geoffrey Hartman. *Criticism in the Wildness*[M]. New Haven: Yale University Press, 1980, p. 1.
3 Ibid., p. 301.
4 Geoffrey Hartman. *Saving the Text*[M]. Baltimore: Johns Hopkins University Press, 1981, p. 1.
5 Ibid., p. 259.

（Malraux）的书中，哈特曼首先为他没有涉及马尔罗的政治性而辩解到：“马尔罗对艺术的贡献实际上在于他创造了一种特殊的政治，它的产生是因为人文哲学没有造就出政治上有影响的注重行动的人。马尔罗的目的是想通过提出一个关于艺术家的本质和知识分子的全新概念来唤起人们对人文主义的信念。”[1] 这听起来太像一个大学知识分子的辩护，而不是马尔罗崭新的概念。这是阿诺德式旧戒条和文化概念，但是它们公正无私。把自己从即刻、现实与物质中抽离出来。不论人文主义将做何事，它也很少将文化具体化。

哈特曼对审美问题的政治性解决一直持有怀疑态度，这一态度在《荒野中的批评》中已有暗示。哈特曼总是被艺术中的政治问题所困扰，与其说他担心政治会使艺术堕落，不如说他担心艺术作品中政治被审美化了。在“阅读的工作”一章里他指出：

> 工作一词涉及经济价值和马克思主义分析的可能性。我不准备朝那个方向前进，至少不会系统地去做。我们看到批评家成为了政治领袖，这种危险使当今的许多人愿意相信批评家的地位远远不如作家的地位。[2]

哈特曼清楚地知道马克思主义的审美学并不能和社会现实主义相提并论，他也应该知道马克思主义的政治学不能和社会主义阵营并驾齐驱。他对卢卡契（Lukacs）的思考集中在后者接受马克思主义以前的作品上面，[3] 因此也就避开了后者系统的马克思主义论述：《美学》（*Aesthetics*）和《本体论》（*Ontology*），因为卢卡契后期的马克思主义批评会对哈特曼自己的人文主义提出有力的挑战。公正地说，《荒野中的批评》确实打开了一扇通向一种新的文学和批评理论的大门，虽然它不太系统，但是比起科学人文主义批评则体现出更多的政治意识。普遍认同，西方所熟悉的科学人文主义形式自“二战”以来一直主宰着西方文学批评，这种批评在弗莱的《自由想象》（*The Liberal Imagination*）、《批评的解剖》（*Post-Anatomy*）和《人文科学的思想》（*The Idea of the Humanities*）中达到了巅峰。

哈特曼在阅读伯克（Kenneth Burke，1897—1993）的作品时非常清晰地提出了艺术与政治的关系问题：“伟大的艺术都是激进的。”这种陈述的确新颖大胆，所以哈特曼随后对此做了一些修正：“但是艺术对政治的贡献仍旧难以确切地表述。”[4]

尽管如此，哈特曼依然引进了两个关键概念：超凡魅力（charisma）和内在声音（inner voice）以便进一步说明政治与艺术的关系。在他看来，艺术家和政治领袖都具有超凡的魅力，虽然在前者身上的魅力备受赞扬，对于后者来说可能成为危险的因素。艺术和政治不能混合在一起；如果他们结合，繁衍出来的后代通常是怪物。哈特曼甚至利用伯克在《哲学的自由形式》中的的论文：“我的奋斗”来诠释艺术的“不可通约性”（incommensurably）与政治简单化的倾向。艺术反抗和训诫政治的简单化，

---

1 Geoffrey Hartman. *André Malraux*[M]. London: Bowes and Bowes, 1960, p. 90.
2 Geoffrey Hartman. *Criticism in the Wildness*[M]. New Haven: Yale University Press, 1980, p. 162.
3 Ibid., p. 191.
4 Ibid., p. 98.

这是伯克最喜欢用的一个词语。哈特曼再一次提醒我们艺术激进性的真正含义：

> 如果对政治事件予以足够的重视或者成为唯一的焦点，那么浪漫主义时期艺术家们对法国革命的倾情投入的事实就会阻止我们对艺术和社会政治关系的把握。艺术的激进特征经常被一个固定的参照点所遮蔽，而这一参照点排除思想中任何不相关的东西。无论是孤立的、还是在与其他激进活动的联系中看待艺术的激进特征，艺术的这种性质只能从修辞与象征角度进行解释。[1]

人们可能响应卡莱尔关于马克思的"不是人们的意识决定他们的存在，而是社会存在决定了他们的意识"。哈特曼对艺术激进性的兴趣是对以牺牲社会现实为代价的思想和艺术表现形式准许的特权。进一步说，地位本身能够被历史化，并显示为特殊社会计划中的决定性结果，正如奥尔巴赫所见，这一传统到了 20 世纪末已经衰落。奥尔巴赫承认他自己的"后资本主义人文主义"是与他对资本主义文化遗迹的恋旧相一致。哈特曼"拯救文本"的举动就是要保存资产阶级文化革命的锐气与热忱，但实际上它是一项牵制行动。哈特曼断言在如此社会构成环境下的文化，马尔库兹（Herbert Marcuse，1898—1979）有价值地分析了这种意识形态的策略。马尔库兹是德国哲学家、社会学家、政治理论家，曾参与法兰克福学派的活动。他认为：这种坚定的特征（源自正面的或资本主义文化）人人必要。这必须无条件证实：这个世界与每天为生存而努力的真实世界本质不同，然而被每个自己"由内而外"的个体所实现，一点也没有变化现实状态。它仅存在于这种文化，文化活动和实物增加了价值，将他们提升超出日常领域。他们的欢庆便成为了一场庆祝和提升。[2]

马尔库兹的随笔写于法西斯在德国节节上升之际，是批评资本主义文化理论和实践的利器，强有力地对抗了经济和政治危机的攻击，维持了计划的目标。但与此同时，马尔库兹将资本主义文化固有的乌托邦计划定位为资本主义制度下的日常堕落："正面的文化是保存于人类欲望中的历史形式，超越了生存的物质衍生……这是在伟大资本主义艺术作品中世俗快乐的要素，即使它们描绘了天堂极乐。"[3]

资本主义文化也是美学人文主义，在文学研究的重要实践中保持了支配形式。它如同分离王国般的美学乌托邦计划，被它同时发生的意识形态的臆想所削弱，如此领域只能被个体意愿的阅读行为所保存。就此，本雅明（Walter Benjamin）在他《机械复制年代的艺术工作》（*The Work of Art in the Age of Mechanical Reproduction*）的结尾处进行了反驳：

> 如意大利空想家、诗人、未来主义运动的奠基者马里内蒂（Filippo Tommaso Emilio Marinetti，1876—1944）承认，期望战争带来一种艺术满足

---

1 Geoffrey Hartman. *Criticism in the Wildness*[M]. New Haven: Yale University Press, 1980, pp. 100-101.

2 Herbert Marcuse. *Negation: Essays in Critical Theory*[M]. Boston: Beacon Press, 1968, p. 95.

3 Ibid., p. 120.

> 感，那是被科技所改变的感知观念。这明显是极致的"为艺术而艺术"。荷马时代，人类是对奥林匹亚诸神沉思的物体，现在是为他自己沉思的物体。他的自我疏离/异化已经达到了一定程度，即能体验自我毁灭如同美学愉悦。这是法西斯主义翻译美学的政治情境……[1]

哈特曼的观点以及对其作出的阐释让我们联想到华氏对诗歌语言的发难以及他那使想象人性化的计划既显示出政治性姿态，又表现出文学性姿态。然而只要艺术继续受到政治的限制，那么这种姿态的力量也将受到约束。毋庸置疑的是，当代批评所面临的问题不在于保存被政治摧毁的艺术，而是创造一种艺术的政治，以此为人类和民主服务，而不是机械性的极权主义的目的。布鲁姆有关艺术与政治之关系的观点发端于20世纪80年代末，直至90年代初，多元文化的烟幕弹渐渐迷惑了西方阅读的视野，面对着反对经典者的鼓噪，布鲁姆在这篇文章中几乎是怀着既无奈又愤懑的心情论述自己的经典观，驳斥所谓"憎恨学派"者对于经典的谬论。他的观点十分明确，经典是审美领域的一项活动，这种审美"只是对个人的而非社会的关切。"[2] 将审美降为意识形态——这正是反经典者对经典构成的质疑——十分不妥。作者用了大量笔墨先阐述经典的构成，并试图从作者和读者的个人审美角度进行说明，驳斥"憎恨学派"者的观点。布鲁姆认为，一切伟大作家会将写作视为比其他任何社会事业更为重要的事情，那些认为经典作品是服务于社会价值观和权威的意识形态极为愚蠢，经典从来就不能使人成为好人或者坏人，它们提供的只是一种审美，读者能从中找到一种审视自我、认识自我的方式。他同时以莎士比亚为例，那些企图破解经典的人总是陷入困境，自身就充满矛盾，既无法否认和阐释莎氏，同时也无法说清是怎样的历史和阶级斗争产生了莎剧。

第四节 弗洛伊德之于布鲁姆和哈特曼的影响之比较

在《阅读的命运》里，哈特曼意识到精神分析学"对未来的批评家来说像一个天堂"(《圣经》里所注释的"乐园")。现象学和阐释学对哈特曼的影响深远，尤其精神分析学对解构批评的思考更是意义重大。因此他在承认文学和精神分析学之间的丰富关系的潜在性时发出了警告，1975 年他写道：如果我们一定要朝着精神分析学召唤我们的方向进入这个"乐园"，那就让我们不要像大多数精神分析学家那样，让我们宁可声称为了文学研究而保护精神分析学，而不是假装为了精神分析学而保护文学，就像皮格马利翁对所有美丽艺术品屈尊。在坚持文学的首要位置的基础上，他对收集在

1 Walter Benjamin. *Illumination*[M]. New York: Schocken Books, 1969, p. 242.
2 布鲁姆. 西方正典[M]. 江宁康译. 南京：译林出版社，2005，第 12 页.

《阅读的命运》里的文章做了补充，“试图为所谓精神美学的探索打下基础。”[1]哈特曼在该书和别处发现危险和前途总是不可分离，它们相互交错——就是一种总是“颠覆胜利的想法”[2] 的交错配列。哈特曼希望精神分析研究的复杂性对研究语言和文学的相互关系有所帮助。这种复杂性在哈特曼的思想中显而易见，并成为他的思想特征，正如华兹华斯，哈特曼强调的是相互关系而不是控制或战胜。哈特曼的带有心理分析特征的批评风格把他和大多数解构主义区分开了。本节主要关注弗洛伊德对哈特曼理论思想的影响，同时兼论弗氏对布鲁姆的影响。

一、哈德曼心理批评之源

要了解哈特曼解构主义心理分析的由来，让我们从希腊神话中的英雄珀尔修斯来开始这个话题。珀尔修斯是宙斯的儿子，他战胜了邪恶的蛇发女怪——美杜莎。据说，珀尔修斯被派去迎战美杜莎，得到了雅典娜女神的支持。雅典娜把她自己的辉煌之镜借给他，用以避开美杜莎的可以将他人石化的目光。珀尔修斯小心翼翼地让自己不直视她的目光，并且利用她的身影在明亮的镜子中的反射，砍下了女妖的头颅。而此地，哈特曼所提的新珀尔修斯是一个不同的英雄。如果拒绝或丢失了雅典娜的镜子，他不得不靠着自己的双眼杀死怪物。即过去的珀尔修斯所用的是有中介的视野。他从镜子中看美杜莎。相反，新的珀尔修斯用的是没有中介的视野，没有通过镜子，只是用他自己的裸眼来寻找“纯描写”。哈德曼承认：“鹰比鸽子多。我努力把自己放到我的作品的原始关系上，我不会被它蒙蔽。如果说看得太多会导致作者愚昧，那么他的愚昧，让我明智。”[3] 即使是在其《未经调节的视像》一书中，如书名所示，哈德曼表达了他早期的对未经调节的渴望。该书结合作品分析强调指出，语言必定是隐喻式的，因而其意义是不确定的、多义的、变化的，文学文本的语言更是在不断破坏、消解自身的意义，因此是一种“持久的变项”；这就消解了文学与批评的界限，并反复强调批评就是文学。他还认为，批评需要读者，读者既是作品的解释者，又是作品的创造者。

柏拉图的理论中，眼睛是能拥有最多阳光的器官。眼睛在人体器官中扮演着至关重要的角色，使得视觉具有最有压迫性和最有感悟性的本领。[4] 视觉的专制在《未经调节的视像》中得以承认。艺术家简单地认为他自己是见证人，根据他所看到的真实客观，没有添加或者让它保持原来的样子。与此同时，标记符号被理解成一种在眼睛和其他感觉器官之间的“有效联系”[5]。什么是视觉？该书到底讲了什么？我能看到

---

1 Geofrey Hartman. *The Fate of Reading & Other Essays*[M]. Chicago: Chicago University Press, 1975, p. ix.

2 Geofrey Hartman. *Saving the Text*[M]. Baltimore: Johns Hopkins University Press, 1981, p. 75.

3 Geofrey Hartman. *The Fate of Reading and Other Essays*[M]. Chicago: Chicago University Press, 1975, p. 6.

4 Geofrey Hartman. *The Unmediated Visiony*[M]. Ann Arbor: University Microfilms, 1954, p. 127.

5 Geofrey Hartman. *The Fate of Reading and Other Essays*[M]. Chicago: Chicago University Press, 1975, p. 6.

我思想的来源么？弗洛伊德定义中颇费脑力的，令人困惑的事物是一种定义原理。该原理里，早期对性的好奇被替换：我从哪里来？我能看到或想到我自己的出生吗？除了对眼睛，对起源的探索、对原始创造的描绘，才是重中之重。

事实上，新珀尔修斯是多数诗人的化身，由浪漫主义开始，像华兹华斯、霍普金斯、里尔克和瓦勒里。他们设法找到纯描写通过对真实事物的直接感觉，就和无中介的或直接视野一样，可能只用裸眼而不用雅典娜的镜子。哈德曼认为：“眼睛和感觉不仅是用来装饰的，而是真相的特别情节。意识在它与物质世界的联系中，变成了认知的起源和终结。”[1]

但是再现真能那样纯粹吗？诗人们能“拒绝一切手段，只通过人类自身和感觉作为媒介来了解和寻求希腊式的对感觉的无知，创作像诺瓦利斯心之交流的赞美诗，围绕一个旧时话题：谁能预测世俗的未来”？[2] 事实上，这个问题是关于符号如何支配视觉效果呈波浪形的变化，推翻“噢，黑暗，黑暗，黑暗，隐藏在火热的正午！”对于弥尔顿这个黑暗中的舞者来说，失明导致他不能在他的创作舞台上展现出视觉想象。但是失明给他的头脑带来了更多的光明。它被称为是“理想的失明”而不是“有罪的眼睛”。哈德曼的公式“无知觉对象的感知”只是暂时从眼睛的视力范围内解放出来从而上升到理想的范围。符号是语言中最引人注目的特征，它被描述为具有把思想从眼睛的专制中解放出来的力量。简言之，表现出来的就是它自己。诗人接受这种表达，使得他自己变成了该领域的新手并且渴望知悉怎样的才能被称作纯描写。在纯描写中，诗人表达思想，以来自本身的感知替代来自外部的感觉。或者如实地按客观实在表达思想。[3] 但是诗人还是被对外部认知的无限追求所困扰：

> 因此，最敏捷的思想能够通过占主导的眼睛成为认知的来源。那么纯描写在本质上就鞭策了理想符号体系的建立。这个体系减轻了对眼睛的压迫意识，但是确保了眼睛的光辉地位。[4]

现代诗人更多地依赖于感觉认识的直接意义。那些以有意义的主题为视角的现代诗歌，摆脱了专制，即眼睛的感知。现代诗人要么不承认，要么不知其神秘旅程的中介是什么，他通过无中介的视野经过了这段经历。“自然、身体和人类的意识——那才是文本。”[5]

和上述观点有所不同的是，有时候艺术家并不想跳出思想的“藩篱”。他们摒弃了自身的人格特征，注重能让乏味的剧本变成妙趣横生的精湛演艺。尽管他们注重原文的客观性与完整性，但正是他们的严肃、刻板、守旧、不懂变通使整个艺术作品成了缺乏想象力的产物。

---

1 Geofrey Hartman. *The Unmediated Vision*[M]. Ann Arbor: University Microfilms, 1954, p. 156.
2 Ibid.
3 Ibid.
4 Ibid., pp. 128-129.
5 Ibid., p. 155.

在达·芬奇的名画“圣母子与圣安妮、施洗者圣约翰”中，圣安妮的膝上坐着圣母，圣母怀中抱着圣子。圣母、圣子和圣安妮的头、手臂、腿部合为一体，这不仅象征着三代人命运的一脉相承，同时也把独立于依存的关系表现得淋漓尽致。与之前艺术作品中朦胧地表现政治的手法形成鲜明对比的是：等级制度在这幅作品中有所体现。然而，在现实社会中，事实往往背道而驰，许多评论家有意回避在艺术及文学作品中所表现出来的等级制度问题。可以毫不夸张地说：这些评论家乐此不疲地为统治阶级效劳。这就使评论本身仅限于阐明文学作品本身的意义从而把文学禁锢在狭隘、正统的形式之中。“每当有人想要对评论家这种心理进行研究时，他们都觉得这种研究没有必要从而对此研究敬而远之。他们本身也在不断抑制自身的艺术欲愿，站在‘文学圈’外眺望文学。许多让批评家赖以为生的文学作品都被过高地评价，这就如同一件平凡无奇的物品却被当做稀世珍宝呈现在众人面前。这些作品本该以更人性、更感性的结构方式呈给公众。”[1]

就批评家而言，只要研究批评家的心理就必须研究那些有关文学与艺术的特殊领域，这样的研究也势必会对那些烦文琐事的夸大其词有所察觉。

与此同时，哈特曼又把他的批判指向了那些故弄玄虚的“表演艺术家”。众人再次忽略了“艺术家”的心理。“这些人把统治阶级与普通民众之间的阶级矛盾最终会超越人类进化极限的这一理论转化成了纯学术问题。”[2] 简言之，对于哲学家，又称“智慧的爱好者”，书本是他们心中唯一的圣土。心理需求的满足并不是他们最想要的东西，取而代之的是永不停息的阅读才是他们永恒的追求。由于哈特曼的讽刺过于尖锐苛刻，有人反对他的观点。他们认为批评本身应该是批判，而哈特曼却把这种批判加上了“心理分析”的枷锁，从而使批判精神具有了保守的伪特征。可事实却与哈特曼的想法如出一辙。

二、哈特曼心理批评之实践

一文“半人马兽：批判家的心理”[3] 的标题跟读者玩了一个心理游戏。副标题直击要点：一篇讨论批判家心理的文章。但是，主标题令人困惑，根据古希腊神话，半人马兽是一种光有人类的头、手、胸膛，脚和下半身确是马的一种怪物。它象征着黑暗和邪恶。另外，弗洛伊德的人类本性的半人马兽模型也证实了这一点。从进化论角度看，人性是由根深蒂固的两个共同作用且相抗衡的物质组成。弗洛伊德认为人类是一个半人马兽，一个令人讨厌、不断在自我和超我中挣扎的物种。半人马兽是大脑在整合过程中最理想的自然实验。我们必须承认，哈特曼对弗洛伊德的心理分析有着强烈的兴趣。该文中他提出，批判家和阐释者有时回避弗洛伊德的心理学问题，而哈德

---

1 Geoffrey Hartman. *Criticism in the Wildness*[M]. New Haven: Yale University Press, 1980, p. 216.
2 Ibid., p. 217.
3 Ibid., pp. 214-225.

曼对其忽略的心理问题进行了详细的解说。事实上，标题中“半人马兽”在整篇文章中并没有提及，直到文末才提到：

> 我们成功地摆脱了文学理论、遗传、生物和心理，还是留下了概念形式的矛盾心理。有连字符或混合的文字，又或者处于过渡时期的物体，复杂的自然奇迹，就像批判学者、批判艺术家、狼人和半人马兽。这些都暗示这些东西，他们紧跟着心理矛盾的轴线，并且无法解决。[1]

哈特曼并没有对该词做详细的解释，结尾处也只是轻轻带过。“半人马兽”只是许多例子中的一个。但是，也许哈特曼的真正意图是阐明：“真正的批判家应该是这样的：认为他具有创造力。他的文字应该和艺术相互交融，艺术和艺术传达在他的生命中缺一不可。”[2]

哈特曼反对太过严格的文学限定，彻底摆脱文学作品中遗传、生物和心理的限制。哈特曼也认为批判主义就像半人马兽一样，以一种过渡的形式存在。通过对大量的诗歌进行心理分析后，哈德曼总结出“如果把心理看成思考的一种模型，并把它运用于批评家，即读他人作品的读者和读自己作品的读者，这些读者试图将他们关于艺术在文化中的角色的思考用书面的形式表达出来”[3]，那么发现这些批评家的观点之不同处便是件令人愉快的事。

早在《图腾与禁忌》一书中，弗洛伊德就已阐明“艺术家都有一种心理，即被迫去克服他无法克服的依赖的心理”[4] 的观点。为什么不能克服这种依赖？因为人永远无法获得足够强大的力量而成为主宰者。因此，没有人能克服依赖。哈特曼继承并发扬了这样思想。通过与哲人—评论家的比较，他认为在文学方面，学者—批评家的形象更具有活力和吸引力，是因为大部分人所认为的文学批评家都是一边“仔细研究文本”，一边“严肃吟诵文本”的学者。[5] 但前后两个“文本”含义不同：前者指的是文学作品或前文本，而后者指的是对前者的回应，或称之为批评。“批评家承认其文字依赖于原有的文字，是对原有文字的回应。他把重点放在听者的活动，以及颤颤巍巍的听者作出及时反应的可能性上。”[6] 这里，依赖心理表现得非常明显。

探索心理依赖必须先研究出作品和读者之间的关系，包括作品—读者，读者—作品的相互作用。前者所指的是在阅读的过程中，作品诞生了读者，而后者所指的是在写作的过程中，读者诞生了作品，即第二阶段中的读者已变成了作家或批评家，已不再是第一阶段的读者；第二阶段的作品是对原作品的批评或回应。不过心理依赖不仅指阅读时的，还包括写作时的依赖心理。阅读和写作都是为了获得满足而采取的报复行为。哈特曼对此如是阐释：

---

1 Geoffrey Hartman. *Criticism in the Wildness*[M]. New Haven: Yale University Press, 1980, p. 225.
2 Ibid., p. 215.
3 Ibid., p. 219.
4 Ibid., p. 217.
5 Ibid., p. 219.
6 Ibid., p. 223.

如果说阅读将客观事物报复性地转化为内在本质以减小对外在的直接刺激的依赖，那么写作则加强了我们对内在本质的依赖，因为写作是对绝望脆弱的，被我们称为作品的创造模拟物的回应。当然，这适用于所有的写作，而不仅仅是批评。[1]

上段引文中，哈特曼反复强调“内在本质”，表明主张对读者或作者心理的思考。在弗氏看来，任何由未解决的冲突引起的神经衰弱都可以作为写作的素材。他认为，一部作品就是其作者的一条腰布：表面是想象中的顺心如意的世界；而内在则是浇灭愿望的现实。文学作品是作者潜意识的外在表现。因此，我们应该像分析梦境一样地分析文学作品，“把精神分析法应用于作品分析中，揭露作者隐藏的动机和被压抑的欲望”[2]。

下文摘自《序曲》，华兹华斯回忆了“阅读的乐趣是如何唤醒他思想的”：

整整一天，我躺在你的身旁
哦，德文特河！你的河水欢快地流淌，
在炫目的阳光下，赤热的石头上，
狼吞虎咽般阅读的我，
暗淡了白昼的光芒，令人绝望！[3]

他置身于迷人的风景，却无睹于“潺潺的流水”、“赤热的石头”、“炫目的阳光”，因为他的视线都被他所阅读的作品吸引了。虽然白昼的光芒让他睡去，但作品让他的思想保持清醒，成为活的灵魂。阅读是一件乐事，也是一种报复，报复白昼那令人眩晕的光芒。

哈特曼最后重复道：

艺术不仅依靠批判，也靠其修饰。这种强有力的文化生活的盛行应该引导我们思考一下文本和批评的共生，主要和次要的共生，最后，再思考一下万物的共生。[4]

哈特曼的长篇论文“阐释者眼中的弗洛伊德”涉及弗氏的精神分析疗法。“用他自身广博的知识获取的某种关注”来更好地理解弗洛伊德，哈特曼写道：

从《梦的解析》中拿出一个例子，详尽而文学性地解读它。然而，评估弗洛伊德解析方式的迁移能力也同样重要。论文的第二部分不是一篇分析性文章，而是一首华兹华斯的诗，阅读该部分时：一、把诗放在弗洛伊德学说的上下文来解读；二、从诗中看弗洛伊德。[5]

---

1 Geoffrey Hartman. *Criticism in the Wildness*[M]. New Haven: Yale University Press, 1980, p. 220.
2 Charles E. Bressler. *Literary Criticism: An Introduction to Theory and Practice*[M]. New York: Houghton College, 1999, p. 153.
3 Geoffrey Hartman. *Criticism in the Wildness*[M]. New Haven: Yale University Press, 1980, p. 219.
4 Ibid., p. 224.
5 Geoffrey Hartman. *A Critic's Journey: Literary Reflections, 1958-1998*[M]. New Haven: Yale University Press, 1999, p. 208.

尽管弗洛伊德的精神分析疗法仍然“投射出诸多过去宗教的影子，比如荒诞，寻找人性中不可完全控制的冲动借口”[1]，然而，弗洛伊德却有着一个远大的科学抱负——“建立一门智性科学而非神学”[2]。他不仅把自己看成先行者，还不厌其烦地指出，精神分析疗法是一门新的科学，包含着处理心智与心理疾病的新的科学方法。尽管这样，《梦的解析》具有的令人费解的新形式还是引起了大量的批评与争议。

《梦的解析》是一部怪诞而又新颖的“忏悔录”，它甚至超越了奥古斯汀和卢梭的《忏悔录》。它建立了一种不同寻常的解析方式。它足够大胆地道出了内心的性欲望、愧疚感、嫉妒、幼稚的情绪等。弗氏还把梦称之为通往无意识的桥梁。他创造了一种新的文本，称之为梦的补充体。它把“梦缺失的部分补充完整”[3]从而转录梦。他对梦的解析是世俗的，去神秘化的，而哈特曼触到了这根神经。相较《圣经》而言，该书有两个不同寻常之处：其一，梦的内容具有流动性，现实中的经历会与梦境相融合。弗氏强调要解析梦境中的片段或连贯的想法和形象，同时质疑得出的分析结果。与此相反，《圣经》虽以自由理解自居，而实质却墨守成规。它只能“由历代的神职人员编辑和整理”；[4] 其二，弗氏解析梦的方式绝非宗教或神圣，而是世俗的。为对“福音”本质作出回应，哈特曼创造了一个新词“坏福音”。他提出：“弗氏表现了灵魂邪恶的一面而没有应对的方法，我们能做的只有分析，而这却只能再次揭示灵魂邪恶的一面。”[5] 正如弗洛伊德自己的格言“笑话王国大而无疆”[6] 一样，其精神分析疗法之内容或方法极像精心制作的玩笑。追随着弗氏解析的方式，哈特曼打出了横幅要求《圣经》经文与人们对其严格的解析方式进行对抗。

至此，我们发现，弗洛伊德，一个因对梦解析的科学性与艺术性却非因研究梦本身而成名的梦想家，深深地影响了哈特曼。不仅如此，其在无意识领域取得的成就也令哈特曼钦佩不已。哈特曼最感兴趣的是理解的同时又限制弗氏对坏福音的解析方式。通过华兹华斯的《昏睡曾蒙住我的心灵》，他对弗洛伊德进行了更深刻的分析。首先，不像华兹华斯，他的诗充满了幸福的感觉，弗氏对幸福感的态度既猜疑又现实。他认为它们是“萨拉萨尔的倒退”，尝试恢复惯性状态，无差别人类的极乐世界。[7]

弗氏忽略了童年的幸福体验和与自然接触愉快经历的作用，而着重强调了压抑的欲望、隐蔽的动机和苦涩的经历。而且，弗氏的诠释学虽认为没有东西是神圣的，但仍有可能“带有驱逐迷信的幻觉特征”[8]。他在诠释学与宗教诠释学间放置了太多的保护壁垒，使得宗教与精神分析既独立又统一。因此，有时借此否定梦的相对隐晦的

1 Geoffrey Hartman. *A Critic's Journey: Literary Reflections, 1958-1998*[M]. New Haven: Yale University Press, 1999, p. 208.
2 Ibid., p. 207.
3 Ibid., p. 209.
4 Ibid., p. 212.
5 Ibid., p. 212.
6 Ibid., p. 210.
7 Ibid., p. 219.
8 Ibid., p. 219.

表现手法和离析，它是没有层次的结构。梦之解析相比于梦之片段分析法似乎更不完整，更无理。

三、哈特曼之于“偷盗式阐释”之阐释

阐释就是偷窃，阐释者就是偷窃者，这空前流行的想法致使哈特曼努力投身于这一问题的研究之中。由于阐释者在翻译过程中非常看重原文，并以为阐释就是依赖借用已有的文字套版的一种艺术，他们看起来就像是偷窃者，或者是贩卖偷窃物的人。毫无疑问阐释不能单独存在，但这绝不就是说阐释者就像《雅歌》(*Song of Solomon*)中糟蹋了葡萄藤的小狐狸，或者有时候像那只大狐狸。总之，柯勒律治是雷纳德赫尔墨斯（Reynard-Hermes）一样的人。难怪阐释艺术先行于阐释者本身，但是又不随时间改变，也不归谁所有。美国明尼苏达大学英语教授诺曼·弗鲁曼（Norman Fruman）所著的《柯勒律治，受伤的天使》对柯勒律治个人、艺术家、思想家的身份做了最全面、最具原创性的研究。书中，弗鲁曼严厉控诉了柯勒律治习惯性的文学剽窃行为，甚至贬损他为剽窃者、行骗者和伪造者。然而，哈特曼认为这些控诉有失偏颇，并在所著《柯勒律治与抄袭》中明确为柯勒律治作了辩护。该著评论了剽窃与继承的借用关系。

柯勒律治的才华在哈特曼的书中得以认同。毋庸置疑的是，他的名诗佳作集原创性和优美感于一体，他对其同期的知识与美学界产生了巨大的影响。然而，我们关注的焦点是他的没落之谜。1816 年，他被他一生的挚友查尔斯·兰姆（Charles Lamb，1775—1834）称为“受伤的天使”，这让我们想起了弥尔顿对堕入地狱的撒旦所作的描述——“堕落的天使”。弗鲁曼指出，1790 年前后兴起于德国的释经学或哲学性的评论风潮极大诱使了柯勒律治抄袭。柯勒律治对诸如康德（Kant），谢林（Schelling），施莱格尔（Schlegel）这样的德国理想主义哲学家深怀感恩之心，以至往往难以分辨合法借用和抄袭他们的文章之间的界限。柯勒律治不像记者或者文学中间人那样进行借鉴，而是整句、整段，甚至全文抄袭其他作者，并且没有诚实地注明引用。弗鲁曼同时断言，柯勒律治自身的文学剽窃行为并不是由一些突如其来的不幸促成（比如吸食鸦片造成的心理作用，破裂的婚姻带来的阴影和他对自身诗歌天赋的怀疑等），而是由贯穿其文学生涯始终的习惯性的根本写作风格促成，这比鸦片带来的精神控制产生的影响更为深远。柯勒律治倾向于借用别人成果，这表明他受到前人抄袭先例多么严重的困扰。柯勒律治觉得从书中找回他创作的本能，从图书馆中夺回流失的写作能力注定无望。

由此，哈特曼展开了对柯勒律治和剽窃行为的全面讨论。虽然写作过程融入了激情，洋溢着优雅，但这“绝不是对去经典化所做的努力尝试”。弗鲁曼对柯勒律治的指控毫无疑问带有偏见并且有失公允；他看这个问题采用的方法笼统肤浅，任何一个作家的名誉都难以免受其侵害。这会不可避免地引来尖锐的批评。弗鲁曼把自己送上了一条单行路，走得太远了已经无法回头。带着“既不无情又不极端”的判

断，他夸大了柯勒律治的两个侧面的反差，而重点强调的却只是消极的一面。弗鲁曼把错误归结于个人道德观或者是超自然之谜，但是这些错误与当时文学市场的伦理道德观联系更为紧密，即派别政治、宗教论战以及冷面无情的新闻界。这一切都由弗鲁曼的孤立主义方法论引起，他把柯勒律治剥离出他的文化背景，既不忠于历史，又不符合辩证逻辑。弗鲁曼没有看到，柯勒律治并不是个案。文学受到的玷污是由于那些或比柯勒律治更为极端的同时期作家的需求而产生。英国浪漫主义文学从一群剽窃者、行骗者和伪造者之中传承下来，这是不争的事实。要解释这个问题，最好的选择是将它置于一些人物中再去理解他，这些同样陌生的人有：柯林斯（Collins）、Smart（斯玛特）、麦克菲森（MacPherson）、柴特顿（Chatterton）和布莱克（Blake）。所有这些处于 18 世纪抄袭黄金时期的作家都在哈罗德·布鲁姆所提出的影响的焦虑和误读，或者说无能创作的恐惧理论下从事写作活动。他们都或仿写或剽窃，只是程度有所不同。顿时他们成为了受害者，赴了他们前辈的后尘。“‘我们为什么就不应尽情享受与世界万物的根本联系呢？’爱默生（Ralph Waldo Emerson）在《自然》里问道。”

如果我们进一步讨论，便发现莎士比亚的作品《罗密欧与朱丽叶》（*Romeo and Juliet*，1594）高度忠实地依照亚瑟·布鲁姆（Arthur Bloom）的叙事诗《罗密欧与朱丽叶》（*Romeus and Juliet*）进行了仿写。除了默克提欧（Mercutio）是莎士比亚自己创造的角色之外，他在每个场景和每个角色身上都仿照了亚瑟的创作。莎士比亚把亚瑟的作品作为直接创作来源，加以充分的利用，但这不能算作抄袭。虽然字里行间都有摹写前作的痕迹，但不是所有文字都会引来抄袭的指控。在此我们可以做一个有趣的比喻。蜜蜂从花间采集花蜜，把它们贮存起来并酿成蜜糖。如果把一个作家对文学素材转化成作品的过程比作一只辛勤劳动的蜜蜂酿蜜的过程，那么我们就会称赞进行写作的人为创作者，而不会贬责他为剽窃者了。

据此，哈特曼坚持认为弗鲁曼对柯勒律治的指控势必会引起争议。弗鲁曼错在了明察秋毫却不见舆薪。他本应该在文学历史的总体背景下再来讨论抄袭与否，并且还要考虑到大多数作家的思想或者心理。把柯勒律治孤立出来作为一个剽窃的特殊案例是只见树木不见森林的做法。通过讲述这些观点，哈特曼意识到许多作家仍然一直在担忧找不到与他们父亲般的创作前辈之间的认同感。我们应该把骗子或者篡改者的话题和创新与继承的困惑与焦虑的话题紧密联系起来讨论。从而我们可以从心理分析的角度得出结论：哈特曼对“影响的焦虑”的看法和布鲁姆如出一辙。然而，这两位评论家又各有自己独到见解。哈特曼对布鲁姆《影响的焦虑》的书评也能体现出他对“偷窃式翻译”的看法。

哈特曼的心理分析既有弗洛伊德的影响，也有神话寓言对其的启示。然而，布鲁姆心理分析上的理解主要源于弗洛伊德提出的恋母情结。他认为任何传统下的“性格强悍的诗人”之间存在着一种既复杂又吸引人探索的紧张情绪；这些诗人迫切想要保存自己的诗体特征，不得不反抗诗界的前辈对他们的影响。那些有影响力的后起诗人误解了他们的前辈的传统，布鲁姆称之为“比例”（ratios），反抗在此表现出来。诗人和他前人的这种关系被比作俄狄浦斯式的家族故事（Oedipal Family Romance），这是弗洛伊德在家人关系的根源中发现。诗人间的这种影响在他看来是为了给新近诗人开辟新空间而作的俄狄浦斯式的努力。

哈特曼指出布鲁姆是从那个较阴暗的，弗洛伊德式的角度看待诺斯蒂（Gnosticism）教的。他把每个作者都看成篡改或者说“曲解”前人传统的造物主一样，而他的前人往往更加极端。布鲁姆在《影响的焦虑》及其续著中阐述，世界上不存在一个正确的理解，有的只是一系列的误解，互相争斗，为的只是有书可写。哈特曼表达了他对布鲁姆阴暗消极地看待诗人间的影响不满。

> 布鲁姆展现的是一副天堂之战的景象：这是诗人间的战争，或者说是艺术家之间的战争，他们有着“具有丰富想象力的优先权的深邃谜团”。这个谜团在《守护天使》和《俄狄浦斯与斯芬克斯》这两个神话故事里得到了最好诠释，但一直由于我们对文学影响的陈腐又不带恶意的理解方式而被掩盖着。读过布鲁姆的作品之后，我们对文学影响的单纯理解荡然无存。我们进入的是一个带有心理攻击、精神压迫和类似天书制约的领域。[1]

哈特曼认为文学研究有它自己的延续性和气度。文学作为同时存在的秩序存在。从积极意义而言，哈特曼鼓励后来者对前辈或过去作出反应，并建立反应“路线”（circuit）。他还乐此不疲地追寻传统对后来者的巨大影响。对于将来，他充满希望与自信：“我们感到没有绝对的结束，我们所写的应该有未来，虽然文本试图与将来断绝关系，然而未来是存在的，因此就会有不可预测的情境。”[2] 然而，布鲁姆却对历史的延续绝对悲观。“就布氏而言，文学史就像人类生命，寻找烂漫的多形性最后导致悲剧性的认同。”[3] 对于过去，布鲁姆持有深深的焦虑，对于将来，他充满希望。这意味着文学史的延续性在缩小，认为“华兹华斯不如弥尔顿，济慈不如华兹华斯，史蒂文斯不如济慈”[4]。这样的论断似乎显得过于主观，难怪，哈特曼认为布鲁姆身上没有一点忠诚的福音主义的思想。布鲁曼认为历史处在一个由魔鬼而不是由天使控制的动态之中。布鲁姆认为所有的影响都是恶魔的，是对英雄的抵抗，并在与先辈的斗争过程中，诗人变得强大。布鲁姆对弗洛伊德的接受是一种修正。这种影响与接受是如何形成的呢？

1 Geoffrey Hartman. *The Fate of Reading and Other Essays*[M]. Chicago: Chicago University Press, 1975, p. 45.
2 Geoffrey Hartman. *Easy Pieces* [M]. New York: Columbia University Press, 1985, p. 172.
3 Geoffrey Hartman. *The Fate of Reading and Other Essays*[M]. Chicago: Chicago University Press, 1975, p. 50.
4 Ibid., p. 42.

四、布鲁姆的弗洛伊德影子

弗洛伊德心理分析理论对布鲁姆的影响集中体现在两本书中，即《影响的焦虑》与《误读图示》。从弗洛伊德的精神分析学中布鲁姆借鉴了很多主体心理层面的观点，如焦虑、防御理论，并以此为基础构建了他的误读理论体系。弗洛伊德是布鲁姆误读理论中的一位重要“先驱”。综观布鲁姆的理论著述，不难发现“弗洛伊德犹如一个幽灵一样在他的文本中四处出没……弗洛伊德之于布鲁姆，犹如莎士比亚之于弗洛伊德。弗氏乃是他精神上的父亲，是其遮护天使”[1]。弗洛伊德的观点自布鲁姆提出“影响的焦虑”开始便不断引用以阐述其自己的观点。布鲁姆理论的日益成熟体现在布氏将弗洛伊德及其理论作为研究对象的阐释中，体现在与文学批评的关系中，并运用误读理论将其作为个案分析弗洛伊德与莎士比亚的误读关系。下面就布鲁姆误读理论中焦虑、防御等弗洛伊德元素作出分析，由此对他们之间的误读关系作出一个梳理和理论的阐释。

在深入的文学研究中，布鲁姆从诗人身上找到了文学史发展的隐蔽途径。他认为文学的发展源于诗人心灵的焦虑以及由此带来的对优先权的幻想和修正前辈诗人的欲望。由于深受弗洛伊德精神分析理论的影响，布鲁姆所说的诗人主体尤其强调的是诗人的自我。诗歌的诞生源自个体诗人，诗人的种种心灵冲动内在地推动文学史的发展。“六个修正比”是布鲁姆在其作为理论发轫的作品《影响的焦虑》中提出的。布鲁姆的修正比术语来自于多方面的借鉴，如卢克莱修著作、古代祭祀礼仪或宗教故事，等等。在心理学层面上则是来自于对弗洛伊德理论的借鉴：“本书提出的关于影响的理论所受到的主要影响乃是尼采和弗洛伊德。……弗洛伊德对防卫机制及其矛盾功能的研究则为制约诗人之间内部关系的‘修正比’提供了我所能找得到的最清晰明了的可类比物。”[2] 在他看来，“双目失明的俄狄浦斯在走向神谕指明的神性境界。人们跟随俄狄浦斯的方式则是把他们对先驱的盲目性转化成应用在他们自己作品中的‘修正比’。”[3] 诗人之间的关系就如同父辈与子辈，先辈诗人的成就在后辈诗人看来是不得不正视的影响的观点正是来自于弗洛伊德的“家庭罗曼史”。布氏认为：“诗的影响必须是对作为诗人的生命周期的研究。当这一研究涉及展现这一生命周期的语境时，我们不得不同时把诗人之间的关系作为接近于弗洛伊德称之为‘家庭罗曼史’的案例来加以检视。”[4] 布鲁姆在弗洛伊德家庭罗曼史模式的交相辉映中定位诗人与诗人之间的这种束缚与启发的特殊关系，将精神分析学的心理描述运用于诗人的创作心理，从而形成了独特的误读视角，也为他理论中弗洛伊德元素的介入奠定了最早的基调。

1 布鲁姆. 批评、正典结构与预言[M]. 吴琼译. 北京：中国社会科学出版社，2000，第 7 页.
2 Harold Bloom. *The Anxiety Influence*[M]. Oxford: Oxford University Press, 1997, pp. 8-9.
3 Ibid., p. 11.
4 Ibid., p. 8.

具体而言，阐释“苔瑟拉”的时候借鉴弗洛伊德定义“焦虑”是对预期危险情境的反应来说明诗人在面对“被前人淹没”的可能性时所产生的焦虑；分析“克诺西斯”的重复特征时，则从弗洛伊德“焦虑可被证明来自某种重复出现的被压抑物”的病例症状入手，对照弗洛伊德在《超越快乐原则》中提出的重复原则来指明诗人在重复前人的形式强制中发现先驱未被创造出来的精华：“从概念上说，迟来者的核心问题必然是重复；被辩证地提高到再创造地位的‘重复’乃是新人的入门之途，它使他不再感到恐惧，不再害怕自己仅仅是先驱的一个抄本或副本。”[1] 在说明“魔鬼化”是如何完成对先驱的“崇高”的反动的过程时，布鲁姆以弗氏的压抑理论来阐明后辈诗人通过强迫自己进入一个新的压抑状态，以退为进地贬抑先驱者的过程；讲到“阿斯克西斯”的净化修正时，弗氏的升华理论更成为布鲁姆直接借用的对象，以此来类比诗人只有升华，才能矫正他创作的冲动而达成“真正的自我”，从而获得“自我诞生”的快乐；而阐释“阿波弗里达斯”的修正内涵时，布鲁姆则借鉴弗氏“任何脱离初始自恋的行为都会导致自我的发展”的观点，澄清“脱离认同之外的对修正比的运用，即是通常称为‘诗歌发展’的过程”[2]。

如果说《影响的焦虑》中前面所述的类比还不具系统性，那么在《误读图示》中，布鲁姆则全面地将弗氏的心理防御理论与其修正比更加清晰地对应起来，可以说很大程度上促进了其误读理论框架的体系化进程。如，布鲁姆给先前《影响的焦虑》的“修正比”赋予了更大的包容性：“我称为‘修改比率’的东西，是比喻又是心理防御，是两者兼有，又是两者中的每一个，它们在诗歌的想象中表现出来。”[3] 又如，心理防御和修改比率的关联承载了布鲁姆对弗氏理论借鉴的最直接表现。布氏采用了安娜·弗洛伊德对她父亲心理防御的总结，将她归纳出弗氏的十种防御机制。[4] 这种进一步的归类成为与他的修正比相对应的六类。再如，分析弗洛伊德与莎士比亚的关系时，布鲁姆也明确表明他在文中讨论的是作为作家的弗洛伊德和作为文学的精神分析学，甚至用“弗洛伊德在精神分析学消亡之后仍会作为一个作家而长存于世”的表述来强调弗洛伊德的文学价值。[5] 布氏坚持认为，弗氏精神分析方法是一种文学原则。他借用莱昂内尔·特里林（Lionel Trilling）对弗氏称赞，断言其精神分析学与诗歌作品并行不悖，因而将精神分析学看成“是一种关于转义、隐喻及其各种变异形式：提喻和换喻的学说”[6]。布氏的“误读示图”是一幅通过修正率、心理防御、修辞学比喻和想象群集来绘制的结构图示。

事实上，弗氏精神分析理论贯穿于布鲁姆的著书与学术发展之路。20世纪70年代，

1 Harold Bloom. *The Anxiety Influence*[M]. Oxford: Oxford University Press, 1997, p. 80.
2 Ibid., p. 154.
3 Harold Bloom. *A Map of Misreading* [M]. New York: Oxford University Press, 1975, p. 88.
4 车文博主编. 弗洛伊德主义论评[M]. 长春：吉林教育出版社，1992，第 923-930 页.
5 布鲁姆. 西方正典品[M]. 江宁康译. 南京：译林出版社，2005，第 295 页.
6 Harold Bloom. *Agon: Towards a Theory of Revisionism*[M]. New York: Oxford University Press, 1982, pp. 91-93.

布鲁姆受美国社会学家、文化批评家里夫（Philip Rieff，1923—2006）的启发。里夫曾经以发现弗氏思想中的文化意义，而在西方学者中成为具有影响力的人物，著有《弗洛伊德：道德家的思想》（*Freud: The Mind of a Moralist*，1959）。受里夫的影响，布鲁姆发现，弗氏后期对于焦虑观点的修正而引出的关于本能中的灾难——创造的理论意象，完全适用于创造意志，而且这种适用将创造力与防御修辞联系起来：“‘创造力’常常是一种重复模式和记忆模式，也是尼采称作意志报复时间或时间的称述‘它就是这样’的模式，那连接重复和报复的东西就是弗氏称作‘防御’的心理活动。”[1] 在《弗洛伊德：先锋概念、犹太性和阐释》中，布鲁姆发现弗氏精神分析理论中有关强迫症的问题。布氏提出，一种孤立的防御目的就在于划出一个时间跨度并在其中消除由于时间的强迫性导致的失落和迟来的感觉，这与诗人创作中避免前人影响而使用的转义在本质上不谋而合。[2] 布鲁姆还根据弗洛伊德治疗病患过程中发现的强迫性重复动作对缓解这种焦虑的作用，即在重复中移情，提出了防御是将重复与创造联系在一起。由此，布鲁姆完成了弗氏未完成的他所有“转义”中最大胆的“转义”，认为修辞学与其说是一种说服的艺术，不如说是一种防御的艺术，足见防御在联系弗氏理论与文学修辞之间的重要性。

众所周知，“俄狄浦斯情结”是弗氏最为著名的术语之一。根据弗氏理论，布鲁姆认为：“弗洛伊德将俄狄浦斯嫁接到哈姆雷特身上，主要是为了掩盖自己受益于莎士比亚的事实。弗洛伊德对这两部悲剧的类比实际上体现出他的严重误读。”据此，布氏撰写了一文《弗洛伊德：一种莎士比亚式的阅读》，如若利用弗洛伊德的逆反策略，我们是否可以认为布鲁姆那种弗洛伊德式的阅读，亦是对布鲁姆施以同样的逆反策略。但是，无论如何，这足以说明弗洛伊德在布鲁姆理论体系中的重要地位。

---

1 Harold Bloom. *Agon: Towards a Theory of Revisionism*[M]. New York: Oxford University Press, 1982, p. 98.

2 Harold Bloom. Freud: Frontier Concepts, Jewishness, and Interpretation[J]. *American Imago*, 1991(1):135-147.

第五章

布鲁姆“西方正典”与经典小说阅读

第一节　让往昔恢复生命——论布鲁姆“西方正典”

布鲁姆在把自己建构成文学理论家和批评家的这条道路上无疑是位成功者。1983年布鲁姆便获得了耶鲁大学最高荣誉教授职位称号——斯特林教授（Sterling Professor）。斯特林教授是指在所有的终身教授中选出的对其研究领域作出卓越贡献且具有最高学术成就的代表，该奖自1864年由耶鲁最大的捐助者约翰·威廉·斯特林创立以来，至今不超过50人获此殊荣，其中包括诺贝尔奖得主、普利策奖得主等。布鲁姆作为文学领域的代表人物当选，获此殊荣，是对布鲁姆学术地位的确认。《西方正典：各个时代的书籍和流派》（*The Western Canon: The Books and School of the Ages*，1994）的发表以及由此引起广泛的社会讨论和关注，使得其正式进入美国主流社会和公众意识之中，并且完全确立了其作为战后最重要的文学批评大师的地位。可以说，该书是继1975年一本“小小的书”（《误读图示》）引起的争论后的又一次学术界的大论战。布氏站在传统派的立场，表达了对当前风行的文化批评和文化研究的反精英意识的极大不满，对经典的内涵及内容做了“修正主义式”的调整，对其固有的美学价值和文学价值做了辩护。伊格尔顿也在《20世纪西方文学理论》中称赞布鲁姆“创立了70年代最大胆最有创见的文学理论之一……他把文学史看成巨人之士的英勇战斗或宏大的精神戏剧”[1]。

“正典”来指称那些代表了正统价值观念、由教育体制来传承并构成了主导意识形态中不可或缺的那些文学艺术作品。正如费瑞指出的，“正典就是文化传承和机制确认的一套文本”，“正典性”（canonicity）在今日不容忽视，因为它仍在主导着人文

1 伊格尔顿. 20 世纪西方文学理论[M]. 伍晓明译. 西安：陕西师范大学出版社，1987，第 3 页.

学科的研究，并“在其进程中开始发展出新的人文学科来”[1] 这部誉为“审美经典”之作选择了西方历史上26位被布鲁姆认定为大师的作品，谓之“西方正典”。“正典”一词可以看出作品含有在一个解构的时代，一个审美价值缺失的时代重建经典、拨乱反正的意味。作为全书第一章的《论经典》基本囊括了作者所要试图阐述和贯穿全书的基本文学观点：文学的审美性。这是作者文学立场和文学观的核心，即审美的文学观以及在此基础上建构的经典观。本节试图从“审美自主性”、“审美批评”、“经典的特性”这三个角度审视布鲁姆的“经典观”。

一、主张恢复西方“经典”之动因

综观布鲁姆的学术生涯，无论是前期的《误读图示》，还是后期的《西方正典》，贯穿着布氏始终如一的观点，即经典的永恒性与反多元文化的传统理念。他的《西方正典》无疑是“在文学界丢下的一枚重磅炸弹”（*Boston Review*）。在当代文学界文化研究甚嚣尘上的时代，他在其前期理论的基础上，逆时代潮流而动，打出了反文化研究的旗帜，而他对文学研究与批评中多元文化主义潮流的反抗与抵制恰恰是其反文化研究的具体表现之一。本人2010年在耶鲁大学参加哈特曼开设的浪漫主义诗歌细读的研讨课时，与哈特曼教授的课余交谈中，他称布氏为当代文学批评的斗士。

布鲁姆认为，西方经典遭到了前所未有的冲击。他把对经典的一切政治和道德的解读——马克思主义、女权主义、多元文化主义，如他所言的美国“非洲中心论”等，统统归入他所谓的“憎恨学派”，并为它们在大学和文学批评界的统治地位感到切齿不满。“作为文学批评界的一员，我认为自己遭遇了最糟的时代。”他以斗士的姿态，鼓吹“审美的自主性”，诉求文学批评家从唯政治正确的评判回到审美考察上来，重建西方经典的“审美尊严”。该书以莎士比亚为核心，在书后开列了洋洋1200部的经典书目，它无论如何都不能算作面向大众读者的文学普及读本或阅读指南，恰是供文化精英进行自我观照或欣赏的工具。从阅读的层面上说，布鲁姆对“审美自主性”的呼吁，也并不是放任读者在阅读经典时率性而为，而是仍然要沿着他这样的精英所指引的方向，在划定的框架内进行。布鲁姆的经典呼吁正是他对米勒引发的学界“文学末日”讨论的“焦虑”。

布鲁姆的经典焦虑发生在美国当代学术语境中。当下，大众文化和高雅文化的区分常常表现在“趣味”和“审美”的不同层面上，然而在文学研究中，关注作品的社会批判价值或强调文本的艺术审美价值却成了文化激进主义和文化保守主义各自坚守的理论阵地。20世纪80年代开始的美国“文化战争”也使文学批评界冲突的各方都不同程度地卷入进来。实际上，自20世纪60年代起，美国文学批评始终经历着一系列文化反叛新潮迭起的局面，重视文学文本的审美价值和语言特性的传统批评方法一度

---

1 Patrick Fuery, et al. *Cultural Studies and Critical Theory*[M]. Oxford: Oxford University Press, 2000, pp. 19-20.

被边缘化。重建经典的论争不仅体现了当代的学术需求，而且还成了文化战争的一种形式。例如，在多元文化主义思潮的影响下，一些美国学者或读者公开批评西方经典和美国文学经典建构中存在白人中心主义的偏颇，甚至把莎士比亚视为“已死的、白色人种的欧洲男性”（dead，white European males）的代表。例如，布鲁姆出版《西方正典》的同年，《纽约时报》（1994年11月6日）登载的一封题为《憎恨学派》的读者来信坚持认为，建构莎士比亚作品为经典的过程，也是压制妇女文学和少数民族文学的过程，并对完整地保留西方文化的历史记忆是一种危害。[1] 同年的《纽约时报》（1994年8月8日）上登载了J.斯考特的一篇文章《走出象牙塔：新生的公共知识分子》，呼吁批评家们多多关注专业以外的社会人生问题。当代文化批评家E.萨义德出版的著作《文化与帝国主义》（1993）似乎也在以具体的成果呼应着“走出象牙塔”的号召。1995年，著名的美国批评家S.费什出版了他于1993年5月在牛津大学讲演的修改稿，并加上了题目《专业正确性》。书中，他对当时的文化和批评论争的两派观点都给予了温和的修正，但仍然表示对“非传统的人文学术给予坚决的支持”，并提醒读者不要以为他反对“文化研究、黑人研究、女性研究、同性恋研究以及为文学界增添了活力的其他形式的研究”[2]。

美国当代文化战争的近因，越南战争的结束和1981年里根政府的上台标志了美国文化保守主义思潮的兴起，而20世纪60年代开始的文化激进主义由此受到了阻遏，两种文化力量之间的直接较量随即开始。一方面，新左翼阵营仍然坚持“文化多元化”的原则，要求种族、性别和宗教等方面的平等，主张宽容标新立异，认为这是美国民主制度的必然要求；另一方面，保守主义阵营面对美国文化认同的衰落，坚决主张恢复民族/国家的统一信念，改变反越战运动以来贬低美国文化价值观的激进立场。1981年，美国联邦教育部组建了“卓越教育国家委员会”，并在1983年发表了《国家面临危险：教育必须改革》的报告；1984年，在里根政府担任过教育部长的W.班奈特批评了美国教育的失败，主张恢复对经典作家的尊敬，使荷马、柏拉图、马克·吐温、福克纳等人的作品在人文学科中恢复自己的正统地位；1988年L.切尼发表的《美国人文科学》的报告中，主张超越阶级、种族和性别的局限，重新学习经典作品，以便恢复“塑造了我们美国文化”的那种普世主义的价值准则。[3]

与此同时，芝加哥大学教授艾伦·布鲁姆出版了具有轰动效应的专著《正在封闭的美国心灵》（1987）。书中指出，《圣经》是传统文化的源泉，而启蒙精神应该是被尊奉的原则。1988年，艾伦在哈佛大学做关于西方文化的演讲中指出，“经典是指那些在正式教育的核心课程中所教的和学生所要读的书……关键词是经典（canon）。”1991年，历史学家小施莱辛格在《正在分裂的美国》一书中指责多元文化主义削弱了美国的民族凝聚力，造成了文化的失序。詹姆斯·亨特在《文化战争：界定美国的斗

---

1 Harold Bloom. *Where Shall Wisdom Be Found*[M]. New York: Riverhead Books, 2004, p. 217.
2 Stanley Fish. *Professional Correctness*[M]. Cambridge: Harvard University Press, 1995, p. 118.
3 Christopher Clausen. *Faded Mosaic*[M]. Chicago: Ivan R. Dee, 2000, p. 164.

争》一书中分析了20世纪60年代以来美国文化面临的多种挑战，指责涉及多元文化主义观念对同性恋或异端思想的宽容，也涉及学校教育对基督教文化价值观的忽视；班奈特在《美国的贬值》（1992）一书中极力批评自由派人士的激进立场破坏了美国人的理想主义和宗教信仰。[1]

在这样的文化情境中，《西方正典》的出版可谓适逢其时。它体现了捍卫西方自文艺复兴以来建立的文学传统的坚定态度。布氏的基本立场是：一些文学专业领域里的“文化研究”者脱离了文学研究而变成了社会批判家，但又不能达到社会学、政治学或历史学这些专业学科研究的学术高度，也不能解决具体的社会问题，反而消解了文学批评自身。美国最重要的“耶鲁学派”研究者，美国当代学者J.卡勒，也是布氏经典论的赞同者，他认为，文化研究把文学当做基本的研究对象之一，应该集中关注以下两个论题：“（1）文学正典是什么，即通常在学校和大学里讲授的、并被奉为我们文学遗产的是什么；（2）用来分析文化对象的适当方法是什么。”[2] 布鲁姆则声称：“我们一旦把经典看成为单个读者和作者与所写下的作品中留存下来的那部分的关系，并忘记了它只是应该研究的一些书目，那么经典就会被看成与作为记忆的文学艺术相等同，而非与经典的宗教意义相等同。”[3] 布氏认为文学经典代表了民族文化的核心内容，而经典建构涉及传承什么样的价值观念和延续什么样的民族特性等重大问题。

当然，经典之争除了美国本土的原因，还有世界文化研究的语境，当代文化研究，如王宁所指出的，正在沿着三个方向发展：（1）突破“西方中心”及“英语中心”的研究模式，把不同语言、民族—国家和文化传统的文化现象当做对象，以便对文化理论自身的建设作出贡献，这种扩大了外延的文化理论从其核心——文学和艺术中发展而来。抽象为理论之后，一方面可以自满自足，另一方面则可用来指导包括文学艺术在内的所有文化现象的研究；（2）沿着早先的精英文学路线，仍以文学（审美文化）为主要对象，但将其研究范围扩大，最终实现一种扩大了疆界的文学的文化研究；（3）完全远离精英文学的宗旨，越来越指向大众传媒和所有日常生活中的具有审美和文化意义的现象，或从人类学和社会学的视角来考察这些现象，最终建立一门脱离文学艺术的“准学科”领域。

至此，我们发现，经典之争牵涉到社会和政治的诸多问题。这场争论就成为一场文化和学术的争论演变成了范围广泛的社会问题争论。时值2010年本人在美国耶鲁大学作博士后项目期间，几乎每个星期都有电影媒介、大众传媒学的讨论。耶鲁大学人文学院专门组织“媒介研究与理论小组”定期讨论；哈特曼的学生、布鲁姆的追随者，我的导师保罗·弗莱（Paul Fry）的耶鲁同行，现任纽约大学银质教授John Guillory于

---

1 William J. Bennett. *The Devaluing of America*[M]. Colorado: Family Publishing, 1994, p. 12.
2 Jonathan Culler. *Literary Theory*[M]. New York: Oxford University Press, 1997, p. 6.
3 Harold Bloom. *The Western Canon: The Books and School of the Ages*[M]. New York: Harcourt Brace & Company, 1994, p. 17.

2010年9月24日在耶鲁大学所作的题为“媒介概念的力量”（*Genesis of the Media Concept*）的讲演，充分体现了这场论战的广泛性、迫切性。美国学者正在对布鲁姆《西方正典》一书掀起的浪潮作出回应，试图重新界定经典的决心已定。

二、“经典”溯源与布鲁姆审美自主性

布鲁姆的《西方正典》是建构审美经典理论的著作。《西方正典》书名本身就鲜明地显示了这种历史渊源和文化传承。英文“canon”（正典）一词来源于希腊文“κανών”，原指织工或木匠使用的校准小棒，后来延伸为法律或艺术的尺度或者规范。公元前5世纪左右，萨摩斯（Samos）的僭主波利克拉特斯命人雕刻了一尊名为“κανών”的塑像，以此作为人体艺术的摹本。以后，“κανών”又延伸指书面的文本。古希腊历史学家、修辞学家、哈利卡纳斯的狄奥尼索斯在《致庞培》的信中指出，希罗多德的《历史》是世上最好的典范（κανών），因为其中的语言不但优美得体，而且给人以韵律的快感。

“canon”这个词最早出现在1885年版的《大不列颠百科全书》中，该书曾提到“柏拉图式正典”的用法。尔后，英语文学中一些具有开创性意义的作品也被称为“英语经典作品中的正典”（the canon of English classics），例如狄更斯的小说和托克维尔《论美国的民主》的英文译本等，而《圣经·旧约》在英语文献中也被视为“正典”作品。[1]

正典的最高境界是崇高，是庄严的形式和典雅语言的结合。符合这些标准并经受住时间考验的文艺创作可以被称为“正典”之作，是经典中的经典，例如荷马史诗、古希腊悲剧《阿伽门农》和雕塑《拉奥孔》，等等。英文“canon”现在往往指特定的作品或文本，具有重大的学术价值和文化权威性，与“现在”的时间关联更强。在西方文化语境中，“canon”译成“正典”可以指称那些代表民族文化精髓并包含人类普遍价值观的文学作品，例如莎士比亚的戏剧和歌德的《浮士德》，等等，也指《圣经》那样传承宗教教义的经典文本。而译成“经典”则指得到广泛认可、并在历史传承中保留下来的那些优秀作品，当然也包括那些公认的各民族正典之作。

综观《西方正典》，“审美”是该作品的核心观点之一。旨在重建西方文学经典的历史，将之浓缩为一个“莎士比亚”，体现了其一定的文化保守主义，但在分析到经典的作用时，布鲁姆提倡审美自主性，提出“审美自主性”原则，秉持审美自由的思想，强调“审美只是个人的而非社会的关切”[2]。他认为对文学经典的遴选准则既非道德的，也不是社会的，而是审美的，对审美价值的判定是基于“审美自主性”的一种精英文化现象。“一首诗无法单独存在，但审美领域里却存在一些固定的价值。这些不可全然忽视的价值由艺术家之间相互影响的过程而建立起来，这些影响包含心理

1 Jan Gorak. ed. *Canon vs. Culture*[M]. New York: Garland, 2001, pp. 106-107.

2 Harold Bloom. *The Western Canon: The Books and School of the Ages*[M]. New York: Harcourt Brace & Company, 1994, p. 12.

的、精神的和社会的因素，但其核心还是审美的。”[1]“我……主张审美选择总是经典构成的每一世俗方面的指导准则……就对审美价值的伤害而言，从意识形态上捍卫西方经典与那些宣称要摧毁或‘破解它’的人的攻击是相同的。”[2] 因此，文学作品中蕴藉的审美价值成为了文学经典的一个最重要标志。布鲁姆声称文学作为一门艺术，其审美应该是纯粹而完整的、被割裂在社会活动和政治目的之外的个人行为，他明确地指出文学审美的主体应该回归到个人。这无疑挑战了西方文学批评界颇为盛行的“主体之死”、“作者之死”的观点。但布鲁姆依然坚信审美完全是内在的自我行为：“审美批评使我们回到文学想象的自主性上去，回到孤独的心灵中去，于是作者不再是社会的一员，而是作为深层的自我，作为我们终极的内在性。”[3] 这里所谓“想象”，指发生在读者和经典著作之间的某种联想，是经典对读者自身经历、体会某种程度的唤起，也是读者在作者那里找到的符合人类共同情感的某种契合，并以此达到审美愉悦。这种审美价值的最终性质仍是个人的想象和体会，所以这种冲突“实际发生在读者身上”[4]。如果审美想象建立在个人独特性的基础之上，这实际上肯定了个人在解读文本时的主体作用和独立地位，排斥外在运作影响单纯干预的内在世界。当然，读者的感受和直觉的能力和审美天赋亦必不可少。

然而，审美又必须是孤独的，即一种抵御外来干预与聆听自我内部的声音的能力。“孤独的最终形式”是一种内在变化的最终形式，即无可逃避的死亡。就布鲁姆而言，死亡派遣给读者像哈姆雷特这类经典人物。他是死亡的使者，他以自身的悲剧性和普释性提供给我们对生命的阐释。读者对经典中悲剧人物的解读，就是对自身个体生命及生命最终形式的前瞻式的探索。至此，布鲁姆提升出了经典文本中的终极关怀，即人永远都无法回避对生命、死亡及其必然性的思考，个体生命在面临死亡时永远是孤独的，人类要摆脱一切世俗的外在干扰，就必须在死亡面前体现出终极平等并回归到生命的本身。

布氏所倡导的“审美主体”兼具保守主义和自由主义的双重审美情结。前者意味着布氏强调经典的传承性，后者体现了布氏主张的“审美自主性原则”态度。他认为审美是完全个人的行为，与社会关系无关。顾星欣在“保守的经典观与自由的审美观”一文中认为，这种开放的自由主义态度体现在：其一；他的“审美自主性”排斥了政治、道德等非文学的因素。将文学本身作为批评的主体，赋予了审美行为独立自由的品格。“只有审美的力量才能透入经典，而这种力量又主要是一种混合力：娴熟的形象语义、原创性、认知能力、知识以及丰富的词汇。”[5] 布鲁姆强调，经典的魅力就在于它们在审美上的独特性。其二，高扬了个人的主体地位，将人的审美接受从政治

---

1 Harold Bloom. *The Western Canon: The Books and School of the Ages*[M]. New York: Harcourt Brace & Company, 1994, p. 17.
2 Ibid., p. 16.
3 Ibid., p. 12.
4 Ibid., p. 12.
5 Ibid., p. 20.

观点、道德观念的捆绑中解脱出来。突出了人的心灵和审美之维。他说：“莎士比亚或塞万提斯、荷马或但丁、乔叟或拉伯雷，阅读他们的作品的真正作用是增进内在自我的成长。阅读经典并不会使人变好或者变坏，也不会使公民变得更有用或更有害……西方文学典律充其量只是让人好好地度过他独处的时刻。这独处的形式就是一个人自己的必死性。”[1] 其三，布鲁姆审美主体思想还体现在他打破了“文学进化论”的规则，但不作“一代不如一代”的悲叹，而是赋予了后辈作家充分的主观能动性，使他们充分发挥了文学创作的自由。布氏认同后辈作家虽然在前辈的强大影响下生存，但是也可以凭借文学的原创性而再次获得自己的经典地位。布氏的这种即强调审美主体性又强调经典继承性，本身体现了布氏本人也处于影响的焦虑之中。布氏的“经典”之处在于：在今天“百花齐放，百家争鸣”的时代，审美的自主与自由并不缺乏，反倒是布氏的保守精神才具有振聋发聩的作用。

三、布鲁姆《西方正典》的“审美批评”性

文学的世界是审美的世界，文学批评是对艺术世界的审美批评，而不是对日常世界的政治批评与道德批评。如前所述，当代西方发起的这场经典论战有其自身历史文化情境的特殊性，即在多元文化中，政治审判与伦理审判在文学研究中较为突显。作家政治身份决定论、政治题材决定论、政治价值决定论表现尤为明显，政治与伦理亦成为衡量经典的标准之一。文学之争延为政治之争。布鲁姆认为文学批判首先是审美的批评，对经典文学的批评，应是审美的艺术。审美构成了文学经典的核心，它维系着文学的“身份”与安全，都必须以审美批评为核心，而且是唯一的核心，审美批评能以一种强大的向心力与凝聚力赋予、规定和强化文学独特的身份特征。布氏极力推崇审美在文学本体中的独尊地位或者说“保全”角色。正是因为审美独尊和保全的存在，文学才得以成为文学。

丹麦文学批评家、文学史家，六卷本《19世纪文学主流》的作者勃兰兑斯（Georg Morris Cohen Brandes，1842—1927）认为：“文学史，就其最深刻的意义来说，是心理学，研究人的灵魂，是灵魂的历史。”[2] 文学是人心学，它的特点在挖掘人的精神世界描画灵魂深处，布鲁姆把莎士比亚列为世界文学经典作家之首，有其深刻的道理。他指出当代美国诗歌日渐式微的趋势，并将其原因归咎于诗歌界盛行的多元文化主义。他认为，最近三十年的美国诗歌出于智识下滑和衰颓的趋势，这源于一种文化负罪感，即政治而非审美价值批评主导着美国诗歌。他写道：“在诗歌界最为重要的是种族、社会性别、性取向、族裔以及诗人的政治意图。”他愤懑地谴责当下流行的多元文化主义，“我们这个时代时髦的多元文化主义是个谎言，掩盖平庸的伪装，是大

1 Harold Bloom. *The Western Canon: The Books and School of the Ages*[M]. New York: Harcourt Brace & Company, 1994, p. 21.
2 勃兰兑斯. 19 世纪文学主流[M]. 北京：人民文学出版社，1984，第 21 页.

学校园中禁锢和钳制思想的学术警察与盖世太保的面具。”[1]

布鲁姆指出任何文学批评必须建立在对文学审美价值认知的基础上。他反对一切政治性、道德性的文学批评，并对西方文学的批评现状非常不满。他反对广义的文化批评，《论经典》中到处分布着他对“憎恨学派”的极端反对和强烈抨击，文学批评是一门“艺术”[2]，属于纯粹的审美领域。“憎恨学派”的错误就在于把审美意识形态化，一首诗会因其对社会福祉的破坏而被驱逐，也会因其执行社会净化的任务而容其苟活，这是对文学审美领域的逃离。当一首诗不能够仅仅被读为一首诗，而被强行附加政治意义和社会意义，造成的将是文学自身审美标准的降低和审美价值的丧失。布鲁姆进一步地把这一审美批评的原则导入对文学经典的分析之中，他认为自身审美价值在使经典之所以成为经典中扮演着至关重要的角色。这无疑是对文学经典的肯定和正名，并以此反对持“意识形态创造了经典”的怀疑论者和以意识形态反对经典的“憎恨学派”。他们从根本上否定了经典的构成是基于其自身的内部传统和审美力量，确信经典的形成具有意识形态的因素，即与一定政治、历史、社会等人为因素有关，是历史和阶级斗争赋予文学作品成为经典的特质，他们甚至进一步认为经典的构造和存在本身就是一种意识形态，以此来颠覆经典并为其理想的社会变革服务。布鲁姆一贯反对把道德看成审美认知和审美批评的标准，“审美与认知标准的最大敌人是那些对我们唠叨文学的政治和道德价值的所谓卫道士。”[3] 审美要求自由，道德则要求限制，于是道德常常成为审美的桎梏。他一律排斥老右派和新左派，因为它们都是道德主义。在布鲁姆看来，“就对审美价值的伤害而言，从意识形态上捍卫西方经典与那些宣称要摧毁或‘破解它’的人的攻击是相同的”[4]，二者都不是从审美批评的角度去解读经典。这种有意或无意的歪曲对经典自身的审美价值都是一种忽视，甚至埋没。文学批评是艺术而不是工具，不应该作为用以唤回政治权力的武器，不应该作为制度公正、社会和谐、道德进步的教材，不应该打着这种旗号而抛弃美学标准和背离审美的文学批评。

布鲁姆认为文学的审美批评产生于一种动态的互文关系中，即在文本之间的斗争中实现。后来文本对前文本审美上的强劲误读、突破和超越，并通过复杂的社会关系表现出来。“审美价值产生于文本之间的冲突，实际产生在读者身上，在语言之中，在课堂上，在社会争论之中。”在这一竞争中取得优势地位的文本获得或者说被赋予了审美价值，审美批评通过艺术家之间的审美交流与影响实现。“这是一种诠释性的相互影响。”“一首诗无法单独存在，但审美领域里却存在一些固定价值。这些不可忽

1 Nikki Giovanni, Alvin Aubert, Calvin Hernton. Harold Bloom's Charge That Multiculturalism in American Poetry Is a Mask for Mediocrity[J]. *Journal of Blacks in Higher Education*, 1998(21):111-113.

2 Harold Bloom. *The Western Canon: The Books and School of the Ages*[M]. New York: Harcourt Brace & Company, 1994, p. 12.

3 Ibid., p. 28.

4 Ibid., p. 16.

视的价值经由艺术家之间的相互影响过程而建立起来。这些影响包括心理、精神的和社会因素，但核心是审美的。[1] 布鲁姆在《西方正典》中特别指出：他所选取的这些女性作家（作品）和少数族裔作家（作品）之所以能入选经典目录，是因为他们所取得的美学成就突出，其作品的美学价值高，而非审美以外的其他任何因素。其中弗吉尼亚·伍尔夫之入选经典的原因并非学界一般认为的因其女性主义文学批评的奠基人。恰恰相反，在布氏看来，伍尔夫根本不是一个女性主义者，她最大的贡献不在政治上、文化上，而是在美学上，她是出色的唯美主义者。

布鲁姆在《西方正典》中提到：“‘憎恨学派’所坚持的这个观点只适用于‘已死的欧洲白人男性’，不适用于女性和我们称为‘文化多元主义者’的人。于是，女性主义的领头鼓吹者宣称，女性作家好似被褥缝纫工一样亲密地合作，而非裔和西裔文学活动家则进一步强调他们未受到任何文化污染之害，他们每一个人都似清晨的亚当一样纯洁。他们似乎是亘古未变历来如此：自我创造、自我生息并自具伟力。不管这些说法如何自欺欺人，它们若出自诗人、剧作家和小说家之口都可理解和正常。但是这些断言如来自所谓的批评家，那么其中的乐观言论既不真实也无趣味，而且有悖于人类的天性和文学的本质。”[2] 概语表明了布氏审美批评的立场，即审美批评不可否认影响的焦虑，它涉及人类的天性和文学批评的本质。

贝奈戴托·克罗齐（Benedetto Croce，1866—1952），意大利著名文艺批评家、历史学家、哲学家，曾指出，一切历史都是当代史；英国哲学家、历史学家和美学家，表现主义美学的主要代表科林伍德（Robin Crearge Collingwood，1889—1943）说，一切历史都是当代思想史。就此言之，历史事件与历史人物作为“历史”展现在我们面前，都具有“当代性”。然而，维科（Giambattista Vico，1668—1744），18世纪意大利著名的语言学家、法学家、历史学家和美学家，曾十分中肯地指出：一切问题的研究，都必须从问题的开始时开始。文学经典具有传承性，因此，经典研究就是问题研究的开始。布鲁姆正是充分意识到多元文化主义潮流对文学问题自身的威胁，才极力反对多元文化，要求改变文学衰亡的命运，重新回归一元文化，坚持和维护审美批评在文学构成中的核心地位。

四、布鲁姆论“经典的特性”

“classic”强调等级性、典范性和古典性，而“canon”则着重尺度性、规则性、律条性、真伪性以及协商性等，而且canon还具有宗教性，canon一词具有浓厚的宗教色彩和印记，充分体现出宗教的神圣性、认证的（宗教）组织机构性、制度性、法规性以及（宗教）权力的干预性等。布鲁姆的经典观兼具鲜明的canon和classic特征，即宗教性和等级性。而这也是布鲁姆在文学经典观与经典批评上迥异于圣伯夫、T.S.艾

---

1 Harold Bloom. *The Western Canon: The Books and School of the Ages*[M]. New York: Harcourt Brace & Company, 1994, p. 17.

2 Ibid., pp. 5-6.

略特、F.R.利维斯、特里·伊格尔顿、弗兰克·克莫德、杜威·佛克马、约翰·吉洛利等20世纪许多著名的文学家和批评家之处。了解其经典观的这一特性，无疑能使我们更具体清楚地认识布氏独特的经典观，也为我们更进一步、更深入地理解其经典观的其他方面奠定良好的基础。因此，探究和认知布鲁姆经典观的这一特征对于布氏（经典批评）研究具有比较重要的学术价值和意义。

布鲁姆对于“经典”一词有着深刻的认识，兼具canon与classic的一些特点。阅读布鲁姆关于“经典”的文章或著作，发现他主要用canon一词来表示“经典”。他从词源学的角度分析认为，canon的词源和词义远溯至希腊语词*kanon*，而后者（*kanon*）又起源于闪含语系闪语族语言（of Semitic origin），其原初含义“芦苇”（reed）或“管子”（pipe）和“测量竿”（measuring rod）之间很难分辨。该词在拉丁语中又衍生出新的语义：“模型，典范”（model），就此而言，canon与classic之间具有相通和相似之处。布氏认为，canon的表意范围大幅扩大延伸，其文化内涵和指涉非常丰富，既包括“教会法典（法规、法则），世俗法律，标准或准则、尺度，天主教弥撒的主要部分，一种（音乐上的）赋格曲（fugue）的同义词，印刷上的一种铅字类型（in printing for a size of type）”等基本的和非常用含义，也包括“神圣的（指宗教上的）或世俗的权威性作品”等现当代常用的、主要的意义（即“经典”）。[1]

布鲁姆的经典特征表现如下：首先，他的经典观表现出canon本意具有的鲜明的宗教性。如前所述，宗教意义上的canon是指“被基督教堂作为真理，被《圣经》接受的那些书本”[2]，即“正经”或“正典”。这里的“正”是关键词、核心词，其含义为genuine，即“真正的，真实的”。因此，“正经，正典”（canon）就是指称《圣经》中被基督教会依据一定的教义和宗旨认定为真作（正统之作）的篇目。布鲁姆意义上的经典（canon）也具有类似的宗教色彩。他的“西方正典”谱系正是他的审美宗教的具形化（和物化形态）。他根据自己的美学原则（以审美价值为依据和标尺，以崇高风格为审美特征）遴选和确定了伟大作家和不朽作品，认为它（他）们才是真正的文学（家），它（他）们才代表了文学的正宗和正统，因而属于正经、正典，它（他）们在当今文学与审美式微的世界中具有“正本清源、拨乱反正”的功效；而其他不符合其审美原则和文学理念的作家作品，如通俗文化文本、“憎恨学派”，包括女性主义、新历史主义、新马克思主义等以及多元文化主义者所推举的作家作品等，是非文学的，犹如宗教里的伪经，没有资格进入其体现了西方文学正宗的道统和“西方正典”书目。“憎恨学派”从文化和社会的视角来读作品，无一例外将经典看成“死去的欧洲白人男性”的意识形态，回避和压抑经典中的审美和艺术想象因素。布鲁姆的经典视野里，莎士比亚被他圣化为类似于上帝（God）的最高（美学）权威与《圣经》：“莎士比亚就是世俗经典，是俗世的《圣经》，考察前人或后辈是否属于经典作家都须以他为准”。

1 Harold Bloom. *Poetry and Repression*[M]. New Haven: Yale University Press, 1976, p. 29.
2 A. S. Hornby. *Oxford Advanced Learner's Dictionary of Current English with Chinese Translation*[M]. Beijing: The Commercial Press & Oxford University Press, 1993, p. 204.

莎士比亚像神祇一样具有无限的思想包容性和超越性，“不管你是谁和身在何处，他总是在观念上和意象上超过你”。关爱人类孤独的灵魂和精神，增进内在自我的成长是布氏经典观的意义所在。诚如布氏所言，“西方经典的全部意义在于使人善用自己的孤独，这一孤独的最终形式是一个人和自己死亡的相遇。”[1]

布鲁姆经典观的另一特征便是谱系内部具有变动多元的等级秩序性。这种等级性即指经典作家及作品在艺术经典性（包括原创性、丰富性、代表性、崇高性等）和影响力以及其他方面的层次性差异。这凸显出布氏经典观所具有的classic特性（即强调“等级性”）的一面。在布氏的谱系中但丁只能是整个西方经典的“次中心”，即次于莎士比亚的第二中心。莎士比亚不仅仅是西方经典的核心，而且还是整个世界经典的中心：“莎士比亚是一种世界经典雏形的中心，而不是仅仅属于西方或东方，更别提欧洲中心论了。”[2] 布鲁姆的文学经典谱系如果按照不同的文化层面和概念/知识范畴划分等级，则又会出现不同的（经典）秩序和排列结果。乔叟则是仅次于莎士比亚的经典作家，“除了莎士比亚，乔叟要算是英语作家中最杰出的一位。布鲁姆评论认为，“即使把奥维德或‘英国的奥维德’马洛都算上，也没有任何作家像乔叟一样给予了莎士比亚如此重大的影响。”[3] 莎士比亚在文学形象的勾描和书写上也从乔叟处得之甚多，最主要地是其“两位最具有内在性和个性的人物：巴思妇人和赎罪券商。”[4] 那么何以经典具有这样的等级性，在布氏看来，是因为他们“能在后世诗人中引发巨大的矛盾情感，”而“正是这些矛盾情感确定了经典语境中的核心性”[5]。

布鲁姆经典论的第三个特征是文学作品的传统性和原创性，即布鲁姆在《西方正典》中提到的陌生性。这种从作品本体上来观察的视角显示出作家思想的独特性。布鲁姆接受了佩特的观点，把浪漫主义定义为使美感增加陌生性效果的艺术，并认为这种观点适用于所有的西方经典作品。他提出了原创性——“一切强有力的文学原创性都具有经典性”[6]，并认为，经典的陌生性并不依赖大胆创新带来的冲击而存在，但是，任何一部要与传统做必胜的竞赛并加入经典的作品首先应该具有原创魅力。他把从但丁的《神曲》到贝克特的《终局》这一文学历史进程看做一个从陌生性到陌生性的不断发展过程，即继承文学传统而又不失“崇高”的美学价值的发展过程。布鲁姆又举例作出了补充：“这种特性（陌生性）要么不可能被我们同化，要么有可能成为一种既定的习性而使我们熟视无睹。但丁是第一种可能性的最好例子，莎士比亚则是第二种可能性的绝佳榜样。充满矛盾的惠特曼则常在这一悖论两边徘徊。”布氏所关注的文艺复兴以来的诗歌史是诗人们受到“影响的焦虑”史。作家只能采取误读前驱

1 Harold Bloom. *The Western Canon: The Books and School of the Ages*[M]. New York: Harcourt Brace & Company, 1994, p. 21.
2 Ibid., p. 13.
3 Ibid., p. 33.
4 Ibid., p. 35.
5 Ibid., p. 416.
6 Ibid., p. 18.

的经典作家作品的方式来与之抗衡。那些优秀的诗人对前辈成功的误读建立在前人文本的基础上，开展创造性的差异、歪曲和修正，结果将自己影响的焦虑内化到其作品中，并成功地将作品推上了经典的宝座。在这个过程中，对先驱的经典作家误读的成功与否决定诗人是否强大、是否能跻身经典行列的标志。而文学作品审美的独创性由此实现。

综上所述，布鲁姆的经典性是一种复合的审美元素综合体：“只有审美的力量才能投入经典，而这力量又主要是一种混合力：娴熟的形象语言、原创性、认知能力、知识以及丰富的词汇。”[1] 在以下的四节中，我们试图从隐喻性、重复意象、绘画意象等视角，有所选择地重读被布鲁姆列入经典之列的作家之经典作品，旨在说明经典的永恒性与布氏理论的实用性。

第二节　奥斯丁《曼斯菲尔德庄园》的道德观

简·奥斯丁是18世纪杰出的文学家，她的作品自19世纪以来一直颇受争议。国内外对于她的研究大多是围绕《傲慢与偏见》与《理智与情感》这几部著名的作品，而《曼斯菲尔德庄园》则被许多人认为充满了道德说教，是奥斯丁“最乏味”的一部作品[2]，尽管该作品同时也被埃德蒙·威尔逊誉为“奥斯丁小说中艺术性最臻完美的一部”[3]。研究者多认为奥斯丁是一位“道德教育家”[4]，受到基督教道德观和启蒙主义的影响，维护她所在的士绅阶级保守的伦理道德秩序，小说中一直极力推崇——信仰、忠诚、谦卑、自我克制等传统美德，反对“个人主义和女性主动性”[5]。认为她在社会的压力下继承了当时女性风俗小说家确立的说教传统，扮演了督导青年妇女道德成长的“说教者”的角色。[6] 事实上，奥斯丁在一定程度上宣扬了当时社会士绅阶级的道德观，但她通过自己对社会生活的理解，在女性美德方面提出了自己的观点，并通过笔下的作品表达出来。如同伍尔夫一样，奥斯丁的经典性亦绝非其道德观取胜，而是其文学创作的传统性与宗教性。

本节将通过研究奥斯丁在此书中不同道德观的矛盾撞击，分析奥斯丁通过《曼斯

1 Harold Bloom. *The Western Canon: The Books and School of the Ages*[M]. New York: Harcourt Brace & Company, 1994, p. 20.
2 Trilling, Lionel. *The History of English*[M]. Garden City: Double-day Anchor Books, 1955, p. 224.
3 Edmund Wilson. *The Development of American Literary Criticism*[M]. London: Rupert Hart-Davis, 1952(131): 139.
4 朱虹编选. 奥斯丁研究[M]. 北京：中国文联出版公司出版，1985，第139页.
5 巴特勒. 浪漫派、叛逆者及反动派：1760—1830年间的英国文学及其背景[M]. 黄梅等译. 沈阳：辽宁教育出版社，1998，第155页.
6 刘戈. 简·奥斯丁与女性小说家的“说教传统”[J]. 外国文学研究. 2004(4):12-18.

菲尔德庄园》所体现的理想的道德模式。主要从几个方面进行论述：第一部分阐述当时社会主流道德观对奥斯丁的影响；第二部分通过比较芳妮和玛丽的思想差异，对比阐发城市、乡村道德观，指出奥斯丁对当时乡村道德观的推崇；第三部分通过对书中女性性格命运的分析，讨论奥斯丁在女性美德方面反叛的一面。最后从这三部分总结归纳奥斯丁传统与叛逆并存的道德观，发掘其对于现代社会的道德意识的现实意义。

一、简·奥斯丁道德观溯源

1775年，奥斯丁诞生于史蒂文顿的一个牧师家庭。她和她家人并没有遇到信仰危机，一直都是虔诚的基督教徒。“在基督教的道德标准中，不诚实、自私、虚伪和不忠诚被认为是道德的衰败。”[1] 这样的观念深刻地影响了简·奥斯丁，因此在她的笔下几乎没有罪大恶极的真正意义上的坏人，被批判的大多是那些有着虚伪、自私、不顾及他人感受这样缺点的人。

同时，“18 世纪是启蒙主义的世纪”[2]，“以理性的时代著称，也是个关注道德的时代”[3]。奥斯丁是“启蒙之女”玛利亚·埃奇沃思的崇拜者，继承了她那“说教性的”[4] 写作风格。而玛利亚·埃奇沃思“温和女权主义”[5] 的思想也影响了奥斯丁笔下的女性角色创作。赛缪尔·约翰逊等理性主义作家也影响着奥斯丁的创作。她甚至被称为“赛缪尔·约翰逊的女儿”[6]。哥特小说、伤感小说流行的浪漫主义时期，奥斯丁是一个另类，她关注真实的社会生活，关注人的理性，从《理智与情感》、《傲慢与偏见》、《劝导》等书名中就能看出作者的取材角度，其六部小说都描写了奥斯丁所熟悉的人和事，都是关于婚姻的，奥斯丁认为“一桩真正完美的婚姻必须理智地，同时满足物质、情感和道德的需要”，男女双方必须“具有真情和正确的判断”，而“正确的判断又是建立在良好的道德、举止品味和感觉的基础上”[7]。

道德是社会意识形态之一。道德因素渗透在人类的一切行动中，调节着人与人，人与社会的关系。任何道德观都是其所属社会及阶级的产物，随着社会的改变而不断变迁，约束着当时社会人们的行动。奥斯丁继承了基督教道德观克己爱他的精神，结合了理性主义对道德的关注，认为“我们要控制自己自私的欲望，考虑他人的感情，不管生活给予我们什么，都要做到最好”[8]。虽然生活在两百多年前，但是她道德观

1 周青. 论《诺桑觉寺》中的基督教道德观[J]. 苏州大学学报，2003(3):96-99.
2 Franco Cardini. *Christianity*[M]. Guangzhou: Guangdong People's Puplishing House, 2006, p. 76.
3 李景艳，常梅. 奥斯丁小说中的伦理道德观初探[J]. 学术交流. 2004(2):151-153.
4 巴特勒. 浪漫派、叛逆者及反动派：1760—1830 年间的英国文学及其背景[M]. 黄梅等译. 沈阳：辽宁教育出版社，1998，第 153 页.
5 同上，第 152 页.
6 Harold Bloom. *Modern Critical Interpretations Jane Austen's Mansfield Park*[M]. New York: Chelsea House Publishers, 1987, p. 2.
7 周青. 论简·奥斯丁非传统性的女主人公[J]. 西南民族大学学报，2004(4):59-62.
8 Maggie Lane. *Jane Austen's World*[M]. Hainan: Hainan Press, 2004, p. 24.

中的这些思想对于我们今天社会所崇尚的道德观仍有异曲同工之效。

二、《曼斯菲尔德庄园》中道德观冲突

诚如20世纪英国文化学家的主要代表雷蒙德·威廉斯（Raymond Williams，1921—1988）所指出的，1847—1848期间出版的小说共性是关注社区意识（consciousness of community），[1] 关心的是社会意识形态下，资本主义发展初露端倪期间的社会道德问题。这句话同样也适合于奥斯丁的小说世界。在《曼斯菲尔德庄园》中，奥斯丁描写的仍然是英国乡间三四户人家日常生活之类的琐事，构建了一个自足的道德价值判断体系，书中塑造的人物形象都有其各自的性格，可以说在她的笔下没有任何两个人的道德观是完全一致的。正是这种种不同的道德观的碰撞摩擦，构成了《曼》一书的主要矛盾冲突。具体表现在书中一场场或机智的或沉闷的谈话，一次次对于同一件事不同的态度中。

奥斯丁曾在一封信中说，《曼斯菲尔德庄园》一书是关于“国会牧师任命问题”的。[2] 虽然没有读者会真的这样以为，但是书中埃德蒙会否成为牧师对于两位女主角来说确实是个重要的问题。芳妮和玛丽对待牧师职业的态度截然不同。这个问题首次被提出来是在克劳福德小姐用调侃的、不尊敬的口气和范妮讨论了牧师的地位和作用，把范妮“气得说不出话来”之后。在得知爱德华将会成为一名牧师后，克劳福德小姐“差不多吓呆了”，而后她凭自己在伦敦生活的经验试图劝阻埃德蒙放弃牧师这个“无足轻重”、没有影响力、收入微薄的职业，“到法律界去”。而埃德蒙认为牧师的责任是“保护宗教和道德，保护因为宗教和道德的影响产生的言行规范”，并且说“最高的道德，我们不能到大城市里去寻找”。在这个问题上，羞怯的范妮没有发表长篇大论的看法，只是完全站在她表哥这一边，认为牧师是一种值得尊敬的职业。在这里，玛丽·克劳福德代表的是大城市的价值评判标准，而埃德蒙和范妮则代表了乡村的。在《曼》一书中，玛利亚、朱丽亚和汤姆的堕落都产生于伦敦，而汤姆的最终觉醒确实在曼斯菲尔德。在奥斯丁的其他著作中，也常常有这样的对比：她作品中的从城市来的人常常是功利的、轻浮的、随心所欲地追求享乐，逃避责任、义务、道德等沉重的东西；而乡村中的人常常代表了淳朴、正直、自我约束，重视责任、道德这样的美德。毫无疑问，奥斯丁是热爱乡村的，并通过这样的对比表现了对乡村道德观的推崇。

男女私订终身、私奔的情节并不是第一次出现在奥斯丁小说中，《傲慢与偏见》中莉迪亚和韦翰的私奔就是一个非常重要的情节和转机，推动了故事的发展。《曼》中亨利·克劳福德和已婚的玛利亚的私奔也是如此。对此，书中并没有直接描写，只

1 Raymond Williams. *The English Novel From Dickens to Lawrence*. London: Chatto & Windus Ltd., 1970, p. 3.
2 Lionel Trilling. *The Opposing Self: Nine Essays in Criticism*[M]. New York: Viking Press, 1955, p. 230.

是通过报纸上的新闻一笔带过。听到这个消息的范妮“震惊”了。

一个结婚才六个月，另一个自称忠实，却献身于另一个女人……这样混乱不堪的罪行，这样无耻的罪恶，太可怕了，除了野蛮之极的人，但凡有点人性是绝对做不出来的。[1]

是什么使一直温顺地对待别人，克制自己的情感和欲望的那个害羞不大说话的范妮如今反应如此激烈？此事对于她并没有直接的影响，因为她从来没有打算接受克劳福德。她考虑的是此事对当事者身边的人的伤害。

……这种不幸必然会影响到所有的人。姨妈的痛苦，姨父的痛苦……朱丽亚的痛苦，汤姆的痛苦，埃德蒙的痛苦，想到这里她更是脑子里长时间地一片空白。（p.402）

与她相比，克劳福德小姐对于此事态度之随便是另一个极端。“她只把它看成一件傻事，而且之所以傻，是因为不该泄密，缺乏足够的谨慎，不够警惕。”（p.413）她责怪的不是自己的弟弟，而是玛利亚，说她“破坏了她弟弟的幸福未来”。她还埋怨范妮，认为如果范妮接受了他的话，“他们现在可能正在安排婚礼，亨利会非常幸福，非常忙碌，就不会再去找别人了。”（p.414）正是这番话让埃德蒙认为她“没有起码的道德良知”（p.413），对她彻底失望。

在现代社会，私奔也许会被吹捧为罗密欧与朱丽业的浪漫故事。不同于过去，现代人更加重视自我，更加在意自我的感受和追求。但是，在 18 世纪末 19 世纪初的英国乡村的奥斯丁笔下私奔绝非“浪漫”，他们因为一时的激情让自己身败名裂不说，还连累家人、朋友名誉扫地，绝非道德之举，甚至是罪大恶极。“究其私奔的根源，道德意识的淡漠恐怕难辞其咎。”[2] 在描写爱情这方面奥斯丁更倾向于理性主义作家，一时的激情不会带来幸福，只有精神上互相理解，互相敬重的两人才能维持长久的感情。奥斯丁赋予范妮她所认可的“道德意识”，“让范妮输掉了每一场战役却赢得了整场战争”。

三、简·奥斯丁眼中的女性美德

18到19世纪的英国妇女地位非常卑微，正如大卫·莫那翰指出的那样：“妇女们再没有比在18世纪那么不受尊重了。”[3] 这“不仅表现为经济和政治上的依附性，甚至受教育的权利也被限制”，妇女被认为“天性智力低劣”。18世纪著名女权主义者玛丽·沃斯通克拉夫特夫人在她的著作中提及卢梭对于女性美德的观点：

卢梭宣称，妇女永远不应该认为自己是独立自主的……人类一切美德的基础，即真理和坚强意志，应该有限制地加以培养，因为从妇女的性格来看，

---

1 Jane Austen. *Mansfield Park*[M]. Oxford: Oxford University Press, 1990, p. 401.（以下引文均出此书，只注页码。）

2 宋建华.《傲慢与偏见》的女性意识[J]. 大连大学学报，2001(5):77-79.

3 Christopher Gillie. *A Preface to Austin*[M]. Beijing: Peking University Press, 2005, p. 99.

服从才是她们应该严格地一丝不苟地铭记在心的首要一课。[1]

如同卢梭所说，18世纪对于社会中上阶层的女性而言首要是做到“多才多艺”，这是当时社会女性教育的主要内容，其目的不是女性的自我完善，而是为了在社交界出风头，最终目标则是吸引男人的爱慕和求婚。

关于卢梭认为女性除了取悦于人以外不需要具备其他的美德的看法，沃斯通克拉夫特夫人是完全不赞同的，她认为女性应该和男人一样培养“自觉的美德和尊严”。奥斯丁在妇女独立问题上并不像玛丽·沃斯通克拉夫特夫人那样站在时代前端大声疾呼，在《傲慢与偏见》中她借人物之口说，“一个女人必须精通音乐、唱歌、图画、舞蹈以及现代语文，除此之外，她的仪表和步态、她的声调、她的谈吐和表情，都得相当风趣”才能称得上“多才多艺。”（《傲慢与偏见》，p.28）这似乎是对传统观点的赞同，但是接下来她又借达西之口加以补充：“她除了具备这些条件以外，还应该多读书，长见识，有点真才实学。”（《傲慢与偏见》，p.28）。

和精通竖琴的玛丽不同，范妮并不是那种具备取悦于人的才艺的女子。她“既不想学音乐也不想学绘画，”（《曼》，p.16）也不像她的表姐一样从小学习很多装点门面的知识。同时范妮自小在表哥埃德蒙的引导下读了很多有益的书籍，培养了自己的鉴赏能力，挖掘了和男性同等水平的理性。全书中她是唯一的一直清醒的人，甚至超过了她的领路人埃德蒙，后者在陷入恋情时也被蒙蔽了双眼。范妮知道什么是道德，并有意识地做一个有德行的人。我们通过范妮极具洞察力的眼睛看到了其他人的自私、荒唐、缺乏判断等缺点。就此而言，范妮是个另类，是奥斯丁对当时流行的妇女美德的叛逆。但是范妮并不是完美的，她在书的大部分时间都太过自我压抑、顺从，以致一直被忽视、轻视。

传统观念认为男性是社会的主宰，服从是女性的美德，范妮的行动也一直在实践着这一美德，她从来没有忘恩负义，一直自我克制，服从姨妈、姨父、表哥的意见，每当意见分歧，也总是过分谦卑地认为是自己不对。但是当她第一次遵从自己的判断拒绝亨利求婚时，她违背了托马斯爵士的期望，惹他生气，导致托马斯爵士说出了让她心碎的话：

> 我还以为你与众不同，不任性，不自以为是，没有染上一点现在流行的那种所谓独立的习气。但是今天你向我表明，你也会任性、自以为是，你要自行其是，毫不考虑、毫不尊重那些有权指导你的人们的意见……你心里只有你自己……”（《曼》，p.286）

这里说的“独立的习气”是传统守旧的托马斯爵士对于当时在社会备受批判的女权主义主张的认识。沃斯通克拉夫特夫人主张女性精神上和男性平等，赋予女性理性，希望女性能“表现她们自己的才能”，“树立她们自觉的美德的尊严”[2]。奥斯丁笔下

1 沃斯通克拉夫特. 女权辩护[M]. 北京：商务印书馆，1996，第31-32页.
2 同上.

的范妮并不是什么独立自主的女强人，但是她也不是完全依附在男性权威之下的旧式淑女，范妮是顺从的，但是并非盲从，她有理性、有观察力，对于事情有自己的道德评判。虽然她一直呈现弱者的姿态顺从别人，但在精神层面上她绝不是弱者。在曼斯菲尔德遭遇一系列打击的时候，范妮成为大家的精神支柱，表面的羸弱和内在的坚强形成了强烈的对比，显示了她绝不比男人逊色的价值。

由于奥斯丁所处的阶级和她有限的经历，她笔下的女性都是以家庭为中心的淑女。尽管奥斯丁不是一个女权主义作家，但是她认为妇女“必须具备自我认识能力，独立而正确地作出判断，懂得自我尊重，坚持自己的人格，让别人把自己作为一个人来尊重”[1]。她坚信女性和男性有着一样发达的智力和理性。她作品中的女主人公的精神层面和女权主义者所追求的有着很多共同点，她们有理智、有道德意识，生活的目的不是取悦男人，而是尽自己的本分、发挥自己的作用。奥斯丁为破除歧视妇女的写作传统，作出了开拓性的贡献。

“奥斯丁向往人与人之间和谐的关系，她的理想境界是‘每个人都有自己恰当的位置，每个人的感情都受到顾及’。”[2] “在奥斯丁六部完整的长篇中，《曼》中的道德感最为强烈，这种道德感强烈的程度甚至到了人为改变作品人物命运的地步。”[3] 书中通篇都是这样的对比，自私、不顾及他人感受的克劳福德兄妹，伯特伦家的汤姆，玛利亚和朱丽亚做出愚蠢的事，伤害他人的感情，最终使自己蒙受不同程度的损失。克己、顾及他人感受的范妮最终得到了爱情和别人的尊重、认同，守护着她心目中理想的曼斯菲尔德庄园的秩序。

综上所述，奥斯丁对于伦理道德的认识受到她所处的时代、阶级的影响，有其传统的一面。“奥斯丁对品行重要性的坚持从某种程度上来讲，体现了她是当时社会的保守派。”[4] 另一方面她也深受启蒙主义文学作品和赛缪尔·约翰逊这样的理性主义作家的影响，选择了和当时流行的歌特小说、伤感小说截然不同的理性主义文风。虽然在一定程度上她倡导女性情感的压抑，主张女性的顺从，但作为一个女性，她关注女性的生活和命运，塑造了与传统文学作品中的女性截然不同的女性角色，对传统的女性美德提出新的看法。尽管没有站在女权主义者一边，但是关于女性应该培养和男性平等的理性和道德修养的看法是先进的、独到的。奥斯丁认为，作为个人要真诚、坦率、自尊、仁爱，作为群体，要建立互让、互助、平等和谐的伦理关系。在物质文明高度发达的今天，若使人类的精神文明得以同步发展，社会不断进步，奥斯丁小说中鲜明的道德观仍具深远的现实意义。

1 何朝阳. 简·奥斯丁的女性视点 [J]. 四川外语学院学报，2001(5):22-25.
2 李景艳，常梅. 奥斯丁小说中的伦理道德观初探[J]. 学术交流，2004(2):151-153.
3 张艳蕊. 奥斯丁与张爱玲作品中的顺从姿态[J]. 大连民族学院学报，2003(4):22-24.
4 周青. 论《诺桑觉寺》中的基督教道德观[J]. 苏州大学学报，2003(3):96-99.

第三节　论哈代小说《林地居民》中的重复意象

托马斯·哈代（1840—1928）对妇女的性格、心理和命运报有强烈的关注，并较多地把它们表现在自己的作品中。本节通过对哈代小说《林地居民》的全面分析，揭示死亡意象在小说中的运用。通常在哈代的作品中，女性常常需要面对死亡，但十分罕见的是，在小说《林地居民》中却是男主人公死去。以下的阐述旨在发掘“死亡”意象在小说中的作用，及其表现手法。读者不仅能更好地了解小说《林地居民》的主题思想，还能更多地了解作者的创作思想。

哈代是20世纪的诗人和19世纪的小说家，也是英国人喜欢的作家之一。他的小说创作整整跨越了二十七年，从1870年到1897年。在维多利亚时代早期，浪漫主义盛行。在他早期的作品——如《绿林荫下》（1872）、《一双蓝眼睛》（1873）中，哈代坚持浪漫主义诗人对上帝和自然的信念，深信人们能够和谐生存于大自然中，并能得到大自然的恩赐与呵护。在维多利亚时代中后期，因科技革命的兴起、达尔文《物种起源》的问世，哈代无法维持浪漫主义对宗教和自然的信念，其创作风格从初期的明朗轻快转向后期的抑郁悲观，对自然的描述亦从美丽富饶转向沉重萧瑟。《林地居民》正是哈代在这一转变时期中的力作。国内外学者对哈代小说的研究可谓汗牛充栋。如果统计一下，就1994年至2010年这十五年间各重要期刊中刊登的从各个角度解读哈代作品的论文就有两百多篇。如：从比较文学角度研究的有陶家俊的《论英中跨文化转化场中的哈代与徐志摩》，何宁的《中西哈代研究的比较与思考》、李雪梅的《鲁迅与哈代乡土文学共异性研究》、任良耀的《精心建构的艺术世界——哈代、福克纳和加西亚·马尔克斯之文本结构初探》；又如从哈代创作理论思想考察研究的有丁世忠的《试析哈代小说的女性伦理》、方英的《论哈代小说的多样化叙事情境及其文体效果》、陈文娟的《哈代笔下的工业革命与价值观的变迁》、聂珍钊的《哈代的小说创作与达尔文主义》；再如从哈代小说艺术角度论述的有马弦的《论哈代“性格与环境”小说的民谣艺术》、李巧慧的《哈代小说中人物的动物隐喻》，至于对哈代具体文本的阐释研究那就更多了。具有代表性的有马弦的《论〈还乡〉中大自然描写的象征性》、颜学军的《论哈代的〈列王〉》；哈代的诗歌研究也不乏其人，有吴笛的《对大自然的分裂的双重感受——评哈代的名诗〈黑暗中的鸫鸟〉》、《论哈代诗歌中的悲观主义时间意识》等。严学军与聂珍钊是80年代后中国学者中哈代研究较为全面的。尽管已经有这么多关于哈代小说的研究，但几乎没有关于《林地居民》这本小说的研究。

一、《林地居民》与重复

《林地居民》出版于 1887 年，是哈代的第十一部长篇小说。作者以多塞特郡中沿布莱克穆尔河谷一带林地为背景，虚构了一个与世隔绝的小辛托克村，叙述了林地居民基尔斯对木材商的女儿格蕾丝的单方面的忠诚爱情和格蕾丝与定居于此的外科医生菲茨比尔斯的热烈短暂的爱情和辗转的婚姻生活。在随后的几年中成为了哈代最喜欢的小说之一。哈代关于“林地小说”的想法最早开始于 1874 年，但随着《远离尘嚣》的成功，哈代害怕被定型为一个乡村作家，所以就把这个想法搁置在了一边。在 19 世纪 80 年代他又重新拾起了这个想法，出版了《林地居民》这部小说。它反映了哈代自己对于过去和现代变化不定的想法。热情、金钱、美貌和野心这些都是《林地居民》中所展现的主题，小说通过一个发生在小村庄里的故事折射出一个变化无常的世界。

由于哈代是一位对女性性格、心理和命运抱有强烈关注的作家，并总是把他的这种关注表现在作品中，所以死亡总是被安排为小说人物最悲惨的结局。哈代的很多小说中，死亡经常发生在女主人公的身上，但在小说《林地居民》中，却是男主人公基尔斯——一个心地善良的人的死亡。因此，此文旨在发掘哈代如此安排小说情节的原因，及其表现手法。这样，我们不仅能够更好地了解小说《林地居民》，还能够更多地了解小说的作者哈代。

哈代个人的生活环境、周围的人物以及生活经历都对他的写作产生了很大的影响。哈代，作为一位在诗歌和小说领域都颇有建树的作家，以他对坐落于英国威塞克斯（威塞克斯）乡村的精美且刺目的描述而闻名。他的第一部此类小说是《远离尘嚣》(1874)。作为一个石匠的儿子，哈代第一次接受教育是在一所乡村的小学校里。他给一个当地的建筑师 John Hicks 当学徒。那时他学习的是复兴哥特式建筑，这最终成为伴随他一生的爱好。1862 年，哈代搬到伦敦，跟随建筑师 Arthur Blomfield 继续进修建筑。正是在伦敦那段繁忙的岁月中，哈代开始了写作生涯，并一直受到他的挚友 Horace Moule 的鼓励。[1]

由此，可知哈代很多著名的小说都被安排发生在一个特定的环境下：威塞克斯。众多学者对哈代的威塞克斯小说系列进行了研究。在欧洲和美国的读者印象中，哈代是一个以写威塞克斯小说系列而著称的作家。30年代的欧洲、美国和中国的评论家把哈代归类为自然主义者。马克思主义评论家认为他是现实主义者。女权主义者十分赞赏哈代对女性的性格、心理和命运抱有的强烈同情。[2] 而哈代自己则把他的小说分成三类：浪漫幻想类，创造类和人物性格类。《还乡》、《德伯家的苔丝》、《卡斯特市市长》、《裘德》、《绿荫下》、《远离尘嚣》和《林地居民》都属于第三类。所以，本节主要作两方面的分析：一方面分析哈代如此安排小说情节的原因；另一方面探讨哈代的写作手法——这一部分将再被细分为四个小块，包括环境、行为、外貌和对话。而“死亡重复”是实现该小说创作艺术的方法。《林地居民》中所展示的三个境界的自然，归纳了哈代独具匠心的描写自然的手法，体现了哈代在该小说中的自然观，这种自然

---

1 Thomas Hardy. *The Woodlanders*[M]. [出版地不详]：Penguin Books, 1994, p. 1. (引文均出此小说，以下只注页码.)

2 张玲. 哈代作品集[M]. 北京：人民文学出版社，2004，第 3 页.

观是浪漫主义自然观和达尔文主义自然观的融合。

“重复”是一种修辞学上的手段。它通过重复使用一个词、一个短语，或者一种观点来达到强调的目的。不刻意使用的重复是不易被察觉的。有目的地使用重复可以增强叙述的力度。在说服性的文章中，重复是最受欢迎的修辞方法。在韵文中使用重复能比其他方法更好地表现主旨。[1] 小说《林地居民》中，哈代通过对死亡意象这个概念的重复运用来达到强调小说主旨的目的。

小说《林地居民》主要讲述一个令人动容的爱情故事：麦蒂南（Marty South）是一个普通但却成熟的乡村姑娘，她暗恋着基尔斯·温特邦（Giles Winterborne）——当地最大的林场主和经销商乔治·麦布里（George Melbury）的合作伙伴。基尔斯对麦布里的女儿格蕾丝颇有好感。格蕾丝是刚从寄宿学校毕业回到小镇上的新时代女性，但她对小村庄里的英俊医生爱瑞德·菲茨比尔斯（Edred Fitzpiers）一见钟情，不久便结婚了。但是就在他们婚后不久，格蕾丝发现爱瑞德与有钱的寡妇查蒙德（Felice Charmond）有染，便决心要离开医生，可惜当时的法律不允许他们离婚。就在格蕾丝终于意识到基尔斯才是她真正的爱人时，他已经永远地离开了这个世界。作者以多塞特郡中沿布莱克穆尔河谷一带林地为背景，虚构了一个与世隔绝的小辛托克村，叙述了林地居民基尔斯对木材商的女儿格蕾丝的单方面的忠诚爱情和格蕾丝与定居于此的外科医生菲茨比尔斯的热烈短暂的爱情和辗转的婚姻生活。

就像上文提到的那样，哈代是一个十分同情女性的男性作家，他尖锐地指出当代女性的最终结局只能是死亡。这不仅是一个时代问题，更是一个社会问题。法律、传统习俗和众多的歧视都是扼杀妇女的致命武器。在哈代的小说中，当女主人公格蕾丝还活着的时候，其中的一个男主人公基尔斯却死亡了。这是十分罕见的，但却又是哈代独具匠心的结果。要理解哈代这么做的用意，我们必须再次回到小说中去。

在小说的开头，格蕾丝被迫与基尔斯订婚，因为格蕾丝的父亲麦布里曾经做了一些对不起基尔斯父亲的事，他希望通过把“格蕾丝嫁给基尔斯来作为补偿”（p.18）。尽管麦布里做了这样的决定，但总觉得自己这么做是个错误：第一，他觉得他是牺牲了格蕾丝的终身幸福来弥补自己的过失；第二，“由于他花了这么大的气力来培养格蕾丝，把她嫁给基尔斯简直是浪费”（p.17）；第三，基尔斯实在是太穷了。所以当麦布里找到第四个理由来支持他的决定的时候，他就完全地放弃了把格蕾丝嫁给基尔斯的决定，那就是他发现了小镇上英俊的医生菲茨比尔斯，麦布里完全把他当做是女儿理想的结婚对象。尽管格蕾丝嫁给了医生，但基尔斯仍然深爱着她。当格蕾丝发现自己的丈夫不忠于自己的时候，她请求基尔斯重回到她的身边。但是，天不遂人愿，最新的法律不允许夫妻离婚。在格蕾丝离家出走的这段日子里，基尔斯让格蕾丝住在他破旧的小屋里，而他自己则躲在一个“衣不蔽体的小角落里”（p.366），以防被别人看见影响了格蕾丝的声誉。对格蕾丝来说，基尔斯是她唯一可以相信的人了。就在她住

1 C. Hugh Holman. *A Handbook to Literature*[M]. Indianapolis: Odyssey Press, 1976, p. 446.

进小屋的第二天，一场大雨夺走了基尔斯的生命。直到那个时候，格蕾丝才意识到基尔斯对她的重要性，可惜他已经离她远去了。虽然在小说的结尾处，我们看到格蕾丝和医生又重归于好，但很明显这并不是因为爱情，更多的只是出于同情和怜悯。一个为爱情牺牲一切的男人，和一个为爱寻觅了一生的女人，只有在男人离开了人世的时候才突然意识到对方就是自己寻寻觅觅要找的人，这是何等的悲哀，又是何等的无奈。这比让这个后悔莫及的女人死一千次、一万次还要让人觉得悲哀。所以，这就是为什么哈代要如此安排情节的原因。当我们了解哈代这样做的原因之后，我们就可以来探讨他是如何做到这一切的了。

二、“死亡”意象的重复

哈代通过两种方法来呈现他的“死亡”意象。一个是通过小说中主人公的名字，另一个是通过对死亡意象的重复。尽管这两个方法看起来十分简单，但却十分有效。

首先，男主人公的名字反映了他的最终命运。小说《林地居民》中，哈代给男主人公取名为 Winterborne，意思是“冬天出生”，并且把小说发生的时间也定为冬天。这给了读者一个很强烈的暗示：男主人公的命运将十分阴暗，因为冬天总是给人一种很阴冷并且很灰暗的感觉。在小说的第四章，哈代就暗示读者：“那是一个典型的冬天清晨，朦胧的白色影像就像一个死婴。”（p.24）这些描述的不仅是一个冬天的早晨，更加预示了男主人公不可避免的死亡结局，因为这一天也正是格蕾丝和基尔斯重逢的日子。

其次，尽管在《林地居民》中，基尔斯的死亡发生在第十三章，但有很多死亡意象在其他很多章节中重复出现。小说中主人公的对话、行动和想法都在一定程度上反映出了作者的想法。哈代通过对天气、主人公的行动和思想等的形象描述来达到重复死亡意象的目的。环境、对话、外貌和行为四方面的重复达到了烘托悲剧气氛、展现死亡意象的目的。

环境描写是哈代小说的一大特点。他总是在每个季节变化之前对环境进行一些描述。在该小说中，整个故事发生在一年半的时间里，也就是说经历了六个季节。故事开始于冬天，结束于春天，这在一定程度上让我们对小说的结局充满希望。但在整部小说中，哈代只有对冬天这一个季节有过描写，对其他季节都是一带而过。在我看来，这是作者有意增强小说的悲剧气氛，因为弥漫在整个小说中的氛围就是这样令人觉得悲哀。

在此，探讨哈代是如何通过对林地、冬天和大雨的描述来突出死亡意象的，可以帮助读者更好地了解小说中主人公所面对的艰难境况。“那是一个典型的冬天清晨，朦胧的白色影像就像一个死婴。”（p.24）这是对一个冬天早晨的描写。小说中的林地带给读者的是一种很压抑的感觉。“叶子是变形的，弯成了一个很没有规则的曲线，又长又细，极不对称；青苔长得极为旺盛，常春藤慢慢地缠绕住一棵本来茂盛的小树，直到把它的营养吸干为止。”（p.59）这种死亡的气息反衬出林地中那种毫无生气的情景。当温特邦和麦布里的合约期满时，整片林场都荒弃了。“再也没有一片树叶了；

夜莺也停止了歌唱；连掌管岁月的女神也抛弃了她的责任。”（p.297）

《林地居民》这部小说中对雨的描写也具人性化。每次，当故事情节有变时，雨也会跟着变化。当格蕾丝最后意识到自己跟基尔斯再在一起的梦想不可能实现时，她请求基尔斯跟她一起走，就在这个时候，“雨下了起来”。当格蕾丝住在基尔斯的小屋中时，“雨开始越下越大”，“风也开始刮起来了，伴随着一阵疾风，雨开始下个不停。风越刮越大，就像风暴要来了一样”。当格蕾丝最后找到基尔斯时，他已经病得不省人事了，“雨实在是下得太大了：雨水飞溅就像一张巨大的幕布。”从格蕾丝住进基尔斯的小屋到基尔斯死去，雨一直都没有停过，而且还越下越大，这可能不仅是上帝的眼泪，更是作者为他笔下的人物所流的同情之泪。

小说《林地居民》中，哈代对环境的描写主要通过冬季展现，而且是经常伴随着雨水的寒冷冬季。这都是作者为小说情节的需要而刻意安排的。变化无常的天气总是令人联想到会有不幸事物的发生，这就会让读者们更多地关注小说中人物的外貌、行为和其他事件。哈代巧妙地运用对环境的描写烘托出死亡即将到来这个事实。

人的行为总能反映出他的身体状况。尽管哈代十分偏爱基尔斯这个人物：他把基尔斯塑造成一个具有良好教养的人，并且赋予他一种特殊的技能，“可以成功地种植植物”。但最终，基尔斯却死于疾病，更确切地说是死于劳累过度，“尽管只有很少人知道，基尔斯在冬天大病了一场；但由于长时间没有得到雇佣，他现在成了这一带最忙的人了”。“尽管没有任何好处，基尔斯却被要求处理掉一大片的篱笆和矮树丛。现在他就像一个机器人没日没夜地干活。”（pp.270-271）

同时，文章中还有很多其他的行为反映出死亡这个意象。当格蕾丝去基尔斯的小屋时，读者可以通过他的行为动作看出他病情严重。哈代从不正面去描写基尔斯的动作，而是通过格蕾丝的观察来反映基尔斯每况愈下的身体。如，我们可以通过她的眼睛看到：“她觉得他的形象跟她上次看到的相差很远”（p.361）；“他的手颤抖得有些变形”（p.363）。又如，可以通过她的耳朵听到：“她听到树丛中传出一些细唆的响动像是咳嗽声；但这种声响却从没有更靠近过，于是她便认定那是松鼠或小鸟弄出来的。”（p.369）“从格蕾丝听到这个像咳嗽声的旧声响开始已经过了大约五分钟了，它一再地重复着。”（p.377）再如，读者还可以通过她的手感觉到：“她注意到他手心的热度和战抖。”（p.369）“他的衣服和身下的稻草都已经被雨水淋透了。他的头倒在他的手上；他的脸泛出一层不同寻常的深红色。他的眼睛变得十分透明，虽然他就这么看着她，但却并没有认出她来。”（p.378）最后我们还可以通过她的想法猜测到：“基尔斯的灵魂一路伴随她左右，帮她驱赶心中的黑暗。”（p.381）

当阅读到上述描写，读者不得不被基尔斯对格蕾丝那种热切的爱所感动。尽管他自己病得如此严重，但为了不让格蕾丝担心，而刻意隐瞒自己的病情。虽然在文中哈代的用词十分的简单，但就是通过这几个看似简单的词，传达出了这份浓浓的爱意。这些词不仅真实地再现了基尔斯的身体状况，更是再一次地重复了死亡这个意象。

外貌是最能反映一个人身体状况的镜子。从哈代对基尔斯的身体状况的形象描述，我们可以直接明了地感受到基尔斯承受着的病痛折磨：“基尔斯支着手臂站着，他的眼睛直直地盯着烧好的食物，他全神贯注地想着自己的事，仿佛眼前的一切都不存在了。”（p.361）“他的脸是不是跟以前不一样了？是不是更瘦了？是不是没有光洁了，一点也不像那个在上个秋天陪伴在她左右的成熟男士了。还有他的声音，她觉察到他的声调和以前不同了。还有他的步伐，是那么衰弱，是只有疲惫不堪的人才会有的步伐。”（p.372）从基尔斯外貌上的种种变化，我们可以轻而易举地看出基尔斯的身体状况正每况愈下，死神正在一步步地向他逼近。哈代对男主人公的这种外貌的描述不仅是出于对小说情节的考虑，更是对死亡意象的一种重复。

要想通过对话来达到重复死亡意象的目的有一定的难度，但哈代就是这样一位伟大的作家，他巧妙地化解了这个难题。“如果我们之间注定有一个人要在签署离婚协议书之前离开人世的话，那我希望那个人就是我。”这是基尔斯在格蕾丝病好以后，为了让她对他们的再结合增加信心而说的一番话，但却不幸提前道破了基尔斯的最终命运。哈代就是这样巧妙地运用了这段对话，不但昭示了男主人公的悲惨结局，同时达到了再次重现死亡意象的目的。

三、“生命”意象的重复

哈代生于1840年。1859年，达尔文的《物种起源》出版。正如哈代自己所说，从青年时代开始，他就崇拜达尔文，受到达尔文进化论的影响，“是《物种起源》的最早的拥护者之一”[1]。在1911年和1924年，哈代两次列出对他的思想产生过重大影响的人物名单，他们是达尔文、赫胥黎、斯宾塞、休谟、穆勒等。[2] 赫胥黎著作中的进化论思想是哈代自然观的又一来源。赫胥黎是达尔文主义的维护者和宣传者。从1878年开始，“随着对赫胥黎的了解的加深，哈代越来越喜爱他”[3]。随着1881年赫胥黎的《科学与文化》（1881）出版后，哈代就发表了他的小说《林地居民》。其中的影响亦在情理之中。

《林地居民》并不只是停留在表现死亡，而是希望、生命的循环。小说的主人公格蕾丝和基尔斯与自然环境息息相通、互相感应。格蕾丝的命运与季节的变换更替保持一致。格蕾丝在秋天回到小辛托克村，在冬天拒绝了基尔斯的爱意。在万物复苏的春天，她邂逅了菲茨比尔斯，在激情蓬勃的夏季，她与菲茨比尔斯相爱并结婚。在这一年的秋天和冬天，格蕾丝知道了丈夫和查蒙德夫人有染，忍受着身心的煎熬。到了次年的春夏，她开始振作，逐渐被基尔斯的深情所感动，试图摆脱婚姻的枷锁重新追求自己的幸福。同年秋天，基尔斯病死，整个冬季，格蕾丝都生活在悲痛中。第三年的春天格蕾丝与菲茨比尔斯和解，一起离开小辛托克村寻求新的生活。格蕾丝的命运变化完全遵循着自然界的自然交替的规律，与大自然的时令更替相互呼应、相辅相成。

1 Florence Emily Hardy. *The Life of Thomas Hardy*[M]. London: Macmillan, 1933, p. 159.
2 Thomas Hardy. *The Preface to Wessex Poems*[M]. London: Harper and Brothers, 1930, p. 198.
3 英顿. 德伯家的苔丝：新达尔文主义解读[J]. 南方评论，1974(7):150-163.

基尔斯更是秋天的象征：基尔斯是土生土长的林地居民，荞麦般的肤色，矢车菊般的蓝眼睛，衣衫上满是水果汁渍，帽子上满是苹果籽儿，全身上下都是苹果酒的味道。他的一生都在从事艰苦的农耕劳作，懂得大自然的语言，看起来闻起来都像是秋天的亲兄弟。大自然的儿女通过辛勤的劳动和自然完全融合在一起，他们的外形和气质不仅与自然有着相似之处，而且渐渐成为自然界中的一员。

此外，自然赋予了人们丰富的自然资源——如林地、木材、果园、庄稼、猎物等。这些都是林地居民赖以生存、维持生计的基础。他们拥有健康的体魄、敏捷的身手，知道如何在森林中生存，知道如何最佳地利用自然资源。比如，用草药来治病，通过日出日落等现象来判断时间；他们能与身边的小动物们和谐共处，麻雀自由地在屋檐下筑巢而没有人会去伤害它们，小鸟、松鼠、狐狸等小动物一点都不惧怕人类而会在人们面前晃过。

然而，自然的美丽富饶需要特定的时段和特定的条件，更多时候，自然是残酷的、充斥着矛盾冲突的，存在于植物之间、动物之间，甚至是人类之间。被挤压的变成畸形的树叶树枝，被地衣消耗殆尽活力的树木主茎，被藤蔓缠绕枯竭的萌芽的幼树，等等，都体现了充满斗争的自然环境。第四节中，哈代展示了动物之间赤裸裸的弱肉强食：在户外捕捉老鼠的猫头鹰、在花园吃着冬天植物的野兔、不停吮着野兔鲜血的黄鼠狼……这一食物链是典型的达尔文主义观点：食草动物，比如兔子，倚赖植物生活；像老鼠、鼬和猫头鹰等的食肉动物，靠吃其他动物的肉为生。为了生存，他们在弱肉强食的原则下，相互依赖彼此对抗，这就是自然界中不可避免的残酷斗争。

人类也如此，两位男主人公之间的斗争不断、冲突不停，最终高傲好斗的菲茨比尔斯战胜了传统被动的基尔斯，迎娶了格蕾丝。林地居民的命运是注定的，人类为了生存进行艰苦的斗争，在恶劣环境下的人们很难追求到内外的和谐。老苏斯病倒的时候，时刻都在担心门前的那棵榆树，担心这棵和他一起变老的榆树会被风吹倒，把他们砸死。当榆树被砍伐之后，老苏斯永远地走了。老苏斯的心结可以称为强迫性身份认同症，深信榆树是他生命的象征。榆树摇动的景象和呼啸的声音引起老苏斯巨大的心理恐惧，正是这种恐惧逐渐吞噬他的健康。这种病理正是人与自然的写照：只有死亡才是人完全融入自然的唯一途径。基尔斯，秋天的象征、自然的化身，他热爱自然、了解自然，但是，他并未受到自然的保护。他所深爱的女人格蕾丝最终回到菲茨比尔斯的怀抱，选择了忘却基尔斯，小说的最后，基尔斯为了她而死去。他的死证实了自然不再是仁慈宽厚的，人无法在自然中找到和谐宁静。可见，哈代的达尔文主义自然观体现在弱肉强食、物竞天择中：毫无生气的田野一片荒凉，畸形古怪的树木触目惊心，萧瑟冷寂的林地充斥着斗争、倾轧竞争，所有生物，包括人类在内，为了生存，在这严酷、瞬息万变、充满矛盾的环境中适者生存。

总之，环境、行为、外貌和对话这四种形式主要是为了使文章的中心更加突出和鲜明。小说《林地居民》中，作者哈代遵循了这个原则，更赋予了这四种形式一项崭新的使命——重复“死亡”和“生命”意象。这项使命在小说中起到了至关重要的作用。它不仅帮助读者更好地了解文章的中心内容，同时还让他们更好地体会到了作者对女性同胞的强烈同情。在那个年代里，女性不能掌握她们自己的命运，更不用说是把握住手中的幸福了。哈代给读者带来了众多耳熟能详的优秀作品，在他的大多数作品中，威塞克斯这个典型的英国小镇经常是故事的发生地，像《还乡》、《远离尘嚣》、《德伯家的苔丝》、《卡斯特市市长》、《裘德》、《绿荫下》、《一双绿眼睛》和《林地居民》，等等。在哈代很多的作品中，女性的死亡通常都会被用来表现女性的悲惨命运，但这一规律在小说《林地居民》中得以打破。小说中，男主人公被安排成为死亡的对象和生命的象征，从而从另一个侧面更好地反映出女性的悲哀。这种独特的写作手法使《林地居民》这部小说从哈代众多的知名小说中脱颖而出。

通过研究，我们可以发现，哈代采用了重复死亡意象这种手法来达到表现女性悲惨命运的目的。当时，很多妇女不能掌握自己的命运，更不用说享受幸福。哈代通过对死亡、生命意象的重复来强调男主人公基尔斯的死亡。尽管本文的叙事手法并不十分特别，但哈代通过环境、行为、外貌和对话来达到重复死亡、生命意象的目的的方法独树一帜。通过这种形象生动的描述，读者更全面地了解人物，更多地理解作者的写作目的，也更加明白他对女性同胞所给予的强烈同情和对整个社会的强烈关注。重复死亡、生命意象不仅是对小说主人公死亡的同情，更反映出这种死亡的不可避免性。尽管自然环境需要对男主人公的死亡承担责任，但诚如威廉斯所言，社会需要负更大责任。不公正的社会规则、法律和对妇女及穷人的歧视都是不断导致死亡的根本原因，它们不仅剥夺了人们生存的权利，更磨灭了他们对生活的希望。

《林地居民》虽然不是哈代小说中最著名的一部，但它具有不可替代性。它打破了哈代小说中只有女性角色死亡的惯例，证明了并不是所有的悲剧都只有一种结局。这可能正是哈代和他的小说能吸引众多读者，成为布鲁姆经典名目中的小说家的原因吧！

第四节　道德与欲望的冲突

——论《弗洛斯河上的磨坊》中艾略特的道德观

本节借用雷蒙德·威廉斯的理论，以麦琪的两条情感线路：兄妹情和爱情为轴心，分析她的兄妹情、爱情及其两者的交错发展，揭示贯穿小说的服从、责任、义务、自我压抑的道德观念以及深层次的社会结构意识和情感结构。通过文本分析，管窥艾略特道德观与维多利亚时期的社会环境。

艾略特道德观的双重性以及在作品中体现出来的强烈的道德情怀，使得艾略特一直是人们，尤其是国外评论家的重点研究对象。在国外众多批评家的笔下，乔治·艾略特研究已经成为一个体系。众多的批评家，比如以利维斯等人为代表，他们从传统研究其词语和情节，从心理分析批评深层的欲望，从解构主义批评角度分析不确定性等多个层面剖析了艾略特本人及其作品。对于她的道德情怀也给予了充分的关注。在这些评论当中，贬褒同在。利维斯曾经解释艾略特的伟大之处就在于“她对人性的强烈的道德关怀”[1]，盛赞她的作品具有“托尔斯泰式”的思想高度。史蒂芬也称艾略特之所以被她的同时代人置于小说家的首位，并不仅仅因为她是一个伟大的小说家，更重要的是因为她呼喊着道德的真挚与伦理的关怀。[2] 在诸如此类的赞扬声中，批判也是存在的。比如利维斯认为《磨坊》的结局是艾略特不成熟的一种表现。[3] 麦希（John Macy，1917—1986）认为艾略特缺少狄更斯等人的长处，在小说中处理感性和理性问题时，往往陷入一种难以自拔的矛盾。[4] 总之，国外对于艾略特的研究已经形成了一个比较全面的体系。近年来，随着艾略特国际地位的提升，艾略特研究在国内也在升温，但尚未形成完整的体系，并没有出现像利维斯的《伟大传统》这样的专门的评论著作，在国内有限的研究作品中，大都以赞扬的眼光来分析艾略特，特别是她的女权主义思想研究，而在仅有的对“道德情怀关注”的论文中也大部分集中在分析她的成名作《织工马南》，《磨坊》很少被人问津，更不用说被作为专门的研究课题。本节就是从她的道德观念出发，研究《磨坊》情感结构以及当时的社会意识形态。

一、维多利亚时代背景下艾略特的道德观

19 世纪英国工业革命以前，工业革命改革浪潮以势不可挡的趋势在全社会蔓延，随之而来的是新思想的传播。在这一过程中，必然会出现新的价值体系与宗教等精神领域的矛盾冲突。同时，以英国为代表的西方在科学技术上突飞猛进，马克思主义无神论的传播，特别是达尔文在《物种起源》中发表的进化论等因素，从根本上动摇了西方知识分子的基督教信仰，怀疑忧虑情绪比较普遍。[5] 有人曾说“蒸汽机推动了每一个轮子，使速度增加了一倍，包括命运的轮子在内”。而在旧的观念尚未褪去，新观念还未形成之时，必然会形成大量徘徊的灵魂，这些灵魂面临着痛苦的抉择。而这种抉择反映的是新旧社会意识的斗争，具有不可避免性。不少人感到自己就像孤儿一样，失去了作为精神依托的宗教信仰的避风港，与之紧密相连的传统道德观念也因而受到动摇。[6]

不管是艾略特的个性还是她的观点，都是她所处的那个特定的历史时期社会发展

1 F. R. Leaves. *The Great Tradition*[M]. 袁伟译. 北京：生活 • 读书 • 新知三联书店，2002，第32页.

2 Stephen Tensor. Victorian Moral Grandeur[J]. *National Review*, 1976(3):28-29.

3 F. R. Leaves. *The Great Tradition*[M]. 袁伟译. 北京：生活 • 读书 • 新知三联书店，2002，第 56 页.

4 John Macy. *The Story of the World's Literature*[M]. 贵阳：贵州人民出版社，2001.

5 高继海. *The History of the Novel in England*[M]. 北京：中国社会科学出版社，2001.

6 孙建. *Dictionary of English Literature Authors & Works*[M]. 上海：复旦大学出版社，2005.

的产物。正如英国著名诗人和评论家马修·阿诺德所说："西方人在两个世界之间徘徊，其中一个世界已经死去，另一个世界还无力诞生。"[1] 而艾略特正是这样的西方人中的一个。的确，艾略特的宗教观和道德观是一些极其不同的观点与标准相互整合的产物，其中的一方是艾略特继承下来的，是符合社会传统的，也就是阿诺德所称的"已死去的世界"的传统习俗；而另一方是与社会习俗背道而驰的，却是她认为更合理的，也就是阿诺德所称的"还无力诞生的世界"。传统的力量如此强大，以至于她认为不可忽视；理性的召唤同样如此强大，她也同样无法不听从，这也许就形成了艾略特既尊崇又反叛的双重道德观念。

艾略特尊崇传统道德，她的作品以对社会道德的提倡和维护而著称。博爱、服从、自我压抑都是艾略特所倡导的社会道德规范。然而，在她一生的大部分时间里，艾略特都受到保守的英国社会的指责和排斥，被视作放荡的女人。确实，在个人生活方面，艾略特与传统习俗是背道而驰的：与刘易斯公开同居，与一位比她小二十岁的商人结婚，诸如此类的行为都是不被社会所接受的。具有讽刺意味的是，尽管艾略特生前做出了种种努力，试图对传统的宗教信仰和道德规范的尊崇与反叛达成某种平衡或者妥协，然而仍不被保守的权势集团认可。她去世以后，仍然因为"对婚姻制度和基督教教义的公然蔑视"[2]，而被剥夺了葬在英国杰出文人的传统安息之地西敏寺"诗人角"的殊荣。基于上述道德观，我们发现小说《磨坊》从一个侧面反映了维多利亚社会的情感结构。

二、服从高于一切

小说中的哥哥汤姆是年幼时麦琪生活的中心，她的喜怒哀乐围绕着哥哥而转动着。长大以后的麦琪，哥哥在她生活里的地位依然未曾动摇过，只是在这种兄妹之情里面掺杂了服从与反抗互相冲突的复杂因素。在汤姆的道德信仰里，他把自己当做是拯救家庭的英雄，麦琪对他的服从是毫无疑义的。正如文中所说："汤姆的爱只能以自己的形式出现。""我对你的爱必须受一个原则的指导：我认为那对你有好处。"这就是汤姆的准则，同时也是当时整个小镇的社会准则。汤姆死板不懂变通，"他的想象总是按那既定的方向走。"由此决定了汤姆对麦琪的任何行为不会听取解释，因为他认定自己永远是正确的，而麦琪是错误的、不合常规的。他说过："我对你没有信心，你会随波逐流，什么事情都干得出来。"在某些程度上，我们可以说汤姆是整个小镇的代言人，思想落后而专断。伤害麦琪的除了盲目的社会舆论之外，还有自己的哥哥。

与艾略特本人一样，麦琪的思想深处活跃着一种反抗的因子，她不甘于完全服从哥哥的决定，有时候那种不服从的因素会爆发出来。"她那积蓄已久的愤怒爆发了，

1 刘炳善. 英语文学简史[M]. 上海：上海外语教育出版社，1995.
2 Joan Bennett. *George Eliot: Her Mind and Her Art*[M]. Cambridge: Cambridge University Press, 1978, 第 84 页.

她说不要以为我认为你没有错，不要以为我服从的是你的意志。你一辈子都在指责别人，认为自己永远正确。那是因为你心胸狭窄罢了。对一切高于你自己行为和琐碎的目标的东西都视而不见。”“她站起身，笔直望着汤姆，说：‘我要求你解除我在菲力普问题上的保证。’”雷蒙德·威廉斯曾经说过，情感结构的内容之一就是：“彼此之间的关系被真实体验之后的一种冲动。”[1] 自小与众不同的麦琪，尽管被外界束缚压抑着，可是她内心深处留存着一种不安分因素，在适当的时候就会爆发出来。尽管如此，服从的道德观念仍然支配着麦琪。正如文中所说：“对爱的需求永远只能征服她，这种需求的最高层就是哥哥的爱。”麦琪的天性决定了她会永远把对哥哥的爱看成是生活的中心，她大多时候不敢违抗他的意愿，即服从的道德规范。“你既然不能做事，就得服从做事的人。”正是汤姆这种把自己的意志看成是麦琪理所当然应该服从的观念，使得他在麦琪面前总会扮演着自以为是、专横跋扈的角色。这是艾略特本人道德观的标准之一——“服从”原则在小说中的体现。艾略特把服从，特别是女性对男性的服从作为她推崇的三条道德标准之一。她本人也说过，她唯一的希望就是把她自己奉献给他人。[2] 小说这样写道：“因为你是个男人，汤姆，你又有力气，你可以在世界上做点事。”在威氏的情感结构理论中，他把“冲动、克制和风气”[3] 看成是情感结构的三大要素，而其中的克制要求人们必须遵守社会规范，压抑自己的欲望。麦琪承认自己在社会中应该服从，也必须服从，因为自己是女性，必须遵守传统社会规范，女性服从男性是毫无疑义的事情。

三、责任战胜爱情

麦琪对自己爱情抉择的过程，其实就是在痛苦挣扎中做出的放弃自我，选择责任与义务的过程。正如艾略特本人所说过的那样：“我诚实公正，不是因为我希望活在另一个世界，而是因为我遭受不公正不诚实的对待之后，就不愿意别人也遭受同样的厄运。”[4] 正是艾略特的这种诚实公正，也就是她的责任与义务的道德准则使得麦琪在面对自己的幸福时，没有勇敢地走下去，而是选择了自己所谓的应尽的责任与义务。菲力普是麦琪在低谷时期出现的能给予她理解与关怀的唯一的人。她在长期的自我压抑之后，精神与心灵极度干涸与空虚，使得她对他的出现不知所措。文中是这样描写的：“包围了狭隘的耻辱谷的峭壁上突然露出了缺口。她可以读书了，可以谈话了，可以有感情了，又可以从那个世界获得信息了。”在孤独的世界里，麦琪找回了可以寄托的心灵慰藉，这种诱惑力是难以抗拒的。菲力普的出现使她的生活重新焕发了生机，使那颗干涸的心灵重又得到了滋润。只有和他在一起的时候，麦琪的天性才会展现出来，才是真正的自我。

1 Williams Raymond. *Marxism and Literature*[M]. Oxford: Oxford University Press, 1977, p. 130.
2 George Eliot. *The Whole George Eliot*: *Vol. 8*[M]. Edinburgh: W. Blackwood, 1917, p. 67.
3 Williams Raymond. *Marxism and Literature*[M]. Oxford: Oxford University Press, 1977, p. 132.
4 George Eliot. *The Whole George Eliot: Vol. 8*[M]. Edinburgh: W. Blackwood, 1917, p. 157.

但是麦琪对他的这份感情就像是左右摇摆的天平一样，没有持久平衡的时刻，因为他是父亲仇人的儿子，哥哥是不会允许他们交往的。两个人继续来往就意味着伤害哥哥的感情，违背哥哥的意愿，而那是麦琪最不想做的事情。她努力使自己摆脱困境，拒绝了菲力普。“我曾经希望我们能成为朋友，但是，我每件事都要接受考验，这是其中之一。我必须跟儿童时代喜欢过的东西分手，也必须和你分手：以后绝不能再彼此关心了。”艾略特认为当个人利益与他人利益发生冲突时，前者肯定要让位于后者的。对于这份感情，麦琪非常痛苦地进行着选择：继续交往还是永远放弃？她不能容忍伤害他人的事情发生，为了他人的利益，自己的利益可以放置一边，这与艾略特的“利他主义”原则又似乎是相吻合的。这与雷蒙德的情感结构理论也是相吻合的。他曾说过：“对人们的社会行为和经历产生了显而易见的压力，构成了有效的制约。”[1] 如果说麦琪对菲力普更多的是一种女性的怜悯与奉献精神的话，那么她对于史蒂芬则是一见倾心的男女之爱。作者是这样描写两人初次见面时的情景的：“麦琪平生第一次接受了满面红晕一躬到底的致敬。这新的体验使她觉得美妙，美妙到几乎使她忘记了对菲力普的情愫。”面对史蒂芬带来的诱惑，麦琪陷入了痛苦的泥潭。

英国评论家史蒂芬（1832—1904）对于麦琪的这种不具抵抗力曾评价说：“隐忍克己是麦琪的个人历程和日常沉思冥想的主题。可是，当诱惑在菲力普之身出现时，竟然完全不同了，这是难以置信的，因为这种层次上的诱惑与我们在麦琪的精神生活里所熟悉了的克己主题不可能有任何关系。”[2] 基于这一点，利维斯曾评论说：“实际上，我们在沉思之余应该说麦琪不敌史蒂芬的诱惑，根本就不那么令人吃惊，之所以这样说，原因就在于她那热情奔放的一面，在于她对于理想情感升华的渴望上。”[3] 笔者十分赞同利维斯的观点，从小说前半部分中我们可以清楚地看到麦琪天性活泼、富于创造力，是个热情奔放的女孩。小说写道：“麦琪天性里最强烈的需要是爱。”麦琪隐忍克己的生活是违背她的天性的，在她内心深处涌动着的是激情的血液。正如文中所说：“内心不乏奔腾的热情，又如被禁锢的火山。”所以当史蒂芬进入麦琪的生活时，那被禁锢的火山之门随之被捅破，这也是合乎情理的事情。尽管麦琪被史蒂芬所深深吸引着，自己也被快乐所包围着，可是对于这种快乐，她只会想方设法地加以遏制，因为在她的头脑里存在着太多的约束与限制，有来自菲力普、露茜、哥哥以及小镇上所有的人。“我们都曾经唤起过别人心里的感情和希望，我们都受到了真正的约束，”“生活里有些东西我们是非放弃不可的，有些人还得放弃爱情。”“我不能和你结婚，我不能从他们的痛苦里去掠夺自己认为美好的东西。”麦琪承担了太多的负担与责任，在进行选择的时候，她的出发点是别人的利益与幸福，她不可能为了个人利益而去损害他人的利益，这又充分体现了艾略特的另一道德原则：个人与整体的统一原则。艾

1 Williams Raymond. *Marxism and Literature*[M]. Oxford: Oxford University Press, 1977, p. 132.
2 Leslie Stephen. *George Eliot*[M]. 北京：中国科学出版社，2001, p. 132.
3 F. R. Leaves. *The Great Tradition*[M]. 袁伟译. 北京：生活・读书・新知三联书店，2002，第 70 页.

略特认为个人的存在并不是单独的个体，而是与他人的关系密不可分。倘若只是为自己而活着，那必定会迷失在自然的茫茫大海中，迷失在宇宙的浩瀚世界里。这就是麦琪所面临的选择：“接受史蒂芬是承认自己活生生的感情；拒绝他是承担历史留下的责任。前者是感情，但是难以面对社会舆论；后者是理智，却是一种难堪的自我压抑。”麦琪最终选择了理智与社会，放弃了感情和自己。

四、亲情与爱情的徘徊，自我压抑的选择

麦琪和汤姆之间的兄妹感情与她、菲力普、史蒂芬之间的情感纠葛相互交错发展，可以说，正是她的那份兄妹情在一定程度上影响着她在亲情、爱情以及责任义务之间的抉择。

从上述分析我们知道，麦琪将一如既往地服从汤姆，并害怕与他疏远。所以在哥哥做出反对，甚至伤害菲力普的行为的时候，在自己被大肆辱骂扫地出门的时候，她选择的仍然是哥哥。如文中所说：“她的心在为他流血，她不断回忆起所遭受的侮辱，痛切地感觉到哥哥的话所隐含的意思。”但是麦琪没有和他继续交往下去的勇气，一段美好的感情在被发现之后就彻底结束了。在史蒂芬的选择问题上，麦琪仍摆脱不了其哥哥的影响。她随史蒂芬漂流而下，本来可以得到的幸福却由于压在其心头的沉重责任而被击碎，这责任之一便是她不能伤害汤姆的感情。“她的心已经坚定地要求回到汤姆身边，那里才是她的天然避难所。”由此，我们在一定程度上可以说，在麦琪的世界里，兄妹之情远重于她的爱情，而这种选择是必然的，也只有这样的选择才是符合当时的社会道德规范的。

不管麦琪面对的是兄妹情，还是与她、菲力普、史蒂芬之间的情感，她要在两者之间进行选择之外，还时刻寻找着摆脱痛苦的方法——隐忍克己的苦行方法，这也是两条感情线路的一个交叉点。麦琪竭力想通过自我压抑的方式达到一种心理平衡状态，她选择了隐忍克己的苦行方法，以为找到了问题的根源。所以自始至终生活在抑制欲望的苦行当中，这种隐忍克己的苦行亦即自我压抑，与服从标准是紧密相连的，在艾略特看来，妇女的服从还意味着她们应该把男性的需要和家庭的需要放在首位，甚至不惜压抑她们自己正常的欲望。[1] 在整部作品当中，自我压抑的情绪支配了整个行文。正如我们在前文中提到的，雷蒙德的情感结构理论中最重要的内容就是“克制”，所以，麦琪的这种选择是必然的。“她恍然大悟了，仿佛突然找到了问题的答案：她那年轻的生命的全部痛苦只源于自己一心追求着个人的快乐，仿佛那便是宇宙的中心需要。”就这样，一个还没有成年的聪明活泼的姑娘开始准备把自己埋葬进中世纪式的凄凉幻梦里，宛然成了带发修行的修女。麦琪必须回到现实世界中，按照世俗的标准进行选择，尽管她选择了社会，选择自己所谓的责任与义务，可最终牺牲了自己，

1 傅俊等. 尊崇与反叛——试析乔治·艾略特宗教观和道德观的双重性[J]. 南京师范大学学报，2002(6):122-129.

成了新旧冲突的牺牲品。

艾略特虽然没有直接探讨小说《磨坊》对时代的折射，但她的策略是，通过挖掘当时的道德观来展示那个时代的历史风貌与社会矛盾。而造成英国维多利亚社会外表环境与社会意识脱节的原因，自然是社会价值观的变迁。艾略特所生活的年代与特罗洛普一样，由贵族把持的社会已经逐渐被资产阶级民主社会所取代，它是以牺牲自我为代价的。她为我们提供的正是一幅女主人公自我压抑与个人追求之间痛苦挣扎的画面。借此，我们从可以一个侧面管窥当时的社会结构与意识，而在其背后起支撑作用的则是我们前面所分析的那种以“服从、责任与义务及其自我压抑”为特征的情感结构。

第五节　怡情与致用：艾略特笔下的荷兰风俗画

乔治·艾略特的小说创作充满了 17、18 世纪的风俗画。本节论述统御其风俗画描绘技巧的视觉传统及其作品中对这些传统的运用，旨在阐述其小说中所描述的日常生活，是在融合荷兰风俗画与其他不同学派和不同绘画的风格之后，含有历史宗教性，叙述中带有“问题画”的独特风俗画。艾略特的笔下可视与不可视是视觉艺术与文学所要阐释的两面现实，致用与怡情是小说功用。它始终贯穿其小说创作实践。艾略特的视觉经验在其笔下熠熠生辉。

乔治·艾略特的小说《亚当·比德》（以下简称《亚》）的出版标志着其小说艺术与荷兰绘画的一致性。通过类比的手法，她证明自己的现实主义创作实践是对荷兰绘画中普通生活的忠实再现，并表明对荷兰绘画情有独钟。[1] 她的朋友乔治·夏伏（George Scharf，1820—1895）是维多利亚时期艺术界举足轻重的艺术批评家，曾将人物画与风俗画进行对比，并将后者定义为非英雄式的再现生活。他声称风俗画之所以自成一类，是因为这个国家所有富于想象力的艺术创造似乎正趋于兼收并蓄。[2] 其断言宣告了一种重要趋势的形成。整个 18 世纪，荷兰与佛兰芒风俗画深受英国收藏家们的青睐。[3] 诚如乔治·摩兰德（George Morland，1763—1804）和大卫·威尔基（David Wilkie，1785—1841）一类的画家成功地将英国场景融于风俗画中，此后该手法又为许多维多利亚后期的画家所模仿。直至 19 世纪末，共同作为中产阶级艺术形式的风俗画和英国小说始终保持着密切的关系。据斯唐（Richard Stang）所述，1846

---

1 Carol A. Martin. *Introduction, Adam Bede*[M]. Oxford: Clarendon, 2001, p. 36.

2 Hugh Whitemeyer. *George Eliot and the Visual Arts*[M]. New Haven: Yale University Press, 1979, p. 81.

3 Oliver Millar. *Dutch Pictures from the Royal Collection*[M]. London: Lund Humphries, 1971, pp. 6-36.

年一部关于荷兰风俗画和佛兰芒风俗画专著首次使“现实主义”一词在小说中的应用流行起来。[1] 马里奥·普拉兹在维多利亚小说《湮没的英雄》（*The Hero in Eclipse*）研究中，应用类比手法分析了艾略特的全部作品。[2]

风俗画既符合艾略特的人生经历，同时也迎合了其艺术宗旨。17世纪荷兰画中所表现的生活现实和艾略特生活的19世纪20年代及30年代英国工业革命前期的乡村生活现实如出一辙。奥尔科特（C. S. Olcott）和玛甘妮塔·拉斯奇（Marghanita Laski, 1915—1988）曾共同发表过一组关于其生活环境的照片，以荷兰画的赏鉴角度，可以清晰地从该组相片看出，艾略特尚处少女时就对其生活的场景和风俗了如指掌。她的早期作品中蕴含诸多相似的场景和图像描绘，均采用一种早已建立的视觉风格。风俗画的隐喻旨在描写其早期生活环境中被压抑的思维活动：“我所生活的世界恰如威尔基所描绘的画，是一个四面都是墙的封闭世界，四周饰以对其记得不能再熟的细节。”[3] 移居考文垂前，艾略特通常幻想自己住在由威尔基及其荷兰和佛兰芒前人所描绘的世界里。

一些优秀的荷兰风俗画中描绘的日常生活场景所含的意味与艾略特想要表达的有着异曲同工之妙。画家总表现出高度重视日常生活经历，以至于用一种超然的、光辉的乃至神圣的手法来描绘一些世俗的事物，这不禁让人想起风俗画最初是由宗教艺术发展而来这段渊源。正如沃尔特·佩特（Walter Pater）所说，风俗画中的“理想之家”若没有一种自然的笃信，就不能成其所以。[4] 如我们所视，用一种自然的笃信来神化日常生活正是艾略特小说的首要目的。她以荷兰画似的手法强调了其所继承的视觉传统中所具有的和谐、秩序和博爱的价值。

一、荷兰风俗画之于艾略特

威廉姆·贝尔·司各特（William Bell Scott）在1873年的著书中将“真实生活中日常事物及人的描绘或者称为风俗画”把它作为绘画的独立分支，并注意到非英雄化主题的多样性。[5] 艾略特模仿司各特所列的绘画种类及其他未曾列举的类别，在《亚》第十七章中，以荷兰与佛兰芒风俗画的手法描绘了17世纪资本家及农民的生活场景。她着重描绘人物所富有的戏剧色彩与讽刺意味，及其身上的现实主义与胆小懦弱。这种荷兰绘画传统一直从老布勒哲尔（Pieter Brueghel）延续到安东尼奥·布鲁威尔（Adriaen Brouwer）及比利时的大卫·特尼尔兹（David Teniers）二世，又从那延续到格哈德·窦（Gerhard Dou）和荷兰的莱顿学派（Legrand）。这些文化遗产包括梅里

1 Peter Demetz. Defences of Dutch Painting and the Theory of Realism[J]. *Comparative Literature*. 1963(15):97-115.
2 Mario Praz. *Conversation Pieces: A Survey of the Informal Group Portrait in Europe and America*[M]. London: Methuen, 1971.
3 Marghanita Laski. *George Eliot and Her World*[M]. London: Thames and Hudson, 1973, p. 1.
4 Walter Pater. *Imaginary Portraits*[M]. London: Macmillan, 1910, p. 88.
5 William Bell Scott. *Gems of Modern German Art*[M]. London: George Routledge, 1873, p. 81.

斯（Frans van Mieris）、梅蒂绥（Gabriel Metsu）、麦斯（Maes）、斯丁（Jan Havickszoon Steen）、奥斯塔德（the Ostades）、德·荷克（De Hooch）、特博尔希（Gerard Terborch）和弗美尔的作品。19 世纪的人们从这些画家的作品中所得到的快乐可以从亨利·詹姆士的一句评论中管窥：从令人心神愉悦的事物中我们总是能感到心满意足，这种满足源于心中美景与事物结果的和谐统一。[1]

霍普金斯大学教授鲍尔森（Ronald Paulson）是 18 世纪艺术与文化专家，他认为荷兰绘画传统的一个重要分支是风俗画，即人物及事物的肖像式描绘，如以详尽的手法描绘非正式环境中的一群朋友或亲戚。[2] 与荷兰风俗画中的资本家相对应，佛兰芒风俗画中描绘的是贵族阶级，而且通常取景于舞会或花园。从华铎（Watteau）到加朗特（fete galante），荷兰的风俗画和佛兰芒风俗画总是紧密联系。[3] 无论是荷兰风俗画还是佛兰芒风俗画，其对英国风俗画的形成起到了重要作用，后者在 18 世纪达到了鼎盛。该绘画形式深深吸引了艾略特，特别是能有效地应用于她的小说，因为肖像画的元素能够与她对人物性格塑造的技巧相得益彰。

同时，艾略特特别欣赏 19 世纪的风俗画，对视觉传统领域中当代人所做出的许多创新非常敏感。其中包括当代主题的引入，历史题材中风俗画主题的运用，叙事手法的日趋强调及“问题画”（problem picture）的发明，等等。艾略特早期作品中的描述经常能使人想起 17 世纪的荷兰艺术。如《教区生活场景》（*Scenes of Clerical Life*，1857）中所描绘的每处场景均出现了荷兰绘画传统的应用。例如，《艾摩斯·巴顿》（*Amos Barton*）开篇中在佩顿夫人家的备茶阶段，第四章“吉费尔先生的爱情故事”中 Cheverel 庄园厨房，第八章“珍妮特的悔悟”中杰罗姆夫人在茶桌旁，荷兰绘画传统使这些描述更加细腻。直至 1858 年夏天，那时正在创作《亚》的艾略特参观了慕尼黑和德累斯顿的一些画廊（Pinakothek），特尼尔兹及其同行的画作给她的创作留下了深刻的印象。她在日记中写道：“面对这里的佛兰芒和荷兰画作的丰富收藏，面对特尼尔兹、瑞卡特（Ryckart）、杰拉德·道、特尔堡（Terburg）、梅里斯等大师的画作，我如饥似渴，似乎总是不能满足”。参观完慕尼黑旧美术馆画廊后，艾略特兴奋不已的说，“哪怕是对杰拉德作品惊鸿一瞥也能唤起你的想象。”[4]

《亚》第十七章中有这样一例，将绘画应用于小说。慕尼黑画廊中诺玛·让·戴维斯（Norma Jean Davis）和伯纳·理查德的画作正是艾略特所描述事物的完美模型：“正午，一位老妇人孤单地吃着午饭。窗外阳光透过一帘树叶，柔和地照射在她的头巾帽上，照在那纺车上，照在那石壶上。”（p.268）这些细节化的描写与荷兰画绘画传

1 Henry James. *The Painter's Eye*[M]. London: Rupert Hart-Davis, 1956, p. 77.

2 Ronald Paulson. *Emblem and Expression—Hogarth: His Life, Art, and Times*[M]. New Haven: Yale University Press, 1971, pp. 123-125.

3 Ibid., p. 120.

4 G. S. Haight. *Selections from George Eliot's Letters*[G]. New Haven: Yale University Press, 1985, p. 454.

统相呼应，独具匠心。[1]

戴维斯和约翰·顾德（John Goode）都曾经表示《亚》包含了17世纪荷兰画中经常出现的主题与运用光影的作用：一位妇女坐在门前的台阶上，身后的背景是所居住的房屋；内室摆放着各种家具用品，阳光通过窗洋洋洒洒地落在这些物品上。屋内点着蜡烛，昏黄的灯光下从窗口瞥见室内的结构和装饰。[2] 最初描写亚当的家和其母亲时就使用了这些细节描写。[3] 又如对莉斯贝（Lisbeth）和黛娜（Dinah Morris）的描述。[4] Hall农场和Bartle Massey的房子采用的是荷兰室内布置的装饰。[5] Hall农场中的牛奶站毫无疑问是一幅典型的荷兰景象。[6]

E.H.科博德的油画《海蒂和唐尼桑恩上尉》（1861）准确地模仿了艾略特小说想要表达的17世纪景象。这种忠实描绘至少表明已有维多利亚的读者如此细心地将《亚》中的风俗画景象视觉化。事实上，风俗画贯穿了艾略特的全部作品。作为一位社会道德小说家，她不得不经常在小说中像肖像画般描绘出各种家庭或朋友，“于是出现了他们在家庭周围或正在从事自己最喜欢的工作的场景。”[7] 风俗画起源于17世纪的比利时和荷兰，1720至1810年间在英国达到鼎盛时期。《米德尔马契》第五十七章开篇中艾略特对加思（the Garths）一家的描述完全体现了风俗画的关键元素。被画的群体不是僵硬地出现在画面而是各自参与到不同的社交活动中去。[8]

将家庭成员安排在一棵象征着家族繁衍和延续的大树旁，是18世纪风俗画中的常见手法。[9] 苹果树所隐含的意义在樱桃盘中有所体现。家族延续的主题亦在Landseerian狗身上得以体现。文字描绘暗含了加思家庭，诚如自然界，在一个永恒的秩序下容纳着多样性和自发性、冲突和分隔。同样的隐含意义还出现在玛丽·加思以果园或花园为背景的三幅画中。艾略特对加思家中小孩和狗的描写，唤起了19世纪的绘画特征，或许还带着荷兰画中一抹布尔乔亚的色彩。在《丹尼尔·德龙达》（*Daniel Deronda*）第十三章中，贵族风俗画还夹杂着一些18世纪的模式。雨果·马蔺格（Hugo Mallinger）爵士在首次宴请婚后的格兰科特夫妇（Grandcourts）时，在大教堂宴请精心挑选的朋友。客人们被召集到客厅，一同等待贵客。[10] 整个人群的活动安排并非正式，犹如风俗画面。而肖像画同样亦是如此，着重于参加聚会者的年龄、头衔、家世

1 Norma Jean Davis. *Pictorialism in George Eliot's Art*[M]. Dissertation, Northwestern Uni, 1972, p. 71.
2 Ian Adam. The Structure of Realisms in *Adam Bede*[J]. *Nineteenth-Century Fiction*, 1975(30): 127-149.
3 George Eliot. *Adam Bede*[M]. Hertfordshire: Wordsworth Classics, 1997, p. 14.
4 Ibid., p. 54.
5 Ibid., epilogy.
6 Ibid., p. 1.
7 Ronald Paulson. *Emblem and Expression—Hogarth: His Life, Art, and Times*[M]. New Haven: Yale University Press, 1971, p. 154
8 George Eliot. *Middlemarch*[M]. Hertfordshire: Wordsworth Editions Ltd., 2000, p. 57.
9 Ronald Paulson. *Emblem and Expression—Hogarth: His Life, Art, and Times*[M]. New Haven: Yale University Press, 1971, p. 121.
10 George Eliot. *Daniel Deronda*[M]. Hertfordshire: Wordsworth Editions Ltd., 2003, p. 36.

和个人社会地位。

艾略特小说风俗画般的描绘在不同的小说情节下起到了不同的作用。这种形式体现了家庭聚会的和谐气氛，同时也暴露了家庭内部的问题。诚如我们所知，艾略特运用文学手法，通过看似平和的风俗画嘲讽似地展现问题。或许正是因为这种手法比较适用于绘画式的表现手法，因此几乎在艾略特的每一部小说中都出现了风俗画法。她对发展于大卫·威尔基的当代风俗画有着极高的学习热情。在 *1840* 年的一封信中她提到了威尔基，[1] 而后又称赞威尔基的作品《古代》(*The Antiquary*) 中的画面，这幅作品让司各特想起了威尔基的以村舍为主题的画。[2] 当她于 1854 年至 1855 年间来到比利时时，她这样评论道，“这些是聪明的哈森克莱佛（Hasenclever）作的威尔基式的画。”[3] 同时，艾略特也很喜欢爱尔兰风俗画家威廉·马尔雷迪（William Mulready，1786—1863），法国风俗画家布朗（Henriette Browne）和雅克（Jacques Feyen）。[4] 艾略特经常参观皇家艺术学院，参加法国绘画展，这些都毫无疑问地使这位小说家很好地接触最新的艺术潮流，以便她能了解如何像画卷般展现普通人的生活。

二、风俗画中的历史与宗教主题

艾略特早期的小说钟情于当代风俗画中流行的主题。例如，她用文字描绘出濒临死亡或乡村婚礼的场景来结束小说。米莉·巴顿的死，吉费尔先生、亚当·比德及埃比·马南的婚礼都是俗套的传统场景，只为迎合当时的视觉艺术品位。但是，艾略特也采用了一些非传统的风俗画手法，如《亚》中开场的部分：午后的阳光暖洋洋地照在五个工人身上。他们忙着装门、窗框和壁板。门外堆着高高的长木板，散发出阵阵松木味，夹杂着挨着对面窗户放的旧木板的气味。如 R.T.琼斯所说，该段中的意象可以应用到多个场景。[5] 但是，它主要是视觉和绘画式的，就像维多利亚时期绘画的标题一样，通过现实主义技巧拟声词隐含道德上的意义。艾略特从维多利亚时工人工作的视角叙述，就像英国历史道德主题画家布朗（Ford Madox Brown，1821—1893）的作品《工作》(1852—1865)、威廉·贝尔·司各特的《纽卡索的码头》(1861)，或者詹姆斯·胡克的《从海的深深处》(1864)，其描述强调并展现出对社会作出有用贡献的、令人印象深刻、近乎英雄式的工人形象，具有类似宗教、卡莱尔式的意义。

当然，和布朗画中正在挖下水道的劳工作对比，司各特画中的船工和胡克画中的矿工生活的世界并非完全相同。亚当和他的伙伴们并不是生活在工业社会前期的背景

1 G. S. Haight. *Selections from George Eliot's Letters*[M]. New Haven: Yale University Press, 1985, p. 71.
2 Hugh Whitemeyer. *George Eliot and the Visual Arts*[M]. New Haven: Yale University Press, 1979, p. 114
3 Ibid., p. 115.
4 G. S. Haight. *Selections from George Eliot's Letters*[M]. New Haven: Yale University Press, 1985, p. 134.
5 R. T. Jones. *George Eliot*[M]. Cambridge: Cambridge University Press, 1970, p. 6.

下，但是工作场所周围的田园风景强化了木匠生活在《圣经》中的隐含意义。同时，使世俗的主题向神圣的英雄式的历史画推进。工场主题以有趣的变形在第十九章和第三十八章中又重复出现，相对应的是亚当在精神上从纯洁变得世俗。这是对新颖重要的绘画主题一种高超的小说式处理方法。

风俗画与历史画间边界不明是维多利亚时期艺术的特点。疲于乔治·夏士所谓的“最高历史的完全统治”，维多利亚时期的艺术家们经历了一场绘画革命，这场革命起源于 18 世纪后期。[1] 通过将世俗的主题融入历史题材的绘画，艺术家们打破了新古典对主题和处理方式的诸多限制。个人生活和家庭琐事开始在历史题材的作品中取代名人和重大时刻。就“世俗主题的引入”，夏士说道：“使人物画家们重新关注过去及现在生活中的一系列主题。”[2] 英国绘画的这种发展，受到法国和德国的影响。保罗·德拉罗什（Paul Delaroche，1797—1856）和杜塞尔多夫学派（Dusseldorf）的历史画作品在英国非常有名，备受艾略特和其他人的青睐。[3]

追逐历史题材绘画的新品味促成恋人出现在有趣的历史场景中，这一主题得以流行。艾略特被米莱斯（J. E. Millais，1829—1896）的风俗油画 *A Huguenot on St. Bartholomew' Day* 和弗雷德里克·巴顿（Frederic Burton）的《炮台楼梯上相见》（*The Meeting on the Turret Stairs*）深深吸引，两者的画分别在 1852 年皇家艺术学院和 1864 年旧水彩画展中展出。[4]

艾略特还试图描绘出罗慕拉（Romola）和提托（Tito）在订婚日的画面。新郎和新娘紧握着彼此的手，想象着各自在对方眼中的形象，好似提香《巴克斯和阿里阿德涅》的画面。新娘身着白色礼服，搭配金色紧身褡，新郎则身着紫色镶边短上衣，搭配黑色西装。[5] 虽然实际的场景要美得多，但在该段话中，富含浓厚色彩的意象与夫妇绘画主题，不禁让人联想到 19 世纪 50 年代中期罗塞蒂（Dante Gabriel Rossetti）的水彩画，虽然这些意象和主题也可能是受到其他维多利亚绘画的影响。恋人们陷入了一场与此类似忠诚的决斗，这使得维多利亚时浪漫主题的绘画更加复杂化。罗慕拉和提托的结合暗示了他们的婚姻是玛丽（Marian）和酒神巴克斯（the Bacchic）的结合，是一个基督徒和一个异教徒的结合。其结果不是两个全然不同的人之间的完美结合，就是不相溶的文化、习俗间的可怕混合。[6]

1 Edgar Wind. The Revolution of History Painting[J]. *Journal of the Warburg and Courtauld Institutes*, 1938(2):116-127.

2 Hugh Whitemeyer. *George Eliot and the Visual Arts*[M]. New Haven: Yale University Press, 1979, p. 117.

3 Ulrich Finke. *German Painting from Romanticism to Expressionism*[M]. London: Thames and Hudson, 1974, p. 100.

4 G.S. Haight. *Selections from George Eliot's Letters*[M]. New Haven: Yale University Press, 1985, p. 29.

5 George Eliot. *Romola*[M]. Oxford: Oxford University Press, 1994, p. 303.

6 Hugh Whitemeyer. *George Eliot and the Visual Arts*[M]. New Haven: Yale University Press, 1979, p. 118.

清教徒和骑士之间的战争为 19 世纪英国绘画中的忠诚困境这一主题提供了很好的背景。在米莱斯的《被禁的保皇党》（*The Proscribed Royalist*，1853）中描绘了一个被孤立的骑士亲了一下为他偷运食物的妇女之手的情景。威廉·莎士比亚·伯顿《受伤的骑士》（*A Wounded Cavalier*，1856 年）中使这一主题更加复杂化，书中他暗示了骑士和一位照顾他的清教徒女子之间可能会发生一段恋情。在《米德尔马契》中艾略特采用了一个相似的主题来表现威尔·拉迪斯拉夫（Will Ladislaw）和多萝娅西之间的戏剧性结合。威尔这一保皇派的形象不禁使我们想到多萝娅西是一个清教徒，同时也使我们想到他们相异的气质，他们所处的背景和所效忠的对象也不同，这是始终分隔他们的鸿沟。画面表现出的紧张局势，只有当恋人最终的美满结合才能得到缓解，同时保皇派的形象有助于淡化画面的情感，从而确立一种独立于角色的视角，这样我们就能在这种紧张的情绪之中使威尔对女子的勇敢视觉化。

虽然 19 世纪风俗画动摇了神圣的历史画的统治地位，但由于传统的基督教插画淡出潮流使宗教艺术出现空缺，这些空缺部分由描绘《圣经》中场景和礼拜的风俗画填补。美国艺术史学家罗伯特·罗斯布伦姆（Robert Rosenblum，1927—2006）认为，“视觉基督教（spectator Christianity）的新浪漫主义领域中共有的虔诚取代了传统的基督教主题。”[1] 这类画中，我们可以发现“体现虔诚和仪式的场景与基督教艺术和建筑中体现人文的场景”而不是《圣经》中所记载的事件。[2] 宗教情怀被唤醒，而宗教信仰并没有抛弃。不论是凭经验，还是怀旧，画面上的妥协恰好符合了这个忠诚日渐消逝的时代的主题。

这恰好符合艾略特的艺术目的。虽然她已经抛却了基督教义，但她始终对基督教的文化恋恋不舍。因为她重视怀着神圣之情的集体活动。在她笔下，虔诚的教徒在礼拜时都令人同情，无论他们是英国圣公会教徒、遵循宗信徒、罗马教徒还是犹太教徒。“当家人聚集在小教堂做礼拜时，这是个怎样动人的画面啊！”吉费尔先生的爱情故事中这段描述表现了尽管家庭成员在乡村小屋的教堂内礼拜已经过时，但是这个场景颇具诗意且对参加者都不无裨益。星期日阅读《圣经》的习惯既能带来人文上的裨益，同时也能带来绘画上的滋养，这是 18 世纪法国风俗画最喜欢的主题之一。[3] 如《亚》中，“你最喜欢的场景就是亚当念《圣经》……他一手拨弄着背心纽扣，一手随时准备翻页，若在早上念《圣经》，你可以在他的脸上读到很多不同的表情变化”。这里，教徒本身的思想状态占了主体，而不是他所信仰的内容。这种侧重手法就是典型的视觉基督教，它所欣赏的是基督教文化中的美学、历史和人文主义价值而并不是其教条。又如，艾略特对黛娜（Dinah）布道场景和黑斯洛普（Hayslope）教堂进行的细致描绘

1 Robert Rosenblum. *Modern Painting and the Northern Romantic Tradition: Friedrich to Rothko*[M]. New York: Harper & Row, 1975, p. 118，

2 Ibid., p. 26.

3 Michael Fried. Absorption: A Master Theme in Eighteenth Century Painting and Criticism[J]. *Eighteenth-Century Studies*, 1975(9):139-177.

也具同样的观点。读者首先注意到的是教堂的古色古香，其次是教堂内的装修布置，最后才是教区居民和牧师。[1] 教堂里的整个色调仍是暖色，有种喜乐的感觉。欧文四下望着，也看到了刚才描述的景象。可爱的六月阳光透过教堂古老的窗户照了进来，彩绘玻璃上那些散乱的块块黄色、红色、蓝色，辉映到对面的墙上，出现了一种特别的色调。[2] 其描绘充满了对过去简单宗教仪式和人际和谐的怀念，再现了维多利亚时期视觉基督教中人物刻画的特点。人物意象的精心安排，使人回想起维多利亚时期历史题材的风俗画风格，同时和《罗慕拉》第十四章中《圣母领报》（*Santa Maria Annunziata*）内部装饰更为精心的描述相呼应。

三、风俗画的叙述性与“问题画”

当风俗画渐渐占据了历史画的上风，其叙述性也逐渐增强。历史画通常与文学相关，其绘画主题常取自《圣经》或诗歌。现代诗人或小说家也逐渐进入了能叙述的古典作家的伟人殿堂。因此在19世纪，同时适合历史画和历史题材风俗画的主题在莎士比亚、米尔顿、塔索（Tasso）、塞万提斯、莫里哀、史丹（Lawrence Sterne）、哥特史密斯（Goldsmith）、歌德或司各特的作品中发现。[3] 当艺术家需要描述一个高潮场景，同时亦希望唤起观者对其背景的记忆时，他们会自然而然地想到加入一些叙事与戏剧元素。

对于19世纪的英国艺术家，获取叙述技巧的重要来源是威廉·荷加斯（William Hogarth）。他的顺叙巧妙地诠释了绘画式的结构，戏剧性表达、创新的肖像画法。象征性细节的用法既可阅读，同时亦也可转化成词汇来表达。[4] 荷加斯顺叙方法为有道德含义的风俗画中的叙述技巧提供了先例。该时期许多关于日常生活的非英雄式绘画要求欣赏者能够看着画面想象出事件的背景环境。叙事元素的加入使得维多利亚时期的绘画能够从荷兰和佛兰芒风俗画中独立出来，而且偶尔能展现出求爱故事的画面和书信中的场景。

皮特·康拉德曾暗示，如果叙事式绘画手法旨在表现出小说的情境，那么小说就是为了能体现叙事式绘画的画面感。[5] 艾略特就是其中一位能在她的小说中将画面式的情景像讲故事般娓娓道来，从而引起悬念的作家。威尔·格兰科特（Will Grandcourt）会向格温多伦（Gwendolen）求婚吗？如果会，那么格温多伦会接受他吗？《丹尼尔·德龙达》中这一系列的问题都是以画面式的场景展现出来的。“格温多伦抬了抬低垂的眼睑，威尔坐在离她大概两码外的地方。任何看到这个画面的人都会猜想他们是不是会坠入爱河。”[6] “求婚将近”或许正是艾略特想要我们为这个画面取的标题。风俗

1 George Eliot. *Adam Bede*[M]. Hertfordshire: Wordsworth Classics, 1997, p. 3.
2 Ibid., p. 295.
3 Raymond Lister. *Victorian Narrative Paintings*[M]. London: Museum Press, 1966, p. 13.
4 Ronald Paulson. *Emblem and Expression—Hogarth: His Life, Art, and Times*[M]. New Haven: Yale University Press, 1971, p. 122.
5 Peter Conrad. *The Victorian Treasure-House*[M]. London: Collins, 1973, p. 25.
6 George Eliot. *Daniel Deronda*[M]. Hertfordshire: Wordsworth Editions Ltd., 2003, p. 36.

画主题中首先进行叙事化处理的是求爱画面，而且这个主题从17世纪到19世纪一直受到人们的欢迎。

风俗画需要对绘画对象中一些戏剧性活动特点进行叙事化处理。当被画者的活动具有道德意义时，画面描绘的不再是18世纪意义上的那种风俗。正如英国作家萨谢·弗雷尔（Sacheverell Sitwell）所述，许多著名的维多利亚时期绘画由于其所表现的戏剧性和强烈的道德感被列入风俗画之列。布朗（Ford Madox Brown，1821—1893）的《英国移民血泪史》（*The Last of England*）和马蒂诺（R. B. Martineau）的《老家的最后一日》（*Last Day in the Old Home*）就是该类型的绘画作品。这些画中，暗含家庭危机的画面取代了家庭欢闹嬉戏的场面。《弗洛斯河上的磨坊》中，这种新的维多利亚艺术侧面清晰可见：母亲和麦琪坐在桌子的另一头，一个呆呆地等着，一个翘首期盼着。[1] 从某种意义上讲，这是一幅描绘家庭团聚的肖像图，描绘了重新获得家庭财富和尊严。整个场景所反映出来的已超过了一般风俗画，一种带着同情的好奇而不是欣赏的愉悦之情。就此而言，叙事画显示的是创作过程中人物的性格和情境，而风俗画显示的是完成后的人物和情境。

叙事画所暗含的情境必须由欣赏者在不借助任何外界的文学资料下自行推断出，其结果是，维多利亚时“问题画”这一术语具有双重含义。“问题画”（problem picture）不过是英国艺术家在19世纪采用的对风俗画传统的一种变体。[2] 同时在描绘普通人生活的画卷中，他们也引进当代社会道德主题，历史画中融入了风俗画主题，改善了荷加斯叙述式展现的绘画技巧。所有这些绘画上的创新都对艾略特的写实主义有着深远影响。因为画面不仅显示了所画的场景，而且还暗含着其他矛盾与问题，当然隐含之意需要欣赏者借助画家所留下的线索体悟。一般问题画建立在风俗画的习俗上，因为家庭的富裕和谐可以用来暗示家庭经济不济和婚姻破裂。但是马里奥·普拉兹和罗纳德·鲍尔森将注意力集中到荷兰画家朱利叶斯（Julius Quinkhard，1734—1795）的《保卢斯和他的会计》（*Paulus Determeyer Weslingh and His Accountant*，1765）中。画幅中，一场家庭内部激烈的争吵致使主人公的妻子和女儿缺席。鲍尔森认为两把无人就座的空椅子“是整幅画中最重要的”[3]。这幅风俗画巧妙地暗含了家庭矛盾，同时也反映出19世纪对家庭内部争端、遗弃、背叛等问题的处理方式。

艾略特最喜欢用文字描述的问题画面是私生子问题。艾略特通过展现风俗画的祥和传统，将画面戏谑般地投向其中一位有私生子女的家庭成员。因此，在《菲利克斯·霍尔特》（*Felix Holt*，1866）中一段看似平静的描述性画面中，实际上暗含了特兰姆森夫人有了外遇、而哈罗德·特兰姆森是私生子的事实。[4] 其场景是一个完美的

1 George Eliot. *The Mill on the Floss*[M]. Hertfordshire: Wordsworth Editions Ltd., 1995, p. 130.
2 Hugh Whitemeyer. *George Eliot and the Visual Arts*[M]. New Haven: Yale University Press, 1979, p. 113.
3 Ronald Paulson. *Emblem and Expression—Hogarth: His Life, Art, and Times*[M]. New Haven: Yale University Press, 1971, p. 124.
4 George Eliot. *Felix Holt the Radical*[M]. Hertfordshire: Wordsworth Editions Ltd., 1997, p. 168.

风俗画，但是特兰姆森夫人的态度显然不是一个做祖母的人所应该有的，画面中对其描述大多通过一系列的动词（would have been）。事实上，家庭中有问题的两个人物缺席，即特兰姆森的情夫及其私生子，因为他们和英国家庭的和谐画面格格不入。通过特兰姆森夫人将头转向另一边，极好地展现出她对真正和谐家庭的渴望。后面一幅风俗画主要刻画了老特兰姆森先生、哈利、狗狗们和哈罗德，而特兰姆森夫人也没有出现在画面中。[1] 另一幅画中，特兰姆森夫人“远远地站着，似乎某些原因让她左右为难”[2]。

特兰姆森夫人的困境同样也出现在《丹尼尔·德龙达》中葛拉歇（Glasher）夫人身上。作为格兰科特的前情妇，葛拉歇夫人为他私生了四个孩子。其家庭通过一幅风俗画展现给读者，同时整个画面也渐渐变成了问题呈现于读者。[3] 同样，这幅表现正常家庭聚会的画面却省去了父亲的形象，恰恰相反，葛拉歇夫人占据了整幅画面的大部分，这不禁让人想到她的丈夫，于是叙述的重点就落到了他的身上。又如，《织工马南》中，一幅关于红房子中享用星期日甜点的风俗画，没有写到年轻乡绅哥德佛·卡斯的私生女。[4]

维多利亚时表现问题的画卷中，私生子主题司空见惯。如米莱斯的《报应》（*Retribution*，1854）和布朗的《带走你的儿子，先生!》（*Take Your Son, Sir!*）。这两幅画中都涉及这个主题。但是艾略特对私生问题的兴趣还涉及其个人原因。她需要决定是否结婚将肚中的孩子生下来。她最终决定不要，因为她认为私生问题会给无辜的孩子戴上一幅镣铐。或许她想到了路易的妻子为亨特（Thornton Hunt）生的孩子。社会蔑视、排挤私生子，就像她当初称为合法妻子时受到的待遇一样。为表现出受排挤之人所处的困境，她采用了在看似平静的风俗画中加入看不见的矛盾这种塑造人物的手法。其比起维多利亚时期其他对待私生问题的作品采用的手法要隐晦得多，同时又充满着淡淡的忧伤。

艾略特始终自信地将风俗画手法应用于其小说中。但是如果一味认为她采用风俗画的手法来类推，就不能对其艺术成就有正确的认识。普拉兹将艾略特作品归为毕德迈雅式（Biedermeier）的做法极好地诠释了以《亚》第十七章中的荷兰画作为评论艾略特全部作品关键的危险。[5] 艾略特在《罗慕拉》中写道：“人类的言行只是温顺的笑话，唯有激情生活才是形式与色彩。”[6] 沃尔特·佩特常常引用此言，无疑痴迷于形式主义的内涵。虽然，我们就此宣布艾略特是罗杰·弗莱，克莱夫·贝尔为视觉艺术方法的先行者有些武断，但至少说明在爱氏的笔下艺术服务于生活。艾略特的视觉

1 George Eliot. *Felix Holt the Radical*[M]. Hertfordshire: Wordsworth Editions Ltd., 1997, p. 254.
2 Ibid., p. 212.
3 George Eliot. *Daniel Deronda*[M]. Hertfordshire: Wordsworth Editions Ltd., 2003, p. 99.
4 George Eliot. *Silas Marner*[M]. Hertfordshire: Wordsworth Editions Ltd., 1997, pp. 226-227.
5 Ulrich Finke. *German Painting from Romanticism to Expressionism*[M]. London: Thames and Hudson, 1974, p. 68
6 George Eliot. *Romola*[M]. Oxford: Oxford University Press, 1994, p. 8.

艺术思想源自拉斯金的教导。[1] 她认同拉斯金的信条：可视与不可视是视觉艺术与文学所要阐释的两面现实。这一理论始终贯穿其小说创作实践。丹尼尔·德龙达的母亲发出要为艺术而生存的呐喊也就不足为怪了。

1 Hugh Whitemeyer. *George Eliot and the Visual Arts*[M]. New Haven: Yale University Press, 1979, p. 221.

第六章
米勒阅读理论的实践导读——小说叙述与重复

第一节　米勒解构主义阅读理论与实践

米勒是一个真正的解构主义阅读理论实践的高手。他是四位学者中与中国文学批评界交往最频繁，最关心中国文学发展前景的学者之一。他在肯定中国文学与美国文学研究相同点的基础上，基于《现代语言季刊》编辑的关于中国现代文学的专辑，更是客观地分析指出两国文学研究的六点差异之处。它们是：（1）对提出新的看法缺乏兴趣；（2）非常关注文学分期、命名、特征概括是否正确；（3）强调历史语境对作家创作的决定作用；（4）描述一个作家或学派的论述高度抽象；（5）论文缺少引用，几乎没有风格或形式分析；（6）都很关注西方作品翻译成中文在现代中国文学发展中所起的决定性的作用，很少关注汉语与西方语言的差异。[1] 米勒在20世纪60年代中后期开始接受德里达的思想，自此不遗余力地实践和推广解构批评，为美国文学研究树立了杰出的解构批评典范。在中国，他的名字最早出现在1986年出版的张隆溪的《20世纪西方文论述评·结构的消失：后结构主义的消解批评》一书中。1987年《外国文学》第11期发表的王逢振一文《"耶鲁四人帮"之一：希利斯·米勒》是国内最早专门介绍米勒解构批评的文章。对米勒解构主义小说理论的认识是从王宏图发表于《上海文论》1990年的一文《米勒与耶鲁学派的解构批评》开始，该文介绍了耶鲁学派和米勒的《小说与重复》的观点，第一次把米勒的重要著作的内容介绍到中国。申丹的著书《叙述学与小说文体学研究》（1998）和《解构主义在美国》（载《外国文学评论》2001年第2期）开启了米勒重复观研究的新视角。前者从小说阅读批评论来看，米勒的解构主义小说阅读理论与传统的探源性批评不同，它"深刻揭示它的复杂多样性，展示

1 2008 年 11 月 4 日米勒教授在在南京师范大学所做的三场演讲中一场即为中美文学比较的研究差异：*A Comparison of Literary Studies in the United States and China.*

出它内隐的与表层结构矛盾的层面，以最后开发出新的结构、建构新的话语文本；后者认为米勒以“线条意象”为框架的理论与实践是对欧洲解构主义批评的发展和补充。

法国文学批评家茨维坦·托多罗夫（Tzvetan Todorov）有关文学理论著作《〈十日谈〉语法》（1969）一书的出版，“叙事学”一词走进了文学批评界的视野。以德曼为代表的解构主义者认为：“结构主义叙事学研究领域毫无生机，它正面临着因为仅仅研究技巧以及技巧研究本身所涉及的各种问题。”[1] 米勒一方面强调文本在语言形式表面虽然具有完整的有机体，语言的社会性决定了文本自身同时具有“解构意义完整性”的因子，使得文本的意义呈不确定性；另一方面，由于读者的阅读过程即是文本外的符号系统（社会、历史形成的文化结构）与文本内的语言结构进行交换的过程，因此，文本又是可读的。米勒的解构主义叙事理论旨在强调结构主义叙事学必须把分析重点从语言表面层次的信息传递模式转移到一个更广泛的文化交流模式中，结构主义与后结构主义两种阅读和分析模式的交互存在，才使有关阅读分析领域总是“具有一种张力”[2]，而正是这种张力才使思想具有活力。那么解构主义与结构主义叙事学的差异何在？下文将以“故事”与“话语”这一对概念为主线，展开深入讨论，二至四节将重读经典小说，以对米勒的解构阅读理论作出实践导读。

一、米勒论解构主义叙述学

米勒是解构主义的代表人物，《解读叙事》集中体现了解构主义在叙事学领域的发展，这是米勒解构主义叙事理论的代表作。本节将围绕米勒解构主义叙事学的几个基本问题展开讨论。就米勒的解构主义叙事学加以研究，无论对叙事学的发展，还是对国内文论研究水平的提高都大有裨益。《解读叙事》中涉及的“线条意象”问题是该书所讨论的主要问题，也是米勒解构主义叙事理论的主线和基本理论脉络。

米勒解构观的一个重要特点就是重视文本内部言语叙事与语言修辞。他的解构观不断得以丰富和发展。他借鉴和运用德里达和德曼这两位解构主义大师所开创的解构主义思想，以奥斯丁言语行为理论批判的基础上所形成的言语行为理论来指导自己的文学理论和批评实践。其努力始于《阅读的伦理学》，贯穿在《皮格玛利翁的变式种种》、《地形学》、《解读叙事》、《文学中的言语行为》，直至最新的专著《文学作为行为：亨利·詹姆斯作品中的言语行为》等著述中。在叙事学方面，米勒主要有1998年出版的《解读叙事》一书，该书较为集中地提出了其解构主义叙事理论。2005年，米勒首次在译成中文发表的《亨利·詹姆斯与“视角”》一文中，把关注点投向了视点问题，对这一叙事学中基本而重要的问题作出了新的思考。从上述书中，我们发现，米勒叙述理论在不断丰富。但他一直坚持用语言的修辞性作为切入口展开对传统文学观的批判，其实质就是用语言修辞来颠覆逻格斯的统治地位。这与解构主义对传统形

1 Paul de Man. *Resistance to Theory*[M]. Minneapolis: Minnesota University Press, 1986, p. 106.
2 Marcel Cornis-Pope. *Hermeneutic Desire and Critical Rewriting*[M]. London: Macmillan, 1992, pp. 183-184, p. 185.

而上学逻格斯中心主义的批判一脉相承。

米勒的《解读叙事》重新走入古希腊经典文本，从西方文化的源头进行审视和探究。也正是回溯到如此的思考源头，米勒才颠覆性地展开了独特的理论巡游。米勒的《解读叙事》实践了他所从事的反讽、解构的话语。在他看来，符号、作品、理论、叙事甚至语言本身都同俄狄浦斯的无由根据的悲剧性命运一般不可捉摸。我们从中所获取的，只是我们自己理性化之无意识的一种自身的虚拟或者想象的存在。米勒试图颠覆以热拉尔·热奈特为代表的传统叙事学的大厦，在那座空虚的碎片废墟中建构，也同时解构着自己的论点与观念。他没有将矛头直接指向热奈特，而是返回到西方文化的源头，在亚里士多德那里，发现了他的敌人之真正的软肋。他重新召回了亚里士多德的俄狄浦斯王的幽魂。

奥斯丁言语行为理论的核心就是排除无意识的干扰，承认意识对意义的最终控制权。与奥斯丁不同，德里达认为"没有什么意识意图是有充分意识的，或者说是真正的自我在场的"[1]，而且无意识对意识的干扰是根本性的、无法排除的现象。因为奥斯丁所谓的纯粹的、可以作为意义来源的意识意图在根本上就受到了无意识的沾染。借用米勒著名的"寄主"和"寄生者"关系之说，无意识这个寄生者早已先天地侵入了意识这个寄主，已经分辨不清谁是主谁是客了。米勒还继续解释了无意识"寄生"在意识身上是"自我通过思考万物来构建一切的力量，被一种构成自我的非存在所打破了，也就是说，[这种非存在]存在于自我之内（inside it）而又不显现于它（without present to it）"[2]。该句的两个介词短语直截了当地告诉我们，无意识就在意识中，构成任何言语行为的意识与无意识在结构上难以区分，在意义上两者又不兼容。米勒还从文学文本的角度，对语言的施为功能与记述功能作了更为清楚的阐述："任何话语文本（如德曼写的论文，或你们现在正在读的我自己论述德曼的论文）都完完全全既是记述的又是施为的，即使我们不可能将它们明确区分开来，即使我们无法确切知道它们是不是相互兼容，即使我们推测它们是不兼容的，等等。知道它们并不必然是兼容的，并且我们永远无法确切地知道在某一事例中它们是否兼容的，这足以毁坏调和（reconciling）它们的规划。"[3] 该引语包含两方面内容，即语言文本的记述功能与施为功能的不可区分性与难以调和性。

米勒说："构建言语行为的符号似乎有一种不幸的倾向，即忘记最初寄寓于它们并给予它们力量的意图。"[4] 这种"忘记"就是语言的记述功能与施为功能不相兼容的表现。在米勒看来，这种语言的忘却性来自德里达所说的重复性，"重复性就是每个符号能够在新的语境里重复并作为有意义的符号而起作用的可能性。这些新的语境

1 J. H. Miller. *Speech Acts in Literature*[M]. Stanford: Stanford University Press, 2001, p. 94. (下文中译文均出自该书.)
2 Ibid., p. 264.
3 Ibid., p. 153.
4 Ibid., p. 105.

完全与最初的语境、符号最初制造者的‘交流意图’相分离”[1]。然而，导致分离的“重复性来自于德里达最初所说的完全的它者（*le tout autre* / the wholly other）”[2]，即语言与这种完全它者的关系才产生了符号的重复性。米勒认为，这里的它者就是“彻底别样的某物，某种无法通过任何形式的辩证扬弃而返回到同一的某物”[3]。这就决定了“我们对它的任何的思考必定导致悖论、词语误用（catechresis）和两难（aporia）……正如德里达的著作所充分显示的，它者不能被直接地思考这个事实并不禁止[人们]思考或谈论它”[4]。米勒认为，它者就像黑洞一样，不断地向我们发出符号信息，但这些符号信息时常是混乱和矛盾的，告诉了我们什么，却又向我们掩藏了什么。当我们通过这些信息来间接地构建对它者的认知时，我们总是无法穷尽有关它者的知识。所以，这种“忘记”是我们的言语行为无法完全展现它者这个无可奈何的事实所决定的。总之，在响应它者召唤的言语行为中，语言的记述功能与施为功能既无法区分又不相兼容，是米勒言语行为理论的核心观点。

米勒认为文学本质具有“修辞性”，因而不可能建立有关叙事的科学。米勒聚焦于语言修辞的复杂性，即话语层次上文字符号的特性。在与叙事学理论展开对话时，米勒将关注点拓展到了叙事结构和风格这一范畴，但仍然聚焦于话语层，因此他的主要对话对象是热奈特的《叙事话语》。然而，米勒并没有忽略故事事件的结构。他在《解读叙事》[5]一书的第一章中提出了“反叙事学”的思想，从而挑战了叙事学鼻祖亚里士多德的观点。他认为作为亚氏戏剧理论的最优化个案的《俄狄浦斯王》，瓦解了其自身理论根基。对于理性与语言的绝对信任，导致了俄狄浦斯王的悲剧性结局。米勒解释说“就俄狄浦斯而言，逻格斯的双重意义——作为心灵的逻格斯和作为词语之意的逻格斯——注定是互不相关的。俄狄浦斯说的话被漂送至超凡的多重逻格斯的控制之中，从而表达出他自己尚未察觉的真理”。在此，米勒重新思考了叙事、语言问题，从而表明自己的目的，即推翻传统叙事学清晰明了的分析。通过挑战亚氏为代表的传统叙事理论，一方面，米勒考察到，影响西方传统数千年的《诗学》存在着与其叙述中心观念极不符合的诸多因素。《诗学》所依据的是对于理性能力的绝对认可，对于叙事的统一把握，以及认可与把握之指向的绝对的中心；另一方面，他注意到在被亚里士多德引为叙事经典的《俄狄浦斯王》中，得出的结论却是恰恰相反的：理性的不可信与非理性的狂躁统治。事实上，俄狄浦斯对于理性的信任导致了俄狄浦斯的悲剧，他自酿了自己饱饮的苦酒。在《诗学》与《俄狄浦斯王》之间，也就是在《诗学》内部的学理之间，存在着双重或多重逻格斯。在米勒看来，如果无法相信神之亘

1 J. H. Miller *Speech Acts in Literature*[M]. Stanford: Stanford University Press, 2001, p. 78.
2 Ibid., p. 84.
3 里蒙·凯南. 叙事虚构作品[M]. 姚锦清等译. 上海：生活·读书·新知三联书店，1989，第10页.
4 同上，第260页.
5 米勒. 解读叙事[M]. 申丹译. 北京：北京大学出版社，2002. (以下书中引文只注页码.)

测，如果无法推断俄狄浦斯为何受如此严酷的惩罚而还要给予它一个论断的话，则只能从语言入手加以分析。在俄狄浦斯那，语言与行动具有相同的功能。语言就是行动，语言具有一种施为行为。悲剧同样使戏剧化的因素产生。就语言的意义双重性而言，俄狄浦斯的悲惨境遇归根到底只是一个"语言的诡计"，一个迷惑世人数千年的诡计。米勒《解读叙事》本身的论述成为一种绝妙的反讽与复调。一方面，他盛赞热奈特绝妙的理论贡献，另一方面，米勒又指出这位经典叙事学家所无法回避的问题和始终贯穿理论的矛盾：在科学主义指引下的理性的条分缕析的结局，始终都与主体的渴望事与愿违。在任何一种语言、观念、方法之下，都隐藏着另一种悖反性的"思想的潜流"。

米勒身体力行，实践自己的理论思想。例如，他的《小说与重复》就正如其自己所说，并非有关小说的理论而是小说的实践阐释；又如，米勒的《查尔斯·狄更斯：他的小说世界》更是其早期小说理论实践的代表，它是西方现象学批评学派的代表作之一。著书中，米勒充分注意到了作家意识在文学世界中的主导作用，并对之进行了深刻的开掘阐发，同时也提出作家意识的表现形态，即对文学形式的核心地位视而不见使得现象学批评存有严重局限性，正是米勒看到了其不足，促使他不断发展小说理论，通过分析小说叙事结构的方式，建立独特的小说阅读理论体系；再如，他以美国后现代重要作家托马斯·品钦（Thomas Pynchon，1937—　）的短篇小说集《笨鸟集》（*Slow Learner*）中的故事《秘密融合》（*Thomas Pynchon's "The Secret Integration" as Postmodern Narrative*，1964）为例，阐释了美国后现代叙事的主要特点。《秘密融合》是一个非常复杂的幽灵故事，像似亨利·詹姆斯的《螺丝在拧紧》（*The Turning of the Screw*）。故事发生在1964年的某日，美国民权运动之初的一天，在约翰·F.肯尼迪1963年遇刺的一年之后，比马丁·路德·金遇害（1968年）早四年。随后发生了暴乱和反对种族隔离的示威活动。故事情节高潮是在一次秘密碰头会之后，当孩子们送卡尔回家时，发现他们的父母和邻居们给巴林顿家的草地上倒满了垃圾。孩子们认出了那是来自他们自己家的垃圾。故事即将收尾之前，故事的意义似乎已经十分明白。德里达认为，社群总体上有个规律，即都会生一种叫做"自动免疫"的疾病。故事中的自杀性自动免疫疾病以两种表现形式存在：其一，戏仿的、绝对无害的形式讲述孩子们的秘密社群与他们密谋破坏的成人社群之间的关系；其二，以较为严肃的形式描述了源于黑奴制的邪恶的美国的种族主义。米勒声称，卡尔·巴林顿成了《秘密融合》故事本身。阅读一个故事就是培育一个幽灵，使故事中所有虚构的角色苏醒，给其注入精神，召唤其亡魂，包括虚幻故事中的虚构角色、 幽灵和鬼魂，像卡尔那样。这种后现代叙事的存在，证明了它有一套与众不同却可加说明的文体、规范及主题的特点。

米勒把詹姆逊在《后现代主义》（*Postmodernism*）一书中的分类稍作改动，并列举出后现代叙事最显著的一些特点：风格混杂。即不同时期各种风格的混用；对以前各种风格的戏仿；典故的运用；各种文类的混用；缺乏深度；缺乏情感；全知全能叙事的弱化，更为确切地说，叙事者与读者进行心灵交流，而不对故事本身加以评判或解释；间断性，即由情节构成的叙事经常被中途打断等十九种后现代叙事风格。要求对某些直接或间接的虚构性或实质性问题的关注，即背离叙事的传统，对叙事自身的模式及其社会功能进行质疑，从而证实后现代叙事显示了德里达所说的社群自我破坏性的自动免疫逻辑。米勒认为品钦的《秘密融合》融合了后现代叙事的所有特征，并以此确定后现代叙事的基本特点。《秘密融合》中所有的特点都能在塞万提斯的故事《训诫小说》（1613）中找到。后者的意义及言语行为的力度，正是说明“后现代叙事的手法是某种独具特点的、前所未有的叙事”的说法会遭到质疑。其实，米勒也承认后现代叙事是对结构主义叙事学的继承和超越。

米勒的小说叙事理论影响广泛。国内学者时有撰文，论述该理论的实践意义。如“《大卫·科波菲尔》中‘手’的重复意象”一文，运用米勒关于小说的重复叙述理论，以狄更斯在该小说中对尤里亚的手的描述，分析和探讨其中“手”的重复意象和整个剧情发展的关系，论述了狄更斯是如何按照类似童话式的叙述方法向读者讲述一个不断重复的主题：善与恶的较量的故事；在对其中的反面人物尤里亚的塑造上，作者更是明显应用了不断重复的“手”的意象来加强人物性格的立体感。又如，《〈克兰福镇〉的反讽——与米勒先生商榷》一文对米勒在《解读叙事》中的解释提出了怀疑。米勒将小说解读为纯粹的女性主义叙述小说，认为小说的主题乃是反对“父权”和“男权”，批判新教伦理和资本主义。而该文认为，这类判断更像是西方文学批评界流行的套话，而非小说叙述真正要表现的主题。解构主义的理论先设使米勒将自己的价值判断强加于小说家，并提倡从最细微的细节中寻找证据。其结果既可能造成忽略整体语境的片面理解，又可能错过小说家更富洞见的思想和更微妙的情感。

二、米勒的解构主义“线条意象”：多重线条

米勒所撰写的叙事中的“线条”的作品，用他自己的话来说，“那是1975年一个寒冷的清晨，当时，我在写一篇评介华莱士·史蒂文斯的《岩石》的论文，对叙事作品和评论中不断涌现的线条意象产生了莫大的兴趣，对这些意象与形形色色的重复之间的关系也极为关注”。（p.1）直到20世纪90年代后期，《解读叙事》著作的完成，对后经典叙事学理论起到了重大的作用，成为解构主义叙事学的一部经典著作。

2002年米勒的《解读叙事》被引入国内，随即在国内产生了很大反响。国内学者围绕着米勒解构主义叙事学的几个基本问题展开了讨论。申丹的《解构主义在美国——评J.H.米勒的“线条意象”》一文介绍了米勒的“线条意象”理论，并认为以“线条意象”为框架的理论与实践是对欧洲解构主义批评的发展和补充。运用米勒“线条意象”阐释文本的论文也频频刊出。如，《线条的末尾——〈伪君子〉的解构主义叙事理论解读》一文认为莫里哀的《伪君子》的结尾处理，长期以来是一个有争议的问题。该文试图用米勒的解构主义叙事理论分析《伪君子》结尾的困境，以及产生这种困境的深层原因：即无法判断该叙事的完整性。又如，《解读〈雪国〉的线条意象》，米勒的无开头、结尾，且中部不连贯的叙事线条意象，解构了文本的意义，空置了差异的形式，包含了多样的选择，它是对叙事文本的总体阐释与宏观把握。该文认为川端康成

的《雪国》恰恰符合米勒的“线条意象”理论。

米勒书中开宗明义地提出关于叙事开头、中部、结尾的问题，他指出：“（亚里士多德提出的）开头即剧之开始，结尾即剧之终结，中部处于两者之间并与之相连。我们其实早就知道这些。但真的有哪部剧的开头与其他事情没有必然的因承关系吗？结尾之后真的无它事相继吗？中间的成分又都是通过一目了然的因果必然律与其前后成分相连接吗？”（p.7）对这些问题的逐一回答，构成了对亚里士多德关于故事开头、中部、结尾定义的逐一解构。其实，《解读叙事》整部作品都可以看成是对这几个方面进行的解构。通过对这三个方面的解构，米勒解构了亚里士多德的关于故事的空间定义，从而解构了把叙事当成是一条清晰的线条的意象，推翻了传统的叙事学理论。就此米勒称该书为“反叙述学”的著作。

“线条意象”通过对亚里士多德这些业已成为西方文学批评基础的理论进行了解构，米勒提出该著作中主要涉及的五大问题。具体如下：第一，以线条意象表述叙事的不可能性；第二，叙事并非如线条那样有开端；第三，叙事结尾的不可能性；第四，叙事中部也不像线条那样是笔直的或弯曲的单条，而是散乱的、无迹可循的，甚至神秘的多重线条；第五，这些多重线条最终将导致文本“无中心”，从而使对叙事的解读变成不可能。全书围绕这些问题展开论述，动摇了西方传统叙事学研究。其解读方法就是试图把作品内在表明但被忽略的东西展现出来，提供一种新的解读叙事的方法。

米勒指出，线条的意象、比喻或者概念贯穿于西方涉及写故事和讲故事的所有传统术语之中，在叙事理论中举足轻重。颠覆了这种意象、比喻或者概念，如同颠覆西方叙事传统。米勒以此为目的开启了对线条的解构。在米勒看来，用线条这种意象、比喻或者概念来描述叙事，产生于西方批评史的发展过程中，具有一定的必然性。同时，当我们仔细分析的时候，实际上又是不合理的，这种“线条”本身就是不成立的。米勒认为，“写作”具有线条性和空间性的双重特性。写作确实是对有形线条的某种使用，任何叙述都会涉及线条和重复，但是线条具有有形的空间性，而叙事本身却带有时间性，用空间性去比喻甚至割断叙事的时间特性，这本身就构成了用线条去指称叙事的不合理根源。同时，将叙事作为线条会产生一种“叙述的难题”：一方面，我们总是将叙述想象成为一种理想的线条，但在这根两点一线的笔直线条上，也许就会出现离题或者偏离；另一方面，“叙述难题”也来自于我们对叙事线条模棱两可的看法，我们既将叙事线条视为叙述出来的一连串事件，同时又将之视为一串文字或者叙述单位本身，即语言对外在事件的重复。米勒认为叙事线条的双重化，甚至多重化颠覆了叙事的线条，从而颠覆了传统的叙事理论。既然叙事线条分为线条的结尾、开端和中部，米勒随后就这三部分分别进行了分析，试图对叙事线条进行彻底的解构。

具体而言，一方面，米勒认为叙事线条中结尾呈不可能性。以亚氏《诗学》为代表的传统理论认为，每部悲剧都可以分成两个部分——复杂症结（打结）和解开症结，解开这个症结就是叙事线条的末尾。照此说法，《俄》剧在开头的时候已经就开始结尾了。故事的开头就是故事结尾的开始，这无疑是一种矛盾。另一方面，在“故事”层面，米勒认为叙事的结尾呈不存在性，亦即一个叙事的延续性。申丹教授认为米勒之所以说故事的结尾会无穷无尽地延续下去，是因为米勒采用的是跨越单个文本疆界的“宏观视角”，而传统的叙事理论是以单个文本为疆界的“微观视角”。米勒还讨论了叙事结尾不存在的原因：其一、叙事的结尾不可能将所有的线条收拢，不可能使所有的人物得到一个永远的安置，因为叙事具有无限延伸性；其二，叙事的结尾不可能将所有的线条梳理整齐，使它们清晰可辨。基于这两点，我们无法判断一个叙事是否完整，也就无法确定这个叙事是不是有结尾。所以，一部作品最多只是有一个结尾的感觉。可见，米勒在这里既不是采用凌驾在众单个文本之上的“宏观视角”，也不是采用一种逻辑的、符号学的分析，而是基于文本的细致微观的分析。米勒的解构主义文学批评之所以根植于文本，在于他强调阅读的重要性。根植于文本是米勒所一贯主张的批评方法，同时这种方法也一直贯穿在米勒的文学批评当中。

米勒认为线条开头的叙事涉及一个悖论，即开头必须有当时在场和事先存在的事件，由其构成故事发生的源泉或支配力，为故事的发展奠定基础。他通过例句，倘若小说家突如其来地开场，描写一个人物把另一个人物扔到了窗外，他迟早需要解释是谁扔的谁、为何而扔等，进而解释这个悖论存在的道理，即作者除了通过想象中的“仿佛是”来虚设之外，永远也不可能为故事的发展建立一个事先存在的坚实桩基。旨在说明叙事悖论的根源，即“故事的开头本身既要身处叙事文本之内，又身处其之外”。（p.55）米勒指出开头就是指的“故事”层面的开头，是情节的开端，这种开头米勒认为是无穷无尽的，是无法限定在叙事线条之内的。米勒从而指出，任何叙事的开头都巧妙地遮盖了源头的缺失所造成的空白。而这种空白包括两部分，一是指在文本之内的开头的缺失，即开头的根据缺失；一是指文本之外的叙事基础的缺失，即情节根源的缺失。

对线条中部的论述在全书中最为详尽。米勒从柏拉图的《理想国》谈到巴赫金所说的“微型对话”，再运用了“椭圆——双曲线——抛物线”这样一系列的几何图形来描述叙事作品中部非连贯的线条的演化过程。着重分析詹姆斯曾经将叙事线条比喻为具有一个焦点的圆形图案，以及盖斯凯尔夫人的《克兰福德镇》、狄更斯的《匹克威克外传》和特罗洛普的《养老院院长》三部作品中“间接引语”，旨在质疑亚里士多德认为的中部连接开头与结尾，中部的成分必须遵循必然律和因果律的观点。

关于中部，米勒认为，小说的作者人为地勾勒出一个故事的“边缘”，把小说的中部控制在这个边缘之内。他用了大量篇幅讨论叙事中部线条的多重化问题，指出叙事线条的复杂性来自各种形式的多重：“叙述者的多重、叙述者的层层相嵌、间接引语中谜一般的双重、多重情节里的重复；还有各种形式的置换，其原因在于采用了引言、卷首引语、序言、插入信件和招牌、题词、墓碑上的标志，这些小说中各种形式的插入文字与基本叙述属于不同的话语层次。”（p.28）米勒认为，正是这种属于不同话语层次的因素出现，使叙事作品中部的线条由一根变成了多根。米勒认为叙事作品中，逻格斯决定了叙事线条，一个逻格斯决定着一根线条，而叙事作品中多个逻格斯的出现决定了作品中多个线条的产生。这种引言、引语等正是构成了叙事作品中多个逻格斯的存在。

“线条意象”的意义在于，米勒间接地表明了他的态度：“解构并非为了证明这种意义的不可能，而是在作品中解开、析出意义的力量，使一种解释法或意义不至于压倒群解。”[1] 米勒的解构主义叙事学并不是要树立一种解构主义理论批评的模式或者架构，而是要在传统叙事批评中，将一直以来我们误解的，或者我们忽略的概念、意义进行重新审视，从而在传统的叙事批评中打开一个通道，让我们看到叙事批评的另一种可能性。

三、结构与解构叙事之差异：以“故事”与“话语”关系为例

自从叙事学家托多洛夫于1966年提出“故事”（story）与“话语”（discourse）的区分之后，这两个概念就像叙事学研究中的两翼，托着这门从20世纪60年代兴起的学科，乘着结构主义之风高高翱翔：以格雷玛斯为代表的叙事学家以“故事”为研究重点，以热奈特为代表的叙事学家以“话语”为研究重点，双方共同推动了结构主义叙事学的蓬勃发展。虽然侧重点不同，但是对“故事”与“话语”的关系，结构主义叙事学家从共同的结构主义理论出发，大体上都认同这样一个观点：“故事”先于且独立于“话语”。但是，解构主义叙事学家对此提出了挑战。他们颠覆了“故事”与“话语”的等级关系，认为不但“故事”不先于和独立于“话语”，而且应该是“话语”创造了“故事”。甚至提出了一个很激进的观点，即“话语就是故事”。叙事学家帕特里克·奥尼尔在分析《文体练习》一书中用99种风格讲述同一个故事后，认为：“换句话说，话语就是故事。”[2]

我们认为这两个截然不同的观点，貌似对立，却可以通过引入哲学中的存在（Being）与存在物（being）这对概念来相互沟通与解释，通过评析结构主义叙事学家与解构主义叙事学家对“故事”与“话语”的不同使用，旨在揭示：前者运用形而上学逻辑来阐释“故事”与“话语”的关系，在存在物的意义上建构了整个形而上学的叙事学大厦；而后者则通过论证“故事”与“话语”关系在形而上学逻辑上的两难境地（aporia），在存在的意义上批判前者，从而撼动形而上学的叙事学大厦。我们认为如果从这个角度来理解，就不会在理论上对结构主义叙事学家与解构主义叙事学家就“故事”与“话语”这对叙事学的基础概念之间关系的论辩感到困惑，在实践中也可以取双方之长，补两家之短，对叙事现象作出更合理周到的阐释，从而有利于叙事学在我国的发展。

结构主义叙事学对于“故事”这一概念的使用始于福斯特（E. M. Forster）在《小

---

1 J. Hillis Miller. *Theory Now and Then*[M]. London: Harvester Wheatsheaf, 1991, p. 126.
2 申丹. “故事与话语”解构之“解构”[J]. 外国文学评论，2002(2):42-52.

说面面观》(*Aspects of the Novel*)之说：“我们对故事下的定义是按时间顺序安排的事件的叙述。”[1] 结构主义叙事学家继承了福斯特的意见。比如，里蒙·凯南（S. Rimmon-Kenan）在总结福斯特与热奈特（G. Genette）等人的观点基础上对“故事”下了一个颇具代表性的定义，认为故事是“从作品文本中抽象出来的一系列被叙述的事件及其参与者。”[2] 这句话中的“抽象”与“事件及其参与者”两个词组无意中点出了“故事”在结构主义叙事学中的形而上学意义：一、强调故事的抽象逻辑结构与深层叙事结构。二、指具体的故事内容，包括人物、事件、背景等。对于第一点，结构主义叙事学家布雷蒙（C. Bremond）曾说过下面这段常被人引用的名言：“一个故事的题材可以充当一部芭蕾舞剧的剧情；一部长篇小说的题材可以搬到舞台或银幕上；一部电影可以讲给没看过的人听。一个人读到的是文字，看见的是形象，辨认的是姿势，而通过这些，了解到的却是一个故事，而且可能是同一个故事。”[3]

这段话形象地说明了在结构主义叙事学家心目中，故事具有抽象逻辑结构与深层叙事结构。我们知道，不同的媒介有其自身的局限性。比如，对小说中的人物心理活动读者可以通过文字详细地了解。将这段心理活动改编到芭蕾舞的动作中，观众却无法探知其具体内容。再比如，金庸的武侠小说在改变成电视剧时因为电视艺术的需要而删减或变动情节，或因客观技术性原因而根本无法再现文字描述的世界。此时，照布雷蒙“同一个故事”之说，这个“同一”绝对不是细枝末节上具体的同一，而只能是逻辑结构上抽象的同一。这个抽象的同一当然是通过形而上学逻辑运作的结果，是可以被我们当做客体把握的。

对于第二点，传统小说提供的清晰的故事情节与人物形象足以提供雄辩的证据支持。哪怕是如现代主义小说家伍尔夫的名著《到灯塔去》(*To the Lighthouse*)这样与传统小说相距甚远的小说，结构主义叙事学家也乐此不疲地分析出基本故事情节、人物与人物形象，然后来揭示其主题意义，仿佛只有这样才能把握和理解整个作品。这种努力无疑是形而上学理解把握客体的欲望表现。

显然，结构主义叙事学中“故事”的这两个性质都指向一个共同点：可理解性。换句话说，无论是作为抽象结构还是具体情节，故事都可以作为读者的认识对象，即主体的客体来加以把握。读者可以通过形而上学逻辑手段来辨识它们，可以在它们之中建立起时间关系、因果关系等具体的关系。普遍认同，存在是无意义的，即无法用形而上学逻辑来把握的，或者说，勉强用形而上学逻辑来理解，也显得荒诞。而这恰恰是存在物的性质。结构主义叙事学所研究的“故事”是存在物意义上的。我们在此称之为故事的存在物。

不过，耐人寻味的是，“故事”与“话语”之分的创始人托多洛夫却在《文学与

---

1 王先霈，王又平主编. 文学批评术语词典[M]. 上海：上海文艺出版社，1999，第 30 页.
2 凯南. 叙事虚构作品[M]. 姚锦清等译. 北京：生活·读书·新知三联书店，1989，第 10 页.
3 申丹. 叙述学与小说文体学研究[M]. 北京：北京大学出版社，2001，第 19 页.

意义》（*Littérature et Signification*）一书中提出："意义在被发现和被表达出来之前是不存在的……如果表达方式不同，两句话不可能有同样的意义。"[1] 里蒙·凯南据此认为："托多洛夫在此含蓄地否定了用不同媒介表达出同一个故事的可能性（甚至否定了在同一个媒介内用不同的叙述方式表达出同一个故事的可能性。"[2] 其实，托多洛夫表面上的自相矛盾表达出这样一个理论上的疑问：结构主义叙事学所用的"故事"足以解释我们所知的文学现象吗？在传统的现实主义作品那里，它似乎是畅通无阻。可是，现代主义作品，尤其是所谓的后现代作品却对这种观点提出了挑战。比如，像博尔赫斯（J. L. Borges）的小说，虽然它们不像乔伊斯（J. Joyce）的《芬尼根的苏醒》（*Finnegas Wake*）那样极尽语言游戏之能事而根本无法解读出一个确定的故事，但是，当习惯于传统结构主义思维的读者试图从那清晰可读的话语中构造出一个故事来时，不免惊讶万分，因为最后成形的故事非常不符合常规逻辑而显得荒诞不经。如果因此而批评后现代主义作品是纯粹的文字游戏又不免太过简单。我们应该拓展故事的维度，以解释新的现象。

以米勒为代表的解构主义叙事学家从存在的角度来研究故事，认为与故事的存在物相反，故事的存在是一个无法用形而上学的逻辑手段来认识的非客体世界。换句话说，这个世界对于主体来说显得荒诞无稽，任何试图用形而上学语言来概括它的努力都会失败，因为它显得毫无意义。我们只知道有这样的东西，却说不清楚它到底是什么。米勒正是在此意义上来使用"故事"一词。他在《解读叙事》一书中提出一个关于故事开头的悖论："开头涉及一个悖论：既然是开头，就必须有当时在场和事先存在的事件，由其构成故事生成的源泉或支配力，为故事的发展奠定基础。这一事先存在的基础自身需要先前的基础作为依托，这样就会没完没了地后退。"[3]

这个论断如果从形而上学的故事存在物的角度来看，显得毫无道理，因为存在物本身是可以用起点与终点的形而上学逻辑手段来把握的，所以它的结尾与开头显然是不言而喻地蕴涵其中的。但是，所谓的开头其实是一个时间概念而非空间概念。在绵绵不绝无始无终的时间中，我们凭什么指定某个点是开头呢？除非我们能获得时间的开端。所以，所谓的开头的概念只不过是形而上学的假设给我们造成的幻觉，是我们习惯上的使用而已，并不能确保真理。很显然，米勒的故事概念只在反形而上学的意义上成立，无法在存在物的层面上把握，它是存在意义上的概念。

另一位解构叙事学家帕特里克·奥尼尔则直截了当地说："对于外在的观察者（譬如读者）来说，故事世界不仅不可触及，而且总是具有潜在的荒诞性，最终也是难以描述。"[4] 对此，奥尼尔的解释是："由于我们只能通过话语才能接触到故事事件，因此故事世界总是潜在地超越现实主义的范畴，潜在地走向非现实，走向荒诞，让人出

1 申丹. 叙述学与小说文体学研究[M]. 北京：北京大学出版社，2001，第 26 页.
2 同上，第 26-27 页.
3 米勒. 申丹译. 解读叙事[M]. 北京：北京大学出版社，2002，第 54 页.
4 申丹. "故事与话语"解构之"解构"[J]. 外国文学评论，2002(2):42-52.

乎意料。"[1] 这些话语都清楚不过地表达了在解构主义叙事学家心目中存在意义上的故事概念。我们在此简称为故事的存在。

"与将故事区分为存在与存在物相对应，话语在结构主义叙事学与米勒的解构主义叙事学那里也有存在与存在物两个层面。前者侧重于话语的存在物纬度上的意义；后者则侧重于话语的存在纬度上的意义。任何语言都有两个方面：本身所是与指涉意义（referential meaning）。这两方面具有一个辩证的关系，表现为语言符号只有当它有其所指才能有其所是。因为，"语言并不存在于它自身之中，而是存在于关系之中。当语词被理解时，当它意指某种不同于自身的其他事物时，当它所是消失于它意指的东西之中，它的解释之中，语词就最是语词。"[2] 但是，正是在这条有关语言的阐释学原则上，结构主义叙事学与解构主义叙事学发生了严重分歧。在结构主义叙事学那里，语言只不过是工具，其存在的价值就在于具有所指意义，并且这个所指意义是确定的，可以指涉一个实体（entity）或者明确无疑的意义，最终可以揭示出那具有普遍意义的真理。因而，在虚构小说中，"话语"（作为具体的语言运用）就能够指涉那确定的"故事"：无论是故事的深层结构还是故事内容。这里暗藏着一个循环：即可以说因为"话语"具有确定无疑的指涉意义，它便可以指涉确定无疑的"故事"，即我们所谓的故事的存在物；也可以反过来说，因为存在着确定无疑的故事的存在物，"话语"才可以确定无疑地指涉它。就此而言，我们提出结构主义叙事学对"话语"的运用是在存在物意义上的。我们仅举结构主义叙事学家对《红楼梦》中以下一段话语分析为例：

"刚说到这里，只听二门上小厮们回说：'东府里的小大爷进来了。'凤姐忙止刘姥姥说：'不必说了'。一面便问：'你蓉大爷在哪里呢？'"[3]

结构主义叙事学家对此作了这样的评析："这段中的副词'一面'表示一个动作跟另一个动作同时进行。生活经验告诉读者，凤姐不可能在对刘姥姥说话的同时问另外一个问题，因此读者在建构故事内容时不会将这两个动作视为'共时'，而会将它们建构为一前一后的关系。在这一建构模式中起首要作用的就是生活。"[4]

不难看出，引文中的分析推理过程是：先寻找一个假定的逻辑，即先假定"一面"一词作"同时"解，然后推翻该解释，从而推论出故事独立与话语。暂且不论假定"一面"一词作"同时"解是否合理（我们使用"一面"一词更准确的是为了表示两个动作前后相续的紧密，仿佛是同时似的），单就这个假定本身的逻辑来说，就体现了一个词必定与一个确定的单一的意义相对应这个前设逻辑。这就是我们上文所论的语言具有确定的所指意义这个结构主义语言观，也就是我们所说的话语在存在物意义上的使用。

---

1 申丹. "故事与话语"解构之"解构"[J]. 外国文学评论，2002(2):42-52.
2 洪汉鼎. 理解的真理[M]. 济南：山东人民出版社，2001，第 354 页.
3 申丹. 叙述学与小说文体学研究[M]. 北京：北京大学出版社，2001，第 20 页.
4 同上.

但是，这种话语观很容易受到挑战。比如，我们可以用它来解释“一匹马跑过来”这句话，而无法解释“一头麒麟跑过来”这句话。我们可以根据生活经验来建构马的形象，却无法建构麒麟的形象。这里的问题不是出在生活经验上，而是语言本身的问题。根据解构主义的语言观，“麒麟”一词无法指涉具体的动物，不是因为现实世界不存在这样的动物，而是因为这个词隐喻性地把我们心目中的动物概念化了。当我们以为“马”可以来指涉确定的一匹马时，我们忘记了这个词作为概念性的隐喻掩盖了不同的马之间无法简约的差异。所以语言的问题就是语言作为隐喻的问题。结构主义叙事学轻视了语言的隐喻性，陷入了所指的迷思，而这种迷思“产生于雅各·德里达所谓的‘存在形而上学’（metaphysics of presence），它企图从每个符号的背后找出一个真实：形式和意义同时存在于意识之中且不可区分，即所谓最元始的圆满时刻。虽然两者的分离我们事后才实现，然而我们却认为我们仍应超越能指去把握意义，后者才是符号所体现的真实和本原，而能指仅仅是它们的可见标记和外壳”[1]。

我们认为，以热奈特为代表的结构主义叙事学家们重视话语的描述功能，强调话语的认知性质（cognitive），将话语作为工具来探知其背后的真实，即我们所谓的将话语作为存在物使用的表现。而与之相反，解构主义理论家强烈质疑语言的认知功能。他们推崇语言的隐喻性，悬置语言的指涉意义，提出语言“指涉性异变（referential aberration）”[2] 的可能性。简言之，在解构主义那里，语言无法指涉一个确定的实体或意义，更准确地说，语言无法揭示真理。这反映在解构主义叙事学上，就是“话语”无法给读者提供一个确定的“故事”。与结构主义叙事学的“话语”与“故事”关系理论相应，这里也暗藏着一个循环：可以说因为“话语”没有确定无疑的指涉意义，它便无法指涉确定无疑的“故事”，即我们所谓的故事的存在；反过来说，因为故事只是没有意义的存在，“话语”便无法指涉它。所以在这个意义上，我们提出解构主义叙事学对“话语”的运用是在存在意义上的。

那么，米勒解构主义叙事学家用语言的隐喻性来否定其认知作用后，该如何来解释叙事现象，如何解释“话语”与“故事”的关系呢？我们知道，语言学家奥斯丁（J. L. Austin）曾区分了“表述话语”（constative utterance）和“施事话语”（perfomative utterance），认为语言具有表述功能（constative function）与施为功能（performative function）。表述功能为语言的认知功能；施为功能为以言行事功能。显然，解构主义叙事学家在否定语言的认知功能后，势必突出其施为功能。米勒就认为：“我们无法根据语言特征来断定某一文本严肃地使用语言来指涉真实事物，或通过在‘现实世界’切实可行的语境中采用恰当的言语行为来使某事发生。”[3] 并且认为，话语的文学性因素就是“脱离对现实的指涉或对言语的施为性应用”[4]。正是在这个意义上，解构

1 卡勒. 结构主义诗学[M]. 盛宁译. 北京：中国社会科学出版社，1991，第44页.
2 德曼. 解构之图[M]. 李自修等译. 北京：中国社会科学出版社，1998，第58页.
3 米勒. 解读叙事[M]. 申丹译. 北京：北京大学出版社，2002，第169页.
4 同上.

主义叙事学家才说话语的力量创造故事。确切地说，是话语的施为性力量起到了开启故事存在维度的作用。解构主义叙事学家经常举《俄狄浦斯王》(*Oedipus the King*)为例来说明话语的这种力量。卡勒（Jonathan Culler）认为：“有神谕说拉伊俄斯会被儿子杀害；俄狄浦斯承认在一个可能相关的时间和地点杀害了一位老人；因此当牧羊人揭示出俄狄浦斯实际上是拉伊俄斯之子时，俄狄浦斯就武断地下了一个结论（读者也全跟着他的思路走），即他自己也就是杀害拉伊俄斯的凶手。他的结论并非来自涉及以往行为的新的证据，而是来自意义的力量，来自神谕与叙事连贯性要求的交互作用。话语力量的交汇要求他必须成为杀害拉伊俄斯的凶手，他也就服从了这种意义的力量。……假如俄狄浦斯抗拒意义的逻辑，争辩说‘尽管他是我父亲，但这并不意味着我杀了他’，要求得到有关那一事件的更多的证据，那么俄狄浦斯就不会获得那必不可少的悲剧身份。”[1] 卡勒的意思很清楚，是“话语力量的交汇要求他必须成为杀害拉伊俄斯的凶手，他也就服从了这种意义的力量”。这是话语的施为性力量使得故事发生。而“读者也全跟着他的思路走”，这说明话语的施为性力量也同样作用于读者。借用米勒在论及相同主题的一段话来理解：“这意味着阅读不是一个单纯的认知行为，它在一定程度上具有施为性质。读者必须对自己在一定程度上强加于文本的理解负责，正如俄狄浦斯不得不对自己阐释事件的后果负责一样。他也确实承担了责任，实施了承诺，心甘情愿地接受自己的诅咒所带来的惩罚。”[2] 这种话语的施为性力量并不承诺真理与虚假的区分。它完全取决于读者的信任。因此，它有可能通过所谓的谎言来创造或发现一个新的世界，正如普鲁斯特（Marcel Proust）所说：“这种谎言是世上难能可贵的一把钥匙，能打开门户，让我们看到一个新的未知世界。它唤醒我们沉睡的感觉，来静观这个只有这些谎言才能开启的世界。”[3] 这个世界就是存在世界。文学作品中的话语正是这样的“谎言”的集合体，而恰恰是它们给读者打开了更为丰富、更为真实的世界。而这样的文学世界如果用结构主义叙事学的话语观是难以理解的。

虽然这两种观点激烈对立，但笔者认为通过在理论与实践层面上的对话来沟通双方的立场也是可能的。首先，在理论上，笔者在上文中将双方的立场归结为存在与存在物层面上的差异来论述，这已经预兆了这种对话与沟通的可能性，因为存在与存在物之间的对话本身就是可能的。诚然，这是一个非常大的哲学问题，已经超出了本文的范围，但我们可以将这个大问题压缩到本文的研究对象来讨论，虽然这注定是一个大胆而冒险的尝试。笔者认为，存在总是存在物的存在；存在物总是寄寓存在的存在物。我们总是从存在物入手来接近存在的真理（这简单地对应于科学研究）；我们也总是在存在之光（虽然它不可见）的指引下思考问题（这简单地对应于哲学研究）。

---

1 申丹. “故事与话语”解构之“解构”[J]. 外国文学评论，2002(2):42-52.
2 米勒. 解读叙事[M]. 申丹译. 北京：北京大学出版社，2002，第33页.
3 同上，第152页.

双方都以不同的进路朝向真理。结构主义叙事学与解构主义叙事学各自关于“故事”与“话语”的关系理论也是如此。结构主义叙事学与解构主义叙事学各自关于“故事”与“话语”的关系理论都暗设一个理论循环：“故事”与“话语”互为因果。这是它们的理论相同点。这个相同点似乎契合了存在与存在物之间的循环关系。

其次，在实践上，结构主义叙事学与解构主义叙事学各自关于“故事”与“话语”的关系理论都有赖于语言的施为功能。它们的区别在于对这个功能的认识不同而已。对于结构主义叙事学家来说，语言的施为功能使他们“相信”语言具有强大的认知功能，可以通过“话语”获得一个确定的“故事”。与之相反，解构主义叙事学家认为语言正是具有施为功能，语言的认知功能带来的知识只是施为功能作用下的幻觉。虽然语言的施为功能与认知功能是不可区分的（undistinguishable），但却是不一致的（not compatible）。但是，不管双方对语言的施为功能的认识积极还是消极，它毕竟产生叙事文本的不可抗拒力量。解构主义大师德曼在论述文学的虚构力量时表明了这一点：“要想把虚构独立于任何意指过程的那一刻分离出来，看来是不可能的了，就在其被设定的那一刻，以及在它所产生的那一语境中，虚构就被错误地释义成一种决定，而就事实本身来说，这一决定又是过度武断的（overdetermined）。然而，若永远没有如文本之类的东西，就根本无法想象。”[1] 若将德曼的这番论述迁移到我们的话题上来，“话语”的指涉过程必定要被释义成一个确定的“故事”，结构主义叙事学视此为正确的决定，而解构主义叙事学则把它当做过度武断的错误的决定。换言之，解构主义叙事学关于“故事”与“话语”的关系理论是建立在对结构主义叙事学相关理论批判的基础上的。两种理论因此可以互相参照，便有了对话与沟通的可能性。

第二节　“红色”意象的重复与哈代小说《苔丝》的主题

本节意在通过对托马斯·哈代的代表作《德伯家的苔丝》[2] 文本的深入细读，窥视小说中重复意象的反复出现对表现以及深化主题思想的作用。《苔丝》的确是一部充满诗意的小说，虽然没有诗歌的韵脚和音律，却弥漫着诗的意象。笔者认为掌握小说中使用的重复手段对理解文本的叙事结构有着积极的作用，尤其对把握文本的主题思想更是必不可少的。

谈起英国作家哈代，我国学者大多都要批评他那悲观主义宿命论的人生哲学思想，即认为人类必定要遭受命运的驱使。[3] 然而达尔文的《物种起源》这部 19 世纪

1 德曼. 解构之图[M]. 李自修等译. 北京：中国社会科学出版社，1998，第 280 页.

2 Thomas Hardy. *Tess of The D'Urbervilles*[M]. London: Penguin Popular Classics, 1994. (文中页码均出此书，以下只注页码.)

3 刘柄善. 英国文学简史[M]. 上海：上海外语教育出版社，1981，第 371 页.

推动人类社会进步的科学著作体现的进化论思想对哈代的人生哲学和创作着实产生了深刻的影响。[1] 哈代的一组“环境与性格”的小说可以窥见他的进步思想，从《苔丝》的小说中我们透视到：随着农村社会向资本主义社会的演化，他描写的威塞克斯农村社会的悲剧命运的主题也因这部小说基本上步入了一个完满的阶段。在这一组小说中，哈代在描写社会的变迁和发展时，运用进化论的科学思想揭示了威塞克斯农村社会和农民阶级在社会演化过程中的悲剧性历史命运。

有关机构对英国图书馆借阅量的数据统计表明，奥斯丁与哈代作品的借阅量总高居榜首。[2] 春去秋来，年复一日，他们平装本著作的销售量，也是他们的现代后继者们连想都不敢想的。因此，奥斯丁与哈代被誉为 20 世纪末最流行的两位 19 世纪英国作家。这种对他们永不衰竭的需求根源究竟在哪里呢？其答案却有些讽刺意味，简单地说是人们对旧时英国南部诸郡的怀念，有人称之为一种文化病。假如果真如此，那么，哈代的流行则表明，我们文化正患着一种流行病。表明我们对想象中旧时代的健康的渴望。目前，有国内外学者以哈代小说中所反映出的人文自然景观、田园风光为依托，对哈代等 19 世纪著名小说家的作品进行了文学文本的生态批评。

无论从对哈代小说宿命论的批判，到进化论、功利主义的文本分析，甚至对哈代“性格与环境”这组威塞克斯小说中所展示的田园风格，英国橡树间的简朴、诚实的生活方式的怀旧，都是读者出于主观的一种解读。笔者认为最具说服力的莫过于从小说语言的表达中揭示哈代小说《苔丝》(本文所用引文均出自孙法理译本，艺林出版社 1995 年版，下不一一注明）的主题。即对人类命运的关注。

笔者选择了以“红色”意象的反复出现为切入口，评析视觉意象重复对揭示小说深刻主题的作用及《苔丝》小说的艺术特色。然而我们知道，“性格与环境”这组主题思想在哈代小说创作中的重复出现，恰好说明了重复手段的表现力和魅力。米勒教授提出的“重复”论是小说创作的一种手段。米勒运用“解构主义阅读”的方法阐释阅读文本中存在的现象，及对理解小说整体意义的作用。这是一种以揭示语言别异性为己任的阅读方法。[3] 掌握这种方法，无疑对理解文本叙事结构有着积极的作用，尤其对把握文本的主题思想更是必不可少的。米勒一直关注着小说中的重复现象，如《小说与重复》。[4] 其中精辟地阐明在小说这样的长篇作品中，各种类型的重复方式如何产生与存在的意义。在他看来，叙事中的重复意象贯穿小说的始终。

《苔丝》中充满着“红色”意象的重复与相互间的有机结合。笔者认为把英国评论家梅尔在评价伍尔夫小说时所用的一个短语“披着散文外衣的诗”[5] 用于哈代同样不为过。《苔丝》的确是一部充满诗意的小说。即便没有诗歌的韵脚和音律，却弥漫

---

1 聂珍钊. 哈代的小说创作与达尔文主义[J]. 外国文学评论，2002(2):91-99.

2 贝特. 文化与环境：从奥斯丁到哈代[M]. 北京：清华大学出版社，2001，第 267 页.

3 J. Hillis Miller. *Fiction and Repetition: Seven English Novels*[M]. Cambridge: Harvard University Press, 1982, p. 3.

4 Ibid., p. 4.

5 G. H. Mair. *Modern English Literature*[M]. London: Duckworth & Co., 1944, p. 223.

着诗的意象（poetical image）。

“红色”意象贯穿着哈代为小说《苔丝》巧妙设计的三个完整的重复循环的结构。小说共分三个部分。第一部分前奏，包括了“白璧无瑕”和“陷入淤泥”；“旗鼓重整”、“兰因絮果”和“痴心女子”组成的第二个循环；而始于冬天终于次年春天的“冤家路狭”和“功成圆满”归于第三个循环。这三个循环都与时间紧密地联系在一起。事实上，正是在这不断的循环中，苔丝一步步走向成熟。乍看，红色的不断出现非常自然，只是环境描写的需要。再仔细分析，这些红色是哈代精心安排来装点小说的。通过对“红色”意象的重要使用，使读者理解小说中人物的行为与情绪。

《德伯家的苔丝》的出版是哈代小说创作进入第三阶段的标志。在主题上，从宏观层面看，反映了作者在悲剧过后陷于更深沉的哲学思考，探索和描写阶级解体和失去赖以生存的社会基础之后的威塞克斯农民的前途和命运，即农民阶级毁灭后，威塞克斯破产农民在新的环境中的命运。此时，哈代的人道主义色彩更加浓郁，体现了他对维多利亚时代资本主义社会的伦理道德、宗教法律、爱情婚姻、教育制度、人际关系等重大社会问题的关怀；从微观层面看，通过苔丝悲剧命运的描写，塑造了“一个纯洁女人”的形象。本节将分别从三方面展开论述。即：哈代是如何结合红色意象，阐述苔丝因无知而失贞，又如何顽强地克服困难；苔丝那短暂的第二次幸福及哈代是如何在红色意象的帮助下勾勒出这个过程的；最后在苔丝悲惨的命运结束之际，哈代又是如何不忘通过红色意象来进一步深化主题——热爱自然、热爱生命、追求生命价值的实现。仔细追究，我们从中窥见全书所反映的哈代人文主义精神与“进化向善”的思想。虽然哈代曾经阅读过德国哲学家哈特曼的著作，但他并不像他们那样对宇宙和人类持绝对悲观的态度。他说：“如果说我是悲观主义的话，那么我的悲观主义并不包含这样的假想，即世界将走向堕落。相反，我的实践哲学明显指向人类不断向善的理论。要改善这个世界，就得正视世道的丑恶，也就是说，要观察现实，并在观察的过程中逐渐认识现实，不加掩饰，同时着眼于争取最好的结果。简言之，就是以进化向善论作为思想指导。”[1]

一、循环之一

第一个循环始于五月下旬的某个黄昏到第二年的这个时候。苔丝是以一个柔顺纯朴的形象展现在读者面前的。作为五朔节舞蹈组的一个成员，她一身代表纯洁与童贞的白衣，同时她的外貌特征“娇艳生动的红嘴唇和一双天真纯洁的大眼睛”（p.20）都说明了她的天真无邪。“一根红带”是“在一片白色队伍里，唯一可以引人注目的装饰自夸的”（p.2）。这里指出了苔丝的与众不同，暗示了她将会有一个截然不同的命运。哈代指出苔丝的纯洁源于她缺少阅历，同时预示着她一旦受到强大的外部因素的影响，会成为一个截然不同的人。此外，当游行队伍中的女孩们嘲笑她父亲时，为父亲

---

1 Jerome Buckley. *Victory Fiction*[M]. Cambridge: Harvard University Press, 1975.

辩护时脸上泛出的红晕也显示了她的纯洁。

在第五章中，苔丝去司托·德伯家认亲。哈代把房子描写成“红砖门房的新建筑物”（p.41），这与小说开始时提及的德伯是英格兰古老而又久负盛名的家庭形成鲜明的对比。从而指出了新兴的德伯家是冒名顶替的。当哈代描写亚雷的外貌时，写到“两片厚嘴唇，虽然红而光滑，样子却没长好”，这是亚雷所表现出来的情欲，与苔丝的无知形成对比。他最初对苔丝的引诱预示着后来他对苔丝的侵犯。这里哈代清楚地指出亚雷是侵犯苔丝的隐忧。在这一章结束时“她那妙龄绮年的灿烂光谱中的一道如血的红光”进一步预示苔丝将面临的危险。（p.43）

苔丝被亚雷引诱后，她看见一个提着红颜料的人，在墙上写下了从《圣经》上摘下的句子：“你，犯，罪，的，惩，罪，正，眼，睁，地，瞅，着，你。”（p.82）在此，红色出现了三次。从“红色的颜料”（p.84）、“刺眼的鲜红大字”（p.85）到“火红的大字”（p.86），颜色变得越来越耀眼。这颜色的变化反映出苔丝的内心活动。她觉得痛苦不堪，有负罪感。苔丝与写字者的邂逅介绍了贯穿整部小说的主题之一“宽恕”。苔丝疑惑自己的行为是否能够得到宽恕，但在下一章节中似乎可以找到答案——不可以。苔丝回到马勒村深陷流言蜚语的漩涡，对于一个女孩来说这是命运的大逆转。虽然苔丝离开村子去向一户有名望的家族认亲，但她回到村子因没有结婚却怀了亚雷的孩子，所以社会地位比以往更低。周围人的轻视以及她的自我负罪感，一度使苔丝从社会隐退，觉得自然才是她的避难所。哈代清楚地指出苔丝的自我负罪感与内心的痛苦、后悔远远超过了世俗的偏见。

在一段长时间的隐退后，苔丝决定在最繁忙的季节里从事户外劳动。在第十四章中有这样的景色描写，“两根涂着颜色的宽木条”（p.92）是“所有红彤彤的东西里”（p.92）最鲜明的。在“太阳的映射凸显更加浓重的红色”，“好像是在液体的火里蘸过似的”。（p.92）通过这一段描写，哈代指出苔丝与亚雷的事已无隐瞒的可能，总有一天会被众人所知，同时也预示苔丝后来对克莱尔的坦白，正像红色在阳光下颜色会加深，苔丝坦陈相告后情况会更糟。然后，让我们来看看苔丝给她孩子洗礼时，在她的兄弟姐妹里“她成了一个伟大、威严、令人敬畏的人物”。（p.99）这个孩子是苔丝罪恶的化身。从这一章开始，他的存在只是一个象征而不是一个实体，他在临死前才有了名字。苔丝给他所取的名字——苦恼，也代表了他是苔丝罪恶的结果。苔丝对孩子的态度是非常重要的。起始，苔丝非常憎恶这个孩子，后来她习惯了，他是自己的一部分，这也意味着她接受了自己的罪恶。最后，当孩子临死时，苔丝完全接受了他，而且坚持要给他洗礼，“苦恼”洗礼这件事有非常重要的意义。在这个事中，苔丝从一个无知的孩子变成一个“伟大、威严、令人敬畏的人物”。（p.100）通过对孩子的洗礼，也表现了苔丝对周围社会及认为她是弃妇的人们的抗争。洗礼仪式也标志着社会接受了这个孩子。给“苦恼”洗礼也是苔丝给自己洗礼，标志着苔丝获得了一度缺乏的自我及自我价值的意识。

在此循环中，苔丝经历了失去孩子的挫折后，重新跃起，开始新生。因为无知，苔丝被亚雷诱惑，但苔丝成功地适应了新的环境，她离开了控制她肉体的人，以高贵的气质，勇敢地面对残酷的现实。虽然肉体被玷污了，但思想却成熟了。哈代巧妙地运用红色意象使读者更好地了解苔丝的一系列的变化。正如哈代所写，“苔丝由头脑简单的女孩子，一跃而成思想复杂的妇人”，长成了一个早已应该叫做所谓的“尤物”（fine creature）（p.103）了。

二、循环之二

第二个循环：“一个麝香草磬香弥漫的五月清晨”，苔丝第二次离开家，这次去塔布篱与她第一次离开马勒村相比，虽然将要从事繁重的体力劳动，然而她显得更加平静而充满信心。当她看到塔布篱时，她眼花缭乱于“披着余晖的红牛和黄牛身上浓重的色调”。（p.108）读者阅读到此，似乎感到苔丝的生活有了新的希望。在第二十章和第二十四章中，哈代多次应用了红色来描写美好的事物和苔丝的美丽。例如“朝霞”、“紫罗兰色或粉红色的黎明”（p.133）、“粉红色的长衫”（p.152）、“红色的双手”和“伊丽莎白时代”的玫瑰含雪的比喻，全都突出了苔丝的纯洁与魅力，同时与她悲惨的命运形成鲜明的对比。哈代清楚地指出苔丝在塔布篱的日子是日常辛苦劳动的一个田园式的间歇，这样的幸福是短暂的，预兆着她以后更大的不幸。哈代把苔丝与克莱尔比成是早晨的亚当与夏娃，为他们之后的不完美作了铺垫。正是苔丝在塔布篱发现的现实与完美才导致了她的幸福基础是摇摇欲坠的。克莱尔把苔丝当做是完美的化身。对克莱尔来说，苔丝是一个像阿特米斯（Artemis，月亮女神，自然之神），德墨特尔（Demeter，主观生产及保护婚姻的女神）一样的女神，是完美的化身而不是一个犯过错误与过失的常人。克莱尔对苔丝的爱慕极具讽刺意义。克莱尔赞美苔丝作为他的女神所显示出来的力量与性情，殊不知她的完美来自于她最大的不幸，最大的弱点。在二十一章中，克里克讲了一个非常有趣的轶事，是说一个名叫捷克的人让当地一个女孩子未婚先孕，然后女孩的母亲来到塔布里找他。捷克藏在桶里，这位母亲知道了就搅这个桶，直到他同意娶她的女儿。听完这个故事后，苔丝觉得“西下的太阳，对她来说，是多么丑恶，好像是天上一大块红肿肿的伤口”。（p.139）尽管苔丝在塔布篱的日子是相当快乐的，但是她不能完全摆脱她的那段历史，就像“红肿的伤口”一样（p.139），她过去的经历会不时地折磨她。这段幽默的轶事使苔丝想起了自己的苦涩，仿佛看到了自己生活的悲剧。在他们结婚的那天，苔丝与克莱尔看见了一只红顶白乌鸦，哈代用几个预示性的象征物表达了他的忧虑。象征悲剧的德伯家马车的出现，进一步说明了苔丝逃脱不了德伯家的过去这个主题。虽然苔丝现在与克莱尔结婚了，但她不能完全否认其祖先与她个人的历史。下一章中，当苔丝向克莱尔坦白时，哈代写道：“现在残火没有了火焰，但是它所发出来的稳定的光辉，却把壁炉的两侧……都一齐染成了一层通红的颜色。壁炉搁板的下面和最靠近壁炉放的一张桌子的腿儿，也被它映得火红。”（p.220）虽然残火没有了火焰，但它仍能发出稳定的光辉，把周围的事物染上它的颜色。亚雷与苔丝的事虽然过去多时，却像残火一样，仍能发出稳定的光辉，影响她今后的生活，给她的命运抹上一层惨淡的红色。“红色煤炉栅”（p.222）给读者一个末日审判的意象，通过应用红色，哈代把坦白描写成一场残酷的审判。此外，红色在这里的应用有一种讽刺的含义。因为苔丝承认婚前的事，这事比她因为软弱而犯下的错更为糟糕，然而悲剧性的讽刺来自于克莱尔知道苔丝的事后所作的反映。

在此循环中，苔丝的第二次幸福仅仅是幻觉到现实的另一个重复，苔丝再一次走过浪漫的五月来到凄惨的冬季。因为她对在塔布篱的所有新朋友隐瞒了过去，所以又一次陷入幻觉，浪漫的英雄克莱尔代替了恶棍亚雷，精神恋爱代替了肉体关系，她的恐惧因而被爱所取代。但是结束时，她再一次成为一个“只有一只篮子，一束稻草的孤独的女主人”。她承担了所有的后果，包括肉体上的折磨，最后孤独一人。克莱尔离开苔丝后，苔丝来到一个高地农场，在路上，她遇见了从前污辱自己因此克莱尔与之争吵的男人。那人叫苔丝向他道歉，苔丝逃跑了，她躲进树林里，直到第二天早晨。在那里，她发现了她周围有很多浑身是血垂死的鸟儿。她给那些将死的鸟儿解除了痛苦。苔丝分享鸟儿的痛苦说明了她的同情与怜悯之心，尽管苔丝与受伤的鸟儿之间的直接相似点过于简化。

三、循环之三

最后一部分又重复了这个结构，但时间相反。该循环中季节从冬天到夏天。这个循环开始于第二年冬天，因为真正了解苔丝的两个男人先后回到她的身边。亚雷似乎精神上受到了洗礼，而克莱尔则在肉体上经受了很多磨难。他们现在更真切地了解苔丝，知道她是一个纯洁的女人。而在一切磨难后，苔丝不再屈服于她的幻觉。她的经历和从中所领悟到的一切，使她变成孤独封闭；苔丝认识到她始终在悲剧的循环圈中不得解放，所以她最后杀了亚雷。其实这是一种自杀行为。她希望通过这种行为挽回自己的声誉，她已为最后的死亡作了消极的准备，也只有死亡可以结束这个循环，从而获得新生。

在这个循环中，哈代又多次应用红色。当哈代描叙亚雷的变化时，写道：“从前他脸蛋上的红光，可以说是狂暴放纵的火气，现在那片红光，却成了传道雄辩的光彩……”（p.297）亚雷并没有洗心革面，只是变了形。他对宗教的虔诚取代了他的性欲。在此，哈代很快传递给读者的一个印象就是亚雷的改变是非常表面的。他仍然是那个爱享乐的亚雷，只是把他的感情从情欲转向精神。这暗示亚雷很容易回到从前的做派。他没有彻底改变的最明显的证据就是他确信他过去的罪恶是错在苔丝而非他自己。

之后，苔丝和亚雷看到涂着红红蓝蓝的《圣经》摘句（p.301），就亚雷的说法：“涂写这些醒世经义，无非是用尽各种方法，劝化现在这些到处都是的坏人罢了。”（p.302）这与“十字手”的情节形成鲜明对比，亚雷叫苔丝向十字手发誓。亚雷与苔丝都认为那个十字手是基督教的教义。事实上，它代表了怪异的暴力。因此十字手象征亚雷的转变缺乏真实性。这个亚雷叫苔丝在它面前发誓的古玩，表面上似乎是基督的教义，但是事实上却代表了暴力和亚雷加注于苔丝身上的一切痛苦与磨难。在四十八章中有一幅风景画，“麦秆垛”(p.321)好像是“那个红色嗡嗡的大肚子怪物”(p.323)。从“愤怒的目光”到工人们的“红色颈背”，到女主人公“发红出汗的脸”及恶劣的环境、艰苦的工作，以及她担心她的父母不能经受相同的苦难。所有这些都成了她再次回到亚雷身边的原因。虽然苔丝自己能承受在塔布篱的艰辛劳动。

在克莱尔去找苔丝的路上，他看到“路旁的树篱和树木都正含着苞芽，发出红色”，（p.359）红色的嫩芽是春天的新生事物，它们代表了克莱尔的改变。克莱尔遭受了很多苦难之后回到英格兰，虽然衰老而憔悴，但是成熟了。不再是往日的那个顽固而理想主义的克莱尔了。那红色的嫩芽也表明了他与自己妻子团聚的希望。然而，这里哈代想展现给读者的是惨淡的红色。当亚雷再次看到苔丝时，他发现苔丝披着一件浅灰色的卡细米羊毛晨间便服。“她原来发红的手现在变白了，也比先前更娇嫩了。”(p.366)这些都说明了苔丝又回到了老于世故的亚雷身边，她再也不必从事辛苦的工作。这同样预示了克莱尔与苔丝永远不会在一起，也预兆了悲惨的结尾。布鲁克斯夫人看见苔丝“脸上痛苦万分，嘴唇被牙咬得流血”。（p.368）这血于布鲁克斯夫人看来是如此之显眼，苔丝不仅嘴唇在滴血，心也在滴血。她的心碎了，她想到她再一次失去了克莱尔，他永远也不会再爱她了。但苔丝并没有责怪克莱尔，而是把责任都归结于亚雷。她责备亚雷把她的生活梦想打得支离破碎。哈代是从布鲁克斯夫人的角度来描写亚雷被杀。她注意到“一个小蜜蜂差不多的小点，颜色是红的……这个长方形的白色天花板中间添上了一个红点儿，看来好像一张硕大的红桃 K”。（p.369）哈代这样描写的目的是想给读者一个模糊的印象；亚雷被杀是有预谋的？抑或是一时冲动？还是自我防卫？此外，从一个血点扩散成一个红桃 K，哈代这里想说明亚雷被杀这件事不可能永远不为人知，就像一点血会扩大一样，终将被众人所知，抓出凶手也是毫无悬念的。这也很自然地引出了下文，苔丝不可避免的悲惨结局。

之后哈代又描写了朝霞中的事物，如“在朝霞中镀银似的脸和手”，“闪烁着绿光的石头”。（p.381）所有这些都强调苔丝逃脱不了她那悲惨命运这个主题。所有事物都在晨曦中变得越来越清晰，两人终于认识到短暂的幸福，与最终的被捕。他们坚强地接受了命运安排，这亦是苔丝一切痛苦的最终了结。

在最后一章中，苔丝被处决。这里出现了红砖盖的大楼，这红砖盖的大楼是一个囚禁人的地方。这红砖盖的大楼与苔丝最初去认亲的亚雷家的红房子很像。这里指出：事实上，当苔丝当初去认亲时其实已走进了生活的监狱。在以往的评论中，人们认为这是哈代宿命论思想的充分体现。其实不然，这恰是哈代社会进化的思想。他是从斯宾塞的第一原则中得到的启示。哈代在《列王》中也使用了“第一原则”这个概念。他说：“斯宾塞的第一原则影响或曾经影响了我。”[1] 斯宾塞虽然比达尔文发表的《物

1 Richard Little Purdy, Michael Millgate, eds. *Letters of Thomas Hardy*[M]. Oxford: Oxford University Press, 1962, pp. 24-25.

种起源》（1859）中提出的进化思想早，但他还是受到达尔文的生物进化论影响。适者生存，生物界生存竞争的原则在人类社会里也起着支配作用。这种理论在哈代小说《苔丝》中被加以运用，以说明造成苔丝不幸的遗传因素的作用。在苔丝处决的那天，太阳似乎特别的明亮，正如哈代说的“典刑明正”。埃斯库罗斯所说的那个众神的主宰对苔丝的戏弄也完结了。（p.384）小说的结局说明了苔丝毁灭的历史必然性。苔丝家族的衰败过程符合斯宾塞与达尔文生物进化的理论，是生物进化规律在人类社会发挥作用的一个图式。最后，哈代同时也暗示了克莱尔今后的命运。为了弥补他的妻子，他会与丽莎·露（苔丝的妹妹）结婚。丽莎·露与苔丝长得十分相像。哈代暗示她将有与苔丝相似的生命循环，这又是另一个生命循环的开始。人类社会在生——死——生的无限循环中，不断进步，不断向前发展。[1]

值得指出的是，哈代的优胜劣汰的进化论思想不仅体现在这部作品里，而且渗透在他的全部小说创作中。通过以上分析，我们不难看出：红色意象贯穿着生—死—生三个循环。一个悲观主义者是塑造不出这样一个人物的，即在生活的每一个关口都受到挫折，但是每一次都在短暂消沉之后又重新站立起来，继续勇敢地向命运挑战，与生命抗争。哈代始终关注人类命运，关注人类发展历史，特别是他所生活的时代，即19世纪末20世纪初英国农村的衰败灭亡，资本主义发展兴盛这一历史必然性。从这个意义上说，哈代是热爱生活、追求人类尊严的化身。我们可以从他的作品中汲取和谐社会发展所需要的精神力量。

第三节　论《克兰福德镇》中的叙述迷宫与女性意识

小说《克兰福德镇》[2] 在叙事插曲与时间链的觥筹交错中，真实地再现了小镇的生活点滴。它通过女主人公的眼光洞悉工业化所带来的时代变迁。其叙述模式不露痕迹，线索若即若离，多种叙述手法灵活运用，相得益彰，是坚持传统与创新的独特方式。在叙述模式的全面铺开，反讽基调的冲击下，突出了这样一个主题：小镇是女人们的，有她们的精神在，就有永远的克兰福德。小说自始至终贯穿着作者坚定的女性意识。

盖斯凯尔（Elizabeth Cleghorn Gaskell，1810—1865），一位终身有神论者以及杰出的牧师之妻。在她的作品中，特别关注19世纪与英国工业革命相联系的社会事件、中产阶级的觉醒以及妇女的地位。她把女性意识从个人感情天地扩展到广阔的社会领域，强调女性的社会意识和作用。《玛丽·巴顿》（*Mary Barton*，1848）和《南方与北

---

1 聂珍钊. 托玛斯·哈代小说研究：悲戚而刚毅的艺术家[M]. 武汉：华中师范大学出版社，1992.
2 Elizabeth Gaskell. *Cranford*[M]. [S.l]: Penguin Publishing House, 1994. (文中引言均出自该小说.)

方》(*North and South*，1855）是其涉足于社会领域的大胆尝试。她把女性意识的自觉性向前推进了一大步，使其摆脱了以往狭小和闭塞的情感及体验的林荫小路，为女性主义的发展开辟了通向更广阔的社会领域的康庄大道。[1] 中国外国文学翻译界则认为《玛丽·巴顿》是盖氏的代表作，其中文译本列入人民文学版“外国名著丛书”。英国文学史家将她列为仅次于奥斯丁的女小说家，并认为是《克兰福德镇》(*Cranford*，1853，以下简称《克镇》）成就了她在英国作家里的永恒地位，在英国维多利亚时代的文学占有一席之地。[2] 笔者认为这部小说的叙述模式独具匠心。不仅叙事手法不露痕迹，线索间若即若离，颇有继承契诃夫（Anton Panlovich Chekov 1860—1904）的风范；而且，叙述手法的灵活运用，塑造的人物不再是类型的代表，而是有个性的人，呈现的是每个人物的速描。“《克镇》是一部很多其他作品都无法与其抗衡的作品。显然注定以其谦逊的姿态成为一部杰作。”[3] 我国对这部确立盖氏文学地位的作品只在申丹教授所译的米勒专著《解读叙事》中有过介绍外，对这部小说的研究极少。本节通过分析《克镇》独特的叙述模式，探讨其严肃的主题以及叙述手法，说明作者强烈的女性意识：即在一个社会行将没落时，女性的社会意识指引力和道德感悟。

一、探索叙述迷宫

叙事是一种构架世界，是“理解生活的必不可少的解释方式”[4]，它从特定的、本有的世界感出发为世界和生活编码，按米兰·昆德拉（Milan Kundera，1929—　）的说法是为人的行动编码。而小说叙述模式的无限可能性造就了文学创作自由的色彩斑斓。福斯特（E. M. Forster，1879—1970）在 1927 年应剑桥大学三一学院邀请，主持一系列“克拉克讲座”。他在演讲中首次提出“叙述观点是小说的独有问题”[5] 之后，小说的叙述模式遂成为美学家们关注的理论焦点。在对叙述的方式与技巧的考察研究中，已产生了许多经典的模式。如福斯特根据小说布局的主要特点而划分的“钟漏型”与“长链型”[6]；缪尔（A. Mill）根据小说的时空结构与人物情节的关系划分的“情节小说”与“戏剧小说”[7]；热奈特（G. Genette）根据叙述角度的变化划分的“内聚焦”与“外聚焦”等[8]。笔者并不试图将《克镇》归入哪个模式范畴，而是旨在分析该小说独特的女性叙述模式，以揭示其叙述迷雾下的魅力以及盖氏的女性意识。

《克镇》摧毁了传统小说的叙述模式。传统的叙述模式，在叙述时间上采用连贯

1 车莉. 19 世纪英国女性文学中女性意识的嬗变[J]. 学术交流，2003(5):152-154.

2 潘小松. 三本传纪和一部小说[J]. 博览群书，2002(6):111-113.

3 Henry James. Unsigned Review of *Wives and Daughters* in *The Nation*[M]//Angus Easson, ed. *Elizabeth Gaskell: The Critical Heritage*. London: Routledge, 1991, p. 463.

4 马丁. 当代叙事学[M]. 任晓明译. 北京：北京大学出版社，1990，第 1 页.

5 福斯特. 小说面面观[M]. 苏炳文译. 广州：花城出版社，1981，第 65 页.

6 同上，第 131 页.

7 卢伯克. 小说结构[M]. 方土人，罗婉华译. 上海：上海文艺出版社，1990，第 86 页.

8 热奈特. 叙事话语·新叙事话语[M]. 王文融译. 北京：中国社会科学出版社，1990，第 5 页.

叙述，在叙述视角上以全知视角为主，以虚构故事情节取胜。[1] 传统小说作家面临的首要问题是如何在作品中编造一个离奇曲折、引人入胜的故事，故事情节便成为传统小说的支柱之一。[2] 在《克镇》中，找不到传统小说叙述模式的踪迹，故事不再是小说的中心。整部小说犹如穿在一根绳索上的环，并非环环相扣，却也紧紧地环绕着绳索。小说随处可见的是片段的穿插、情景的重复、事件的跳跃、叙述的环合。"盖斯凯尔夫人充分利用了情节、插曲增生和故事的非连贯性。"[3]

为了理清头绪，不妨把小说的叙述模式具体化，浓缩成如下图：

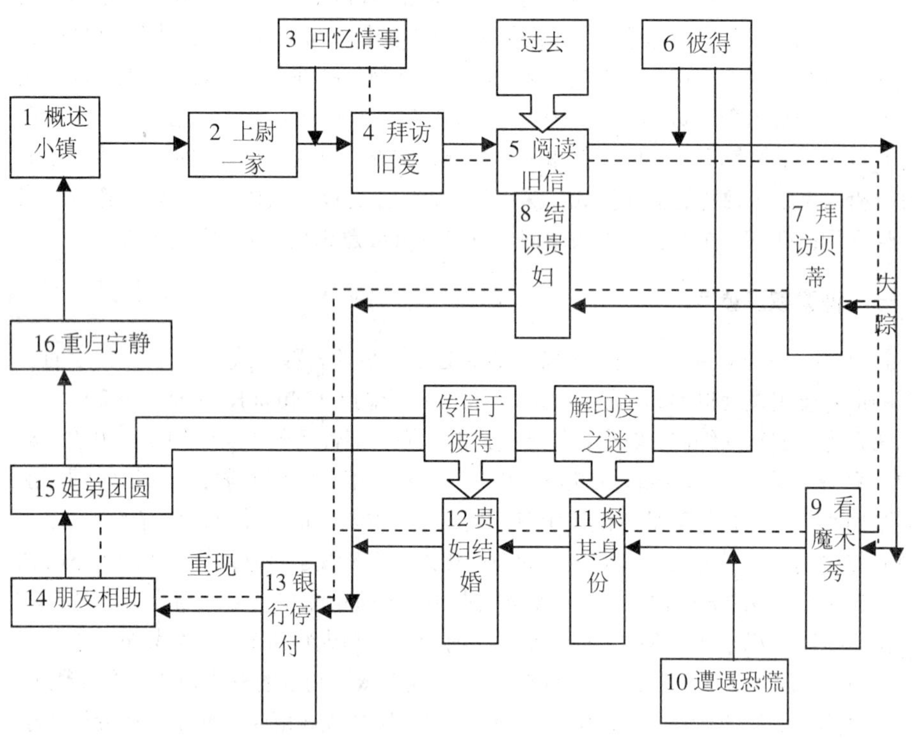

由图可知，小说叙述模式可以整理出三条线：一为主人公玛蒂小姐的心路历程；二为彼得的传奇人生；三为小镇的变迁。

三条线各自独立成一个故事序列。以玛蒂小姐为线（虚线），在第二章中的詹金斯小姐和布朗上尉的死亡之后（p.14），小说首先回顾了玛蒂小姐与豪尔布鲁克先生没

1 Andreas Huyssen. *The Disturbance of Vision in Vienna Modernism* (Vol. 5) [M]. Baltimore: Johns Hopkins University Press, 1998, pp. 33-47.

2 张志庆，于琦. 毁灭与被毁灭——论罗伯-格里耶的小说理论和小说创作[J]. 山东大学学报（哲学社会科学版），2003(3):12-16.

3 米勒. 解读叙事[M]. 申丹译. 北京：北京大学出版社，2002，第 180 页.

有圆满的恋爱（情事）（p.32），然后拜访单身汉豪尔布鲁克先生（p.43）。对旧信进行阅读（p.57），再一次回到玛蒂小姐孩童时期，更进一步追溯到她的父母相爱的历程（过去）。之后中年玛蒂经历小镇的种种逸事，继而遭遇破产（p.167），以及与彼得相遇。若以彼得为线（双直线），在旧信阅读时，彼得登场（p.65）。然后小说回到彼得失踪数十年后的今天，魔术师的到来，带来了游历印度偶遇彼得的消息。"我"收集线索，给彼得寄去了满怀期待的信（p.179）。最后，小说描述了彼得归来（p.203），与玛蒂小姐团圆的结局。若以小镇为线（带箭头直线），小说开篇描写了小镇的风貌，记录了詹金斯小姐，布朗上尉的死亡，然后小说开始描述种种逸事：拜访贵妇（p.98），看魔术表演（p.114），遭遇抢劫引起巨大恐慌（p.126），探究旅行魔术家西格诺·布如诺尼的真实身份（p.143），淑女格莱米尔和粗俗者小镇医生霍金斯先生的婚姻（p.157）等。小镇最后恢复平静（p.219），与开头相呼应。

小说使用第一人称，玛丽·史密斯回顾似的叙述带领读者穿越时空。她来自德拉姆堡这座大城市，时常陪伴于玛蒂小姐身边，是一个"衣食不愁、幸福快乐的单身女孩"（p.125）。玛蒂小姐一家的生活是克兰福德镇的真实写照。小镇的衰败可从核心人物玛蒂小姐生活起伏，家庭破碎窥见一斑。玛丽还没有结婚，这与克兰福德的女士们有相同之处，但与她们不同的是，她可以嘲笑父亲在写信方面的幼稚无能，（p.168）又对父亲发出的城郡银行即将破产的警告深信不疑（p.169）。玛丽一生中都"在德拉姆堡和克兰福德之间来来往往"（p.219），她的叙述权威源于她既身处克兰福德镇之内，又处于该社区之外的双重位置。她时而带着新兴工业城市的眼光，将镇上的人称为"他们"；时而从内部体验克兰福德的生活，采用"我们"的口吻。这样既有亲切感，又与这个明显过时的小镇保持了恰当的距离。

二、张显叙述主题

盖斯凯尔夫人小说的主题多为表现"妥协"。这或许与母亲在她年幼的时候过世，以及一个哥哥在她十八岁时离开英国去印度并失踪有关。[1] 该小说不同于 19 世纪其他伟大的小说（http://www.penguinreaders.com/downloads/0582416876.pdf），后者以戏剧和伟大的主题为主。《克镇》描述的是普通小镇里平凡百姓的生活，使读者有机会透过这扇窗户看到 19 世纪的生活。人物事件之所以栩栩如生，是因为盖斯凯尔夫人把这个虚拟的小镇，搭建在英格兰北部柴郡的纳兹福德——她童年生活的小镇。

对于这部小说的主题，历来众说纷纭。玛格利特·塔拉特（Margaret Tarratt）认为这"不是女性的坚持，而是女性的从属"；在蒂博拉·詹金斯小姐死后，常态与人类价值观战胜了小镇的"文雅教规"（p.90）。[2] 妮娜·奥尔巴赫（Nina Auerbach）强

1 Edgar Wright. *Dictionary of Literary Biography* (Vol. 21) [M]. Detroit: Gale, 1987, p. 174.
2 Margaret Tarratt. *Cranford and "the Strict Code of Gentility"* (Vol. 18) [M]. New York: Vintage Books, 1968, pp. 152-163.

调了相互协力合作的女性社会打败了自以为胜者的武士世界。[1] 考拉尔·兰斯布里建议《克兰福德镇》能够像《乌托邦》（*Utopian*）一样被拿来阅读，因为它探索了年老的孤身妇女快乐生活的可能性。[2] 沃尔夫（Patricia A. Wolfe）认为，小说的一大结构原则就是，从“反常的女权主义”到“自然的女性特质”的进步。[3] 考尔比（Robin B. Colby）认为，盖斯凯尔夫人通过表现“男性的”（p.5）商业世界如何入侵妇女们的私人生活，批评了分离的观念，而这种批评成为对一种独立和自给自足的妇女生活模型的强调。[4]

这些观点都围绕着女性意识抑或女性德行的影响力。19 世纪维多利亚时代的英国是典型的男权文化社会，婚姻是女性的最佳出路。而该小说却另辟蹊径，创造了一个以女性为主导的社会，其女性主义倾向昭然若揭。小说花了较多的笔墨记录了玛蒂小姐一步步走向独立的心理成长历程。在社会行将没落之时，女性的社会意识成为坚强的精神后盾，指引着人们勇敢前行。然而，聪明的读者一定可以感受到，那些老太太们对婚姻生活的渴望是欲盖弥彰。詹金斯小姐巧妙地安排戈登先生与杰希小姐见面，了却了一段尘缘。（p.28）抔勒小姐对彼得与杰米森女士能否凑成一对充满了好奇。（p.225）同时，笔者感受到“我”对缪利内先生的敬畏之情。他不忘自己是屈尊来到克兰福德小镇的，即使是詹金斯小姐，也不敢凌驾于他之上。（p.106）而对布朗上尉、彼得，作者也流露了崇拜之情。有评论家称：“她透过女人的欢笑和眼泪写出了真正的人性。”[5] 的确，读者因女人的乖张而笑，因女人的温柔而感到温暖。女性小说家特有的细腻笔触，让读者领略到人性的完整。小说多次提到了对浪费、失去或者无用的东西的赎回，像詹金斯夫人给彼得的信（p.79），或者玛蒂小姐对心灵的忠诚，这些看似“对于阳光明媚的地球而言无用的东西”（p.60），却组成了人们的生活。《克镇》含蓄地解释了人生最有意义的，甚至是最神圣的方面。

笔者认为克兰福德镇在潜移默化中孕育着活力和希望。不少评论家都把主题理解为对现代变化的充满乡愁的拒绝或者对于即将来临的变革的懊恼。[6] 相反，我们看到了一张网，捕捉着融合，与男性，处于新经济中的男性的重整，与工业化、商业化的德拉姆堡的重整。工业化的标志物——棉花，丰富了 19 世纪“建于布上”的英国社会。在克兰福德镇上，棉花效力于妇女的进步和社会等级分化。[7] 小说中暗示了反抗；甚至对阶级壁垒和传统作了攻击。玛蒂小姐意识到对女仆订下的不准有“追随者”的

---

1 Nina Auerbach. *Elizabeth Gaskell's "Sly Javelins": Governing Women in Cranford and Haworth* (Vol. 38) [M]. Cambridge: Harvard University Press, 1977, p. 284.

2 Coral Lansbury. *Elizabeth Gaskell: The Novel of Social Crisis*[M]. London: Paul Elek, 1975, p. 4.

3 Patricia A. Wolfe. *Structure and Movement in Cranford—Nineteenth-Century Fiction 23*. [S.l.]: California University Press, 1968, pp. 161-176.

4 Review of Robin B. Colby. Some Appointed Work to Do: Women and Vocation in the Fiction of Elizabeth Gaskell. *Victorian Studies*[J], 1996(3):427-429.

5 潘小松. 写小说的盖斯凯尔夫人[J]. 中华读书报，http://www.cReader.com2001-07-18/14:34:50.

6 Kathleen Blake. *Cotton, Industry, and Empire: Refashioning Victorian Literary Studies*[M]. Seattle: Washington University Press, 2003, p. 21

7 Ibid., p. 45.

规定的刻薄，戈兰米尔女士令人震惊的嫁给小镇医生霍金斯先生的决定——这些都是人性的宣言，标志着“变革的风浪”（http://www.virtual-knutsford.co.uk/）。“这部作品的一部分深刻的感染力，来自于优雅的亚马逊女战士与不可避免的变革作无望的斗争。”[1] 德拉姆堡，工业革命的中心，“遥远，但只有二十公里的铁路”（p.1），是对克兰福德镇保守主义唯一的也是最为强大的威胁。盖斯凯尔夫人通过把德拉姆堡描述成隐含的男性——克兰福德奋力的自觉抵制的对象，这样微妙地加强了克兰福德镇对进步和对未来的抵抗的悲怆，烘托出克兰福德镇妇女精神力量的磅礴。走向衰败的克兰福德镇，却在一群“悍勇的亚马逊女战士”固若金汤的防守与坚忍不拔的战斗中走向了新生。

三、浅析叙事艺术

以上我们剖析了《克镇》叙述迷宫的条条通道，提炼出小说的主题。盖斯凯尔夫人这种不露声色的叙述模式，固然使主题的出现显得犀利而突兀，而对主题的渐进起到了推波助澜作用的还是反讽基调，它是小说艺术的本质。以下将就此展开论述。

首先是这种预期与实际的结果之间有差异的情景反讽。[2] 它通篇贯穿于叙述者玛丽的所作所为之中。玛丽阅读了玛蒂小姐已故父母（p.60、p.63、p.64）、外公（p.62、p.63）、姐姐（p.67），以及早已失踪的弟弟（p.68）留下的信件之后，就一封接一封地焚毁。她们只想把信件留在心中，可玛丽却侵犯了这些秘密。她重叙这些信件以供读者阅读，不露声色将之公之于众。

贝迪·巴克小姐采纳了布朗上尉开玩笑的建议，给心爱的发生了意外而没毛的小牛穿上了法兰绒的背心和裤衩，而这个小家伙竟然健康地活了下来。（p.7）吞吃了蕾丝花边的猫，在被折磨中竟然吐出了花边。（p.112）于是，猫和蕾丝花边都出人意料地留存下来了。开篇描写的顶着家族红绸伞的“温柔瘦小的未婚女子”（p.2），艰难地前行着。她是那么的弱不禁风，但是她比他的父亲，兄弟姐妹都活得久。除了对妇女们的行为进行调侃，小说不动声色地对男权进行了谴责。玛蒂小姐的弟弟彼得曾经装扮成女士来愚弄自己的父亲（p.71）；玛蒂小姐的外公，在给自己女儿的信中，历数了男人可能犯下的多宗罪；（p.65）玛蒂小姐的父亲把钱存入银行，反而把女儿们推向了生活的困境；这些都微妙地显示男人的虚假和失败。小说亦能体会到盖斯凯尔夫人“母性的同情”（maternal sympathy）[3]。

盖斯凯尔夫人淋漓尽致地描述了克兰福德镇“优雅的节俭”（p.4）。人们一年到头住着同样的屋子，穿着保存完好、式样陈旧的衣裙，唯一的变化要数詹金斯小姐家新

1 Josie Billington. *Faithful Realism: Ruskin and Gaskell*[J]. *The Gaskell Society Journal*, 1999(13): 1-14.

2 *Encyclopedia (The Columbia Electronic Encyclopedia)*[M]. 6th.ed. New York: Columbia University Press, 2001, Online version. www.bartleby.com/65/.

3 Margaret Case Croskery. Mothers without Children, Unity without Plot: Cranford's Radical Charm[J]. *Nineteenth-Century Literature*, 1997(52):198-220.

买的地毯。(p.19) 像拜访、赶集，或者出席舞会这样的重要场合，购买一顶新的帽子对她们来说就是奢侈品了。(p.100) 而“我”在阅读那些发黄的、字迹不清的信件时，对玛蒂小姐的“蜡烛节俭”也极为恼火。(p.59) 佛瑞斯特女士收入微薄，时常邀请朋友们吃她的那道远近闻名的拿手好菜面包果子冻。(p.146) 人们勤俭持家并没有带来财富的积累，相反，小镇是脆弱的，没有物质基础的小镇是不堪一击的。小说中的妇女们不仅优雅地处理经济问题，更重要的是，她们对于自己的感情、社会以及道德问题都极其地优雅经济化。而盖斯凯尔的小说本身的叙述模式也是一个优雅经济的范畴。[1]

其次，言语反讽体现在一些妙趣横生的比喻中。玛丽收到玛蒂小姐的信时这样形容自己的心情：“这样一件乐事，自从沃不维尔来了狮子吃掉一个小孩的手臂后，很久没有听到过了。”(p.114) 费茨・亚当女士在丈夫死后“勇敢地像一头狮子”一样回到了小镇 (p.89)；葛兰米尔女士变得像一头“好看的龙” (p.134)；而《克镇》是盖氏自《玛丽・巴顿》成功后“狮子般”在伦敦确立地位后首部重要的作品。[2] 玛蒂小姐少女时代记的日记，按照父亲的规定，分为两栏，“一栏中，我们早上记录下认为明天会发生的事情，在晚上我们在另一栏中记录下确实发生的事情。对一些人来说，这是一个很悲哀的述说人生的方式”。(p.151) 这话讽刺了玛蒂小姐似乎陷入了第二栏日记，年老却孤身一人的状态。但是她新的家庭和朋友，完成了她儿时的梦想，暗示着开辟了第三栏日记，从而表达了乐观主义。小说最后，彼得洋洋得意地谈到他“飞跃喜马拉雅山时射落了天使”，这让令人尊敬的贾米森太太目瞪口呆。(p.227) 这无非是一个戏剧性的象征。这一结局冲破了所有的阶级和性别界限，打破了所有的禁令，使克兰福德得以在交融中获得新生。

再次，结构反讽以情节推动了主题渐进。前面提及，这个老处女的社区之所以能够离开男人而运转自如，在一定程度上靠的是她们之间友好相处、慈善仁爱。当克兰福德真的趋于灭亡时，彼得的回归，挽回了昔日的生机。接二连三地喜结良缘，促发了小镇的重生。从杰希小姐与戈登先生的结合 (p.30)，到格莱米尔女士与霍金斯先生达成理解 (p.161)，甚至玛蒂小姐的女仆玛莎 (Martha) 与吉姆生下了小孩 (p.208)，对镇上的那些可笑又可悲的太太小姐们来说，这是最大的讽刺了。这部小说一个永恒的焦点就是：描述的女性虽然坚强，但终究是女性；女性特有的意志和力量的描述并不是男性竞争性、进取心、自大狂的模仿。[3] 小说声势浩大的开篇：“亚马逊女战士”占据着这个小镇，具有讽刺意味的是，又立即展示出这些战士只不过是可笑的老太太们。而到最后，这是个对读者开的玩笑，因为这些老太太们最终成为了胜利者、幸存

1 James Mulvihill. Economies of Living in Mrs. Gaskell's Cranford. *Nineteenth-Century Literature*, 1995(50):337-356.

2 J. A. V. Chapple Arthur Pollard, ed. *The Letters of Mrs Gaskell*[M]. Manchester: Manchester University Press, 1966, p. 71.

3 Barbara Bellow Watson. On Power and the Literary Text[J]. *Signs: Journal of Women in Culture and Society*, 1975(1):111–118.

者、女英雄。这样的双重讽刺成为女性小说的典型；吉尔伯特（S. M. Gilbert）和古巴尔（S. Guba）在她们的作品中也有类似的尝试。[1]

历险的叙述，变成了叙述的历险。盖斯凯尔夫人擅长讲故事，在一封狄更斯写给她的信中说道："我确定你的叙述能力不会在一夜间枯竭，而是会持续至少一千零一夜。"[2]

在19世纪英国女性作家中，盖斯凯尔的这种游离而统一的叙述模式是独一无二的。以奥斯丁和艾略特为代表的女性作家，均从以作者和其作品中女主人公为代表的纯粹女性的角度来探讨女性问题。[3] 盖斯凯尔的作品是一个突破，她的《克镇》不再拘泥于单一的、独立的故事，也不囿于女性特有的洞察力，而是像男性读者那样，以饶有兴趣的屈尊眼光来看待克兰福德这个由"骇勇的亚马逊女战士"（p.1）所组成的社会。

从小说的细枝末节中，我们反复感悟到小镇宁静面具下的悲凉和家庭生活中不断再现的心理暴力。"在这一幕喜剧的背后，是生活的痛楚和人们对于生活的勇气。"彼得的重归故里从某种意义来说是男性的成功回归与胜利。但是他的回来能赎回已死的母亲所遭受的损失，抑或能偿还玛蒂小姐失去婚姻幸福的隐藏在内心深处的无穷尽的悲哀吗？玛蒂小姐得知豪尔布鲁克先生的死讯时，"头和手都在发抖，"（p.55）却仍努力隐藏，其内心的痛苦一览无余。然而，真正的胜利者是小镇的妇女们。她们不屈不挠的精神所组成的钢铁长城，成功地拥抱了工业化的入侵和新的经济浪潮。可以说，有这种精神在，就有永远的小镇。"当她在我们身边时，我们会变得更好。"（p.228）小说结尾传达出盖氏寻求一个平衡社会的美好理念，也渗透着作者开明和男女公平的思想。在力图建设和谐社会的今天，小说中的社会氛围给人以启迪。在当代社会，人们可能低估或者错过这种社会存在价值。作者充满人道主义的畅想，是对真实性的最好的回应。重拾这种心绪，净化心灵空间显得与时俱进。

第四节　论哈代小说中"死亡"意象的重复

哈代作为19世纪末英国有影响的作家之一，自从他的作品被学术界认可、重视以来，一直被归类为"悲观的现实主义作家"，一个很重要的原因就是哈代的作品中总是多次出现"死亡"这一意象。这一意象被认为是哈代作品的一种标志，反映出

1 Sandra M. Gilbert, Susan Gubar. *The Madwoman in the Attic: The Woman Writer and the Nineteenth-Century Literary Imagination*[M]. London: Yale University Press, 1979, pp. 128-145.

2 Quoted in Winifred Gérin. *Elizabeth Gaskell: A Biography*[M]. Oxford: Clarendon Press, 1976, p. 123.

3 苏世芬. 19世纪英国女性的代言人[J]. 南京林业大学学报，2001(3):45-48.

哈代的思想就是：工业文明向农村的推进破坏了农村生活固有的和谐与美好，这种对于古老文明的入侵就像一个巨大的梦魇，造成了无数的死亡和毁灭。不过对于这一定论已经有人提出了不同看法，“达尔文进化论学说”就是其中一种。持这种观点的人认为，由于哈代受当时达尔文进化主义的影响，他对于小说中人物情节的刻画也是站在这一立场上的。小说中死亡意象的频繁出现表明哈代认为这些人或事物已经不再适应当时变化了的环境，因此遭到了淘汰。这两种观点对于哈代小说中死亡意象的频繁出现做了一定的诠释。本节将哈代系列小说中重复出现的“死亡”意象单独分离出来作一个研究，旨在挖掘哈代对于环境、人类的人文关怀。

根据哈代对于死亡意象的描述特点可以把哈代的整个小说创作分为三个阶段。第一个阶段的作品淡化死亡，是抒发田园理想的颂歌，带有浪漫主义风格，主要有《绿荫下》、《远离尘嚣》等。第二个阶段的作品开始关注死亡，描写威塞克斯社会的悲剧，主要有《还乡》、《卡斯特桥市长》等。第三个阶段的作品突出死亡，描写威塞克斯破产农民的前途和命运，主要有《德伯家的苔丝》、《无名的裘德》等。这些小说以优秀的艺术形象记述了 19 世纪英国南部农村宗法制社会毁灭的历史，表现了英国农村社会盛衰的历史变迁。在这些小说中，哈代以一种他特有的低沉笔调描述了威塞克斯居民的生活、风俗、爱情并且总是以死亡来结束他的叙述。这些死亡意象就像哈代作品的“眼睛”，展示着哈代最深层的思想，反映了他在社会大变动时代悲剧过后所作的具有相当深度与力度的哲学与文化思考。

一、威塞克斯小说

哈代描写的是乡村生活，他笔下的世界很小，“北起泰晤士河，南抵英吉利海峡，东以海灵岛至温莎一线为界，西以科尼什海岸为边”[1]，是方圆不到 100 英里的威塞克斯——英国历史上一个王国的名称，其名取自英格兰古撒克逊王国的国名，其中心就是哈代的故乡多塞特郡。真正的威塞克斯，或者说威塞克斯最重要的一面，是一个小说中的虚构王国，一个心灵的王国。地理意义上的威塞克斯又是这一心灵王国得以建立的必不可少的触发点。

哈代在小说《远离尘嚣》中“第一次大胆地从英国早期的历史记载中采用了‘威塞克斯’这个词”[2]。从这部小说开始，哈代便始终把威塞克斯王国作为自己作品中的一个统一的地理背景，致力于写作一系列被称之为地方性类型的小说。哈代使用这个古老的名字是有其深意的，它不仅同哈代小说的情调和谐统一，引发了人们怀念过去时代的幽情，而且它还把哈代所有的小说连接成一个整体，增强了作品的表现力和作为编年史的价值。从哈代第一次使用这个名称以来，这个半真半假的农村

1 赖特. 哈代·威塞克斯小说诗歌总集序[A]. 文艺理论译丛 3[C]. 北京：中国文联出版公司，1985，第 110 页.

2 韦伯. 威塞克斯的哈代：生平与创作[M]. 纽约：爱尔蒙特出版公司，1940.

地区和风光旖旎的穷乡僻壤的名字就像一个真实的名字一样流行起来。正如哈代在此书的序言中所述："人们知道这个地区，但又不甚了解。然而，出版界和公众甚为体谅，欣然接受了这个异想天开的规划，心甘情愿地和我一起来混淆时代，想象出一群生活在维多利亚时代的威塞克斯居民。"[1] 哈代之所以能创造出一个如此有血有肉的威塞克斯王国，跟他的生活环境有直接关系。哈代的故乡多塞特是一个古色古香的英国农村，那是"一个富有浪漫色彩的地点"。"在那个地区，那些与世隔绝的本地居民所热衷的共同话题，都是传说和奇怪的闲话。这地方报纸很少提及它，地方新闻也很少注意它，书籍和外来的游人也很少光顾这里。"[2] 哈代非常热爱这一片地区和当地的民俗文化，所以在他的作品中，编织了一个他心目中的田园理想王国，尽情赞美风景秀丽的田园风光和威塞克斯人远离城市文明的浓郁的乡村风情。但是，当19世纪中叶，资本主义的生产方式和思想观念如潮水般凶猛地涌入英伦三岛的时候，哈代理想中的田园牧歌式的农村生活开始受到冲击。对于哈代来说，他一方面十分向往现代化的城市生活，一方面童年的田园生活又使他感到无法接受那种快节奏的生活，甚至认为那"恶魔般地精确与机械"的城市生活使他的创作变得"机械和平庸"[3]。这种进退维谷、疏远和排斥必然会产生一种精神上的失落感。这种失落感使哈代成了一个精神上的流浪者，他迫切地需要一个灵魂的寓所。既然机械文明、城市文化、社会的飞速发展让他伤心，那么他就只能从童年时生活在其中的"一半是真，一半是梦"[4] 的乡土上去寻找精神上的家园，去寻求那种人人劳动、个个欢愉、风俗淳美、人情厚朴的美好的农村社会，去寻觅一种以自然遗风为基础的田园理想王国。然而，这种精神寄托毕竟是不现实的，威塞克斯王国在外来文明的冲击下摇摇欲坠，于是哈代小说中就出现了那么多的叹息和死亡。

二、"死亡"意象三阶段

哈代之所以取得这些创作上的突破绝非偶然，这里既有社会发展的客观原因，也有作家本人努力探索的主观原因，更有文学继承影响的自身原因。他的威塞克斯系列小说展现了人与社会环境的冲突，反映了整个19世纪的社会历史变迁和社会现实。哈代认为："诚实的小说家应该像爱斯库罗斯和莎士比亚写悲剧时那样，真实坦然地描写生活的全部苦难，小说家应该写社会最深刻的悲剧性冲突，并真实、勇敢地把它们表现出来。"[5]

哈代第一部有影响的小说是《绿荫下》。这部小说以写景著称，被誉为用文字写成的一幅"荷兰画派的乡村画"。小说一开始，哈代就用诗一般的语言描绘了主人公

1 哈代. 托马斯·哈代传[M]. 伦敦：麦克米伦出版公司，1993，第5页.
2 哈代. 远离尘嚣[M]. 石家庄：花山文艺出版社，1982，第79页.
3 同上，第101页.
4 哈代. 托马斯·哈代传[M]. 伦敦：麦克米伦出版公司，1993，第79页.
5 郑克鲁. 外国文学史（上）[M]. 北京：高等教育出版社，1999，第88页.

狄克的生活环境：据一个住在树林子里的人看来，差不多每一种树，不但各有各的形态，并且还各有各的音调。当轻风过处，杉树不但轻摇微晃，并且还呻吟啜泣，清晰可听。在这么一种原始的自然背景下，青年农民狄克和乡村女教师芳茜·黛擦出了爱情的火花。然而，一位年轻牧师的出现打破了他们平静的爱情生活，他不断地纠缠芳茜，使得狄克和芳茜的爱情故事一波三折。尽管最终牧师的死亡成全了他们的结合，但是，死亡的出现总是给这个喜剧的结尾笼罩了一层阴影。这部小说可以说是哈代创作高峰的开端，哈代从此进入了他“人物与环境的小说”创作阶段。

《远离尘嚣》是哈代又一部带有浪漫主义风格的小说。在远离尘嚣的威塞克斯乡村，美丽高傲的农场主芭思希芭拒绝青年牧羊人奥克的求婚后，又被另一个农场主波德伍德热烈追求，而她自己则迷上了青年军官特洛伊。然而特洛伊是一个情场老手，他诱骗芭思希芭嫁给他后却又抛弃了她，后来又回来想要占取芭思希芭的财产，最后被绝望的波德伍德开枪击毙。

特洛伊(Troy)死了，波德伍德(Boldwood)进了监狱，奥克和芭思希芭(Bathsheba)终成眷属。小说这个圆满的结局冲淡了死亡的阴影，却不能完全遮盖其所带来的灰暗色彩。这一死亡意象的出现表明这部小说已经不仅是一部简单的田园小说了，在它才子佳人终成眷属的爱情故事背后隐藏了深刻的社会意义。至此，哈代抒发田园理想的小说阶段已经结束，他开始以更深刻的笔调描写威塞克斯社会的悲剧。根据吉丁斯的哈代传记记载，波德伍德的原型就是一个典型的现代人。在十二章以前，波德伍德还只不过是一个不时敲一下门、问个问题，然后就走开的小角色。但是哈代的良师益友何瑞士·莫尔，一位才华横溢的思想家和评论家，被生活的巨大压力撕裂了。他在 1873 年 9 月 21 日用剃刀割断了自己的喉咙，并留下遗言：“死比活着要好。”25 日哈代去莫尔之墓凭吊，此后，波德伍德成为小说中的一个重要人物。哈代看待人生的悲剧眼光因为吸收了这种心理探索的方法便益发深邃了。

《还乡》是哈代的一部重要的阶段性小说。反映的是工业资本主义侵入农村宗法制社会后产生的种种矛盾。女主人公游苔莎高傲，耽于幻想。她嫁给在巴黎当过商店经理的青年姚伯，希望他带自己离开荒原，但未能如愿；而姚伯已经厌倦了城市的喧嚣，希望在家乡进行他的改革。两人在思想和感情上不断冲突和误解，致使游苔莎黑夜出走。就在这个晚上，游苔莎失足溺水；其旧情人韦狄也因救她而死。神秘的爱敦荒原无情地吞噬了这一对背叛它的男女。在这里，死亡已经不再是一种陪衬了，它被渲染得浓墨重彩，引发人们去思考造成这些死亡的原因。

《德伯家的苔丝》掀开了哈代小说创作的第三个阶段，是哈代最优秀的长篇小说。女主角苔丝刚一踏上社会，就遭到恶少亚雷的侮辱。后在一个牛奶场当女工时，与青年克莱尔相爱，并答应了克莱尔的求婚。新婚之夜，她出于对克莱尔的忠诚与热爱，坦白了往事。克莱尔貌似开明，但也不能脱去习俗的偏见，对苔丝的遭遇不但不表示同情，反而将她遗弃。当克莱尔最终醒悟回来迎接苔丝时，苔丝长久以来对亚雷的愤恨最终爆发了，冲动之下杀死了亚雷，被判绞刑。苔丝的死亡是这部小说的高潮部分，它直接刺向资本主义社会不合理的道德体制和教会貌似圣洁却虚伪的假面具。

1896 年，哈代发表了他最后一部小说《无名的裘德》。主人公裘德是个孤儿，被穷亲戚抚养成人后当了石匠的学徒，梦想进入基督寺大学，将来成为牧师。后来与表妹淑相遇，情投意合，他们排除了种种困难，但终因未结婚同居而为礼法所不容，为习俗所不许，处处遭人白眼，求职无路，壮志未遂。尤其是他们的孩子接二连三地死去后，淑最终屈服了，淑走了，裘德心中唯一的精神大厦坍塌了，内心的绝望使他无法再继续生活下去，于是他以自杀结束了自己的生命，为淑，为自己，也为他们残缺不全的爱情。裘德的死亡为哈代小说创作的三个阶段画上了句号，与此同时，哈代也完成了描写英国农村社会盛衰历史的使命。

三、“死亡”意象重复的意义

哈代生于 19 世纪末期，即维多利亚时代和新时代的交界线上。这个时候的英国正如火如荼地进行着资本主义的工业化；人口膨胀、人流迁徙、农业机械化、城市化、经济危机等如奔涌的潮流，席卷了整个英伦三岛。哈代亲眼目睹了新旧文明交替过程中英国农村发生的巨大变化，这使得农民家庭出身的他感到十分痛苦。他感觉到，在现代化进程中的西方，人已被彻底异化，与大自然生疏，与社会隔绝，与他人陌生，自我的各种心力也揉搓不到一块，这一切现象成为“现代人”的真正悲剧。最后他把自己的向往与失落、关注与无奈用痛苦和死亡展现在人们面前，哈代笔下的“死亡”意象内涵丰富。

（1）对生态环境的关怀

哈代的一生基本上是在他的家乡多塞特度过的。他的故居坐落在一片古朴幽深的林地里，“高大的橡树、榛子树、山毛榉枝丫交错，藤蔓缠绕。浓荫蔽日，林深径幽；野花卉草，蝶舞鸟鸣。幽寂空寞的林地充满了活力和生命”[1]。哈代从小就酷爱大自然，常常跟随他的父亲走进空旷无边的荒野，饱览大自然的壮美奇观。但是，随着资本主义的入侵，美丽的乡村失去了往日的宁静。张牙舞爪的机器开进了哈代的家乡，荒原被开垦，林木被砍伐，动物被杀戮。这一切让哈代感到非常痛苦。他眼睁睁看着往日的美丽渐渐离自己远去而又计出无奈，于是就想用文字来表现自己心目中那个美丽的田园、理想的王国。例如，在《远离尘嚣》中，哈代深情地描写了威塞克斯王国的自然风光：“在这片半为森林覆盖半是砂土裸露的山坡和由山峰隐约勾勒出的模糊静寂的地平线之间，是一片幽暗朦胧、神秘莫测的土地……那稀稀疏疏地覆盖着坡地的小草，经受着各种阵风的吹拂……”

在小说第二十八章，作者又以他惯用的手法将人的生命与大自然的躯体化为一体：“这是一片处女地，这个季节里正点缀着一丛一丛高大的羊齿植物，由于近来生

1 聂珍钊. 哈代和多塞特[J]. 神州学人，1997(12):38-39.

长极快，显得饱满晶莹，翠生生的绿色，又鲜嫩又洁净。”恰逢盛夏时节，大自然表现出了她的旺盛的繁衍力。美丽的生态环境是童年的哈代最亲切、最熟悉的，他努力把它们记录和还原出来，试图让人们永远铭记“古老而美好的英格兰”的形象。透过这些饱含真情的描写，我们仿佛能看到一双求助的眼睛，那是哈代的眼睛，他在对我们说：“救救我们的生态环境，救救自然！”

哈代对自然景物的描写到《还乡》已经脱离了浪漫而进入了更深层次的思索。他在书中深情地描述了爱敦荒原的神秘：荒原上空“蒙上灰白的帐幕，地面上长满黑色植物”。黄昏，在荒原与天空相交的地平线上，“黑白分明”：“夜幕已经降到地上，白昼却分明滞留在天空。割荆棘的樵夫抬头望天，就想继续打柴；低头看地，则会决定捆起荆棘回家。”更神奇的是，这条“天地交接的界线”，“似乎也是时间的分界”：“荒原表面的昏暗凄迷，给夜晚增加了半小时；它以同样的方式能使黎明推迟到来，使正午变得悲凉；风暴还未形成，它就预示其阴沉的面孔；深更半夜，没有月光，它使夜色更浓黑，让人因此颤抖害怕。”[1] 哈代赋予了这个神秘甚至有点可怖的爱敦荒原一种特别的力量，忠诚于它的人会得到幸福，而背叛它的人则会被毁灭。女主人游苔莎（Eustacia）心高气傲，耽于幻想，不甘心默默地生活于荒原上，一心想要走出荒原，在大城市里“享受所谓的人生——音乐、诗歌、热情、战争和世界的大动脉里一切的搏动和跳跃”。所以，在一个风雨交加的夜晚，游苔莎和她的旧情人韦地狄（Wildev）出走了，那天晚上，“狂风把房子的四角磨挫擦刮，像是豌豆落在窗玻璃上那样拍打着屋檐。”“她前面的整个荒原在倾盆大雨中发出低沉的嘶嘶声。”（p.397）爱敦荒原发怒了，它撕扯着狂风和暴雨，无情地吞没了这一对背叛它的男女。

（2）对人文精神的呼唤

资本主义生产方式侵入英国乡村的同时，其道德、法律等也随之进入。当这些为维护资产阶级上层人物的利益而制定的法律、道德体制，与英国农村原有的朴素的伦理道德观念相冲突时，一系列的悲剧便产生了。哈代是一个人道主义作家，他对这种不公平的道德和法律体制表现出极大的愤慨。在《德伯家的苔丝》中，他把一个未婚失身的少女称为“一个纯洁的女人”，书前就摘引莎士比亚的话对她寄予了深深的同情：“可怜你这受了伤害的名字！我的胸膛就是卧榻，要供你栖息。”并且不止一次地发表感慨：“保护苔丝的天使在哪儿啊？她一心信仰、庇护世人的上帝在哪儿啊？”哈代认为苔丝的死亡是由资本主义不公平的法律和道德制度造成的，他把苔丝的终结放在悬石坛那样一个巨大而空旷的背景下，让苔丝像古希腊的悲剧英雄一样义无反顾地从幸福的极致走向了死亡，这说明他对这种制度极为不满。在书的结尾，他用一句反讽的话明确表示了自己的好恶：“‘典刑’明正了，埃斯库罗斯所说的那个众神的主宰，对于苔丝的戏弄也完结了。”（p.550）这里，哈代撇开了资本主义的所谓道德标准，对苔丝表示了最真切的人文关怀。任何一个善良的人知道

1 哈代. 还乡[M]. 上海：上海译文出版社，2006，第 32 页.

苔丝的遭遇后都应该会和哈代一样关心她、同情她吧！

哈代对资本主义道德的批判在《无名的裘德》中达到了顶点。该书出版之后大受维护资产阶级道德观的卫道士们的攻击，有一个主教竟把《无名的裘德》一书焚毁。哈代在该书扉页引用《圣经》的一句话作为题词：字句叫人死。表明他对习俗陈规非常憎恨和厌恶。书中的主人公裘德（Jude）与表妹淑（Sue）情投意合，于是排除种种困难，二人同居并生有子女。哈代大声赞美他们两个在志同道合基础上的结合：他们两个在一起的时候，淑“跟一只鸟儿一样的轻盈、活泼”，而裘德“觉得有她做伴，真正得意之极”。“他们两个完全互相了解”，“只要看一眼，只要做一个动作，就能很切实地把他们的灵犀互相传递，切实得像用言语表达出来的一样。这种互相了解的情况使他们显得好像只是一个整体的两半。”[1] 淑最终被打败了：“不管咱们的敌人是什么人，是什么东西，反正我都怕，我都服。我一点战斗力都没有了；一点敢作敢为的勇气都没有了，我被打败了！被打败了！”（p.469）裘德苦劝淑留下而不能，以慢性自杀殉情。死前他痛斥资本主义虚伪的道德和毫无理性的习俗：那些所谓的“基督教——或者也可以叫它神秘主义，僧侣主义”，“把你闹到这步田地”，“我恨透它啦”。“我现在跟神学早就毫无瓜葛了！”

哈代渴望那种人人劳动、个个欢愉、风俗淳美、人情厚朴的美好的社会，寻觅一种以自然遗风为基础的田园理想王国，但是资本主义虚伪的道德和习俗的桎梏扼杀了人们的自由意志和愿望。他痛苦地感受到了这一点，于是便像逐日的夸父一样执著地走上了追求人文精神的回归的道路。

（3）对人际关系异化的担忧

哈代从小生活在风俗淳美的乡间，在那里，粗犷、憨直和富有幽默感的村民们有着质朴无华、浑金璞玉的本质：人们用《圣经》和钥匙占卜，将情人节匿名卡看成郑重其事的表白，干农活穿着长长的罩衫，收获后要开庆祝欢宴……然而外来势力对英国乡村的入侵使原来融洽的人际关系渐渐疏远；对于这种人际关系的异化，哈代表现了极度的担忧。

《远离尘嚣》中青年军官特洛伊玩弄芭思希芭的爱情，自己有未婚妻，却由于贪图芭思希芭的美色和财产而引诱她与之结婚，婚后又抛弃了她，在最后芭思希芭将要与另一个农场主波尔伍德成婚时却又回来想以丈夫的身份霸占她的财产。这使得芭思希芭痛苦万分、晕倒在地，“这可怜的姑娘此时的痛苦真是难以想象，难以描述。她已瘫坐在最底层的一级楼梯上，此时还坐在那里，嘴唇干燥发青，乌黑的眼睛茫然地看着特洛伊，好像在疑惑这到底是不是可怕的幻象。”[2] 使得一心追求芭思希芭并且已经等待她允诺多年的波尔伍德陷入了绝望，他发出一声“怪异的声音，

1 Thomas Hardy. *Jude the Obscure*[M]. 北京：外语教学与研究出版社，1994，第 398 页.

2 Thomas Hardy. *Far from the Madding Crowd*[M]. 北京：外语教学与研究出版社，1995，第 320 页.

沉闷而遥远，像是发自地穴"，"血脉鼓胀起来，眼睛里闪出一道疯狂的亮光"，忍无可忍地做出了孤注一掷的举动，开枪射死了特洛伊。特洛伊是工业化社会人际关系异化的代表，他把欺骗、利用的人际关系带入了崇尚真诚、友好纯朴的威塞克斯，最终落得自己死亡的下场。

而哈代的另一部小说《卡斯特桥市长》中人际关系的异化更为突出。束草工人亨查德（Henchard）醉酒后在庙会上把妻女卖给过路水手，酒醒后悔恨不已，发誓20年不再饮酒。此后他勤奋努力，发家致富，担任卡斯特桥市长，妻子也携女归来。但就在他几乎要相信命运掌握在自己手中时，又一次因性格的弱点而受到命运的拨弄：他生性倔强执拗，与合伙人争吵分手，事业遭到失败，卖妻女的丑闻终于泄露。然而令亨查德痛苦的还不止这些，而是他在由盛而衰的过程中慢慢看清了周围人的真实嘴脸：在他飞黄腾达的时候，"附近几乎无人"不对他的决断"颔首含笑"，"同时脸上露出确信无疑的神情"；见面时恭敬地称他"孚尔"先生；送钱给他过圣诞节。而当他一文不名的时候，他才发现原来他们背地里竟叫他"滑头"；在他家中对他的奉承只是虚伪的客套。[1] 他所认为的好朋友在他败落之后与他针锋相对，甚至自己的女儿都与他形同陌路。这些冷酷的嘴脸让亨查德感到绝望，心灰意冷的他孤独地死在了荒原上的草棚中，留下了一份痛苦绝望的遗书：

迈克·亨查德的遗嘱

不要把我的死讯告诉伊丽莎白
不要让她为我悲伤。
不要把我埋在神圣的墓地。
不要请教堂司事为我敲钟。
不要让任何人看到我的遗体。
不要任何人为我送葬。
不要让任何人记得我。
为此我签上我的名字。

迈克·亨查德（p.309-310）

哈代在他的小说中用貌似从容的笔调描述着主人公的升沉起伏，但是在这些貌似平静的文字下面我们不难发现他隐藏的对于当时社会人际关系的悲愤和失望：一个没有真诚、没有关爱的社会究竟能走多远？

亨查德的死是无奈的，又是不可避免的。在一个金钱、利益至上的社会里，人际关系只是一种工具。当亨查德失去市长的宝座之后，他对于别人的利用价值也就不复存在，因而等待他的只能是死亡。亨查德是资本主义社会异化了的人际关系的牺牲品，哈代痛恨这种相互利用的人际关系，他向往的是威塞克斯王国那种充满关

1 Thomas Hardy. *Far from the Madding Crowd*[M]. 北京：外语教学与研究出版社，1995，第321页.

爱、真诚的理想社会。

尽管哈代对当时社会有诸多不满，他却仍然没有放弃希望。他是在试图引起人们对于某些美好事物的关怀、对于某些社会问题的关注，从而努力使这个社会变得更美好。就像哈代自己所说："即使人生是有希望改善的，我们也不应该故意掩盖时代的丑陋，只装作没有这回事。""如果说我是悲观主义的话，那么我的悲观主义并不包含这样的假想：即世界将走向堕落……相反，我的实践哲学明显指向人类不断向善的理论。"[1] 所以，虽然哈代一直在创造悲剧，一直在制造死亡，他却并非悲观厌世之人。他之所以写悲剧，是因为悲剧比喜剧更能震撼人心；之所以一再以死亡结尾，是因为死亡比大团圆更有说服力。他想通过这一次次的死亡、一部部的悲剧告诉我们：这个世界还有待改善，我们不要盲目乐观。

哈代是个伟人。他敏锐地观察到了工业革命给19世纪末的英国农村社会带来的旧经济秩序的解体和价值观的变迁，他的小说反映了这一过程，所以著名历史学家特里维廉称赞哈代是优秀的社会历史学家，认为他的小说是难得的历史教科书。他有一颗悲天悯人的心，而这颗心无时无刻不在为着全人类的命运而焦虑、痛苦，直至最后一刻停止跳动。诚如卢纳察尔斯基所言，哈代是一位"耸立在维多利亚时代和新时代交界线上"的"悲戚而刚毅的艺术家"。而这位艺术家的"悲戚而刚毅"将继续激励着继往开来的追随者们。哈代的努力和尝试具有伟大的文学意义：一方面，他极大地丰富了现实主义文学，使文学创作的思想内容与艺术形式达到新的统一高度，成为这一时期当之无愧的文学主流。另一方面，他的创作成为了后来现代主义文学发展的新起点。

第五节　伍尔夫小说《到灯塔去》之视觉隐喻重复

绘画与写作有许多共同之处。现代主义小说家也如同画家一样，试图让我们能够"看到"他们所描绘的一切。《到灯塔去》中，现代主义代表之一伍尔夫打通了绘画和写作的艺术界限。小说中的绘画隐喻定义了词和现实的关系。它是一部在诗的意象与现实生活之间维持着微妙平衡的小说。绘画隐喻在现代主义文学和艺术中发挥着至关重要的作用。

米勒认为："小说创作对他们（维多利亚小说家）来说是重新进入社会的间接方式。他们受到那个世界排斥，或者说害怕以直接的方式进入。"[2] 相反，伟大的现代主义者通过写小说定义社会以外的自己，并证实艺术家的特殊身份。他们并不想重新

---

1 卢纳察尔斯基. 论文学[M]. 北京：人民文学出版社，1983，第462页.

2 J. H. Miller. *The Form of Victorian Fiction*[M]. Notre Dame: Notre Dame University Press, 1968, p. 63.

踏入社会，而是离开它前往岛上——真实的或想象的。现代主义是传统与创新统一的采石场，充满着记忆、回忆、形象、隐喻。隐喻是用词或印象来表明关于叙事者部分的或者是画家集中注意所在的某些事的相似性——他或她真实或是想象的世界——某些夸张或实际包含他或她的思想的部分现象的事。现代主义代表之一伍尔夫用隐喻的概念定义了小说《到灯塔去》与现实的关系，它是诗的意象与现实生活之间维持着微妙平衡的小说，本文认为《到灯塔去》通过莉莉·布里斯科的画作实现了现代主义小说中隐喻的作用。小说使我们看到了隐喻是如何在现代文学和艺术中发挥作用的。

一、线条："生命"之隐喻

《到灯塔去》中，莉莉画作的完成是对现代主义深奥性的隐喻。她怀着自己的理念完成了画作，并放弃了与拉姆齐先生的婚姻所带来的改变社会地位的契机。她的艺术成功是以牺牲社会生活为代价的。

> 再回头看看，她想，又回到了这里，远离了闲言碎语，远离了生活，远离了社交上的人们，那些自己由来已久的强敌——这事，这个真相，这个现实现在降临到她身上，在表象的背后完全呈现在她面前，引起了她的注意。（*To the lighthouse*，236，以下文中页码均出自该书[1]）

拉姆齐夫人的胜利与其说是道德上的倒不如说是美学上的，一想到拉姆齐夫人，莉莉意识到她的朋友“把瞬间凝固为永恒，换个角度看，这也是莉莉永恒的追求。它揭示了生命本质。混沌中蕴含着形体：这种不停的流逝被定格，她看着云卷云舒，落木飘飘”(p.241)。生命被定格时就是艺术把生活打上模式的烙印之际，但同时，这也是死亡的征兆。莉莉是她创造者的翻版，她对她绘画的挣扎也是作者自己的写照。我们意识到伍尔夫对“不停的流逝”的价值的追求贯穿于整部小说。

莉莉的画作是该小说意义至关重要的部分。小说中，写作与绘画互为隐喻并且推动着创作进程。莉莉的第二幅画作代表着后现代主义流派，创作于“一战”后，距离她的第一幅作品相隔十年。第二幅画作来自于印象派的灵感，诠释了线条与形状的关系，相较于第一幅画，更为抽象。也许伍尔夫在暗示她的美学理念已经改变，让我们注意她作品的并置性与不可模拟性。莉莉完成了她的画作，其中的线条是拉姆齐先生的偏执性和灯塔的转喻，线条表明拉姆齐先生对垂直指代的关注，都 44 岁了，莉莉还没有十分渴望的恋爱关系（“我有我的理念”）。她以一条直线开始并结束了她的画作，也许这是一种日本式水墨画：“帆布上的一条线使她时常面临无数的危机和不可撤销的抉择”(p.235)。绘画时，莉莉迷失在自己的理念中，但没有完全隔断与生活的联系——她试图平衡“两种截然不同的力量：拉姆齐先生和绘画。这种平衡是非常必要的。也许在设计上出了些问题？是这样的吗？她困惑了，墙上的线条想要冲破出

1 Virginia Woolf. *To the Lighthouse*[M]. New York: Harcourt, Brace and World, 1927. 文中引文均为笔者翻译.

来，是树的块面太重了吗？”（p.287）某种意义上，最后一条线为她自己，也为她的创作者揭示了艺术与生活的关系。就伍尔夫而言，这线条代表了小说的完结。诚然，如果说莉莉的所见激发了她的第一幅画，那么第二幅画就来源于想象与经验在她对形状的感知和想要表达的事物间的对话。对块面与线条的考虑受到了 1910—1912 年罗杰·弗莱在伦敦的两场后现代主义的展览的影响，尤其是塞尚，他不止用线条，更是用大量的块面、色块来“绘画”。

作为艺术家，莉莉依赖自己内心视角而不是之前的现实，她画她知道的，而不是看到的。她画出的只是存在于她脑海中的一棵树或者一根线条。“我必须把这棵树挪远些放在中间；这样我就可以避免那拙劣的空间”（p.128）。但是她那艺术的顿悟来自于人类的情感，尽管拉姆齐夫人怜悯威廉·班克斯（William Bankes），莉莉认为，“他是最不需要怜悯的。莉莉告诉自己，他有自己的工作。莉莉想起来了，如果要在瞬间说出她的一笔财富，那就是自己的工作”（p.128）。因此，莉莉顿悟的整个基础在于她对拉姆齐夫人对班克斯的怜悯个性独立的评论。为了表现出莉莉的艺术需要情感的激励，伍尔夫鼓励读者去关注非再现性艺术，它既不是对他者见解的复制，也不是冷冰冰的几何图案。莉莉非现实主义形式美学是建立在人性的价值上，了解这点有助于指导我们如何阅读。

二、光与影：“回忆”之隐喻

对于后印象派主义者莉莉而言，“问题在于块面、光与影之间的联系”，对于塞尚也是如此，但是对于莉莉而言，艺术不止如此。（p.82）艺术之于莉莉就如同伍尔夫，是“每天生活的积淀与一些比她的所言所为更为神秘的事物的混合，”并且这个积淀表达了她最深的情感。（p.81）有学者可能会说拉姆齐夫人影响或者塑造了莉莉的美学观，因为莉莉引导读者对这些小说的叙述作出反应：

> 拉姆齐夫人也许会这样问，难道说出来事物就会被破坏了吗？（她身边似乎时常充满了寂静），难道我们就因此变得非常善于表达了吗？这一瞬间至少看起来十分充足。她填埋沙地上的洞，借此完美地填补了瞬间。这就像在一滴银光中，有人可以挖掘并且照亮过去的黑暗。（p.256）

回忆过去不只是正在进行的事情的一个隐喻，也是伍尔夫写下莉莉胜利时一种状态的表现。言多必失不只是拉姆齐，也是她创作者的观点，伍尔夫的存在辅助了我们的阅读进程。

莉莉第二幅画的冲动来源于对第一幅画的交织记忆：

> 她隐约记得那里有些什么，一些与这些线条相关的事物，切割着、交织着，在密织网格里有绿色的洞穴，蓝色的、棕色的，都还存留在她的脑海中，不断纠结以至于在零星的时间段，在她走在布朗普敦大道上时，在她梳头时，她发现自己的目光不自主地掠过那幅画，描绘着，一一打开想象的结。但是，漫无目的构思与真正在画布上画出第一笔是有天壤之别的。

（pp.234-235）

对她而言，色彩——“它的绿色的洞穴和着蓝色、棕色”——至少部分可以从形态学中解放出来了。从她强调空间关系上，我们可以确定伍尔夫看过塞尚、高更和马蒂斯的作品。2005年世界最具影响力的艺术史家、评论家约翰·艾尔德菲尔德是这样评价1908到1912年间马蒂斯的风格：“有时候，他不像调试颜色那样调整形状，只是先把所有的都画上，再细细地把色彩填入每个合适的部分。”[1] 把意义与形式神奇地融入每天的经历是第二幅画的重点。“她想，小心地蘸着她的笔刷，要到达返璞归真的境界，仅仅简单地感知这是一把椅子，那是一张桌子，然而同时，这也是一个奇迹，更是一种狂喜”。（pp.299-300）莉莉通过她的艺术获得顿悟。她那富有创造力的想象，不仅将拉姆齐夫人从过去拉回，并把她转换成象征性的、模糊的现代形象。作为艺术家，她希望达到像拉姆齐夫人在她生活中达成的那种统一。赋予普通的经历以丰富意义是伍尔夫艺术追求的重要目标，一个可以不断接近却永远不能触及的目标。

在莉莉的艺术价值追求与拉姆齐夫人的个人价值追求中再现了伍尔夫本人。前者的绘画与伍尔夫作品之间的等同关系十分重要，而后者对众人的影响与伍尔夫想要达到的目标之间也存在着这样的关系。后者诉求人际关系中达到整体性与统一性，前者则是要去完成她的画作，伍尔夫在两者间建立了一种关系。不仅是别人，拉姆齐夫人自己也想创造这样一种统一，给她的晚宴赋予意义：“表现出她的全部努力。”（p.126）她把她自己的任务视作一次重要的启航：“我对班克斯表示遗憾，生活足以再次重压到其身上，她开始行动，就如一名疲惫的水手，一看到被风吹起的风帆就想要再次启航，并试想若是沉船，他会如何随着水流打旋，沉入海底”。（p.127）这样一幅景象延续下去且最终成为一种徒然的追求，那是在大千世界中想要掌握自己人生的方位。它用海洋来表现，对诉求与目标却漠不关心。

莉莉最后的画强调了她对过去的过渡：“我曾见到。”（p.310）我们从小说的叙述中了解到，特别是当我们一读到拉姆齐夫人所引发顿悟的景象，我们了解到她的死以及她无法成功地建立保罗（Paul）和明塔（Minta）之间的关系这种景象并不能够使两人在现实中感到痛苦。拉姆齐夫人形象所获得的巨大成功，给予了《窗》最好的结尾。结尾部分，莉莉画出了回旋的线条，所描述的事实警示我们不要被莉莉的顿悟，或那些声音所带来的如诗如画般的经历误导。世俗的景象总是受到正在错过的事物的讽刺：追寻者实现自我的那种对上帝的强烈情感，换句话说，那种感觉中世界与话语成为了一体，那是莉莉最后的想法。（“结束了”）回响在耶稣十字架上的话语强烈地突出了伍尔夫对这种意识的讽刺。垂直的线条——莉莉模仿的线条、那灯塔（人造的来代替上帝所创造的光），卡米歇尔先生（Carmichael）的存在，等同于发现这个世界里

1 John Elderfield. *Matisse in the Collection of the Museum of Modern Art*[M]. New York: Museum of Modern Art, 1978, p. 60.

上帝不再是最终影响因素。如同该时期所有重要作者，文本所创造的想象世界里，上帝的概念一直都是个缺席的能指，我们回想起拉姆齐夫人对宗教的怀疑态度，如她对死亡与磨难的思考："任何一个神是如何创造这个世界的？"（p.98）就像《达罗薇夫人》中，其中并不存在对上帝的信仰缺失，是小说明显的事实。但不像哈代、劳伦斯、乔伊斯和叶芝，伍尔夫不信上帝并不是真正与信仰较劲。拉姆齐夫人听到自己对传统的维多利亚习俗嘟囔着，"我们生活在上帝的手中。"（p.97）她驳斥这是个谎言："以她的想法，她认为有这样一个事实，没有原因、秩序、公平；但有苦难、死亡、贫穷。这个世界不会有背叛，她知道这一点。"（p.98）

拉姆齐夫人像艺术家般审视自己的作品，她创造了一种与宗教相关的机遇和瞬间意义的统一性："她看着窗，烛火烧得更亮，窗格的玻璃是黑色的，看着外面，听到外面传来奇怪的声音，像是在教堂做弥撒，因为她并没有听到这样的话语。"（pp.165-166）但是垂直线条和直线线条都等同于男性力量，需要改进，掌控和征服——拉姆齐夫人想要"从头到尾"穿过字母表（p.55）——这与小说竭力赋予现实平面和立面动态、瞬息、变化、互联、交错的效果形成对照。因此把去灯塔的旅行等同于完成这幅画作本身就是承认悖论。在时间中留下印象，却掩饰变迁和现实的可能性。对价值的追求其本身就是一个永恒的状态。这是一个追求生命意义的过程——驶向灯塔，试图去解决绘画过程中所存在的问题，试图使小说链接在一起。从另一个角度来说，最终，灯塔的垂直性也被现实的暂时性和人物与叙述者无法拉近能指与所指的关系得以反讽。事实上，到灯塔去和完成画作，从拉姆齐夫人的角度看，是一个充满辛酸的却十分重要的接近死亡的过程。如第二部分，《时间逝去》，刻画了时间是如何影响人类，告诉我们莉莉的绘画和伍尔夫的写作都逃脱不了时间的束缚。但不像画作，文学文本历经改编再出版，这也是一种经受时间磨砺的过程。

三、色彩："记忆"之隐喻

《到灯塔去》的第二部分第五节中，伍尔夫有意将记忆和莉莉的艺术创造这两种行为等同起来。她这样写道："在将毛笔蘸上蓝色颜料的同时，她也陷入了对过去的回忆中。这时，她想起来拉姆齐夫人已经起身。"（p.256）而正是对拉姆齐夫人的记忆促成莉莉的这种极端经历。人生到处充斥着过去的身影，这是伍尔夫小说的一个主题。莉莉多多少少盼望拉姆齐夫人从过去返回现在。

> 周遭的一切似乎都融入了清晨时光，幻化成思想沉淀于池中，幻化成现实深潜于皿底，如果说卡米歇尔一言便有泪滴落于池面的话，这一点都不出人意料。而后呢？随之便有情况出现。单手会被挤兑起来，还有就是亮出的刀片。（pp.266-267）

"你我她消逝了，无物乃存，世事皆变，唯文字和画独存。"（p.267），莉莉希望置身于艺术的永生，但她怕自己的画作不是被悬置于阁楼就是藏匿于沙发下。她落泪了，因为拉姆齐夫人，因为她自身永远无法达到的艺术永生境界，因为她意识到自己终将死去。于是，她静静地问卡米歇尔先生。他的出现物化成莉莉寻求的人/事身上，这也是因为拉姆齐夫人和班克斯不在场：

> 然后呢？这意味着什么呢？凡事都能面面俱到吗？匕刃都能切割吗？拳都能紧抓吗？是否安全感荡然无存？不再默记世事通则？一切都失去准则，没有保护伞，只有奇迹，（人可以）从塔尖腾跃至空中？是否对于年长者来说，这就是生活，扣人心弦、充满变化和未知的生活？（p.268）

由此，我们不妨这样理解：生命真正的珍贵就是蕴藏在这些扣人心弦、充满变化和未知之中。这正是伍尔夫美学观的中心所在。文本通过对莉莉泪水和她对韶光易逝的不解而又浓墨重笔的描述体现了这点。从莉莉哀婉的求索心路中，我们也感受到了伍尔夫的哀婉。

> 有时她感到如果他们此时都从草坪上起身并要求得到一个解释，关于为何韶光易逝，关于为何人生有那许多的不解，就像两个人在全副武装而且洞察一切时所采用的强烈言语，那么，美便将愈发明显。空间不再空虚，空虚的华饰终将有形，如果他们的喊声够响，或许能唤回拉姆齐夫人。（p.268）

艺术之美通过充实空间，在细节之间建构统一，贯通以达顿悟而传递其意义。正如很多现代主义文本，风格和优美只是瞬间，不足以提供丰富的资源。我们可以在这里感觉到伍尔夫认同莉莉通过画家的术语传达了文学反应：“在这个怪异的早晨，文字和其他一切一样，到处写在灰绿色墙上。她觉得只要能将这些字眼拼接起来并通过某个句子加以表达，她就能得到事物的真谛了。”（p.219）莉莉从形和色进行思考。如果我们以文笔代画笔，莉莉的洞察力也许就是伍尔夫自己的，“她认为人类用于作画或感知的器官好比一座劣质且无效率的机器，它常在关键时刻出故障；但人一定要强迫其继续运行，这有点明知不可为而为之。”（p.287）

伍尔夫将记忆的行为描述成各种叙述。捕捉记忆与体验失去的原型方式是拉姆齐夫人对万宁（Mannings）的追忆：“如今她如魅影行于其间，尽管她已经变了，多了些许安然和妩媚，但这样的行走让她久久不能忘怀，好像这些年来，那一天始终停滞在那儿。”（p.132）这幅镜像描写的不仅仅是莉莉、拉姆齐先生和书本第三部分讲到的他那些回家的孩子这些人的立场，更是伍尔夫回想起双亲的家和他们的关系时自己的立场。当一切被逆转，当阅读重于生存，想象重于结果，记忆特别容易和阅读等同起来。在晚会用餐时，拉姆齐夫人想：

> 回到那个梦乡，那个虚幻但令人向往的地方——20 年前位于马洛的万宁画室。在那里人们可以不慌不忙、无忧无虑地生活，因为不需要去顾虑将来。拉姆齐夫人知道发生在她和他们身上的事。这好比重览佳作，因事件 20 年前发生过，所以她知道故事的结局；恰巧在这用瀑布般桌布盖上的餐桌被否决的生活被尘封在那里，而且像湖水一般平稳地躺在两岸之间。（p.140）

然而，拉姆齐夫人最后以理智审视虚幻的空想并承认他们无意识地生活着，自己

最为厉害，她发现这种想法既“怪异又令人不快”。（p.133）

第二部分《时光流逝》其中的视角变得冷峻、超然和明锐。死亡挥之不去。起初，伍尔夫用来暗指无情时光的“装腔作势”的架子几乎无法影响那无人居住的房子，但是，自从一家人没能返回，装腔作势的“架子”开始将房子占为己有，房子和陈设逐渐衰败、腐烂。第二部分以寓言式的回答回应了拉姆齐夫人寓言式的提问：“事物的价值和意义是什么？”（p.183）从超然的视角看，拉姆齐夫人的死只是生命进程中记录的一部分。这句通晓世事、冷淡又充满讥讽的话语正是主观个人存在的对立面，这种存在仿佛可以将你带入角色的意识，尤其是拉姆齐夫人和莉莉的意识。但此处关注的是房子，这座毫无声息的房子，这里的重点都因为第一部分而更具传情效果。

不安时，莉莉坚信自己看到的：“萤火虫是亮紫罗兰色的，墙是显眼的白色，因为我们看到的就是这样子，尽管一切显得苍白、优美和半透明。”（pp.31-32）有时，莉莉好像受到马蒂斯的影响，但却不知道如何真正摆脱实证主义者的立场。不过，她能够利用自己的想象：“弹指间，她看见了她的相片，想着，是啊，我要把树再往中间放一点；这样一来就可以避免尴尬境地了……她拿了一块盐又再次放在桌布上呈一定式样的花上，以此来提醒自己去挪那棵树。”（p.128）

《到灯塔去》是关于写作本身，而主要的隐喻是莉莉的绘画创作。它反射了一种品质，一种自我意识，一种18、19世纪小说里缺失的自我危机感。社会压力把艺术家们从客观世界驱向了文字表达。绘画隐喻则是向更加抽象的、空间的、色彩的方向转换。绘画与写作互为隐喻，推动小说叙述的进程，成为现代主义小说创作的一道亮丽的风景线。张中载先生曾在《小说的空间美——看〈到灯塔去〉》[1] 一文中认为，伍尔夫善于营造小说空间美，通过文字表现空间景物的光色，并使描写色彩、形状的页面文字在读者心中产生联觉和空间感。笔者认为，该小说运用绘画隐喻，实现了文字符号所建构的空间性。

1 张中载. 小说的空间美——看《到灯塔去》[J]. 外国文学，2007(4):115-119.

附录　布鲁姆与耶鲁学派研究

Appendix A Close Examination of Harold Bloom & the Yale School

Introduction

Harold Bloom occupies the most prominent position in the contemporary literary criticism. One consequence of Bloom and his Yale colleagues' recent critical theory is the realization that literary texts have no self-sufficient or autonomous meanings, no existence apart from their afterlife of changing interpretations and values. The same applies to those critical texts whose meanings and significance are subject to constant shifts and realignments of interests. Bloom with his colleagues has made great contributions to the formation of 'Deconstruction'. Many critics have attempted to make a thorough and exhaustive study of the Yale School's theory, trying to persuade college students not to follow the Yale School's propositions, but their ambition has been, from time to time, prevented by the offshoot of dissemination of the theory. Anyhow, with their assumptions and propaganda, and even propagation, Bloom and his colleagues have become the focus in the critical circle and their theory has aroused other critics' attack since 1970s. Some critics even depreciated it to be merely a 'campus flower'.

There have been many introductions and arguments about Bloom and the Yale School. The great attractions for me have not only been Bloom's definitions about poetic theory, but also the features that drew Bloom and his colleagues originally to the work of Poulet, and the differences between them. Bloom and his colleagues' penetrating and original readings of specific works, such as works by Plato, Mallarine, Hegel,

Rousseau, Nietzsche, Wordsworth, Kant, Kleist, and many others intrigue my interest in exploring their controversial achievements in literary criticism and disparities between Bloom and his colleagues.

This thesis aims to do justice to Harold Bloom's theory, without losing sight of the overall theoretical structure of 'Deconstruction'. I would like to present my argument that deconstruction is not nihilistic as some critics have deplored. Firstly, efforts will be made to examine Bloom's contributions to contemporary literary criticism, that is, Bloom's critical principles on misreading, intertextuality, and revisionary ratios. Secondly, I would like to point out Bloom's differences and distance from his colleagues to show that Bloom is the most respectable figure among the school. Thirdly, we should not ignore the fact that there lie the similarities between Bloom's project and his Yale colleagues. To study the similarities between Bloom's project and the 'deconstruction' I intend to prove that Bloom belongs to the literary group, while to study the distances between them I attempt to manifest Bloom's remarkable and incessant efforts to develop the deconstructive principles and methodologies. Above all, I only want to say we should approach a new theory from the philosophical and epistemological perspective.

This book, while taking full account of Bloom's contributions to deconstruction, tries to make a more objective and balanced assessment of the Yale School. It would make a complete but condensed examination of main advocations of deconstructionism to offer a better understanding of Harold Bloom, the most focused member of the school from a dialectical viewpoint.

The overall arrangement of the book is guided by the above said contents. Chapter One summarizes the creation of the myth of the Yale School and their common arguments about 'deconstruction', which is first a response to a symposium on literary criticism held at Yale in the spring of 1965, and is then a reception, assimilation, and transformation in America of so-called deconstruction. This introduction is not the proper place to try to say what 'deconstruction in America' is, but two points should be stressed: The discrepancy of 'deconstruction' is so great that it would be better to speak of deconstructionism in America. Those four 'Yale critics' gathered within the covers of one book in *Deconstruction and Criticism* are so different from one another that it would be better to say they are just as friendly colleagues at one university. The succeeding dissemination of deconstructionisms to theology, philosophy, anthropology, architecture, laws and even to the creative arts has led to even more diversity and complete heterogeneity.

Throughout all their diversity deconstructionists have practiced their liberating critique of logocentrism not just to dismantle and undo, but as an affirmative request for gesticulating toward new institutional and cultural forms. Those promising affirmations are speech acts. They invoke disciplinary studies, new forms of democracy, new forms of obligation and creative responsibility. [1]

Chapters Two and Three make a thorough research into Harold Bloom's achievements in contemporary literary criticism in terms of personal particular literary notions and his discrepancies and incongruities between Bloom's project and his Yale colleagues through comparing his projects with the others. Harold Bloom has been the General Editor and Sterling Professor of the Humanities at the Yale University. He is widely recognized as one of leading American literary critics. Bloom's large body of works has increasingly distanced itself from all critical vogues including psychoanalyst, post-structuralist, or new formalist, since the publication of *The Anxiety of Influence* in 1973. He is in favor of a highly idiosyncratic poetic theory.

Finally, this book offers a general evaluation of the Yale School on the basis of previous statements and reviews. In addition, it attempts to predict, on the basis of its most recent tendency, future development.

In a nutshell, this book tends to point out that the Yale School is definitely a group of critics exercising tremendous influence on contemporary literary criticism with the thought of deconstruction. They cry for the necessity for the survival of literary studies since deconstruction refuses to shut literature in on itself or to abandon literature for an ideological text-transcendent position. Though some of the cultural and historical critics have been unwilling to recognize the fact that their world would have been impossible without 'deconstructionism', the recent forms of 'cultural critique' are more the continuation of deconstruction.

We should keep in mind that theory paradoxically is more time-bound than reading. A good reading of a poem, a novel, or a play always exceeds its historical occasion. To some extent, it disqualifies the theoretical presuppositions that apparently enabled it. However, such a reading is made possible by the specific historical institutional, gender, or class situation of the reader. Once a reading is written down, it will join the work in a trans-temporal region where it may be repeated at any time, like the work itself. This helpful act of reading gives access back to the work. I believe Bloom's poetic theory will play a prominent role in our reading activity.

In other words, theory, much more than reading, is an explicitly performative, as opposed to cognitive, function. This is so in spite of the fact that the word 'theory' comes, etymologically, from Greek *thea*, 'a viewing', as in a 'theater'. But the function of theory is to enable readings—cultural signs not just works of literature. Theory therefore works as performative praxis. We are always in need of theory to help us get on with the serious business of reading. The Yale School's theory is performative and oriented toward its own time and place. It is what is needed at times to make reading possible. Reading then takes place for present political as well as personal purposes, and 'theory' has become more and more important to literary study. H. Bloom's theory is a forceful proof that theory should play its performative function in order to maintain its great vitality, since we notice that Bloom himself applies his personal theory in practice.

As we know, the plurality of literary criticism is the most obvious tendency in the twentieth century literary circle, and the American Yale School is the result of contemporary social development—that is the world structure pluralism. As the Yale School is one of the most influential schools in America, which has become the center of so many literary critical schools, it is necessary for us to make a close study of this controversial literary school. We should give due recognition of the Yale School's progressive merits and its contributions to literary criticism, without losing sight of its flaws and drawbacks.

I. The Factors That Underlie the Rise of the Yale School

In order to present to the reader Harold Bloom, the key figure of the Yale School, it is impossible to take no notice of the formation of this school. So this chapter summarizes the factors underlying the rise of the Yale School and unfolds an overall picture to facilitate our later discussions with a large framework. But any simplified process of naming these four critics (H. Bloom, J. H. Miller, G. Hartman, Paul de Man) under the same cover or label of Yale deconstruction may mislead the reader to consider them sweepingly as a group of critics upholding the same literary assumptions, i.e. 'deconstructionisms'. For this reason, this chapter will first of all exhibit the reasons why these four critics come under the jurisdiction of the Yale School.

At the beginning of these critics' literary activities, they were unconscious of so-called deconstructive movements until around 1970s. They just wanted to respond instinctively to the intellectual atmosphere around them. The Yale Symposium on Literary Criticism held in the spring of 1965 was even prior to the more celebrated symposium at Johns Hopkins in 1966 that brought Jacque Derrida and Jacques Lacan to the United States for the first time. The Yale Symposium with its papers on Lukacs, Auerbach, Curtius, and others along with the Hopkins Symposium, may be taken as public events that signaled the gradual displacement in the United States of the native New Criticism by continental criticism generally. The Yale critics had their own practice with roots in the New Criticism. Their tendency, fed by many sources including Freud, was not to radicalize ambiguity and to delay closing the interpretation, but to create a more dialectical and open view of how literature works. Hartman (one member of the School) asserts that the Yale critics launched a movement they had questioned long before Derrida arrived on the scene. On the contrary, Frank Lentricchia describes the Yale critics' as merely 'campus flowers' of changing philosophical fashions. [2] Yet we should admit that their practice constituted an 'earlier phase' of deconstruction—the practice of deconstruction was forged in America as early as the mid-1950s, and the *Unmediated Vision* (Hartman 1954) is considered to be proto-deconstructive in aim and strategies by G. Douglas Atkins.

Misinterpretation of misinterpretation—all the four critics to be mentioned here would accept in one way or another the definitions of literary criticism. The similar assumptions of these critics about the nature of criticism may justify speaking of them as a 'school' in spite of the important differences among them. Moreover, all have been formally associated with the University of Yale and close ties of friendship and reciprocal influence have linked all four. The members of the Yale School share common sources in earlier criticism, like Milton, William Wordsworth, Stevens, P. B. Shelley, and William Blake. Their works stem directly from those of the critics like French theorists, especially Derrida, Kristeva, Jacques Lacan, Michel Foucault, and Roland Barthes. Derrida's 1966 paper *Structure, Sign, and Play in the Discourse of the Human Science* inaugurated post structuralism as a coherent challenge to structuralism. The presuppositions of the criticism of the Yale School may be defined as a unique version of attitudes towards literature and criticism, which is the heritage from romanticism. Such concepts of literary criticism, on the one hand as intertextuality, indeterminacy and misreading, sharply differentiates the work of the Yale School from that of those schools—French structuralism, Russian Formalism, or American New Criticism—who tend to think of criticism as a mode of objective knowledge. For such critics, criticism is one of the human sciences; on the other hand, the Yale School considers literary criticism to be itself a form of literature. Obviously, in this school, each member has written quite a number of their most important and recent essays on the work of the other members of his group. The mirror mirrors the mirror. Let me mention just a few. *Blindness and Insight* written by Paul de Man presents *A Review on Harold Bloom's Anxiety of Influence*; while Harold Bloom's *Toward Historical Rhetoric* evaluates the similarities and differences between Bloom's stance and that of de Man, J. Derrida, G. Hartman. Moreover, we will find that Harold Bloom's *A Map of Misreading* is indebted and dedicated to Paul de Man; Hartman's *Criticism in the Wildness* contains a section about Bloom's *Sacred Jungle*. Finally, Miller's *Theory Now and Then* defends Paul de Man from other critics' attack on his war time writing.

In my study, I have found that one important feature not to be ignored is the fact that those four critics are covered under the same label is a coincidence, since this group of critics published a series of books in the same year on the same subject. Derrida's *Glas* (1975) has established itself as a masterpiece in the 'deconstructive' mode. In the same year, Paul de Man published two important essays, one was on Nietzsche in the issue of *Yale French Studies*, the other on Rousseau in the full issue of *The Georgia Review*. Hartman's brilliant *The Fate of Reading* (Chicago) has dealt at length with *Glas*. H. Bloom yielded two books in this year, each adding to the evidence that he is perhaps the most dazzlingly creative and provocative of critics writing in English today. *A Map of Misreading* (Oxford) and *Kabbalah and Criticism* (Seabury) show that Bloom is the dark shadow of the so-called 'school of deconstruction'. J. H. Miller elaborates his deconstructive stance in greatest detail in his important review Riddel's *The Inverted Bell—in Diacritics* (summer, 1975) and in the second part of his essay *Wallace Stevens*. In the review of Riddel's book, Miller identifies and lists several familiar fissures, such as literature and other kind of texts, about which Miller rebukes Riddel for failing to recognize 'the necessary heterogeneity of any text' (p.30). With regard to the role of the reader, Miller defines deconstruction as ‘a version of the basic act of reading’ (p.30); as to the deconstructive critic and the text, Miller contends that ‘the text performs on itself the act of deconstruction without any help from the critic, and the text expresses its own aporia’ (p.31), and so on. Indeed, Hartman, Bloom, de Man, Miller are members of a new group of critics centered at Yale. These critics are by no means unified in the methodological commitments. They share questions, rather than answers, but draw strength often by opposition from one another’s example.

Looking back on literary history, we find that every theory finds its own root in the literary criticism history. Deconstructionism should have no exception. True, the revolutionary offshoot of the New Criticism, which was shaped and defined by Eliseo Vivas and Murray Krieger who emphasize close readings of individual text and evaluations of those texts based on their internal structure and aesthetic impact, declined in the late 1960s, and its mode of criticism—contextual criticism was no longer in vogue. Yet some of its assumptions and analytic methods persist in deconstruction. Deconstruction is therefore an activity of reading which remains closely tied to the texts it interrogates, and which can never set independently as a self-enclosed system of operative concepts. Deconstruction is avowedly ‘post-structuralist’ in its refusal to accept the idea of structure as in any sense given or objectively ‘there’ in the text. In a word, Deconstruction, on the contrary, starts out by rigorously suspending the assumed correspondence between mind, meaning, and concept of method which claims to unite them. Meanwhile, deconstruction is a constant reminder of the etymological link between ‘crisis’ and ‘criticism’. It is likewise an activity of thought that cannot be consistently acted on.

The ultimate aim of deconstructionism is to criticize Western idealism and logic, and it arose as a development and a response to structuralism and to formalism, two structure-oriented theories of reading.

We should be aware that deconstruction develops with its challenge to the other two literary schools which I would like to explore in Bloom’s case in the following chapters. Also we are aware that the zeal and appeal for deconstruction for four Yale members rest very largely on the promise of an open-ended free play of style and speculative thought; untrammeled by ‘rules’ of any kind, which characterized the American deconstructionist criticism. The Yale deconstructors reject the ontological constraint and happily embrace all.

In the following account, I propose to unfold deconstruction as a challenge to New Criticism so that the Yale School's common ideas would be explained. The terms 'tradition', 'influence', 'allusion' and 'topos' are often used by critics who are concerned with the continuities that link the stages in literary history. A great deal of scholarly editing and philological activity centers on the problem of defining a work's literary antecedents ('source and analogues'). Commentaries often cite passages from earlier writers either as influences, sources, or simply as parallels. It is sometimes difficult to determine whether a particular parallel is a source, or just one citation among many, of a commonplace idea whose source cannot be ultimately determined.

Harold Bloom, a prominent figure among the Yale colleagues, revises the idea of 'tradition' in the light of structuralism and Freudian theory. And with the term of 'intertextuality' he challenges all traditional notions of influence and suggests that all texts are made from multiple transpositions of other texts whether it's literary or non-literary.

Another deconstructor—J. H. Miller—claims: if the literary work is within itself open, heterogeneous, a dialogue of conflicting voices, it is also seen as open to other texts, permeable to them, permeated by them. A literary text is not a thing in itself, 'originally unified', but a relation to other texts which are relations in their turn. The study of literature is therefore a study of intertextuality. It is the same as what is pinned down in the recent work of Harold Bloom, or in a different way, in the work of Geoffrey Hartman. The relation between text and precursor is roundabout, and problematic. It is never a matter of direct course and effect. Thus deconstructive criticism puts in question the traditional notions of literary history as a sequence of self-enclosed 'periods', each with its intrinsic characteristics, such as motifs, genres, ideologies and so on. Deconstructive criticism also brings into question the traditional study of 'sources'. The boundaries finally between literary texts and other kinds of texts are also dismantled. Deconstructive criticism thus appropriates the methods developed in psychology, anthropology, philosophy and linguistics. The fathering texts of these disciplines are reinterpreted according to new notions about language as Freud is reread in the light of modern linguistics by the school of Jacques Lacan. Thus Lacanian psychoanalysis becomes in its turn the basis of a kind of criticism. Then we find a work by Hegel, or a work by Freud is to be read in the same way as 'literary' text. Jacques Derrida's reading of Hegal in *Glas* is a forceful example to prove the breakdown of the boundary of literary text and non-literary one and the openness of the texts and intertextuality among the texts.

The above assumptions of deconstructive literary criticism are sufficiently different from the traditional assumptions of literary study in England and America. The Yale deconstructors assume that this will no doubt characterize literary studies in the United States at least during the coming years. Indeed, each Yale colleague practices his own assumptions about intertextuality. In Bloom's case, for example, in Kabbalah and Criticism, there is the lucid, patient presentation of a systematic terminology or rather a terminology drawn simultaneously from three or four different language systems. To some degree, it is the terminology of Greek philosophy (clinamen, tessera, etc.), it is that of Freudian psychology (anxiety, repression, etc.); it is that of Kabbalah (tikkum, zimzum, etc.), and even it is that of classical rhetoric (synecdoche, hyperbole, metaphor, etc.). In the light of Miller's words, Bloom's presentation is so reasonable, so genuinely learned, and so sane in tone that the reader wakes up to realize they have made an impolite demand on Bloom. These opponents wonder whether Bloom can adopt a wildly free chosen vocabulary, like Tikkum, Zimzum, Clinamen, Transumption, Nachtraglichkeit, and whether Bloom can really make a practical use of such terms. Actually, it is proven by Bloom's admirable essays on major poets of the Romantic tradition in Poetry and Repression: Revisionism from Black to Stevens. Bloom's mode keeps working perhaps through its own constant auto deconstruction and triumphant hyperbolic replication. Bloom's mode works to produce splendid essays of interpretation (or misinterpretation, misprision, since all strong reading, from him, must be misreading). Miller comments that after Bloom's work we shall never be able to read Shelly or Browning, Tennyson or Stevens in the same way again.[3] They are changed by making their poetry out of changes, and of their precursors.

In order to understand better Bloom and his relation to his Yale colleagues, we had better have a close-up look at the Yale School's symbolic 'Manifesto'.

1979 saw the publication of *Deconstruction and Criticism*, which is considered by the American critical academic circle to be the 'Manifesto' of the establishment of the Yale 'deconstruction'—that is the Yale School. But originally, Bloom, de Man, Hartman, Miller contributed to the identification by publishing *Deconstruction and Criticism* to show that they were very different from each other. On the contrary, the publisher insisted that this was a manifesto, although Hartman once called it an anti-manifesto. Their original conception of this book was that they would all write on Shelly. Yet Derrida dedicated his time to his writing on *Alan Bass* (1978). Hartman, lacking time, did another essay on Wordsworth. Only Paul de Man ended up writing on Shelly. Anyhow the formulation and existence of the Yale School has brought about some advantages and disadvantages of being associated with it.

In my study, I found that 1979 also became a symbol because there arose a family quarrel among Yale colleagues. Bloom at first was upset and afraid to be called a Yale deconstructor, because generally people who talk of a Yale School decide that this or that is going to be the target. Hartman believes that *Deconstruction and Criticism* is less a manifesto than a book of essays retaining 'the style and character of each writer' and addressing 'a shared set of problems'. [4]

The book characteristically emphasizes the evocation of human emotions, and it is associated with pathos and is described as implicating the critic in any text studied. The book marks a significant difference among the Yale critics. They differ greatly in their modes of uncanniness and in their attitudes toward their own insights. Their criticism seems to be at the opposite pole from that of the canny critics, including semioticians, structuralists, digram-and-system makers.

The preface of *Deconstruction and Criticism* makes it clear that Bloom's and Hartman's projects are different from the more 'orthodox' deconstructionists in the Yale School—de Man and Miller. Emphasizing their differences, Hartman ends by writing that these critics differ considerably in their approach to literature and literary theory held by the covers of this book. Derrida, de Man, and Miller are certainly boa-deconstructors, merciless and consequent, though each enjoys his own style of disclosing the 'abyss' of words again and again. But Bloom and Hartman are moderate deconstructionists. They even write against it on occasion. They have a stake in that pathos, which is its persistence, or its psychological origin. For Bloom and Hartman the ethos of literature is not separate from its pathos, whereas for deconstructionist criticism, literature is precisely that use of language which can get rid of pathos, which can show that language too is figurative, ironic, or esthetic. [5]

It is clear that each of these Yale deconstructors has a different religious stance. Bloom was very straight-forward about this. He confesses himself to be a Jewish gnosticist in his work as in his life. Hartman's religious background is minimal except for being born into a religion. He is only interested in Judaism and Hebrew Bible. Derrida holds completely no religious belief, neither did de Man. Miller, under the influence of his father, a southern Baptist Minister in Columbia, has a religious upbringing since his grandfather taught men's Bible class in a church in Virginia for 40 years. Miller knows the Bible backwards and forwards. Their differentiated religious stances naturally lead to producing distinct theories on literary criticism.

Now that *Deconstruction and Criticism* (1979) symbolizes the formation of the Yale School and it also symbolizes the fact that Bloom distances himself from this school. I think it is necessary to make a comment on Bloom's contributions to deconstructive theory, and on the way with which his project is different from his Yale colleagues.

II. Bloom's Contributions to the Theory of Poetic Reading

This chapter seeks to outline Harold Bloom's major contributions to the Yale deconstruction on the question of historical rhetorics, with great efforts to differentiate his project from his Yale colleagues. Before that this chapter will begin first with a section about Bloom's four stages of literary activities; second with a section about Bloom's challenge to T. S. Eliot's New Criticism; third with a section exploring the extent to which we think Harold Bloom belongs to the Yale School; fourth with a section about Bloom's unique critical method of reading.

Bloom began his career as a critic of British Romantic literature in the afterglow of the New Criticism. His first three published books, *Shelley's Mythmaking* (1959), *The Visionary Company* (1961) and *Blake's Apocalypse* (1963), are all devoted to studies of the Romantic tradition, and they were followed by a commentary on the poetry and prose of William Blake, which was edited by David Erdman in 1965. His collection of essays entitled *Romanticism and Consciousness* was published in 1970. This, I mean, for Bloom is a period of literary practice, a stage of accumulating perceptual cognition and reading materials.

During the 1970s Bloom published four books in very quick succession, i.e. *The Anxiety of Influence* (1975), *A Map of Misreading* (1975), *Kabbalab and Criticism* (1975) and *Poetry and Regression* (1976), which rapidly brought his reader's attention to very new and different agenda. 1970s brings the second major strand of Bloom's project into focus, and it is loosely called 'theory'. This is a fruitful stage, a period of formation of his own distinctive theory which crowned Bloom as the top theorist of the Yale School and the Sterling Professor of Yale University. Meanwhile, Bloom is also considered to be a remarkable gifted and innovative literary critic ever produced by the 20th century.

The third major strand of the Bloomian project is that of the deep involvement with Gnosticism. At the same time, Bloom's continuing critical position in relation to the dominant modes of discourse animates the teaching and propagation of the Jewish in intellectual tradition in America. The last major strand in Bloom's thought and writing was left to be considered briefly as having the high tendency toward idiosyncratic approaches and vocabulary, and as a deep interest in Gnosticism, and in revisionist reading of British Romantic Poetry. It is that of American Poetry, and it is what Bloom terms the American sublime. This is a stage of coming back to practice: Bloom put his theory into practice to show the validity of his Gnostic theory and theory of reading.

The publication of *Wallace Stevens*, the poems of the American intellectual climate in 1977 extends and amplifies the readings of American poetry which are found in *A Map of Misreading, Poetry and Repression, and Figures of Capable Imagination* (Seabury Press, New York, 1976) where Bloom's first extensive discussion of the concept of 'diachronic rhetoric' appears. Bloom's interest in what is called 'the American sublime' was signaled as early as in the chapters ninth and tenth on Emerson in *A Map of Misreading*, where the term is used in a discussion of Whitman's Poetry in relation to what he describes as a specially American understanding of the sublime. This is one of the areas in which his project is to be most strenuously distinguished from that of his former Yale colleagues. For where Hartman and de Man were fully suffused with the high European Romantic tradition, Bloom has been concerned with literary criticism with strong American characteristics a 'counter sublime', a singularly American sense of tradition and of the sublime and its implications for a theory of poetry and reading. This has also led to another specific feature of Bloom's project that distances it from most contemporary 'theoretical' accounts of reading. Bloom's is interested in contemporary poetry, as well as in understanding two poets particular as inheritors of the American tradition, and as examplars of the American sublime. These two poets are A. R. Ammons and

John Ashberry.

All the above-mentioned Bloom's books, including his latest essays, can be classified under a subtitle—'a theory of poetry' correctly in at least three ways: Firstly, they debunk the humanistic view of literary influence as the productive integration of individual talent within tradition. Secondly, they contribute to a more rigorous practical criticism through a refinement of the techniques of reading, just as expressed in the preface of *A Map of Misreading*. He writes that reading is a belated and all-but-impossible act, and if strong is always a misreading, literary meaning tends to become more underdetermined even as literary language becomes more over-determined. Criticism may not always be an act of judging, but it is always an act of deciding, and what it tries to decide is meaning. Thirdly, they enrich the taken-for-granted patterns where academic literary history is based. [6]

Bloom first challenged to formalist dogma with a reviving interest in the poetry and echo of Romanticism. He devoted his first book (*Shelley's Mythmaking*, 1959) to Shelley who had long been the target of critics (Eliot and Brooks are among them). In the eye of Bloom, Shelley is quite different from his contemporaries since Shelley romanticized politics (*A Defense of Poetry*) and consciously or subconsciously let go his imaginative nerve while writing. He thought Shelley became the standard example of a poet who consistently overstepped the limits of answerable style and sacrificed his craft to the attractions of a vague pantheistical moral influence or inspiration.

Bloom conducts a defense of Shelley that is also a principled rejection of the classicist poetry. At the same time, Bloom develops an idea from the Jewish theologian Martin Buber, that human experience divides into two kinds or qualities—expressed in terms of the 'it' and 'thou' attitudes—which between them demarcate the great moral choices of existence. Bloom sees Shelley as having tried over and over again in the best of his poetry to reassert the value of human relationships, the 'thou' expressing attitude which creates a world of mutual recognition and sympathy, whether between man and man or between man and the living universe. This amounts to an aesthetic philosophy opposed point for point to the formalist idea of the poem as an impersonal object or 'verbal icon' for detached contemplation. [7] To Bloom's way of thinking, it is only in moments of emotional defeat or satirical bitterness that Shelley is forced back into such an impersonal mock. Bloom's case against Shelley's modern detractors rests on a Neo-Romantic belief that the poet is actually 'a man speaking to men', just as Wordsworth expressed it. That is the humanity of poetry. Bloom argues that critics who condemn poetry with a pretence of formalist dogma are simply closing their minds to the world. [8]

In Bloom's more recent writing the personalist heresy is pushed even further in the direction of a full-blown Romantic myth of creation. *The Anxiety of Influence* (1973) lay the ground work of Bloom's revisionist poetry. It is maintained that there exists a complex and fascinating tension between the 'strong' poet in any tradition—this is a poet with a powerful drive to preserve his own identity and the predecessors or poets whose influence they have to deal with and somehow turn to advantages. As is well-known, the poet has peculiar anger with that guilt-controlled hate for the father that Freud found out at the root of family relations. Actually Bloom significantly develops the ideas that were set forth by Walter Jackson Bate in his book *The Burden of the Past and the English Poet* (1970) whereas Bate had argued that poets inevitably feel that their precursors may have already accomplished all that can be accomplished. Bloom explains the way in which poets subvert this fear, or 'anxiety'. As is argued by Bloom, the writing of all poets involves the rewriting of earlier poets, and that this rewriting always and inevitably involves some form of misprision, a kind of misreading that allows the later writer's creativity to emerge. Moreover, he acknowledges the long-standing view that any given poet (particularly since Milton) is in fact influenced by a 'precursor' poet or poets, but further asserts that the 'belated' poet (or ephebe) fears that the precursor poet has overshadowed him, invaded his territory, therefore negated his creativity. However, Bloom continues, the strong poet has the courage to recognize his own 'belatedness' facing the tradition he inherits, and has the strength to subvert the fear by 'troping' his predecessors. Bloom depends heavily on Sigmund Freud's theory of Oedipus Complex to explain the anxiety of the belated poet, who jealously considers the precursor poet as a competitor. The belated poet, or son, respects and learns from the patriarchal precursor poet, or father, but also admires, envies and resents his predecessor's preeminence. [9] In an effort to preserve a sense of individual creativity, the belated poet reads the precursor poet's works 'defensively', surpassing them through one or more of several 'revisionary ratios' (the ephebe, for instance, may write a poem that appears to correct or complete a poem by a precursor, he may also write a poem that appears to have influenced an earlier poem by a precursor, a poem that in fact influences his own poem). Bloom's revisionary ratios are modeled on Freudian defense mechanism. In comparing his own works, the belated poet cannot help but combine elements of the precursor's work even as he ardently tries to set up his originality. Yet Bloom's theory remains an open question which he never addresses of how to apply to women poets since Bloomian terms are on the face so exclusively oedipal.

In *Shelley's Mythmaking* and *The Visionary Company*, the young Bloom joins in the campaign against the poetics of Eliot and the New Critics which has been started by N. Frye since the late 1940s. For Bloom, this particularly involves challenging the New-Critical reduction of all poetic rhetoric to irony, the distrust of the long poem (esp. in such poets as Milton, Shelley and Blake), and the defamation of all Romantic poets in favor of a 'neoclassical' line. From the very beginning, Bloom is a fierce proponent of romanticism. Romanticism itself came to be thought of as a kind of argument, the new-Romantic campaign involved the reinvigoration of what Bloom, in *The Visionary Company*, called the 'apocalyptic ambition' of romanticism: 'to humanize nature, and to naturalize the imagination'. (p.8)

Bloom's provocation of Eliotian tradition is a new development of New Criticism. From Spencer, through Milton to Blake, Shelley and such moderns as Lawrence and Yeats—the tradition which Bloom demarcates is a line very different from what was proposed by Eliot and the New Critics. Bloom traces back largely to the radical protestant provoking the English civil war. As Bloom argues, it is a line strategically ignored by Eliot and his followers, whose version of literary history, staked out by Donne, Herbert, Pope, Dr. Johnson, Hopkins and Eliot himself, represents a distinctly Anglo-Catholic and conservative scheme of values. Bloom states his preferences without hesitation. One line, that is the central one, is protestant, radical and Miltonic Romantic; the other is Catholic, conservative and classical. There is a clear enough arrangement between the latter tradition with its emphasis on poetic self-discipline and working methods of formalist criticism. Bloom makes great efforts not only to revise the whole modern judgement of poets such as Blake and Shelley but also to reinstruct that critics will most probably eventually come back to their responsibility of judging the poets. Such a responsibility is considered to be the same as literary tradition. Bloom's rearrangement of Romantic literary history symbolizes his extraordinary theoretical viewpoint that it is impossible to talk about criticism while leaving literary history behind.

Bloom's critical activity penetrates his series of books, represented in the four stages of literary creation. Since criticism for Bloom is a kind of poetic recreation, *The*

Anxiety of Influence presents a terminology and system of 'revisionary ratios' that give an outline of the labyrinthine strategies of imaginative reason. *Kabbalah and Criticism* presents yet more insistent tonings and claims, which are drawn on the cabbalistic mysteries of creation. Bloom sets out a criticism that could not be further removed from the orthodox Eliotic standpoint. Bloom sees at work in all great poetry that cabbalistic wisdom is equal to the acts of creative 'misprision'. I suppose whether these analogies are really worth adopting depends on one's willingness to accept Bloom's unique claims for the poetic imagination.

In *Poetry and Repression*, we find Bloom once again on the revisionary ground of Romantic and post-Romantic Poetry. [10] For Bloom, 'Repression' is a word involving a meaning of the sublime, (originally it was used by Freud in a sense of sublimated motive) but in a context the word is more familiar from Romantic philosophies of mind and nature. The theme of a natural innocence regained is one that haunted the imaginations of all those poets, from Blake to Wallace Stevens. Bloom sets out to interpret these poets' 'belatedness'. The Romantic sublime is a pursuit for lost origins which the strong poet always engages in, though the strong poet realizes that he may not reach that peak or destination. Repression is a knowledge of never ending self defeat, but at the same time it is a power of somehow regaining the sublime through the influential conflicts.

Up to a point there is much in common between Bloom's 'revisionary ratios' and the practice of deconstruction, which is what I intend to exhibit in details in the following section in order to supporting any argument that Bloom should be classified as a deconstructor. But in any case, the panorama of Bloom's literary critical activities has been offered to show his tendency of advocating the revival of Romanticism.

Both H. Bloom and deconstructionists start out from the idea that literary history has to deal with in their relationships one with another, through a process of endless displacement. Such displacement can only be described in rhetorical terms. Either Bloom or deconstructors dismiss the subjectivist illusion of the poet as self-possessed creator of meaning, an individual subject expressing the truths of his own authentic vision. To interpret a text is to seek out the strategies and defensive tropes. Christopher Norris presents his personal viewpoint in an essay named *The American Connection* (p.120) that Bloom is in agreement with Derrida when Bloom insists that textual origins are always pushed back beyond recall. Yet, Bloom wants to halt the process of deconstruction at a point where it is still possible to judge a poetic creative stature in terms of his strong will to expression. [11] In other words, he upholds that the 'strong' poet must always make great effort to create a working space of presence for his own imagination.

So with Bloom's overriding will, the year of 1973 and 1976 saw the publication of the tétralogy of books which have firmly established him as one of the foremost 'theoretical' critics working in English. These four are almost distinctive in relation to the influence on the ways in which literature is both taught and thought about in the English speaking world. It is an influence which is quite hard to fathom since Bloom gives his own idiosyncratic technical vocabulary. These four books contain a rather repetitive quality—'influence', which has doubtless seemed more annoying than necessary to Bloom's close reader. But the reason for this repetitive quality to the work since 1973 would have seemed to be closely connected with the lack of attention paid by literary critics to Bloom's persistent attempts to explain his theory of poetic influence. Maybe this lack of attention results out of the unrecognized borrowing of the central concept of the 'influence'. As a result, we might say that Bloom's influence has been most extraordinary since his books have been least read at the beginning and most inattentively appropriated. It is doubtlessly an irony.

In all these four books, Bloom examines in some detail Bloomian notions of influence, which is first of all a poetic category. Bloom in the point of fact makes it clear that it is not Freud who 'discovered' or 'invented' the notion of the psychology of belatedness, but Kabbalah. The following citation offered shows what Bloom means by 'the poetic influence'. He says:

By 'poetic influence' I do not mean the transmission of ideas and images from earlier to later poets. This is indeed just 'something that happens', and whether such transmission causes anxiety in the later poets is merely a matter of temperament and circumstances. These are fair materials for source-haunters and biographers, and have little to do with my concern. (AI1 p.71)

This kind of reading interpretative activity could not be further away from the Bloomian act of misreading which understands the notion of influence in an altogether more productive sense. It is strange that although Bloom repeats the distinction he wishes to make between source study and his own notion of influence, the reader persists in understanding his project fundamentally as one of the study of sources or influence in its simplistic originating sense. Bloom's insistence on the difference between what we might call the common-sense notion of influence (to some extent, the influence of an earlier poet determining what a later poet can say), and his own poetic sense of influence is absolute. Because of this, Bloom seems to have felt it necessary to repeat on a number of occasions the distinction. He is attempting to make the distinction between influence at the level of style or vocabulary, the material of 'source studies' and influence as a rhetoric spacing, the site of the production of poetry. Frequently Bloom makes this distinction in the books published during the early seventies. These books seem to give the evidence or show the fact that Bloom himself perceived a great tendency in his readers to misappropriate or misread his project of misreading. We find, for example, Bloom restates in *A Map of Misreading* his argument that poetic influence has nothing to do with style or verbal echoes or any other surface quality of poetic texts, though poetic influence seems to be understandable in terms of source study. He states:

Poetic influence, in the sense I give to it, has almost nothing to do with the verbal resemblance between one poet and another ... the anxiety of influence more frequently than not is quite distinct from the anxiety of style (MM p.19, 20)

And again a hundred pages later:

My motive is to distinguish once and for all what I call 'poetic influence' from traditional 'source study' (MM p.116).

This is reinforced once more in the later *Kabbalah and Criticism*. He states:

The fundamental phenomena of poetic influence have little to do with the borrowings of images or ideas, with sound-patterns, or with other verbal reminders of one poem by another. A poem is a deep misprision of previous poem when we recognize the later poem as being absent rather than present on the surface of earlier poem, and yet still being in the earlier poem, implicit or hidden in it, not yet manifest, and yet there. (KC pp.66-67)

So 'influence' in Bloom's understanding goes far beyond tracing the connections, whether they are verbal stylistic, imagistic, rhetoric or ideological, between one poem and its precursors. Another misunderstanding to Bloom's concept of poetic influence concerns the critical activity itself. For Bloom the reading of a poem is another poem.

It is not a critical explanation and is certainly not literary-critical source-seeking. The concept of influence as articulated by Bloom, describes the relationships that penetrate between poems. It is considered as one poem with another even when the poem may be unaware of the precursor poem. Bloom provides the theory of reading poetry with a sense of its being proper to poetry, that is motor force of poetry. In this sense, Bloom's work is primarily about poetry and it sees itself as for poetry. (KC p.109) Later on, we find what Bloom means by poetic influence involves a kind of reading called 'poetic misprision'. He states:

The profoundities of poetic influence cannot be reduced to source study, to the history of ideas, to the patterning of images. Poetic influence, or as I shall more frequently term it, poetic misprision, is necessarily the study of the life cycle of the poet-as-poet. When such study considers the context in which what life-cycle is enacted, it will be compelled to examine simultaneously the relations between poets as cases akin to what Freud called the family romance, and as chapters in the history of modern revisionism, 'modern' meaning here post-enlightment. (AI1 pp.7-8)

It is important to note Bloom's characteristics here, that the relations between poets are similar to what Freud called the family romance, and that poetic misprision is both the study of those family romance relations and an examination of a historical ordering of the relations between poems. It is this relationship between poems that Bloom calls 'misprision'. The relations that Bloom articulates include the psychic defenses and rhetoric orderings. Here we notice that the Freudian concept of anxiety is productive for Bloom's work during the early seventies. We should observe that Bloom sufficiently describes his relations to the Freudian text. When we note that throughout the seventies and into the eighties Bloom has been attempting to work out Freud, to work out of his systematic thought. This has involved Bloom both a close reading of certain Freudian texts, notably *Beyond the Pleasure Principle*, within the context of Bloom's larger poetic enterprise, and an attempt to 'wrestle Sigmund', as it is put in the latest work, *The Breaking of the Vessels*.

From the above perspective, we can note the subtlety of Bloom's working of the concept of influence. The three different descriptions of influence mean the same thing. That is relationship, existing between poems. It is a part of the poet's own sense of himself that he feels anxiety towards his poetic fathers, whether he recognizes them as such or not. Strenuously he may argue that anxiety is in the text, which does not prevent the possibility that the poet himself may fit that anxiety and believe it to be a part of himself.

In *A Map of Misreading*, Bloom states: trope is a willing error, a turn from literal meaning in which a word or phrase is used in an improper sense, wandering from its rightful place. A trope is therefore a kind of falsification (MM p.93). This notion of the trope as error has certain connections to de Man's description of the constitution of texts in which error is characterized as the slip between what the text aims at, and what the reader understands as its meaning, its target.

Bloom's claim that there are no texts, only relations between texts could be said to be his use of a deconstructive account of textuality. He argues: when the poet creates his text, he also finds that there are no texts, only relations between them. [MM p.3] Consequently, it is impossible to claim that any text produces a meaning intended by anyone at all. This is where Bloom comes to the same orbit with 'the Yale deconstructors', more specifically with de Man.

From the above description, we might sense Bloom is conducting a complex and many-leveled strategy of argument about literary influence. Bloom offers a novel version of poetic tradition in his studies. His tétralogy books combine Freudian psychology, the theory of tropes and cabbalistic mysticism in his poetic 'history'. Bloom stands in much the same relation to his 'deconstructing' colleagues as Derrida and de Man. We may find in the recent readings of their works. They recognize that they have always been vitally concerned with history. The war time writings of de Man show that de Man never underestimated the role of literature and even the role of study of literature in the making of history. Let me end with a quotation from Bloom's *Anxiety of Influence* to conclude that Bloom belongs to the group of 'deconstructive' critics.

The difference between critics and poets is that the former has more parents, his precursors are poets and critics. But, in truth, so are a poet's precursors often and more often as history lengthens.

Above all, anxiety and influence are poetic categories which figure the relations between poems, when these relations are opened out into their temporal ordering, into a historical description of the tradition (anxiety and influence). The two look as if they are determining in relation to poets. Therefore, the critical activity includes an appreciation of both the temporal and non-temporal orders created by the poetic theory. Bloom persists in understanding the later poet's struggle with his precursors not only as a psychic battle but also as a poetic overcoming.

On the other hand, misreading is another reason why the critical circle classifies H. Bloom to be a 'deconstructor'. Actually the notion of misreading has already been explored in de Man's *Allegories of Reading*, where de Man began to read seriously in preparation for historical reflection on Romanticism and found himself unable to shift from historical definition to the problematics of reading. But here in this section, I would like to investigate Bloomian literary theoretical principle—'misreading' or 'misprision'.

On the first sight, we may think this principle must exposit in this most accessible theoretical tétralogy—*A Map of Misreading*, since this book begins with a statement that 'if strong is always misreading'. However, it is a great irony that the clearest, and most terse account of Bloom's concept of misreading is to be found in his least-read book, *Kabbalah and Criticism*. Bloom's theories concerning interpretation was greatly influenced by the gnostic tradition, which is explained in it.

A Map of Misreading states that 'the interpretation of a poem is necessarily always interpretation of that poem's interpretation of other poems' (MM p.75). This means that when we interpret a particular poem, we are reacting to its previous interpretation of prior poems, whether the poet was conscious of this at the moment of his writing or not. We may remember that influence is the relationship between poems, while misreading or misprision is only the name given to the process by which the ephebe (later poet) creates the new text. Also we should remember, Bloom's act of reading involves both a psychic and a rhetorical purpose. What Bloom means by the act of interpretation calls for this purpose so that the reader does not let out the 'meaning' of the text he reads, but rather the relations between meanings. This is actually what Bloom terms the basic principle of antithetical interpretation (which I would like to explore in the following sections). As he states: 'all interpretation depends upon the antithetical relation between meanings' (MM p.76). According to Bloom's understanding, on the one hand, the process of interpretation is not placed or situated in the gap between the reader and the text but the gap between the text and its reading itself, between the meanings that exist as necessary intertext. Another hand is that all interpretation is necessarily a misreading, since we uncover the poet's stance (the language of a poet) to a previous text which itself is determined by the poet's own misprision of his relationship to his precursor (MM p.76). The third hand is that the concept of interpretive work is necessarily rhetorical because Bloom has already set up his definition on the base of the relations between texts, determined by tropological turns. Thus reading and troping become equivalent in this way, as interpretation is definitely implied within the turns of rhetoric.

In order to further expand into the description of Bloom's misprision, I propose to examine Bloom's arguments for a new form of critical activity. Bloom states: 'an antithetical practical criticism must begin with the analogical principle that tropes and defenses are interchangeable when they appear in poems, where after all both appear only as images ...' (MM p.89). Once again we note that the act or work of interpretation for the antithetical critic follows that of creation of the poetic text. In the traditional notion about the task of the interpretation, an interpreter attempts to recover as fully as possible the poet's meaning or intention. Yet in Bloom's notion, it is impossible to claim that any text procedures a meaning intended by anyone at one time. This could be said to be Bloom's use of a deconstructive account of textuality. In my opinion, antithetical reading in practice results in a highly self-conscious style which describes a highly self-reflective theory. This has been taken account of, in some degree, in *Kabbalah and Criticism* (p.86) since Bloom began to expose his misprision principle of reading act, he mainly focuses on the 'influence' concept of the precursor's text. We need to note that in Bloomian description the network poem-poet-reader is a large figuration, a trope which binds the meanings generated by the text. To read a poetic text in the Bloomian mode or form is to follow through the 'anxiety of influence' in its tropological sense. Also it is to read between the meaning that the poem is indebted to the precursor text and the meaning the poem puts toward itself. It is to note that meaning itself is a tropological language of the poet determined by the 'anxiety of influence'. On account of this, the work of interpretation is necessarily caught within this complex play of figuration, just as it is necessarily caught within the network of influence, the anxiety which partly forms the shadow of the poem itself.

Having talked about Bloomian mode of poetic reading act, I think it is significant to investigate another relation between the 'figural' and the 'literal' in poetic text. According to Bloom, a trope begins poetic production, so meaning is not simple correlative of an expression, whether it is 'literal' or 'figural', it is not stable and cannot be located in any particular place, or in the movement from literal to figural uses of language. Bloom concludes ‘every poetic trope is an exile from literal meaning, but the only homecoming would be the death of figuration and so the death of poetry, or the triumph of literal meaning, whether that is’ (KC p.89). But after Wordsworth, Bloom argues, there can be no literal/figural distinction in poetic production. There is only belatedness, the figuring of figures in search of an origin or authentic voice. As we have seen, this is related to the psychic defenses of poetic will. The book of *Kabbalah* is the primary source text for this kind of misreading and this kind of figuration. Bloom announces that all poetry has consciously or subconsciously adopted precisely the same language of poets to its tradition just as *Kabbalah* adopts the scripture. In my understanding, on one hand it’s a good example to prove that Bloomian intertextuality has historical root in literary history. In the final chapter of *Kabbalah and Criticism*, Bloom addresses the problem that critics need to read with even greater efforts than poets. The more they try, the more they realize that they cannot but misread. On the other hand, Bloom’s exposition of relationship between the figural and the literal comes to the same orbit as Derrida and de Man, who have both challenged the priority of literal over figurative language. Miller even denied the validity of the literal/figurative distinction, arguing in *Ariadne’s Thread: Story Lines* (1992) that all words are figures. They all claim that there exists no hierarchy between them.

Bloom’s misprisioning principle of reading act and Bloomian interpretation of this principle obviously antagonize those literary critics who see the task of reading or of criticism in more common sense or traditional terms. If such a critic believes in the finite nature of reading and texts, and if such a critic believes in the complete authority of the person (who produced the text and who controlled the meanings), then Bloom’s self-plausible explanation and self-defensible arguments and descriptions of reading activity must seem extraordinarily strange and unacceptable. To a common-sense reader the text waits for our interpretation, where these common-sense readers always attempt to grasp those ‘meanings’ intended and implied by the author. Moreover, these readers are anxious to see the result of interpretative activity. In my opinion, reading at this level is a requirement to find out what the author means by his text. On the contrary, in practice, we can’t always reach that purpose. Since Bloom believes that the author cannot know this any more than we can. Quite right to some extent that the text produced by the author is only one essay that needs to be misprisioned by our own. So the common-sense view and that of Bloom are highly incommensurate. We should dialectically evaluate these principles. We should remember that to read is to engage in an inter-poetic activity, since 'every poem is an inter-poem' and every reading of a poem is an inter-reading (PR p.3). As a result, we can have insights of what the poet means and even go beyond. In other words, every reading is a new creation.

So far, I have discussed Bloom's critical criterion in reading activity on intertextuality (influence) and misreading, including the concept of misinterpretation, and the factors bringing about or evoking misreading. Bloom's greatness lies in his reading according to his own theory, and his tétrology is supposed to be a forceful proof. He always applies his theory to his own text. Bloom says 'the psychology of belatedness, which Freud partly developed but partly concealed or evaded, is the invention of Kabbalah, and Kabbalah remains the largest single source for materials that will help us to form techniques for the practice of an antithetic criticism. (MM pp.4-5). There we might find Bloom's intertextuality. Bloom discovers that the meaning of Tintern Abber (by Wordsworth) is in its relationship to Milton's invocations [to books Ⅱ and Ⅷ of *Paradise Lost*], and that the poem becomes an invocation or incarnation of Milton. This can be thought both as a subtle reading of the poem in terms of intertextuality as well as working of Bloom's own context of revisionary misreading. Bloom's reading criteria are the same with what the deconstructionism's preposition of objecting to treating the text as a self-enclosed system, and attempting to reverse the implicit 'hierarchy' that affirms center and origin. Thus we conclude that Bloom's belonging to deconstructive critics is not without reasons. But in the rest part of this chapter, I would like to focus on Bloom's another eminent and creative contribution to contemporary literary criticism. That is Bloom's reading methodology 'antithetical criticism' and his rhetoric concept which are derived from his reading criteria.

Antithetical criticism is a method of literary criticism proposed and practiced by Bloom in his revisionary phase that involves reading poems as misreadings (by the poet) of earlier poems written by powerful and influential precursors. In other words, this method is fully based on the relationships between a poet, his poem and the poem's relations to other poems. We might say that the terms used by Bloom such as 'ephebe', 'precursors', 'anxiety' and 'influence' are charged in the figural meaning which suggests the interaction of poet, precursor, poem, and the act of misreading. Those critics who advocate and practice antithetical criticism might have insight into P. B. Shelley's *Promitheus Unbound* (1980) as a strong misreading of John Milton's epic *Paradise Lost* (1667).[12]

The method is therefore based on a theory of literary influence that Bloom sets forth in *The Anxiety of Influence* (1973) and develops in *A Map of Misreading* (1975). In these books, Bloom suggests that writing of all poets involves the rewriting of earlier poets and that this rewriting always and inevitably involves some form of misreading, or ‘misprision’. He categorizes the misreading into several types. He asserts that there lies misreading not only between authors, but also between the various texts of a single author, or within a given text, between different parts, down to each particular chapter, paragraph, sentence, and finally, down to the interplay between literal and figurative meaning within a single word or grammatical sign. Whether Bloom’s classification on this semantic level called influence is right or not, it flashes a suggestive and significant creativity of his thought. Bloom also believes that all readers misinterpret works, since they read these works ‘defensively’. The term ‘defensively’ here means readers read with an eye to preserving their own autonomy and creativity. With this in mind, Bloom recognizes that the readings with antithetical method are necessarily by misreading as well.

In order to make his claim more programmatically, pioneeringly and more forcefully, Bloom extended the interchapter in *The Anxiety of Influence*: Every poem is a misinterpretation of a parent poem. A poem is not an overcoming of anxiety, but it is the very anxiety. Poet’s misinterpretations or poems are more drastic than critics’ misinterpretations or criticism, but this is only a difference in degree and not at all in kind. There are no interpretations but only misinterpretations, and so all criticism is prose poetry (AI1 p.94)

We may understand here the critical act is thought to be the same act of poetic creation. The relations between poems are themselves the focus of attention in critical act. On the surface, it looks as if Bloom’s position about the critical activity is similar with Hartman’s notion that the work of criticism is equal to that of poetry. But I think we would be not suitable to make their positions coincident or identity, yet they are close or similar. As for their difference I would like to explain in the following chapter.

We must remember that the act of misprision is the creation of a new text. All reading is misreading and what the critic does is to build a relationship between his own text and that of the poetic tradition. We ought to note that the will to power of the critic is often mentioned in Bloom's *A Map of Misreading*, for Bloom thinks that the will to power is considered to be a function of the reading activity, and that the will to power is one of the signs which remind us of the critic's engagement in the poetic tradition. If we say that Bloom's position is closest to this aspect of Hartman's theory, Paul de Man's name should be added since de Man's deconstructive view point bears some relationship to Bloom's. I would like to mention that *A Map of Misreading* is dedicated to Paul de Man. Bloom's essays published during the 1970s are filled with comments on the deconstructive ideas and also suffused with the agreements with his colleagues by the importation of deconstruction to Yale. That's why the academic circle considers Bloom to be one of the members of the Yale School, though Bloom himself tries to exclude himself from this relationship, which is what this paper intending to argue in the following chapter. But for the moment, we note that the notion of misreading put forward in the opening page (p.3) of *A Map of Misreading* is very similar to de Man's concept of reading that deconstruction discloses the impossibility of its reading. And as we know, the claim that 'there are no texts, only relationship between texts' certainly looks as if it has something to do with certain Derridian formulations concerning the issues about textuality and interpretation.

By arguing that Bloom's critical activity is in some aspects identified with de Man, Hartman and Derrida's, I don't mean to put Bloom's thought within or next to that of de Man or Derrida. On the contrary, I mean to argue that the Bloomian project works its own way through the mid-seventies. Bloom's critical activity can be characterized in two remarkable ideas: one is that of activity of reading; the other is that of the definition or conception of textuality which is described in a more complex relation to the text and intention. Bloom's way of critical method is quite idiosyncratic. We define it as 'antithetical criticism', that is revisionism, or misprision. At the beginning of this section it has openly and directly been give out. Actually Mose Cordovero is the ultimate source of Bloom's notion of 'revisionary ratios' (KC p.55). 'Revisionary ratios' which Bloom proposes in this book of *A Map of Misreading* is another Bloomian reading principle or method, which Bloom means that his use of 'influence' is itself a highly conscious trope, indeed a six-fold trope that intends to subsume six major tropes: irony, synecdoche, metonymy, hyperbole, metaphor and metalepsis and in just that order (MM p.70). The six-fold trope is made up of clinamen, tessera, kénosis, daemonization, askesis, and apophrades. The combination of the 'revisionary ratios' determines the poetic production of the tradition. The earlier description of influence is now subjected to a rhetorical description, in which 'influence' becomes the major determining trope of poetic tradition. Then this is divided and explained in six 'revisionary ratios'. The six tropological sides are subjected to the larger trope. In this way the revisionary ratios are to be regarded as six aspects of one large tropology. As Bloom states in *A Map of Misreading* 'when I offer through my six tropes are six interpretations of influence, six ways of reading/misreading intra-poetic relationships, which means six ways of reading of a poem, six ways that intend to combine into a single scheme of complete interpretation.' (p.71)

We are aware that these six sub-tropes, the revisionary ratios call for a larger context. We can understand the question that the psychic defenses against the precursor are the root cause of anxiety and the motor of influence only when we enter into a wider context. This is what Christine Brooke-Rose maintains in *Anxieties of Apophrades* (p.39). 'Influence' is not only a six-fold complex trope. It is also the coincidence of an entire set of extra-poetic forces upon the poetic tradition, some internal to the poet, some external to 'history'. When we read/misread a poem, we do repeat the sequence of poem/precursor poem, ephebe/poetic father. In this respect, we may well conclude that Bloom's critical theory is somewhat more dialectical than that of any other Yale colleague. His way of reading is in agreement with literary history. Bloom's way of reading includes the synchronic aspect as well as dychronic one. In a sense, Bloom's *Anxiety and Influence* is an outgrowth of a purely formalist consideration of poetry and meaning. In Frank Lentricchia's book *After the New Criticism*, we can find the full account of Bloom's project in relation to the New Critical formalist enterprise. Lentricchia thinks Bloom in Bloomian terms as an ephebe of his precursor teachers, W. K. Winsatt, Cleanth Brooks and Robert Penn Warren. [13] To our excitement, we find that a further characterization of the family romance in terms of rivalry is practiced by the ephebe Bloom.

By now it is clear that Bloom's project is a profoundly rhetorical enterprise. I would like to examine some of the ways in which Bloom deals with rhetoric and rhetorical analysis. In the last few years, Bloom's project has developed into exploring the limitations of synchronic rhetoric, so as to make room for his own proposal for an extensive and more practical model of reading, which he terms 'diachronic rhetoric'. We can note that at first in Bloom's profession there is an explicit tendency to change his direction towards an extended use of traditional rhetorical terms. Bloom's first book, *Shelley's Mythmaking* (1959), can be regarded as an attempt to formulate a rhetorical description of Shelley's poetry which was distanced from the prevailing norms of Shelley criticism while at the same time adequate to the poetry.[14] For instance, Bloom understands the term mythopoeia' at the very beginning of his career in writing in rhetorical sense to be an extension or outgrowth of another trope, that is prosopopoeia (personification) (DC p.208). Let's have a look at Bloom's brief analysis of an example to show how prosopopoeia passed into mythopoeia, and how this mythopoeia revived in Spenser's romantic disciples. He states: 'Shelley's *To Night* ... was a first attempt to illustrate how a specifically literary criticism might employ a knowledge of mythopoeia modes of apprehension in order to understand better a poem in which prosopopoeia no longer plays even a preliminary creative role' (SM p.73). The use of rhetorical terms is built upon this very early essay.

We should recall that *The Anxiety of Influence* and *A Map of Misreading* forcefully separate or split our expectations in the use of rhetorical terms in literary analysis and present a highly idiosyncratic extension of the traditional tropes of metaphor, metonymy, synecdoche, irony, hyperbole and metalepsis. We note that the rhetoric terms are presented adjacently to the Bloomian revisionary ratios, both of which are seen in terms of Bloomian defense rhetoric, revisionary ratios and psychic defense. They all come, in the way, to represent aspects of the large rhetorical movement of influence, which is itself a 'six-fold trope'. We should notice that Bloom's most powerful and significant contemporary turn to traditional rhetoric as an aid or model for interpretative work is affected by the work of Paul de Man. We can find the interrelations between Bloom and de Man on rhetoric since Bloom's theory has developed alongside de Man's deconstructive project. We can observe that Bloom recognizes this comparatively recent reawakening of interest in traditional rhetoric by acknowledging influences from a number of rhetoricians like Vico and Kenneth Burke, as he has made clear in *A Map of Misreading* (p.94)

Nevertheless, I think that tétralogy represents a remarkable attempt to work systematically at the expansion of rhetoric, that is, from Vico's proposal that all tropes reduce to four: irony, metonymy, metaphor and synecdoche. It agrees with Kenneth Burke's analysis of what he calls the 'Four Master Tropes' in an appendix to his *A Gramma of Motives*, But Bloom insists on adding two more tropes—hyperbol and metalepsis, to the class of master tropes that govern post-enlightenment poetry. Bloom attempts to ground his theory of poetry in practical readings of poems. Bloom's aim is clear enough. He means to unite a description of rhetoric taken from Vico with a Freudian description of the psyche in order to 'map' the figures which determine poetic production. In *Poetry and Repression* Bloom claims poetic image, rhetorical trope and psychic defense are all forms of a ratio. There is a very strong subjectivist impulse throughout Bloom's work. In his work, it is expressed both as an absolute sense of the subject and a corresponding subjective sense of the reading activity. The 'ratio' referred to above pronounces the sense of the subject, that is psychic defense. For Bloom, rhetoric is first and foremost that which tells us we are human, that which enables us to recognize the commonality of human experience.

To conclude the section, the above argument has a bearing on the traces of Bloom's attempt to read poetry entirely in poetic terms, with the necessary involvement of both the map of psychic defenses and revisionary ratios. We know that Bloom's poem is always not only psychic defense but also rhetorical anxiety. Bloom's explanation of the reading process is completely tied to his account of the production of poetry.

As summarized above, I have presented Bloom's terrific achievements in the theory of poetic readings guided by his personally idiosyncratic critical principles and methods. His antithetical criticism and rhetorical reading lay emphasis not on the self-enclosed, self-sufficient aspects of reading process, the place of evaluation and ethical judgement in interpretation, but on the openness, uncertainty and instability of textual meaning, which comes to the same orbit of deconstructionism. Bloom is worthy of the title of Sterling Professor at Yale University. But more interestingly Bloom is also 'crowned' with a 'maverick' all because of his disagreements with other Yale deconstructionists. The following chapter is therefore devoted to investigate Bloom's divergence with his Yale colleagues, which I think climaxes Bloom's critical activities.

III. The Divergeences Between Bloom and His Yale Colleagues

This chapter focuses in some detail on the distances and divergences between Bloom's project and that of his Yale colleagues, and tries to show why in some occasions Bloom claims and even argues that he doesn't belong to the Yale school or disdain the principles and proposals of deconstruction. We might note that *A Map of Misreading* (1975) symbolizes the starting point of their separation.

In the last chapter, I've mentioned Bloom's project about poetic reading is quite rhetorical enterprise. The 'Ratio' referred to in the last chapter articulates Bloom's strong subjectivist impulse, that is the sense of the subject, which is another way of describing the tendency towards an internalized concept of psychic defense. Peter de Bella, a scholar and director of studies in English at King's College, points out that Bloom's insistence upon the complex sense of the subject and the corresponding subjective account of reading is sometimes taken as an indicator of Bloom's resistance to deconstruction. (Trope p.64) As we know, deconstructionists are supposedly in favor of anti-subjective accounts of language and meaning. Though the question over the subject, in both Bloom's work and that of other deconstructionists is too intricate and different to enable a simplified description of antagonists, it is clear that Bloom's impulses are all towards the rejection of deconstruction on account of its dehumanizing tendencies. It took Bloom quite a few years and much energy to speak out his rejection in the published writing.

If we turn to another aspect of Bloom's distance and divergence from 'deconstruction, we may find in *Poetry and Repression* that Bloom explains the interconnections between trope-as-figure and trope-as-defense (pp.99-100) which become the characteristic of the Bloomian description of rhetoric. Also the difference between rhetoric as persuasion and rhetoric as system of tropes, that is, this double-sidedness of the trope, marks his division with Paul de Man to whom *A Map of Misreading* is devoted. In Bloom's understanding, rhetoric first and foremost tells us, we are human and that we should recognize the commonage of human experience. For Bloom it is unbelievable to give up the sense of humanity.

In later years, Bloom is more determined to demonstrate the distances and differences between his perception of the deconstructive project and his own. As a result, Bloom pronounces his distaste for deconstruction in *Agon* (1982). He sets out his project for a new and expanded sense of rhetoric in terms that can be very easily accommodated within the theory of trope. He mainly objects to the dehumanizing power of a poetic theory that is based on linguistic signs. Moreover, *The Breaking of the Vessels* finds in Bloom an even more strident refusal to accept the humanized deconstructive project. He absolutely refuses to forsake the humanity in poetry that can be seen as a regressive or reactionary stance. He advances that any pattern of criticism, whether it is domestic or imported, will make us believe the meanings of what Milton tries to say in his context, but such criticism will finally be put away with a kind of contempt. Maybe there are texts without authors, but Milton, like Freud, has the basic originality which turns our perspective to the image of the human that writes, the human that thinks, the human that suffers, although maybe it is too human. Bloom regards Milton as an inter-poet as well as an author. (BV p.82)

Bloom stakes his reading on a concept of 'misprision' or masterful troping. He thinks that a 'strong poet' is one who creatively misreads and reinterprets the precursors, then the strength of criticism is likewise its power to invest the strategies of reading with a sense of significance. This leads Bloom back to the crisis-laden rhetoric of *Kabbalah and Criticism*. He resumes his argument in his closing pages on Stevens. Cabbalistic tradition is searched as a source of figurative methods to confront the reductive tropes of deconstruction. Bloom argues that poets are first and foremost 'masters of misprision'. To read poets 'more truly and more strange' we need 'a wider definition of trope' than anything offered by the current deconstructors. [15]

In reality, Bloom's real quarrel with his Yale colleagues is that they fail to understand the conflicts and antagonisms produced or caused by the poet's belated encounter with tradition. The New Critics invented various ways of blocking the poem within a timeless, self-sufficient realm of interlocked or interconnected meaning and structure. Internal 'tensions' (of irony, paradox, etc.) were to validate the techniques of criticism as a disciplined form of knowledge. Deconstruction abandons this critical nature when it speaks of the 'intertextuality', or rhetoric of endlessly shuttling illusion, which makes up the history of writing. But for Bloom, this notion is too generalized and neutral to carry the complex rivalries between precursor and his latter. If New Critics sought to contain those tensions within the artificial limits of poem-as-object, deconstruction seeks to dissolve them entirely by an open-ended rhetoric of pure figuration.

Actually Bloom's interest in Cabbalistic doctrine is a means of objecting to both of the above-mentioned reduced viewpoints on poetry. Bloom's guiding poetic assumption that a Kabbalistic or Gnostic theory of rhetoric must deny any particular semantic tension in language, because in the Kabbalistic Vision all language is nothing but semantic tension raised to apocalyptic pitch (BV p.394). The 'peculiar tension' was considered by Bloom to be the kind of specialized inbred rhetoric of poetry. At the same time, his argument cleverly weakens the deconstructionist position by persisting in the conflict of wills to expression behind the encounter of text with text.

Bloom becomes the opponent from within the group of deconstructors encountering them point for point on rhetorical ground. He thinks it is impossible to answer a complete scepticism except by fearlessly taking its measure and then responding with an equal and opposite will to persuade.

If we turn to another side about Bloom's wrestling with Derrida, it is clear that Bloom's quarrel with Derrida continues throughout his recent publications, and shows no signs of abating. The unmediated and uncompromising of this attitude can be seen in the beginning of *Poetry and Repression*, where the definition of rhetoric is necessarily caught within the single fact that makes the humanity common. But here in this paper, I mean to explore Bloom's difference with other three Yale colleagues.

Bloom's humanism controls and grounds the early essays in the expansion of rhetoric. He thinks the readings of poetry exposed in *Poetry and Repression* tend to a psychological description of the tropology of the given texts, which were taken from the Western poetic tradition since Wordsworth. Bloom shows us an example in that book. He states that while reading Whitman, the revisionary ratios, tropes and psychic defenses manifest or display a more familiar 'return of the repressed' (PR p.248). In an essay in the same book, Shelley's *The Triumph of Life* is depicted in terms of a struggle with its precursor text. Shelley struggles more with Wordsworth than with Milton, and the struggle is in one sense more successful (PR p.98). However, Bloom maps the precise relations between these poems and shows apparently the complexity of his concept of rhetorical forms.

I've mentioned in several occasions in this paper that *A Map of Misreading* is a fruitful book dedicated by Bloom to de Man who is by far the toughest minded of those 'conceptual rhetoricians' whose thinking and influence Bloom is at such pains to confront. Yet, as a result, Bloom and de Man can be said to arrive at similar conclusions from radically different premises. They both stand apart from what we see. Bloom's way of reading represents quite explicitness, while de Man's implicitness. De Man rests his review in his realignment of the two projects, emphasizing the autonomous relationships between texts against the critique of Bloom's psychologism. [16] But we find the firsts of Bloom's response to de Man's critique come in the opening pages of that book where de Man is characterized as an überlesser. In the chapter called 'The belatedness of strong poetry' in the book, Bloom puts forward a counter-argument to the structuralist credo, i.e., 'in the beginning was the word', and Bloom transforms it into a Bloomian credo: 'in the beginning was the trope'.[17] It is clear that Bloom wants to reject a linguistic model of meaning, or more precisely he wants to reject a linguistic model of poetic meaning. As is mentioned before, Bloom is primarily interested in a poetic theory of poetry, and not involved in the epistemological bases of representation. For Bloom the trope comes before the word, since 'to originate anything in language we must turn to a trope for help, and that trope must defend us against a prior trope'. Bloom's claim that the origin is a trope is only to phrase in terms of rhetoric, while post-structuralism might phrase it in terms of epistemology. As we know, Bloom thinks 'rhetoric and psychology are a virtual identity' (MM p.69). There precisely arises the friction between Bloom's nostalgia for the subject and de Man's rigorous deconstruction of it. Consequently Bloom begins to fight against de Man in the following pages in *A Map of Misreading*. He joins in connecting the psychology and rhetoric, whereas de Man attempts to get rid of the former and privilege the latter.

Bloom counters the de Manian description of the 'error' of figuration by claiming that his concept of the figure, most obviously according to the sixfold trope of influence, demonstrates how we may understand rhetoric not in terms of epistemology, but in poetic terms. In order to do this we need to consider both trope and defense since the making of poetry results not only from the struggle that a text has with its precursor, but also from the poets coming to terms with his perception of this belatedness. It is this latter psychological dimension which is negated in de Man's deconstruction and which generates the central disagreement between the two theorists.

We could find Bloom's statements in *A Map of Misreading* on pages 76-77 about his distance from de Man. Bloom states: 'Paul de Man would insist that in the study of this struggle for reversal, the linguistic model usurps the psychological one because language is a substitute system responsible to the will, but the psyche is not.'

This citation discloses the culmination of their argument, for Bloom directly attacks the central support of de Man's deconstruction. De Man articulates the difference between the literal and the figural existing at the level of semantics most especially in the later works, like *Rhetoric of Temporality*, and *Semiology and Rhetoric*. De Man argues that figuration occurs or takes place when there is a swerve away from literal to figural meaning. But for Bloom, this is too restricted a definition. Bloom's conception of rhetoric includes the semantic dimension but it is not the only factor to be depended on. Actually Bloom's proposal on influence is designed to explode the insufficiency of a semantic model and to illustrate the complexity of a model. That model remains both aspects of rhetoric including a system of tropes and persuasion. Bloom aims to describe the movements between trope and defense, language and psychology.

But in this immediate counter to de Man's view point, Bloom is still not quite sure about the weight he should give to the psychological dimension. In a nutshell, Bloom tries to reserve the mode of humanism in rhetoric, or troping, and he expresses his regret at the dehumanizing quality of deconstruction.

Meanwhile, Bloom is not unsatisfied with de Man for misunderstanding the nature of rhetoric, but is unsatisfied with him for pushing his reading to one side of the tropological change against the other. In other words, de Manian deconstruction means to privilege rhetoric as a system of tropes against rhetoric as persuasion. On the contrary, Bloom thinks however advanced a purely rhetorical criticism, there exists the limitations by dint of its inevitable reduction and its attempt to take poetry for being a conceptual rhetoric. Anyhow, this is by far a formulated account of the divergence between Bloom's project and that of deconstruction. Bloom laments about dehumanizing tendency of these deconstructors.

Let's come to another aspect. Bloom understands de Man's reading strategy as a contributing epistemology, where de Man is relentless in his tracking down of the false or faulty epistemology of the trope. In *Deconstruction and Criticism*, Bloom concludes that rhetoric as it has been traditionally understood, has no aim at the activity of reading or interpreting poetry. As he remarks fiercely: 'Rhetoric has been always unfitted to the study of poetry, though most critics continue to ignore this incompatibility. Rhetoric rose from the analysis of political and legal orations, which are absurd paradigms for lyrical poems' (DC p.10). It is easy to see that having cast out traditional conception of rhetoric as useless for reading or understanding poetry, a new or wider rhetoric is needed to take the place of the former. Bloom then goes on to develop just such an expanded notion of rhetoric, which not only changes through time, but also develops within to serve for the reading of poetry. His basic theory of the justification for linking language and the ego, trope and defense would depend on a diachronic rather than synchronic view of rhetoric (DC p.11). From here we understand the critical activity itself can be seen in relation to a diachronic rhetoric, so that criticism becomes the 'rhetoric of rhetoric', where every individual critic performs his own 'troping of the concept of trope' (DC p.12).

There Bloom argues that meanings are explained in the activity of identifying the tropes in a literary work. The differences and distances between Bloom and de Man can be described from this view point very effectively and forcefully, since to a large extent de Man's theory of figuration relies upon identificatory procedures in finding out the presences of a particular trope. The procedures are based upon the meaning of those words considered to be the carrier of the figuration. In other words, meanings, whether they are proper or improper, allow one to identify the presence of a trope or of figuration. While in Bloom's opinion, figuration may determine the expression before meaning. Bloom's description suggests that figuration determines language, whereas de Man's suggests that meaning determines figuration. If we turn to the open debate between the two writers, to find out which argument is reasonable, I think it's useless, yet from here we can sense their fundamental discrepancy. As a result we can't rashly regard Bloom as a para-deconstructor.

Thus we will resist characterizing Bloom's relationship to this Yale colleague Paul de Man in Bloomian terms, though it is sufficient to observe the fact that Bloom's theory has developed alongside de Man's deconstructive enterprise. Bloom's theory is a systematic reading of the Romantic tradition that is now actually referred to as the most 'rigorous' critical theory produced in the last twenty years or so.

But in order to sketch the differences between these two theoretical critics, we need to discuss their respective and independent researches into the nature and formation of the trope. De Man's review of the *Anxiety of Influence* now reprinted in the second edition of *Blindness of Insight*, can be considered to be the most fierce and authoritative opening debate between them. There de Man turns Bloom's project into something resembling his own. De Man perceives that Bloom remains nostalgically within a theory of meaning which is rooted in the subject. For de Man this is a step back. It represents a 'relapse into a psychological naturalism'. [18] But here what I want to focus on is de Man's troping of Bloom in that review, where the 'anxiety of influence' comes to resemble de Man's 'allegory of reading' in a rather strange concept and fashion. This limited discussion of the debate will enable us to concentrate on the issue of the foundation and formation of rhetoric.

One of the signs, de Manian troping of Bloom, evidently lies in a direct reply to, or critique of Bloom's 'symbolic narrative recentered in a subject'. De Man asserts: 'no theory of poetry is possible without a truly epistemological moment when the literary text is considered from the perspective of its truth or falsehood rather than from a love-hate point of view.' (BI p.272)

This might be the central critique made by de Man of *The Anxiety of Influence*: Bloom's notion of rhetoric is based on a regressive nostalgia for the subject. This is to deny what the deconstructive critics think. They maintain it is the language, not the language-user that is the base, and the root of all figuration. On account of this, the error is a property of language itself and not the production of an individual's use of language. It is this 'error' which interests and excites de Man. And the compelling description of language turns back to the insight that error disclosed by language is its fundamental basic and necessary step.

We would remember that *Allegories of Reading* was published five years after the first appearance of the review made by de Man to Bloom's A Map of Misreading. It will become clearer that the more de Man tropes Bloom into himself, the more pressing the question of the relevance between de Man and Bloom becomes.

Albeit we can observe that de Man agrees with Bloom's insistence on the concept of influence, as we find out in Blindness that 'if we are willing to set aside the trappings of psychology, Bloom's essay has much to say on the encounter between later comer and precursors as a displaced version of paradigmatic encounter between reader and text' (BL p.273). This is the change that de Man would like to make. What's more, de Man agrees with Bloom's insistence on using the terms of 'misprision' or 'misreading'. However, these lay ground of the differences between the two theorists. De Man argues that the Bloomian description of interrelations between two texts in terms of psychic defenses can be ignored (BL p.274). At the close of de Man's review on Bloom's *A Map of Misreading*, de Man has almost completely troped Bloom into a de Manian deconstructor (p.274). On the contrary, we find after all this description, de Man indeed goes on to describe the Bloomian project in just different tones and terms. De Man thinks we are controlled by linguistic rather than by natural or psychological model. One can always substitute one word for another but one cannot, by a mere act of the will, substitute night for day, or bliss for gloom (BL p.274). In plain words, in de Man's opinion, this reduces all tropes to the impossibility of meaning. The main purpose of de Man's strong misreading of Bloom is his exact and full awareness of transforming Bloomian project into a proto-deconstructionist enterprise. But it turns out the opposition. Bloom's *Anxiety of Influence* aims not at the literary theory of influence it contains, but at the structural interact between the six types of misreading. It is the six 'intricate evasions' that govern the relationships between texts. [19] On the one hand, I think de Man admits that 'Bloom has been ahead of everybody else all along', but on the other hand, de Man's imagination that Bloom is engaged in the same research as he is wrong. As we know, there lies the essential difference between formation and conception of rhetoric. Thus, we will not simply classify Bloom to be a 'deconstructionist'. De Man only rests his review in his realignment of the two projects, stressing the autonomous 'relationships between texts', and concerning the linguistic aspect. De Man tries to oppose the Bloom's critique, concerning the psychological aspect. De Man seems to have appropriated Bloom's project and made it speak in a voice that is obviously not its own.

Once in 1985, Bloom and Hartman were interviewed and asked about the role of criticism. Hartman made an answer in Culler's viewpoint that the role of criticism is a kind of removal, or demystification and holding up Empson as a kind of model. [20] Bloom, on the other hand, says that it is impossible to secularize literature concerning Hartman's own view. He claims that we cannot totally secularize it. Secularism turns back on itself and becomes a religion. Thus we find Hartman more canny than Bloom. That's the very reason why Hartman has never been a censured object in the literary critical circle. Bloom has had a lasting intellectual relationship with Hartman since 1955, when Bloom met Hartman in the basement offices of the old campus to which they were both assigned as very junior members. After he published the Unmediated Vision, Hartman was struck by Bloom's ease and precision and warmth of response to it. Since then their intellectual relationships grow stronger. Meanwhile, Bloom works at Blake and Shelley, while Hartman is engaged in Wordsworth. They in turn help each other till the time when Bloom begins to gestate the anxiety-of-influence thesis, and their intellectual correspondence day by day is extremely intense. After Bloom's novel *The Flight from Lucifer*, someone reviewed it under the title 'Bloom's Gnovel' —a gnovel in miniature, and then gradually there happened a creation of division between them. Bloom played off ideas against Hartman in the book—*The Anxiety of Influence* because of his invention of 'six revisionary ratios' (clinamen, ressere ...). Moreover, Bloom has not liked Hartman's engaging with Derrida, since intellectually he has distanced himself. Bloom's position in regard to the critical activity is close to Hartman's position that the work of criticism is equivalent to that of poetry. But we would be wrong if we make the two positions identical. There only exist similarities.

For Bloom the poetic text is always to be distinguished from the critical text. Though Bloom writes in *Anxiety of Influence* (p.94) that 'Every poem is misinterpretation of a parent poem. A poem is not an overcoming of anxiety, but it is that anxiety ... There are no interpretations but only misinterpretations, and so all criticism is prose poetry'. Here we find the critical act is brought into the same orbit as the act of poetic creation and as fully a romantic concept of reading as one might wish for. But indeed poets are in some sense seeking the critical act when they write. This is not the same as saying that critics write poetry. But it points to the similarity of their practice that what critics do is much inferior.

Hartman's assumption outlined in *Criticism in the Wilderness*, has been interpreted as promoting the critical act to the equivalence of the poetic act. Criticism in this account, is not secondary or consecutive to the literary text but it is coincident or simultaneous with it. Some critics have interpreted this as suggesting that critics are not dependent upon creative writers. In his preface of *Theory Now and Then* J. H. Miller also promotes the same assumption about the critical activity as Hartman's. But Bloom's assumption is somehow different in which his understanding of the critical act is profoundly poetic. For Bloom all criticism pursues the condition of poetry while all poetry pursues the condition of its interpretation or reading as opposed to its misreading or misprision. Unlikely, both criticism and poetry fail in their pursuing. Criticism only comes to an understanding of its own misreading, while poetry only comes to an understanding of what it might have meant. The writing and reading of poetry for Bloom is thus mixture of the possibilities of the condition of both poetry and criticism. (AI1 p.120)

Bloom has different opinions on the social function of criticism with Hartman's. Bloom thinks that criticism is purely solitary activity, and it is as solitary as lyric poetry without any social context whatsoever. On the contrary, Hartman argues that criticism provides us with shared texts. People can't live unmediated with each other, and for the sake of the intellect as well as the imagination, people need passwords. To Hartman's mind, as soon as people sit around a table and share a text, they are within a social context. They will discover that these texts are interrelated and that one text has been behind many things. Moreover, some facts exist: there is something called 'The Renaissance', and the Renaissance is indelible in English literary history, and people go on from there. However, people must have one essential agreement, an unstated contract that people want to share the text. Hartman's advocacy of a wide-ranging, flexible criticism is philosophical as well as too often purely rhetorical.

Bloom's approach is radically different from that of Hartman. Bloom thought even though people share a text, make text common, and keep it alike, the reading is still an individual act. People have to pass through an intensely solitary moment, whether it is solipsistic or not. And people have to find a way of separating themselves from prejudices and predetermination. On the one hand, Hartman agrees that there is this moment when one might have to lose oneself, the moment of reading for oneself. On the other hand, Hartman insists that still one does bring oneself back, and share and enjoy oneself. The advent of Bloom's tétralogy of books proves that he writes with greatly surging force like waves of a piled river, producing his points clearly and reducing the pressure on his reader, Whereas Hartman escapes argument. He is oblique, indirect, both elusive and allusive. No wonder, among the Yale colleagues, Hartman has never been the attacked target of the contemporary critics since he always takes the mediated way.

Miller also maintains that reading is never solitary in the sense that there are all sorts of reading materials that do involve his institutional responsibilities. In addition, family background plays an important role in reading activity. Miller tries to give the experience of reading a name, that is 'joy'. He thinks there is something joyful about reading. Thus Bloom's difference from Miller is easy to locate. Bloom's reading activity has to do with selfhood, as opposed to language. Bloom argues that the thing that is performing the act of solitary reading is something called 'strong-self'. He says 'There are no texts. There are only ourselves.'(MM p.3) What Miller believes is that the myth of the self is no doubt indispensable, but that the reader is a kind of locus where language takes place. Since language is vulnerable to playful games, meaning becomes unpredictable, but Miller holds that meaning comes from the poet's initial, intrinsic self. In the light of Miller's opinion, Bloom has these theories because of certain social, psychological and historical background in himself. Bloom maintains that the 'strong self' with an absolutely unique personality makes the work mean something that is caused by that 'strong self'. Nevertheless, Bloom's account of 'joy' of reading, with the realization and development of selfhood, is translatable in an easy way into terms of social usefulness. He teaches others how to experience this joy, and how to struggle towards their own voice or selfhood.

The following is a concrete example of Bloom's discrepancy with his Yale colleagues. On the surface, this section is primarily concerned with a reading of Wordsworth's poem *Tintern Abbey*, but throughout the concerns, I would like to prove that Bloom is not a para-deconstructor, because of his constant attempts to distance his work from that of deconstruction generally and from Derrida in particular. Bloom's starting sense of the Wordsworthian poem is that it has become the most powerful text in the modern tradition. It is the poem that all poems so far must fight for. It is a key text for the theory of influence as it yields both the anxiety and defenses of all poets who write and all poetry that is written in its shadow. *Tintern Abbey* is thus a 'proof text' for Bloom's theory of misreading. The following opening of the discussion of Wordsworth's poem takes us to the front of the analysis of the notion of memory as trope. Let's look at what Bloom writes:

'Memory', for Wordsworth, is a composite trope, as so in Wordsworth what is called memory, or treated as memory is also a composite defense, a defense against time, decay, the loss of divinating power, and so finally a defense against death, whose other name is John Milton (PR p.53).

Bloom will make clear the connection between memory in Wordsworth and memory in Freud by working through Derrida's reading of Freudian concept of the memory trace. His purpose is to distance his own reading from Derrida's more complex and Heideggerian notion of the trace (PR p.55). Bloom claims that the 'concept of memory' is essentially Wordsworth's own and can be illustrated the same as Freud's. To question or investigate the reading of *Tintern Abbey* is to concentrate on Bloom's working of the idea that memory functions as a trope.

To establish certain relations between what Bloom calls the 'Scene of Instruction' and the scene of writing, it is necessary to interpret a poem that connects vision and hearing with memory. In the opening stanza, Bloom observes that hearing seems to override seeing. As Bloom remarks, at the beginning of *Tintern Abbey*, Wordsworth underlies the fact that he 'hears' the waters of the Wye. This, however, merely sets up what Bloom calls the opening illusion of the poem (PR p.69). Later, in Stanza Ⅱ of *Tintern Abbey* Wordsworth mentions the 'absence' in the light of Bloom's understanding. The poem clearly speaks of this absence throughout. As a matter of fact, the work of the poem might be termed as its coming to terms with the absence of voice, which to Wordsworth is the sense of poetry. This is general comment of essay on *Tintern Abbey*. It is to show that the repression is the fundamental gesture of the poem. But Bloom argues that, for Wordsworth, the repression is intimately connected with his relationship to Milton. This leads to the observation that what is really being repressed in the poem is power (PR p.76). 'Power is being repressed in *Tintern Abbey* ... Wordsworth defends himself against his own strength through repression, and like all strong poets, he learns to call that repression the sublime.'

We should not take Bloom's comments on *Tintern Abbey* literally. On the contrary, Bloom means to point out the fact that the poem, in its writing, performs this repression of writing. The poem itself displays a fear of its own writing. It is partly on account of this that the poem finds out Dorothy's voice as the site of authentic voice, which also stands for the authentic voice of prior poets, most especially the voice of Milton. It is through the ear, not through the eye, that we find out the instruction in this scene. It is also why writing seems to take priority over voicing in the poem, since the function of memory is to produce a written trace of the voice. Bloom illustrates Wordsworth's poem about the question over the relationship between voice, memory and writing, to support his conclusion about his antithetical reading of poem against the reading methods, most especially those of the strong critics de Man and Hartman.

We should now come to recognize that the above analysis is more than a question of reading of a poem. It is not only the relationship of *Tintern Abbey* to Milton, but it is about a theory of the creation of poetry. We should recall a theory of writing and speech worked out by Derrida in his *Grammatology* (Johns Hopkins University Press, 1976). Bloom's first engagement with Derrida's work appears in *A Map of Misreading* in the chapter on the 'Scene of Instruction'. This scene is a direct counter to Derrida's *Scene of Writing*. Bloom summarized the argument of Derrida's essay Freud and *Scene of Writing* in the following way:

Derrida's argument is that Freud resorts, at decisive moments, to rhetorical models borrowed not from oral tradition ... In Derrida's sublime trope, we are told that 'there is no psyche without text', as an assertion that goes beyond Derrida's precursor, Lacan, in his grand trope that the structure of the unconscious is linguistic. (MM p.48)

Here Bloom is interested in Derrida's notion of the primacy of writing because it contradicts Bloom's account of poetry, which he thinks, is the most obvious and unproblematic truth. On the one hand, Bloom thinks that speech is first and foremost and that what produces poetry is the interrelationship of speech and dead speech. That is the voice of the precursor poet, or the voice of tradition through writing. It is precisely this encounter of speech and writing that produces poetry. On the other hand, this interrelationship, or encounter, as Bloom understands, is the inevitable psychic dimension of the production of poetry, which Bloom supports in his antithetical theory of reading. And again Bloom places his theory antithetically in relation to Derrida's which can be found in *A Map of Misreading* in page 49.

I also find in *Kabbalah and Criticism* that Bloom is attempting to distance himself from the Derridean scene of writing. Bloom isn't content with a 'scene of writing' because it fails to take account of a more extensive concept of writing itself. He finds Derrida's scene of writing insufficiently primal both in itself and as explanation of Freud. Speech is not to be understood in simple antagonistic terms in relation to writing, instead there are more complex interrelations between the two. This kind of relation comes to the surface most obviously when we are dealing with the poetic text. I would like to mention once more here that Wordsworth's *Tintern Abbey* is a very helpful example, since Wordsworth's own relationship to both speech and writing is filled with fear and disgusting. Bloom's precursor text is complicated and resists equally the simple antithesis of speech to writing. He announces 'Kabbalah is a theory of writing, but this is a theory that denies the absolute distinction between writing and inspired speech, even as it denies human distinctions between presence and absence' (KC p.52). From the quotation, we would confess that Bloom's view point about the relationship between speech and writing sounds more dialectical, reasonable, as well as acceptable, since it is hard to demarcate which is prior to the other. Bloom thinks it is the task of poetry to fashion that order or place to claim for itself authentic voice. Now I would like to conclude that Bloom's attempt is to subvert the Derridean critique of Western metaphysics by claiming that Kabbalah is both within that tradition (speech and writing) and exterior to it. Yet I think it a little hollow. But whether Bloom's inference is right or wrong, acceptable or not, is not what I am intending to exposit or argue. In Bloom's instance of analysising Wordsworth's *Tintern Abbey*, Bloom refutes Derrida's scene of writing, criticizes the Western metaphysics, and exposes its relapse into the hierarchy of speech over writing. Bloom's refutation and critique are to secure the larger aims of his own poetic theory of poetry. Also they serve my purpose of showing Bloom's wrestling with deconstruction.

The tétralogy sees Bloom take up the Yale School colleagues' comments, albeit repetitiously from time to time. Actually the book makes an effort to chart the difference and divergences between the two projects. In the closing chapter, *Poetry and Repression* finds Bloom confronting the deconstructors with an account of moving through and beyond their doubting epistemology to a concept of rhetoric that would replace the poet as a seeker after truths of his own imagination. On the other hand, Bloom still admits the power of deconstruction, the force of what Bloom calls 'the advanced critical consciousness, and the most rigorous and scrupulous in the field today'. Such an assumption could be found in Chapter 6 in *American Connection* by Chistopher Norris. But Bloom sees no way beyond such an abstract outlook, readmitting the will to expression. That inspires the poet's tropes as well as the critic's rhetorical motives when he comes to interpret poems.

On the other hand, Bloom parts company with de Man and the purist deconstructors. He realizes that deconstructors have reached the point where scepticism must give away to a redemptive or reconstructive 'troping'. This issue of limits of deconstruction will be put to an end only if we attain a vision of rhetoric more comprehensive than the deconstructors allow. Bloom has made great efforts to realize that destination, and he learns to see rhetoric as transcending the epistemology of tropes and re-entering the space of the will-to-persuasion. Also this act of willed reversal is the key point of Bloom's (KC p.387) poetics and has become the crucial point of his difference from other Yale deconstructors. So dialectically Harold is a member of deconstructors, but at the same time he develops the 'deconstructive theory' to a more advanced stage.

Conclusion

Bloom's name is still most strongly associated with *The Anxiety of Influence* (1973), most of which was written in the summer of 1967. H. Bloom is now also well known for his controversial book *The Western Canon* (1994), developed as a brand of 'revisionist' or antithetical criticism in the 1970s that challenged conventional concepts of influence. Though he collaborated with his Yale colleagues and with Jacque Derrida, to produce the symposium *Deconstruction and Criticism* (1979), he has frequently and explicitly dissociated himself from deconstructionist principles and methods. He calls himself a comic critic. His critical approach is in part derived from Sigmund Freud. Bloom is very much his own man, one of the most idiosyncratic critics writing today.

Boom once had the feeling of oppression by the New Criticism School in English Department at Yale. Yet he has become one of the faculty members since 1955 when he left English Department. Though there lies the distance between Bloom's view and that of his Yale colleagues, he says at the beginning of *Agon* that he neither wants nor urges others to apply or even to accept his own critical terminology. Bloom maintains that 'there are no texts, there are only ourselves.'(MM p.3) Like Frye and Hartman, Bloom is an important part of the 'Romantic Revival' movement of the 1950s and 1960s. But unlike them, his early attachment is not to Wordsworth, but to the milder vision of Romanticism found in Blake and Shelly. And two decades later, again, unlike Frye and Hartman, Bloom would come to play a leading role in a completely different movement: American Sublime and Antithetical criticism in the reading activity.

Bloom wants to construct a literary history out of the romance of struggle so that in his description of English poetry since the Romantics, the 'Wordsworthian Crisis Poem' marks the end of a poetic tradition in which it was possible to escape the enfolding of the influence and re-troping of trope.

Indeed Bloom presents his own theory quite boldly and baldly that his is different from any kind of abstract argument which he regards as damage or detriment to an understanding of the poetic tradition. He prefers to stress his own poetic concerns. He urges critics not to treat critical theory itself as a branch of philosophical discourse, but to adopt the viewpoint of the pragmatic dualism of the poets themselves. Bloom approaches a theory of poetry to be poetry, and it must be poetry. (KC p.109)

In a sense the anxiety of influence is an outgrowth or a transcendency of a purely formalist explanation of poetry and meaning. Bloom proposes not only an internalized reading of the poetic tradition, but also maintains the external accounts of the activity of reading. But the critics who claim reader-response criticism disengaged from more historically or politically motivated accounts of the poetic tradition.

Bloom's crucial statement is that rhetorical and psychology are virtually the same, which is exposited in *A Map Of Misreading* (p.69). Bloom claims reading is hardly possible since reading involves the humanist traditions of education and every reader's relation to every poem is controlled by a figuration of belatedness. Tropes or defense are the natural language of imagination.

The center of Bloom's theory is the crucial pattern of interplay between literal and figurative meanings. Bloom explains in *Kabbalah and the Criticism* (p.88) that it is not that Kabbalah 'influences' the post-Wordsworth poem, but it is the relations between literal and figural, between trope and defense in an analogous way.

Harold Bloom's remarkable poetic theory of reading activity is an important landmark in the contemporary history of American literary criticism. It increasingly shifts the critics' attention from exploding the conventional social significance of a literary text to the influential qualities of the prior text to the latter. Anyhow, it changes people's traditional concept, beginning to question its conventional role as humble servants of the literary text which no further claims upon the reader's interest or attention. His theory leads the 20th century's literary theory up to much higher development. It broadens the vision of people's perception, and foreshadows the directions of contemporary literature. For one thing, six tropes are the six ways of 'misprision'; for another thing, his antithetical criticism has become a standard technical term in deconstructing a novel, and his assumption of intertextuality—'there is no text, there are only ourselves'—shows Bloom himself as the ephebe of his predecessors or precursors.

Personally, I would like to classify Harold Bloom to be a member of the Yale School. For one reason, without assimilating his colleagues' ideas, Bloom could not have developed his own literary critical theory systematically and could not have shown the tendency of transcending the others. For another reason, such a categorization would be advantageous to the consolidation of the Yale School's status in literary critical history and beneficial to look upon the 'deconstruction' dialectically and epistemologically. Last, but not the least, we know Bloom's blurring of the usual hierarchical distinction between creative and critical writing constitutes his common ground with the deconstructionists.

In a nutshell, I think it will be more acceptable and reasonable to take the four members as a whole to talk about their merits, demerits, the tendency in future development and its influence on others. Since 1970s, the Yale School has yielded its positive results through each of the members' persistent efforts to disseminate their theories to American readers and mainly to the university students of departments.

The Yale colleagues over-rates the degree of innovation that their theory introduces into literary studies, and they fail to perceive the conservative impulse that keeps its subversive force in check. They believe that they are drawing on Jacque Derrida and translating this French theorist's 'Deconstructive' program for an American audience. This is certainly true up to a point. But they safeguard their radical theory that they present. I think, this may cause their theory to go to extreme. This is what we should be warned against. Thus deconstruction falls pray to many confusions and seems to pose a threat to other forms of criticism, structuralism, consciousness of consciousness included. Since these deconstructors have not changed their basic position and they still do not seem to be aware of the ambivalence in their deconstructive arguments. They continue to make the same errors and get caught in the same confusions about authors, readers and texts. However, Harold Bloom has pushed a great step forward, yielding his idiosyncratic theory of poetic reading.

It should also be pointed out that though many of deconstructors' suggestions are enlightening and influential on other theories, such as feminism, psychoanalytic theory, or even Gay and Lesbian critics following the deconstructive lead, yet deconstructive theory is not systematic and coherent enough. Therefore they are not lionized like some more systematic theorists, such as Henry James' objective theory and T.S. Eliot's traditional criticism. As we know, deconstructive theories actually contain many loopholes in addition to what I've mentioned above and deconstructive theory leaves much room for improvement even if H. Bloom has stridden a great step forward.

I still think Bloom over-emphasizes the subjective and psychological respect in reading process, which seems to be too idealistic. However, some deconstruction's severest critics have tried to use de Man's sometimes deplorable statements (published in *Le Soir*, a Nazi-controlled Brussels newspaper) to prove that the entire critical movement of deconstruction is somewhat morally as well as intellectually flawed, which I think unfair. To answer these detractors' censure and charges with a vigorous counter attack, Miller refutes in the Ethics of Reading two notions commonly repeated by deconstruction's detractors. First, critics of deconstruction claim that deconstructors believe a text means nothing insofar as it means whatever the playful reader wants it to mean. Miller responds by pointing out that both Derrida and de Man have consistently argued that readers cannot make texts mean anything they want them to mean because texts do not support a single meaning or interpretation. Second, Miller notes that deconstruction has been criticized as 'immoral' insofar as it refuses to view literature traditionally. That is, literature is regarded as the 'foundation and embodiment, the means of preserving and transmitting the basic humanistic values of our culture'. (BG p.81) Though Bloom opposes to label his Yale colleagues and himself under the cover of 'deconstructionists', yet we should sense Bloom's assumption of anxiety of influence in poetic reading, or in plain words, intertextuality is essentially the same as that of deconstructionism. Bloom maintains that deconstructionism broadens people's vision that reading becomes impossible without the influence and misprision of precursors' texts. Bloom advances that deconstruction is actually the pattern of misinterpretation, depending on a 'basic misunderstanding of the way the ethical moment enters into the act of reading.'

Perhaps the most common charge leveled at deconstructors is a claim that they separate literary texts from historical, political and legal institutions. Actually these Yale decosntructors all emphasize the 'intertextuality' in reading activity. This paper attributes the positive developments in recent literary criticism to the basic deconstructive assumptions that people begin to treat criticism not as the servant to literature and a number of contemporary thinkers have found it useful to adapt and apply deconstruction in their works. Up to now, I have made consistent efforts to center on my argument presented at the beginning of this paper that deconstruction is a progressive theory and a new turn in criticism at such a level that deconstruction distances itself from previous theories (formalism and structuralism). Meanwhile, Bloom's critical method is also a return of the old, which is characterized by a focus on language as the central problematic of literary study. This focus determines a breaking down of barriers and a putting in question of grounds even of the apparently solid basis of new linguistic theory. The language—the often hidden center of gravity in literature—might be called linguistic moment. What's more, this breaking of barriers and questioning of grounds involves a return to the explicit study of rhetoric. Rhetoric in Bloomian term should be the investigation of figures of speech as well as the study of the art of persuasion. The Yale school's criticism commonly involves an

interrogation of the notion of the self-enclosed literary work and of the idea that any work has a fixed identifiable meaning. Further Bloom argues that the reading of a poem is part of the Poem. This kind of reading is productive in its turn. It produces multiple interpretations without necessary closure.

What is the most significant to me is that I perceive that 'deconstruction' is not of the superstructure of a literary work, but of the ground on which it stands, no matter whether that ground is history, or the social world, or the extra-linguistic world of 'objects', or the writer's consciousness—the generative self. [21]

NOTES

1. J. H. Miller. *Theory Now and Then*. London: Harvester Wheatsheaf, 1991, p. 2.
2. G. D. Atkins. *A Matter of Relation, A Question of Place*. London: Metheun, 1985, p.179.
3. Ross Murfin. *The Bedford Glossary of Criticism and Literature Terms*. Boston: Bedford Books, 1997, p.21.
4. Harold Bloom. *Deconstruction and Criticism*. New York: Seabury Press, 1979, p.9.
5. Geoffrey Hartman. *Criticism in the Wildness*. New Haven: Yale University Press, 1980, p.13.
6. Paul de Man. *A Review of Harold Bloom's Anxiety of Influence*. Published in United Kingdom as a University Paperback, 1983, p.243.
7. Christopher Norris. *The American Connection*. London: Routledge, 1991, p.96.
8. Ibid., p.97.
9. Christopher Norris. *Allegories of Disenchantment*. New York: Routledge, 1988, p.69.
10. Christopher Norris. *The American Connection*. London: Routledge, 1991, p.99.
11. Ibid., p.120.
12. Ross Murfin. *The Bedford Glossary of Criticism and Literature Terms*. Boston: Bedford Books, 1997, p.17.
13. Frank Lentricchia. *After the New Criticism*. Chicago: Chicago University Press, 1980, p.126.
14. Peter de Belle. *Trope*. London: Routledge, 1988, p.61.
15. Christopher Norris. *Theory & Practice*. New York: Routledge, 1991, p.128.
16. Bloom refers to his own sense of this self-mockingly as 'psycho-psychokabbalistic' in *The Breaking of Vessel*, p.7.
17. Peter de Belle. *Trope*. London: Routledge, 1988, p.75.
18. Paul de Man. *Blindness and Insight*. Minneapolis: Minnesota University Press, 1983, p.271.
19. Paul de Man. *A Review of Harold Bloom's Anxiety of Influence*. Published in United Kingdom as a University Paperback, 1983, p.236.
20. See, for example, Jonathan Culler's *A Critic Against the Christians. Times Literary Supplement*, 23 November, 1984, p.1328.
21. J. H. Miller. *The Year's Books: Literary Criticism*. Irvine: Harvest Wheatsheaf, 1991, p.176.

参考文献

[1] 艾略特. 艾略特诗学文集. 北京：国际文化出版公司，1989.
[2] 奥顿奈尔. 黄昏后的契机：后现代主义. 王萍丽译. 北京：北京大学出版社，2004.
[3] 巴特勒. 浪漫派、叛逆者及反动派：1760—1830年间的英国文学及其背景. 黄梅等译. 辽宁：辽宁教育出版社，1998.
[4] 本雅明. 普鲁斯特的意象. 上海：文汇出版社，1999.
[5] 勃兰兑斯. 19世纪文学主流. 北京：人民文学出版社，1984.
[6] 布鲁姆. 批评、正典结构与预言. 吴琼译. 北京：中国社会科学出版社，2000.
[7] 布鲁姆. 误读图示. 朱立元，陈克明译. 天津：天津人民出版社，2008.
[8] 布鲁姆. 西方正典. 江宁康译. 南京：译林出版社，2005.
[9] 布鲁姆. 影响的焦虑. 徐文博译. 北京：生活·读书·新知三联书店，1989.
[10] 车文博. 弗洛伊德主义论评. 长春：吉林教育出版社，1992.
[11] 陈本益，向天渊，唐健君. 西方现代文论与哲学. 重庆：重庆大学出版社，1999.
[12] 程锡麟，王晓路. 当代美国小说理论. 北京：外语教学与研究出版社，2001.
[13] 德里达. 德里达中国讲演录. 周荣胜译. 北京：中央翻译出版社，2003.
[14] 德里达. 多义的记忆. 北京：中央编译出版社，1999.
[15] 德里达. 多义的记忆——为保罗·德曼而作. 蒋梓骅译. 北京：中央编译出版社，1999.
[16] 德曼. 王逢振等编. 最新西方文论选. 桂林：漓江出版社，1991.
[17] 德曼. 解构之图. 李自修等译. 北京：中国社会科学出版社，1998.
[18] 福斯特. 小说面面观. 苏炳文译. 广州：花城出版社，1981.
[19] 伽达默尔. 真理与方法. 洪汉鼎译. 上海：上海译文出版社，2005.
[20] 高继海. 英国小说史. 北京：中国社会科学出版社，2001.
[21] 葛林. 20世纪文学评论. 上海：上海译文出版社，1987.
[22] 哈代. 还乡. 上海：上海译文出版社，2006.
[23] 哈代. 远离尘嚣. 石家庄：花山文艺出版社，1982.
[24] 洪汉鼎. 理解的真理. 济南：山东人民出版社，2001.
[25] 卡勒. 结构主义诗学. 盛宁译. 北京：中国社会科学出版社，1991.
[26] 卡勒. 论解构. 北京：中国社会科学出版社，1998.
[27] 卡勒. 为“过度阐释”一辩. 王宇根译. 北京：生活·读书·新知三联书店，1997.
[28] 凯南. 叙事虚构作品. 姚锦清等译. 北京：生活·读书·新知三联书店，1989.

[29] 科恩主编. 文学理论的未来. 林必果译. 北京：中国社会科学出版社，1983.
[30] 赖特. 文艺理论译丛. 北京：中国文联出版公司，1985.
[31] 李维斯. 伟大的传统. 袁伟译. 北京：生活·读书·新知三联书店，2002.
[32] 凌晨光. 当代文学批评学. 济南：山东大学出版社，2001.
[33] 刘炳善. 英语文学简史. 上海：上海外语教育出版社，1995.
[34] 卢伯克. 小说结构. 方土人，罗婉华译. 上海：上海文艺出版社，1990.
[35] 卢纳察尔斯基. 论文学. 北京：人民文学出版社，1983.
[36] 罗蒂. 后哲学文化. 黄勇，编译. 上海：上海译文出版社，2004.
[37] 洛奇. 小说的艺术. 王峻岩等译. 北京：作家出版社，1998.
[38] 马丁. 当代叙事学. 任晓明译. 北京：北京大学出版社，1990.
[39] 麦杰. 演讲与话语批评. 常昌富等译. 北京：中国社会科学出版社，1998.
[40] 米勒. 解读叙事. 申丹译. 北京：北京大学出版社，2002.
[41] 米勒. 土著与数码冲浪者——米勒中国演讲集. 长春：吉林人民出版社，2004.
[42] 米勒. 重申解构主义. 方杰等译. 北京：中国社会科学出版社，1998.
[43] 米勒. 作为寄主的批评家. 王逢振等译. 桂林：漓江出版社，1991.
[44] 聂珍钊. 托玛斯·哈代小说研究：悲戚而刚毅的艺术家. 武汉：华中师范大学出版社，1992.
[45] 邱运华. 文学批评方法与案例. 北京：北京大学出版社，2005.
[46] 热奈特. 叙事话语·新叙事话语. 王文融译. 北京：中国社会科学出版社，1990.
[47] 申丹. 叙述学与小说文体学研究. 北京：北京大学出版社，1998.
[48] 盛宁. 解构主义哲学的理论告退. 北京：生活·读书·新知三联书店，1997.
[49] 盛宁. 人文困惑与反思. 北京：生活·读书·新知三联书店，1997.
[50] 史亮编. 新批评. 成都：四川文艺出版社，1989.
[51] 孙建. 英国文学作家字典. 上海：复旦大学出版社，2005.
[52] 塔拉哈斯. 1965 年以来的批评理论. [出版地不详]：佛罗里达大学出版社，1992.
[53] 陶东风. 文学理论基本问题. 北京：北京大学出版社，2004.
[54] 童庆炳. 文学理论教程. 北京：高等教育出版社，2004.
[55] 王宁. 文学理论前沿（第 2 辑）. 北京：北京大学出版社，2005.
[56] 王先霈，胡亚敏. 文学批评导引. 北京：高等教育出版社，2002.
[57] 王先霈，王又平. 文学批评术语词典. 上海：上海文艺出版社，1999.
[58] 王一川. 文学理论. 重庆：四川人民出版社，2003.
[59] 王元骧. 文学理论与当今时代. 杭州：浙江大学出版社，2002.
[60] 韦伯. 威塞克斯的哈代：生平与创作. 纽约：爱尔蒙特出版公司，1940.
[61] 沃特斯. 美学权威主义批判. 北京：北京大学出版社，2000.

[62] 肖锦龙. 德里达的解构理论思想性质论. 北京：中国社会科学出版社，2004.
[63] 徐岱. 批评美学：艺术诠释的范式与逻辑. 上海：学林出版社，2003.
[64] 燕卜荪. 朦胧的七种类型. 周邦宪，王作虹，邓鹏译. 杭州：中国美术学院出版社，1996.
[65] 姚斯，霍拉勃. 接受美学与接受理论. 周宁，金元浦译. 沈阳：辽宁人民出版社，1987.
[66] 伊格尔顿. 审美意识形态. 王杰等译. 桂林：广西师范大学出版社，2001.
[67] 伊格尔顿. 20 世纪西方文学理论. 伍晓明译. 西安：陕西师范大学出版社，1987.
[68] 张玲. 哈代作品集. 北京：人民文学出版社，2004.
[69] 张隆溪. 20 世纪西方文论述评. 北京：生活·读书·新知三联书店，1986.
[70] 张首映. 西方 20 世纪文论史. 北京：北京大学出版社，1999.
[71] 张玉能主编. 西方文论. 武汉：华中师范大学出版社，2002.
[72] 张中载. 西方文论关键词. 北京：外语教学与研究出版社，2006.
[73] 赵一凡. 美国文化批评集. 北京：生活·读书·新知三联书店，2004.
[74] 郑克鲁. 外国文学史(上). 北京：高等教育出版社，1999.
[75] 郑敏. 结构-解构视角：语言·文化·评论. 北京：清华大学出版社，1998.
[76] 朱虹. 奥斯丁研究. 北京：中国文联出版公司出版，1985.
[77] 朱立元. 当代西方文艺理论. 上海：华东师范大学出版社，1997.
[78] 朱立元. 现代西方美学史. 上海：上海文艺出版社，1993.
[79] Abrams, M. H. *The Norton Anthology of English Literature* (Vol.2). New York: Norton, 1986.
[80] Abrams, M. H. *Theories of Criticism: Essays in Literature and Art*. Washington, D. C.: Library of Congress, 1984.
[81] Adams, Hazard. *Critical Theory since Plato*. New York: Harcourt Brace Jovanovich, Inc., 1971.
[82] Atkins, G. Douglas. *A Matter of Relation, A Question of Place*. London: Metheun, 1985.
[83] Atkins, G. Douglas. *Geoffrey Hartman: Criticism as Answerable Style*. London: Routledge, 1990.
[84] Auerbach, Nina. *Elizabeth Gaskell's "Sly Javelins": Governing Women in Cranford and Haworth*. Cambridge: Harvard University Press, 1977.
[85] Austin, J. L. *How to Do Things with Words*. Cambridge: Harvard University Press, 1975.
[86] Bate, Walter Jackson. *The Burden of the Past and English Poet*. Cambridge: Chatto & Windus Ltd., 1970.
[87] Benjamin, Walter. *Illuminations*. New York: Schocken Books, 1969.
[88] Bennett, Joan. *George Eliot: Her Mind and Her Art*. Cambridge: Cambridge

University Press, 1978.
[89] Bennett, William J. *The Devaluing of America*. [S.l.]: Family Publishing, 1994.
[90] Blake, Kathleen. *Cotton, Industry, and Empire: Refashioning Victorian Literary Studies*. Seattle: Washington University Press, 2003.
[91] Bloom, Harold. *A Map of Misreading*. London: Oxford University Press, 1975.
[92] Bloom, Harold. *Agon: Towards a Theory of Revisionism*. New York, Oxford University Press, 1982.
[93] Bloom, Harold. *Deconstruction and Criticism*. New York: Continuum, 1999.
[94] Bloom, Harold. *Kabbalah and Criticism*. New York: Seabury Press, 1975.
[95] Bloom, Harold. *Keats: Romance Revised, in John Keats*. New York: Chelsea House Publishers, 1985.
[96] Bloom, Harold. *Modern Critical Interpretations Jane Austen's "Mansfield Park"*. New York: Chelsea House Publishers, 1987.
[97] Bloom, Harold. *Poetry & Repression*. New Haven: Yale University Press, 1976.
[98] Bloom, Harold. *The Anxiety of Influence*. New York: Oxford University Press, 1973.
[99] Bloom, Harold. *The Western Canon, The Books and School of the Ages*. New York: Harcourt Brace & Company, 1994.
[100] Bloom, Harold. *Where Shall Wisdom Be Found*. New York: Riverhead Books, 2004.
[101] Booth, Wayne. *Critical Understanding: The Powers and Limits of Pluralism*. Chicago: Chicago University Press, 1979.
[102] Bressler, Charles E. *Literary Criticism: An Introduction to Theory and Practice*. New York: Houghton College, 1999.
[103] Brooks, Cleanth. *The Heresy of Paraphrase*. New York: Harcourt, Brace and World, 1947.
[104] Buckley, Jerome. *Victory Fiction*. Cambridge: Harvard University Press, 1975.
[105] Clausen, Christopher. *Faded Mosaic*. Chicago: Ivan R. Dee, 2000.
[106] Conrad, Peter. *The Victorian Treasure-House*. London: Collins, 1973.
[107] Cornis-Pope, Marcel. *Hermeneutic Desire and Critical Rewriting*. London: Macmillan, 1992.
[108] Culler, Jonathan. *Literary Theory*. New York: Oxford University Press, 1997.
[109] Culler, Jonathan. *On Deconstruction: Theory and Criticism after Structuralism*. London: Routledege & Kegan Paul, 1981.
[110] Davis, Robert Con. *Contemporary Literary Criticism*. New York: Longman, 1989.
[111] De Bella, Peter. *Trope*. London: Routledge, 1988.
[112] De Man, Paul. *Allegories of Reading*. New Haven: Yale University Press, 1979.
[113] De Man, Paul. *Aesthetic Ideology*. Minneapolis: Minnesota University Press, 1996.
[114] De Man, Paul. *Blindness and Insight*. Minneapolis: Minnesota University Press, 1983.

[115] De Man, Paul. *Critical Writings, 1953-1978*. Minneapolis: Minnesota University Press, 1989.
[116] De Man, Paul. *Resistance to Theory*. Minneapolis: Minnesota University Press, 1986.
[117] De Man, Paul. *Romanticism and Contemporary Criticism*. Baltimore: Johns Hopkins University Press, 1996.
[118] De Man, Paul. *The Resistance to Theory*. Reprinted in Yale French Studies, 1986.
[119] De Selincourt, Ernest. *The Early Letters of William and Dorothy Wordsworth (1787-1805)*. Oxford: Clarendon Press, 1935.
[120] Derrida, Jacques. *Acts of Literature*. London: Routledge, 1992.
[121] Derrida, Jacques. *David Wood and Robert Bernasconil Derrida and Difference*. Warwick: Parousia Press, 1983.
[122] Derrida, Jacques. *Memoirs for Paul de Man*. Rev. ed. New York: Columbia University Press, 1989.
[123] Derrida, Jacques. *Writing and Difference*. Chicago: University of Chicago Press, 1978.

[124] Dunne, Eamonn. *J. H. Miller and the Possibilities of Reading, Literature after Deconstruction* [M]. London: Continuum, 2010.
[125] Eagleton, Terry. *Literary Theory: An Introduction*. Minneapolis: Minnesota University Press, 1983.
[126] Eaves, Morris. *Romanticism and Contemporary Criticism*. Ithaca: Cornell University Press, 1986.
[127] Elderfield, John. *Matisse in the Collection of the Museum of Modern Art*. New York: Museum of Modern Art, 1978.
[128] Eliot, George. *Daniel Deronda*. Hertfordshire: Wordsworth Editions Ltd., 2003.
[129] Eliot, George. *Felix Holt the Radical*. Hertfordshire: Wordsworth Editions Ltd., 1997.
[130] Eliot, George. *Romola*. Oxford: Oxford University Press, 1994.
[131] Eliot, George. *Silas Marner*. Hertfordshire: Wordsworth Editions Ltd., 1997.
[132] Eliot, George. *The Mill on the Floss*. Hertfordshire: Wordsworth Editions Ltd., 1995.
[133] Eliot, George. *The Whole George Eliot* (Vol. 8). Edinburgh: W. Blackwood, 1917.
[134] Eliot, T. S. *Tradition & the Individual Talent*. 2nd ed. London: Faber & Feber, 1934.
[135] Finke, Ulrich. *German Painting from Romanticism to Expressionism*. London: Thames and Hudson, 1974.
[136] Fish, Stanley. *Professional Correctness*. Cambridge: Harvard University Press, 1995.
[137] Fokkemma, Douwe. *Issues in General and Comparative Literature*. Calcutta: [s.n.], 1987.
[138] Fuery Patrick. *Cultural Studies and Critical Theory*. Oxford: Oxford University

Press, 2000.
[139]Gasche, Radolph. *The Wild Card of Reading: On Paul de Man*. Cambridge: Harvard University Press, 1998.
[140]Gilbert, Sandra M., Gubar, Susan. *The Madwoman in the Attic: The Woman Writer and the Nineteenth-Century Literary Imagination*. London: Yale University Press, 1979.
[141]Gorak, Jan. *Canon vs. Culture*. New York: Garland, 2001.
[142]Haight, G S. *Selections from George Eliot's Letters*. New Haven: Yale University Press, 1985.
[143]Hartman, Geoffery. *Beyond Formalism: Literary Essays 1958-1970*. New Haven: Yale University Press, 1970.
[144]Hartman, Geoffery. *Easy Pieces*. New York: Columbia University Press, 1985.
[145]Hartman, Geoffery. *Saving the Text*. Baltimore: Johns Hopkins University Press, 1981.
[146]Hartman, Geoffery. *The Fate of Reading and Other Essays*. Chicago: Chicago University Press, 1975.
[147]Hartman, Geoffery. *The Unremarkable Wordsworth*. London: Methuen, 1987.
[148]Hartman, Geoffery. *Wordsworth's Poetry 1787-1814*. New Haven: Yale University press, 1971.
[149]Hartman, Geoffery.*The Unmediated Vision*. Hopkins: Rilke and Valery, 1954.
[150]Hartman, Geoffrey. *A Critic's Journey: Literary Reflections, 1958-1998*. New Haven: Yale University Press, 1999.
[151] Hartman, Geoffrey. *A Scholar's Tale: Intellectual Journey of a Displaced Child of Europe*. New York: Fordham University Press, 2007.
[152]Hartman, Geoffrey. *Criticism in the Wilderness*. New Haven: Yale University, Press, 1980.
[153]Hartman, Geoffrey. *Looking Back on Paul de Man*. Minneapolis: Minnesota University, 1989.
[154]Heidegger, Martin. *Being and Time*. New York: Harper & Row, 1962.
[155]Hoffman, Daniel. *Poe Poe Poe*. New York: Dubleday and Company, Inc., 1972.
[156]Holman, C. Hugh. *A Handbook to Literature*. Indianapolis: Odyssey Press, 1976.
[157]Huyssen, Andreas. *The Disturbance of Vision in Vienna Modernism* (Vol. 5). Baltimore: Johns Hopkins University Press, 1998.
[158]James, Henry. *The Painter's Eye*. London: Rupert Hart-Davis, 1956.
[159]Jones, R.T. *George Eliot*. Cambridge: Cambridge University Press, 1970.
[160]Kristeva, Julia. *The Revolution in Poetic Language*. New York: Columbia University Press, 1984.
[161]Kwait, Joseph J., Turpie, Mary C. Studies *in American Culture*. Minneapolis: Minnesota University Press, 1986.
[162]Lane, Maggie. *Jane Austen's World*. Hainan: Hainan Press, 2004.
[163]Lansbury, Coral. *Elizabeth Gaskell: The Novel of Social Crisis*. London: Paul

Elek, 1975.
[164]Laski, Marghanita. *George Eliot and Her World*. London: Thames and Hudson, 1973.
[165]Leitch, Vincent B. *Deconstructive Criticism: An Advanced Introduction*. New York: Columbia University Press, 1983.
[166]Lentricchia, Frank. *After the New Criticism*. Chicago: Chicago University Press, 1980.
[167]Lister, Raymond. *Victorian Narrative Paintings*. London: Museum Press, 1966.
[168]Lodge, David. *The Language of Fiction*. London: Routledge and Kegan Paul, 1966.
[169]Mair, G. H. *Modern English Literature*. London: Duckworth & Co., 1944.
[170]Marcuse, Herbert. *Negation: Essays in Critical Theory*. Boston: Beacon Press, 1968.
[171]Michael, Sprinker. *Imaginary Relations: Aesthetics and Ideology in the Theory of Historical Materialism*. New York: Verso, 1987.
[172]Millar, Oliver. *Dutch Pictures from the Royal Collection*. London: Lund Humphries, 1971.
[173]Miller, J. Hillis. *A Scholar's Tale*. New York: Fordham University Press, 2007.
[174]Miller, J. Hillis. *Ariadnes's Thread: Story Lines*. New Haven: Yale University Press, 1992.
[175]Miller, J. Hillis. *Fiction and Repetition: Seven English Novels*. Cambridge: Harvard University Press, 1982.
[176]Miller, J. Hillis. *Narrative, Critical Terms for Literary Study*. Mclaughlin: Chicago Press, 1990.
[177]Miller, J. Hillis. *Speech Acts in Literature*. Stanford: Stanford University Press, 2001.
[178]Miller, J. Hillis. *The Ethics of Reading*. New York: Columbia University Press, 1987.
[179]Miller, J. Hillis. *The Form of Victorian Fiction*. Notre Dame: Notre Dame University Press, 1968.
[180]Miller, J. Hillis. *Theory Now & Then*. Durham: Duke University Press, 1991.
[181]Miller, J. Hillis. *Thomas Hardy: Distance and Desire*. Cambridge: Harvard University Press, 1970.
[182]Moynihan, Robert. *A Recent Imagining: Interviews with Harold Bloom, Geoffrey Hartman, J. Hillis Miller, Paul de Man*. Hamden: Archon Books, 1986.
[183]Murfin, Ross. *The Bedford Glossary of Criticism & Literature Terms*. Boston: Bedford Books, 1997.
[184]Myer, Valerie G. *Obstinate Heart: Jane Austen—A Biography*. London: Michael O'Mara Books Ltd., 1997.
[185]Norris, Christopher. *Deconstruction: Theory and Practice*. London: Methuen & Co., Ltd., 1982.
[186]Norris, Christopher. *Reason, Rhetoric, Theory: Empson and de Man*. London:

Chatto and Windus, 1978.
[187] Paulson, Ronald. *Emblem and Expression—Hogarth: His Life, Art, and Times*. New Haven: Yale University Press, 1971.
[188] Pollard, J. A. V. *The Letters of Mrs Gaskell*. Manchester: Manchester University Press, 1966.
[189] Purdy, R. L. & Millgate, Michael. *Letters of Thomas Hardy*. Oxford: Oxford University Press, 1962.
[190] Rawes, Alan. *Reading, Writing and the influence of Harold Bloom*. Manchester: Manchester University Press, 2010.
[191] Raymond, Williams. *Marxism and Literature*. Oxford: Oxford University Press, 1977.
[192] Ricoeur, Paul. *The Rule of Metaphor: Multidisciplinary Studies of the Creation of Meaning in Language*. London: Routledge & Kegan Paul, 1978.
[193] Rosenblum, Robert. *Modern Painting and the Northern Romantic Tradition: Friedrich to Rothko*. New York: Harper & Row, 1975.
[194] Schiller, Friedrich. *On the Aesthetic Education of Man*. Oxford: Clarendon Press, 1967.
[195] Scott, William Bell. *Gems of Modern German Art*. London: George Routledge, 1873.
[196] Selden, Raman. *The Theory of Criticism, from Plato to the Present: A Reader*. New York: Longman, 1988.
[197] Tarratt, Margaret. *Cranford and "the Strict Code of Gentility"*. New York: Vintage Books, 1968.
[198] Trilling, Lionel. *The History of English*. Garden City: Double-day Anchor Books, 1955.
[199] Trilling, Lionel. *The Opposing Self: Nine Essays in Criticism*. New York: Viking Press, 1955.
[200] Whitemeyer, Hugh. *George Eliot and the Visual Arts*. New Haven: Yale University Press, 1979.
[201] Williams, Raymond. *The English Novel from Dickens to Lawrence*. London: Chatto & Windus Ltd., 1970.
[202] Wolfe, Patricia A. *Structure and Movement in Cranford—Nineteenth-Century Fiction 23*. [S.l.]: California University Press, 1968.
[203] Wolfstonecraft, Mary. *Vindication of the Rights of Women*. New York: W.W. Norton, 2009.
[204] Woolf, Virginia. *To the Lighthouse*. New York: Harcourt, Brace and World, 1927.
[205] Wright, Edgar. *Dictionary of Literary Biography* (Vol. 21). Detroit: Gale, 1987.
[206] Young, Edward. *Conjectures on Original Composition*. [S. l.]: F. C. Stechert Co., Inc., 1917.

图书在版编目(CIP)数据

本土化视野下的“耶鲁学派”研究 =A Study of the Yale School in China / 罗杰鹦著. —杭州：浙江大学出版社，2012.2
ISBN 978-7-308-09405-4

Ⅰ. ①本… Ⅱ. ①罗… Ⅲ. ①文学理论—研究—西方国家 Ⅳ. ①I0

中国版本图书馆 CIP 数据核字(2011)第 256143 号

本土化视野下的“耶鲁学派”研究
罗杰鹦 著

责任编辑 诸葛勤（zhugeq@126.com）
封面设计 俞亚彤
出版发行 浙江大学出版社
(杭州市天目山路 148 号 邮政编码 310007)
(网址: http://www.zjupress.com)
排 版 浙江时代出版服务有限公司
印 刷 临安市曙光印务有限公司
开 本 710mm×1000mm 1/16
印 张 18.5
字 数 405 千
版 印 次 2012 年 2 月第 1 版 2012 年 2 月第 1 次印刷
印 数 0001-2000
书 号 ISBN 978-7-308-09405-4
定 价 38.00 元

浙江大学出版社发行部邮购电话 (0571)88925591